पेंगुइन स्वदेश

कहर

सुरेन्द्र मोहन पाठक का जन्म 19 फरवरी, 1940 को पंजाब के खेमकरण में हुआ था। विज्ञान में स्नातक की उपाधि हासिल करने के बाद उन्होंने *भारतीय दूरभाष उद्योग* में नौकरी कर ली। युवावस्था तक कई राष्ट्रीय और अंतरराष्ट्रीय लेखकों को पढ़ने के साथ ही उन्होंने मारियो पूजो और जेम्स हेडली चेइज़ के उपन्यासों का अनुवाद शुरू कर दिया और इसके बाद आप मौलिक लेखन करने लगे।

सुरेन्द्र मोहन पाठक के सबसे प्रसिद्ध उपन्यास प्रस्तुत सीरीज के *असफल अभियान* और *खाली वार* थे, जिसने पाठक जी को प्रसिद्धि के सबसे ऊँचे शिखर पर पहुँचा दिया। इसके पश्चात उन्होंने अभी तक पीछे मुड़ कर नहीं देखा है। उनका *पैंसठ लाख की डकैती* नामक उपन्यास अंग्रेजी में भी छपा और उसकी लाखों प्रतियाँ बिकने की खबर चर्चा में रही। अब तक विमल सीरीज के 42 उपन्यास प्रकाशित हो चुके हैं और प्रस्तुत उपन्यास *कहर* इस सीरीज का 43वां उपन्यास है।

कहर

(विमल सीरीज़ का 43वाँ तोहफा)

सुरेन्द्र मोहन पाठक

पेंगुइन स्वदेश
पेंगुइन रैंडम हाउस इंप्रिंट

पेंगुइन स्वदेश

पेंगुइन स्वदेश, पेंगुइन रैंडम हाउस ग्रुप ऑफ़ कम्पनीज़ का हिस्सा है,
जिसका पता global.penguinrandomhouse.com पर मिलेगा

पेंगुइन रैंडम हाउस इंडिया प्रा. लि.,
चौथी मंजिल, कैपिटल टावर 1, एमजी रोड,
गुरुग्राम 122002, हरियाणा, भारत

पेंगुइन
रैंडम हाउस
इंडिया

प्रथम हिन्दी संस्करण हिन्द पॉकिट बुक्स में पेंगुइन रैंडम हाउस द्वारा 2019 में प्रकाशित
यह हिन्दी संस्करण पेंगुइन स्वदेश में पेंगुइन रैंडम हाउस द्वारा 2024 में प्रकाशित

10 9 8 7 6 5 4

इस पुस्तक में व्यक्त विचार लेखक के अपने हैं, जिनका यथासंभव तथ्यात्मक सत्यापन किया गया है, और इस संबंध में प्रकाशक एवं सहयोगी प्रकाशक किसी भी रूप में उत्तरदायी नहीं हैं।

ISBN 9789353490270

टाइपसेटिंग : डीजीअल्ट्राबुक्स प्रा.लि., नई दिल्ली
मुद्रक: गोपसंस पेपर्स प्राईवेट लिमिटेड, नोएडा

www.penguin.co.in

MIX
Paper | Supporting responsible forestry
FSC® C191020

लेखकीय

मेरा नवीनतम उपन्यास विमल सीरीज़ का 'कहर' आप के हाथों में है। क्रॉनोलॉजिकल रिकार्ड के लिये उद्धृत है कि ये विमल सीरीज़ के उपन्यासों की अविकल श्रृंखला में 43वाँ है और मेरे कृपालु पाठकों की निरंतर माँग पर लिखा एक वृहद कथानक है; कितना वृहद है, ये आप इस पुस्तक में अन्यत्र कहीं से जानेंगे लेकिन मेरा आपको आश्वासन है कि सीरीज़ के पिछले उपन्यास की तरह आप इस बार ये नहीं कह सकेंगे कि पढ़ कर तृप्ति नहीं हुई।

प्रस्तुत उपन्यास की दूसरी, अत्यन्त महत्वपूर्ण, काबिलेगौर खूबी ये है कि ये मेरी अब तक पुस्तकाकार में प्रकाशित कुल रचनाओं में 300वीं है। इतने मेहरबान प्रकाशकों और कद्रदान, गुणग्राहक पाठकों की कृपा से 50 साल के अनवरत प्रयत्नों से मैं ट्रिपल सैन्चुरी के इस गौरवशाली आँकड़े पर पहुँच पाया हूँ जो कि हिन्दी उपन्यास लेखक के क्षेत्र में कम से कम आप के खादिम की निगाह में तो बड़ी उपलब्धि है। ये मेरे लिये गर्व और अभिमान का विषय है कि मेरे जिन पाठकों ने सन् 1963 से मुझे पढ़ना शुरू किया था – आज भी पढ़ रहे हैं – उन्हीं के प्रोत्साहन पर आज उनकी तीसरी पीढ़ी मेरे उपन्यास पढ़ रही है। लेकिन अभी तो :

सितारों से आगे जहाँ और भी हैं,
अभी इश्क के इम्तहां और भी हैं।

सन्दर्भ हेतु निवेदन है कि प्रस्तुत उपन्यास से पहले विमल सीरीज़ का जो उपन्यास आप तक पहुँचा था, वो 'जो लरे दीन के हेत' था जो कि अगस्त 2014 में प्रकाशित हुआ था। विमल सीरीज़ के दो उपन्यासों के प्रकाशन के बीच में ये एक लम्बा अन्तराल – साढ़े चार साल – है, लेकिन मेरे सुबुद्ध पाठक इस तथ्य से बाखूबी वाकिफ हैं कि विमल सीरीज़ की किताब में ये कोई लम्बा अन्तराल नहीं, क्योंकि मेरे अन्य उपन्यासों की तुलना में विमल सरीज़ की नयी कड़ी का आयोजन हमेशा विशिष्ट होता है, लिहाज़ा बड़ा कथानक गढ़ने में बड़ा वक्त लगना स्वाभाविक है। मुझे उम्मीद है कि प्रस्तुत उपन्यास मेरे ख़ास तौर से विमल के शैदाई पाठकों की उम्मीदों पर खरा

उतरेगा, फिर भी आप की अमूल्य, बेबाक और निष्पक्ष राय की हमेशा की तरह बड़ी आतुरता से मुझे प्रतीक्षा रहेगी। आपकी राय जैसी भी हो, उससे मुझे निसंकोच अवगत करायें, अनुकम्पा होगी।

'कहर' से पहले मेरा जो नया उपन्यास प्रकाशित हुआ था, वो सुनील सीरीज़ का 'कॉनमैन' था। 'कॉनमैन' का विस्तृत ज़िक्र करने के लिये ये मुनासिब प्लेटफॉर्म नहीं, फिर भी इतना लिखने से मैं खुद को नहीं रोक पा रहा हूँ कि मोटे तौर पर उपन्यास मेरे हर वर्ग के पाठकों को खूब पसन्द आया था और इस बात की उन्होंने भरपूर सराहना की थी कि मैंने 'साइबर क्राइम्स' जैसे नये, अत्याधुनिक विषय को उपन्यास की बुनियाद बनाया था जबकि, आपका लेखक तसलीम करता है, इस विषय की उसे कोई विस्तृत जानकारी नहीं। जो थोड़ी बहुत जानकारी मैंने 'कॉनमैन' में उकेरी थी, जिसमें मेरे अनुभवी पाठकों ने खामियाँ भी पायी थीं, वो मैंने दैनिक समाचार पत्रों से अर्जित की थी और अगर कहीं कोई गलतबयानी मेरे से हुई थी तो उसकी वजह यही थी कि वो ग़लतबयानी उस ख़बर में भी थी, जिसे कि मैंने इस विषय में ज्ञान अर्जित करने का जरिया बनाया था।

जो बेशुमार राय मुझे 'कॉनमैन' के प्रति प्राप्त हुई हैं, वो मेरे पास पूर्णतया सुरक्षित हैं और अति शीघ्र मैं तमाम को नहीं तो प्रमुखतम को अपनी वेबसाइट पर पोस्ट करूँगा, कृपया प्रतीक्षा करें।

❑

हिन्दी लोकप्रिय साहित्य का शायद ही कोई नया, पुराना पाठक होगा जो कि 'हिन्द पॉकेट बुक्स' के नाम से नावाकिफ होगा। हिन्द पॉकेट बुक्स का प्रकाशन पिछली शताब्दी के छठे दशक में – सन् 1958 में – आरंभ हुआ था और ये भारत में इस प्रकार का पहला उपक्रम था, जिससे पहले भारत में केवल बाहर के मुल्कों से आई पॉकेट बुक्स ही मिलती थीं, जो कि इंगलिश में होती थीं इसलिए हिन्दी भाषी पाठकों के लिये कोई मायने नहीं रखती थीं। ये वो वक्त था जब भारत में न टीवी था, न मोबाइल था, न इंटरनेट था, न ऐसा दूसरा कोई इलैक्ट्रॉनिक मीडिया था; तब मनोरंजन का साधन या रेडियो था या सिनेमा था। और कथा साहित्य के नाम पर हिन्दी में जो पुस्तकें छपती थीं वो इतनी ज़्यादा मूल्य में होती थीं कि इसी वजह से आम पाठक की पहुँच से बाहर होती थीं। उनकी खपत सिर्फ लाइब्रेरियों में थी और अधिकतर पाठकों को उनकी ख़बर भी नहीं

लगती थी। ऐसे माहौल में हिन्द पॉकेट बुक्स ने अपनी छः पुस्तकों के पहले ही सैट के साथ पुस्तक व्यवसाय में इंकलाब ला दिया। पुस्तकें अल्पमोली थीं लेकिन एक रुपया कीमत जितनी अल्पमोली होना तब के पुस्तकप्रेमी पाठकों को चमत्कृत करता था। सबने उन पुस्तकों को हाथोंहाथ लिया और यूँ हिन्द पॉकेट बुक्स ने अपने प्रथमप्रवेशी सैट के साथ ही पुस्तक व्यवसाय में खुद को मजबूती से स्थापित कर लिया। तदोपरान्त, दो महीने के अन्तराल से हिन्द पॉकेट बुक्स का नया सैट नियमित रूप से पाठकों के बीच पहुँचने लगा और पुस्तकों की बिक्री के ही नहीं, त्वरित बिक्री के भी नये कीर्तिमान स्थापित होने लगे। देखादेखी ऐसे कितने ही नये प्रकाशक पैदा हो गये लेकिन अपनी भरपूर कोशिशों के बावजूद हिन्द पॉकेट बुक्स की व्यावसायिक सफलताओं की बुलन्दियों तक कोई न पहुँच सका।

हिन्द पॉकेट बुक्स पहला प्रकाशन था जिसने घरेलू लाइब्रेरी योजना शुरू की थी, जिसके शुरू होने के थोड़े ही वक्फे में आनन-फानन उसके सदस्यों की संख्या 75000 तक पहुँच गई थी। हिन्द की देखा-देखी अन्य प्रकाशकों ने भी घरेलू लाइब्रेरी योजना शुरू कीं, लेकिन उनके सदस्यों की संख्या हजारों में होना तो दूर, हजार का आंकड़ा भी मुश्किल से पार कर पाती थी।

हिन्द पॉकेट बुक्स की अभूतपूर्व सफलता की उसके अल्पमोली होने के अलावा ये भी वजह थी कि उसमें विविधता बहुत थी और वो सही मायनों में गंभीर साहित्य का और लोकप्रिय साहित्य का संगम थी। जहाँ हिन्द में अमृता प्रीतम, शिवानी, आचार्य चतुरसेन शास्त्री, कृश्न चन्दर, राजेन्द्र सिंह बेदी, ख्वाजा अहमद अब्बास, इस्मत चुगतई, नरेन्द्र कोहली, हरिवंशराय बच्चन, जैसे महान साहित्यकार छपे, वहाँ उसमें गुलशन नन्दा, वेदप्रकाश शर्मा, दत्त भारती, आदिल रशीद, आपके खादिम जैसे लोकप्रिय साहित्य के झंडाबरदारों ने भी जगह पाई। खुशवन्त सिंह, आर. के. नारायण, डॉ. राधाकृष्णन, स्वेट मार्डेन, जेम्स ऐलन जैसे इंगलिश के लेखकों के हिन्दी अनुवाद छपे, तो सार्त्र, नीत्शे, प्लेटो, मैकियावेली, खलील जिब्रान, शेख सादी जैसे महान चिंतकों और विचारकों के हिन्दी अनुवाद भी छपे।

यहाँ मैं हिन्द पॉकेट बुक्स की महानता की एक जुदा किस्म की मिसाल पेश करना चाहता हूँ:

हिन्द पॉकेट बुक्स की सफलता और लोकप्रियता जब अपने चरम पर थी तब लोकप्रिय साहित्य में निर्विवाद रूप से उसी को बड़ा और मकबूल लेखक माना जाता था, जो कि हिन्द पॉकेट बुक्स में छपता हो। हिन्द पॉकेट

बुक्स में छपने वाले लेखक को कुकरमुत्तों की तरह उग आये दूसरे प्रकाशक हाथों हाथ लेते थे। तब तक मेरे 80 उपन्यास छप चुके थे, कुछ रिप्रिंट भी हो चुके थे, लेकिन फिर भी पॉकेट बुक्स के धन्धे में बतौर लेखक मकबूलियत के लिहाज से मैं किसी गिनती में नहीं था। तब मैं ट्रेड के लोगों में अक्सर कहा करता था कि अगर कोई मेरा नावल हिन्द पॉकेट बुक्स में छपवा दे तो जो पैसा वहाँ से मिले, वो वो भी ले ले और उतनी ही रकम मैं उसे अपने पल्ले से भी दूँगा। फिर भी मैं अपना कोई नावल हिन्द में छपवा पाने में कामयाब न हो सका।

कामयाबी के खाते में तब हिन्द के नाम का इतना बड़ा मेयार स्थापित था।

यही नहीं, एक मर्तबा डॉक्टर गोपाल दास 'नीरज' के दिल्ली प्रवास के दौरान उनके एक स्थानीय परिचित की सिफारिश से मैं उनसे मिला और उनसे हिन्द के मालिक और संस्थापक दीनानाथ मल्होत्रा जी के नाम उनकी हस्तलिखित सिफारिशी चिट्ठी हासिल की कि मैं एक नौजवान, उदीयमान वगैरह-वगैरह लेखक था और 'नीरज' जी के अनुरोध पर मुझे हिन्द में प्रकाशित किया जाये।

चिट्ठी तो मैंने हासिल कर ली, लेकिन उसे लेकर हिन्द में जाने का मेरा हौसला कभी न हुआ – पहले हौसला न हुआ, फिर गैरत ने, स्वाभिमान ने इजाजत न दी।

वो चिट्ठी आज भी मेरे पास महफूज़ है।

ये बात दीगर है कि दस साल बाद मेरे कुछ किये बिना अपने आप ही ऐसा इत्तफाक बना कि हिन्द की सहयोगी संस्था अभिनव पॉकेट बुक्स में सितम्बर 1985 और अप्रैल 1987 के बीच मेरे सात उपन्यास छपे, जिनमें से पाँच नये थे और दो रिप्रिंट्स थे। पाँच नये उपन्यासों में विमल सीरीज़ का 15वाँ और 16वाँ उपन्यास 'जीना यहाँ' और 'मरना यहाँ' भी थे, बाकी तीन में से दो (पीला गुलाब, ताजा ख़बर) सुनील सीरीज़ के थे और एक, मेरा अत्यंत प्रसिद्ध और बेतहाशा सराहा गया उपन्यास 'तीन दिन' (थ्रिलर) था।

रिप्रिंट्स 'दोहरी चाल' और 'स्टार नाइट क्लब' थे।

'स्टार नाइट क्लब' अप्रैल 1987 में वहाँ से छपा मेरा आख़िरी उपन्यास था। सिलसिला क्योंकर बंद हुआ, आज मुझे याद नहीं।

बहरहाल, मेरे सात उपन्यास वहाँ छपना मेरे लिये इस कहावत को चरितार्थ करता था कि 'बिन माँगे मोती मिले, माँगे मिले न भीख'।

हिन्द के बारे में ऊपर जो कुछ मैंने लिखा, उसका मकसद ये खास

जानकारी पाठकों तक पहुँचाना था कि आइकॉनिक हिन्द पॉकेट बुक्स का स्वामित्व और प्रबंधन अब विश्वविख्यात और सर्वअग्रणी प्रकाशक संस्थान पेंगुइन रैंडम हाउस इंडिया के पास स्थानांतरित हो गया है और अब उम्मीद कीजिये कि इतने बड़े प्रबंधन के जेरेसाया आइन्दा हिन्दी का और हिन्दी पुस्तक संसार का कोई भला होगा, जो ऊँचे मापदण्ड कभी हिन्द ने स्थापित किये थे, वो एक नयी आन, बान और शान के साथ पुनर्स्थापित होंगे, नये आयोजन नयी बुलन्दियों तक पहुँचेंगे।

❑

लंदन के साउथफील्ड्स नाम के एक इलाके में एक चाइनीज रेस्टोरेंट है जिसमें छ: पाउंड (लगभग छह सौ रुपये) पर हैड के रेट पर बूफे लंच, डिनर मिलता है, लेकिन साथ में एक सख्त – सख्ती से लागू की जाने वाली – शर्त है :

प्लेट में खाना बाकी न बचे।

बचा तो बीस पाउंड (दो हजार रुपये) जुर्माना।

जाहिर है कि ऐसी व्यवस्था खाने की बर्बादी को रोकने के लिये की गयी है, इसलिये की गयी है कि खाने का फिक्स्ड रेट होने की वजह से खाने वाले पेश की गयी आइट्म्स से अंधाधुंध प्लेट न भर लें, बेवजह सैकंड और थर्ड हैल्पिंग्स पर जोर न दें।

बीवर्ली क्लार्क नामक एक महिला ने जिसने, जाहिर है कि, इस सख्त नोटिस की तरफ तवज्जो नहीं दी थी, या उसकी परवाह नहीं की थी–अपने दस साल के बेटे सैम और छ: साल की भतीजी रौनी के साथ वहाँ भोजन किया तो पीछे प्लेट में दो अनियन रिंग्स, एक प्रान टोस्ट और एक स्प्रिंग रोल बिना खाया छोड़ दिया। मैनेजमेंट ने महिला की तवज्जो खास तौर से पीछे छूटे खाने की तरफ दिलाई और पूछा कि क्या वो वो खाना खा कर खत्म करेंगी! जब ऐसा न हुआ तो फूड वेस्टेज – भोज्य पदार्थों की बर्बादी – के मद में महिला को बीस पाउन्उ जुर्माना अदा करने को बोला गया।

महिला आगबगूला हुई और बोली कि जब वो तीन मील्स के पहले ही अट्ठारह पाउंड अदा कर चुकी थी तो अतिरिक्त भुगतान का क्या मतलब! मैनेजर सैम फुंग ने उसकी एक न सुनी, वो बार–बार, रह रह कर जुर्माने का हाउस रूल दोहराता रहा।

परेशानहाल महिला ने आख़िर प्लेट खाली करने की हामी भरी, उसने वेटर की नजर बचा कर बचा हुआ खाना एक नैपकिन में लपेट कर अपने हैण्डबैग में डाला और जाहिर किया कि सब खा लिया, कुछ जूठा न छोड़ा।

तब कहीं जाकर बीस पाउंड जुर्माने से उसका पीछा छूटा।

इस सन्दर्भ में ये बात भी काबिलेजिक्र है, काबिलेगौर है कि खाना बर्बाद करने में चीनी ही सब से आगे हैं। चायना एग्रीकल्चरल यूनिवर्सिटी की एक स्टडी पर ऐतबार लाया जाये तो बर्बादी की कोई परवाह भी उन्हें नहीं होती। आंकड़े बताते हैं कि जितना भोजन वो बर्बाद करते हैं, उससे बीस करोड़ लोगों का पेट भर सकता है।

और ये हाल तब है जब कि चीन के बारह करोड़ अस्सी लाख बाशिन्दों का मुकाम गरीबी रेखा से नीचे है, उन की फ़ी नग सालाना आमदनी लगभग उन्नीस हजार रुपये है, यानी कि बावन-तिरेपन रुपये रोज़ाना, जो कि भारत के बत्तीस रुपये के मोंटेक सिंह वाले आंकड़े से फिर भी कहीं बेहतर है।

बावजूद इसके चीन भुखमरी में – हंगर इंडैक्स में – कमी लाने में कामयाब हुआ है। सन् 1990 में चीन का हंगर इंडैक्स 11.8% था, जो कि सन् 2012 में घटकर 5.1% रह गया था।

बहरहाल बात खाने की बर्बादी पर जुर्माने के प्रावधान की हो रही थी।

इस सन्दर्भ में भारत के – विशेष रूप से उत्तर भारत के – शादी-ब्याहों में होने वाली खाने की बर्बादी को याद कीजिये। मुझे पूरा यकीन है इन पंक्तियों को पढ़ने वाला एक भी पाठक ऐसा न होगा जो खाने की ऐसी बर्बादी का खुद चश्मदीद गवाह न हो। ऐसी दावतों में मेजबान को खाना पर हैड ही चार्ज होता है, प्लेटें गिनकर रखी जाती हैं और जितनी इस्तेमाल हुई हों, उतने मील्ज का बिल मेजबान को थमाया जाता है। ऐसा डिनर पाँच सौ से पन्द्रह हजार तक चार्ज हो सकता है। मेरठ के एक लाला जी ने, जिन्होंने जिन्दगी में कभी फाइव स्टार होटल की शक्ल नहीं देखी थी, लड़के वालों की जिद पर दिल्ली के एक बड़े फाइव स्टार होटल में बेटी की शादी का इन्तज़ाम किया। जब डिनर शुरू हुआ तो वो अपनी ओर के मेहमानों के पास जा जा कर उनके कानों में फुसफुसा रहे थे – "अरे, एक प्लेट में दो-दो जने खा लो।"

ऐसी हाई-फाई पार्टियों में ऐसी फैशनेबल, नकचढ़ी, मोटी मैडमें भी देखी जा सकती हैं जो प्लेट उठाती हैं, उसमें एक फाँक खीरा, एक फाँक मूली, एक टुकड़ा टमाटर, एक टुकड़ा प्याज, दो चम्मच फीके चावल – पुलाव हरगिज नहीं – तीन चम्मच रायता, आधा पापड़ रखती हैं और वो प्लेट

लेकर – बिना उसमें से उठाकर कुछ भी खाये – सारी पार्टी में उसकी नुमाइश करती तब तक घूमती हैं जब तक तसल्ली न हो जाये कि मुकम्मल हाज़िरी लग गयी थी कि वो :

- डायटिंग कर रही हैं।
- उनकी नॉर्मल खुराक ही इतनी है।
- खाते–पीते घर से हैं, दावतों के फैंसी खाने का उन्हें कोई लालच नहीं।

फिर भी प्लेट की बाबत कोई सवाल करे तो सौ बातों की एक बात:

- 'आई हैव टु वाच माई फिगर यू नो!'

और जब डिनर की भीड़ छँट जाती है तो वही 'खाते पीते घर की', 'फिगर कांशस', 'डायटिंग एंथुज़ियास्ट' मैडमें नयी प्लेट उठाती हैं और दबा के वेज–नॉनवेज सब खाती हैं।

लिहाजा मेजबान को दो–दो मील्ज की थूक लगवाती हैं।

अपने कॉलेज के दिनों में एक बार मैं अपने एक सहपाठी की शादी में शामिल हुआ था। उन दिनों शादी–ब्याहों में नॉनवेज परोसा जाने का कोई रिवाज नहीं था, लेकिन इस लिहाज से वो दुर्लभ शादी थी कि उसमें नॉनवेज का इन्तजाम था, जिसकी बाबत मेरे जैसे दूल्हे के दोस्तों को तभी पता चला जब कि वो खाने के रूबरू हुए। जब पहली ही डिश को मटन पाया तो सबकी बाछें खिल गयीं, सबने अपनी–अपनी प्लेटें फटाफट मटन से जितनी भरी जा सकती थीं, भर लीं। आगे बढ़े तो क्या देखते हैं कि अगले डोंगे में चिकन था। फौरन सबने मटन से भरी अपनी प्लेटें मेजों के नीचे सरकाईं, नई प्लेटें उठाई और चिकन से भर लीं।

आपका क्या ख़याल है! गलत या नाजायज तो कुछ न किया! आख़िर बाराती हैं, लड़की वालों का खून पीना उनका अधिकार है।

नहीं!

उसी पार्टी में पहली बार आइसक्रीम सर्व होती देखी गयी, जिस पर कि सारे बाराती टूट कर पड़े। एक ही झक सफेद दाढ़ी वाले मुअज्जिज़, बुजुर्ग सरदार साहब थे जो आइसक्रीम की सर्विस में लगे हुए थे। हर किसी को खाली प्लेट के साथ उनके रूबरू होना होता था और वो हर प्लेट में आइसक्रीम सर्व करते जाते थे। भीड़ और धक्का–मुक्की का ये आलम था कि आइसक्रीम तो हासिल होते होते होती, खाली प्लेट हासिल करना भी मेजर प्रोजेक्ट था। एक बूढ़ी अम्मा जी तो प्लेट हासिल कर पाने में नाकाम रहने पर आइसक्रीम सर्व करते सरदार साहब के सामने अपनी

हथेली फैलाते और कहते देखी गयीं कि आइसक्रीम उनकी हथेली पर डाल दी जाए।

हम चार-पाँच दोस्तों ने किसी तरह से आइसक्रीम हासिल करके खायी तो उस माहौल में वो सबको बहुत अच्छी लगी। आपके खादिम समेत सबने आइसक्रीम एक-एक बार और खाने का फैसला किया और सब वापिस आइसक्रीम की सर्विस वाले स्टाल पर पहुँचे। सब को आइसक्रीम से नवाजा गया, फिर जब मेरी बारी आयी तो सर्व करते बुजर्गवार, देवतास्वरूप सरदार जी ने एकाएक हाथ रोक कर मेरी तरफ देखा, संदिग्ध भाव से मुझे घूरा – शायद मेरे चश्मे से मुझे पहचाना, क्योंकि आसपास मैं ही इकलौता चश्माधारी युवक था – और कड़क कर बोले – "बाउजी, तुसी लै चुक्के ओ!"

मैं शर्म से पानी-पानी हो गया। मेरा जी चाहा कि धरती फटे और मैं उसमें समा जाऊँ। लेकिन ऐसा तो मुमकिन नहीं था! चेहरे पर फटकार लिये, उस घड़ी को कोसता जब मेरे नामुराद दिल में आइसक्रीम दोबारा खाने की हसरत जागी, सिर झुकाये मैं वहाँ से हटा।

कैसी नाइंसाफी थी, बल्कि अन्धेर था, मेहमान की कैसी नाकद्री थी! वो मटन दो बार लेकर खा सकता था, फिश चार बार लेकर खा सकता था, तन्दूरी चिकन की छह टाँगें चबा सकता था, लेकिन आइसक्रीम . . . कम्बख्तमारी आइसक्रीम दो बार नहीं खा सकता था।

तब से आज का दिन है कि अव्वल तो मैं शादी-ब्याह के जश्न में शामिल नहीं होता, शामिल होता हूँ तो खाने की सर्विस तक नहीं रुकता, मजबूरन रुकना पड़ जाये तो खाना नहीं खाता।

उत्तर भारत की शादियों में खाने की बर्बादी आम है, शादी बड़े आदमी के यहाँ हो तो बड़ी बर्बादी होती है। खाना उतना खाया नहीं जाता जितना जूठा फेंका जाता है। जितनी भारी थैली वाला मेजबान होता है, उतना ही ज़्यादा वो आडम्बर करता है। खाने के अलावा खाने का वक्त आने से पहले नोश फरमाने के लिये बीस-पच्चीस तरह के स्नैक्स का इन्तजाम करता है जिनमें अब चाउमिन, पीज़ा, बर्गर, पास्ता तक शामिल होने लगे हैं। ऐसे महाआयोजन की बाबत मैं गारन्टी के साथ कह सकता हूँ कि कोई माई का लाल सारे उपलब्ध स्नैक्स की लज़्ज़त नहीं उठा सकता; कोई लम्बोदर, कोई भोजन भट्ट महान किसी करिश्माई तरीक़े से ऐसा करने में कामयाब हो भी जाये तो बाद में सर्व होने वाले डिनर के साथ इंसाफ नहीं कर सकता। कोई बड़ी बात नहीं कि तब तक डिनर की तरफ झाँकना भी उसे मुमकिन न लगे।

लेकिन मेजबान का मिशन आपको डिनर से नवाजना ही नहीं होता, आप पर रौब गाँठना भी होता है कि डिनर के नाम पर उसने कुल जहान की नियामतें आपकी खिदमत में पेश कीं। उसको इस बात से कोई लेना–देना नहीं कि स्नैक्स से ही पेट भर चुकने वाले मेहमान मेन कोर्स की नाकद्री का बायस बनेंगे।

क्यों हो?

उसकी थैली में दम है। वो बिल भर सकता है। उसका तो इस बात से भी कुछ लेना–देना नहीं कि किसी ने कुछ खाया या नहीं खाया, किसी को कुछ भाया या नहीं भाया। ये खाना है, ये मेहमान हैं; आगे खाना जाने, मेहमान जानें। उसका काम तो गेट पर खड़ा हो कर हाथ जोड़ना है, गैरहाज़िरी पर निगाह रखना है (देखूँगा साले को! आइन्दा कभी नहीं बुलाऊँगा) और शगुन के लिफाफे बटोरना है।

और बाद में सगर्व डींग हाँकना है कि फलाने की शादी में इकतालीस आइटम थीं, हमारी में पचपन थीं, चायनीज, कॅन्टीनेंटल के अलावा कोरियन, स्पैनिश आइटमें भी थी और कोरियन खाने के स्टाल्स पर वेट्रेसिज़ भी कोरियन लड़कियाँ थीं, स्पैनिश के स्टाल पर स्पैनिश लड़कियाँ थीं, वगैरह।

कभी वो टाइम था कि मेजबान बड़े प्रेम भाव से खुद एक–एक मेहमान को खाने तक पहुँचाता था और बाद में भी विनय की प्रतिमूर्ति बना एक–एक मेहमान से पूछता फिरता था 'जनाब फलाँ चीज़ खाई, भाई जी, फलाँ आइटम चखी?'

साहबान उपरोक्त के सन्दर्भ में अब आप खुद फैसला कीजिये कि खाना जूठा छोड़ने वालों पर जुर्माना क्या बिल्कुल ही नाजायज बात है!

❑

'कहर' के प्रति आपकी अमूल्य, निष्पक्ष राय की प्रतीक्षा में।

दिल्ली – 110051 विनीत

19.02.2019 **सुरेन्द्र मोहन पाठक**

प्राक्कथन

"भाई साहब!"

विमल ठिठका, आवाज की दिशा में घूमा।

एक परेशानहाल, बद्हवास युवती उससे सम्बोधित थी। उम्र में वो बीसेक साल की जान पड़ती थी, उसका रंग गोरा था और नयननक्श तीखे थे। वो फुटपाथ पर खड़ी थी और अपना बायाँ हाथ दायें कंधे पर टिकाये बेचैनी से पहलू बदल रही थी।

विमल और नीलम मार्केट में शापिंग के लिये आये थे, नन्हा सूरज घर पर मेड के हवाले था, और अब वो वापिस लौट रहे थे तो वो पुकार विमल के कान में पड़ी थी।

"हाँ।" – विमल बोला।

"भाई साहब, वो लड़का . . ."

विमल ने देखा वो कोई दस–बारह गज परे एक पेड़ के नीचे खड़े एक लड़के की तरफ इशारा कर रही थी।

"क्या हुआ उसे?" – विमल असमंजसपूर्ण भाव से बोला।

"उसे नहीं, मुझे हुआ।" – वो बोली – "उसने किया।"

"क्या?"

"मेरा . . . दुपट्टा . . . छीन कर ले गया।"

"अरे!"

तब विमल की समझ में आया कि क्यों उसका बायाँ हाथ उसके दायें कन्धे पर था। यूं वो अपने वक्ष को ढंके थी।

"चलो!" – नीलम उसकी बाँह खींचती बोली।

"अभी। अभी।" – विमल ने सप्रयास अपनी बाँह को आजाद किया। उसने फिर उस लड़के की ओर देखा तो इस बार उसे उसके हाथ में लड़की के सलवार सूट से मैच करता दुपट्टा दिखाई दिया। उसकी विमल से निगाह मिली तो वो दाँत निकाल कर हँसने लगा।

अब वो शक्ल से ही शोहदा लग रहा था।

एकाएक उसने एक बड़ी अश्लील हरकत की। उसने हाथ में थमे दुपट्टे

को गुच्छा-मुच्छा किया और युवती को दिखाकर उसे यूँ अपनी जींस के अग्रभाग से रगड़ने लगा जैसे दुपट्टे में हस्तमैथुन कर रहा हो।

लड़की के चेहरे पर शर्म की लाली दौड़ गयी, उसने कातर भाव से विमल की तरफ देखा।

विमल के जबड़े भिंचे, अंजाने में उसके दायें हाथ की मुट्ठी कसने लगी।

लड़के ने वो जलील हरकत बन्द की तो दुपट्टे के दोनों सिरों को दोनों हाथों में पकड़कर अपनी जाँघों के बीच आगे-पीछे फिराने लगा।

मुट्ठियाँ भींचे विमल उसकी तरफ बढ़ा।

"ख़बरदार!" – नीलम भिंचे दान्तों के बीच से फुंफकारी।

विमल ठिठका।

"तुम्हारा कोई मतलब नहीं।"

"लेकिन" –विमल आवेश से बोला – "वो लड़का . . ."

"बहुत कमीना है। गोली मार देने के काबिल। लेकिन जो तुम देख रहे हो, वो और लोग भी देख रहे हैं।"

"अरे, वो बेचारी लड़की . . ."

"सिर्फ तुम्हारे लिये बेचारी नहीं है। सबके लिये बेचारी है। तुम चौधरी बनने की कोशिश मत करो।"

"लेकिन . . ."

"अपना वादा याद करो, सरदारजी। याद करो और याद रखो। यहाँ दिल्ली में तुम एक आम शहरी हो। तुम भूल चुके हो कि तुम सोहल हो।"

"लेकिन . . ."

"कोई लेकिन नहीं। आम शहरी जैसा अपना मिजाज तुम्हें बनाना होगा वर्ना तुम्हारे लिये दिल्ली में और पीछे छुटी मुम्बई में कोई फर्क बाकी नहीं बचेगा। यहाँ भी दीन के हेत लड़ने वाले सूरमा जैसा मिजाज बना कर रखने से बाज नहीं आओगे तो कभी वैसे आम गृहस्थ नहीं बन सकोगे जैसे बनने की ख्वाहिश तुमने अपने मुरीदों के सामने मुम्बई में जाहिर की थी :

> *"मैं दिल्ली जाकर रहूँगा जहाँ मेरा एक छोटा-सा फ्लैट है, जिसमें मैं बीवी बच्चे के साथ रहूँगा, जहाँ गैलेक्सी की एकाउन्टेंट की नौकरी है, जो मैं एक मेहनती मुलाज़िम की तरह करूँगा। मैं अपने मेहरबानों से दरख्वास्त करता हूँ कि वो मेरे लिये दुआ करें कि मेरी सैलाब जैसी जिन्दगी में ठहराव आये, मेरी कुत्ते जैसी दुर-दुर बन्द हो, मुझे भी आखिर*

पता लगे कि गृहस्थ होने का चैन और सुकून क्या होता है। मेरी बीवी विधवा की जिन्दगी जी रही है, उसे अहसास हो कि वो विधवा नहीं, सुहागन है। मेरे बच्चे के सिर पर बाप का साया हो। मैं सरदार सुरेन्द्र सिंह सोहल, सरदारनी नीलम कौर सोहल और सरदारजादा सूरज सिंह सोहल के साथ हरमिन्दर साहब की देहरी पर मत्था टेकने का सुख पाऊँ और वाहे गुरु से दुआ मांगू किं जमीं दी है तो थोड़ा आसमान भी दे, मेरे खुदा मेरे होने का कुछ गुमान भी दे।''

''भाई साहब!'' – लड़की के आर्तनाद से विमल की विचार शृंखला को ब्रेक लगी। उसने सिर उठा कर सामने देखा।

लड़के ने अपनी जलील, अश्लील हरकत से किनारा कर दिया था, दुपट्टा अब फिर एक गोले की शक्ल में उसके दायें हाथ में था और वो पूर्ववत् दाँत निकालता लड़की की तरफ बढ़ रहा था।

''भाई साहब, आप कुछ कीजिये।''

''पुलिस को कॉल करो।'' – विमल होंठों में बुदबुदाया।

''अभी तो कुछ कीजिये।''

''अपने मोबाइल से सौ बजाओ।''

''लेकिन अभी तो . . .''

''डायल 100, डोन्ट वेस्ट टाइम।''

लड़का लड़की से दो गज परे पहुँच कर ठिठका, उसका दुपट्टे के गोले वाला हाथ ऊपर उठा और गोला उसने खींच कर लड़की को दे मारा।

गोला लड़की के चेहरे से टकराया और नीचे फुटपाथ पर जाकर गिरा।

लड़के ने एक धृष्ट निगाह लड़की पर डाली, खीसें निपोरीं, घूमा और करीब खड़ी एक फैंसी मोटरसाइकल पर सवार होकर यह जा वह जा।

लड़की ने दुपट्टा उठाने की कोशिश न की – उसने दुपट्टे की तरफ झाँका तक नहीं – जरूर लड़के की घिनौनी हरकत के बाद उसे दुपट्टे को छूना भी गवारा नहीं था। वो घूमी और सिर झुकाये फुटपाथ पर आगे बढ़ चली।

''खता माफ करना, वाहे गुरु जी'' – विमल होंठों में बुदबुदाया – ''आज गुरां दा सिंग दीन के हित के लिये न लड़ सका।''

''जज्बाती होने की जरूरत नहीं।'' – नीलम सख्ती से बोली – ''भूल जाओ कि तुम क्या थे और क्या कर सकते थे, कि तुम जो थे वही होते तो क्या करते।''

''उस लड़के की ऐसी गत बनाता'' – विमल हिंसक भाव से बोला – ''कि वो उस घड़ी को कोसता जब कि उसकी माँ ने उसको पैदा किया था।''

''मालूम है। इसीलिये टोका। इसीलिये रोका।''

''दाता! क्या होगा इस मुल्क का!''

''ये मुल्क का निजाम चलाने वालों के सोचने की बात है, एक प्राइवेट कम्पनी के एक मामूली एकाउन्ट्स आफिसर के सोचने की बात नहीं है ये। पब्लिक को वैसा ही निजाम हासिल होता है जैसा निजाम वो डिजर्व करती है।''

''बहुत सयानी बातें करती है! मेरे से दूर रह कर आलम फाजिल हो गयी है!''

''चलो अब।''

''सब तमाशा है।'' –कोई भीड़ में से उच्च स्वर में बोला – ''साली खुद पहले भाव देती हैं, फिर भाव बढ़ाने के लिए अड़ी करने लगती हैं। अब मर्द बच्चा भड़के नहीं तो क्या करे!''

''एकदम ठीक बोला।'' – कोई दूसरा बोला – ''चलो, उनके तमाशे का हमें भी तो मजा आया!''

''हमें क्या मजा आया?'' – कोई और बोला।

''अरे, देखा नहीं कितने बड़े-बड़े थे उसके! दुपट्टे बिना साफ नजारा हो रहा था!''

''हाँ, यार। लड़के ने जब दुपट्टा झपटा था, तब साली के जम्पर के एक दो बटन भी तोड़ देता तो और यादगार नजारा होता।''

''ख्वाब देखता है साला हरामी!''

सामूहिक अट्टहास का शोर उठा।

विमल का पारा फिर चढ़ने लगा, उसकी आँखों में कहर के लाल डोरे खिंचने लगे।

नीलम ने मजबूती से उसकी बाँह थामी और उसे जबरन एक ओर चलाने लगी।

अपने आक्रोश पर काबू पाने की कोशिश करता विमल उसके साथ खिंचता चला गया।

विमल को नीलम और सूरज के साथ दिल्ली आये दो महीने हो गये थे।

गैलेक्सी की एकाउन्ट्स आफिसर की नौकरी में खुद को पुर्नस्थापित

करने में उसे कोई दिक्कत नहीं हुई थी। गैलेक्सी ट्रेडिंग कॉरपोरेशन के मालिक दिवंगत शिव शंकर शुक्ला के सौजन्य से वहाँ उसकी वो नौकरी सदा बरकरार थी। उसकी बाबत पूछे जाने पर वहाँ से हमेशा जवाब मिलता था कि कश्मीरी विस्थापित अरविन्द कौल वहाँ एकाउन्ट्स आफिसर थे, कम्पनी के काम से हैदराबाद/मुम्बई/बैंगलौर टूअर पर गये हुए थे। शुक्ला साहब के कत्ल के बाद से कम्पनी की बागडोर उनकी पत्नी शोभा शुक्ला सम्भाल रही थी, जिसको विमल के बारे में शुक्ला साहब की पहले से हिदायत थी। लिहाज़ा दिल्ली आकर गैलेक्सी में स्थापित होने में विमल को कोई दिक्कत नहीं हुई थी। मैनेजर चान्दवानी ने तो बाकायदा खुशी जाहिर की थी कि उनका योग्य, गुणी, और कर्मठ एकाउन्ट्स आफिसर कौल हैड आफिस वापिस लौट आया था। कौल के विशेष प्रशंसक चीफ डिजाइनर आप्टे ने भी उसकी वापिसी पर वैसे ही उद्‌गार प्रकट किये थे।

रिहायश के मामले में दिल्ली में उसे जो आप्शन थी वो गोल मार्केट स्थित कोविल हाउसिंग सोसाइटी का एक छोटा-सा फ्लैट था जिसमें वो नीलम के साथ पहले भी काफी अरसा रह चुका था, लेकिन एक दूसरी आप्शन अपने आप ही पेश हो गयी थी।

जब पहाड़गंज पुलिस थाने में गिरफ्तार मायाराम बावा ने उसके बारे में हाल दुहाई मचाई भी कि वो विमल नहीं, मशहूर इश्तिहारी मुजरिम सरदार सुरेन्द्र सिंह सोहल था, जिसकी गिरफ्तारी पर तीन लाख रुपये का इनाम था, तो शिव शंकर शुक्ला के कॉर्पोरेट रसूख ने और सीबीआई के एंटीटैरेरिस्ट स्क्वॉड के डिप्टी डायरेक्टर योगेश पाण्डेय के सरकारी रुतबे ने उसे वक्ती तौर पर सोहल होने के इलज़ाम से बचा तो लिया था, लेकिन उनके उन दोनों मेहरबानों का यही पुख्ता ख़याल था कि अब उसका दिल्ली में बना रहना खतरनाक साबित हो सकता था क्योंकि मायाराम बावा को वक्ती तौर पर चुप भले ही करा दिया गया था, लेकिन वो चुप नहीं रहने वाला था। उसकी हाल दुहाई पुलिस न सुनती तो मीडिया सुन सकता था और नतीजतन कोई खुराफाती रिपोर्टर कथित कश्मीरी विस्थापित अरविन्द कौल के बखिये उधेड़ने की ठान लेता तो न उसकी गैलेक्सी की बाई प्रॉक्सी मुलाज़मत वाली स्टोरी स्टैण्ड करती और न सोपोर के विस्थापित शरणार्थी वाली स्टोरी स्टैण्ड करती। फिर ये भी उजागर हो जाना कोई बड़ी बात नहीं थी कि असली ख़बरदार शहरी शिवनारायण पिपलोनिया नहीं, वो था। यूँ एक बार पुलिस का उस पर फोकस बनता तो वो उसकी बाबत उन राज्यों

की पुलिस से भी दरियाफ्त करते जिनके रिकार्ड में कि वो इश्तिहारी मुजरिम था। फिर अरविन्द कौल का सोहल साबित हो जाना महज वक्त की बात होती, इसलिये विमल का वक्त रहते दिल्ली से कूच कर जाना जरूरी था।

अपने मेहरबानों की उस संजीदा राय के तहत विमल ने ऐन वैसा ही किया था।

अब एक अरसे के बाद उसने दिल्ली लौटने की जुर्रत की थी तो इसलिये कि अब दिल्ली में उसको लेकर वो हालात नहीं रहे थे, जो कि तब थे, जब कि मायाराम बावा की उसके सोहल होने की हाल दुहाई के तहत उसे दिल्ली से कूच करना पड़ा था। पहाड़गंज थाने का तब का एसएचओ नसीब सिंह रिटायर हो चुका था और दिल्ली से बोरिया बिस्तर समेटकर गढ़वाल चला गया था, जहाँ का वो मूल रूप से था। वहीं का सब-इन्स्पेक्टर जनकराज किन्हीं लोकल गैंगस्टर्स की गिरफ्तारी के दौरान उन से हुई पुलिस मुठभेड़ में मारा गया था और ऐसे ही अंजाम को विमल के वजूद के लिये सबसे बड़ा खतरा मायाराम बावा पहुँच चुका था। पंजाब पुलिस उसको ट्रांजिट रिमांड पर दिल्ली से अमृतसर लेकर जा रही थी जहाँ कि वो भारत बैंक की डकैती और डबल मर्डर का अपराधी था। पुलिस की वैन को जीटी रोड पर रास्ते में घात लगा कर कुछ अज्ञात लोगों ने रोका था और मायाराम बावा को छुड़ा ले गये थे। बाद में उसकी शूट की गयी लाश जीटी रोड पर के एक उजाड़ फार्म के एक करीबी कुयें से बरामद हुई थी और ये राज कभी उजागर नहीं हो सका था कि पंजाब पुलिस के कब्ज़े से उसको छुड़ाने वाले कौन थे और किसकी वजह से वो मौत का ग्रास बना था। बहरहाल, जो तीन शख़्स दिल्ली में विमल के वजूद के लिये खतरा बन सकते थे उनमें से दो मौत का निवाला बन चुके थे और एक हमेशा के लिये दिल्ली से दूर, बहुत दूर चला गया था।

लिहाजा विमल दिल्ली में सुरक्षित वापिसी कर सकता था।

दिल्ली से पलायन करते वक्त उसका आवास मॉडल टाउन स्थित पिपलोनिया की डी-9 नम्बर कोठी थी, अपनी वसीयत के तहत जिसका मालिक पिपलोनिया विमल को बना कर मरा था। दिल्ली से पलायन से पहले विमल ने वो कोठी औने-पौने दामों में एक बिल्डर को बेच दी थी, जिसका उसने सिर्फ बयाना हासिल किया था, बाकी तमाम फॉलोअप उसकी अथारिटी पर उसके दोस्त और ख़ैरख़्वाह योगेश पाण्डेय ने करना था। बाद में बाजरिया योगेश पाण्डेय ही विमल को ख़बर लगी थी कि बिल्डर इस बिना पर डील से बैक आउट कर गया था कि बेचने वाले के नाम, विमल

के नाम, उसका क्लियर टाइटल नहीं था। वो कोठी बेच पाने से पहले विमल के लिये जरूरी था कि वो लोकल म्यूनीसिपल कार्पोरेशन के रिकार्ड में कोठी की मिल्कियत अपने नाम ट्रांसफर कराता, जिसके लिये विमल के पास वक्त नहीं था क्योंकि उसका दिल्ली में जरा भी फालतू रुकना खतरे से खाली नहीं था।

लिहाज़ा, मॉडल टाउन की वो कोठी उसकी दिल्ली वापिसी के वक्त भी विमल की मिल्कियत थी और अब उसके पास चॉयस थी कि वो अपनी गृहस्थी कोविल हाउसिंग सोसायटी, गोल मार्केट वाले फ्लैट में स्थापित करता या डी-9 मॉडल टाउन को फिर आबाद करता।

विमल ने मॉडल टाउन वाली कोठी को तरजीह दी थी।

हालाँकि योगेश पाण्डेय उसके उस फैसले से सहमत नहीं था।

बतौर दिल्ली प्रवास मॉडल टाउन को चुनने के पीछे एक और भी वजह थी जो विमल योगेश पाण्डेय को नहीं बता सकता था।

वो वजह अजीत लूथरा थी।

कभी अजीत लूथरा दिल्ली पुलिस में सब-इंस्पेक्टर होता था, जो विमल के पिछले दिल्ली प्रवास के दौरान अपनी सरकारी हैसियत के बूते पर पंजे झाड़ के उसके पीछे पड़ा था। वो बतौर सोहल उसे पहचान गया था और उसे गिरफ्तार करके वाहवाही लूटने की जगह उसने उसे बाकायदा ब्लैकमेल करने की कोशिश की थी। पूरी बेशर्मी से उसने अपनी खामोशी की विमल से एक बड़ी कीमत माँगी थी और बाद में जब उसकी चाल उसे उलटी पड़ गयी थी तो उसने खुद कबूल किया था कि उसने विमल को – सोहल को – बहुत कम कर के आँका था, जिसका नतीजा ये निकला था कि हाथ से नौकरी भी गयी थी और वो गिरफ्तार भी हो गया था। सोहल के पलटवार के नतीजे के तौर पर उसके घर पर पड़ी एंटीकरप्शन डिपार्टमेंट की रेड में दो किलो चरस बरामद हुई, एक मोटी कैश रकम बरामद हुई और लेखराज मूंदड़ा नाम के एक नोननॉरकॉटिक्स स्मगलर ने उसके खिलाफ बयान दिया कि अजीत लूथरा नॉरकॉटिक्स स्मगलिंग में उसका जोड़ीदार था। नतीजतन, तत्काल उसे नौकरी से सस्पेंड कर दिया गया और गिरफ्तार कर लिया गया। बड़ी मुश्किल से उसकी ज़मानत हुई लेकिन फिर नौकरी से सस्पेंशन बर्खास्तगी में तब्दील हो गयी। तब लूथरा ने सोहल के हजार हाथों में से दो हाथ बन कर दिखाया और उसके खूब काम आया। वो ज़मानत पर तब भी छूटा हुआ था लेकिन मुकदमा उस पर बरकरार था।

फिर उसकी रूठी किस्मत ने उसका साथ दिया कि लेखराज मूंदड़ा को जेल में दुश्मन गैंग के कैदियों ने मार डाला। यूँ लूथरा के केस में उसके खिलाफ जो सबसे बड़ा गवाह था, वो न रहा। फिर जो दो किलो चरस उस के फ्लैट से बरामद हुई थी, उस की बाबत – फिर कर्टसी सोहल – फॉरेंसिक रिपोर्ट आयी कि वो सूखी घास थी। तब लूथरा शेर हो गया, उसने पुरजोर दावा किया कि जो कैश रकम उसके फ्लैट से बरामद हुई थी, वो उसे फँसाने के लिये वहाँ प्लांट की गयी थी। उन बातों का सामूहिक नतीजा ये निकला कि इसके खिलाफ जो केस था, वो अदालत में न टिक पाया और वो बरी हो गया। उस फैसले की रू में न सिर्फ उसकी अपनी नौकरी पर बहाली हो गयी, वो तरक्की पा कर इसलिये इन्स्पेक्टर बन गया क्योंकि उसके लाँग सस्पेंशन पीरियड के दौरान उसके बैच के सारे सब–इन्स्पेक्टर, इन्स्पेक्टर बन गये थे।

विमल की मॉडल टाउन प्रवास को तरजीह देने की ये भी वजह थी कि दिल्ली आते ही जब उसने लूथरा से सम्पर्क किया था, तो उसे मालूम पड़ा था कि महकमे में उसकी मौजूदा पोस्टिंग मॉडल टाउन थाने में बतौर एडीशनल स्टेशन हाउस आफिसर थी, विमल ने उस इलाके में बसना इसलिए पसन्द किया, जिसके थाने का एएसएचओ न सिर्फ उसका वाकिफ था, उसका अनन्य भक्त था, उसका राज़दार था। लिहाजा उसके सौ काम आ सकता था।

❑❑❑

21 अक्टूबर-सोमवार

आफिस जाने को तैयार विमल ब्रेकफास्ट टेबल पर मौजूद था और खामोशी से नाश्ता कर रहा था।

कितनी ही देर से सामने बैठी नीलम ने अपलक उसे देखा, उसने सिर न उठाया तो वो बोली – "क्या बात है, सरदार जी, तबीयत तो ठीक है?"

"मुझे सरदार मत बोला कर।" – विमल झुँझलाया – "पहले भी कई बार बोला। मैं यहाँ कौल हूँ, कश्मीरी ब्राह्मण, कोई 'सरदार जी' सुनेगा तो क्या कहेगा!"

"यहाँ कौन सुनेगा?"

"अरे, दीवारों के भी कान होते हैं!"

"होते होंगे! ज़ुबान तो नहीं होती!"

"बहुत स्मार्ट हो गयी है।"

"सोहबत का असर है, जी। मेरा सरदार स्मार्ट है तो . . . मेरा मतलब है सरताज स्मार्ट है तो . . ."

"बस कर। मेड को भूल गयी! वो सुनती हो सकती है!"

"ओह! फिर तो सॉरी!"

"आई बड़ी अंग्रेज।"

"पर मेरी बात तो तुमने बीच में ही गुम कर दी!"

"कौन-सी बात?"

"आज बहुत गुमसुम हो! मैं पूछ रही थी, तबीयत तो ठीक है?"

"तबीयत को कुछ नहीं हुआ। वो ठीक है। मन ठीक नहीं है।"

"क्यों भला?"

"मार्केट का कल वाला नजारा नहीं भूलता। जेहन पर उस लड़की की परेशान सूरत उबरती है, उस शैतान की औलाद लड़के की धृष्ट, गुस्ताख सूरत उबरती है तो मन आन्दोलित हो उठता है।"

"भूल जाओ सब। आजकल बड़े शहरों की ये रोज़मर्रा की बातें हैं।"

"तू न रोकती तो उस चाण्डाल को ऐसा सबक सिखाता कि . . ."

"फिर शुरू हो गये! उसको कोई सबक सिखाने से पहले खुद अपना सबक याद करो जो ऐसे मौकों पर जोश खाते हो तो भूल जाते हो।"

''क्या कह रही है!''

''तुम्हें मालूम है क्या कह रही हूँ। तुमने वादा किया था कि अपनी गुजश्ता, ख़ूनआलूदा जिन्दगी को कतई भूल जाओगे और यहाँ दिल्ली आकर एक नयी, सलेट जैसी साफ जिन्दगी शुरू करोगे जो उस गुनाह की दुनिया की परछाई से भी दूर होगी, जिसमें तुम जुल्म की आँधियों के दरम्यान तिनके की तरह उड़ते फिरते थे। तुम्हारी खुद की हमेशा की ख़्वाहिश थी कि तुम्हें इत्मीनान की, सुकून की जिन्दगी हासिल हो और जब ऐसी जिन्दगी की देहरी पर तुम कदम रख रहे हो तो एक छोटे से, रोज़मर्रा के वाकये से हिलकर दिखा रहे हो! आन्दोलित होकर दिखा रहे हो! जो कल तुमने देखा, वो आज के बड़े शहरों के मिजाज की छोटी–मोटी बातें हैं, उन से भड़कोगे और कुछ कर गुजरने को उतावले होने लगोगे तो कैसे अपने वादे पर खरा उतर कर दिखाओगे कि अब कभी अपनी गुनाहों से पिरोई गुजश्ता जिन्दगी की तरफ झाँकोगे भी नहीं! नयी जिन्दगी की तरफ तुम्हारा तो पहला ही कदम मुझे लड़खड़ाता दिखाई दे रहा है!''

''ये'' – विमल भौंचक्का सा बोला – ''तू ही बोल रही है न!''

''नहीं, बैडरूम से टीवी की आवाज आ रही है।''

''लैक्चर देना कब से सीख गयी?''

''सिखा दिया सधवा होते हुए विधवा की जिन्दगी जीने ने।''

''शट अप!''

''क्यों, कुछ गलत कह दिया मैंने?''

''ऐसी बातें ठीक भी हों तो नहीं सुननी मैंने।''

''जो आज्ञा, प्राणनाथ। अब उठो, नौ बजने को हैं।''

''ओह!''

''और वापिसी में गुरुद्वारे मत्था टेक कर आना। मन निर्मल हो जायेगा। आन्दोलित भावनायें शान्त हो जायेंगी।''

''कमाल है! साली मिडल फेल! कैसी फैंसी लफ्फाजी झाड़ रही है!''

''पास। सौ बार कहा।''

विमल हँसा।

फिर उसने उठकर अपना ब्रीफकेस सम्भाला और बाहर की ओर बढ़ा।

नीलम चौखट तक उसके साथ आयी।

विमल ने बाहर कदम रखा तो वो चौखट पर ही ठिठक गयी।

''मैंने सुना है'' – वो विनोदपूर्ण स्वर में बोली – ''बाहर के मुल्कों में

साहब लोग जब ऐसे सुबह घर से रवाना होते हैं तो अपनी मेम के गाल पर थूक लगा के जाते हैं।''

''माँ का सिर सुना है।'' – विमल की हँसी निकल गयी – ''अरी, मिडल फेल, बीवी को 'गुडबाई किस' से नवाज के जाते हैं।''

''किस से? थूक से?''

''के-आई-डबल एस किस से। अब तेरे को के-आई-डबल एस नहीं समझ में आना, साली हिन्दी मीडियम। अब . . .''

एकाएक विमल ठिठका।

''क्या हुआ?'' – नीलम सशंक भाव से बोली।

विमल ने ख़ामोशी से सामने कोठी के आयरन गेट से पार सड़क पर इशारा किया। नीलम ने उसकी निगाह का अनुसरण किया तो पाया वहाँ ऐन गेट के सामने एक स्टील ग्रे कलर की 'वरना' खड़ी थी जिसकी वहाँ मौजूदगी के दौरान विमल कोठी के भीतर खड़ी अपनी रिट्ज़ कार बाहर नहीं निकाल सकता था।

दोनों आयरन गेट के करीब पहुँचे।

''मैं इस कार को पहचानती हूँ।'' – नीलम बोली।

विमल की भवें उठीं।

''छः नम्बर वालों की है। उनका नौजवान लड़का चलाता है। शायद अरमान त्रिपाठी नाम है। रात-ब-रात भटकता है। देर रात लौटता है, तो गाड़ी कहीं भी खड़ी कर देता है।''

''कहीं भी क्यों?''

''उनके पास तीन गाड़ियाँ हैं। हमारी तरह भीतर गैराज नहीं है उनके यहाँ। इसलिये उन्हें पार्किंग की प्रॉब्लम है।''

''तू तो बहुत कुछ जानती है आस-पड़ोस के बारे में!''

''क्या बड़ी बात है! दो महीने हो गये यहाँ रहते।''

''ठीक! त्रिपाठी! छः नम्बर!''

''क्या इरादा है?''

''जाके बात करता हूँ न!''

''सुनो! जाने दो।''

''क्या! आफिस जाना जाने दूँ? छुट्टी कर लूँ आज, क्योंकि पड़ोसी की नालायकी, बल्कि धाँधली, की वजह से मैं अपनी गाड़ी बाहर नहीं निकाल सकता!''

''नहीं।''

''तो!''

''कैब बुला लो।''

विमल ने अपलक उसकी तरफ देखा।

''प्लीज़!''

विमल एक क्षण हिचका, फिर उसने सहमति में सिर हिलाया।

नीलम ने चैन की साँस ली।

अगले दिन फिर वही हुआ।

सुबह विमल का आफिस जाने का वक्त हुआ तो उसने वही 'वरना' फिर अपने आयरन गेट पर खड़ी पायी।

''मैं कल शाम जब लौटा था'' – विमल भुनभुनाता-सा बोला – ''तब तो ये यहाँ नहीं थी!''

''दोपहरबाद किसी वक्त गयी थी।'' – नीलम धीरे से बोली।

''बात करनी थी!''

''मुझे पता ही नहीं लगा था कब गयी थी। अन्दाजन बोला कि दोपहर के बाद गयी थी क्योंकि तब सब्जी वाले की आवाज सुनकर मैं बाहर निकली थी।''

''अब क्या करूँ मैं? आज भी कैब बुलाऊँ?''

''प्लीज! आज मैं निगाह रखूँगी। आज मैं बात करूँगी।''

''ठीक है।''

कुछ ठीक न हुआ।

उससे अगले दिन भी 'वरना' वहीं खड़ी थी।

विमल का पारा चढ़ने लगा।

''तूने बात नहीं की कल?'' – वो गुस्से से बोला।

''कोशिश की थी।'' – नीलम दबे स्वर में बोली।

''क्या मतलब?''

''मैं खास उसकी ताक में थी। वो छोकरा आया तो मैं बाहर निकली थी। लेकिन उसने तो मुझे बात करने का मौका ही नहीं दिया। मैं आवाज़ ही देती रह गयी और वो गाड़ी लेकर निकल भी लिया!''

''हूँ! त्रिपाठी! छः नम्बर!''

''हाँ। लेकिन . . .''

''अब ख़बरदार जो कहा कि कैब बुला लूं।''

"नहीं" – नीलम का स्वर और व्यग्र हुआ – "मैं तो कह रही थी . . ."

"अरे, क्या कह रही थी! साफ बोल। मुझे पहले ही देर हो रही है।"

"झगड़ा न करना। प्लीज़।"

विमल ने घूर कर उसे देखा।

"तुम्हें . . . सूरज की कसम।"

विमल ने गहरी साँस ली फिर असहाय भाव से सहमति में गर्दन हिलाई।

आयरन गेट को धकेल कर वो बाहर निकला और सड़क पर दायीं ओर आगे बढ़ा। छः नम्बर एक दोमंजिला कोठी थी, जिसके सामने जैसे-तैसे तीन कारें पहले से खड़ी थीं।

तीन!

उसने देखा कोठी के आयरन गेट के पहलू में एक चिट्ठी डालने के काम आने वाला लम्बा झरोखा था जिसके नीचे पीतल के अक्षरों से जड़ी ग्रेनाइट की एक स्लैब तिरछी लगी हुई थी जिस पर दर्ज था :

चिन्तामणि त्रिपाठी

गौरमेंट कान्ट्रैक्टर

डी-6, मॉडल टाउन

बन्द आयरन गेट पर स्टूल पर बैठा एक वर्दीधारी वाचमैन मौजूद था।

"मैं नौ नम्बर से हूँ। अरविन्द कौल।" – विमल बोला – "जरा त्रिपाठी जी को बुला दो।"

"वो तो इस वक्त नहीं बुल सकते!" – वाचमैन बोला।

"क्यों?"

"फैमिली के साथ ब्रेकफास्ट कर रहे हैं। उठ के कैसे बाहर आयेंगे?"

"तो भाई, मेरे को उनके पास ले चल।"

वाचमैन ने उस बात पर विचार किया, फिर उठकर आयरन गेट खोला और भीतर को बढ़ा।

विमल उसके पीछे हो लिया।

वाचमैन उसे एक भव्य डाइनिंगरूम में लेकर आया जहाँ एक विशाल डायनिंग टेबल के गिर्द परिवार के बच्चे, बड़े कई सदस्य बैठे ब्रेकफास्ट कर रहे थे। उनमें से एक कोई पचपन साल का रौबदार शक्ल-सूरत वाला व्यक्ति था, जिसने सबसे पहले सिर उठाया और अप्रसन्न भाव से बोला– "क्या है!"

"ये पड़ोस से हैं।" – वाचमैन विनयशील स्वर में बोला – "आप से मिलना चाहते हैं।"

"तो यहाँ क्यों ले आया? देखता नहीं, ब्रेकफास्ट कर रहे हैं!"

"साहब, मैंने सोचा कि कोई जरा-सी बात होगी, इसलिए . . ."

"खैर, अब ले आया तो . . . ठीक है। देखते हैं। तू जा।"

वाचमैन वहाँ से रुख़सत हो गया।

"कौन हो, भई?" – पीछे उम्रदराज़ शख़्स बोला – "क्या चाहते हो?"

"मेरा नाम अरविन्द कौल है, जनाब।" – विमल विनयशील स्वर में बोला – "मैं नौ नम्बर में रहता हूँ . . ."

"तो!" – वो शख़्स उतावले स्वर में बोला – "तो?"

"आप की गाड़ी मेरी कोठी के आयरन गेट के आगे खड़ी है . . ."

"तो क्या आफत आ गयी?"

"कल भी खड़ी थी। परसों भी खड़ी थी।"

"अरे, भई, तो क्या आफत आ गयी आज, कल या परसों?"

"आफत कोई नहीं आ गयी, जनाब, लेकिन बात ये है कि मैं अपनी गाड़ी भीतर से बाहर नहीं निकाल सकता! दो दिन इसी विघ्न की वजह से मुझे कैब बुलानी पड़ी। मैं रोज़-रोज़ कैब नहीं बुला सकता। मैं नौकरीपेशा आदमी हूँ, मेरा फिक्स्ड-टाइम पर आफिस पहुँचना जरूरी होता है। मुझे देर हो रही है।"

"तो हम क्या करें?"

"आपकी वजह से देर हो रही है।"

"क्या चाहते हो?"

"चाहता क्या हूँ! बताया तो है! मेरे गेट पर से अपनी गाड़ी हटाइये ताकि मैं . . ."

"यार, तुम तो खड़े घोड़े पर सवार हो! ऐसे होता है कहीं! अब ब्रेकफास्ट भी नहीं करने दोगे! इतने सख्त हाकिम हो . . ."

"जनाब, मैं हाकिम नहीं हूँ, मैं तो . . ."

"हुक्म तो हाकिम की तरह ही दनदना रहे हो!"

". . . दरख़्वास्त कर रहा हूँ। दरख़्वास्त कर रहा हूँ कि . . ."

"ठीक है, ठीक है। ब्रेकफास्ट से निपट कर करते हैं कुछ।"

"जनाब, मैंने आफिस पहुँचना है, मुझे देर . . ."

"तो क्या करें? ब्रेकफास्ट छोड़ दें?"

"मैंने तो ऐसा नहीं कहा!"

"कह लो। एक तो घर में घुस आये और आकर सिर पर सवार हो गये, ऊपर से . . ."

"मैं नहीं घुस आया। आपका वाचमैन मुझे यहाँ लाया।"

"अब वाचमैन ही बाहर ले जायेगा तो जाओगे?"

विमल का चेहरा तमतमाने लगा।

'झगड़ा न करना!'

नीलम की चेतावनी उसके जेहन में गूँजी।

उसने सप्रयास अपने भड़कने को तत्पर मूड पर काबू किया।

"गली सबकी साँझी होती है।" – उम्रदराज़ शख़्स के बाजू में बैठा एक नौजवान लड़का तमक कर बोला।

"क्या बोला?" – विमल ने घूर कर उसे देखा।

"हियरिंग में कोई प्रॉब्लम है क्या?"

"तुम शायद अरमान हो! जिसकी वो 'वरना' है जो मेरे आयरन गेट के सामने खड़ी है।"

"कैसे जाना?"

". . . कल भी खड़ी थी। परसों भी खड़ी थी।"

"अरे, कैसे जाना कि मैं अरमान हूँ?"

"तुम्हारी एरोगेंस से जाना। तुम्हारी गुस्ताख़, बद्अख़लाक ज़ुबान से जाना?"

वो हड़बड़ाया।

"ज़्यादा ज़ुबानदराज़ी की जरूरत नहीं है।" – फिर पूर्ववत् तमक कर बोला – "हमारी कोठी के आगे भी किसी की गाड़ी खड़ी है; वो हट जाये फिर हम भी हटा लेंगे।"

"कब?"

"जब भी वो गाड़ी हटेगी।"

"मैं इतना इन्तज़ार नहीं कर सकता।"

"तो मत करो।"

"नहीं करूँगा। आप अभी अपनी गाड़ी हटा लोगे तो क्यों करूँगा भला!"

"अरे, क्या सचमुच में बहरे हो! बोला न कि पहले वो गाड़ी, जो पता नहीं कौन साला . . ."

वो ठिठका, उसने बगल में बैठे उम्रदराज़ शख़्स की तरफ देखा जो अब प्रत्यक्ष था कि उसका पिता चिन्तामणि त्रिपाठी था।

"पता नहीं" – युवक भुनभुनाया – "गाड़ी इस गली की भी है या नहीं!"

"मुझे पता है।" – विमल धीरज के साथ बोला – "मुझे पता है 'वरना' तुम्हारी है और वो मेरा रास्ता रोक रही है। अब जरा चलो और उसे हटा लो ताकि मैं आफिस जा सकूँ।"

"अच्छा!" – पिता व्यंग्यपूर्ण भाव से बोला – "तुम्हारे कहने से ये ब्रेकफास्ट छोड़ दे!"

"जनाब, आप मेरी प्रॉब्लम भी तो समझो!"

"समझी है। ब्रेकफास्ट से फारिग हो लें, फिर . . . करते हैं कुछ। टलो अब।"

"टलूँ?"

"जाओ, भई।" –पिता फर्ज़ी नम्रता से बोला – "तशरीफ़ ले जाओ। अब ठीक है?"

विमल ने सप्रयास सहमति में सिर हिलाया और रुख़सत पाने को वापिस घूमा।

वो अपनी कोठी पर लौटा।

"क्या हुआ?" – तब भी बरामदे में खड़ी नीलम ने व्यग्र भाव से पूछा।

विमल ने बताया।

"हे भगवान!" – नीलम हैरानी से बोली – "ऐसे पेश आये वो तुम्हारे साथ! ब्रेकफास्ट पर बैठे थे, अदब होता तो घर आये मेहमान को ब्रेकफास्ट ऑफर करते! अदब तो दिखाया नहीं, ऊपर से बद्तमीजी करने लगे!"

"पैसे की गर्मी हो तो अहंकार आ ही जाता है। जब अहंकार आता है तो बद्तमीजी साथ ले कर आता है।"

"अब क्या करोगे? इन्तज़ार!"

"मुझे कोई ऐतराज़ नहीं लेकिन मुझे लगता है अपनी ताकत बताने के लिये वो जानबूझ कर गाड़ी हटाने में देर करेंगे . . ."

"आज फिर कैब बुला लो। प्लीज़।"

"पहले कुछ और ट्राई करता हूँ। ट्राई नाकाम रही तो कैब बुला लूँगा।"

"क्या ट्राई? क्या करोगे?"

"अभी सामने आता है।"

"कोई . . . फसादी काम न करना।"

"अरे, नहीं, भई। वादा है घरवाली से। वादाखिलाफ़ी कैसे करूँगा!"

"हाँ। याद रखना ये बात।"

"याद है, बीबी नीलम कौरे।"

विमल ने जेब से अपना मोबाइल निकाला और अजीत लूथरा को काल लगाई।

शाम को विमल घर लौटा।

छः नम्बर वालों का वाचमैन शायद उसी के लौटने की ताक में था, उसकी कार को पहचानते ही वो कोठी के भीतर को भागा।

विमल ने हॉर्न बजाया।

मेड ने कोठी से बाहर निकल कर आयरन गेट खोला तो विमल ने कार को भीतर ले जाकर खड़ा किया। वो कार से बाहर निकल कर अभी बरामदे की ओर बढ़ा ही था कि दनदनाता हुआ चिन्तामणि त्रिपाठी वहाँ पहुँच गया।

विमल ठिठका, प्रश्नसूचक नेत्रों से उसने त्रिपाठी के गुस्साये चेहरे की तरफ देखा।

"हमारी गाड़ी का क्या किया?" – त्रिपाठी सूरत से मैच करते गुस्से से बोला।

"आपकी गाड़ी!" – जानबूझ कर अंजान बनता विमल बोला।

" 'वरना'। नयी। जो सुबह यहाँ बाहर खड़ी थी! कहाँ गयी वो?"

"मुझे क्या मालूम कहाँ गयी! आप की गाड़ी की आप को ख़बर हो!"

"जब वो यहाँ गेट के आगे खड़ी थी तो तुमने अपनी गाड़ी कैसे निकाली?"

"जब मैंने अपनी गाड़ी निकाली थी, तो वो गेट के आगे नहीं खड़ी थी।"

"कहाँ गयी?"

"मुझे क्या पता कहाँ गयी! आप के बालक ने हटा ली होगी। आप बोल तो रहे थे ब्रेकफास्ट से फारिग होकर उस बाबत करेंगे कुछ!"

"हमने कुछ नहीं किया था। ब्रेकफास्ट से फारिग होकर जब अरमान यहाँ आया था तो गाड़ी यहाँ नहीं थी।"

"कहाँ गयी?"

"अरे, मैं तुम से पूछ रहा हूँ।"

"मुझे इस बाबत कुछ नहीं मालूम। मैं तो सुबह नौ बजे का निकला अभी लौटा हूँ।"

"यही तो मैं पूछ रहा हूँ कि निकले कैसे? गाड़ी से लौटे हो तो जाहिर है कि गाड़ी से ही गये थे। कैसे निकाली?"

"मैंने अर्ज़ किया न, जनाब, कि जब मैंने भीतर से गाड़ी निकाली थी तो बाहर 'वरना' नहीं थी वर्ना मैं गाड़ी निकाल ही न पाया होता।"

"नहीं थी तो कहाँ गयी! हमने तो नहीं हटाई थी!"

"तो किसने हटाई!"

"यही तो मैं जानना चाहता हूँ।"

"आपने नहीं हटाई तो एक ही बात हो सकती है।"

"क्या?"

"उठ गयी।"

"क्या!"

"चोरी हो गयी।"

"क्या! ये नहीं हो सकता। इधर कभी कोई कार चोरी की वारदात नहीं हुई।"

"जनाब, कभी तो पहल होनी ही होती है!"

"बिल्कुल नयी थी। अभी पिछले महीने ही ली थी।"

"कारजैकर्स नयी और हाई एण्ड कार्स पर ही घात लगाते हैं।"

"चोरी हो गयी!" – वो अनिश्चित भाव से बड़बड़ाया।

"और क्या हो सकता है! आपको थाने जा के चोरी की रपट लिखानी चाहिये।"

"अरमान बोल रहा था ऐसा। लेकिन मैं पहले तुम से बात करना चाहता था।"

"मेरे से बात कर ली है आपने। अब . . ."

"तुमने वाकई हमारी कार के साथ कोई करतब नहीं किया?"

"अरे, जनाब, मैं क्या करतब कर सकता था? गिली-गिली करके कार को गायब कर सकता था? क्या कर सकता था? बताइये?"

उससे जवाब, देते न बना।

"कर सकता होता तो पहली बार ही न करता!"

"तो" – वो फिर बोला – "जब तुमने अपनी कार निकाली थी तो हमारी 'वरना' बाहर नहीं थी?"

"ये भी कोई पूछने की बात है! 'वरना' बाहर होती तो मैंने अपनी कार कैसे निकाली होती? यूँ कार निकालना मुमकिन होता तो मैं क्यों फरियादी बन कर आप के द्वारे गया होता और फटकार खाकर लौटा होता?"

"ऐसी कोई बात नहीं थी। हम ब्रेकफास्ट बीच में नहीं छोड़ सकते थे, बस?"

"ठीक! ठीक! तो कब निपटे थे?"

"तुम्हारी आमद पर तो बस अभी बैठे ही थे डायनिंग टेबल पर। पन्द्रह-बीस मिनट तो लगते ही हैं न निपटने में!"

" 'फिर जायें या न जायें' विचारने में भी वक्त लगा होगा!"

वो सकपकाया, उसने तनिक बेचैनी से पहलू बदला!

"बहरहाल ब्रेकफास्ट से फारिग होकर आप जब यहाँ आये तो आपकी 'वरना' यहाँ नहीं थी।"

"अरमान आया।"

"तब कार यहाँ नहीं थी!"

''हाँ। बहुत आगबगूला हुआ। वो तो . . . वो तो . . . तुम्हें ही ज़िम्मेदार ठहरा रहा था।''

''खामखाह! मैं चाहता भी तो क्या कर सकता था?''

''हूँ!''

''आप भीतर आइये और हमें मेहमाननवाजी का मौका दीजिये। मेरी बीवी कॉफी बहुत अच्छी बनाती है। ऐन कैफे कॉफी डे जैसी।''

''नहीं। मैं . . . थाने ही जाता हूँ।''

''जनाब, जब सुबह से नहीं गये तो थोड़ी देर और सही।''

''नहीं। जाता हूँ मैं। लेकिन एक बात गौर से सुन लो।''

''सुनाइये।''

''मुझे नहीं पता कार के साथ क्या हुआ लेकिन जो हुआ, उसमें तुम्हारा जरा सा भी हाथ निकला तो . . .''

''तो क्या?''

''तो तुम्हारी खैर नहीं।''

विमल ने जिस्म में झुरझुरी दौड़ गयी होने का अभिनय किया।

''मैं सरकारी ठेकेदार हूँ और मेरा छोटा भाई इसी इलाके से एमएलए है। दिल्ली सरकार में मेरी ऐन टॉप तक पहुँच है।''

''और हम ऐसी टॉप तक पहुँच वालों के पड़ोसी हैं!''

''अभी आयी बात समझ में।''

''महिमा घटी समुद्र की, रावण बसा पड़ोस।''

''क्या बोला?''

''कुछ नहीं। तो आप हमें टॉप-की-पहुँच के साथ कॉफी शेयर करने का मौका नहीं देंगे!''

''अभी थाने जाना है। फिर कभी . . . देखेंगे।''

''वैलकम ऐनी टाइम। वैसे गाड़ी इन्श्योर्ड तो थी न!''

''फुल्ली इंश्योर्ड थी। अभी पिछले महीने तो ली थी! आज कल तो फुल इंश्योरेंस के बिना गाड़ी शोरूम से निकाली ही नहीं जा सकती।''

''सॉरी! मैं भूल गया था। फिर क्यों फिक्र करते हैं! बीमा कम्पनी पूरा पैसा लौटायेगी।''

''अरे, पैसे की किसे फ़िक्र है! साले, बैंक एकाउन्ट भरे पड़े हैं। लॉकर भरे पड़े हैं। हैरान करने की बात तो ये है कि किसी ने चिन्तामणि त्रिपाठी की मूँछ का बाल उखाड़ने की कोशिश की!''

''जो सरकारी ठेकेदार हैं, जिनका भाई एमएलए है, जिनका चाचा, ताया, मामा, फूफा मंत्री हैं . . .''

''अभी नहीं है तो हो जायेगा। एमएलए भाई ही मंत्री हो जायेगा।''

''बधाई।''

''वैसे करते क्या हो?''

''प्राइवेट जॉब करता हूँ। केजी मार्ग पर गैलेक्सी ट्रेडिंग कार्पोरेशन करके एक कम्पनी है, उसमें एकाउन्ट्स ऑफिसर हूँ।''

''बस! फिर भी इतने ठाठ हैं!''

''कोई ठाठ नहीं है, जनाब, बस गुजारा चल रहा है।''

''ये कोठी तो काफी अरसे तक खाली पड़ी थी! फिर सुना था किसी बिल्डर ने खरीद ली थी। फिर तुम आ गये। किराये पर हो?''

विमल ने ख़ामोशी से इंकार में सिर हिलाया।

''ओह! तो मालिक हो! फिर भी कहते हो ठाठ नहीं हैं! एकाउन्ट्स आफिसर की कोई सिक्स-सेवन फिगर सैलरी तो होती नहीं होगी! फिर भी . . .''

''मेरे ख़याल से आप कॉफी पी ही लीजिये।''

''कॉफी!'' – वो हड़बड़ाया – ''नहीं। जाता हूँ।''

''थाने?''

''और कहाँ?''

''विश यू आल दि बैस्ट।''

वो चला गया।

भीतर का दरवाज़ा खोल कर नीलम ने बरामदे में कदम रखा।

''गया?'' – वो बोली।

''हाँ।''

''साफ धमकी दे के गया!''

''अपनी मौत का सामान करके गया।''

''जोश नहीं खाना, सरदार जी, ठण्ड रखो। रखो ही नहीं रखे रहो। यूँ जोश खाओगे तो उसी दुनिया में पहुँच जाओगे जिसमें वापिस कदम न रखने का अहद लेकर दिल्ली आये हो और गृहस्थ बने वाइट कालर जॉब कर रहे हो। अभी कितनी बार और ये बात याद दिलानी पड़ेगी तुम्हें? वो आया अपनी मौत का सामान करने क्योंकि नहीं जानता तुम कौन हो। लेकिन तुम तो जानते हो तुम कौन हो!''

"वाइट कालर एम्पलाई! बल्ले! कैसे-कैसे फैंसी फ्रेज़ सीख गयी है साली मिडल फेल।"

"पास। सौ बार समझाया है।"

"अच्छा, अच्छा! अब भीतर चल और चाय की शक्ल दिखा।"

"उसको तो कॉफी ऑफर कर रहे थे! बोल रहे थे मैं कैफे कॉफी डे से बढ़िया कॉफी बनाती हूँ!"

"बढ़िया नहीं, अपने-मुँह-मियाँ-मिट्ठू, कैफ़े कॉफी डे जैसी! और इसलिये बोल रहा था क्योंकि मालूम था कि ऑफर कबूल नहीं होने वाली थी। जिसने अपने घर पर मुझे बैठने तक को न बोला, उसका यहाँ मेहमाननवाजी पर कोई दावा बनता था?"

"उसे रावण बोला!"

"तो कौन-सा उसकी समझ में आ गया!"

"ऐसी भड़काऊ बातें भी न किया करो।"

"मंजूर, मालको, मंजूर!"

विमल चाय से फारिग हुआ ही था कि एक हवलदार वहाँ पहुँच गया।

"आप को थाने तलब किया गया है।" – वो सहज भाव से बोला।

उसका आगमन अनपेक्षित नहीं था, फिर भी विमल ने पूछा – "वजह?"

"आप पर एक कार की चोरी की जवाबदारी है।"

"ओह! सड़क पर चलो, मैं गाड़ी निकालता हूँ।"

"मैं जीप लाया हूँ।"

"गुड!"

विमल उसके साथ हो लिया।

थाने में हवलदार ने उसे एएसएचओ अजीत लूथरा के आफिस में पहुँचाया जहाँ भुनभुनाता-सा चिन्तामणि त्रिपाठी पहले से मौजूद था।

"बिराजिये।" – बिना विमल से निगाह मिलाने का उपक्रम किये लूथरा बोला।

विमल त्रिपाठी के पहलू में एक विजिटर्स चेयर पर बैठ गया।

"ये चिन्तामणि त्रिपाठी हैं, बड़े कॉन्ट्रैक्टर हैं, रुतबे और रसूख वाले आदमी हैं, आपके पड़ोस में रहते हैं, मालूम होगा!"

"मैं इनकी सूरत से वाकिफ हूँ।" – विमल सहज भाव से बोला।

"गुड! आज सुबह आपकी कोठी के सामने से इनकी नयी 'वरना' कार चोरी हो गयी है।"

''मेरी कोठी के सामने से?'' – विमल की भवें उठी।

''इनके सुपुत्र अरमान त्रिपाठी बीती रात बहुत लेट – कोई रात डेढ़ बजे – घर लौटे थे, कहते हैं तब और कहीं पार्किंग के लिये जगह नहीं थी।''

''मुझे अपनी कोठी के आयरन गेट के सामने खड़ी एक स्टील ग्रे कलर की 'वरना' की ख़बर है . . .''

''इन्हीं की थी।''

''नौ बजे तक वो वहाँ थी। थोड़ी देर बाद ही जब मैं आफिस के लिये रवाना होने लगा था तो वो वहाँ नहीं थी।''

''करैक्ट। ये कहते हैं कि इनकी गाड़ी के वहाँ खड़ा होने पर ऐतराज़ जताने आप इनके घर पहुँच गये थे जहाँ ब्रेकफास्ट के लिये बैठी फैमिली को आपने डिस्टर्ब किया था।''

''आपकी बात का फर्स्ट हाफ ठीक है, सैकण्ड हाफ गलत है। मैं पहुँच नहीं गया था, इनके वाचमैन ने बाकायदा मुझे वहाँ पहुँचाया था, एस्कार्ट किया था। मेरी आमद से अगर ये डिस्टर्ब हुए थे तो जिम्मेदार अपने वाचमैन को ठहरायें।''

''बहरहाल, वो मुद्दा नहीं है, मुद्दा ये है कि इनकी कार चोरी चली गयी है और ये समझते हैं कि ये आपकी कोई कारस्तानी है।''

''कारस्तानी?''

''हरकत। मूव। आप क्या कहते हैं इस बारे में?''

''ये मुझे चोर ठहरा रहे हैं?''

''चोर नहीं ठहरा रहे लेकिन इन्होंने शक जाहिर किया है कि आप इस सिलसिले में कुछ जानते हैं।''

''क्या?''

''आप बताइये।''

''मैं क्या बताऊँ? सिवाय इसके कि कार वहाँ थी और फिर नहीं थी।''

''क्यों नहीं थी?'' – त्रिपाठी भड़का – ''कहाँ गयी?''

''कोई नजूमी ही बतायेगा, जनाब, जो कि मैं नहीं हूँ।''

''आप को कार की वहाँ मौजूदगी से प्रॉब्लम थी। फिर वो प्रॉब्लम अपने आप ही रफा हो गयी। क्योंकर हुआ ऐसा?''

''निजामुद्दीन के इलाके के एक मुअज़्ज़िज मौलाना को मैं जानता हूँ जो अल्लाह वाले फर्द हैं और माने हुए नजूमी हैं। मेरी राय में इस बारे में आप उनसे मशवरा फरमाइये।''

"इन्स्पेक्टर साहब, ये बात को मज़ाक में ले रहे हैं।"

"आप बात को मज़ाक में ले रहे हैं जो समझते हैं कि मैंने फूँक मारी और कार गायब हो गयी।"

"कुछ तो किया आपने!"

"कहिये, चोरी की। दो टूक कहिए। बतौर गवाह इन्स्पेक्टर साहब के सामने कहिये। फिर डिफेमेशन ऑफ कैरेक्टर के केस में कोर्ट के अपने नाम समन का इन्तज़ार कीजिये।"

वो हड़बड़ाया।

"फिर वहां भी जज को बताइयेगा कि आप बड़े, सरकारी ठेकेदार हैं, आप का भाई एमएलए है और मंत्री बनने वाला है और आपके बैंक एकाउन्ट, लॉकर सब पैसे से भरे पड़े हैं। इतने से ही जज पर आप का ऐसा रौब गालिब होगा कि वो डिफेमेशन के गंभीर केस में आपकी जवाबदेही की कोई जरूरत ही नहीं समझेगा।"

वो और हड़बड़ाया, उसने बेचैनी से पहलू बदला और पनाह माँगती निगाह से लूथरा की तरफ देखा।

"हाई एण्ड 'वरना' का सवा मीट्रिक टन के करीब वजन होता है।" – लूथरा बोला – "क्रेन के बिना वो कहीं से नहीं हटाई जा सकती। मिस्टर कौल" – एकाएक उसके नेत्रों में एक धूर्त भाव आया, जिसे सिर्फ विमल ने देखा, और गायब हुआ – "आपके पास क्रेन है?"

"नहीं।" – विमल बोला।

"टो ट्रक?"

"नहीं।"

लूथरा ने त्रिपाठी की तरफ देखा।

"ऐसी चीजों का खुद मालिक होना जरूरी नहीं होता।" – त्रिपाठी सख्ती से बोला – "बावक्तेजरूरत उन्हें तलब भी किया जा सकता है।"

"ओब्सट्रक्शन हटवाने के लिये?" – विमल बोला।

"हाँ।"

"जोकि ऑफेंस है? जिस का चालान होता है? जुर्माना होता है?"

"होता होगा!"

"होगा नहीं, त्रिपाठी जी, है।" – लूथरा बोला – "ओब्सट्रक्शन इज़ ए पनिशेबल क्राइम। अगर किसी की गाड़ी पड़ोसी की ईजी एक्सैस को ओब्सट्रक्ट करती है, पड़ोसी 100 पर उसकी कंपलेंट करता है, तो बाज़रिया

ट्रैफिक पुलिस वो गाड़ी वहाँ से हटाई जा सकती है।''

''इन्होंने यही किया होगा!''

''ऐसी गाड़ी उठवा के थाने लायी जाती है। आज सुबह से यहाँ तो कोई 'वरना' नहीं लायी गयी!''

''मैं कुछ नहीं जानता।'' – त्रिपाठी झुँझलाया – ''मैं बस इतना जानता हूँ कि मेरी नयी वरना कार गायब है और उसके गायब होने में किसी न किसी तरह से इनका कोई हाथ है।''

''क्या हाथ है? ट्रैफिक पुलिस से मिली भगत के तहत इन्होंने वो गाड़ी बेच खायी?''

''ये तो मैंने नहीं कहा!''

''कहिये। फिर रिटर्न कंपलेंट लिखवाइये, मैं इनको अभी हिरासत में लेता हूँ।''

''मैं बात इतनी नहीं बढ़ाना चाहता।''

''बात तो आप बढ़ा चुके। आप इन्हें चोर ठहरा रहे हैं और कहते हैं बात नहीं बढ़ाना चाहते।''

''आप ये न भूलें कि मेरा भाई इस इलाके का एमएलए है।''

''अगर पुलिस से बेहतर एमएलए साहब आपके काम आ सकते थे, तो वहीं जाना था, यहाँ क्यों चले आये?''

त्रिपाठी से जवाब देते न बना।

''अब अपनी गलती सुधार लीजिये, अब चले जाइये उनके पास।''

''हाँ'' – विमल बोला – ''शायद वो तीसरा नेत्र खोलें और जान जायें कि आपकी गायबशुदा कार कहाँ खड़ी थी!''

''तुम चुप रहो, जी!'' त्रिपाठी भड़का – ''मैं तुम से बात नहीं कर रहा।''

''ये मेरे लिये अच्छी ख़बर है।'' – विमल इन्स्पेक्टर की तरफ घूमा – ''अब मेरे लिये क्या हुक्म है?''

लूथरा ने त्रिपाठी की तरफ देखा।

त्रिपाठी परे देखने लगा।

''आज सुबह'' – लूथरा विमल से सम्बोधित हुआ – ''आपने ओब्सट्रक्शन की कोई कंपलेंट 100 नम्बर पर दर्ज कराई थी?''

''नहीं।'' – विमल बोला।

''आप इनकी गुमशुदा कार के बारे में कुछ जानते हैं?''

“नहीं।”

“जा सकते हैं।”

“थैंक्यू।” – विमल उठ खड़ा हुआ।

“आप भी।” – लूथरा पाण्डेय से बोला।

“लेकिन” – त्रिपाठी हड़बड़ाया – “मेरी कार चोरी की कंपलेंट तो दर्ज हुई नहीं!”

“वो कंपलेंट अभी दर्ज नहीं हो सकती। ऐसे मामलात में एक पहले से तयशुदा अरसे तक कार की रिकवरी का इन्तज़ार किया जाता है। ऐसा न हो पाया होने की सूरत में ही चोरी की कंपलेंट रजिस्टर की जाती है। आप अगले हफ़्ते आइये। तब देखेंगे क्या किया जा सकता है आपकी कंपलेंट की बाबत। अभी आप जा सकते हैं।”

“आप मेरे साथ ऐसे पेश नहीं आ सकते। मेरा भाई . . .”

“एलएलए है। मंत्री बनने वाला है। बता चुके हैं आप।”

“तो फिर आप . . .”

“क्या बुरा पेश आ रहा हूँ मैं आपके साथ? आपकी बात पूरे धीरज के साथ सुनी न मैंने! आपकी माँग पर – नाजायज माँग पर – मिस्टर कौल को वारफुटिंग पर यहाँ तलब किया न मैंने! कार चोरी से ताल्लुक रखता कायदा कानून आपको समझाया न मैंने! ये सब करने में बुरा कहाँ पेश आया मैं आपके साथ?”

त्रिपाठी से जवाब देते न बना, वो एकाएक उठ खड़ा हुआ और बिना लूथरा ने कोई कलाम किये घूमा और बाहर की ओर बढ़ा।

“कार बरामद हो गयी तो आपको ख़बर पहुँचानी होगी।” – पीछे से लूथरा ने आवाज़ लगाई – “अपना मोबाइल नम्बर छोड़ कर जाइये।”

उसने जेब से एक विजिटिंग कार्ड बरामद किया और उसे लूथरा की टेबल पर उछाल दिया।

“अब आप यहाँ क्या कर रहे हैं!” – लूथरा हँसी दबाकर विमल से बोला – आप भी तो जाइये! वही जीप आपको छोड़ आयेगी जो लाई थी।”

“थैंक्यू, सर।”

विमल थाने की इमारत से बाहर निकला।

त्रिपाठी एक शोफर ड्रिवन होंडा अकॉर्ड में सवार हो रहा था। विमल को देख कर वो ठिठका और बोला – “एक बात सुनते जाओ, बाबू साहेब।”

“फरमाईये, जनाब।” – विमल सहज भाव से बोला।

"मेरे से होशियारी महंगी पड़ेगी।"

"मैंने तो कोई होशियारी नहीं की।"

"अब फिर बहस शुरू न करो। बात का मतलब समझो और भली मनाओ।"

"आपकी?"

"अपनी।"

वो कार में सवार हुआ, तत्काल कार वहाँ से रुख़सत हो गयी।

पुलिस की जीप विमल के करीब पहुँची।

"एक मिनट।" – विमल जल्दी से बोला – "मैं इन्स्पेक्टर साहब से एक बात पूछना भूल गया।"

ड्राइविंग सीट पर बैठे हवलदार ने सहमति में सिर हिलाया।

विमल वापिस एएसएचओ के आफिस में पहुँचा।

लूथरा की भवें उठीं।

"शुक्रिया अदा करने आया।" – विमल बोला – "जो कि ठेकेदार के सामने ठीक न होता।"

"शुक्रिया कैसा?" – लूथरा एक सशंक निगाह परे दरवाज़े की ओर डालता बोला – "मुझे तो खुशी है कि मैं आपके किसी काम आया।"

"फिर भी . . ."

"आपके अहसानों के बोझ से दबा मैं आपका खादिम हूँ, जनाब, और ताजिन्दगी रहूँगा। ये तो मामूली काम था, किसी बड़े काम के लिये आजमाइयेगा, गोली की तरह करूँगा, भले ही वर्दी उतर जाये, भले ही जान चली जाये।"

ये विमल की वो कमाई थी, जिसका मुकाबला कोई नहीं कर सकता था। लूथरा जैसे और भी कितने लोग थे जो बावक्तेजरूरत खुशी-खुशी उसके काम आते थे। वो विमल के वो हजार हाथ थे, जिन पर विमल को फख्र था।

"फिर भी" – वो बोला – "मैं मशकूर हूँ . . ."

"*मैं* मशकूर हूँ, जनाब, कि आपने मुझे खिदमत का मौका दिया वरना ऐसा कौन सा काम है जिसे आप खुद ही अंजाम नहीं दे सकते!"

"अकेला चना भाड़ नहीं फोड़ सकता।"

"गुस्ताखी माफ, ये मसल आप पर लागू नहीं। आप अकेले ही आसमान फाड़ सकते हैं। आंधी तूफानों से मुकाबिल खड़े हो सकते हैं। समुद्र से मोती निकाल सकते हैं। आप कुछ भी कर सकते हैं। मैं गवाह हूँ।"

''बहुत बढ़ा-चढ़ा कर मेरा बखान कर रहे हो, यार।''

''कितना भी बढ़ा-चढ़ा के करूँ, काफी न होगा। लोग हादसों में मरते हैं, आपको तो पाला ही हादसों ने है।''

''मैं अपनी गुजश्ता जिन्दगी को याद नहीं करना चाहता। मैं यहाँ अमन चैन से रहना चाहता हूँ।''

''इसी बात से तो त्रिपाठी जैसे लोग धोखा खाते हैं। लहरों को शांत देखकर समझ लेते हैं कि समुद्र में तूफान नहीं है।''

''भाई के एमएलए होने की हूल दे रहा था!''

''जी हाँ, लेकिन दिल्ली पुलिस पर ऐसी हूल का कोई असर नहीं होने वाला। दिल्ली पुलिस दिल्ली सरकार के मातहत नहीं है और हमें ऐन टॉप से शह है कि दिल्ली सरकार के नुमाइन्दों को खास ख़ातिर में नहीं लाना है।''

''ओह! गाड़ी का आख़िर होगा क्या?''

''क्या होना है! कल बरामद हो जायेगी।''

''कहाँ से?''

''रिज से। जहाँ कि वो छोड़ी गयी है। मालिक को उसकी बाबत ख़बर कर दी जायेगी।''

''अपनी वो हरकत वो फिर दोहरायेगा?''

''उम्मीद तो नहीं! ओबस्ट्रक्शन की बाबत और उसके चालान की बाबत उसे बहुत अच्छी तरह से समझा दिया गया था। जल्दी तो नहीं भूल जायेगा सब कुछ!''

''उसका लड़का धृष्ट है।''

''देखेंगे उसे भी। आप किसी तरह की कोई फिक्र न कीजिये।''

''अच्छा। तुम कहते हो तो . . .''

''मैं पुरइसरार कहता हूँ।''

''ओके। एक बात बताओ। मेरी हैल्प तो मेरे अजीत लूथरा नाम के एक दोस्त ने कर दी, ऐसी नौबत आने पर और लोग क्या करते हैं?''

''या दोस्त तलाशते हैं या भुगतते हैं। या फिर पंगा लेते हैं।''

''पंगा!''

''जिसका नतीजा सिर फुड़ौवल होता है! एक मिसाल देता हूँ। यहाँ मॉडल टाउन में ही बी ब्लाक में कोई दूसरे के घर के सामने की उसकी पार्किंग में अपनी कार खड़ी कर गया। उस शख़्स ने कार के चारों पहियों की हवा निकाल दी।''

''चारों की?''

''जी हाँ। कार का मालिक आया, उसने वो नजारा देखा तो आपे से बाहर हो गया। लगा दरवाज़ा पीटने। मकान मालिक बाहर निकला तो उसने उसे गिरेबान से पकड़ लिया। दोनों में हाथपायी होने लगी जो आख़िर इस अंजाम तक पहुँची कि कार वाले ने मकान मालिक के पेट में लम्बा पेचकस घोंप दिया। पुलिस ने आकर मकान मालिक को फौरन हस्पताल न पहुँचाया होता तो एक्सेसिव ब्लीडिंग से ही मर गया होता।''

''ओह!''

''लेकिन, जनाब, मैं जो बात कहना चाहता हूँ वो मकान मालिक के पंगे से ताल्लुक रखती है। ओबस्ट्रक्शन पर उसका गुस्सा जायज़ था, लेकिन गुस्से के हवाले जो हरकत उसने की, वो तो जायज़ न थी! कार वाले को उसकी नाजायज़ हरकत की इतनी वार्निंग काफी थी कि एक पहिये की हवा निकाल देता, ताकि कार मालिक आके पंचर पहिया चेंज करके कार चलाने के काबिल तो बनता! उसने तो चारों पहियों की हवा निकाल दी! अब कैसे कार वहाँ से हटाई जाती! कारवाला एक पहिया पंचर पाता तो शायद इतना आगबगूला न हुआ होता, जितना कि तब हुआ।''

''मकान मालिक ने ओवर-रियेक्ट किया!''

''सरासर। लेकिन अपनी गलती कौन मानता है! उस पर कातिलाना हमला हो गया इसलिये हर किसी की हमदर्दी का हकदार बन गया। किसी ने सवाल न किया कि उसने चारों पहियों की हवा क्यों निकाली!''

''पार्किंग को लेकर तुम्हारे शहर में बहुत हाय हाय है।''

''क्योंकि पार्किंग यहाँ की मेजर प्रॉब्लम है। आँकड़े बताते हैं कि जितनी कारें मुम्बई, कलकत्ता, मद्रास, बंगलौर में हैं, इससे ज़्यादा अकेले दिल्ली में हैं।''

''आई सी।''

''पार्किंग को लेकर हर इलाके में पड़ोसियों में खूब झगड़े होते हैं। बात तकरार से शुरू होती है और खूनखराबे तक पहुँच जाती है। न कोई मुल्क के कायदे कानून से डरता है, न सज़ा से डरता है।''

''एक्सैसिव बूज़िंग भी इसकी वजह बताई जाती है!''

''सही बताई जाती है। कुछ दिन पहले की एक बड़े फैशन डिजाइनर की मिसाल है। रात के दो बजे अपने एक दोस्त और दो मुलाजिमों के साथ टुन्न घर लौटा और पार्किंग के ही एक बखेड़े को लेकर जबरन पड़ोसी के घर में घुस गया और उसको धमकाने लग गया। इतना हंगामा किया कि पुलिस

पहुँच गयी और चारों को गिरफ्तार कर के ले गयी।''

''फिर क्या हुआ?''

''क्या हुआ, कुछ भी न हुआ। थानाध्यक्ष की मध्यस्थता में सुलह सफाई हो गयी और उन्हें घर भेज दिया गया।''

''शायद ऐसे लोगों को पता होता है कि आख़िर कुछ नहीं होना।''

''जी हाँ। फिर अपने सैलीब्रीटी स्टेटस का नाजायज फायदा उठाते हैं। बड़े-बड़े नाम उछालते हैं। दिल्ली राजधानी है, नेताओं की नगरी है। यहाँ तो हर किसी का कोई-न-कोई कुछ-न-कुछ है। पुलिस वाला किसी वायलेशन के तहत किसी कारवाले को रोकता है तो जानते हैं कारवाला पहली बात क्या कहता है?''

''सॉरी?''

''तौबा कीजिये। 'ओये, तू जानता नहीं मैं कौन हूँ?' कहता है! सब किसी-न-किसी के सगे वाले हैं, एक बेचारा पुलिसवाला ही किसी का सगा नहीं। रोज़ाना पन्द्रह-सोलह घंटे ड्यूटी करता है – ये जानने के लिए कि वायलेटर कौन है और क्यों वो उसका चालान नहीं कर सकता!''

विमल ख़ामोश रहा।

''आधी रात के बाद ईटरीज़ के आगे – ख़ासतौर से ढाबों के आगे – ऐसे वाकये आम होते हैं। स्टैबिंग, शूटिंग आम होती हैं। तकरीबन कल्परिट वारदात करके फरार हो जाते हैं। तफ्तीश पर कोई गवाह नहीं मिलता जब कि सबके सामने सरेआम वारदात हुई होती है। पुलिस का काम तो बस ये समझिये मौका-ए-वारदात पर पहुँचकर घायल या मृत को हस्पताल पहुँचाना होता है।''

''खून गर्म है दिल्ली वालों का!''

''जी हाँ। ठण्डा करने की जरूरत है। लेकिन क्या करें! 'तू जानता नहीं है मैं कौन हूँ' कल्चर पर कोई अंकुश लगे तो कुछ करें न!''

''ठीक!''

''वर्दी उतरवा दूँगा, 'लाइन हाजिर करवा दूँगा' आम धमकियाँ हैं जो पुलिस वालों को 'जानता-नहीं-है-मैं-कौन-हूँ' से मिलती हैं।''

''मुश्किल नौकरी है पुलिस की!''

''मुश्किल और डिसग्रेसफुल! ह्यूमीलियेटिंग! ऊपर वालों की ही मौज है। कभी कोई इस बात को खातिर में लाता है कि सबकी दीवाली होती है, ईद होती है, क्रिसमस होती है, पुलिस वाले की नहीं होती जब कि वो

भी बाल-बच्चेदार हैं! रैवेलर्स का हजूम आधी रात को कनॉट प्लेस में इकट्ठा होकर नये साल का स्वागत करता है, पटाखे फोड़ता है, बधाईयाँ बांटता है, बधाईयाँ बटोरता है, सुबह-सवेरे से घर से निकला, चार डिग्री टैम्प्रेचर में ठिठुरता पुलिसवाला ड्यूटी करता है और जब लोगों के सारी रात सोकर उठने का टाइम होता है, तब घर पहुँचता है। उसे हाइपरटेंशन है, उसे डायबिटीज है, उसे पेट की प्रॉब्लम है लेकिन वो अपनी दुश्वारियों की तरफ ध्यान नहीं दे सकता क्योंकि उसने आवाम की, दिल्ली की जनता की, दुश्वारियों की तरफ ध्यान देना है। स्कूलों में होने वाली पेरेंट-टीचर मीटिंग का उसने नाम ही सुना है, कभी उसमें शिरकत करने का टाइम उसे नहीं मिलता। पब्लिक पुलिसमैन का एक ही रूप पहचानती है।''

''कौन सा?''

''साला रिश्वतखोर। मेरा ड्रंकन ड्राइविंग का चालान कर रहा था, दो सौ रुपये झाड़ लिये। पोल्यूशन का चालान कर रहा था, तीन सौ रुपये झाड़ लिये। रैडलाइट जंप करने का चालान कर रहा था, पचास रुपये झाड़ लिये। कितना जुल्म किया पुलिस ने बेचारे के साथ! लेकिन मजाल है कि पुलिस को कोसनों से नवाजते वक्त अपनी करतूत ज़ुबान पर लाये कि चालान से बचने के लिये रिश्वत की पेशकश करने वाला खुद वो था। जिस वायलेशन के लिये वो जिम्मेदार था, राजी से उसका चालान भर देता तो क्यों उस रिश्वत की नौबत आती, जिसकी अब वो दुहाई दे रहा था!''

''ठीक।''

''आजकल पुलिसमैन की क्या औकात बची है? दो टके का आदमी उसे कोस कर, ज़लील करके भाग जाता है – बल्कि कई बार तो पीट के भाग जाता है। आज ही के अखबार में एक ख़बर है कि कल आईटीओ पर एक ट्रैफिक कांस्टेबल ने एक स्कूटर वाले को – जो कि राँग साइड आ रहा था – स्कूटर धीरे चलाने को बोला, क्योंकि वो सड़क पार करती एक महिला को हिट करने लगा था। उस स्कूटर वाले ने क्या किया? सॉरी बोला? स्कूटर तेज न चलाने का आश्वासन दिया? राँग साइड आता होने पर माफी माँगी? नहीं। उसने स्कूटर कांस्टेबल पर चढ़ा दिया।''

''अरे!''

''उतर के उसके साथ हाथापायी की, उसकी वर्दी फाड़ दी, फिर इग्नीशन-की से खुद को घायल किया, माथे से ख़ून निकाल लिया, ख़ून को कांस्टेबल की वर्दी से पोंछ दिया और लगा हालदुहाई मचाने कि कांस्टेबल ने

बिना वजह – रिपीट, बिना वजह – उसे पब्लिक में मारा और लगा धमकाने कि अब वो साला जेल जायेगा।''

''उलट भी तो होता है!''

लूथरा की भवें उठीं।

''मैं खुद अपने वाकिफ़ की एक मिसाल देता हूँ। उसकी गाड़ी ड्राइवर चलाता था। एक बार एक क्रासिंग पर ड्राइवर से कोताही हुई, उसने रैडलाइट जंप की तो ट्रैफिक के हवलदार ने उसे रोक लिया, गाड़ी साइड में लगवाई और सामने अड़कर चालान काटने लगा। दोस्त को अहसास था कि गलती उसके ड्राइवर की थी इसलिये उसने पहले ही सौ रुपये निकाल लिये क्योंकि रैडलाइट जंप करने का चालान सौ रुपये का ही था। और हवलदार था कि चालान बुक पर कलम चलाता ही जा रहा था। तब दोस्त का माथा ठनका, वो उतरकर उसके पास गया और उससे पूछा क्या बात थी, सिम्पल चालान काटने में इतना टाइम लगता था! हवलदार रुखाई से बोला सिम्पल चालान नहीं था, कम्पाउंडिड चालान था, क्योंकि जब ड्राइवर को रोका गया था तो उसने गाड़ी हवलदार के ऊपर चढ़ा देने की कोशिश की थी – जो कि बिल्कुल झूठ था – और ऐसे चालान का जुर्माना हजार रुपये था, ड्राइवर का लाइसेंस ज़ब्त होता था और कोर्ट में तारीख पर ड्राइवर को खुद पेश होना पड़ता था।''

लूथरा का सिर सहमति में हिला।

''मकसद क्या था? सौ रुपये का चालान रफा-दफा करने में वो पचास रुपये लेता हजार के चालान को खारिज करने के पाँच सौ माँगता।''

''कैसे निपटा मामला?'' – लूथरा उत्सुक भाव से बोला।

''वो जुदा मसला है। मैं सिर्फ इस बात को हाईलाइट करना चाहता था कि अपनी नाजायज़ दुकानदारी को चमकाने के लिये, प्राप्ति का मार्जिन बढ़ाने के लिये, पुलिस भी तो पब्लिक के साथ ज़्यादती करती है!''

''मैंने कब इंकार किया! लेकिन ये मत भूलिये कि वैसा ही पुलिस वाला कभी जुलूस, धरना प्रदर्शन निपटाता है, कभी मंत्री के कार्यक्रम में घंटों एक टाँग पर खड़ा होता है, कभी अधजली, पूरी जली, कभी दुर्गंध मारती लाश बरामद कर रहा होता है, तो कभी घर से भागी लड़की की तलाश में शहरोशहर भटक रहा होता है और सारे गाँव वालों की मुखालफत और कोसने झेल रहा होता है। कभी किसी जेबकतरे को, बैड कैरेक्टर को सुबह पेशी के लिये कोर्ट में ले के जाता है, तो शाम तक बारी नहीं आती और

वो कैदी के साथ बंधा सुबह से शाम तक भूखा प्यासा रहता है। ऐसा कैदी किसी तरह से फरार हो जाये तो गाज सबसे पहले उसी पर गिरती है।''

''वो भ्रष्ट है।''

''ये इलजाम एक तरह से मेरे पर है।''

''जवाब दो।''

''हाँ, भ्रष्ट है। भ्रष्ट है क्योंकि भ्रष्टाचार हमारा राष्ट्रीय चरित्र है, नेशनल कैरेक्टर है। लेकिन क्या वो अकेला भ्रष्ट है? नहीं। जिस प्रकार न्यायपालिका, कलैक्ट्रेट, बिजली बोर्ड, जल बोर्ड, पी.डब्ल्यू.डी., स्वास्थ्य सेवायें, नगरपालिकायें, हमारे नेतागण भ्रष्ट हैं, उसी प्रकार वो भी भ्रष्ट है। नेता क्यों भ्रष्ट है? दो तीन करोड़ रुपया खर्च करके वो एमपी का इलेक्शन जीतता है, फिर वो पहले अपनी इनवेस्टमेंट की वसूली की तरफ तवज्जो देगा या समाज सेवा की तरफ? जब पॉलिटिक्स बिजनेस बन गया है, तो बिजनेस में मुनाफा कोई भला क्यों नहीं चाहेगा!''

''बात पुलिसमैन की हो रही थी।''

''उसी की हो रही है, जनाब। जिस दिन, जिस मुबारक दिन, जिस 'अच्छे दिन आयेंगे' दिन, हमारा समाज भ्रष्टाचार मुक्त हो जायेगा, उस दिन पुलिस से भी भ्रष्टाचार खत्म हो जायेगा।''

''हूँ।''

''एक मिसाल और सुनिये। जो लोग पानी पी-पीकर पुलिस को कोसते हैं, वही सबसे पहले कांस्टेबल या सब-इंस्पेक्टर की भरती का फार्म भरते हैं। क्यों? क्या जनता की सेवा के लिये? नहीं। पावर और पैसे के लिये। सामर्थ्य पर काबिज होने के लिये। हमाम के नंगों में नंगों का इजाफा करने के लिये। 'लंका में सब बावन गज के' वाली मसल चरितार्थ करने के लिये। यानी जिस व्यवस्था से आप पार नहीं जा सकते, उसका हिस्सा बन जाइये।''

''वैन यू कैननॉट बीट ए सिस्टम, जॉयन इट।''

''ऐग्जेक्टली, सर।'' – लूथरा एक क्षण ठिठका, फिर बोला – कोई वक्त था कि चालीस-चालीस गाँव का एक थाना होता था – आज अकेले दिल्ली शहर में डेढ़ सौ थाने हैं – कोई वक्त था जब कहीं कोई वारदात हुई होने की ख़बर पुलिस के पास आती थी तो एक सिपाही डण्डा हिलाता जाता था और दस मुलजिमों को गिरफ्तार करके ले आता था। आज एक मुलजिम को गिरफ्तार करने दस पुलिस वाले जाते हैं और दुत्कार खाकर – कई बार तो मार खाकर – खाली हाथ लौट आते हैं। पहले क्यों नहीं होता

था ऐसा? क्योंकि फिरंगी के निजाम के दौर में हर किसी को मुल्क के कायदे कानून पर अकीदा था, हर कोई गुनाह से डरता था, क्योंकि सज़ा से ख़ौफ खाता था। अब किसी को न गुनाह का खौफ रहा है न सज़ा का ख़ौफ रहा है, क्योंकि बड़े-से-बड़े अपराध के केस में जमानत हो जाती है। सालों में लोअर कोर्ट का फैसला आता है जिसके खिलाफ हाईकोर्ट में अपील हो जाती है। फिर सालों में हाईकोर्ट का फैसला आता है जिसके खिलाफ सुप्रीम कोर्ट में अपील हो जाती है। आखिर जब तक मुलजिम की सज़ा कनफर्म होती है, तब तक उसकी चल चल हो चुकी होती है।''

''सज़ायें फिर भी होती हैं! पब्लिक और नेता जेल तो फिर भी जाते हैं!''

''गुनाह की सज़ा के तौर पर नहीं, कोर्ट की सज़ा के तौर पर नहीं, अपनी बद्किस्मती की सज़ा के तौर पर।''

''ठीक।''

''दिल्ली में अस्सी हजा़र पुलिसकर्मी हैं। आधे नेताओं की सुरक्षा में लगे हुए हैं, धरना प्रदर्शन मॉनीटर करने में लगे हुए हैं। पोलिटिकल रैलियों और जुलूसों की व्यवस्था संभालने में लगे हुए हैं। फिर उनकी और भी ड्यूटियाँ हैं।''

''और भी?''

''जिनका उनकी जॉब रिक्वायरमेंट से कोई लेना-देना नहीं।''

''मसलन?''

''डीसीपी साहब की बीवी को शॉपिंग कराने ले जाना होता है। उनके बच्चों को स्कूल से लिवा लाने जाना होता है। रोज़ाना इस्तेमाल की दूध, डबलरोटी, सब्जी-भाजी लानी होती है। बिजली, पानी, फोन वगैरह का बिल जमा करा के आना होता है। सिवाय अफ़सर की बहती नाक पोंछने के और पता नहीं क्या कुछ करना होता है!''

''तौबा!''

''आप जानते हैं दिल्ली के एक थाने में डेढ़ सौ पुलिसकर्मियों का स्टाफ होता है और एक थाने की ज्यूरिसडिक्शन में पाँच लाख नागरिक आते हैं। एसएचओ थाने का बादशाह होता है और उसका इलाका उसकी बादशाहत होती है। फिर भी पुलिस के निजाम का इतना अहम पुर्जा गज़ेटिड आफिसर नहीं होता।''

''अरे! आफिसर नहीं होता!''

''आफिसर होता है। गज़ेटिड आफिसर नहीं होता। दिल्ली पुलिस के

महकमें में गज़ेटिड आफिसर की पोस्ट एसीपी से शुरू होती है।''

''आई सी।''

''किसी एसएचओ को डिप्टी कमिश्नर या जॉयन्ट कमिश्नर हैड आफिस तलब करता है, तो तीन सितारों वाला, रोबीला इंस्पेक्टर चपरासी की तरह फाइल बगल में दबाये लॉबी में एक टाँग पर खड़ा मुलाकात के लिये तलब किये जाने का इन्तज़ार कर रहा होता है। मुलाकात होने में गैरमामूली देर लगती जाती है तो जानते हो मुलाकात जल्दी करवा देने के लिये किस की चिकौरी करता है?''

विमल ने इंकार में सिर हिलाया।

''एक मामूली सिपाही की जो कि बड़े साहब के आफिस में अर्दली की ड्यूटी कर रहा होता है और जो उसे रुखाई से कहता है – 'वेट करो। साहब बोलेंगे तो बोलूँगा।' और वो पहलू बदलता इंतजार करता है। कौन इंतजार करता है! तीन सितारों वाला इंस्पेक्टर। थानाध्यक्ष। जो अपने थाने में शेर की तरह गर्जता है तो मातहतों के प्राण कंपा देता है। वो ही जब पुलिस हैडक्वार्टर में पेश होता है तो भीगी बिल्ली बना होता है। सिपाही की चिकौरी कर रहा होता है।''

''आल थिंग्स सैड एण्ड डन, बहुत बदल गये हो, लूथरा। तुम बदल गये, तुम्हारी सोच बदल गयी, तुम्हारे ख़यालात बदल गये; अब तो तुम उस लूथरा की परछाईं भी नहीं जान पड़ते जो कभी पंजे झाड़ कर मेरे पीछे पड़ा था।''

''सोहबत का असर है, जनाब।''

''किसकी!''

''आप की!''

''मेरी?''

''प्रत्यक्ष: में भी और परोक्ष में भी।''

''मैं निरगुणिआरे को गुणु नाहीं।''

''ये आप का बड़प्पन है जो . . .''

''बहरहाल'' – विमल उठ खड़ा हुआ – ''शुक्रिया।''

''वैलकम सर।''

आइन्दा कुछ दिन चैन से गुजरे।

फिर एक साथ दो वाकये पेश आये जिन्होंने विमल को फिर आंदोलित किया और उसके संकल्प की बुनियाद हिलाई।

27 अक्टूबर-रविवार

रविवार का दिन था।

लंच के बाद एकाएक नीलम ने भगवान दास रोड चलने की फरमायश की, जहाँ कि आगा ख़ान हाल में फैब इण्डिया की सेल लगी हुई थी।

सोते सूरज को मेड की देख-रेख में छोड़कर कार पर वो घर से निकले।

कार ने दिल्ली गेट का चौराहा पार किया। उस रोज़ डीडीसीए के क्रिकेट ग्राउन्ड्स में कोई मैच था, जिसकी वजह से स्टेडियम के आगे जाम जैसा हाल था। सड़क पर बेशुमार गाड़ियों का हुजूम था, लेकिन गनीमत थी कि ट्रैफिक चल रहा था।

एकाएक पीछे से हॉर्न बजने लगा।

विमल ने रियरव्यू मिरर में देखा तो पाया ऐन पीछे एक फॉर्चूनर थी।

हॉर्न फिर बजा।

फिर बजा।

फॉर्चूनर का ड्राइवर आगे निकलने के लिए उतावला था, लेकिन ट्रैफिक इतना घना था कि उसको रास्ता दे पाने की कोई गुंजायश नहीं थी।

हॉर्न फिर बजा।

''ये पागल है क्या?'' – नीलम झुंझलाई।

''मगरूर! फॉर्चूनर के पोजेशन के कलफ से ऐंठा हुआ।''

फॉर्चूनर की ड्राइविंग सीट पर आँखों पर गॉगल्स चढ़ाये एक नौजवान था। पैसेंजर सीट पर उसी की उम्र का एक सिख युवक मौजूद था। पिछली सीट पर भी दो लड़कों की मौजूदगी का आभास विमल को मिला।

''गोली लगे कम्बख्तों को।'' – नीलम भुनभुनाई।

''यही रवैया रखेंगे तो मिलता-जुलता कुछ हो के रहेगा देर-सबेर।''

इस बार हॉर्न बजा तो बजता ही चला गया।

आगे आईटीओ के चौराहे पर एकाएक सिग्नल की बत्ती लाल हुई।

विमल ने का़र रोकी।

पीछे ब्रेकों की चहचहाहट के साथ फॉर्चूनर यूँ रूकी कि विमल की कार से टकराने से बाल-बाल बची। एक झटके से उसका ड्राइविंग सीट की ओर का दरवाज़ा खुला। गॉगल्स वाला युवक छलाँग मार कर बाहर निकला और जमीन रौंदता हुआ रिट्ज की ड्राइविंग साइड पर पहुँचा। एक झटके से उसने

आँखों पर से गॉगल्स हटाये और यूँ जोर-जोर से खिड़की का शीशा ठनठनाने लगा जैसे फौरन न खुलने की सूरत में उसे तोड़ ही डालता।

विमल ने शीशा नीचे गिराया।

"मादर . . .! बहरा है!" – फुँफकारता, आँखें निकालता वो बोला – "हॉर्न सुनाई नहीं देता?"

"देता है, भई।" – विमल शांति से बोला।

"साला कहता है, देता है! अबे, कितना हॉर्न दिया मैंने तुझे! साइड क्यों नहीं देता था?"

"साइड मिलती तो देता न!"

"देखो तो! बहन . . . कहता है साइड मिलती तो देता न! साले! बगल में माशूक बिठा ली तो सड़क का मालिक बन गया!"

विमल का चेहरा लाल होने लगा, उसके दाँत किटकिटाने लगे।

"चिल!" – नीलम उसका घुटना दबाती दबे स्वर में बोली – चिल!"

बड़ी मुश्किल से विमल ने अपने पर ज़ब्त किया।

"अब अगर तू मुझे मेरे आगे दिखाई दिया न, तो गाड़ी समेत फूँक दूँगा यहीं सड़क पर।"

"दिखाई दे रहा हूँ न आगे। फूँक!"

वो हड़बड़ाया, एक क्षण को विचलित दिखाई दिया।

"साले" – फिर पूर्ववत् फुँफकारा – "क्यों मरने को तड़प रहा है? जानता नहीं है मैं कौन हूँ?"

"नहीं, नहीं जानता।"

"ओये, कुलप्रीत! ये बाउ मिजाज दिखा रहा है। आके इसे अच्छी तरह बता मैं कौन हूँ!"

"खुद ही बता ले न! साला क्या है ये मच्छर तेरे सामने!"

"ठहर जा, साले!"

उसने खिड़की में हाथ डाला और विमल का गिरहबान थामने की कोशिश की।

विमल ने हाथ रास्ते में ही थाम लिया और उसे इतनी जोर से मरोड़ा कि वो पीड़ा से बिलबिला उठा।

सिख युवक फॉर्चूनर से बाहर निकल आया था और अब मसल्स फड़फड़ाता रिट्ज की तरफ बढ़ रहा था।

"छोड़ दो।" – नीलम व्याकुल भाव से बोली।

विमल ने ख़ामोशी से अपनी पकड़ ढीली की और हाथ वापिस खींच लिया।

तभी आगे सिग्नल हरा हो गया।

विमल ने कार आगे दौड़ा दी।

पीछे वो दोनों फॉर्चूनर की तरफ लपके और उसमें सवार हो गये।

"हे भगवान!" – नीलम के शरीर ने झुरझुरी ली – "कैसा शहर है ये! हर कोई हर घड़ी मरने मारने पर उतारू है।"

"प्रेशर कुकर जैसा है। ऐसे प्रेशर कुकर जैसा जिसका सेफ्टी वॉल्व खराब है। पता नहीं कब फट पड़े।"

"हाँ।" – नीलम ने गहरी साँस ली, फिर बदले स्वर में बोली – "वो चार थे।"

"तो?"

"अकेले चार का मुकाबला कर लेते!"

"तेरा क्या ख़याल है? तू बता। कर लेता?"

नीलम कुछ क्षण ख़ामोश रही, फिर दृढ़ता से बोली – "हाँ। अकेला ही सवा लाख है मेरा सरदार।"

"बल्ले!"

"जो न किसी से डरता है और न किसी को डराता है।"

"भै काहू को देत नहि, नहि भै मानत आनि। गुरु तेग बहादुर जी का वाक है।"

"मालूम है।"

"'चिल' कैसे मालूम है?"

वो हँसी।

"टीवी से जाना।" – फिर बोली।

"क्या कहने!"

उस वक्त उनकी गाड़ी तिलक मार्ग पर दौड़ रही थी। तभी पीछे से फॉर्चूनर आगे आयी और उनकी गाड़ी के पहलू में उसके समानान्तर दौड़ने लगी।

हॉर्न बजा।

नीलम ने फॉर्चूनर की तरफ देखा।

गॉगल्स वाले युवक ने स्टियरिंग पर से हाथ हटा कर बड़ा अश्लील इशारा किया।

नीलम का चेहरा शर्म से लाल हो गया।

चारों ने इतनी जोर का अट्टहास किया कि वो रिट्ज में ढोल की आवाज़ की तरह गूँजा।

फिर फॉर्चूनर ने स्पीड़ पकड़ी और तोप से छूटे गोले की तरह सड़क पर दौड़ी।

विमल ने जबड़े कस गये। एक्सीलेटर को एकाएक उसने इतनी जोर से दबाया कि उसका पैडल फ़र्श से जा लगा।

''नहीं! नहीं!'' – उसका मन्तव्य समझ कर नीलम व्याकुल भाव से बोली – ''कसम है तुम्हें।''

असहाय भाव से गर्दन हिलाते विमल ने पैडल पर से दबाव कम कर दिया।

अगले क्रॉसिंग से कार भगवानदास रोड पर दायें मुड़ गयी जिधर कि आगा खान हाल था।

फॉर्चूनर तिलक मार्ग पर सीधे इंडिया गेट की तरफ दौड़ गयी थी।

दो घंटे विमल ने फैब इण्डिया की सेल में लगाये।

शापिंग बैग से लदे-फंदे जब वो आगा ख़ान हाल की इमारत से बाहर निकलकर आगे फुटपाथ पर पहुँचे, तब तक सूरज डूब चुका था लेकिन संध्या का उजाला वातावरण में अभी बाकी था।

इमारत के भीतर पार्किंग की व्यवस्था थी, लेकिन रविवार होने की वजह से भीतर की पार्किंग फुल थी इसलिये विमल को अपनी गाड़ी बाहर सड़क पर खड़ी करनी पड़ी थी।

फुटपाथ पर चलते वो 'रिट्ज' की ओर बढ़े। कार के करीब पहुँचकर विमल ने पिछला दरवाज़ा खोला और नीलम के और अपने शॉपिंग बैग पीछे डाले।

वहाँ करीब ही एक बस स्टैण्ड था, जहाँ उस घड़ी काफी पैसेंजर मौजूद थे, जिससे लगता था कि काफी देर से उधर से कोई बस नहीं गुजरी थी। एक खूबसूरत नौजवान लड़की उनसे अलग-थलग खड़ी थी, वजह शायद ये थी कि बस की प्रतीक्षा करते बाकी तमाम पैसेंजर मर्द थे जिन में से कुछ तो बाकायदा उस लड़की पर लार टपकाते जान पड़ते थे।

''अकेली है बेचारी।'' – नीलम बोली – ''लिफ्ट दे दें?''

''लिफ्ट दे दें!'' – विमल बोला – ''हमें क्या पता बेचारी ने किधर जाना है! उसको हमारे रूट पर नहीं जाना हुआ तो क्या करेंगे? घर छोड़ के आयेंगे? भले ही कुतुब मीनार के पास रहती हो!''

''मेरे ख़याल से लिफ्ट मिल रही है उसे।''

विमल ने लड़की की दिशा में देखा। एक आई–20 कार तभी लड़की के करीब आकर खड़ी हुई थी।

''हाँ, शायद।'' – वो अनमने भाव से बोला।

आई–20 के पिछले दोनों दरवाज़े एक साथ खुले और दो युवक उसमें से बाहर निकले। अप्रत्याशित फुर्ती से वो लड़की के करीब पहुँचे और उसके सामने जा खड़े हुए।

''शायद लड़की के वाकिफ हैं।'' – नीलम बोली।

''शायद।''

एकाएक दोनों ने बाज की तरह लड़की पर झपट्टा मारा और उसको दबोच लिया। आतंकित लड़की ने चिल्लाने के लिये मुँह खोला तो एक युवक का मजबूत हाथ ढक्कन की तरह लड़की के मुँह पर चस्पां हो गया।

आवेश में विमल उनकी तरफ लपका।

नीलम ने उसकी बाँह थामी और उसे जबरन वापिस खींच लिया।

दोनों युवकों ने उनकी पकड़ में बुरी तरह से छटपटाती, हाथ पाँव पटकती लड़की को घसीट कर कार की पिछली सीट पर डाल दिया और फुर्ती से खुद भी उसके पीछे कार में सवार हो गये।

''ये . . . ये . . .'' – विमल हकबकाया सा बोला – ''ये क्या हो रहा है?''

''चुप करो।'' – नीलम घुड़कती–सी बोली – ''मत देखो उधर।''

''लेकिन . . .''

''चुप करो।''

आन्दोलित विमल ने होंठ भींच लिये।

आई–20 की ड्राइविंग सीट पर एक और युवक मौजूद था, जिसने कार के रुकने के बाद से इंजन बंद नहीं किया था। पिछला दरवाज़ा बंद होते ही उसने कार को तोप से छूटे गोले की तरह सड़क पर दौड़ाया।

''ये ज़ुल्म है।'' – विमल ने आर्तनाद किया।

''जिसके चश्मदीद तुम अकेले नहीं हो।''

''ज़ुल्म होते देखकर उससे निगाह फेर लेना बुज़दिली है, ज़ालिम की मदद करने के बराबर है।''

''तुम यहाँ अकेले हो निगाह फेर लेने वाले? कितने लोग बस स्टैण्ड पर खड़े हैं? कितनी सड़क पर आवाज़ाही है? किसी ने किया कुछ?''

विमल ने सप्रयास इंकार में सिर हिलाया।

"लड़की के बचाव के लिये आगे न आये, न सही; किसी ने कोई शोर तक ही मचाया?"

"न-हीं।"

"सबने महज तमाशा देखा?"

"हँ-हाँ।"

"तो फिर तुम क्यों चौधरी बनना चाहते हो?"

"मैं तमाशबीन नहीं बन सकता। मैं और लोगों जैसा नहीं हूँ।"

"नहीं हो तो हो जाओ। बन कर दिखाओ और लोगों जैसा। वादा है तुम्हारा।"

"तुम मुझे नपुंसक देखना चाहती हो?"

"मैं तुम्हें आम शहरी देखना चाहती हूँ। मैं तुम्हें हकीकी जमीन पर लाकर खड़ा करना चाहती हूँ, ताकि मेरे सिर पर मेरे साईं का साया बना रहे, ताकि मेरा बच्चा बाप के सुख को न तरसे।"

"ये खुदगर्जी है।"

"अपना हित चाहना, अपने सुहाग का, अपनी औलाद का हित चाहना अगर खुदगर्जी है तो ये खुदगर्जी मुझे कबूल है। तमाम जिन्दगी कभी मुझे सुख का साँस नहीं आया, सुख का साँस लेने का अब एक मौका मुझे मिला है तो मैं उसे नहीं गँवाने वाली। जिस मिशन के तहत हम दिल्ली आकर बसे हैं, मैं उस मिशन को फेल नहीं होने दूँगी। बहुत ज़ुल्म है इस दुनिया में। और ये भी विडम्बना है कि इंसान पर उतने जुल्म शैतान नहीं ढाता, भगवान नहीं ढाता, जितने इंसान ढाता है। उन जुल्मात की मुखालमात का झण्डाबरदार मैं तुम्हें नहीं बनने दूँगी। जैसे मुम्बई में लोग तुम्हें सखी हातिम, रॉबिनहुड, चैम्बूर का दाता वगैरह करार देते थे वैसी इमेज तुम अपनी यहाँ भी बनना शुरू करना चाहते हो तो ये मैं नहीं होने दूँगी। तुमने एक कसम खायी है, तुम मेरी एक कसम से बंधे हुए हो। कसम तोड़ दो, फिर जो मर्जी करो।"

"सूरा सो पहिचानीए" – विमल दबे स्वर में बोला – "जो लरै दीन के हेत।"

"मुझे अब सूरमा पति नहीं चाहिये। सूरमा पति मेरे किस काम आया? सूरमा पति की छत्रछाया में कौन-सी दुरगत है, जो मेरी नहीं हुई! गिनती गिनाऊँ?"

"नहीं।"

"मैं भी नहीं गिनना चाहती। मैं भी नहीं याद करना चाहती। मैं बस ये

चाहती हूँ कि अब मैं आम, मामूली हैसियत वाले पति की छत्रछाया में आम, मामूली जिन्दगी बिताऊँ। कभी शिकायत करूँ तो लानत भेजना।''

विमल ख़ामोश रहा।

''मैं हमेशा, हमेशा सपना देखती हूँ कि सरदार सूरज सिंह सोहल जब बड़ा होगा तो ऐसा शुद्ध, पवित्र, सात्विक मानस बनेगा कि अपने मजबूर, मजलूम बाप के सारे पाप धो देगा। कैसे करेगा वो ये सब जब तुम अपने पापों में इजाफा करने की ही जुगत करते रहोगे?''

''बुराई की जीत इसलिये भी होती है, क्योंकि भलाई ने उसकी मुखालफत में उँगली तक न हिलाई।''

''भलाई जितना मर्जी जोर लगा ले, बुराई का सर्वनाश नहीं कर सकती। कर सकती होती तो इस मुल्क में रामराज होता।''

''मैं ज़ुल्म होता नहीं देख सकता।''

''फिर वहीं पहुँच गये!''

''क्या होगा उस लड़की का?''

''वही होगा जो मंजूरेखुदा होगा। चलो अब।''

भारी मन से विमल कार में सवार हुआ।

तमाम रास्ते उसकी आँखों के आगे उस लड़की की सूरत नाचती रही जिसका सरेशाम, सरेराह उसकी आँखों के आगे अगवा हुआ था।

दाता! क्यों किसी को मुल्क के कायदे कानून का कोई खौफ नहीं था!

क्या होगा बेचारी का!

28 अक्तूबर–सोमवार

वही हुआ जिसका विमल को अन्देशा था।

अगले रोज़ के अख़बार के लेट सिटी एडीशन में मुखपृष्ठ पर बड़ी सुर्खी थी :

सरेराह नौजवान लड़की अगवा

भगवानदास रोड पर बड़ी वारदात

कार सवार तीन युवक बस स्टॉप पर खड़ी लड़की को जबरन उठाकर ले गये

विमल ने जल्दी–जल्दी तमाम ख़बर पढ़ी।

ख़बर के मुताबिक अगवा लड़की क्षत-विक्षत, अर्धमृतावस्था में छतरपुर के उजाड़ रास्ते पर एक खड्ड में पड़ी पाई गयी थी। उसके कपड़े तार-तार थे, सारे जिस्म पर जख्मों और खरोंचों के निशान थे, जो बलात्कार के अलावा उसके साथ हुए अत्याचार के भी गवाह थे। संयोगवश एक टैम्पो ड्राइवर की निगाह उस पर पड़ गयी थी और उसने पुलिस को उस बाबत ख़बर की थी। पुलिस मौका-ए-वारदात पर पहुँची थी और शुरूआती पुलिस कार्यवाही के बाद उन्होंने उसे सफदरजंग हस्पताल पहुँचाया था, जहाँ वो जिन्दगी और मौत के बीच झूलती बतायी जाती थी।

अख़बार में ये भी दर्ज था कि पुलिस भगवानदास रोड पर हुई अगवा की वारदात से वाकिफ थी, क्योंकि वारदात के वक्त बस स्टैण्ड पर खड़े कई पैसेंजरों में से आख़िर एक की गैरत जागी थी और उसने सौ नम्बर डायल करके पुलिस को अगवा की वारदात की जानकारी दी थी। तब पुलिस को अगवा युवती की उम्र, पोशाक और हुलिये की जानकारी मिली थी जिसकी बिना पर उन्होंने ये नतीजा निकाला था कि उसी युवती को बलात्कारी युवकों ने आधी रात के करीब छतरपुर के रास्ते में मरने के लिये फेंक दिया था।

या समझा था कि मर चुकी थी।

उस वारदात की बाबत अख़बार में एक सम्पादकीय टिप्पणी भी थी जिसमें उसे 'एक और निर्भया काण्ड' की संज्ञा दी गयी थी और इस बात पर भारी आक्रोश व्यक्त किया गया था कि मौका-ए-वारदात तिलक मार्ग पुलिस स्टेशन से सिर्फ दो फरलांग और दिल्ली पुलिस हैडक्वार्टर से सिर्फ एक किलोमीटर दूर था। लिहाज़ा शहर में अपराधी इतने बेखौफ थे कि उन्हें ऐन पुलिस की नाक के नीचे वारदात करने से कोई गुरेज नहीं था। वो वारदात एक बार फिर दिल्ली पुलिस की अकर्मण्यता को उजागर करती थी। ये हाल तब था, जबकि दिल्ली पुलिस गृह मंत्रालय के तहत काम करती थी और गृह मंत्रालय पुलिस हैडक्वार्टर से सिर्फ दो किलोमीटर दूर था।

अंत में उस सम्पादकीय में लिखा गया था :

> अब एक बार फिर कैंडल मार्च होगी, 'निर्भया को इंसाफ दो' लिखे नामपट्टों के साथ जुलूस निकाले जायेंगे। धरना प्रदर्शन होंगे, जिनमें पुलिस के खिलाफ नारे लगाये जायेंगे। पुलिस फिर बहत्तर घंटों में अपराधियों को खोज निकालने के दावे पेश करेगी। गृह मंत्रालय से फिर स्टैण्डर्ड विज्ञप्ति जारी होगी कि 'दोषियों को बख्शा नहीं जायेगा और उन पुलिसकर्मियों पर भी कार्यवाही होगी जिनके नाकारेपन की वजह से गुंडा एलीमेंट उस

वारदात को अंजाम दे पाया'। कोई बड़ी बात नहीं कि खुद गृहमंत्री ये घोषणा करें कि पीड़िता को इलाज के लिये सिंगापुर भेजा जायेगा और इलाज का सारा खर्चा सरकार देगी।

लेकिन नतीजा क्या निकलेगा?

क्या दिल्ली पुलिस होशियार और मुस्तैद हो जायेगी?

क्या अपराधियों के मन में कायदे कानून का खौफ बैठ जायेगा?

क्या ऐसी वारदातें होनी बंद हो जायेंगी?

ऐसा कुछ न होगा।

चार छः दिन मामला गर्माया रहेगा, फिर सब शांत हो जायेगा और धरना प्रदर्शन वाले, फर्जी हमदर्दी दिखाने वाले लोकसेवक, लिप-सर्विस देने वाले नेतागण फिर ऐसी किसी नयी वारदात का इंतज़ार करेंगे जिसमें मीडिया का, पब्लिक का मुकम्मल फोकस फिर उन पर होगा।

फिर ख़बर आयेगी कि :

पीड़िता ने सिंगापुर ले जाये जाने से पहले ही, बिना इतना होश में आये हुए कि बयान देने के काबिल होती, प्राण त्याग दिये थे।

दिल्ली पुलिस कमिश्नर को गृह मंत्रालय में तलब किया गया था।

तिलक मार्ग थाने के गश्त के दो सिपाहियों को सस्पैंड कर दिया गया था।

वारदात के लिये ज़िम्मेदार दो – या तीन या चार – संदिग्ध युवकों को हिरासत में लिया गया था, जिनसे पूछताछ जारी थी।

बाकी माहौल ठीक था।

कब तक?

अगली वारदात तक

और उस बीच 'पुलिस तमाशा' पूरे जलाल पर होगा ताकि गृह मंत्रालय तक सिग्नल जा सके कि पुलिस अब जाग गयी थी।

'पुलिस तमाशा' टर्म से हमारे सुधी पाठक नावाकिफ नहीं हैं।

पुलिस तमाशा है जिप्सी वैंस की जगह-जगह हाज़िरी के ज़रिए नेक, कर्त्तव्यपरायण नागरिकों में – ज्ञातव्य है, नागरिकों में, मुजरिमों में नहीं – खौफ पैदा करना।

पुलिस तमाशा है सड़कों पर जगह-जगह बैरियर लगा कर लम्बे-लम्बे ट्रैफिक जाम खड़े करना और कम्यूटर्स को हलकान करना।

पुलिस तमाशा है सैंड माफिया, शराब माफिया के ट्रक्स को छोड़ कर काले शीशों वाली कारों के चालान को वरीयता देना।

पुलिस तमाशा है सार्वजनिक पार्कों से बाहर की सड़कों पर हुजूम लगाने वाले गैरकानूनी हाकरों को छोड़कर पार्क में बैठे नौजवान जोड़ों को खाकी वर्दी से खौफजदा करना।

पुलिस तमाशा है अपनी ही शह पर धंधा करती कालगर्ल को और उसके पिम्प को पकड़ कर यूँ बधाईयां बटोरने की कोशिश करना जैसे दाउद को पकड़ लिया हो।

कब सुधरेगा दिल्ली का निजाम! इस मुल्क का निजाम!

हमारा आकलन है :

सरकार में और सरकारी अमले में गफलत का यही आलम रहा तो कभी नहीं।

विमल ने अख़बार एक ओर डाल दिया और गहरी साँस ली। बाकी अख़बार पढ़ने में उसकी रुचि नहीं रही थी।

''अरे! चाय नहीं पी!''

विमल ने सिर उठाकर देखा तो पाया नीलम उसके सामने खड़ी थी।

''चाय!'' – वो हड़बड़ाया – ''ओ, हाँ। चाय। पीता हूँ।''

''अब क्या पीते हो! अब तो वो ठण्डी हो गयी! उसे रहने दो। मैं और बनाती हूँ।''

''नहीं, अब दिल नहीं है।''

''क्या हुआ दिल को?''

विमल ने संजीदगी से सामने मेज पर पड़े अख़बार की ओर इशारा किया।

''क्या है इसमें?'' – नीलम सशंक भाव से बोली।

''वो लड़की'' – विमल ने बताया – ''जिसको कल शाम हमने अगवा होता देखा था, आधी रात को छतरपुर के रास्ते में एक खड्डे में एक गुड़िया की तरह छिन्न भिन्न पड़ी पायी गयी और अब सफदरजंग हस्पताल में, बेहोश पड़ी अपनी आख़िरी साँसें गिन रही है।''

''हाय राम! ये गत बनी बेचारी की!''

विमल ख़ामोश रहा।

''बड़े दुख की बात है लेकिन . . . यही लिखा था बेचारी के भाग्य में।''

विमल ने घूर के उसे देखा।

"क्यों देखते हो ऐसे घूर के? कोई किसी का भाग्य नहीं बदल सकता, भले ही वो कोई सरदार सुरेन्द्र सिंह सोहल हो।"

"कोई वो ही तो नहीं रहा वर्ना . . ."

"वर्ना क्या?"

"शहीद हो जाता लेकिन जो होते देखा, वो न होने देता।"

"ये तुम नहीं, तुम्हारा अहंकार बोल रहा है . . ."

"गलत पहचाना। ये अहंकार नहीं, खालसा की – खालिस मानस की – अनख है।"

". . . मुम्बई की चंद कामयाबियों ने तुम्हें बौरा दिया है। असुरों से लड़ते-लड़ते तुम्हारे में आसुरी प्रवृत्तियाँ पैदा हो गयी हैं जो अब जिन्दगी की धारा मुकम्मल तौर से बदल लेने का तहैया कर चुकने के बाद भी तुम्हारा पीछा नहीं छोड़ रही हैं। जरा कुछ इंकलाबी होता है तो तुम भूल जाते हो कि अब तुम क्या हो और क्या तुमने नहीं होना है। सरदार जी, अगर अतीत भुलाये नहीं भूलता तो कम-से-कम इतना तो याद रखे रह सकते हो कि तुम कोई पीर-पैगम्बर नहीं हो, कोई अवतारी पुरुष नहीं हो, पापियों के नाश के लिये जिसने अवतार लिया है। ऐसी कोई खुशफहमी तुम्हें पहले थी तो अब न रखो। अब तुम सूरज के पिता हो, नीलम के पति हो, गैलेक्सी के मुलाज़िम हो, बस। तुम्हारा जो दिल गैर के लिये पसीजता है, वो अपनों के लिए भी पसीजना चाहिए।"

"क्या मतलब?"

"तुम्हें ऐसी हरकतों से बाज आना चाहिये, जो तुम्हारे बच्चे को अनाथ कर दें, बीवी को विधवा कर दें।"

"इस अंजाम से तुम बेख़बर नहीं हो। तुम नहीं कह सकती कि तुम इस हकीकत से वाकिफ नहीं थीं कि मवाली की बीवी विधवा मरती है।"

"अब ये मेरे लिये कोई बड़ा अन्देशा नहीं। मौत सब को आती है। सधवा को भी, विधवा को भी। वो कैसे आती है, किस हालात में आती है, ये जुदा मसला है। लेकिन तुम्हारी बड़ी बड़ी – कभी जज़्बाती, कभी जोशीली – बातें मुझे उस राह से नहीं भटका सकतीं जिस का राही बनने के लिये हम एकबार फिर दिल्ली आकर बसे हैं। सरदार जी, मैं तुम्हें अपने कौल-करार से नहीं फिरने दूँगी।"

"मुझे सरदार मत कहा कर। सौ बार कहा है।"

"हज़ार बार याद रखा है। पर मुँह से निकल जाता है।"

"क्यों निकल जाता है?"

"क्योंकि ऐसा कहना मुझे अच्छा लगता है।"

"जो-जो कुछ तुझे अच्छा लगता है, उसकी कोई लिस्ट है तो देख उसमें चाय गर्म कर लाना दर्ज है?"

"देख ली। नहीं दर्ज है। लेकिन नयी चाय बना लाना दर्ज है। लाती हूँ।"

वो चली गयी।

माहौल एकाएक तल्ख हो उठा था, ग़नीमत थी कि जल्दी नॉर्मल हो गया था।

अगले दिन अख़बार में ख़बर छपी कि अगवा और बलात्कार की शिकार लड़की ने सफदरजंग हस्पताल में – जहाँ कि वो भरती थी – बिना होश में आये दम तोड़ दिया।

और अगले दिन ख़बर छपी कि भगवानदास रोड की अगवा की वारदात का पुलिस ने एक चश्मदीद गवाह काबू में किया था। वो गवाह उन तमाशबीनों में से एक था जो कि अगवा के वक्त बस स्टैण्ड पर मौजूद थे। उसका बयान था कि लड़की की मौत की ख़बर ने उसे बहुत आंदोलित किया था और वो खुद ही तिलक मार्ग थाने पहुँच गया था, जहाँ कि वो अगवा का केस दर्ज था।

बकौल गवाह, उसने अपहर्ताओं की शक्ल-सूरत की तरफ तो कोई खास तवज्जो नहीं दी थी, लेकिन दो बातें अनायास उसके नोटिस में आ गयी थीं :

> उसने अपहर्ताओं की कार आई-20 के ड्राइवर की सूरत अच्छी तरह से देखी थी।
>
> उसे आई-20 कार का रजिस्ट्रेशन नम्बर याद था।

बाकी दो जनों की सूरत क्यों नहीं देखी थी? – पुलिस का सवाल था।

क्योंकि तकरीबन वक्त उनकी उसकी तरफ पीठ थी।

जबकि कार बस स्टैण्ड पर यूँ आकर खड़ी हुई थी कि कार की ड्राइविंग सीट पर मौजूद युवक का उसकी तरफ मुँह था।

पुलिस ने व्हीकल्स रजिस्ट्रेशन के रिकॉर्ड से कार के मालिक की बाबत जाना और फिर उस युवक को – जिसका नाम अमित गोयल था और जो कार मालिक रघुनाथ गोयल का पुत्र था – गिरफ्तार कर लिया, इतवार को

– वारदात की शाम को – कार जिसके हवाले थी।

पुत्र अमिल गोयल से पूछताछ का नतीजा ये निकला कि कार यकीनन उसके हवाले थी, ये भी सच था कि विकास जिन्दल और केतन साहनी नामक उसके दो हमउम्र दोस्त उसके साथ थे लेकिन इतवार शाम को वो भगवानदास रोड पर तो क्या, उसके आसपास भी नहीं थे। उस शाम वो गुड़गाँव में थे जहाँ पहले उन्होंने 'रईस' देखी, फिर कार में ही बैठकर ड्रिंक्स एनजॉय किये और फिर एक ढाबे पर खाना खाकर घर लौटे।

अमित गोयल की रिहायश सैक्टर पन्द्रह–ए, नोएडा में थी, उसके पिता का पहाड़गंज में टिम्बर का बिज़नेस था।

विकास जिन्दल और केतन साहनी कहाँ रहते थे, क्या करते थे, इस बात का अख़बार में कोई जिक्र नहीं था।

थाने में गवाह को पकड़े गये युवकों के रूबरू कराया गया था तो उसने निसंकोच अमित गोयल नामक युवक की बतौर आई–20 के ड्राइवर शिनाख्त की थी।

आगे ख़बर थी कि तीनों युवकों को गुरुवार को पटियाला हाउस कोर्ट में पेश किया जाना था।

31 अक्टूबर–गुरुवार

गुरुवार सुबह विमल उस मैजिस्ट्रेट के कोर्ट में मौजूद था, जहाँ तीनों आरोपी युवकों की पेशी थी। उस कोर्ट की बाबत और पेशी के वक्त की बाबत जानकारी उसे बाजरिया अजीत लूथरा हासिल हुई थी।

वो ख़ामोशी से भीतर दाखिल हुआ और उस वक्त लगभग खाली पड़े कोर्ट में पीछे के एक बैंच पर जाकर बैठ गया।

फिर धीरे–धीरे वहाँ वकीलों की, अपनी–अपनी पेशी से ताल्लुक रखते वादी–प्रतिवादियों की, गवाहों की, दर्शकों को आमद बढ़ने लगी।

दस बजे अपने चैम्बर और कोर्टरूम के बीच का दरवाज़ा खोल कर मैजिस्ट्रेट ने कोर्टरूम में कदम रखा।

उसके सम्मान में सब उठ कर खड़े हुए।

तदोपरान्त विमल को पता चला कि पहला ही केस भगवानदास रोड के अगवा और बलात्कार वाला था।

दो पुलिसियों ने तीन नौजवानों को मैजिस्ट्रेट के सामने पेश किया।

विमल ने नोट किया कि दोनों पच्चीस और तीस के पेटे में थे और अपनी उस वक्त की दुश्वारी से कोई खास हलकान-परेशान नहीं दिखाई देते थे। तीनों के चेहरों पर उद्दंडता की स्पष्ट छाप थी।

सरकारी वकील ने नाम ले ले कर तीनों का कोर्ट को परिचय दिया।

अमित गोयल – क्लीनशेव्ड, खड़े कान, पकौड़े जैसी नाक।

विकास जिन्दल – क्लीनशेव्ड, गोरा-चिट्टा, तीनों में सबसे ज़्यादा खूबसूरत। एक कान में बाली।

केतन साहनी – दाढ़ी मूँछ दोनों, रंगत साँवली, होंठों की रंगत ऐसी जैसे बीड़ी पीता हो और दाँतों की रंगत ऐसी जैसे रेगुलर खैनी-ज़र्दा चबाता हो।

अपने वकील के सुपरविज़न में उन्होंने पुरजोर लहजे से वही दोहराया जो उनका पुलिस के सामने बयान था – वारदात के वक्त वो मौका-ए-वारदात से मीलों दूर गुड़गाँव में थे यानी मौका-ए-वारदात भगवानदास रोड से दूर थे और बयान किया कि आधी रात तक वो वहाँ क्या करते रहे थे।

''योर आनर!'' – सरकारी वकील बोला – ''इनके खिलाफ एक चश्मदीद है।''

मैजिस्ट्रेट की भवें उठीं।

''झूठा है।'' – अमित गोयल बोला।

''बनाया हुआ है।'' – केतन साहनी बोला।

''या किसी मुगालते में है।'' – विकास जिन्दल बोला।

''योर आनर'' – सरकारी वकील बोला – ''गवाह ने इन तीनों में से एक की, अमित गोयल की, जिसका पिता उस आई-20 कार का मालिक है जो वारदात की शाम को इनके कब्जे में थी, पक्की, मजबूत, निर्विवाद, शिनाख्त की है।''

''ऐसी कोई शिनाख्त नहीं हुई!'' – अमित गोयल आवेशपूर्ण स्वर में बोला।

''गवाह को कोर्ट में पेश किया जा सकता है।'' – सरकारी वकील बोला।

''ऐसे मामलों में पुलिस की सलाहियात से कौन वाकिफ नहीं, योर आनर!'' – मुलजिमों का वकील बोला – ''उनकी शह पर मिस्टर पब्लिक प्रासीक्यूटर यहाँ काले चोर को खड़ा कर देंगे और दावा करेंगे कि वो मेरे क्लायन्ट्स के खिलाफ चश्मदीद गवाह है।''

"दैट्स शियर नानसेंस . . ."
"आई ऑब्जेक्ट। दिस इज अनसिविल लैंग्वेज।"
". . . चश्मदीद का गवाहों के सामने दिया गया, तसदीकशुदा बयान फाइल में है।"
"कौन नहीं जानता कि ऐसे तसदीकशुदा बयान कैसे वजूद में आते हैं! जब हमारा दावा है कि गवाह फर्जी है, तो उसका बयान भी तो फर्जी ही होगा!"
"दैट्स प्रीपोस्टरस्!"
"यू कैननॉट हुडविंक ऐनीबॉडी बाई सच हैवी वर्ड्स।"
"लेकिन . . ."
"क्वाइट!" – मैजिस्ट्रेट बोला – "एण्ड लिसन।"
दोनों वकील चुप हो गये, उन्होंने मजिस्ट्रेट की तरफ देखा।
"क्या वो कथित चश्मदीद गवाह इस वक्त कोर्ट में मौजूद है? – मैजिस्ट्रेट बोला।
"नो, योर आनर।" – सरकारी वकील बोला।
"क्या उसे कोर्ट में पेश किया जा सकता है?"
"ज़रूर।"
"कितनी जल्दी?"
सरकारी वकील हिचकिचाया।
"क्या आज ही पेश किया जा सकता है?"
"यस, योर आनर।"
"लंच ब्रेक के बाद तक इस केस की सुनवाई मुल्तवी की जाती है। तब पुलिस के इन मुलजिमों के खिलाफ चश्मदीद गवाह को अदालत में पेश किया जाये। नैक्स्ट केस।"

लंच के बाद जो गवाह पेश किया गया वो एक कोई चालीस साल का व्यक्ति था जो कि सूरत से ही दक्षिण भारतीय लगता था।
उसने कोर्ट को बताया कि उसका नाम देवन नायर था और वो फैब इंडिया में मुलाज़िम था।
"इतवार के दिन" – सरकारी वकील ने पूछा – "शाम के वक्त भगवानदास रोड पर आप क्या कर रहे थे?"
"आगा खान हाल में फैब इंडिया की सेल लगी है" – उसने जवाब

दिया – ''वहाँ अपनी ड्यूटी खत्म करके घर की बस पकड़ने के लिये बस स्टैण्ड पर खड़ा था।''

''वहाँ आपकी कहाँ ड्यूटी थी?''

''पहली मंजिल के उस हाल में जिसमें फैब इंडिया की सेल थी।''

''फैब इंडिया तो दिल्ली और एनसीआर में बहुत जगह है! आपकी मुलाज़मत कहाँ है?''

''जनपथ पर।''

''वहाँ भी फैब इंडिया का शोरूम है?''

''जी हाँ। हाल में खुला है।''

''पहले कहाँ थे?''

''आई ऑब्जेक्ट। ये ग़ैरज़रूरी सवालात हैं।'' – प्रतिपक्ष का वकील बोला।

मैजिस्ट्रेट ने सहमति में सिर हिलाया।

''बस, ये आख़िरी सवाल।'' – सरकारी वकील बोला।

''खान मार्केट में।'' – गवाह बोला।

''कहाँ रहते हैं?''

''मयूर विहार।''

''इतवार शाम को जब आप भगवानदास रोड पर बस स्टैण्ड पर खड़े थे तो आपकी मौजूदगी में वहाँ क्या हुआ था?''

''ऑब्जेक्शन।'' – विपक्ष का वकील बोला – ''ये बहुत जनरल, बहुत वेग क्वेश्चन है। इनकी मौजूदगी में वहाँ कितना ही कुछ वाकया हुआ हो सकता है। मैं नहीं समझता कि कोर्ट की तब के वहाँ के हर वाकये में दिलचस्पी होगी।''

मैजिस्ट्रेट का सिर फिर सहमति में हिला।

''बी स्पैसिफ़िक, मिस्टर पब्लिक प्रॉसीक्यूटर।'' – वो बोला।

''यस, योर आनर।'' – सरकारी वकील बोला – ''आपकी बस स्टैण्ड पर मौजूदगी में वहाँ एक आई-20 कार पहुँची थी, जिसमें से दो युवक बाहर निकले थे, उन्होंने स्टैण्ड पर बस के इन्तजार में खड़ी एक युवती को जबरन दबोचा था, उसे कार में धकेला था और कार वहाँ से भाग निकली थी। आप इस वाकये की तसदीक करते हैं?''

गवाह का सिर सहमति में हिला।

''प्लीज, जुबानी जवाब दीजिये।''

''मैं इस बात की तसदीक करता हूँ।''

"कार में कितने जने थे?"

"तीन। एक ड्राइविंग सीट पर और दो पीछे थे जिन्होंने बाहर निकल कर लड़की को दबोचा था।"

"आप कहते हैं कि क्योंकि कार का रुख आपकी तरफ था, इसलिये आपने ड्राइवर की सूरत देखी थी?"

"जी हाँ।"

"अच्छी तरह से?"

"जी हाँ।"

"इतनी अच्छी तरह से कि आप उसे दोबारा देखते तो पहचान लेते?"

"जी हाँ।"

"गुड। अब इन तीन युवकों की तरफ देखिये, जो बतौर उस केस के अभियुक्त यहाँ आपके सामने मौजूद हैं।"

"देख रहा हूँ।"

"अब ये बताइये कि क्या इनमें से कोई उस आई-20 कार का ड्राइवर था . . ."

"नहीं।"

". . . था तो कौन था . . .।" – सरकारी वकील एकाएक यूँ ठिठका जैसे उसे बिजली का झटका लगा हो – "अभी क्या बोला आपने?"

"'नहीं' बोला।"

"वो तो बोला लेकिन किस बाबत बोला?"

"इनमें से कोई उस कार का ड्राइवर नहीं था।"

"वाट नॉनसेंस! आपने पुलिस द्वारा आयोजित आइडेन्टिटी परेड में बतौर कार ड्राइवर इनमें से एक की शिनाख़्त की थी!"

"शिनाख़्त की थी, लेकिन इनमें से एक की नहीं की थी।"

"तो किसकी की थी?"

"जिसकी मैंने शिनाख़्त की थी, वो यहाँ नहीं है।"

"ये कैसे हो सकता है? कैसे हो सकता है कि . . ."

"मेरे को नहीं पता कैसे हो सकता है! जो पता है वो ये है कि आइडेन्टिटी परेड में जिसकी मैंने शिनाख़्त की थी, वो यहाँ नहीं है।"

सरकारी वकील मुँह बाये उसे देखने लगा।

विपक्ष के वकील के चेहरे पर संतुष्टि के भाव आये, उसने विजेता की तरह अपने क्लायन्ट्स की तरफ देखा।

तीनों युवकों ने दाँत निकाले, तत्काल संजीदा हुए।

मैजिस्ट्रेट ने अपने रोजनामचे में कुछ नोट किया।

"तो" – सरकारी वकील बोला – "तुम्हारा दिलोदिमाग, तुम्हारी सोच समझ ये कहती है कि पुलिस की हाजिरी में जिस शख़्स की शिनाख़्त का दम तुमने भरा, वो इन तीनों में से कोई नहीं है?"

"हाँ। अब मैं जा सकता हूँ? मैं शोरूम से एक घंटे की छुट्टी लेके आया . . ."

"नहीं! नहीं जा सकते। इतनी जल्दी यहाँ से तुम्हारी खलासी नहीं हो सकती।"

"आई ऑब्जेक्ट।" – विपक्ष का वकील बोला – "मिस्टर पब्लिक प्रासीक्यूटर इज ट्राईंग टु इनटिमिडेट दि विटनेस। वो खुद अपने गवाह को धमकाने की कोशिश कर रहे हैं।"

"ऑब्जेक्शन सस्टेंड।" – मैजिस्ट्रेट बोला।

"तुम्हें उन पुलिस वालों के रूबरू किया जा सकता है जिन की मौजूदगी में तुमने इन तीनों में से एक की शिनाख़्त की थी।"

"कीजिये। तब वो पुलिस वाले ही मेरे बयान की तसदीक करेंगे कि जिस शख़्स की मैंने शिनाख़्त की थी, वो इन तीनों में से कोई नहीं है।"

"फिर भी तुम्हारी खलासी . . . आई एम सॉरी, योर ऑनर . . . तुम भूल रहे हो कि तुम्हारे बयान पर आधारित, बल्कि यूँ कहो कि तुम्हारा ही मुहैया कराया हुआ, अभी एक सबूत और है पुलिस के पास।"

"कौन-सा सबूत?"

"आई-20 कार का रजिस्ट्रेशन नम्बर जो, तुमने अपने बयान में कहा, तुमने साफ देखा था और जिसे पहले तुमने अपनी याददाश्त में और फिर अपने मोबाइल के 'नोट्स' में महफ़ूज़ किया था। डीएल 7यूसीसी 7034 जो कि इनमें से एक की फैमिली कार है।"

"क्या नम्बर बोला?"

"डीएल 7यूसीसी 7034।"

"कुछ गड़बड़।" – गवाह बड़बड़ाया, उसने जेब से अपना मोबाइल निकाला और जल्दी-जल्दी उसके की-पैड पर उँगलियाँ चलाने लगा।

"आप गलत नम्बर कोट कर रहे हैं।" – फिर मोबाइल पर से सिर उठाता बोला – "जो कार नम्बर यहाँ मेरे मोबाइल के नोट्स में दर्ज है, वो ये नम्बर नहीं है जो आपने बोला। जो कार नम्बर मेरे पास रिकार्डिड है, वो डीएल 7यूसीसी 7043 है।"

''यही तो मैंने बोला . . .''

''नहीं बोला। आपने '7034' बोला। जो नम्बर मैंने देखा और नोट किया था, वो '7043' था।''

''तुम्हारे से नोट करने में चूक हुई। जो नम्बर तुमने पुलिस के पास अपने स्वेच्छा से दिये, तसदीकशुदा बयान में दर्ज कराया था, वो '7034' था।''

''मुझे नहीं पता पुलिस ने क्या दर्ज किया। मैंने '7043' ही बोला था।''

''तुम्हारी साइन्ड स्टेटमेंट फाइल में है। तुम उससे नहीं मुकर सकते।''

''मेरा बयान हिन्दी में दर्ज किया गया था। मैं मलयाली हूँ। मैं हिन्दी सिर्फ बोल सकता हूँ, लिख पढ़ नहीं सकता।''

''जो अब कह रहे हो'' – सरकारी वकील भड़कने को हुआ – ''वो पुलिस को क्यों न बोला?''

''बोला था, सर, बोला था।'' – गवाह यूँ बोला जैसे फरियाद कर रहा हो – ''उन्होंने कहा था कोई फर्क नहीं पड़ता था। उन्होंने मेरा बयान मुझे पढ़ कर सुनाया था, मैंने उसे ठीक पाया था इसलिये साइन कर दिये थे।''

''लेकिन अब तुम अपने ही तसदीकशुदा बयान में खामी निकाल रहे हो। बयान में कार नम्बर गलत दर्ज हो गया था, तो तब क्यों न बोले?''

''क्योंकि तब नम्बर के दो डिजिट्स की जक्स्टापोजीशन मेरी पकड़ में नहीं आयी थी। ये तो अब पकड़ में आयी जब आपके बोले नम्बर को मैंने अपने नोटिड नम्बर से कम्पेयर किया।''

''तुम झूठ बोल रहे हो।'' – सरकारी वकील गर्जा – ''तुम अन्डर ओथ झूठ बोल रहे हो।''

''आई कांट अन्डरस्टैण्ड वॉट्स गोइन्ग आन, योर ऑनर।'' – विपक्ष का वकील भी उतनी ही बुलन्द आवाज में बोला – ''मेरे फाज़िल दोस्त अपने ही गवाह को झूठा करार दे रहे हैं।''

''ये सरकारी गवाह है।'' – सरकारी वकील गुस्से से बोला – ''इसकी बाबत आपको फ़िक्र करने की जरूरत नहीं।''

''जरूरत है। इसकी गवाही पर मेरे क्लायन्ट्स की आइन्दा जिन्दगी का दारोमदार है। जब ये कहता है कि पुलिस ने बेध्यानी से गलत नम्बर रिकॉर्ड किया है तो . . .''

''गलत कहता है। नाजायज कहता है। पुलिस से ऐसी बेध्यानियाँ होने लगें तो चल चुका पुलिस का महकमा।''

''ह्यूमन ऐरर की कहीं भी, कभी भी गुंजायश होती है। मैनुअल काम में अनजाने में ऐसी गलती हो जाना कोई बड़ी बात नहीं।''

''ये अपने पुलिस को स्वेच्छा दिये बयान से भी तो मुकर रहा है!''

''नहीं मुकर रहा।''

''कैसे नहीं मुकर रहा? अभी इसने कहा या नहीं कहा कि बतौर आई-20 कार ड्राइवर इन तीनों मुलजिमों में से ये किसी को नहीं पहचानता!''

''कहा। बराबर कहा। लेकिन क्यों कहा? क्योंकि इसने गीता पर हाथ रख कर सच बोलने की कसम खायी है। ही टुक दि ओथ दैट ही विल स्पीक दि टुथ, दि होल टुथ एण्ड नथिंग बट दि टुथ। अब ये पुलिस और पब्लिक प्रासीक्यूटर की सहूलियत के लिये कसम नहीं तोड़ सकता। झूठ नहीं बोल सकता। मैं और मेरे क्लायन्ट्स इसके धन्यवादी हैं कि इस वक्त ये पुलिस को माफिक आने वाली गवाही देने की जगह अपने विवेक के हवाले गवाही दे रहा है।''

''बतौर गवाह इसने एकाएक जो करवट बदली है, उसका इसके विवेक से कोई रिश्ता नहीं है। आई कैन ले ऐनी बैट अपॉन इट दैट ही हैज बिन रीच्ड . . .''

''मिस्टर पब्लिक प्रासीक्यूटर!'' – विपक्ष के वकील के बोलने से पहले ही खुद मैजिस्ट्रेट ने ऐतराज़ जाहिर किया।

''आई एम सॉरी, योर आनर।'' – सरकारी वकील भुनभुनाया – ''बट आई मस्ट सबमिट दैट दिस विटनेस हैज सडनली टर्न्ड होस्टाइल। इस बिना पर पुलिस की तरफ से मैं मुलजिमों के दो हफ्ते के रिमांड की दरख्वास्त पेश करता हूँ।''

''मैं इस दरख्वास्त का प्रबल विरोध करता हूँ।'' – विपक्ष का वकील बोला – ''योर ऑनर ने देखा ही है कि कैसे पुलिस का मेरे क्लायन्ट्स के खिलाफ खड़ा किया गया केस कोर्ट में नहीं ठहर पाया है। ठहर पाना तो दूर, कैसे उनके अपने ही गवाह के कन्डक्ट से वो छिन्न-भिन्न हो गया है। जब कोई केस ही नहीं है तो रिमांड का क्या मतलब! कोई केस बनाना ही है तो अपने गवाह के खिलाफ़ बनायें जो सरकारी वकील साहब दावा करते हैं कि होस्टाइल हो गया है, परजुरी पर उतर आया है। मैं कोर्ट से पुरज़ोर दरख्वास्त करता हूँ कि मेरे क्लायन्ट्स को या तो बाइज़्ज़त बरी किया जाये या पैंडिंग केस, तुरंत जमानत पर छोड़ा जाये।''

मुलजिमों को इस वार्निंग के साथ जमानत मिल गयी कि वो वक्ती थी,

पुलिस द्वारा रिवाइज़्ड पेटीशन दाखिल किये जाने की सूरत में खारिज़ हो सकती थी।

शाम को सात बजने को थे, जब कि विमल जनपथ पहुँचा।

फोन कर के वो पहले ही मालूम कर चुका था कि वहाँ फैब इंडिया का शोरूम शाम सात बजे बंद होता था।

वो भीतर दाखिल होने लगा तो गार्ड ने उसे टोका – ''क्लोज़िंग टाइम हो गया है, साहब।''

''मालूम है, भाई।'' – विमल मीठे लहज़े से बोला – ''मेरी बीवी अभी अन्दर है इसलिये जाना है।''

गार्ड ने उसे भीतर चले जाने दिया।

एग्ज़िट डोर वहाँ से थोड़ा परे था इसलिये एन्ट्री पर के गार्ड को नहीं मालूम होने वाला था कि जब वो वहाँ से रुख़सत हुआ था तो बीवी साथ थी या नहीं।

भीतर उसने देवन नायर को तलाश किया।

वो गारमैंट्स के एक रैक के करीब अकेला खड़ा था।

लम्बे डग भरता विमल उसके करीब पहुँचा।

''हल्लो!'' – वो बोला।

नायर ने सिर उठाया, उसके चेहरे पर उलझन के भाव आये।

''मैं कौल। अरविन्द कौल। जनसत्ता का रिपोर्टर।''

''रिपोर्टर!''

''हाँ। आज सुबह मैं पटियाला हाउस में उस कोर्ट में भी था जहाँ बतौर गवाह तुम्हारी पेशी थी।''

''अच्छा!''

''सुबह भी और लंच के बाद भी।''

''वजह?''

''इस केस को अपने अख़बार के लिये शुरू से मैं कवर कर रहा हूँ।''

''यहाँ कैसे आये?''

''तुम्हारे से मिलने आया।''

''मालूम था मेरी जॉब यहाँ है?''

''भई, कोर्ट में तुमने खुद बताया था कि तुम फैब इंडिया में मुलाज़िम थे और उसके जनपथ पर नये खुले शोरूम में ड्यूटी करते थे।''

"ओ, हाँ। सॉरी! मैं भूल गया था।"

"नैवर माइन्ड।"

"मेरे से क्यों मिलना चाहते हो?"

"तुम्हारी गवाही ने कोर्ट में अच्छी खलबली मचाई थी। उसी सिलसिले में कुछ सवालात हैं मेरे ज़ेहन में जो मैं तुम्हारे सामने रखना चाहता हूँ।"

"तुम अख़बार वाले हो। मैं पब्लिसिटी नहीं चाहता।"

"मेरे भाई, उससे तुम अब नहीं बच सकते। तुमने कोर्ट में बयान दिया है, इसलिये सब कुछ ऑन रिकॉर्ड है, पब्लिक डोमेन में पहले से है।"

"अच्छा!"

"फिर तुम्हारे बयान में ऐसा क्या है जो पुलिस से नहीं जाना जा सकता है? पुलिस तो ऐसे मामलों में मीडिया को बाकायदा भाव देती है।"

"तो उन्हीं के पास जाओ।"

"तुम नाउम्मीद करोगे तो जाऊँगा ही। करोगे?"

वो सोचने लगा।

"मैं तो ये सोच के तुम्हारे पास आया था कि शाम का वक्त है, एक एक ड्रिंक शेयर करेंगे . . ."

नायर की आँखों में चमक आयी।

गुड! घूँट का रसिया था।

". . . और छोटी-मोटी बात भी कर लेंगे।"

"ऐसा?"

"हाँ। अब बोलो, क्या कहते हो?"

"बाहर चलो। मैं पाँच मिनट में फारिग होके आता हूँ।"

"शुक्रिया।"

"नाम क्या बताया था तुमने अपना?"

"कौल। अरविन्द कौल।"

"आता हूँ।"

विमल शोरूम से बाहर निकल गया और बरामदे में जाकर इन्तज़ार करने लगा।

दिल्ली प्रवास के शुरूआत में ही उसने धूम्रपान से किनारा कर लिया था। वैसे भी धूम्रपान वो महज अपने बहुरूप को मज़बूती देने के लिए करता था। दिल्ली में ऐसा दिखावा करने की कोई जरूरत नहीं थी। जाती तौर पर धूम्रपान में उसकी कोई रूचि नहीं थी – वो दिखावा था पर वो हमेशा उसे

अपने पर लगा कलंक मानता था – लेकिन फिलहाल कभी-कभी आदतन, अनायास उसका हाथ पाइप की तलाश में जेब में सरक जाता था।

वैसा तब भी हुआ था, लेकिन जल्दी ही उसने अपना हाथ वापिस खींच लिया था।

पाँच मिनट से पहले नायर शोरूम से निकलकर उसके करीब पहुँचा।

विमल ने चेहरे पर फर्जी मुस्कराहट लाकर उसका स्वागत किया।

"कहाँ चलें?" – नायर ऐसी आत्मीयता से बोला जैसे मुद्दत से विमल को जानता हो।"

"तुम्हारे तो पड़ोस में ही बार है, भई" – विमल बोला – "यहीं चलते हैं।"

"देख लिया?"

"हाँ। यहाँ बरामदे में खड़ा तुम्हारा इन्तज़ार कर रहा था तो देखा न!"

"हमारी तरह ये भी नया खुला है। ज़्यादा एक्सपेंसिव भी नहीं है।"

"हो भी तो क्या है! दोस्तों में एक्सपेंसिज नहीं देखे जाते।"

"दोस्त!"

"हो, न!"

उसके चेहरे पर अनिश्चय के भाव आये।

"अरे, अभी नहीं हैं तो बार में जाके बैठेंगे तो हो जायेंगे।"

"गुड। आओ।"

बार फैब इंडिया से तीन इमारत परे फर्स्ट फ्लोर पर था, जो कि शाम की उस घड़ी लगभग खाली था। वो दोनों बार से विपरीत दिशा में एक तनहा टेबल पर जाकर बैठे।

आपसी मशवरे के बाद विमल ने 'हन्ड्रेड पाइपर्स' का आर्डर दिया।

दोनों ने चियर्स बोला।

"आज के जमाने में" – विमल अर्थपूर्ण स्वर में बोला – "सरेराह हुए नौजवान लड़की के अगवा के केस में गवाह बनना हौसले का काम है।"

"है तो सही!" – वो अनमने भाव से बोला।

"जबकि सुना है कि उस वक्त बस स्टैण्ड पर कई लोग मौजूद थे!"

"हाँ, भई।"

"तुम पुलिस के पास पहुँचे या पुलिस तुम्हारे पास पहुँची?"

"पुलिस कैसे पहुँचती? किसी के खुद के बताये बिना उन्हें कैसे मालूम होता कि कौन तब बस स्टैण्ड पर मौजूद था!"

''ठीक! तो तुम गये पुलिस के पास?''

''हाँ!''

''फौरन?''

''फौरन तो नहीं! अगले रोज़ शाम को। पहले तो मैं यही सोचता रहा कि मुझे क्या, फिर मेरे अंदर से आवाज़ उठी कि हर कोई यही सोच ले मुझे क्या तो कैसे कभी कोई मुजरिम पकड़ा जाये! क्रिमिनल क्राइम करें और छुट्टे घूमें, ये तो ठीक नहीं!''

''ठीक।''

''फिर अख़बार में ख़बर पढ़ी कि छतरपुर के रास्ते से उस अगवा लड़की को अधमरी हालत में उठाकर हस्पताल पहुँचाया था और पता लगा कि उसके साथ सामूहिक बलात्कार हुआ था। तब मेरे से न रहा गया! मैंने सौ नम्बर पर फोन किया और अपनी आइडेंटिटी रिवील की। पाँच मिनट बाद तिलक मार्ग थाने से उस सब-इन्सपेक्टर का, जो कि उस केस का इनवैस्टिगेटिंग आफिसर था, मेरे पास फोन आ गया। मैं थाने जाकर उससे मिला और बाकायदा अपना बयान रिकॉर्ड कराया।''

''जिसकी बिना पर पुलिस ने उन तीन लड़कों को गिरफ्तार किया।''

''हाँ। लेकिन गड़बड़ हुई। ऐसी गड़बड़ हुई जो कि फौरन ज़ाहिर भी न हो पायी। मुझे तो कोर्ट में अपने बयान के वक्त ही मालूम हुआ कि वारदात वाली कार के रजिस्ट्रेशन नम्बर के मामले में मेरे कहने में और पुलिस के दर्ज करने में फर्क आ गया था। नम्बर के दो डिजिट्स में उलटफेर हो गया था।''

''बयान तो सुना है रिकॉर्ड किया जाता है!''

''मैंने भी सुना है लेकिन मेरा बयान रिकॉर्ड नहीं किया था। एक क्लर्क ने साथ बैठकर उसे तहरीरी तौर पर दर्ज किया था।''

''शार्टहैण्ड में?''

''मेरे ख़याल से लांगहैण्ड में, क्योंकि बीच-बीच में उसने मुझे कई बार टोका था और किसी-न-किसी बात को दोहरा कर बोलने को बोला था।''

''इसी वजह से कार का नम्बर लिखने में उलट फेर हुई?''

''ज़ाहिर है।''

''बयान रिकॉर्ड किया गया होता तो ऐसा न होता। तब रिकार्डिंग को दोबारा सुनकर तसदीक की जा सकती थी कि असल में तुमने क्या कहा था!''

''बयान रिकॉर्ड नहीं किया गया था।''

''बहरहाल ये दिलचस्प और काबिलेगौर बात है कि तुम्हारे बयान की वजह से ही वो लड़के गिरफ्तार हुए और तुम्हारे बयान की वजह से ही रिहा हुए।''

''हाँ, ऐसा हुआ, लेकिन मेरी इसमें क्या गलती थी? जब कोर्ट में मेरे सामने ये बात ज़ाहिर हो गयी थी कि पुलिस की लापरवाही से मेरा बताया नम्बर यूँ दर्ज हुआ था कि दो डिजिट्स में उलट फेर हो गयी थी। मैंने वारदात वाली कार का नम्बर डीएल 7 यूसीसी 7043 बोला उन्होंने डीएल 7 यूसीसी 7034 दर्ज किया। उन्होंने अपने दर्ज किये नम्बर के मुताबिक आई–20 कार को ट्रेस किया तो आगे वो तीन लड़के गिरफ्तार हुए, जिनमें से एक के बाप की वो कार थी।''

''तुम वक्त रहते उस उलट फेर को पुलिस की जानकारी में ला पाये होते तो न वो गिरफ़्तारियाँ होतीं और न कोर्ट में पुलिस की किरकिरी होती।''

''मैं कैसे लाता? मुझे कैसे मालूम पड़ता कि मेरा बयान दर्ज करने के दौरान पुलिस से क्या बंगलिंग हुई थी!''

''ये बात भी ठीक है! पुलिस को ये बात हज़्म हो गयी कि उनके यहाँ हुई क्लैरिकल मिस्टेक की वजह से ही सब गड़बड़ हुई थी?''

''कहाँ हज़्म हो गयी! वो तो पटियाला हाउस में ही मेरे गले पड़ गये। तमाम बंगलिंग के लिये मुझे ज़िम्मेदार ठहराने लगे। पकड़ के तिलक मार्ग थाने ले गये।''

''अरे! क्यों?''

''बोले, मोटर व्हीकल्स रजिस्ट्रेशन के रिकॉर्ड से अब उस दूसरी कार को ट्रेस किया जायेगा, जिसका नम्बर मैंने कोर्ट में बताया था और वारदात वाली कार को अब मैं उस नम्बर वाली कार बता रहा था। फिर कार मालिक के जरिये नये सस्पेक्ट्स को हिरासत में लिया जायेगा, जिनकी कि मेरे को शिनाख्त करनी होगी?''

''की?''

''कहाँ? की होती तो मैं यहाँ तुम्हारे सामने बैठा होता!''

''क्या हुआ?''

''दूसरी कार तो फटाफट ट्रेस कर ली गयी, लेकिन वो आई–20 न निकली।''

''अरे!''

''सब इन्स्पेक्टर फिर गले पड़ने लगा कि अगर मैंने वो कार – नम्बर डीएल 7यूसीसी 7043 देखी थी तो मैंने उसे आई–20 क्यों बताया था जबकि वो स्विफ्ट थी।''

''क्या जवाब दिया?''

''वही जो सीधा था, सच्चा था, मुनासिब था। मैं मामूली हैसियत का आदमी हूँ, मैं कारों के बारे में खास क्या जानता हूँ? जो कार मैंने देखी, वो मुझे आई–20 लगी, मैंने आई–20 बोल दिया।''

''यानी अन्दाजे से बोला!''

''नहीं, बिल्कुल अन्दाजे से तो नहीं बोला! यहाँ इस ब्लॉक के बाहर ही पार्किंग है, आते जाते रोज कारें दिखाई देती हैं इसलिए मैं आई–20 को पहचानता था।''

''वारदात वाली कार पर मार्का लिखा न देखा?''

''कैसे देखता? उस कार का मेरी तरफ मुँह था, पीठ होती तो देखता न! मार्का तो बैक पर होता है, फ्रंट पर तो होता नहीं!''

''कार आगे बढ़ी थी या यू टर्न लेकर भागी थी?''

''आगे बढ़ी थी।''

''तब बैक दिखाई दी होगी!''

''हाँ। लेकिन तब मेरा मार्के की तरफ ध्यान नहीं गया था।''

''हम्म!''

''भई, जब मुझे मालूम था वो आई–20 थी तो खास मार्के की तरफ ध्यान न जाना क्या बड़ी बात थी?''

''क्या बड़ी बात थी!''

''अरे, मैं तुमसे पूछ रहा हूँ।''

''और मैं तुमसे पूछ रहा हूँ।''

''तुम क्या पूछ रहे हो?''

''और ड्रिंक्स ऑर्डर करें?''

''अच्छा वो! हाँ, प्लीज़।''

विमल ने रिपीट का ऑर्डर दिया जो तुरन्त सर्व हुआ।

''थाने से तुम्हारी जल्दी खलासी हो गयी, इसका मतलब है कोई नयी गिरफ्तारियाँ नहीं हुईं?''

''हाँ।''

''वजह?''

"वो कार किसी गवर्नमेंट एग्जीक्यूटिव की थी, जो किसी मेजर रिपेयर जॉब की वजह से शनिवार सुबह से मोतीबाग की एक वर्कशाप में खड़ी थी, जहाँ कि वो रहता था।"

"रंग?"

"रंग क्या?"

"भई, रंग। स्विफ्ट का!"

"अच्छा वो! ग्रे।"

"कैसे मालूम?"

"जब पुलिस ने उस गैराज में खड़ी कार के मेक के बारे में बोला था तो रंग के बारे में भी बोला था।"

"ग्रे? स्टील ग्रे नहीं?"

"फर्क होता है?"

"होता तो है?"

"स्याह सफेद जैसा?"

"नहीं, ऐसा तो नहीं!"

"तो कैसा?"

"मोटे तौर पर तो दोनों रंग एक ही जैसे लगते हैं। जो नहीं जानता ग्रे और स्टील ग्रे दो रंग होते हैं, वो तो उसे ग्रे ही बोलेगा।"

"तो फिर?"

"और! और क्या पता लगा स्विफ्ट के बारे में?"

वो हिचकिचाया।

"ओ, कम ऑन! प्लीज़!"

"बकौल इनवैस्टिगेटिंग आफिसर, कार का मालिक रिटायरमेंट की एज के करीब पहुँचता एक उम्रदराज़ शख़्स था, जिसका एक ही बेटा था जो इंग्लैंड में रहता था।"

"भई, इस सिनेरियो पर गौर किया जाये तो पुलिस को तो तुम्हारी नम्बरों की अनजाने में हुई उलट फेर की कहानी हज़्म नहीं हुई होनी चाहिये!"

उसकी भवें उठी।

"वारदात में लिप्त आई–20 की अपनी शिनाख़्त को तुमने कोर्ट में नकार दिया, जो नयी सम्भावना पेश की वो सम्भावित न निकली, आई मीन, फीज़िबल न निकली! तो फिर चश्मदीद गवाह काहे के हुए तुम?"

विमल को पहले लगा कि वो आवेश में आने लगा था, फिर वो खुद को

काबू करता लगा, फिर उसने अपने गिलास में से व्हिस्की का एक घूँट भरा और चिन्तित भाव से बोला– ''वो सब-इन्स्पेक्टर भी इसी बात को लेकर भड़क रहा था।''

''ये भी तुम्हारे हक में एक अच्छा इत्तफाक हुआ कि स्विफ्ट लाइट कलर की, आई–20 से मिलते-जुलते कलर की निकली। किसी डार्क कलर की – जैसे कि रेड, ब्लू, डस्ट – निकलती तो तुम्हारी गवाही में बड़ा फच्चर पड़ जाता . . .''

''कहानी?''

''गवाही। तुम्हारी अपनी जुबान में स्याह सफेद जैसा फर्क पड़ जाता। नम्बरों में उलट फेर को तो तुमने जैसे-तैसे जस्टीफाई कर लिया, रंगों में जमीन आसमान के फर्क को कैसे जस्टीफाई कर पाये होते?''

उसने जवाब न दिया।

''तुम्हारा क्या ख़याल है, आख़िर हुआ क्या था?''

''मेरे ख़याल से तो'' – वो कठिन स्वर में बोला – ''कार का नम्बर देखने और उसे अपने मोबाइल पर नोट करने के बीच मेरे से ही कोई चूक हुई थी। मेरे से ही कोई डिजिट अनजाने में गलत पंच हो गया था।''

''यानी असल में अभी कोई तीसरा ही नम्बर था! एक नम्बर तुमने देखा, एक तुमने नोट किया और एक गलत पंच किया। नो?''

''अब . . . क्या बोलूँ!''

''तुम कहते हो सब-इन्स्पेक्टर भड़क रहा था। तुमने उनका केस बिगाड़ा, बतौर चश्मदीद गवाह पुलिस के किसी काम न आये, कोर्ट में पुलिस की फिर किरकिरी का बायस बने, फिर भी आज़ाद कर दिये गये! वो भी इतनी जल्दी कि यहाँ आकर अपनी ड्यूटी करने लगे!''

''अब क्या बोलूँ! मैं खुद हैरान हूँ।''

''कि जल्दी छूट गये?''

''हाँ। पकड़े तो वो मुझे नहीं रह सकते थे – क्योंकि मैं तो मुजरिम नहीं, मैंने तो कोई जुर्म नहीं किया – लेकिन वहाँ के तल्ख माहौल से मुझे साफ लग रहा था कि आधी रात तक भी बिठाये रखते तो कोई बड़ी बात न होती। फिर भी जाने देते तो इस वार्निंग के साथ जाने देते कि अगले रोज मैंने फिर हाज़िर होना था।''

''कैसे जल्दी छूट पाये?''

''बोला न, मैं खुद हैरान हूँ। वो सब-इंस्पेक्टर बुरी तरह से मेरे पर गरज

बरस रहा था, खा जाने को पड़ रहा था, फिर एक हवलदार ने आकर बताया कि कोई उससे मिलने आया था। वो उठ के गया तो आधे घन्टे बाद लौटा। लौटा तो काफी हद तक शांत था। बोला, मुझे इस वार्निंग के साथ जाने दिया जा रहा था कि मैं कहीं गायब न हो जाऊँ, आइन्दा चन्द दिन पुलिस को हमेशा अवेलेबल रहूँ।''

''कुछ सोचा तो होगा कि कैसे सब-इन्स्पेक्टर के मिज़ाज़ ने पलटा खाया?''

''भई, सोचा तो सही पर सूझा कुछ नहीं।''

''उस सब-इन्स्पेक्टर ने तुम पर ये इलज़ाम न लगाया कि तुमने दबाव में आकर अपना बयान बदला था?''

''दबाव! कैसा दबाव?''

''जैसा कोर्ट कचहरियों में दूसरी पार्टी के गवाहों के खिलाफ रुतबे और रसूख वाले लोग आम आजमाते हैं। मुखालफत में गवाही दी तो जान से मार डालेंगे। बहन बेटी पर अत्याचार करेंगे, वग़ैरह!''

''सब किताबी बातें हैं। फिल्मी बाते हैं।''

''हकीकी बातें हैं।''

''हैं तो मुझे इस हकीकत की कोई ख़बर नहीं।''

''सरकारी वकील ने कोर्ट में साफ कहा था . . .''

''क्या! क्या कहा था?''

''दि विटनेस हैज बिन रीच्ड . . .''

''मुझे नहीं मालूम इसका क्या मतलब होता है।''

''क्यों? पढ़े लिखे नहीं हो?''

''ग्रैजुएट हूँ।''

''तो फिर . . .''

''फिर वही। नहीं मालूम।''

''नहीं मालूम तो मालूम कर लो। इसका मतलब है गवाह को अपने बयान से फिरने के लिए मजबूर किया गया था। कोई दबाव डाल कर, उसको परजुरी के लिये तैयार किया गया था।'' – विमल ने एक क्षण अपलक उसे देखा, फिर बोला – ''लगता है तुम्हें परजुरी का मतलब भी नहीं मालूम।''

''खामखाह!''

''अभी तुमने कहा था तुम मुजरिम नहीं, तुमने कोई जुर्म नहीं किया . . .''

''ठीक कहा था।''

"परजुरी इज़ ए क्राइम। झूठी गवाही देना अपराध है।"

"होगा। मुझे क्या?"

"तुम्हें होना चाहिये। तुम्हारे अपने बयान से फिरने की वजह से ही वो लड़के जमानत पा गये।"

"नॉनसेंस! मैंने ऐसा कुछ नहीं किया। मैंने जो किया, अपने विवेक के, अपने बैटर जजमेंट के हवाले किया।"

"रिश्वत के हवाले किया।"

पहले जैसे बात उसकी समझ में न आयी, फिर एकदम भड़का– "क्या बोला?"

"रिश्वत खाकर तुमने अपना बयान बदला, ताकि उन लड़कों के खिलाफ़ खड़ा केस ढेर हो जाता। रिश्वत ने ही उस सब–इन्स्पेक्टर का मिजाज बदला जो, तुम ने खुद कहा कि, थाने में बुरी तरह से तुम्हारे गले पड़ रहा था। जिनके हाथों तुम बिके और परजूरी के लिये तैयार हुए! वो लोग जानते थे कोर्ट में तुम्हारे अपने रिकार्डिड एण्ड एनडोर्स्ड बयान से फिरते ही केस ने कोलैप्स कर जाना था और फिर पुलिस का कहर तुम पर टूट पड़ना था। पैसे के दबाव में आके तुमने झूठ बोला, डण्डे के दबाव में आके तुम सच उगल सकते थे इसलिए जैसे तुम्हें सैट किया गया था, वैसे तुम्हारे इनवेस्टिगेटिंग आफिसर को भी सैट किया जाना जरूरी था। अब समझ में आया कि वो गरजता बरसता सब–इन्स्पेक्टर क्यों एकाएक शांत हो गया था!"

"तुम . . . तुम कौन हो?"

"बोला तो था!"

"क्या बोला था? फिर बोलो।"

"मीडिया पर्सन हूँ। जनसत्ता का रिपोर्टर हूँ।"

"अपना आई–कॉर्ड दिखाओ।"

"आई–कॉर्ड बाई चांस आज मेरे पास नहीं है।"

"विजिटिंग कॉर्ड दो। अब ये न कहना वो भी नहीं है।"

विमल की जेब में अपने मेहरबान योगेश पाण्डेय का, जो कि सीबीआई के महकमे में एण्टीटैरेरिस्ट स्क्वॉड का डिप्टी डायरेक्टर था, एक विज़िटिंग कॉर्ड था, सरकारी नियम के अनुसार जो बाईलिंगुअल था, यानी उसकी एक साइड में उसका परिचय अंग्रेजी में था और दूसरी साइड में हिन्दी में था। उसने जेब से वो कार्ड निकाला और सावधानी से हिन्दी वाली साइड से उसे नायर को थमाया।

नायर ने कार्ड पर निगाह डाली।

"योगेश पाण्डेय" – कार्ड पर से पढ़ता वो बोला – "डिप्टी डायरेक्टर। वॉट द हैल! तुमने तो अपना नाम अरविन्द कौल बताया। खुद को जनसत्ता का रिपोर्टर बताया . . ."

"सॉरी!" – विमल ने हाथ बढ़ाकर बड़ी सफाई से कार्ड उसके हाथ से निकाल लिया – "रांग कार्ड! आज मेरे से गलती पर गलती हो रही है। लगता है विज़िटिंग कॉर्ड भी घर रह गये। सॉरी अगेन!"

"कौन हो तुम?" – वो तीखे स्वर में बोला।

"घबराओ नहीं। वो नहीं हूँ जो तुम समझ रहे हो।"

"क्या समझ रहा हूँ मैं?"

"पुलिस वाले ऐसे पेश नहीं आते। उनको अपने डंडे पर बड़ा गुमान होता है इसलिये पूछते नहीं, कबुलवाते हैं। फिर तुम्हारे केस में तो अब चोर-चोर मौसेरे भाई वाली मसल चरितार्थ है। अफ़सर भी बिका हुआ, गवाह भी बिका हुआ तो कौन किसके खिलाफ कुछ करेगा!"

"ख़बरदार!" – गुस्से में वो उठकर खड़ा हो गया – "ख़बरदार, जो मुझे बिका हुआ कहा।"

"अच्छा, भई, लीज पर किया हुआ सही।"

"मैं . . . मैं जाता हूँ।"

वो यूँ लम्बे डग भरता वहाँ से रुख़सत हुआ जैसे वापिस घसीट लिया जा सकता हो।

शाम साढ़े आठ के करीब विमल घर लौटा।

"क्या हुआ?" – नीलम व्याकुल भाव से बोली – "आज देर लगा दी इतनी!"

"छुट्टी के बाद कहीं अटक गया था थोड़ी देर के लिये।" – विमल बोला।

"क्यों अटक गये थे?"

"बोलता हूँ।"

"महक रहे हो! कहीं इसी वजह से तो . . ."

"हाँ, है ये भी वजह। बोला न, बोलता हूँ। जरा चेंज कर लूँ, हाथ मुँह धो लूँ, फिर बोलता हूँ।"

"तब तक खाना लगाऊँ?"

"अभी रुक जा। जरा चैन से बैठने दे, रिलैक्स करने दे, फिर। फिर।"

"ठीक है।"

विमल बैडरूम में घुस गया।

दस मिनट बाद ड्राईंगरूम में वो और नीलम एक सोफे पर अगल-बगल बैठे हुए थे।

विमल ने उसे बताया कि भगवान दास रोड वाले केस में सुबह कोर्ट में क्या बीती थी। फिर शाम को अपनी सरकारी गवाह देवन नायर से मीटिंग की बाबत बताया।

"ओह!" – नीलम बोली – "तो वो लड़के छूट गये!"

"हाँ। फिलहाल तो छूट ही गये लेकिन साफ जाहिर हो रहा है कि बरी भी हो जायेंगे।"

"तुमने देखा उन्हें! तुम्हारा क्या ख़याल है? निर्दोष हैं?"

"मेरा ख़याल पूछती है तो नहीं। तीनों सूरत से शोहदे लग रहे थे। बिगड़े हुए मुश्टंडे। भड़के हुए सरकारी सांड! कोर्ट में खड़े थे फिर भी न विनीत थे, न भयभीत थे। पूरी तरह से निडर थे और सूरत से उद्दंडता साफ झलकती थी।"

"बड़े घरों के होंगे!"

"मैंने मालूम किया था। सिर्फ एक – जो आई-20 कार वाला था और जिसका नाम अमित गोयल था – पैसे वाले बाप का बेटा है? उसके बाप का पहाड़गंज में टिम्बर का बड़ा कारोबार है और परिवार नोएडा के सैक्टर पन्द्रह-ए में एक बड़ी कोठी में रहता है। बाकी दो अपर मिडल क्लास से हैं, लेकिन अमित गोयल के जिगरी हैं।"

"चमचे होंगे।"

"चमचे जिगरी ही होते हैं अगरचे कि हमउम्र हों।"

"तुम कोर्ट क्यों गये?"

"उनकी सूरतें देखने के लिये।"

"क्यों भला?"

"अरे, हम भी तो इतवार शाम की उस वारदात से चश्मदीद गवाह थे! मैं सोच रहा था कि शायद मैं किसी को पहचान पाऊँ।"

"पहचान पाये?"

"नहीं।"

"शुक्र है। वर्ना नया सयापा खड़ा हो जाता। जा के गवाह बन जाते उनके खिलाफ।"

"तू बनने देती?"

"नहीं। हरगिज नहीं।"

"ऐसे मामलों में गवाही देने के लिये आगे आना और यूँ मुल्क के कायदे कानून के हाथ मजबूत करना हर नेक शहरी का फर्ज होता है।"

"नेक शहरी का न!"

"क्या मतलब है, भई, तेरा?"

"तुम तो अभी नेक शहरी–इन–मेकिंग हो। मेकिंग कम्पलीट होने में अभी टाइम है।"

"क्या बात है, आजकल अंग्रेजी बहुत झाड़ने लगी है!"

"अरे, प्राणनाथ, तुम्हारे आफ़िस चले जाने के बाद सारा दिन टीवी ही तो देखती हूँ! टीवी से ढाई अक्खर अंग्रेजी के सीख लिये तो अंग्रेज थोड़े ही हो जाऊँगी! अन्त पन्त रहूँगी तो तुम्हारी मिडल फेल बीवी ही!"

"पास!"

"शुकर! शुकर! कभी तुम्हारे मुँह से भी मेरे लिये पास निकला!"

"और कभी तेरे अपने मुँह से अपने लिये फेल निकला।"

"बहरहाल, मैं ये कह रही थी कि फर्ज निभाया न अपना एक नेक शहरी ने!"

"हाँ। लेकिन ऐन वक्त पर मुकर गया।"

"तुम्हें क्या पता मुकर गया?"

"अगर वो लड़के साधारण हैसियत वाले घरों के होते तो न कहता कि मुकर गया। लेकिन एक का बाप साहिबेजायदाद है। कैसे वो अपनी औलाद को सज़ा होने दे सकता है!"

"सज़ा बाप की मर्जी से होती है?"

"आज जैसे मुल्क का निजाम चल रहा है, उसमें बाप अगर पैसे वाला है तो हाँ, उसकी, उसी की, मर्जी से होती है।"

"लेकिन वो चशम . . . चशम . . . चशमे वाला गवाह . . ."

"चश्मदीद गवाह!"

"वही। वो भी तो है!"

"बिक गया।"

"तुम्हें क्या पता?"

"अपने इकबालिया बयान से मुकर गया तो और क्या हुआ?"

"तुम्हें क्या पता मुकर गया?"

"अरे, साफ जाहिर हो रहा था। सरकारी वकील ने साफ कहा कि ही वॉज़ रीच्ड।"

"वो क्या होता है?"

"कुछ नहीं समझती साली। वैसे कहती है मिडल पास हूँ।"

"शुकर है फिर पास कहा। अब बोलो, रीच्ड क्या होता है?"

"बिक गया। रिश्वत खा गया। पैसे से खरीद लिया गया। इसलिये परजुरी पर उतर आया।"

"कौन सी जूड़ी?"

"जूड़ी नहीं, जुरी। परजुरी। कोर्ट में शपथ लेकर बयान से फिरने को, झूठ बोलने को कहते हैं।"

"हाय राम! ऐसे आदमी को सजा नहीं होती?"

"सजा का प्रावधान है मुल्क के कायदे कानून में। लेकिन आज तक तो परजुरी की सजा किसी को हुई नहीं! हमारे लोअर कोर्ट्स में गवाहों का पुलिस को दिये अपने तसदीकशुदा बयान से फिर जाना रोज़मर्रा के वाकयात हैं। एक राजनेता के खिलाफ़ केस में तो दो-चार-दस नहीं, अस्सी गवाह बयान से फिर गये थे। कोई अनपढ़ होने की दुहाई देता है, तो कोई कहता है कि पुलिस ने मारपीट के बयान हासिल किया, पर असल में सबने सामर्थ्यवान की सामर्थ्य का मज़ा चखा होता है या चांदी का जूता खाया होता है। इस केस का गवाह तो मॉडर्न था, पढ़ा लिखा था लेकिन मलयाली था, इस बात की आड़ लेकर बोला उसे हिन्दी नहीं आती थी, बयान हिन्दी में दर्ज था जिस पर पुलिस के कहने पर उसने साइन कर दिये थे। वो नहीं जानता था उसके साइनशुदा बयान में हिन्दी में क्या लिखा था। बयान उसे पढ़ कर सुनाया गया था और उसके पास ये जानने का कोई ज़रिया नहीं था कि जो उसे पढ़ कर सुनाया जा रहा था, वही उसकी तहरीर के तौर पर दर्ज था।"

"झूठा खसमांखाना।"

"बिल्कुल। किसी को कोई भाषा नहीं आती तो बयान उस भाषा में दर्ज किया जाने का प्रावधान है, जो उसे आती हो। बयान किसी भी भाषा में दर्ज किया गया हो, गवाह को साइन करने के लिये उसके बयान का उस भाषा में अनुवाद मुहैया कराया जाता है जो वो जानता समझता हो। वो मलयाली गवाह माँग कर सकता था कि उसका बयान उसे इंग्लिश में या मलयाली में मुहैया कराया जाये।"

"क्यों न कहा?"

"क्योंकि हिन्दी उसे आती थी। हिन्दी में दर्ज बयान को पढ़कर ही उसने उस पर साइन किये थे।"

"तुम्हें क्या पता! वो तुम्हारे लिये अजनबी था। वो तुम्हें जानता तक नहीं था।"

"जनवाया न जबरन!"

"अच्छा!"

"तभी तो घर लौटने में देर हुई। शाम को मैं उससे मिला था और उसको कल्टीवेट करने के लिये मैंने उसके साथ घूँट लगाया था। इसी वजह से तो घर लौटने में देर हुई!"

"तुम्हें क्या जरूरत पड़ी थी?"

"यूँ ही थोड़ी उत्सुकता जागी थी मन में उसके बारे में। सोचा, शांत कर लूँ।"

"सुबह कोर्ट पहुँच गये। शाम को चश्मादीद . . ."

"चश्मदीद।"

". . . गवाह से मुलाक़ात करने पहुँच गये। मुझे आसार अच्छे नहीं लग रहे।"

"कमली है तू। ऐसा है तो मेरे अख़बार पढ़ने पर, टीवी देखने पर पाबन्दी लगा दे और आफिस भी मेरे साथ चला कर।"

"हटो। ऐसा कहीं होता है!"

"तो चुप कर। और सुन, मैं क्या कर रहा हूँ।"

"अच्छा।"

"उसे हिन्दी आती थी, इस बात की तसदीक मैंने खुद की।"

"कैसे?"

"मैंने उसे खुद को जनसत्ता का रिपोर्टर बताया था। शुरू में तो ये बात उसने सहज ही मान ली लेकिन बाद में, वार्तालाप के दौरान जब माहौल थोड़ा तल्ख हो उठा तो वो मेरे को आई-कार्ड दिखाने को बोलने लगा। मैंने बहाना बनाया कि आई-कार्ड – जनसत्ता का – बाई चांस घर रह गया था तो बोला विज़िटिंग कार्ड दूँ। मैंने उसे पाण्डेय जी का एक कार्ड थमा दिया जिसकी एक साइड हिन्दी में थी। उसे हिन्दी न आती होती तो उसे न पता चलता कि उस पर क्या छपा था, जबकि उसने तो फौरन ऐतराज़ किया कि वो किसी जनसत्ता के रिपोर्टर का कार्ड नहीं था, वो किसी डिप्टी डायरेक्टर योगेश पाण्डेय का कार्ड था। क्या मतलब हुआ इसका?"

"हिन्दी खूब आती थी खसमांखाने नूं।"

"बिल्कुल! अब बोल, जाहिर है कि नहीं है कि हिन्दी में दर्ज बयान को पढ़कर ही उसने एक अच्छे नागरिक की तरह अपना फर्ज समझकर साइन किये। और उसका अपने बयान से मुकरने का ज़रूर तब कोई इरादा भी नहीं था। ज़ाहिर है बाद में किसी बड़ी रकम की पेशकश हुई तो वो परजुरी के लिये तैयार हो गया। ये भी उसे पैसे वाले बाप के आलादिमाग वकीलों ने सबक दिया होगा कि किस बिना पर वो अपने पुलिस को दिये बयान से फिरता तो उसका कुछ न बिगड़ता। तभी उसने कार के नम्बर में फच्चर डाला और ये दावा किया उसे हिन्दी नहीं आती थी।"

"नम्बर तुम कहते हो उसके मोबाइल में दर्ज था!"

"और जो मोबाइल में दर्ज हो, बाद में जरूरत के मुताबिक उसको बदला तो जा नहीं सकता, खरदिमाग!"

"कौन सा दिमाग?"

"वो . . . वो . . . नर दिमाग। नर यानी मर्द। मादा से दर्जे में ऊँचा दिमाग!"

"औरत का?"

"हाँ।"

"मेरा?"

"अगर तू औरत है तो हाँ।"

"अच्छा! तुम्हें नहीं पता मैं औरत हूँ?"

"है तो सही! लेकिन मर्दानी। झाँसी वाली रानी।"

"तुमने कुछ और कहा था। मेरे ख़याल से खर कहा था।"

"अरे, नहीं।"

"खर कहा था। खरदिमाग कहा था। अब बोलो, खर का क्या मतलब होता है!"

"अब छोड़ न!"

"जरूर कोई खराब मतलब होता है, वर्ना तुमने कहा ही न होता।"

"थोड़ा और पढ़ लिख जाती, मैट्रिक ही पास-फेल कर लेती तो जानती होती।"

"कोई बात नहीं। इस मामले में अभी एक मौका है मेरे पास।"

"वो कौन सा?"

"सूरज बड़ा होगा" – नीलम अरमान से बोली – "पढ़े-लिखेगा,

आठवीं से आगे बढ़ेगा तो जो वो स्कूल से पढ़ के आया करेगा, वो वो मुझे पढ़ाया करेगा।''

''न नौ मन तेल होगा, न राधा नाचेगी।''

''क्यों नहीं होगा? छोटा सोहल क्या अनपढ़ निकलेगा मेरी तरह!''

विमल हँसा।

''तुम असल बात से मेरा ध्यान भटकाने के लिये दायें बायें की लम्बी-लम्बी छोड़ रहे हो।''

''असल बात!''

''सरदार जी, अगर भीतर कहीं फिर 'ख़बरदार शहरी' करवटें बदल रहा है, तो उसे थपक कर वापिस सुला दो। गहरी नींद। कुम्भकरण से भी गहरी नींद। वर्ना वादाखिलाफी होगी, जो मैं जीते जी तुम्हें नहीं करने दूँगी।''

''बड़ी सख्त हाकिम है!''

''इस एक मामले में तो बराबर हूँ!''

''तू हर मामले में सख्त हाकिम बन, नीलम कौरे, मुझे कोई ऐतराज़ नहीं।''

''हाँ।'' – नीलम मुदित भाव से बोली – ''ये टोन ठीक है। ये मूड ठीक है।''

''सूरज क्या कर रहा है?''

''सो रहा है।''

''जगा दे।''

''अरे! क्यों?''

''उसके साथ पिता-पिता खेलने का जी कर रहा है।''

''पहले मेरे साथ पति-पति तो खेल लो!''

''उसमें टाइम है अभी। जा, ले के आ।''

''लाती हूँ।''

सोमवार को तीनों युवकों को कोर्ट ने बाइज़्ज़त बरी कर दिया।

आदत के मुताबिक पुलिस ने फैसले के खिलाफ अपील करने की घोषणा की।

विमल जानता था ऐसे मामलों में पुलिस की वो स्टैण्डर्ड प्रतिक्रिया थी।

अमूमन ऐसी अपील कभी नहीं होती थी।

बाकी का हफ्ता उस अमन शांति से गुज़रा जिसको दिल्ली के बाशिन्दे अमन शांति मानते थे। यानी :

चेन स्नैचिंग की घटनायें अक्सर हुईं।

स्नैचर्स ने नयी स्ट्रेटेजी अख़्तियार की कि मार्निंग वॉक करने वाली अधेड़ और वृद्ध महिलाओं को झपटमारी का शिकार बनाया।

किसी भी वारदात में कोई चेन स्नैचर पकड़ा न गया; इक्का-दुक्का पकड़ा गया तो सिर्फ इसलिये कि उसके शिकार ने दिलेरी दिखाई, उसे वारदात कर के भागती मोटरसाइकल से गिरा दिया और फिर खुद ही उसको भागने न दिया।

लगता था कि चेन स्नैचिंग, पर्स स्नैचिंग जैसे वाकयात पुलिस की निगाह में पब्लिक में सिगरेट पीने या सरेराह मूत्र त्याग, या बस में बिना टिकट सफर करने जितने लैवल के ही अपराध थे। कभी अपराधी पकड़ा नहीं जाता था। जनता की जागरुकता की वजह से कभी कोई पकड़ा जाता था तो पुलिस बड़े फैनफेयर के साथ मीडिया के जरिये घोषणा करती थी कि उस गिरफ्तारी के साथ उन्होंने पैंतालीस – या पैंसठ – झपटमारी के केसों को हल कर लिया था।

रोडरेज की वारदात आम थीं, जिनमें से अधिकतर की रिपोर्ट भी दर्ज नहीं की जाती थीं। ऐसी वारदातों के दौरान गोली चल जाना भी अब आम हो गया था। बतौर समाचार पत्र, मंगोलपुरी के एक ऐसे केस में तो वारदात करने वाले नौजवान ट्रिपल राइडिंग कर रहे थे, किसी के भी सिर पर हैलमेट नहीं थी और वो निहायत खतरनाक तरीके से मोटरसाइकल चला रहे थे। एक स्कूटर सवार को उन्होंने ऐसे ओवरटेक किया कि वो गिरते-गिरते बचा और फिर जानबूझ कर मोटरसाइकल उसके आगे आड़ी-तिरछी दौड़ाने लगे, जबकि जिग-जैग ड्राइविंग में भी चालान का प्रावधान था। स्कूटर सवार ने ऐतराज़ जताया और उसके सामने मोटरसाइकल अड़ा कर उन्होंने उसे यूँ जबरन रोका कि वो स्कूटर पर से गिर पड़ा। पीड़ित उनकी मोटरसाइकल का नम्बर नोट करने लगा तो एक ने उसको घूँसा जड़ दिया। उसने मोबाइल पर '100' नम्बर पर काल लगाने की कोशिश की तो उसका मोबाइल तोड़ दिया। स्कूटर वाला फिर भी उनसे उलझता रहा तो एक ने गन निकाली और उस पर गोली चला दी जो कि संयोगवश उसकी जाँघ में लगी। फिर तीनों फरार हो गये।

सरेआम वो वाकया हुआ, जिसमें उन छोकरों ने, गौरतलब है कि, कितने ट्रैफिक नियमों का उल्लंघन किया :

ट्रिपल राइडिंग।

विदाउट हैलमेट राइडिंग।

ज़िगज़ैग ड्राइविंग।

काज़िंग ओब्सट्रक्शन टु अदर ड्राइवर्स।

अनप्रोवोक्ड शूटिंग।

लेकिन किसी पुलिसकर्मी को वो सब दिखाई न दिया। वारदात के आधे घंटे बाद पुलिस मौका-ए-वारदात पर पहुँची और पीड़ित को हस्पताल पहुँचाया गया।

अपराधियों को पकड़ने के लिये पुलिस क्या कर रही है?

इलाके के सीसीटीवी कैमरों की फुटेज को स्कैन कर रही है – उन कैमरों की फुटेज की, जिनमें से अधिकतर खराब पड़े हैं।

पीड़ित के बयान देने लायक स्थिति में आने का इन्तज़ार कर रही है।

मंगोलपुरी थाने में केस रजिस्टर कर लिया गया है और इलाके की गश्त बढ़ा दी गयी है – यानी पहले एक सिपाही ऐसे वाकयात की तरफ से पीठ फेर कर खड़ा होता था, अब दो खड़े होते हैं।

स्नैचिंग और रोडरेज के बाद दिल्ली में सूरज डूबे सार्वजनिक स्थलों पर शरेआम शराब पीने का नम्बर आता था, पुलिस की तमाम चेतावनियों के बावजूद जिस पर दिल्ली में कोई अंकुश नहीं था। अपने घर के करीब के पार्क में ईवनिंग वॉक को निकले एक सत्तर साल के बुजुर्गवार ने चार लोगों को शरेआम पार्क में शराब पीते देखा, तो गुनाह किया जो टोका। उनकी उम्र का कोई लिहाज़ किये बिना, अपनी बेजा हरकत पर कोई शर्मिन्दगी का इज़हार किये बिना, चारों ने उन्हें बुरी तरह से धुना और माँ बहन की गालियाँ देते भाग गये।

अगले रोज़ या उसके अगले रोज़ फिर लौटने के लिये।

और ईव टीज़िंग तो दिल्ली में जैसे कोई अपराध ही नहीं था।

इस सिलसिले में पुलिस की राय हाज़िर थी:

नागरिक अपनी हिफाजत खुद करना सीखें। अपने तमाम जरूरी कामकाज छोड़कर सैल्फ डिफेंस की क्लासिज अटैंड करें, जूडो कराटे की ट्रेनिंग लें और इन्तज़ार करें अपने साथ वारदात होने का ताकि उन्हें अपनी ट्रेनिंग को आजमाने का मौका मिले।

आख़िर पुलिस एक नागरिक पर एक सिपाही तो नहीं तैनात कर सकती थी न!

न ही वो वारदात के दौरान पहले से मौका-ए-वारदात पर मौजूद हो सकती है।

बेचारी, हमदर्दी के काबिल पुलिस!

बहरहाल दिल्ली चल रही है।

माहौल ठीक है।

फिर दिल्ली में एक नये अदद की जिन्दगी में एकाएक एक बड़ा तूफान आया।

11 नवम्बर-सोमवार

सोमवार शाम सात बजे के करीब विमल घर लौटा।

उसने कार बाहर ही खड़ी की और कोठी के बरामदे में जाकर काल बैल बजायी।

मेन डोर मेड ने खोला।

ऐसा अमूमन नहीं होता था।

"मैडम कहाँ हैं?" – उसने भीतर दाखिल होते हुए सवाल किया।

"मार्केट गया।" – पीछे दरवाज़ा बंद करती क्रिश्चियन मेड अदब से बोली।

"अच्छा! क्या करने?"

"बाबा का लैक्टोजेन फिनिश। बाबा का सम टॉयलेट आर्टिकल्स फिनिश। लेने का वास्ते गया।"

"ओह! कब गया?"

"हाफ एन आवर बैक।"

"फिर तो अब तक आ जाना चाहिये था!"

"किचन में सम ग्रोसरी आइटम्स भी माँगता था।"

"ओह! ठीक है।"

"मैं चाय बनाये?"

"अभी नहीं। मैडम आ जायें तो बनाना।"

"मे बी ए ग्लास आफ वॉटर!"

"यस, प्लीज़।"

विमल बैडरूम में चला गया।

कपड़े बदल कर वो ड्राईंगरूम में वापिस लौटा तो सैंटर टेबल पर पानी का गिलास उसका इन्तज़ार कर रहा था।

मेड वहाँ नहीं थी।

आधा घंटा गुज़र गया।

वो बेचैन होने लगा।

उसने नीलम का मोबाइल बजाया।

मोबाइल घर में ही बजा।

बैडरूम में ड्रेसिंग टेबल पर पड़ा था।

कोई बड़ी बात नहीं थी।

घर से निकलते वक्त नीलम अक्सर मोबाइल पीछे भूल जाती थी।

उसने मेड को आवाज़ लगाई।

मेड उसके रूबरू हुई।

''अरे, एक घंटे से ऊपर हो गया, मैडम आई नहीं।''

''मैं भी यही सोचता था।'' – मेड दबे स्वर में बोली।

''बाबा क्या करता है?''

''सोता है। अभी वन आवर नहीं उठने का! मैं मार्केट जाये?''

''नहीं, तुम बाबा के पास ठहरो, मैं जाता हूँ।''

मेड ने सहमति में सिर हिलाया।

फिक्रमन्द विमल घर से निकला।

मार्केट एक किलोमीटर के फासले पर थी।

उसने उन तमाम शोरुम्ज़ का चक्कर लगाया जहाँ लैक्टोजेन और बच्चों के टायलेटरी के आर्टीकल्स उपलब्ध होते थे।

नीलम उसे कहीं दिखाई न दी।

एक अज्ञात आशंका से उसका मन लरजने लगा।

उसने घर की लैंडलाइन बजाई।

''मैडम लौटीं?'' – मेड ने काल रिसीव की तो उसने सवाल किया।

''नो, सर।''

कहाँ चली गयी!

''घर में लेक्टोजेन की क्या पोजीशन है?''

''फिनिश, सर।''

''ओके। मैं करता हूँ कुछ।''

उसने एक कैमिस्ट शॉप से ढाई साल के बच्चे के लिये उपयुक्त लैक्टोजेन खरीदा और वापिस लौटा।

इन्तज़ार।

आधा घंटा और गुज़रा।

अब विमल के लिये बेचैनी बर्दाश्त से बाहर होने लगी।

उसने अजीत लूथरा के मोबाइल पर काल लगायी।

'दिस नम्बर इज ईदर स्विच्ड ऑफ ऑर प्रेजेन्टली आउट ऑफ रीच।'

वो थाने पहुँचा।

लूथरा अपने आफिस में नहीं था।

तभी कारीडोर में उसके पहलू से एक हवलदार गुजरा।

''सुनो।'' – वो व्यग्र भाव से बोला – ''लूथरा साहब कहाँ हैं?''

''क्या काम है?'' – वो व्यवसायसुलभ रुक्ष स्वर में बोला।

''भई, फ्रेंड हूँ, मिलना है।''

''ओह! फ्रेंड हैं। फील्ड ड्यूटी पर हैं।''

''कब लौटेंगे?''

''लौटने का कोई टाइम मुकर्रर नहीं। अभी लौट सकते हैं, हो सकता है आधी रात तक न लौटें।''

''ओह!''

''फ्रेंड हैं तो मोबाइल बजाइये न!''

''बजाया था। काल नहीं लगी।''

''इधर कुछ दिनों से सिग्नल की प्रॉब्लम है। कभी-कभार ऐसा हो जाता है। फिर बजाइये।''

विमल ने राय पर अमल किया।

इस बार तुरन्त जवाब मिला।

विमल ने उसे बताया कि वो थाने में था और क्यों था।

''मैं लौट ही रहा हूँ।'' – लूथरा की आवाज़ आयी – ''मेरे आफिस में बैठो।''

''किसी ने टोका तो?''

''पास कोई है?''

''एक हवलदार है।''

''बात कराओ।''

हवलदार ने क्षण भर फोन पर बात की और फिर सादर उसे एएसएचओ साहब के आफिस में ले जाकर बिठाया।

"कोई ठण्डा गर्म लेंगे?" – उसने पूछा।

"नहीं। शुक्रिया।"

"मेरा नाम दानवीर सिंह है। कोई जरूरत हो तो मैं गलियारे में दायीं ओर कोने के कमरे में हूँ।"

"जरूर।"

वो चला गया।

पीछे विमल बेचैनी से पहलू बदलता बैठा रहा।

बार-बार उसे पाइप का ख़याल आता था और हाथ जेब की तरफ बढ़ता था, बार-बार उसे खुद को याद दिलाना पड़ता था कि वो धुम्रपान त्याग चुका था।

दस मिनट गुज़रे।

फिर लूथरा ने अपने आफिस में कदम रखा। टेबल के पीछे की अपनी चेयर पर बैठने की जगह वो विमल के पहलू में एक विजिटर्स चेयर पर बैठ गया।

दोनों ने अपलक एक दूसरे का मुँह देखा।

"कहीं वाकफियत में चली गयी हों।" – फिर लूथरा ने सुझाया।

"कैसी वाकफियत इधर उसे कोई नहीं जानता।"

"और कहीं?"

"और कालिंदी कुंज योगेश पाण्डेय रहते हैं। इतनी दूर वो बिना बताये नहीं जा सकती। वो भी शाम की इस घड़ी।"

"कबसे पता नहीं है?"

"नौ बज गये हैं। दो घंटे से ऊपर हो गये हैं।"

"हम्म!"

"घर से छोटी मोटी परचेज़ के लिये मार्केट को निकली वो कहीं और ही चल दे, ये नहीं हो सकता। और फिर वो भी कालिन्दी! जो यहाँ से सत्ताइस किलोमीटर दूर है!"

"फिर भी पूछ देखो।"

उसने कालिन्दी फोन किया।

नीलम वहाँ नहीं गई थी।

हालांकि कोई दूर-दराज़ की भी सम्भावना नहीं थी, फिर भी उसने अपनी वर्तमान बॉस शोभा शुक्ला के घर फोन किया, क्योंकि शुक्ला साहब अपनी जिन्दगी में नीलम से वाकिफ थे।

नीलम वहाँ नहीं आयी थी।

"आता हूँ।" – लूथरा एकाएक उठ खड़ा हुआ।

"लेकिन . . ." – विमल ने व्यग्र भाव से कहना चाहा।

"धीरज रखिये।" – वो आश्वासन-सा देता बोला – "मीडिया कितना भी दुष्प्रचार करे, दिल्ली में अभी इतनी बद्अमनी नहीं है कि . . ."

"चुप करो।"

"आता हूँ।"

लूथरा लम्बे डग भरता कमरे से निकल गया।

दस मिनट बाद वो वापिस लौटा।

"मैंने दरयाफ्त किया है।" – वो वापिस विमल के करीब बैठता बोला – "पिछले दो घंटों में इलाके में कोई एक्सीडेंट की या फौजदारी की वारदात नहीं हुई है। सैन्ट्रल कन्ट्रोलरूम से भी दरयाफ्त किया है, उनके पास शाम से इधर की कैसी भी कोई कम्प्लेंट दर्ज नहीं हुई।"

"हूँ।"

"मैं इलाके से पूछताछ करवाता हूँ। कोई ख़बर मिलेगी तो खुद पहुँचाऊँगा। आप घर जाइये।"

विमल ने मज़बूती से इंकार में सिर हिलाया।

"आप मेरे सिर माथे हैं लेकिन यहाँ बैठने को कोई फायदा नहीं। घर जाइये, हो सकता है मैडम अब तक घर लौट ही आई हों।"

विमल ने हिचकिचाते हुए सहमति में सिर हिलाया।

ग्यारह बज गये।

नीलम न घर लौटी, न तब तक उसकी कोई खोज ख़बर मिली।

संयोग से उस रोज़ लूथरा की थाने में नाइट ड्यूटी थी। वो निरन्तर विमल के संपर्क में था लेकिन विमल के लिये कोई गुड न्यूज़ उसके पास नहीं थी।

मेड विमल की मैडम की फिक्र में शरीक होना चाहती थी और उसके साथ जागना चाहती थी लेकिन विमल ने उसे समझा बुझा कर सोने भेज दिया था, क्योंकि उसने सूरज का भी ख़याल रखना था।

उस रात घर में खाना नहीं पका था। मेड ने शायद दिन का बचा खुचा कुछ खा लिया था या वो भी विमल की तरह भूखी थी, उसे नहीं मालूम था।

साढ़े ग्यारह बजे विमल ने अपने लिये ब्लैक कॉफी बनायी लेकिन उसका

एक ही घूँट भर पाया। कॉफी उसके करीब पड़ी ठण्डी होती रही, दोबारा उसने उसकी तरफ हाथ न बढ़ाया।

बारह बजने को थे जबकि एकाएक काल बैल बजी।

विमल चिहुँक कर उठा।

काल बैल ने मेड को जगा दिया था और वो दरवाज़े की ओर बढ़ रही थी।

''मैं देखता हूँ।'' – विमल बोला।

मेड रास्ते में ठिठक गयी।

विमल ने जाकर मेन गेट खोला।

जो नज़ारा उसे दिखाई दिया, उसने उसकी रूह कँपा दी।

दरवाज़े पर चौखट का सहारा लिये नीलम अन्धड़ के हवाले दरख़्त की तरह झूल रही थी। उसके कपड़े तार-तार थे और चेहरा और जिस्म ख़ून रिसती खरोंचों से भरा पड़ा था। उसकी आँखों में वीरानी थी और बाल यूँ अस्त-व्यस्त थे जैसे नोचे-खसोटे गये हों। उसका निचला होंठ कटा हुआ था और बायीं आँख सूज कर बंद हो गयी हुई थी। होंठों की कोरों पर, चेहरे पर, गर्दन पर कई जगह खून सूख कर पपड़ी बन गया हुआ था।

''नीलम!'' – हाहाकारी लहज़े से विमल बोला।

नीलम के मुँह से आवाज़ न निकली, उसका जिस्म यूँ आगे को भरभराया कि विमल अगर उसे संभाल न लेता तो वो उसके कदमों में ढेर हो गयी होती।

''फ्रान!'' – विमल चिल्लाया।

लेकिन मेड पहले ही उसके करीब पहुँच चुकी थी।

नीलम को बैडरूम तक ले जाने का हाल नहीं था, दोनों ने आजू-बाजू से संभाल कर उसे ड्राईंगरूम में एक सोफे पर डाला।

नीलम का शरीर निश्चेष्ट हो गया, उसकी आँखें बंद हो गयीं, सिर्फ साँस धौंकनी की तरह चलती रही।

''पानी!'' – विमल बोला – ''पानी ला।''

मेड किचन की तरफ लपकी।

''डॉक्टर! हस्पताल! तुझे मैडीकल एड की जरूरत है।''

''नहीं!'' – बिना आँखें खोले वो हाँफती-सी बोली – नहीं।''

''लेकिन तेरी हालत . . .''

''हस्पताल नहीं।''

"लेकिन . . ."

"मैंने . . . मैंने हस्पताल जाना होता . . . तो चली गयी होती। . . . जैसे . . . जैसे यहाँ प–पहुँची, वैसे हस्प–हस्पताल पहुँच गयी होती।"

मेड पानी लायी।

नीलम बहुत मुश्किल से एक घूँट पानी पी पायी।

"तू . . . तू बुरी तरह से जख़्मी है।" – विमल बोला।

"बुरी . . . बुरी तरह से नहीं। ऊपरी खरोंचे हैं . . . जो अस्मत पर ज़्यादा हैं, जि–जिस्म पर कम हैं।"

"लेकिन . . ."

"बात तो समझो, सर . . . वि–विमल। इस हालत में मैं हस्प . . . हस्पताल में होती तो . . . तो . . . वो क्या कहते हैं . . . हाँ . . . हाँ . . . मैडिकोलीगल केस बनता। पुलिस आकर सवाल पूछती। तुम्हारे से भी। ऐसी . . . ऐसी जवाबदारी . . . ठी–ठीक होती?"

"होती। मैं अरविन्द कौल हूँ। पुलिस इस हकीकत से मुझे नहीं हिला सकती।"

"मालूम। इसीलिये हम दिल्ली में हैं। ले–लेकिन . . . लेकिन क–क्या फायदा हालत आ–आ बैल मुझे मार जैसी क–करने की!"

"फिर भी तुझे मैडीकल अटेंशन की जरूरत है। मैं यहीं इन्तज़ाम करता हूँ।"

"करना। कर लेना। पर . . . पर पहले मेरी सुनो।"

"बोल। . . . नहीं, पहले बोल, हुआ क्या?"

"बोलूँगी। . . . बोलूँगी। . . . माता भगवती भवानी की मेहर से घर आ गयी न! . . . बोलूँगी। पर . . . पर पहले कुछ और करो।"

"क्या? क्या?"

"फ्रान को बोलो . . . बोलो, मेरे लिये बाथ . . . बाथ तैयार करे।"

"तू इस हालत में नहायेगी!"

"जरूरी है।"

"लेकिन . . ."

"मैं अस्मत को उ–उजला नहीं कर सकती लेकिन . . . लेकिन जिस्म को तो क–कर सकती हूँ।"

"क्या हुआ तेरे साथ?"

"अरे, बोला न बोलूँगी। यकीन क्यों नहीं करते हो? तुमसे नहीं बोलूँगी तो

और किससे बोलूँगी? लेकिन पहले हॉट बाथ . . .। नहाये बिना मुझे . . . मुझे चैन नहीं आयेगा। मेरे जिस्म पर है–हैवानों के ख़ूनी प–पंजों की छाप हैं, मेरे को उनसे मु–मुक्ति पानी है। मेरी सुनो . . . फ्रान को बोलो बाथ टब को गर्म पानी से भर दे। मेहर करो।''

मेड को कहने की जरूरत न पड़ी, वो सब सुन रही थी, विमल की गर्दन सिर्फ एक बार हामी में हिली और वो बैडरूम की तरफ दौड़ चली।

''कोई चाय कॉफी पियेगी?''

''नहीं। बाद में।''

''हॉट वाटर बाथ तैयार होने में टाइम लगेगा, तब तक कुछ तो बता क्या हुआ। मेरी जान सूली पर टंगी है।''

''अच्छा! इतना प्यार करते हो मेरे से?''

''ज़्यादा। कहीं ज़्यादा। इतना कि बयान नहीं किया जा सकता।''

''इस हाल में देख कर भी?''

''इस हाल में देख कर ही।''

''तुम्हें मेरे से नफरत नहीं?''

''हरगिज़ नहीं।''

''गिला नहीं?''

''बिल्कुल नहीं। अलबत्ता गुस्सा बहुत है . . .''

''मेरे लिये?''

''उन वहशियों के लिये जिन्होंने तेरा ये हाल किया। अब वो . . .''

''चिल! सरदार जी, चिल!''

विमल ख़ामोश हो गया।

''मेरा जीवन धन्य हो गया कि माता रानी की किरपा से मुझे इतना बेपनाह प्यार करने वाला पति मिला। मुझ अभागन को और क्या चाहिये!''

''ज़्यादा मत बोल। तकलीफ होगी!''

''होती है। पर तुम्हें सामने पाकर अब महसूस नहीं होती। मैं अपने साईं की छत्रछाया में पहुँच गयी, मेरे सब दुःख दूर हो गये। हे, शेरां वाली माता, ये सपना न हो। सपना न हो। . . . सपना है तो टूटे न! मैं नींद से जाग न जाऊँ . . .''

तब मेड लौटी, विमल ने सिर उठाकर उसकी तरफ देखा तो उसने सहमति में सिर हिलाया।

''बाथ तैयार है।'' – विमल बोला।

“मुझे वहाँ . . . पहुँचा दो।”

दोनों ने मिलकर उसे मास्टर बैडरूम के बाथरूम में पहुँचाया।

“तू जा।” – विमल मेड से बोला – “मैं यहाँ ठहरता हूँ।”

“नहीं।” – नीलम ने तत्काल विरोध किया – “ तुम भी जाओ।”

“लेकिन . . .”

“कहना मानो।”

“ठीक है। फ्रान यहाँ ठहरती है।”

“नहीं।”

“नीलम, अकेले में कुछ ऊँच नीच हो गयी तो . . .”

“कैसी ऊँच नीच?”

“तेरी हालत बद् है। तुझे बेहोशी आ सकती है। तू बाथटब में . . .”

“डूब जाऊँगी?”

“ऐसा हो सकता है।”

“नहीं हो सकता। ऐसा होना होता तो मैं घर लौटने लायक न बची होती।”

“लेकिन मेरे, या मेड के, करीब रहने में हर्ज क्या है?”

“नहीं।”

“लेकिन . . .।”

“मैं जानती हूँ तुम्हारे मन में क्या है?”

“तू . . . तू जानती है?”

“हाँ।”

“क–क्या है?”

“मैं ऐसे जान नहीं दूँगी। डूब के नहीं मरूँगी। मेरी ऐसी कोई मर्जी होती तो घर न लौटी होती, वहीं जान से चली गयी होती जहाँ जान पर आ बनी थी। अब बोलो, क्या कहते हो?”

विमल से जवाब देते न बना।

“मेरी किस्मत में अभी सुहाग का बहुत सुख पाना लिखा है। लिखा है न?”

विमल का सिर मजबूती से सहमति में हिला।

“जब तक मैं अपनी आँखों से अपने बूटे को बाप सरीखा पेड़ बनता नहीं देख लूँगी, इस जहान से नहीं हिलूँगी।”

विमल ख़ामोश रहा।

''जाओ।''

वो बाहर को बढ़ा।

''मेरे कोई कपड़े निकाल कर बैड पर रख देना और खुद जाकर बैठक में बैठना। मेरे बुलाने पर आना। ठीक?''

विमल ने सहमति में सिर हिलाया।

आधे घंटे बाद नीलम ने बैडरूम का दरवाज़ा खोला।

इस दौरान तमाम अरसा विमल का मन किसी अज्ञात आशंका से लरजता रहा।

विमल लपक कर उसके करीब पहुँचा। उसने आशापूर्ण नेत्रों से उसकी तरफ देखा।

नीलम के सूजे होंठों पर एक फीकी मुस्कान आयी और लुप्त हुई।

''बैठ जा।'' – नीलम की बाँह थामता वो बोला।

''सोने को जी चाहता है।'' – नीलम होंठों में बुदबुदाई।

''नींद आ रही है?''

''नहीं।''

''आये तो सोना। अभी बैठ।''

''वो . . . सूरज . . .''

''बैठ तो! बोलता हूँ।''

सप्रयास विमल ने उसे बैड पर बिठाया, उसकी पीठ के पीछे दो सिरहाने लगाये। नीलम ने पाँव समेट लिये और घुटनों पर ठोढ़ी रख ली।

विमल ने निहार कर उसे देखा।

उसके चेहरे पर, गर्दन पर, छाती पर, बाँहों पर की खरोंचें अब धूल मिट्टी से मुक्त हो गयी थीं लेकिन एक आँख अभी भी इतनी सूजी हुई थी कि मुश्किल से खुल पाती थी।

विमल ने वहाँ मौजूद इकलौती कुर्सी बैड के करीब खींच ली और उस पर बैठता बोला – 'तेरी डॉक्टर से मुलाकात जरूरी है।''

उसने इंकार में सिर हिलाया।

''अरे, और नहीं तो टिटनस का इन्जेक्शन ही लगवाना होता है . . .''

''कल देखेंगे। मुझे मालूम है वो चौबीस घंटे बाद भी लगवाया जा सकता है।''

''तुझे मालूम है?''

''हाँ। और मैंने एक पेन किलर खा लिया है, उससे मुझे बहुत राहत है।''

''अंग्रेजी दवाइयों के बारे में कितना कुछ जान गयी साली देसी मिडल फेल!''

उस पर कोई प्रतिक्रिया न हुई, हमेशा की तरह उसने ऐतराज़ न जताया।

''भूख लगी है?'' – उसने नया सवाल किया।

''नहीं।''

''फिर भी कुछ खायेगी?''

''हाँ।''

''क्या? बोल, मैं अभी . . .''

''उन दरिन्दों का कलेजा।'' – अनजाने में नीलम दाँत किटकिटाने लगी।

''वो तेरे करने का काम नहीं। मैं . . .''

''छोड़ो। सूरज कैसा है!''

''ठीक है। सोया हुआ है।''

''क्या खाया उसने? मैं तो उसके लिये लैक्टोजेन लेने गयी थी तो . . .''

''मैं ले आया था।''

''तुम ले आये थे!''

''हाँ। तेरी तलाश में निकला था न! तलाश तो कामयाब न हुई, लेकिन बच्चे की जरूरत तो पूरी करनी थी न!''

''हूँ। तुमने क्या खाया?''

''जो मेड ने बना दिया।''

''क्या?''

''अब ध्यान नहीं।''

''यानी भूखे हो।''

''अरे, नहीं।''

''मैं कुछ बनाती हूँ।'' – उसने उठने का उपक्रम किया।

''पागल हुई है!'' – विमल ने मीठी झिड़की दी – ''ख़बरदार जो हिली भी तो।''

''अच्छा!'' – वो अनिश्चित भाव से बोली।

''हाँ। अब बोल, क्या हुआ था?''

''मुझे नींद आ रही है।''

''शायद पेन किलर का असर है।''

''हाँ, शायद।''

''ठीक है, सो जा। लेकिन पहले थोड़ा हल्दी मिला गर्म-गर्म दूध पी ले।

सुना है जैसी तेरी हालत है, उससे आराम आता है।''

''पेन किलर से आ रहा है। आराम भी और नींद भी।''

''लेकिन कुछ बता तो सही क्या हुआ था?''

''सुबह। अभी हिम्मत नहीं।''

''अच्छी बात है।''

''एक प्रार्थना और है?''

''हुक्म करो, सरदारनी जी।''

''आज मुझे अकेला सोने दो।''

''क्या!''

''प्रार्थना है। ठुकराना नहीं। समझो चैम्बूर के दाता से की।''

''कमाल है! बहकी-बहकी बातें कर रहीं है!''

''वजह तुम्हें मालूम है। दिल, दिमाग, शरीर, आत्मा सब छलनी है। अब बोलो, प्रार्थना स्वीकार हुई?''

''रात को कुछ ऊँच-नीच हो गयी तो?''

''तो तुम दूर थोड़े ही हो! आवाज़ें देने लगूँगी।''

''अगर मेड यहाँ फर्श पर सो जाये तो?''

''नहीं। नहीं। अब ज़िद छोड़ो।''

''वो तो छोड़ दी।'' – विमल उठ खड़ा हुआ – ''लेकिन नींद नहीं आयेगी मुझे।''

''क्यों? अकेले सोने की तो आदत है तुम्हें!''

''सारी रात सस्पेंस रहेगा कि तेरे साथ क्या बीती!''

''जो बीतनी थी, बीत गयी न! बुरी घड़ी गुज़र गयी न! मैं घर में हूँ न! तुम्हारे करीब! अपने सूरज के करीब।''

''अच्छी बात है, जाता हूँ।''

वो दरवाज़े की तरफ बढ़ा, करीब पहुँच कर ठिठका, घूमा, उसने कातर भाव से नीलम की तरफ देखा।

''अब क्या है?'' – नीलम अनमने भाव से बोली।

''इतना तो बता दे, तेरे साथ . . . तेरे साथ कुछ . . . बुरा तो नहीं हुआ!''

''ऐसा कुछ बुरा नहीं हुआ जो पहले कभी नहीं हुआ।''

''साफ जवाब दे!''

''साफ जवाब ही दिया है।''

''अरे, कोई . . . कोई बद्फेली तो नहीं हुई?''

"हुई न! चार जंगली जानवरों ने झिंझोड़ा, भंभोड़ा, निचोड़ा, गेंद की तरह अपने बीच उछाला . . ."

"मेरा मतलब कुछ और था।"

"यानी जो मैंने बोला, वो किसी गिनती में नहीं आता?"

"आता है, बराबर आता है लेकिन . . . लेकिन मैं पूछ रहा था कि . . . कि . . ."

"औरत की अस्मत गैरमर्द की परछाईं से दागदार हो जाती है, सरदार जी। अब मैं कहूँ कि परछाईं भी न पड़ी तो . . ."

"जाता हूँ।"

12 नवम्बर–मंगलवार

अगले रोज़ घर में एक अप्रत्याशित मेहमान का आगमन हुआ।

ग्यारह बजने को थे जबकि घर में कोमल ने कदम रखा।

विमल के किन्हीं अहसानों के तले दबी कोमल वो युवती थी हर संकट की घड़ी में जिसके पास सूरज को छोड़ा जाता था। विमल से हासिल हुए एकमुश्त पैसे से उसने विखरौली में – मुम्बई में जहाँ कि वो रहती थी – एक बुटीक शॉप खोल ली थी जो कि खूब चल निकली थी। वो विमल की बार-बार शुक्रगुज़ार होती थी कि उसने उसे पतन के रास्ते से उबारा था, ऐसी जिन्दगी से किनारा करने में मदद की थी, जिसका आखिरी अंजाम बर्बादी के अलावा कुछ न था।

सूरज उससे कितना हिला मिला था, इस बात का यही काफी सबूत था कि वो अभी चौखट पर ही थी कि सूरज दौड़ कर उसके करीब पहुँचा और उसकी टाँगों से लिपट गया।

कोमल ने अपना ट्रैवल बैग हाथ से निकल जाने दिया और उसे गोद में उठा लिया।

सूरज कसकर उसके गला लगा।

"तोमल!" – उत्साह से दमकता वो बोला – "तोमल!"

कोमल ने उसके माथे पर एक चुम्बन अंकित किया।

"ये तेरे को नाम ले के बुलाता है?" – विमल हैरानी से बोला।

"हाँ।" – कोमल बोली – "वान्दा नहीं मेरे को। अच्छा लगता है।"

"पर . . ."

"दीदी कहाँ हैं?"

"दीदी! अभी।" – वो करीब खड़ी मेड की तरफ घूमा – "देख!"

सहमति से सिर हिलाती मेड मास्टर बैडरूम की ओर लपकी।

दस बजे विमल ने नीलम को जबरन जगाया था, क्योंकि तब उसका तलब किया एक डॉक्टर वहाँ पहुँचा था, जिसने उसे टिटनस का इंजेक्शन दिया था और कुछ गोलियाँ दी थीं। उसे और कुछ करने देने को नीलम तैयार नहीं हुई थी। डॉक्टर उसका फिज़ीकल एग्ज़ामीनेशन करना चाहता था जिससे उसने साफ इंकार कर दिया था। न ही वो अपनी घायलावस्था की कोई वजह बताने को तैयार हुई थी।

डॉक्टर चला गया था, तो उसने मेड का लाया हल्का सा नाश्ता किया था और तकियों के सहारे लेट कर फिर आँखें बंद कर ली थीं।

"बैठ।" – विमल बोला।

सूरज को लिये दिये कोमल एक सोफे पर ढेर हुई।

विमल उसके सामने एक सोफाचेयर पर बैठा और बोला – 'कैसे आ गयी?"

"वो . . . बोले तो . . ."

तभी मेड का सहारा लिये नीलम वहाँ पहुँची।

तत्काल कोमल ने सूरज को गोद से उतारा और लपककर नीलम के साथ बगलगीर हुई।

नीलम के मुँह से घुटी सी कराह निकली।

कोमल तत्काल पीछे हटी। तब जैसे पहली बार उसने नीलम का मुआयना किया।

"अरे! – उसके मुँह से निकला – "क्या हुआ?"

"क-कुछ . . . कुछ नहीं।"

"आप . . . आप घायल लग रही हैं!"

"नहीं, नहीं। मामूली खरोंचें हैं।"

"पर हुआ क्या?"

"मंदिर गयी थी। उसकी सामने की संगमरमर की सीढ़ियाँ गीली थीं, पाँव फिसल गया।"

"ओह!"

"तू कैसे आ गयी एकाएक?"

''बोलती हूँ। आप पहले बैठ जाइये।''

दोनों अगल-बगल एक सोफे पर बैठीं।

''अब बोल'' – नीलम फिर बोली – ''कैसे आ गयी?''

''दिल किया।'' – वो संजीदगी से बोली – ''सूरज से मिलने का बहुत दिल किया। सच्ची बोलती हूँ, अभी तक भी मुझे इसके बिना रहने की आदत नहीं हुई। कल तो बहुत ही दिल उदास हुआ। आज मार्निंग को जिस पहली फ्लाइट की टिकट मिली, चली आयी।''

''ख़बर तो करनी थी!''

''सरप्राइज देने का था न!''

''मुझे?''

''सूरज को।''

''इसको तो ये सरप्राइज बहुत रास आया है। लगता नहीं कि तेरे को आसानी से चला जाने देगा।''

''मैं साथ ले के जाऊँगी न!''

नीलम एक फीकी हँसी हँसी, फिर विमल की ओर घूमी – ''कोई ब्रेकफास्ट के लिये फ्रान को बोला?''

''नहीं माँगता'' – विमल से पहले कोमल बोल पड़ी – ''एयरपोर्ट पर किया न!''

''फिर भी . . .''

''फिर चाय। एक कप चाय खाली।''

''पक्की बात?''

''हाँ।''

नीलम ने मेड को इशारा किया।

किसी आदेश की प्रतीक्षा में परे खड़ी मेड किचन में चली गयी।

''और कैसा चल रहा है!'' – पीछे कोमल बोली – ''दिल लग गया दिल्ली में! दिल वालों की दिल्ली में!''

''लग ही गया।'' – विमल बोला।

''या'' – नीलम बोली – ''यूँ कहो कि लगा लिया।''

''जहाँ रिजक हो'' – विमल बोला – ''रहना पड़ता है।''

''ठीक!''

''अब बोल, कैसे आयी एकाएक?''

''वजह वही है जो मैं बोल चुकी, पर एक बात जोड़ने का।''

"कौन सी बात?"

"सूरज को साथ ले के जाऊँगी।"

"क्या!"

"इंकार नहीं सुनूँगी।"

"लेकिन . . ."

"आप की मर्जी हो तो आप सूरज को मेरे पास छोड़ सकते हैं, मैं मेरी मर्जी हो तो उसे साथ नहीं ले जा सकती?"

"वो बात तो नहीं है लेकिन . . ."

"जब वो बात नहीं है तो 'लेकिन' किसलिये?"

"अरे, तेरे को जहमत होगी!"

"आज तक हुई?"

विमल ने असहाय भाव से नीलम की तरफ देखा।

"ले जाने दो।" – नीलम धीरे से बोली।

"क्या!"

"जब आई ही सूरज को ले जाने के लिये है तो ले जाने दो।"

"तू रह लेगी उसके बिना?"

"अरे, कोई हमेशा के लिये तो नहीं ले जा रही!"

"फिर भी . . ."

"सूरज से पूछो।"

"अरे, बच्चे से क्या पूछूँ!"

"पूछो।"

"सूरज, तोमल के साथ जायेगा?"

"हाँ।" – सूरज का चेहरा खिल उठा – "हाँ।"

"ममी के पास कौन रहेगा?"

"आप।"

"कमाल है!"

तभी मेड चाय ले आयी।

तीनों ने छोटी मोटी बातें पूछते, बताते चाय पी।

आख़िर कोमल ने खाली कप सेन्टर टेबल पर रखा और बोली – "सूरज को जाने के वास्ते तैयार कर दो।"

"अरे!" – विमल बोला – "इतनी जल्दी!"

"मेरी पाँच बजे की फ्लाइट है। रिटर्न टिकट ले के आयी।"

''अरे, जब आई है तो कुछ दिन हमारे पास रुकना था!''

''बुटीक स्टोर में काम बहुत बढ़ गया है, सेल्स गर्ल्स के हवाले छोड़ के आयी हूँ, मैं ज़्यादा देर मुम्बई से बाहर नहीं रह सकती।''

''कमाल है!''

''फ्रान!'' – नीलम ने मेड को आवाज़ लगाई – ''सूरज का सामान पैक कर।''

''यस, मैम।''

विमल ने प्रतिरोध में मुँह खोला।

नीलम ने अपलक उसे देखा।

विमल ने तत्काल होंठ भींच लिये और परे देखने लगा।

उस रात भी नीलम ने अकेले सोने की ज़िद की।

विमल ने तीव्र विरोध किया।

नीलम टस-से-मस न हुई।

''ठीक है।'' – विमल हथियार डालता बोला – ''लेकिन अगर मेड के साथ कोई ऊंच-नीच हो गयी हो मुझे ज़िम्मेदार न ठहराना।''

''तुम'' – नीलम के माथे पर बल पड़े – ''वही कह रहे हो जो मैं समझ रही हूँ?''

''हाँ।''

''मत कहो। तुम्हें शोभा नहीं देता।''

''अगर तुम्हें पति से दूर रहना शोभा देता है तो . . .''

''ठीक है, करना ऊंच-नीच। मेरी तरफ से इजाजत है।''

विमल के ज़ेहन में कभी अपने ही मुँह से निकले अलफाज गूंजे :

> *''मैं एक शादीशुदा, बाऔलाद शख़्स हूँ, मैं सपने में भी अपनी बीवी से बेवफाई की कल्पना नहीं कर सकता। मेरा दिल, मेरी जान, मेरा जिस्म, मेरा सब कुछ मेरी बीवी का है और इनमें से किसी भी शै को कोई शेयर नहीं कर सकता।''*

''ठीक है।'' – प्रत्यक्षतः वो धीरे से बोला।

''मुझे मालूम है ठीक है।'' – नीलम सप्रयास मुस्कुराई – ''मुझे तुम पर गर्व है। मुझे गर्व है कि मैं तुम्हारी भार्या हूँ। मेरी माता भगवती भवानी से सदा प्रार्थना है कि मैं जब भी मानव जन्म पाऊँ, तुम्हें अपना पति पाऊँ।''

उसकी आँखें नम हुईं।

विमल भी जज़्बाती हुए न रह सका।

कुछ क्षण खामोशी रही।

"चल, तुझे सुला के आऊँ।" – फिर विमल बोला – "या वो भी मंजूर नहीं?"

"उठा के ले के चलो।" – वो मुदित मन से बोली – "ताकि मुझे हमारी सुहागरात याद आ जाये।"

विमल ने आदेश का पालन किया।

आधी रात को विमल की नींद खुली।

कहीं खट खट की आवाज़ हो रही थी।

उसने साइड टेबल पर पड़े टेबल लैम्प का स्विच ऑन किया।

आवाज़ फौरन बंद हो गयी।

घर में कहीं से एक चूहा घुस आया था, जो दिन में तो पता नहीं कहाँ गर्क हो जाता था लेकिन रात को हरकत में आ जाता था।

रोज़ ऐसा होता था, रोज़ वो सुबह पैस्ट कन्ट्रोल वालों को बुलाने का इरादा करता था और रोज़ भूल जाता था।

अब नहीं भूलूँगा – दृढ़ता से उसने मन-ही-मन दोहराया!

वो उठ कर खड़ा हुआ।

चूहा उसे कहीं दिखाई न दिया।

शायद रौशनी होते ही भाग गया था।

कहाँ?

बगल के कमरे में। जो कि मास्टर बैडरूम था, जहाँ नीलम सोई हुई थी।

वो उठकर बगल के कमरे में पहुँचा।

वहाँ निपट अंधकार था।

विमल ने एक फुटलाइट ऑन की।

चूहा उसे कहीं दिखाई न दिया।

उसकी बैड की तरफ निगाह उठी।

नीलम बैड पर नहीं थी।

वो सकपकाया।

शायद दृष्टिभ्रम था।

उसने करीब जाकर टेबल लैम्प का स्विच ऑन किया।

नहीं, दृष्टिभ्रम नहीं था। डबल बैड खाली था।

शायद टॉयलेट में . . .।

उसने उधर निगाह उठाई।

नीमअँधेरे में भी उसे दिखाई दिया कि टॉयलेट का दरवाज़ा खुला था। फिर भी वो दरवाज़े पर पहुँचा।

टॉयलेट खाली था।

कहाँ गयी!

ख़ामोशी से उसने सारी कोठी का चक्कर लगाया।

नीलम कहीं नहीं थी।

मेन डोर बंद था।

मेन डोर पर आटोमैटिक लॉक था जो दरवाज़ा भिड़काये जाने से ही सैट हो जाता था लेकिन वो भीतर से चिटकनी भी चढ़ाते थे।

चिटकनी गिरी हुई थी।

वो दरवाज़ा खोल कर बाहर निकला। बाहर उसने गैराज में झाँका, गेट पर आकर रात की उस घड़ी सुनसान पड़ी गली की दोनों दिशाओं में झाँका, फिर वापिस मास्टर बैडरूम में लौटा। ट्यूबलाइट का स्विच ऑन कर के उसने वहाँ तीखी रौशनी की और कमरे में चारों तरफ निगाह फिराई।

उसकी निगाह एक तकिये पर ठिठकी।

वहाँ एक खुला कागज़ पड़ा था जो शायद किसी राइटिंग पैड पर से फाड़ा गया था। कागज़ पर – शायद वजन के लिये, कि उड़ न जाये – टीवी का रिमोट रखा था।

लम्बे डग भरता वो बैड पर पहुँचा। हाथ बढ़ा कर उसने रिमोट के नीचे से कागज़ उठाया और उस पर सरसरी निगाह दौड़ाई।

चिट्ठी!

उसके नाम!

उसने कागज़ के निचले भाग पर निगाह डाली।

नीलम की।

अत्यन्त आंदोलित भाव से उसने चिट्ठी पढ़ी। लिखा था :

> मेरे सरदार जी,
>
> भूले न होंगे कि कभी तुम मुझे और सूरज को – जो तब महज बीस दिन का था – आधी रात को सोते छोड़ कर चल दिये थे, जब तुम्हें अपनी तमाम सज़ायें उस एक ईनाम के

आगे हेच लगती थीं, जो वाहेगुरु सच्चे पातशाह ने नन्हें सूरज की शक्ल में तुम्हें दिया था, आज मैं तुम्हें सोता छोड़ कर जा रही हूँ। कहाँ जा रही हूँ, अभी मुझे खुद नहीं मालूम, लेकिन आख़िर जहाँ जाऊँगी, तुम्हें ढूँढ़े नहीं मिलूँगी। मैं कल रात ही चली गयी होती, जो मेरे साथ बीती, उसके बाद मैं घर ही न लौटी होती अगरचे कि मुझे सूरज की फिक्र न होती। कोमल उसको ले गयी और मैं अपना – अगला बहुत बड़ा, बहुत अहम – कदम उठाने के लिये आज़ाद हो गयी।

मेरे साईं, मैं तुम्हारे पैरों की बेड़ी हूँ जिससे अब तुम मुक्त हो और आगे कुछ भी करने के लिये आज़ाद हो। इस चिट्ठी के ज़रिये मैं तुम्हें अपनी हर कसम से मुक्त करती हूँ और गुरु महाराज के शब्दों में सिंहनाद करते तुम्हारी कल्पना करती हूँ :

जाके बैरी सन्मुख जीवै, ताके जीवन को धिक्कार

मैंने तुम्हारी बात न मानी, अपनी बात मनवाई तो सुख शांति के लिये, जो लगता है हमारे नसीब में लिखी ही नहीं। तुमने बिल्कुल ठीक कहा था कि ये दुनिया एक ऐसा अत्याचार का डेरा है जहाँ कोई जान महफूज़ नहीं। मैं ही हकीकत को झुठलाती रही और खुद को भरमाती रही कि ये दुनिया आख़िर इतनी बुरी नहीं। कल रात बड़ी शिद्दत से अहसास हुआ कि दुनिया इससे कहीं ज़्यादा बुरी है।

मैं फिर दोहराती हूँ कि जो कसम मैंने तुम्हें दी थी, मैं उसे वापिस लेती हूँ। तुम्हें जो मुनासिब लगे, वो करने के लिये तुम मेरी हर कसम, हर जिद, हर मनुहार से आज़ाद हो। मैं नहीं समझती कि गुराँ दे सिंह का बाल भी बाँका होगा, लेकिन फिर भी अगर कुछ हो जाये तो मैं तुम्हारी ही चिट्ठी का लिखा याद करूँगी :

जब आउ की अउध निदान बनै,
अथि ही रण में तु जूझ मरौ।

मेरे सरदार जी, अगर तुम न रहे तो मैं मवाली की बेवा नहीं – जैसा कि तुम अक्सर कहते हो – शहीद की विधवा कहलाऊँगी, ऐसे शहीद की जिसने इंसाफ का परचम बुलन्द

रखने की ख़ातिर अपनी जान कुर्बान कर दी। जिसने सिर दिया, आन बान शान न दी।

धर्म हेत साका जिन किया,
सीस दिया पर सिरड़ न दिया।

मेरे मालिक, मैं तुम्हारी याद को हमेशा के लिये सीने में संजोये सूरज को बड़ा करूँगी और उसी राह पर चलने के लिये प्रेरित करूँगी, जो जमाने की निगाह में गलत है, नाजायज है लेकिन जिस पर उसका पिता अपनी जिन्दगी की आख़िरी साँस तक चला। मुझे जमाने की निगाह से कुछ नहीं लेना–देना, अब मुझे अपने मर्द की निगाह से, अपने मर्द की सोच से मतलब है। जिस राह पर चलने से चार आदमियों का भला होता हो, वो राह गलत कैसे हो सकती है! जिस राह पर चलने से जालिम के जुल्म को अंकुश लगता हो, वो राह कैसे गलत हो सकती है! खालसा का धर्म है दुष्ट को मारना, दुष्ट को गालना, फिर खालसा गलत कैसे हो सकता है! ऐसे ही तो गुरु महाराज जी ने नहीं कहा :

देह शिवा वर मोंहे इहै,
सुभ करमन तौं कबहू न टरौ;
न डरौ अरि सौ जब जाई लरौ,
निसचै करि अपनी जीत करौ।

माता भगवती न करे तुम्हें कुछ हो जाये लेकिन अगर हुआ तो तुम्हारा बेटा – हमारा बेटा, सरदार सूरज सिंह सोहल सन ऑफ़ सरदार सुरेन्द्र सिंह सोहल – उसी राह का राही बनेगा जिस पर तुम हमेशा चले, चलते रहे।

और उसके पैरों में बेडियाँ डालने वाला, उसे कसम देकर उस राह से डिगाने वाला कोई न होगा।

जो लिखा है, तुम्हीं से सीखा है। कोई गलती हुई हो तो तुम्हें सूरज का सदका है, माफ कर देना।

आख़िरी बार।

तुम्हारी खतावार मिडल फेल,

नीलम

कितनी ही देर वो चिट्ठी हाथ में थामे जड़ सा खड़ा रहा। रह रहकर उसकी निगाह बैड पर वहाँ उठ जाती थी, रात की उस घड़ी जहाँ नीलम को दीन दुनिया से बेखकर सोई पड़ी होना चाहिये था।

कहाँ गयी होगी!

अनायास उसकी तवज्जो साइड टेबल पर पड़ी।

लैंड लाइन के फोन के करीब एक स्क्रैच पैड पड़ा था, जिस पर कुछ लिखा था। करीब जाकर उसने स्क्रैच पैड उठाया और तहरीर का मुआयना किया तो पाया कि वो ऊपर नीचे लिखे दो लैंडलाइन नम्बर थे।

नीचे वाले नम्बर को वो पहचानता था।

वो इलाके के ट्वेन्टी-फोर-आवर्स टैक्सी स्टैण्ड का नम्बर था।

उसने उसे खड़काया।

घंटी बजती रही, कोई जवाब न मिला।

दूसरा नम्बर उसके लिये सर्वदा अपरिचित था।

तनिक हिचकिचाते हुए उसने उस पर काल लगायी।

''रेलवे इंक्वायरी!'' – रात की उस घड़ी भी तत्काल उत्तर मिला।

''हल्लो!'' – वो संजीदा लहजे से बोला – ये कौन से रेलवे स्टेशन की इंक्वायरी है?''

''नयी दिल्ली रेलवे स्टेशन की। क्या जानना चाहते हैं?''

''इस वक्त कहाँ की गाड़ी छूटने वाली है . . . याा अभी-अभी छूटी है?''

''कहीं की भी नहीं। सुबह सवा चार से पहले कोई आउटगोइंग ट्रेन नहीं है।''

''कभी लांग रूट की कोई गाड़ी लेट हो जाती है . . .''

''सवा चार बजे वाली ऐसी ही गाड़ी है। जम्मू-चेन्नई एक्सप्रैस। रास्ते में ट्रैक पर एकाएक आई इमरजेंसी की वजह से छः घंटे लेट है।''

''ओह! रूटीन में अर्ली मॉर्निंग फर्स्ट ट्रेन कौन सी होती है!''

''अमृतसर एक्सप्रैस। सवा पाँच बजे छूटती है। आपने जाना कहाँ है?''

विमल ने रिसीवर वापिस क्रेडल पर रख दिया।

जल्दी से उसने सारे कमरे के हर सामान का जायजा लिया।

एक ट्रैवल बैग और नीलम के बहुत थोड़े से कपड़े गायब थे।

वार्डरोब में एक नम्बर्ड लॉकर था, जिसका फोर डिजिट कोड नीलम को भी मालूम था।

उसने लॉकर खोला।

भीतर काफी नकद रुपया मौजूद था, लेकिन उसे न लगा कि उसे छेड़ा भी गया था। नीलम के भारी जेवर भी वहाँ मौजूद थे।

उसने फुर्ती से कपड़े तब्दील किये और जाकर मेड को जगाया।

''मैं जा रहा हूँ . . .''

''ये टेम?'' – वो नींद से भरी आँखें मिचमिचाती हैरानी से बोली।

''हाँ। काम ऐसा है कि नहीं मालूम मैं कब लौट पाऊँगा . . .''

''ओह! मेरे को मैडम का ख़याल रखने का?''

''मैडम घर में नहीं हैं।''

उसके चेहरे पर सख्त हैरानी के भाव आये।

''इसी वजह से जा रहा हूँ . . .''

''ऐट ऑलमोस्ट वन थर्टी . . .''

''पीछे सब ख़याल रखना। काल बैल बजे तो दरवाज़ा देख कर, सोच समझ कर खोलना। ओके?''

उसने सहमति से सिर हिलाया।

''लैंडलाइन की तरफ खास तवज्जो रखना, अगर बजे तो . . .''

''आई अंडरस्टैण्ड, सर।''

''गुड! दरवाज़ा बंद कर ले।''

विमल ने बाहर जा कर गैराज से कार निकाली और वहाँ से रुख़सत हुआ।

बाहर गली सुनसान थी।

रात को उधर एक चौकीदार होता था, लेकिन वो चार गलियों का इकलौता चौकीदार था। पता नहीं उस घड़ी वो कहाँ था – कहीं था भी या नहीं।

कथित ट्वेन्टी-फोर-आवर्स टैक्सी स्टैण्ड उसके रास्ते में ही था, वो वहाँ से गुजरा तो उसने स्टैण्ड को भाँ भाँ करता पाया। वहाँ न कोई टैक्सी थी और न स्टैण्ड के खोखे में कोई – सोता, जागता – अटेंडेंट था।

सुनसान सड़कों पर कार चलाता वो नयी दिल्ली रेलवे स्टेशन पहुँचा। कार को पार्किंग में डालकर बुकिंग विंडो से उसने एक प्लेटफार्म टिकट हासिल किया और भीतर दाखिल हुआ। जिस प्लेटफार्म पर उसके कदम पड़े, वो पहला ही था – एक नम्बर – जहाँ कि दफ़्तर, रेस्टोरेंट, वेटिंग रूम्ज़ जैसे मुकाम भी थे।

उसने करीब से गुजरते एक कुली को रोका और पूछा – ''जम्मू-चेन्नई एक्सप्रैस, जो बहुत लेट चल रही है, कहाँ आ के लगेगी?''

"एक नम्बर प्लेटफार्म पर।" – जवाब मिला – "सवा चार पहुँचेगी।"

"एक नम्बर प्लेटफार्म! वो तो यही है न?"

"हाँ।"

"यहाँ सिर्फ महिलाओं के लिये कोई वेटिंग रूम है?"

"है न!"

कुली ने घूम कर एक तरफ इशारा किया।

विमल उस दिशा में बढ़ा तो कुछ ही कदम चलने के बाद उसे एक दरवाज़ो पर 'लेडीज़ वेटिंग रूम' लिखा एक साइनबोर्ड दिखाई दिया। वो उसके आगे ठिठका। उसने उसके बंद दरवाज़े के एक पट को हौले से धकेल कर खोला और व्यग्र भाव से भीतर झांका।

वो भीतर मौजूद थी।

वो यूँ बैठी हुई थी कि दरवाज़े की तरफ उसकी पीठ थी, फिर भी फासले से भी नीलम को उसने साफ पहचाना। उसने विशाल वेटिंगरूम में निगाह दौड़ाई तो पाया नीलम के अलावा वहाँ और कोई नहीं था।

उसने भीतर कदम डाला और ख़ामोशी से चलता नीलम के सामने जा खड़ा हुआ।

नीलम ने सिर न उठाया।

वो हौले से खाँसा।

नीलम पर कोई असर न हुआ।

"सत् श्री अकाल, सोहनयो!"

नीलम ने चिहुँक कर सिर उठाया। विमल पर निगाह पड़ते ही उसके नेत्र फैले।

विमल आश्वासनपूर्ण भाव से मुस्कराया।

"तुम!" – नीलम के मुँह से निकला – "यहाँ?"

"हाँ, जी। बुरे के घर तक पहुँचने का तो मुझे पुराना तजुर्बा है, अब भले के घर तक पहुँचना भी सीख लिया।"

"यकीन नहीं आता।" – वो होंठों में बुदबुदाई – "मैंने इतनी एहतियात बरती . . ."

"किसलिये! जिससे जन्म-जन्म का नाता बताती है, उससे इसी जन्म में विमुख हो जाने के लिये?"

"अब . . . क-क्या बोलूँ?"

"मैं बताऊँ?"

वो खामोश रही, उसने बेचैनी से पहलू बदला।

"बोल, 'दारजी, खड़े क्यों हो, बैठ जाओ'।"

नीलम सकपकाई, फिर खामोशी से वो बैंच पर एक तरफ सरकी।

विमल उसके पहलू में बैठ गया, उसने अपलक उसकी तरफ देखा।

नीलम ने सिर न उठाया।

"मेरी तरफ देख।" – विमल साधिकार बोला।

उसने सप्रयास सिर उठाया।

"कहाँ जा रही थी?"

उसने जवाब न दिया।

"जवाब दे। तैनू वाहे गुरु दी सौं, जवाब दे।"

"प-पता नहीं।"

"पता नहीं! टिकट कहाँ की ली?"

"कहीं की नहीं।"

"क्या!"

"जब पता ही नहीं कहाँ जाना है, तो कहाँ की टिकट लेती!"

"तो जो भी गाड़ी रवाना होती, उस पर सवार हो जाती?"

"हाँ।"

"बिना टिकट?"

वो फिर खामोश हो गयी।

"टिकट सफर में भी बन जाती है। टीटीई बना देता है। ये सोचा?"

"न-नहीं।"

"तो?"

खामोशी।

"लेकिन टिकट बिना . . . दाता! तेरे पास पैसे तो हैं टिकट के लिये?" – विमल ने एक क्षण जवाब का इन्तज़ार किया, फिर सख़्ती से बोला – जवाब दे!"

उसने इंकार में सिर हिलाया।

"घर में इतना पैसा था। लाना न सूझा?"

"सूझा।"

"तो लाई क्यों नहीं?"

फिर खामोशी।

"विदाउट टिकर सफर! वो भी तेरे तेवरों से लगता है लांग रूट का। अंजाम जानती है?"

उसने जवाब न दिया।

"टीटीई तुझे ट्रेन से उतारता और रेलवे पुलिस के हवाले कर देता। आगे तेरा मुकाम सिविल पुलिस का कोई चौकी थाना होता। और आगे क्या होता ये मालूम है या ये भी मुझे ही बताना पड़ेगा?"

"क्या होता?" – वो तमक कर बोली।

"बुरा होता। बहुत बुरा होता।"

"जो हो चुका, उससे ज़्यादा बुरा होता?"

विमल हड़बड़ाया। उसके बोल पाने से पहले एक अधेड़ व्यक्ति हाल में दाखिल हुआ। विमल को देखकर वो लपकता-सा उसके करीब पहुँचा।

"ए!" – वो कर्कश स्वर में बोला – "इधर क्यों बैठे हो? जानते नहीं, ये लेडीज़ वेटिंग रूम है!"

"भई, ये लेडीज़ मेरी बीवी है।"

"फिर भी इधर नहीं बैठ सकते। चलो। निकलो।"

"हमने जरूरी, प्राइवेट बात करनी है, थोड़ी देर बैठने दो, फिर . . ."

"नहीं, इजाजत नहीं। इधर सिर्फ लेडीज़ को इजाजत है।"

"अरे, दो बजे हैं रात के! अब कौन आयेगा यहाँ पर?"

"पता लगता है? ये भी तो आयी हैं!"

"यार, तू तो . . ."

"चलो! उठो!"

"इधर आओ!"

विमल के स्वर में एकाएक ऐसा अधिकार का पुट आया कि उस व्यक्ति से विरोध करते न बना। अनिश्चित सा वो विमल के सामने आकर खड़ा हुआ।

"मैंने थोड़ी देर यहाँ बैठना है।" – विमल एक एक शब्द पर जोर देता बोला – "क्योंकि बहुत जरूरी, बहुत प्राइवेट बात करनी है। इस घड़ी यहां न हमारे सिवाय कोई है, न किसी के आने की उम्मीद है। फिर भी कोई महिला आ गयीं तो उनके चौखट से भीतर कदम रखते ही मैं यहाँ से बाहर निकल जाऊँगा। समझ गया?"

"हँ-हाँ।"

"अब अभी भी तू ने हुज्जत की" – विमल का स्वर एकाएक ऐसा हिंसक हुआ कि वो व्यक्ति घबरा कर एक कदम पीछे रह गया – "तो

हुज्जत करने लायक नहीं बचेगा। अब बोल, क्या कहता है?''

''कोई . . . कोई लेडीज़ आये तो बाहर! ठीक?''

''ठीक!''

''दस मिनट में जरूरी बात कर लो।''

''पन्द्रह।''

''ठीक है, पन्द्रह। पन्द्रह मिनट बाद देखने आऊँगा।''

''आना। हॉल खाली मिलेगा।''

वो चला गया।

''शुक्रिया।'' – विमल पीछे से बोला।

वो न घूमा, न रुका।

''क्या ख़याल है'' – तल्ख माहौल को नॉर्मल करने की नीयत से विमल नाहक बोला – ''आयेगा पन्द्रह मिनट बाद?''

नीलम ने इंकार में सिर हिलाया।

''क्यों?''

''एक क्षण को तुम्हारी आँखों में वो कहर झलका था, जो अन्डरवर्ल्ड में सोहल की शिनाख़्त माना जाता है, जो दुश्मनों के प्राण कँपा देता है।''

''कँपा देता था।''

''शेर शेर ही होता है, भले ही सोया हुआ हो।''

''फिर दुश्मनों के न!''

''हाँ।''

''यहाँ तो कोई दुश्मन नहीं! यहाँ तो या तू है या मैं हूँ!''

''वो तो है!''

''औरत की अस्मत पर हाथ डालने वाले दोस्त तो नहीं कहला सकते!''

''हाँ।''

''वो तो दुश्मन हुए, बैरी हुए जो छुट्टे घूम रहे हैं!''

''हाँ।''

''क्या लिखा था चिट्ठी में?''

''क्या लिखा था?''

''जाके बैरी सम्मुख जीवै, ताके जीवन को धिक्कार।''

''हाँ।''

''तू चाहती है मेरे जीवन को धिक्कार?''

''नहीं।''

"तो बोल, क्या हुआ था?"

वो व्याकुल दिखाई देने लगी, पहलू बदलने लगी।

"तुझे तेरे साईं का वास्ता है। बोल।"

"मेरी फजीहत की कहानी है, ज़ुबान पर नहीं आती।"

"मैं तेरा मर्द हूँ। मर्द औरत में सब साँझा होता है। पति-पत्नी में ऊँच-नीच, घट-बढ़, दुख-सुख सब साँझा होता है। उनमें दुई का भेद नहीं होता। या होता है?"

उसने इंकार में सिर हिलाया।

"तू मेरी अर्धांगिनी है। आधे अंग पर प्रहार हो तो बाकी आधे अंग को कुछ महसूस नहीं होगा?"

"होगा।"

"तो दुराव कैसा? छुपाव कैसा?"

"बोलती हूँ। सुनो।" – उससे अलग होकर नीलम संभल कर बैठी और सिर झुकाये बोली – "मैं सूरज की जरूरत के सामान की ख़रीददारी के लिये मार्केट गयी थी। जब घर से निकली थी तो सूरज कब का डूब चुका था लेकिन माहौल में अभी कदरन रौशनी थी। ख़रीददारी में मुझे पन्द्रह-बीस मिनट लगे थे। वापसी के टाइम तक रात तारी हो चुकी थी। वापसी के रास्ते में एक सड़क पर स्ट्रीट लाइट्स काम नहीं कर रही थीं, इस बात का अहसास जाती बार मुझे नहीं हुआ था। जाती बार वहाँ छोटी मोटी आवाजाही भी थी, लेकिन लौटती बार सड़क का वो हिस्सा बिल्कुल सुनसान पड़ा था। मैंने उस हिस्से में कदम डाला ही था कि एकाएक एक कार वहाँ पहुँची, ब्रेकों की चरचराहट के साथ मेरे करीब रुकी, एक साथ उसके तीन दरवाज़े खुले, तीन जने बाहर निकले और उन्होंने मुझे दबोच लिया। मैं उनकी पकड़ में बुरी तरह से झटपटाई, ख़रीददारी के बैग पता ही न लगा कब मेरी पकड़ से निकल गये, चिल्लाने की कोशिश की तो किसी ने मुंह दबोच लिया और फिर उन्होंने मुझे उठाया, पलक झपकते कार में डाला, खुद भी कार में सवार हुए और कार भाग निकली। कार की खिड़कियों पर पर्दे पड़े हुए थे और मैं पिछली सीट पर ऐसी पोज़ीशन में थी कि बाहर नहीं झाँक सकती थी। कार काफी तेज रफ्तार से दौड़ रही थी और मेरे पास ये जानने का कोई जरिया नहीं था कि वो कहाँ से गुजर रही थी या किधर जा रही थी। फिर . . ."

वो ठिठकी।

"फिर क्या?" – विमल व्यग्र भाव से बोला – "आगे बोल।"

''वो तीनों जंगली जानवरों की तरह मेरे पर टूट पड़े। कार में एक जना और था, वो कार चला रहा था, फिर भी बाज नहीं आ रहा था।''

''वो भी?''

''हाँ। कभी भी एक हाथ बढ़ाता था और मुझे नोचने लगता था। दो बार कार कहीं टकराई – शायद रोड डिवाइडर से – और उलटने से बाल-बाल बची। तब किसी ने घुड़क कर उसको बोला कि वो कार चलाने की तरफ तवज्जो दे, माल में उसका हिस्सा कहीं भागा नहीं जा रहा था।''

''माल!''

''मैं।''

''दाता!''

कुछ क्षण खामोशी रही।

''वो . . . वो तीन दरिन्दे'' – फिर नीलम आगे बढ़ी – ''इस बात से भड़क रहे थे कि वो तीन थे फिर भी मैं उनके काबू में नहीं आ रही थी। पेश न चलती पायी तो मुझे मारने लगे, गन्दी-गन्दी गालियाँ देने लगे, मेरे कपड़े उघाड़ने लगे। उसी हाथापायी के दौरान कभी पिछली एक खिड़की के पर्दे पर मेरा हाथ पड़ा और वो अपनी जगह से उखड़ गया। तब कभी कभार बाहर की रौशनी कार के भीतर पड़ने लगी, लेकिन वो इतनी वक्ती होती थी कि मैं ठीक से उनमें से किसी की सूरत न देख पायी। फिर तीनों में जैसे कोई समझौता हुआ। उन्होंने मुझे अगली और पिछली सीट के बीच कार के फर्श पर पटक दिया। दो जनों ने मेरे हाथ पाँव जकड़ लिये, तीसरा मेरी छाती पर सवार हो गया और जबरन मेरे कपड़े मेरे जिस्म से अलग करने की कोशिश करने लगा। उस दौरान जो कार चला रहा था, वो गोलीवजना अपनी सलाहें दे रहा था।''

''क-क्या?''

'''सिगरेट से दागो साली को'। 'थोबड़ा तोड़ो ऐसा कि एकाध दाँत उखड़ जाये'। 'मिनरल वाटर की बोतल घुसेड़ दो,' सीधी हो जायेगी बहन की . . .'।''

विमल अनजाने में दाँत किटकिटाने लगा।

''फिर?'' – बड़ी मुश्किल से वो बोल पाया।

''उनकी नयी ताकतआजमाई मेरे पर कामयाब हो भी गयी होती कि तभी बाहर से जोर-जोर से हॉर्न बजने लगा। उनकी मनमानी को तब वक्ती अंकुश लगा तो मैंने तड़प कर हाथ पाँव चलाये तो मेरी छाती पर चढ़ा लड़का परे

जाकर गिरा और मेरे हाथ पाँव भी बाकी दो की पकड़ से आज़ाद हो गये। तब एक बार बिना पर्दे वाली खिड़की से बाहर झाँकने का मौका मुझे मिला तो मुझे बस एक झलक मिली कि उस कार के साथ–साथ एक जीप दौड़ रही थी, जिसमें कई जने सवार थे और वही लगातार हॉर्न बजा रहे थे।''

''चेता रहे होंगे कि वो सब देख रहे थे!''

''ऐसा ही जान पड़ता था।''

''फिर?''

''उस बात से शह पाकर मैं गला फाड़ कर 'बचाओ बचाओ' चिल्लाई लेकिन पता नहीं रफ्तार से दौड़ती बंद कार से बाहर मेरी आवाज़ पहुँची या न पहुँची। फिर किसी ने मेरे मुँह पर इतनी जोर का घूँसा जड़ा कि मेरी आवाज़ गले में ही घुट कर रह गयी। फिर कोई बोला जीप वाले कॉल लगा रहे थे। कोई और बोला जरूर पुलिस को लगा रहे थे। तीसरा बोला कि आजकल रात के वक्त पीसीआर वैन सड़कों पर बहुत घूमती थीं, गश्त की ड्यूटी करती पुलिस की ऐसी कोई गाड़ी उनको घेर सकती थी और रुकने पर मजबूर कर सकती थी। जीप अभी भी बगल में दौड़ रही थी, जीप का हॉर्न अभी भी बज रहा था, फिर दूर कहीं सायरन गूँजा।''

''कैसा सायरन?''

''सायरन जैसा सायरन। अब ये पता नहीं कि पीछे कोई पुलिस की गाड़ी थी या एम्बुलेंस थी, लेकिन मेरे आतताइयों पर उसका असर अच्छा हुआ। जरूर ये पकड़े जाने की दहशत का ही नतीजा था कि कार ने एक तीखा मोड़ काटा, उस कोशिश में उसकी रफ़्तार कम हुई तो उन्होंने जबरन मुझे चलती कार से बाहर धकेल दिया और कार हवा हो गयी। मैं सड़क पर जाकर गिरी और कई कलाबाजियाँ खाने के बाद एक खड्ड में जाकर पड़ी। फौरन बाद मैं होश खो बैठी।''

''दाता!''

''होश आया तो मैंने खुद को जीप में पाया। मैंने देखा कि जीप में चार नौजवान सिख लड़के सवार थे और एक मेरे मुँह पर पानी के छींटे मार रहा था। मैंने आँखें खोलीं तो वो मुझे तसल्ली देने लगे कि अब मैं सेफ़ थी और उन्होंने मुझे हस्पताल ले जाने की बाबत बोला। मैंने सख़्त इंकार किया। वो बोले मैं चलती कार में से गिरी थी, मुझे ऐसी चोटें लगी हो सकती थीं जिनकी मुझे अभी ख़बर नहीं थी। मैंने अपनी जिद बरकरार रखी कि मैं हस्पताल नहीं जाना चाहती थी, क्योंकि मुझे नहीं लगता था कि मुझे कोई

गंभीर चोट लगी थी। और कहा कि वो मुझे मॉडल टाउन के लिये किसी टैक्सी में सवार करा दें। वो लड़के इतने भले निकले कि मॉडल टाउन उनका रास्ता भी नहीं था, फिर भी मुझे घर पर छोड़ कर गये।''

''कोठी के आगे गेट पर?''

''मेरी ज़िद पर। वो तो मुझे सहारा देकर भीतर पहुँचाना चाहते थे।''

''ओह! कार में . . . उन बदमाशों ने जो तुझे उठाके ले गये . . . क्या . . . क्या किया?''

''सरदार जी, बात को लम्बा न घसीटो। ऐसा कुछ न किया जो मेरे साथ पहले कभी नहीं हुआ। ये न भूलो कि मैं वही नीलम हूँ जिसे तब मायाराम बावा हिमाचल के मेरे गाँव हरीपुर से भगा कर लाया था, जबकि मैं अभी बालिग भी नहीं थी। हीरोइन बनाने का झाँसा देकर। फिल्मों की हीरोइन तो मैं न बनी, कोई और ही हीरोइन बन गयी। पूरा एक साल उसने मुझे पायदान की तरह इस्तेमाल किया और फिर मुझे लावारिस, बेसहारा छोड़ कर भाग गया। मैं वही नीलम हूँ जिसे 'कम्पनी' के बड़े ओहदेदार मुहम्मद सुलेमान ने तुम पर दबाव बनाने के लिये होटल सी-व्यू में मुझे अपनी हवस का शिकार बनाया। मैं वही नीलम हूँ जिसे इनायत दफेदार ने कड़कड़ाती ठण्ड में विंस्टन प्वायंट के एक उजाड़ कमरे में नंगी ठिठुरती इसलिये बंद रखा था क्योंकि मैं उसे सोहल का पता बताने को तैयार नहीं थी . . .''

''बस कर।'' – विमल व्याकुल भाव से बोला – बीती बातें मत दोहरा। उन्हें याद भी न कर।''

''तुम्हें याद दिलाने के लिये याद करना जरूरी था कि नीलम एक ऐसी धरती का नाम है जिस पर कोई भी आता है, हल चला कर चला जाता है। नीलम ऐसी दुधारू गाय का नाम है जो जिसके करीब से गुजरती है, उसे दूहने बैठ जाता है। नीलम तो खूँटे से बंधी बकरी है, जिसको जिबह करना हर किसी के लिये सबाब का काम है। शायद ये मेरे पापों की सज़ा है, जो मुझे मिलती है, मिलती ही रहती है।''

''कोई सज़ा नहीं, सब संयोग है।''

''सारे संयोग मेरे साथ ही क्यों होते हैं?''

''सब के साथ होते हैं। मैं जिन्दगी का कम सताया हुआ शख़्स हूँ! अपनी दुश्वारियाँ बयान करूँ तो यहीं सवेरा हो जाये। बुरा वक्त सब पर आता है . . .''

''आता है लेकिन नीलम पर आता है तो लंगर डाल कर बैठ जाता है।''

"ख़ामख़याली है। कभी मैं सन्तप्त था, मेरा चित्त चलायमान था तो तब किसी ने प्रवचन के तौर पर जो मुझे कहा था, आज मैं तुझे कहता हूँ। उस महान आत्मा का नाम भोजराज शास्त्री था जिसका कथन था कि दुःख की घड़ी का भी उतनी ही बहादुरी से मुकाबला करना चाहिये जितनी उमंग से आप सुख की घड़ी का भोग करते हैं। जैसे कोई सुख स्थायी नहीं होता, वैसे कोई दुःख भी स्थायी नहीं होता। इसलिये तेरी ये सोच भ्रामक है, मौजूदा विपत्ति का नतीजा है कि तेरे साथ बुरा वक्त आता है तो लंगर डाल कर बैठ जाता है। हर काम के होने का एक वक्त होता है और वो अपने वक्त पर हो कर रहता है। तूने अपने पर आयी इतनी आपदायें गिनाईं, उनमें से किसने तेरी जिन्दगी में लंगर डाल दिया? मायाराम ने तुझे धोखा दिया तो क्या जिन्दगी खत्म हो गयी?"

नीलम का सिर इंकार में हिला।

"लेकिन उसकी जिन्दगी खत्म हो गयी। क्यों खत्म हो गयी? क्योंकि यही खुदाई इंसाफ है जिसमें मैं निमित्त बना। मुहम्मद सुलेमान नाम के वहशी दरिन्दे ने तुझे अपनी हवस का शिकार बनाया तो आख़िर क्या अंजाम हुआ उसका? जिसकी बीवी के साथ उसने मुँह काला किया, उसने उसके हलक से उसके प्राण खींच लिये। इनायत दफेदार ने मुझ तक पहुँचने के लिये तुझे जरिया बनाया, कड़कती ठण्ड में सारी रात तुझे निर्वसन रखा तो दिन चढ़े क्या अंजाम हुआ उसका? मेरी बीवी की आबरू से खिलवाड़ करने वाला चाण्डाल कुत्ते की मौत मरा। ऐसा कोई शख़्स मलेरिया तपेदिक से नहीं मरता, बस के नीचे आने से नहीं मरता, कोई पुल, कोई इमारत उस पर ढेर नहीं हो जाती; वो मरता है अपने कुकर्मों से ठोकर खा के जो उसे अपनी राह में आन पड़े दिखाई नहीं देते। पर नारी पर कुदृष्टि रखने वाले हर ज़ालिम का, हर जाबर का यही हश्र होता है। वो सब तो एक शीश के मानवा हैं, लंकापति रावण गया, बीस भुजा दस शीश। क्यों गया? क्योंकि पर नारी पर कुदृष्टि रखी।"

नीलम ख़ामोश रही।

"अब बोल, जिन्होंने तेरे को अपनी वहशत का शिकार बनाया, वो जिन्दा बचेंगे?"

नीलम के चेहरे पर गहन उत्कण्ठा के भाव आये।

"तुम . . . तुम उनको . . . मारोगे?" – वो बोली।

"कौन किसको मारता है, कमलिये, उनका बुरा वक्त उनको मारेगा।"

''उन के मर जाने से जो मेरी दुरगत उन्होंने की, क्या सच में उसकी तलाफी हो जायेगी?''

विमल ने अपलक उसकी तरफ देखा।

''जिन्होंने मुझे अपवित्र किया, उनका ख़ून मुझे फिर पवित्र कर देगा?''

''तू अपवित्र नहीं है। तू दुनिया की सबसे पवित्र औरत है। तू'' – विमल का गला भर्रा आया – ''मेरी भार्या है। अर्धांगिनी है। शरीर से आधा अंग अलग हो जाये तो क्या कोई जिन्दा रह सकता है!''

विमल की आँखों से आँसुओं की दो मोटी बूंदे ढुलक पड़ीं।

''अरे, सरदार होके रोते हो!''

''घर चल!''

''घर चलूँ?''

''हाँ। ये शहर, ये मुल्क, ये दुनिया कितना भी बड़ा अत्याचार का डेरा क्यों न हो, हम यहीं रहेंगे और हर विपत्ति का मिलकर मुकाबला करेंगे।''

''मिलकर मुकाबला करेंगे!'' – नीलम होंठों में बुदबुदाई।

''याद कर, बखिया के निजाम के दौरान जब मैंने क्लब ट्वेन्टी नाइन पर धावा बोला था, तो कन्धे से कन्धा मिलाये कौन मेरे साथ था?''

''मैं!''

''चर्च गेट के यतीमखाने में जब 'कम्पनी' का तब का बिग बॉस व्यास शंकर गजरे अपने प्यादों की फौज के साथ यतीमखाने पर काबिज़ था और मैं पूरी तरह से उसकी मुट्ठी में था, तो तब किसने एकाएक वहाँ पहुँच कर मेरी जान बचाई थी?''

''मैंने!''

''अभी हाल ही में जब मैं मनोरी–गोरई रोड पर के उजाड़ चर्च में दिल्ली की तिहाड़ जेल से फरार हरनामसिंह गरेवाल के कब्जे में था तो मुझे छुड़ाने की ख़ातिर तू ताबूत में बंद होकर वहाँ पहुँच गयी थी, क्या भूल गयी?''

''न–हीं।''

''तो फिर? तू कोई मामूली औरत है! तू सरदार सुरेन्द्र सिंह सोहल की बीवी है, तू जब चाहे माता भगवती का भवानी वाला रूप अख़्तियार कर सकती है।''

''मैं तुम्हारे साथ!''

''जरूरत पड़ने पर।''

''जैसी जिन्दगी को पीछे छोड़के आये, वैसी फिर शुरू?''

"जिव तिसु भावे तिवें चलावे जिव होवै फरमानु। बख़्शनहार का जैसा हुक्म होगा, जैसा वो चाहेगा, वैसा चलायेगा।"

"हूँ।"

"तूने हमारी जिन्दगी को अपने ढंग से ढालने की कोशिश करके देख लिया न . . ."

"मैंने?"

"हमने। अब जिन्दगी को वैसे चलने देकर देख जैसी वो प्रारब्ध के हवाले चलती है।"

"अच्छा!"

"हाँ। अब हम घर चल रहे हैं। लेकिन पहले दो बातों का जवाब दे।"

"पूछो।"

"कोमल खुद न आयी, तेरे बुलावे पर आयी?"

"हाँ।"

"इसीलिये अपने मंसूबे पर अमल करने में तू एक दिन लेट हो गयी! सूरज की फिक्र न होती तो सोमवार रात ही वो कदम उठाती जो आज उठाया?"

"घर ही न लौटती।"

"यानी बच्चे की खैर घर लायी, बच्चे के बाप को इस तवज्जो के काबिल न जाना!"

"बच्चा बच्चा है, बाप सामर्थ्यवान है। मैं क्या जानती नहीं मुम्बई में सोहल के मुरीद उसे क्या बोलते हैं।"

"क्या बोलते हैं?"

"पीर पैगम्बरों वाली सलाहियात वाला आदमी। काल पर फतह पाया हुआ मानस। चलता फिरता प्रेत . . ."

'कमली! ऐसा कोई आदमज़ात होता है!"

"मेरा मरद होता है। दूसरा सवाल पूछो।"

"जिन चार शैतानों ने तुझे उठाया, उनमें से किसी की सूरत देखी?"

"नहीं देखी। पहले ही बोला।"

"मुझे याद है पहले क्या बोला तूने। अच्छी तरह सोच विचार के जवाब दे। तू कहती है कार की एक खिड़की से पर्दा हट गया था और गाहे बगाहे ट्रैफिक लाइट्स उस खिड़की के रास्ते भीतर चमकती थीं। ऐसा बेशक क्षण भर को होता था, लेकिन ऐसा क्षण कई बार आये तो फिर भी कुछ तो दिखाई

दे ही जाता है! अब इस बात को ध्यान में रखकर जवाब दे।''

कई क्षण वो ख़ामोश रही।

''मैं गारन्टी कोई नहीं कर सकती। लेकिन जो लड़का मेरी छाती पर सवार था, उसकी शक्ल मुझे कुछ-कुछ पहचानी-पहचानी लगी थी।''

''किसकी लगी थी?''

''देखो, अगर मुझे पहचान में मुगालता लगा था, तो गरीबमार हो सकती है।''

''नहीं होगी। यकीन कर मेरा। अब नाम ले।''

उसने लिया।

वे वापिस लौटे।

कार की आहट पर ही भीतर की बत्ती जली और मेड ने मेन डोर खोला।

फ्रान ऐसी ही वफादार मेड थी।

विमल की गैरहाज़िरी में उसने पलक नहीं झपकी थी।

20 नवम्बर-बुधवार

अगला एक हफ़्ता विमल के लिये बहुत हलचल वाला गुज़रा, लेकिन उसकी हिदायत पर नीलम ने घर से बाहर भी कदम न रखा। उस दौरान उसकी चोटें काफी हद तक ठीक हो गयीं, चेहरा तो बिल्कुल साफ हो गया, लेकिन जिस्मानी चोटें ही ठीक हुईं, रूहानी चोटें बरकरार थीं।

बुधवार सुबह विमल जब गैलेक्सी के आफिस में पहुँचा तो सबसे पहले कम्पनी की वर्तमान प्रोपराइटर, दिवंगत शिव शंकर शुक्ला की पत्नी शोभा शुक्ला से मिला। उसने सविनय अपनी एम्पलायर को बताया कि आइन्दा दिनों में उसकी हाज़िरी अनियमित हो सकती थी। मिसेज शुक्ला ने कोई ऐतराज़ न किया – आख़िर अपने पति के सदके वो विमल की हकीकत से वाकिफ थी – बल्कि उसे राय दी कि वो जब तक चाहे आफिस आये ही नहीं। उस सूरत में वो मैनेजर आप्टे से बोल देगी कि खुद उसने एक जरूरी काम से उसे गैलेक्सी के हैदराबाद आफिस भेजा था।

विमल को वो अभयदान पसन्द आया।

बतौर अपने अपहर्त्ता और मोलेस्टर जो नाम नीलम ने लिया था, वो पड़ोस

के छोकरे अरमान त्रिपाठी का था। विमल की शह पर नीलम ने चोरी से फिर उसकी सूरत का गंभीर मुआयना किया था, लेकिन वो निश्चित तौर पर नहीं कह सकी थी कि वो उसके साथ गंभीर अनाचार करने वाले चार युवकों में से एक था।

बकौल नीलम, उसमें और आतताईयों में चलती कार के भीतर इतनी भीषण हाथापायी हुई थी कि अनाचारियों को भी खरोंचे आना लाजमी था लेकिन, विमल ने देखा था, अरमान के चेहरे पर अपनी कहानी खुद कहने वाली ऐसी कोई खरोंच नहीं थी, जिस्म का मुआयना करने का उसके पास कोई जरिया नहीं था।

एक हफ्ता उसने अरमान त्रिपाठी पर मुतवातर निगाह रखी। उस निगाहबीनी के जो नतीजे सामने आये, वो इस प्रकार थे :

उसकी हर शाम – दोस्तों के साथ या अकेले – किसी डिस्को में, किसी रेस्टोबार में गुजरती थी। फीमेल कम्पैनियनशिप का रसिया था इसलिये उसने कई ऐसी जगह ताड़ी हुई थीं जहाँ ऐसी कम्पैनियन आसानी से हासिल हो जाती थी। उसकी निगरानी के नतीजे के तौर पर ऐसी जो जगह विमल की जानकारी में आयीं, वो थी :

साउथ एक्स में स्मोकिंग चिमनी।
डिफेंस कालोनी में बोस्टन क्लब
खान मार्केट में चायना टाउन
खैबर पास में लिटल तिब्बत।

दो बार वो हौज खास भी गया जहाँ कि गोल्डन गेट नाम की एक बड़ी फूँ-फां वाली जगह थी जो कि उस पर लगे बोर्ड के मुताबिक रेस्टोबार, डिस्को, नाइट क्लब, सब कुछ थी लेकिन दोनों ही बार उसका निशाना उसकी बगल में मौजूद एक गारमेंट फैक्ट्री थी जिस पर नीना इन्टरनेशनल का बोर्ड लगा हुआ था।

उसका पिता चिन्तामणि त्रिपाठी वर्तमान में नाम का ही ठेकेदार था, फिलहाल उसका ठेकेदारी का कहीं कोई प्रोजेक्ट नहीं चल रहा था। विमल ने गारमेंट फैक्ट्री के चक्कर लगाते उसको भी देखा था और नोट किया था कि पुत्र की तरह उसकी वहाँ लम्बी हाज़िरी थी।

ये भी मालूम हुआ कि उसके शगल के बारे में पूछे जाने पर बेटा अरमान त्रिपाठी खुद को अपने पिता के बिजनेस में पार्टनर बताता था लेकिन विमल को उसकी ऐसी कोई सक्रियता कभी न दिखाई दी – जब पिता का कोई

प्रोजेक्ट ही चालू नहीं था तो पार्टनर पार्ट किस काम में लेता।

तो क्या करता था?

ऐश करता था।

सम्पन्न पिताओं की बिगड़ी औलाद की तरह हर वो काम करता था जिसे मॉडर्न सोसायटी में 'इन थिंग' कहा जाता था। आधी रात से पहले कभी घर नहीं लौटता था और रोज़मर्रा की सोहबत के लिये अपने हमउम्र इतने लड़कों को जानता था कि बामुश्किल ही विमल ने उसे सभी एक ग्रुप के साथ एक से ज़्यादा बार देखा था।

पिता पुत्र की गारमेंट फैक्ट्री में हाज़िरी ने फैक्ट्री को विमल की तवज्जो का मरकज़ बना दिया तो उसने उसकी और पड़ताल करने का फैसला किया। इस कोशिश में पहली बात तो उसे ये मालूम हुई कि फैक्ट्री में दो शिफ्ट लगती थीं – एक सुबह आठ से शाम चार बजे तक और दूसरी शाम चार बजे से रात बारह बजे तक। ये भी वो जैसे तैसे जानने में कामयाब हुआ कि वहाँ सिर्फ जींस और शर्ट्स ही बनती थीं।

एक बार जब उसने पिता को आके चले जाते देखा तो उसने फैक्ट्री की बाबत अपनी जानकारी में इजाफा करने का फैसला किया।

मुबारक अली के चौदह भांजों में से एक भांजा अशरफ मुबारक अली की तरह इस फर्क के साथ टैक्सी ड्राइवर था कि अब वो काली-पीली फियेट टैक्सी नहीं चलाता था, नयी नकोर 'असैंट' चलाता था। उसकी कार पर सवार विमल शाम छः बजे के करीब फैक्ट्री के गेट पर पहुँचा।

वहाँ आने का वो वक्त उसने इसलिये चुना था, क्योंकि उसकी पड़ताल के मुताबिक सर्दियों के उस मौसम में पिता पुत्र में से किसी का फैक्ट्री का फेरा लगता था तो शाम को इतना लेट उन दोनों में से वहाँ कोई भी नहीं ठहरता था।

उसके संकेत पर अशरफ ने हॉर्न बजाया।

गेट में बनी खिड़की-सी खुली और उस पर एक वर्दीधारी गार्ड प्रकट हुआ। कार और पैसेंजर का प्रत्यक्षतः उसने रौब खाया इसलिये उसने खिड़की से बाहर कदम रखा।

"फाटक खोल, भई।" – अशरफ उसकी तरफ का शीशा गिराता उतावले स्वर में बोला।

"कार अन्दर ले जाने का हुक्म नहीं है।" – गार्ड अदब से बोला।

अशरफ ने विमल की तरफ देखा।

विमल ने सहमति में सिर हिलाया, वो कार से निकल कर गार्ड के करीब पहुँचा।

''किस का हुक्म नहीं है?'' – उसने अधिकारपूर्ण स्वर से पूछा।

उसके लहज़े का गार्ड पर प्रत्याशित प्रभाव पड़ा।

''मालिक का।'' – वो पूर्ववत् अदब से बोला।

''मालिक मेरे वाकिफ हैं।''

''आपके वाकिफ हैं?''

''हाँ। चिन्तामणि त्रिपाठी वाकिफ हैं मेरे।''

''पर, साहब, मालिक तो उनके छोटे भाई हैं!''

''अच्छा!''

''जोगमणि त्रिपाठी। वो'' – गार्ड के स्वर में गर्व का पुट आया – ''रूलिंग पार्टी के नेता हैं। सरकार में विधायक हैं।''

''वो सब मुझे मालूम है लेकिन फैक्ट्री जोगमणि की है, ये नहीं मालूम था।''

''वही मालिक हैं। नेता हैं न, इसलिये बहुत मसरूफ रहते हैं। इसलिये अपने कारोबार की देखभाल के लिये टाइम नहीं निकाल पाते। इसलिए बड़े भाई – चिन्तामणि जी – यहाँ का कारोबार देखते हैं।''

''फोकट में तो न देखते होंगे!''

''क्या मतलब, साहब?''

''मुलाज़मत में भी नहीं देखते होंगे! आख़िर बड़े भाई हैं।''

''मैं समझा नहीं, साहब।''

''जरूर दोनों भाई पार्टनर हैं और इस बात की तुम्हें ख़बर नहीं।''

उसने उस बात पर विचार किया।

''हो सकता है।'' – फिर बोला।

''है।''

''है ही सही। पर आप तो बोलिये, साहब, आपको काम क्या है?''

''भई, जींस, शर्ट लेने का न!''

''यहाँ रिटेल सेल नहीं होती, साहब।''

''रिटेल को कौन बोला?''

''होलसेल भी नहीं होती।''

''तो कहाँ होती है? शहर में जहाँ रिटेल का या होलसेल का आउटलैट है, उसका पता बोलो।''

गार्ड की सूरत पर अनिश्चय के भाव आये।

"मैं मुरादाबाद से आया हूँ, बार-बार नहीं आ सकता।"

"मुरादाबाद से!"

"हाँ। आज ही लौटना भी है। पहले ब्रांड नेम बोलो।"

"कौन सा नेम बोलूँ?"

"अरे, मार्का . . . मार्का बोलो।"

वो हिचकिचाया।

विमल ने एक सौ का नोट उसकी तरफ बढ़ाया।

गार्ड के चेहरे पर रौनक आयी। नोट उसकी वर्दी में कहीं गायब हुआ।

"मैं मुरादाबाद का बड़ा व्यापारी हूँ। अपना कारोबार बढ़ाना चाहता हूँ। रामनगर और बरेली में स्टोर खोलना चाहता हूँ। बड़ा कारोबार यानी माल की बड़ी खपत। इसीलिये यहाँ आया।"

वो प्रभावित दिखाई देने लगा।

"यहाँ की ख़बर कैसे लगी, साहब?" – फिर बोला।

"लगी किसी तरह से। बड़े व्यापारियों में सौ तरह की बातें होती हैं, लगी किसी तरह से। तुम मार्का बोलो।"

वो फिर हिचकिचाया।

"मामूली बात है, हुज्जत न करो। वर्ना पीली पत्ती नहीं मिलेगी।"

"मैं पान नहीं खाता, साहब।"

"ईडियट!"

वो हड़बड़ाया।

"लगता है दो सौ का नया नोट अभी तक नहीं देखा!"

उसकी आँखों में प्रत्याशा की चमक आयी।

"मेरी जेब में ही रह जायेगा। अब बोलो, चाहते हो ऐसा हो?"

उसने व्यग्रता से इंकार में सिर हिलाया।

"तो जवाब दो।"

"साहब" – वो दबे स्वर में बोला – "इस कम्पनी का अपना कोई मार्का नहीं है।"

"क्या! कोई ब्रांड नेम नहीं?"

"न।"

"तो माल मार्केट में कैसे बिकता है?"

"साहब, जवाब तो देता हूँ" – गार्ड का स्वर और दब गया – "पर

किसी को बोलना नहीं कि जवाब हेतराम गार्ड से मिला।''

''नहीं बोलूँगा। वादा।''

''साहब, यहाँ जो माल बिकता है, वो डायरेक्ट मार्केट में नहीं जाता।''

''वो कहाँ जाता है? जो कहना है, एक ही बार में कहो, यार।''

''आर्डर पर जो मार्का कोई बोले वो जींस पर, शर्ट्स पर लगा दिया जाता है। कोई बोले, पाँच सौ जींस हजार शर्ट्स पार्क एवेन्यू की, मार्का पार्क एवेन्यू का। हजार जींस हजार शर्ट्स ऐरो की, मार्का ऐरो का। हजार जींस दो हजार शर्ट्स फ्लाईंग मैशीन की, पीटर इंगलैंड की, एलन सोली की . . .''

''मैं समझ गया। तो यहाँ डुप्लीकेट माल तैयार होता है!''

''साहब, ऐसा न बोलो। माल एकदम चौकस तैयार होता है, सिर्फ मार्का ग्राहक के आर्डर और उसकी जरूरत के मुताबिक लगाया जाता है। आगे आर्डर देने वाला जाने, उसका काम जाने।''

''हूँ।''

''कुछ फैब्री . . . फैब्री करके बोलते हैं इस काम को।''

''फैब्रीकेशन?''

''वही। फैब्री . . . वही।''

''हूँ।''

''बड़ी कम्पनियाँ दूसरों से ऐसे माल बनवाती ही हैं। इसीलिये तो फैब्री . . . केशन का इतना कारोबार है दिल्ली में। बाटा क्या अपनी तमाम चप्पलें, जूते खुद बनाता है! बाहर से बनवाता है, अपना मार्का लगवाता है। बजाज के गीजर . . .''

''बहुत सयाना है। कभी कोई एक्शन नहीं हुआ?''

''कैसा एक्शन?''

''कभी रेड पड़ी हो डुप्लीकेट माल पकड़ने के लिये?''

''क्या गजब करते हो साहब! अव्वल तो माल डुप्लीकेट होता ही नहीं है . . .''

''क्या कहने?''

'' . . . फिर सरकारी अमलदारी में किस को नहीं मालूम कि एमएलए साहब की फैक्ट्री है! और एमएलए भी कैसे? जो सुना है बहुत जल्द मंत्री बनने वाले हैं।''

''कभी खुद चक्कर लगाते हैं?''

''बहुत कम। मुश्किल से महीने में एक बार।''

“ये तो न आने जैसा हुआ!”

“हाँ, साहब! आते हैं तो ठहरते भी तो नहीं! बस, नेताओं वाली उड़न हाज़िरी भरते हैं।”

“फ्लाईंग विज़िट।”

“यही कहते होंगे!”

“एक पार्टनर आता नहीं, दूसरा कम आता है . . .”

“आपको कैसे मालूम?”

“. . . इससे तो लगता है कि कोई तीसरा पार्टनर भी है।”

उसके चेहरे ने रंग बदला।

“लगता है, है?”

“अब क्या बोलूँ, साहब! पता नहीं इस बाबत कुछ कहना मुनासिब होगा या नहीं!”

“उसके लिये मुनासिब होगा, जिसके लिये मेरे पास अभी एक पीली पत्ती और है।”

उसके नेत्रों में फिर चमक आयी।

“एडवांस!”

विमल ने दो सौ का एक और नोट उसे थमाने की जगह उसकी वर्दी की ऊपरी जेब में खोंस दिया।

“शुक्रिया, साहब।” – वो खींसे निपोरता बोला – “आप बहुत मेहरबान हैं।”

“काहे का शुक्रिया! काहे की मेहरबानी! इसे आपसदारी समझो।”

“फिर भी, साहब . . .”

“अब तीसरे पार्टनर की बोलो।”

“साहब, है तो सही।” – वाचमैन का स्वर दब गया – “लेकिन वो कहीं बाहर से है।”

“बाहर से क्या मतलब?”

“इधर से, दिल्ली से नहीं है। आसपास से भी नहीं है। सुना है मुम्बई से है।”

“नाम!”

“नहीं मालूम।”

“आता तो रहता होगा!”

“नहीं।”

"कभी भी नहीं!"

"ऐसा तो नहीं है! हो सकता है कभी आता हो। लेकिन इधर कभी नहीं आया। साहब लोगों से मिलकर बाहरोबाहर ही चला जाता होगा।"

"कहाँ मिल के?"

"पता नहीं। वैसे एक बार सुना था कि बाजू के रेस्टोरेंट में मिले थे सब लोग।"

"'गोल्डन गेट' में?"

"एक ही रेस्टोरेंट है बाजू में।"

'रेस्टोरेंट! डिस्को! नाइट क्लब!"

"वही।"

"हूँ। ये . . . कोई बड़ा कारोबार तो नहीं!"

"साहब, दो शिफ़्ट चलती हैं।"

"तो भी।"

"अभी साहब लोगों को कारोबार बढ़ाना भी तो है!"

"अच्छा!"

"अभी फैक्ट्री का कारोबार दो फ्लोर से है, एक फ्लोर खाली पड़ा है। वो इसीलिये तो है! फूचर एक्सरेंडसन के लिये!"

"फ्यूचर एक्सटेंशन के लिये!"

"वही।"

"फिर भी इमीटेशन का काम बड़ा कारोबार नहीं हो सकता।"

"कौन सा काम, साहब?"

"जो यहाँ होता है। चलो फैब्रीकेशन। ठीक!"

उसने हिचकिचाते हुए सहमति में सिर हिलाया।

"फिर भी तीन पार्टनर! एक ऑल दि वे मुम्बई से?"

"अब मैं क्या बोलूँ, साहब!"

"ऐसा तो नहीं पार्टनरशिप में कोई और कारोबार भी हो जिसकी तुम्हें ख़बर न हो!"

"अब बस करो, साहब। कोई देखेगा तो क्या कहेगा कि गार्ड हेतराम क्यों किसी से इतनी देर से बतिया रहा था!"

"ठीक! शुक्रिया भई तेरा, हेतराम!"

उसने सिर नवाकर शुक्रिया कुबूल किया, फिर बोला – "साहब, मुरादाबाद में चलता आपका अपना कोई मार्का हो जिसका माल आपने बाहर

से बनवाना हो तो इधर आना फिर कभी, पहले ख़बर करके, और आकर बड़े त्रिपाठी जी से मिलना।''

''अच्छी राय दी। शुक्रिया।''

विमल ने उसकी पीठ थपथपाई फिर वापिस घूमा।

गार्ड भी घूमकर भीतर चला गया। उसके पीछे फाटक की खिड़की बंद हो गयी।

विमल वापिस कार में जा बैठा।

अशरफ ने कार स्टार्ट न की।

''क्या सोच रहा है?'' – विमल बोला।

''दो नम्बर का माल बनता है इधर नेता जी की सरपरस्ती में।'' – अशरफ संजीदगी से बोला – ''नकली माल का ठीया है।''

''तू सुन रहा था?''

''कभी-कभी गार्ड की आवाज़ ऊँची हो जाती थी तो कुछ सुनायी दे जाता था।''

''ओह!''

अशरफ तब भी न चला।

''अब क्या है?'' – विमल तनिक उतावले स्वर में बोला।

''एक बात है।'' – वो बोला – ''पशोपेश में हूँ कि आपको बोलूँ या न बोलूँ!''

''पशोपेश खत्म कर। बोल।''

''वो . . . वो क्या है कि . . . अभी मैंने 'गोल्डन गेट' में एक शख़्स को जाते देखा, जोकि मेरा पहचाना हुआ था।''

''तो!''

''सिविल लाइन्स में रहता है। बड़ी कोठी में। मर्सिडीज़ में चलता है पर इधर 'इन्डिका' में पहुँचा। मेरे को हैरानी हुई।''

''मर्सिडीज़ के मालिक को तू कैसे पहचानता था?''

''मेरा कस्टमर। रेगुलर।''

''टैक्सी का रेगुलर कस्टमर?''

''हाँ। मेरा पक्का अड्डा होटल मेडंस है। वहाँ एक टूर आपरेटर का आफिस है जिससे मेरा टाई-अप है। उस शख़्स की, मर्सिडीज़ के मालिक की, कोठी होटल से करीब ही है। बड़ी कोठी है इसलिये उसका एक बिजनेस आफिस कोठी में भी है। वहाँ टैक्सी की अक्सर जरूरत पड़ती है जिसके लिये वहाँ से होटल के ठीये पर फोन आता है। कई बार मैं उधर

जा चुका हूँ। वहाँ मेरी ऐसी गुडविल बन गयी है कि मालिक मुझे बाई नेम जानता है। वहाँ से ठीये पर काल आती है तो इस हिदायत के साथ आती है कि अशरफ अवेलेबल हो तो उसी को भेजा जाये।''

''कौन है मालिक?''

''सुखनानी नाम है। कीमत राय सुखनानी।''

''सिन्धी है?''

''हाँ।''

''कारोबार क्या है?''

''सुना है कोई एक्सपोर्ट का बड़ा बिज़नेस है। वो जो बड़ा आफिस होता है, जिसे बड़े व्यापारी कार्पोरेट आफिस कहते हैं, बाराखम्बा रोड पर है।''

''ठीक! ठीक! लेकिन इसमें जिक्र के काबिल क्या है कि तूने एक वाकिफ पैसेंजर को 'गोल्डन गेट' में जाते देखा? अब ये न कहना कि मर्सिडीज में चलने वाले को इंडिका में पहुँचते देखा। ऐसा हुआ होने की दर्जनों वजह हो सकती हैं।''

''है तो वो भी अजीब ही बात लेकिन नहीं कहूँगा।''

''गुड।''

''मैं सोचता था कि सिविल लाइन में रहता आदमी, बाराखम्बा रोड पर आफिस रखने वाला आदमी हौजखास के रेस्टोरेंट में कैसे पहुँच गया!''

विमल सकपकाया।

''इधर कहीं किसी काम से आया होगा!'' – फिर बोला – ''कुछ खाने की या ड्रिंक की तलब लगी होगी!''

''इंडिका पर आया।''

''अरे, बोला न!''

''जो उसे 'गोल्डन गेट' के मेन डोर पर उतारते ही चली गयी।''

''क्या कहना चाहता है?''

''इतना बड़ा आदमी! वापिस कैसे जायेगा?''

''बहुत खुराफाती दिमाग पाया है तूने? अरे, इंडिका ने लौट आना होगा! उसी ने उसे कहीं किसी काम से भेजा होगा कि जब तक वो 'गोल्डन गेट' में था, ड्राइवर फलाँ जगह जाये और फलाँ काम करके आये।''

''हो तो सकता है!''

''नहीं भी हो सकता है तो हमें क्या! खासतौर से तुझे क्या!''

"हाँ। ठीक।"
उसने इग्नीशन आन किया।

21 नवम्बर–गुरुवार

नौवें दिन – गुरुवार को – दिन के वक्त ही अरमान त्रिपाठी महरौली के एक फैंसी रेस्टोरेंट में एक ऐसी नौजवान लड़की के साथ मौजूद था, जिसका खुद का शगल भी तफरीहबाज़ी ही जान पड़ता था।

दो घंटे विमल ने दोनों को वोदका का आनन्द लेते देखा – इस फर्क के साथ कि जितनी देर में लड़की ने एक ब्लडी मैरी पी, उतनी देर में लड़के ने तीन लार्ज वोदका हलक में उतारीं।

फिर लंच।

तीन बजे जिससे वो फारिग हुए।

फिर वो रेस्टोरेंट से बाहर निकले और पाँव-पाँव चलते बाहर सड़क की ओर बढ़ चले।

विमल ने अरमान की 'वरना' रेस्टोरेंट की पार्किंग में खड़ी देखी थी लेकिन उसने उधर का रुख नहीं किया था।

पैदल चलते वो सड़क पर एक ओर बढ़े।

फिर सड़क छोड़कर एक संकरी, कच्ची राहदारी पर उतर गये।

कहे जा रहे थे?

विमल सावधानी से उनके पीछे लगा रहा।

वो राहदारी आगे एक उजाड़, सुनसान खंडहर पर जाकर खत्म हुई।

विमल जानता था कि महरौली के इलाके में ऐसे खंडहर अनगिनत थे जिन में कोई आवाजाही नहीं होती थी।

अब विमल को अन्दाज़ा होने लगा कि छोकरा किस फिराक में था।

वो खंडहर में दाख़िल हो गये। भीतर नीमअन्धेरा था जिसमें वो और गहरे धँस गये। फिर सिरे की दीवार के करीब पहुँचे तो अरमान ने लड़की को दबोच लिया।

विमल एक खम्बे के पीछे सरक गया। वो उनसे मुश्किल से दस गज दूर था, इसलिये लड़की बोली तो उसे उसकी आवाज़ स्पष्ट सुनाई दी।

"अरे, अरे! क्या करते हो!"

"वाह, मेरी भोली बेगम! तेरे को नहीं पता क्या करता हूँ?"

"अरे, कोई आ जायेगा!"

"साली, ये तब सोचना था जब मैंने तेरे को बोला था कि कहाँ चल रहे थे!"

"लेकिन दिन दहाड़े . . ."

"क्या हुआ है दिन को! दहाड़े को! है कोई यहाँ?"

"आ तो सकता है!"

"'नहीं आ सकता। इस भुतहा खंडहर में कौन आयेगा साला!"

"हम भी तो आये हैं!"

"अरे, किसी वजह से आये हैं। वजह से तू वाकिफ है।"

"वही वजह किसी और को भी यहाँ ला सकती है!"

"साली वहमी!"

"तो . . ."

"अरे, तो कोई एकाएक थोड़े ही सिर पर आ खड़ा होगा! कोई आवाज़ तो होगी उसके आने की या नहीं?"

"हाँ, लेकिन . . ."

"जब आवाज़ होगी तो सम्भल जायेंगे।"

"वो सोचेगा नहीं हम यहाँ क्या करते थे?"

"टूरिस्ट हैं। साइट सीईंग पर हैं।"

"लेकिन ये भुतहा खंडहर . . ."

"हमें क्या मालूम था! भीतर आने पर ही तो मालूम हुआ!"

"हूँ। पर . . ."

"अब चुप कर न पर पर।"

दो क्षण ख़ामोशी में गुज़रे।

"सब्र तो करो . . ."

"मेरे से नहीं होता।"

"अरे, बाँह तो न तोड़ो।"

"तो हाथ हटा।"

"क्या करोगे?"

"हटायेगी तो पता लगेगा न, साली!"

कुछ क्षण ख़ामोशी रही।

उस दौरान खम्बे के पीछे से निकल कर विमल प्रेत की तरह उनके करीब पहुँचा।

अब उसके चेहरे पर फैंटम वाला वो मुखौटा चढ़ा था जो उसने दो दिन पहले किनारी बाज़ार से खरीदा था, जहाँ कि वैसे साजोसामान की बहुताहत में दुकानें थीं।

वो उनके सिर पर जा खड़ा हुआ तो उन्हें उसकी ख़बर लगी।

वो छिटक कर एक दूसरे से अलग हुए।

बद्हवास लड़की अपने अस्त-व्यस्त कपड़े व्यवस्थित करने लगी।

औनी पौनी वैसी हरकत अरमान ने भी की।

"कौन है बे?" – फिर कड़क कर बोला।

"अंधा है?" – विमल शांति से बोला – "दिखाई नहीं देता?"

"चलता बन यहाँ से।"

"अभी। अभी। पहले जरा . . ." वो लड़की की तरफ घूमा – "तू इसकी सगेवाली है?"

"न-नहीं।" – वो बड़ी मुश्किल से बोल पायी – "ये मेरा कुछ नहीं लगता।"

"आगे लगने वाला हो?"

"नहीं। नहीं।"

"अभी जो करने जा रही थी, गैर के साथ करने जा रही थी?"

"ये . . . ये जबरदस्ती मुझे यहाँ ले आया।"

"ठहर जा, साली।" – अरमान गुर्राया।

"साली!" – विमल की भवें उठीं – "तू साली है इसकी?"

"न-नहीं।"

"अभी ये बोला तो!"

"ग-गाली . . . गाली के तौर पर बोला।"

"तो ये ज़बरदस्ती तुझे यहाँ लाया?"

"हाँ।"

"अभी ये जो करने पर आमादा था, वो ज़बरदस्ती करता?"

लड़की से जवाब देते न बना, वो बेचैनी से पहलू बदलने लगी।

"यहाँ इसका अंजाम बुरा होने वाला है, तू उसमें शरीक होना चाहती है?"

"कौन साला कहता है" – अरमान पूर्ववत् आवेश से बोला – "मेरा अंजाम बुरा होने वाला है?"

"तुझे मेरे सिवाय कोई दिखाई दे रहा है यहाँ?"

"तू है कौन?"

"बोलूँगा। अभी मैं लड़की से बात कर रहा हूँ।"

"मेरे से बात कर, मादर . . .।"

"दो मिनट सब्र कर ले, फिर मैंने तेरे से ही बात करनी है।" – विमल एक क्षण ठिठका फिर बोला – "प्लीज़।"

"क्या बात करनी है?"

"तू सुनेगा न!"

उसके जबड़े भिंचे।

"मैंने एक सवाल किया था" – विमल लड़की से सम्बोधित हुआ – "जवाब दे।"

"न-नहीं . . . नहीं शरीक होना चाहती।"

"मुँह बंद रख सकती है?"

"हाँ।"

"अभी तो न रख सकी!"

ख़ामोशी।

"ख़ैर। रखेगी?"

"हाँ। हाँ।"

"मैं तुझे चला जाने दूँ तो सेफ़ जगह पहुँच कर याद रख पायेगी कि तूने मुँह बंद रखना है, पुलिस को फोन नहीं करना?"

"पुलिस को फोन! हरगिज़ नहीं।"

"ब्वॉयफ्रेंड की ख़ातिर!"

"ब्वॉयफ्रेंड! मैं नहीं जानती ये कौन है!"

"यू बिच!" – अरमान फुँफकारा।

"मैं जिन्दगी में दोबारा इसकी सूरत नहीं देखना चाहती। मुझे नहीं पता ये कौन है।"

"ठहर जा, कुत्ती!"

अरमान उस पर झपटा।

विमल ने उसे रास्ते में ही थामा और परे धकेल दिया। वो फिर झपटा तो विमल का एक इतना प्रचंड घूंसा उसके जबड़े पर पड़ा कि वो धराशायी हो गया। बड़ी मुश्किल से वो उठकर खड़ा हुआ। एक हाथ से वो जबड़ा टटोलने लगा।

"टूटा नहीं है।" – विमल यूँ बोला जैसे उसे तसल्ली दे रहा हो। –

''मैंने ख़ास एहतियात बरती कि न टूटे। टूट जाये तो वायर करना पड़ता है। बहुत तकलीफ होती है। खाया पिया भी नहीं जाता। बोला भी नहीं जाता। क्या समझा?''

वो ख़ामोश रहा।

विमल ने कुछ क्षण किसी प्रतिक्रिया का इन्तज़ार किया, फिर वापिस लड़की की तरफ आकर्षित हुआ।

''तू बहुत खूबसूरत है।'' – वो बोला।

''थैंक्यू।'' – अब तक भय से त्रस्त लड़की मुस्करा कर, इठला कर बोली।

''लेकिन खूबसूरती सदा साथ नहीं देती। कभी-कभी तो जीवन की तरह क्षणभंगुर साबित होती है।''

''म-मैं समझी नहीं।''

''अंग भंग हो जाये तो सुन्दरियाँ जिस रूप को शीशे में देखती अघाती नहीं, उसकी परछाईं से डरने लगती हैं।''

''म-मैं अभी भी नहीं समझी।''

''क्योंकि अभी मैंने समझाया नहीं। अब समझाता हूँ।''

विमल ने जेब से नाईयों वाला उस्तरा निकाला और आगे बढ़ कर उसकी नाक पर रख दिया।

लड़की सिर से पाँव तक काँपी।

''ताजिन्दगी'' – विमल का स्वर एकाएक हिंसक हुआ – ''शीशा नहीं देख पायेगी।''

''नहीं।'' – वो बड़ी मुश्किल से बोल पायी – ''नहीं।''

''एक झटका। नीचे की तरफ। अंग भंग। जलवे ख़त्म। गुलज़ार ख़त्म। बहार ख़त्म।''

''नहीं!'' – वो फुसफुसाई।

''फिर भले ही बाहर निकलते ही यहाँ जो देखा, उसकी दुहाई देने लगना।''

''मैं होंठ सी लूँगी, ज़ुबान को ताला लगा लूँगी, किसी को कुछ नहीं बोलूँगी। मैं सीधी घर जाऊँगी।''

''मुझे तेरी बात पर ऐतबार है, फिर भी ताकीद के तौर पर . . .''

उस्तरा इतना तेज था कि उसके बाल बराबर दबाव से नाक पर ख़ून की एक बूँद चुहचुहा आयी।

लड़की को पहले तो कुछ पता ही न लगा फिर उसने झिझकते हुए अपनी नाक को छुआ तो नाक पर की ख़ून की बूंद उसकी उँगली के पोर पर चमकी।

उसके चेहरे पर हाहाकारी भाव आये।

"जा!"

उसने यूँ विमल की तरफ देखा जैसे जो सुना, उस पर यकीन न आ रहा हो।

"अपने उस अंजाम को याद करती जा, जो हो सकता था पर न हुआ।"

वो हिली, आगे बढ़ी, फिर एकाएक जैसे उसके पैरों में पंख लग गये।

विमल अरमान की ओर घूमा।

अरमान मुँह बाये, नेत्र फैलाये सब नज़ारा देख रहा था।

"अब" – विमल बोला – "मैं जो पूछूँ, तूने उसका जवाब देना है।"

उसके चेहरे पर अनिश्चय के भाव आये।

"मुझे ऐसी शक्ल बना के न दिखा। तू ख़ामोश नहीं रह सकता।"

"क-क्या . . . क्या जानना चाहते हो?"

"पिछले से पिछले सोमवार शाम को तू कहाँ था?"

"मैं कहाँ था?"

"जवाब दे, भई। सवाल न कर। ग्यारह तारीख़ को। सोमवार के दिन शाम सात बजे के बाद। कहाँ था?"

"याद नहीं।"

"याद कर।"

"क्या याद करूँ? जो मेरी हर शाम की रूटीन होती है, उसी में मसरूफ़ था। दोस्तों के साथ कहीं तफ़रीह में ही रहा होऊँगा।"

"गोल-मोल जवाब नहीं चलेगा। बात को सोच, समझ, फिर ठीक से याद करके बोल कि सोमवार ग्यारह तारीख़ की शाम सात बजे के बाद तू कहाँ था, किन दोस्तों के साथ था और तुम सब क्या कर रहे थे?"

"बोला तो, तफ़रीह कर रहे थे।"

"दोस्त कौन थे? तफ़रीह की किस्म क्या थी?"

"याद नहीं।"

"याद कर।"

"याद नहीं।"

"याद कर, भई।"

''बोला न, याद नहीं।''

''याद कर। जरूरी है याद करना।''

''किसके लिये?''

''मेरे लिये। लेकिन तेरे लिये भी बराबर।''

''मेरे लिये क्यों?''

''क्योंकि जवाब पर तेरी जान का दारोमदार है।''

वो हड़बड़ाया।

''फिर भी'' – फिर बोला – ''पता तो लगे कि याद करना क्यों जरूरी है!''

''लगेगा। पहले जवाब दे।''

''याद नहीं।''

''तो तू नहीं बोलेगा?''

''बोल तो रहा हूँ, बोल तो रहा हूँ याद नहीं।''

''हम्म! लगता है मेरी नर्मी तुझे गुमराह कर रही है।''

वो ख़ामोश रहा, उसकी सूरत से धृष्टता झलकी।

''लगता है तू भूल गया है कि उस्तरा अभी भी मेरे हाथ में है।''

''त–तो!''

''नकटा मर्द भी अच्छा नहीं लगता। अभी पहले धार परख।''

विमल ने उस्तरे वाला हाथ हवा में उठाया।

उसकी विमल से आँख मिली तो उसे उसमें मौत नाचती दिखाई दी।

''हाथ नीचे करो।'' – वो फँसे कण्ठ से बोला।

विमल ने जैसे सुना ही नहीं।

''बोलता हूँ न!''

विमल ने सहमति में सिर हिलाया, फिर हाथ नीचे किया।

''उस शाम हम कनॉट प्लेस में थे।''

''बहुत ज़ल्दी याद आ गया!''

वो ख़ामोश रहा।

'''हम' में कौन–कौन शामिल थे?''

''मैं और मेरे तीन दोस्त।''

''कनॉट प्लेस में कहाँ?''

''एक बार में।''

''बार का नाम बोल।''

“न-नाम तो याद नहीं!”

“कहाँ था?”

“जनपथ की साइड में कनॉट प्लेस के आउटर सर्कल में कहीं था।”

“नाम क्यों नहीं याद?”

“बस, नहीं याद। सच पूछो तो नाम की तरफ हम में से किसी ने ध्यान ही नहीं दिया था। कनॉट प्लेस में आज की तारीख़ में दस-बीस-पचास नहीं, दो सौ बार हैं। कहीं खड़े सिर उठाओ, सामने बार दिखाई देता है।”

“हूँ।”

“ऐसा ही हमारे साथ हुआ। बरामदे में खड़े बतिया रहे थे, सिर उठाया तो पाया बार के सामने खड़े थे। बस, भीतर जा बैठे।”

“कब तक रहे वहाँ?”

“मेरे ख़याल से ग्यारह तो बज ही गये थे, क्योंकि डिनर भी हमने वहीं किया था।”

“इतनी सी बात पर हुज्जत क्यों की?”

“हुज्जत न की। एकबारगी तो सच में ही याद नहीं आया था।”

“आख़िर आया?”

“हाँ। वो . . . वो उस्तरे की धमकी के ज़ेरेसाया आया।”

“दोस्त हालिया थे या पुराने?”

“पुराने।”

“जिगरी?”

“हाँ।”

“तीनों?”

“हाँ।”

“नाम बोलो। सच बोलना। झूठ बोला तो अंजाम बुरा होगा।”

“नीरज चावला, यादवेन्द्र ठाकुर, भूषण तिवारी।”

“तीनों जिगरी?”

“हाँ।”

“रेगुलर मिलना-जुलना?”

“हाँ।”

“तेरे पास मोबाइल कौन सा है?”

“आई-फोन एट।”

“वो तो लेटेस्ट है! मैंने देखा नहीं कभी। देखें जरा।”

वो हिचकिचाया।

विमल ने अपलक उसे देखा।

वो निगाह चुराने लगा।

विमल ने उसके गले से उस्तरे की धार लगा दी और खुद जेब से उसका मोबाइल फोन निकाला।

कुछ क्षण उसने फोन का मुआयना किया।

"चावला! ठाकुर! तिवारी!" – फिर बोला – "सब तेरे जिगरी। एक का भी 'कान्ट्रैक्ट्स' में नाम दर्ज नहीं – न 'फेवरेट्स' में, न 'रीसेन्ट्स' में। क्यों भला? तीनों में से किसी के पास भी मोबाइल नहीं है?"

उससे जवाब देते न बना।

"झूठ ही बोला आख़िर! मेरी वार्निंग को किसी ख़ातिर में न लाया! मैं पूरा इडियट लगा तेरे को, जिसके आगे तेरा झूठ चल जाना था!"

वो परे देखने लगा।

विमल ने एक झांपड़ उसके चेहरे पर रसीद किया जिसका इरादा उसको चोट पहुँचाना नहीं, उसको बेइज़्ज़त करना था, उसका मनोबल तोड़ना था।

अपमान से जलता वो अपना गाल सहलाने लगा।

"घूम जा!" – विमल सख़्ती से बोला।

आदत के खिलाफ, बिना वजह पूछे, बिना हुज्जत किये, तत्काल वो विमल की तरफ पीठ फेर कर खड़ा हुआ।

विमल ने जेब से एक स्टील वायर का रोल निकाला। तार महीन थी लेकिन प्यानो वायर की तरह मजबूत थी। उसने अरमान के दोनों हाथ थाम कर जबरन उसकी पीठ पीछे किये और तार की मदद से कलाईयों के करीब उन्हें आपस में बांध दिया। फिर उसने उसे फर्श पर बैठने का आदेश दिया और वैसे ही टखनों के पास उसके पाँव बाँधे।

आख़िर वो उकड़ू उसके सामने बैठा।

"क्या मतलब है इसका?" – अरमान कठिन स्वर में बोला।

"अभी 'तू जानता नहीं है मैं कौन हूँ' भी कहना होगा!" – विमल सहज भाव से बोला।

"क-क्या चाहते हो?"

"हाँ, ये टोन ठीक है। मैं दो अहम बातों की तरफ तेरी तवज्जो दिलाना चाहता हूँ। पहली ये है कि तेरे हाथ पाँव रस्सी से नहीं, प्यानो वायर से बंधे

हैं। मैं तेरे को इसी हालत में छोड़ के यहाँ से चल दूँगा तो पीछे खुद को बन्धनमुक्त करने की तेरी भरपूर कोशिश होगी। बन्धन ढीले करने की ख़ातिर स्वाभाविक है कि तू अपने हाथ–पाँव उमेठेगा। हाथ–पाँव रस्सी से बंधे हों तो ऐसा करने से रस्सी की पकड़ ढीली हो जाती है और आख़िर बंधक हाथों को आज़ाद करने में कामयाब हो जाता है। फिर पाँव खोल लेना मामूली बात होती है। लेकिन हाथ पाँव वैसे वायर से बंधे हों जैसे तेरे बंधे हैं तो हाथ पाँव उमेठने का नतीजा उलट निकलता है। वायर ढीली पड़ने की जगह चमड़ी में धँसने लगती है और जहाँ धँसती है, वहाँ से खून निकलने लगता है। समझ रहा है न मैं क्या कह रहा हूँ?''

''समझ तो रहा हूँ लेकिन तू . . . तुम दो बातें कहना चाहते थे। दूसरी बोलो।''

''बोलता हूँ। उस परली दीवार की तरफ देख।''

''क्या है वहाँ?''

''जहाँ वो फर्श से मिलतीं है, वहाँ तवज्जो दे। रौशनी कदरन कम है लेकिन फिर भी गौर से देखेगा तो तुझे कुछ साफ दिखाई देगा। दिखाई दिया?''

''हाँ।''

''क्या?''

''चींटियाँ हैं। लम्बी कतार में।''

''उनमें कोई ख़ूबी दिखाई दी हो?''

''नहीं।''

''कोई बात नहीं। मैं बताता हूँ ख़ूबी। पहली बात तो ये है कि वो काली नहीं, लाल हैं और दूसरी बात ये है कि वो चींटियाँ नहीं, चींटें हैं।''

''तो?''

''इन लाल चींटों में एक ख़ासियत होती है।''

''क्या?''

''ख़ून से अट्रेक्ट होते हैं। ख़ून की मुश्क दूर से ही पा लेते हैं और फिर अपनी डगर छोड़कर मुश्क के पीछे चल देते हैं।''

''होता होगा ऐसा। मुझे क्यों बता रहे हो?''

''नहीं समझा?''

''नहीं।''

''भई, तू बन्धनमुक्त होने की कोशिश करेगा, इस कोशिश में वायर से

चमड़ी कटेगी, खून रिसने लगेगा, खून की मुश्क उन चींटों तक पहुँचेगी और फौरन उनका मरकज़ वो मुकाम बन जायेगा जहाँ से खून की मुश्क उठ रही होगी।''

''तो?''

''तू तो वाकेई कुछ नहीं समझता, यार। अरे, दो घंटे में वो कोहनियों तक तेरी बाँह चट कर जायेंगे। न खाल बचेगी, न मांस, ऐन झक सफेद हड्डियाँ निकाल देंगे। फिर प्यानो वायर तो अपने आप ही कलाईयों से अलग हो जायेगी, लेकिन पिंजर बन गये हाथों से क्या कर पायेगा?''

उसके शरीर ने जोर की झुरझुरी ली।

''अब बोल, जब ये सब हो रहा होगा, उस दौरान अपनी जुबान बंद रख पायेगा?''

उसने अपने एकाएक सूख आये होंठों पर जुबान फेरी।

''अब क्योंकि तुझे इस ड्रिल की ख़बर लग गयी है इसलिये तेरी भरपूर कोशिश होगी कि तार तेरी चमड़ी न छीलने पाये, खून न रिसने पाये। नहीं?''

उसने जवाब न दिया।

''मैं ज़्यादा इन्तजार करने के मूड में नहीं हूं इसलिये प्यानो वायर्स से अपने आप होने वाले काम को मैं खुद करूंगा।''

''क-क्या करोगे?''

''तेरी जींस का पाहुँचा फाड़कर'' – विमल ने जेब से रेज़र निकाल कर फिर हाथ में ले लिया – ''तेरी एक पिंडली पर हलका सा, छोटा सा, कोई तीन इंच लम्बा कट लगाऊँगा। गहरा बिल्कुल नहीं, उथला। जो स्किन तक ही रहे, फ्लैश तक न पहुँचे। ऐसा कि बस खून रिसने लगे। तुझे कुछ महसूस नहीं होगा। बस, हल्की-सी नब्ज़ चलती लगेगी पिंडली पर।''

''फि-फिर?''

''फिर क्या! फिर मैं लाल चींटों को तेरी टाँग पर पिकनिक करते देखूँगा। बीच-बीच में अपना सवाल दोहराऊँगा कि ग्यारह तारीख सोमवार की शाम को तेरा क्या शगल था! हड्डी झाँकने लगने तक भी तू ख़ामोश रहेगा, जवाब नहीं देगा तो मैं अपनी हार मान लूँगा।''

''मेरा बाप तुझे ज़िन्दा नहीं छोड़ेगा।''

''बशर्ते, कि जान जायेगा कि किसे ज़िन्दा नहीं छोड़ना। अब एमएलए चाचा के नाम से भी धमकी जारी कर। कोई और सूरमा बाकी हो तो उसका भी नाम आज़मा।''

"तू . . . तुम जानना क्यों चाहते हो कि उस सोमवार शाम को मैं कहाँ था?"

"बड़ी देर में पूछना सूझा!"

"बोलो।"

"बोलूँगा। पहले अपनी कथा कहो।"

"दोस्तों के साथ था। मेरे तीन दोस्त उस शाम कोई पाँच बजे मेरे घर आये थे और ड्रिंक्स की डिमांड करने लगे थे। मेरे पास घर में व्हिस्की की एक बोतल थी, जो हम चारों ने शेयर की। बोतल साढ़े सात सौ मिलीलिटर की थी जो ख़त्म होती पता ही न लगी। वो और पीना चाहते थे लेकिन उस दिन ड्राई डे था, बाजार से और बोतल नहीं ख़रीदी जा सकती थी। फिर और पीने को गुड़गाँव बार्डर जाने का फैसला हुआ। हम कार में सवार होकर घर से निकले। रास्ते में एक अन्धेरी स्ट्रैच थी जिस पर एक अकेली नौजवान औरत चली आ रही थी। नशे में दोस्तों पर पता नहीं क्या जुनून सवार हुआ कि गोली की तरह उन्होंने उसे उठा लेने का फैसला कर लिया।"

"तू तो यूँ कह रहा है जैसे कि उस फैसले में तू शामिल नहीं था।"

उसका सिर झुक गया।

"शामिल था।" – फिर धीरे से बोला – "जिगरी दोस्त थे, 'वन फॉर आल, आल फॉर वन' जैसी मजबूत दोस्ती थी लेकिन . . ."

"क्या लेकिन?"

"मैं अपने ही इलाके में ऐसी वारदात करने के हक में नहीं था। मैंने ऐसा बोला भी लेकिन दोस्तों ने उस बात पर कान से मक्खी उड़ाई। हमने उसे उठा के कार में डाल लिया और ले उड़े।"

"उसकी सूरत न देखी?"

"न! बोला न, वो अन्धेरी स्ट्रैच थी, वहाँ स्ट्रीट लाइट्स नहीं जल रही थीं।"

"कार में तो देखी होगी?"

"कार में तो बिल्कुल अन्धेरा था। शीशों पर पर्दे पड़े हुए थे। विंड स्क्रीन के रास्ते ट्रैफिक लाइट की कभी कोई रौशनी भीतर पड़ती थी तो वो इतनी वक्ती होती थी कि कुछ दिखता ही नहीं था। फिर पता नहीं कहाँ से उसमें इतनी ताकत आ गयी थी कि वो अकेली ही हम पर भारी पड़ने लगी थी।"

"आई सी।"

"लेकिन आख़िर तो औरत थी, अकेली कब तक लड़ती! आख़िर तो

उसने काबू में आना ही था!''

''ठीक। फिर?''

''ऐसा होने की नौबत आती जान पड़ रही थी कि बीच में विघ्न आ गया।''

''क्या हुआ?''

''उस औरत से हाथापायी के दौरान कार की पीछे की एक खिड़की का पर्दा उखड़ गया था जिसकी वजह से भीतर क्या हो रहा था, बगल से गुजरती एक जीप वालों के नोटिस में आ गया। जीप में कई सिख लड़के सवार थे जो जीप को हमारी कार के पैरेलल चलाने लगे और ज़ोर-ज़ोर से हॉर्न बजाने लगे। फिर एक सिख लड़का हमें एकाएक मोबाइल के हवाले हुआ दिखाई दिया, वो पुलिस कन्ट्रोल रूम को फोन करता तो पुलिस का उड़नदस्ता हमें वहीं इन्टरसैप्ट कर सकता था। नतीजतन हमारी कार एक मोड़ काटने के लिए जब कदरन स्लो हुई तो हमने कार का एक दरवाज़ा खोला और चलती कार में से उस औरत को बाहर फेंक दिया।''

''क्या हुआ उसका?''

''क्या पता क्या हुआ! दौड़ती कार में से बाहर फेंकी गयी थी, मर खप गयी होगी। नहीं भी मरी होगी तो हमें क्या! साली कटखनी बिल्ली ठीक से हमारे काम तो न आयी न!''

अनजाने में विमल ने दाँत किटकिटाये।

''उसने गलत किया?'' – बड़ी मुश्किल से अपने पर काबू पाता वो बोला।

''और क्या? मौज लेती, हमें मौज लेने देती। हम पूरे आदरमान के साथ प्रीपेड टैक्सी पर उसे घर रवाना करते। वो तो साली पता नहीं कौन-सी मिट्टी की बनी हुई थी कि खून-ख़राबे पर आमादा थी। इतना प्रोटेस्ट तो कोई कुमारी कन्या भी नहीं करती।''

''तुम्हें क्या पता वो कुमारी कन्या थी या नहीं!''

''उम्र में ज़्यादा थी। इतनी उम्र तक कोई औरत कुमारी नहीं रह सकती।''

''अच्छा!''

''हाँ। पर हसीन बहुत थी साली। बनी हुई भी बढ़िया थी।''

विमल का चेहरा लाल होने लगा।

''लेकिन क्या फायदा? काबू में तो न आयी! राज़ी से पेश आयी होती तो हम चार जने त्रिलोक दर्शन करा देते उसे।''

''उसे?''

''खुद भी करते। लेकिन क्या फायदा! साली इतनी प्राइम बॉडी! किसी काम न आयी।''

''तो तूने उसकी सूरत न देखी?''

''मैंने क्या, हम चारों में से किसी ने भी न देखी। हमारी तो सारी तवज्जो उसको काबू करने में ही लगी रही। काबू में आ जाती तो सूरत देखते . . . और भी बहुत कुछ, सब कुछ देखते।''

''वो तेरे इलाके की थी, कभी दिखाई दे जाये तो पहचान लेगा?''

''कैसे दिखाई दे जाये! बची होगी तब न!''

''बची होगी। मर गयी होती तो लाश की बरामदी की अख़बार में ख़बर होती।''

''ये भी ठीक है।''

''अब जवाब दे। इलाके में देखे तो पहचान लेगा?''

उसने उस बात पर विचार किया, फिर इंकार में सिर हिलाया।

''शिनाख्त कद-काठ से भी होती है!''

''औरतों की नहीं होती। अच्छी बनी हो तो सब एक जैसी लगती हैं।''

''औरतों का काफी तर्जुबा है तुझे!''

वो हँसा।

कुत्सित हँसी।

फिर संजीदा हुआ।

''जो लड़की अभी यहाँ से गयी, फिट थी तेरे से?''

''न होती तो यहाँ आती! बताओ तो! साली कहती थी ज़बरदस्ती लाया। खुद मरी जा रही थी . . .''

''किस वास्ते?''

''समझो, किस वास्ते?''

''लड़कियाँ पटाने में महारत जान पड़ती है तुझे!''

''महारत की कोई जरूरत ही नहीं होती। साली फ्रीलोडर्स होती हैं, ड्रिंक्स डिनर की अश्योरेंस दो, लैविश ट्रीट दो, तैयार हो जाती हैं।''

''सभी तो ऐसी नहीं होतीं!''

''तो क्या! मुझे क्या सब चाहिये होती हैं?''

''अच्छा! ऐसा नहीं है?''

''अपनी तो एक ही पॉलिसी है – जो दे उसका भी भला, जो न दे उसका भी भला।''

''काफी हो गया।'' – एकाएक विमल का स्वर शुष्क हुआ – ''अब नाम बोल।''

''नाम बोलूँ? किस का नाम बोलूँ?''

''उन दोस्तों का जो उस सोमवार शाम तेरे साथ थे, जो उस . . . उस वारदात में शरीक थे। गलत नाम बोल कर मुझे गुमराह करने की कोशिश की तो अंजाम बुरा होगा।''

उसने जोर से थूक निगली, उसकी शक्ल से साफ ऐसा लगा कि असल में उसका यही इरादा था।

''नाम और पूरे पते भी। मोबाइल नम्बर भी।''

उसने नाम, पते, मोबाइल नम्बर सब बोले जो उसके बोलने के साथ साथ विमल ने अपने मोबाइल में 'नोट्स' में दर्ज कर लिये।

अशोक जोगी, पता न्यू राजेन्द्र नगर का।

अकील सैफी, निवासी निजामुद्दीन ईस्ट।

अमित गोयल, निवासी सैक्टर पन्द्रह–ए, नोएडा।

तीसरे नाम और पते पर विमल का माथा ठनका।

''ये अमित गोयल'' – वो बोला – ''इसके पिता का क्या नाम है?''

''पिता का नाम!'' – वो सकपकाया।

''हाँ।''

''वो तो मुझे मालूम नहीं, कभी ज़िक्र ही न आया।''

''नाम न सही, कारोबार तो मालूम होगा!''

''वो तो मालूम है! पहाड़गंज में टिम्बर का बड़ा बिज़नेस है।''

''बेटा क्या करता है?''

''पिता के बिज़नेस में ही है।''

''वो भी पहाड़गंज में टिम्बर के शोरूम में बैठता है?''

''हमेशा नहीं।''

''हमेशा नहीं। क्योंकि अय्याशी पर ज़ोर है। उससे फुरसत मिल जाये तो बाप का हाथ बँटाता है। नहीं?''

वो ख़ामोश रहा!

''जवाब दे, भई!''

''हँ–हाँ।''

''क्या हाँ!''

''शोरूम पर उसकी हाज़िरी छिटपुट ही होती है।''

"कैसे मालूम?"
"बस, मालूम।"
"क्योंकि यारबाशी में हाज़िरी ज़्यादा होती है, ऐसे मालूम?"
"हाँ।"
विमल ने उसके मोबाइल में बारी-बारी तीनों के नाम पंच किये तो पाया तीनों नाम उसमें मौजूद थे और मोबाइल नम्बर भी वही थे, जो अरमान ने बोले थे। तीनों नामों के साथ मटर के दाने जितनी नाम के स्वामियों की तसवीरें थीं।
उसने 'फोटोज़' को खोला।
वहाँ बेशुमार फोटोज़ दर्ज थीं फिर भी वो तीन फोटो उसने जल्दी ही तलाश कर लीं जिनसे फोन नम्बरों के साथ मटर के दाने के व्यास की फोटो जोड़ी गयी थीं।
बाजरिया एमएमएस उसने वो तीनों फोटो अपने फोन पर फारवर्ड कीं।
"अमित गोयल कार कौन-सी चलाता है?" – उसने फिर सवाल किया।
"जो अवेलेबल हो।" – वो अनमने भाव से बोला।
"क्या मतलब?"
"उनके पास तीन कारें हैं जो उनकी कोठी के पहलू की राहदारी में आगे पीछे खड़ी होती हैं। जो सबसे आगे हो, वो उस पर काबिज़ हो जाता है।"
"एक कार आई-20 है . . ."
अरमान के चेहरे पर हैरानी के भाव आये।
". . . बाकी दो कौन-सी हैं?"
"एक फोर्ड है – शायद ईको स्पोर्ट नाम है – दूसरी बीएमडब्ल्यू है।"
"बीएमडब्ल्यू?"
"सैकण्डहैण्ड। बाकी दो नयी हैं।"
"लेकिन बीएमडब्ल्यू!"
"हाँ।"
"बीएमडब्ल्यू तो सैकण्डहैण्ड भी बड़ी हैसियत वाले ही रख सकते हैं! यानी तकड़ा बिजनेस है टिम्बर का बाप का!"
"है तो सही!"
"रिहायश नोएडा, सैक्टर पन्द्रह-ए में! यानी तगड़ा क्या, बहुत तगड़ा!"

"क्या कहना चाहते हो?"

"उस रोज़ जब ये लोग तुम्हारे घर पर आये थे, तो अमित गोयल की कार पर आये थे?"

"कैसे जाना?"

"जवाब दे।"

"हाँ।"

"कौन-सी कार?"

"फोर्ड।"

"कौन चला रहा था? मालिक खुद? अमित गोयल?"

वो हिचकिचाया।

विमल ने कहरभरी निगाह से उसे घूरा।

"अकील।" – वो बोला।

"अमित गोयल की कार अकील सैफ़ी चला रहा था?"

"हाँ।"

"आती बार भी, जाती बार भी?"

"हाँ।"

"इसका मतलब लड़की उठाने के एक्ट में वो शामिल नहीं था?"

"न-हीं। वो ड्राइविंग सीट पर था न!"

"लेकिन चलती कार में जो हुआ, होने वाला था, उसमें शामिल था?"

"हाँ। एक्सीडेंट का रिस्क था लेकिन . . . शामिल था।"

"तुम्हें कोई अफसोस है?"

"हाँ, है। टंच माल था। नाहक हाथ से निकल गया। वो सिख लड़के . . ."

"मेरा वो मतलब नहीं था लेकिन . . . खैर। अब बोल क्या ख़याल है? जो करतूत तुम लोगों ने की, तुम्हें उसकी सज़ा मिलनी चाहिये या नहीं?"

"सज़ा! कौन देगा?"

"वो जुदा मसला है।"

"काहे की सज़ा? किसी को क्या पता हमने क्या किया?"

"ऊपर वाले को पता है। वो सब देखता है।"

"वो सज़ा देने नीचे आयेगा? प्रकट भयेगा?"

"कहते हैं उसकी लाठी बेआवाज़ होती है। ऊपर से ही चलती है।"

"बचकानी बातें हैं।"

“यानी तुझे सज़ा का कोई खौफ नहीं?”

“नॉनसेंस!”

“अभी तेरे साथ जो बीत रही है, तू इसको सज़ा नहीं मानता?”

“देखो, अब मुझे तुम कुछ और ही जान पड़ रहे हो।”

“और क्या?”

“अगर तुम कोई लुटेरे हो तो मेरा आई-फोन तो पहले ही तुम्हारे पास है, जेब में पर्स है, वो भी निकाल लो। घड़ी उतार लो। चेन झपट लो . . .”

विमल हँसा।

“रईस बाप का बेटा है न . . .”

“तुम्हें क्या पता?”

“. . . इसलिये ये तेरे लिये मामूली नुकसान होंगे। लेकिन तेरे प्रारब्ध में तेरा बड़ा नुकसान लिखा है।”

“ब-बड़ा नुकसान!”

“फैमिली ज्वेल्स का।”

“क्या! तुम हमारे घर पर चोरी . . .”

“लेकिन पहले ये नुकसान तेरे दोस्तों का होगा। तेरा नम्बर आख़िर में आयेगा।”

“क-क्या . . . क्या बक रहे हो?”

“आपदा से ज़्यादा आपदा का इन्तज़ार भारी पड़ता है। तेरी जिन्दगी के आइन्दा दिन तेरे पर भारी, बहुत भारी पड़ने वाले हैं।”

“ख़ामख़ाह लम्बी-लम्बी छोड़ रहे हो . . .”

विमल ने उसका मोबाइल उसके करीब फर्श पर रख दिया।

“चलता हूँ।” – फिर बोला।

“चलता है!” – वो बौखलाया – “मेरे को खोल के तो जा!”

“बढ़िया! आगे संकट दिखाई दिया तो अदब भूल गया।”

“मेरे को खोल के तो जाओ!”

“खुद खोलना!”

“म-मैं . . . मैं कैसे . . .”

“एक गुड न्यूज़ है तेरे वास्ते।”

“क-क्या!”

“वो लाल चींटियाँ चींटियाँ ही हैं, चींटें नहीं हैं। और उनमें ताज़ा ख़ून से अट्रैक्ट होने वाली कोई ख़ूबी नहीं।”

उसके नेत्र फैले।

''मेरे पीछे अब तू अपने बन्धनों से ज़ोर आज़मायश करेगा तो वो ख़तरा पेश नहीं आयेगा, जिसका मैंने अन्देशा जताया था। बेहिचक जोर आज़माना। बंदा चला।''

''अरे, खोल जाओ, प्लीज़!''

''जय हिन्द!''

''इतना तो बताते जाओ कि तुम हो कौन?''

''मैं! मैं मैं हूँ।''

''मैं कौन?''

''फैंटम, दि घोस्ट हू वाक्स!''

पीछे फरियाद करते अरमान को छोड़कर लम्बे डग भरता वो वहाँ से रुख़सत हो गया।

22 नवम्बर–शुक्रवार

मुबारक अली से विमल सिर्फ एक बार मिला था जबकि उसने दिल्ली में कदम रखा था, ताकि उसे ख़बर हो जाती कि वहीं बसने के इरादे से अब वो दिल्ली में था।

अब दो महीने बाद दूसरी बार वो उसकी तलाश में निकला था।

मुबारक अली, जो कभी मुम्बई का बड़ा मवाली होता था, अब एक मुद्दत से दिल्ली में था और वहाँ टैक्सी चलाता था। सुजान सिंह पार्क में स्थित एम्बैसेडर होटल का टैक्सी स्टैण्ड उसका स्थायी ठीया था। वहाँ से वो कहीं का भी पैसेंजर उठाये, लौट कर वहीं आता था।

वो स्टैण्ड पर मौजूद था।

एक टैक्सी ड्राइवर अपनी टैक्सी की तरफ इशारा करता उसकी तरफ बढ़ा।

''अरे, साहब अपना रेगुलर पैसेंजर है।'' – तत्काल मुबारक अली बोला – ''मैं ले के जायेगा न!''

टैक्सी ड्राइवर ठिठक गया, इसने सहमति में सिर हिलाया।

विमल को इशारा करता मुबारक अली अपनी टैक्सी की ओर बढ़ा।

विमल उसकी टैक्सी के करीब पहुँचा, सहज भाव से उसने टैक्सी के

पैसेंजर साइड के दरवाज़े की तरफ हाथ बढ़ाया।

''पीछू बैठ, बाप।'' – तत्काल मुबारक अली बोला।

विमल की भवें उठीं।

''डिरेवर लोग देखता है, पैसेंजर को आगे बैठता देखेगा तो क्या सोचेगा? पैसेंजर डिरेवर का फिरेंड! उसका सगेवाला!''

''है तो सही!''

''बरोबर! पण उन को तो नहीं पता न!''

''पण! लगता है दिल्ली की ज़ुबान अभी भी पकड़ में नहीं आयी।''

''आयी न बरोबर! वो तो तेरे को देखकर पुराना टेम याद आ गया, इस वास्ते अपने आप ही पुरानी ज़ुबान चल गयी।''

''ठीक।''

''पीछू बैठ!''

''मेरे को तेरे से बात करने का।''

''करने का न बरोबर! पण पहले इधर से नक्की करने का। क्या!''

विमल ने सहमति में सिर हिलाया, फिर टैक्सी की पिछली सीट पर सवार हो गया।

मुबारक अली स्टियरिंग के पीछे बैठा, उसने टैक्सी को पार्किंग से निकाल कर सड़क पर डाला। टैक्सी मंथर गति से चलती लोधी गार्डन के पहलू की सड़क अमृता शेरगिल मार्ग पर पहुँची। वो शान्त, ख़ामोश रिहायशी इलाका था जहाँ वाहनों की आवाजाही बहुत कम होती थी।

मुबारक अली ने एक घने पेड़ की छाँव में फुटपाथ से लगा कर टैक्सी रोकी। उसने इग्नीशन ऑफ किया और विमल की तरफ घूमा – ''अभी बोल। नहीं, पहले बोल सब ख़ैरियत है?''

''ख़ैरियत!'' – विमल के होंठों पर एक विद्रूपपूर्ण मुस्कराहट आयी – ''शायद भूल गया कि सवाल किस से कर रहा है!''

मुबारक अली के माथे पर बल पड़े।

''फिर कोई लफड़ा!'' – वो बोला।

''चलता है।'' – विमल लापरवाही से बोला।

''लेकिन है बरोबर?''

''बड़ा नहीं। ऐसा नहीं जिसे मैं हैंडल न कर सकूँ।''

''इसी वास्ते इधर आया?''

''नहीं, तेरे से मिलने के वास्ते इधर आया।''

''फिर तो, वो क्या कहते हैं अंग्रेज़ी में, खुशामदीद बोलता है, बाप।''

''अब तो बहुत टाइम हो गया इधर! दिल लग गया?''

''नहीं, बाप'' – मुबारक अली के लहज़े में उदासी का पुट आया – ''दिल तो उधरीच लगता था। साला बहुत याद आता है मुम्बई।''

''लौट सकता नहीं!''

''तेरे को मालूम नहीं लौट सकता। मेरे पर खून का इलज़ाम है उधर। इतना ही होता तो गनीमत थी। पुलिस हैडक्वार्टर से, ऐन पुलिस कमिश्नर की नाक के नीचे से फरार हुआ, वो क्या कहते हैं अंग्रेजी में, कर . . . कर्ट . . . कर्ट . . . तुका और वागले की नवाज़िश से।''

''हूँ।''

''अहद लिया था, बाप, कि उस नवाज़िश के बदले में जिन्दगी में कभी तुका के काम आ के दिखाऊँगा। साला मौकाइच नहीं मिला। तुका पहले ही ऊपर चला गया। वागले भी।''

''भेज दिये गये।''

''इसीलिये डबल मलाल है। तुका के काम न आया, न सही, अगर मैं उसके कातिलों को ही . . .''

''वो काम मैंने कर दिया न!''

''मेरे को मुम्बई से फरार न होना पड़ा होता तो मैं करता।''

''एक ही बात है। तूने किया, तेरे अज़ीज़ ने किया, एक ही बात है।

''वो तो है!''

''भांजे कैसे हैं?''

''सब ख़ैरियत से हैं, तेरे को याद करते हैं। ख़ासतौर से अली, वली।''

''चौदह?''

''हाँ, अल्लाह के करम से।''

''नाम याद रहते हैं सब के!''

''नाम तो याद रहते हैं लेकिन कभी-कभार ये मुगालता हो जाता है कि कौन सा नाम किसका है।

''सब के साथ!''

''नहीं सबके साथ तो नहीं! अली, वली जुड़वाँ हैं, इसलिये नहीं। हाशमी संजीदासूरत है, ऊँची तालीमयाफ्ता है, फिर चश्मा लगाता है जो बाकी भांजों में से कोई नहीं लगाता। कुछ और के भी ऐसे, वो क्या कहते हैं अंग्रेजी में, शिनाख़्ती निशान हैं, बाकियों में घिच-पिच कर बैठता हूँ।''

''तकिया कलाम बरकरार है!''
''क्योंकि आदत में शुमार है।''
''सिर पर बाल हैं।''
''हाँ। खलवाट खोपड़ी से मैं आज़िज़ था। खलवाट खोपड़ी और दाढ़ी सूरत में तब्दीली लाने के लिये थी। फिर जब पता लगा कि इधर मेरे को पहचानने वाला कोई नहीं था तो किनारा किया दाढ़ी से, खलवाट खोपड़ी से।''
''ठीक।''
''अभी बोल कैसे आया? मेरे से मिलने आया। मिल लिया न! अभी बाकी बोल।''
''बाकी बोलूँ? बाकी क्या बोलूँ?''
''जो तेरे जेहन में है।''
''मेरे जेहन में तो कुछ नहीं है!''
''बाप, मुबारक अली से बात छुपाना और दाई से पेट छुपाना एकीच बात।''
''ऐसा!''
''बरोबर। अब बोल।''
''ख़ास कुछ नहीं है बोलने को, ऐसे ही एक सवाल उठा था जेहन में, सोचा तेरे से साझा करूँ।''
''किस बाबत?''
''हिज़ड़ों की बाबत।''
''क्या बोला, बाप?''
''दिल्ली गेट से, राजघाट से, आईटीओ से जब भी गुजरता हूँ, हिजड़ों को रैड सिग्नल पर खड़े कारवालों से भीख माँगते देखता हूँ . . .''
''भीख नहीं, बाप भीख नहीं। वसूली।''
''क्या!''
''वसूली करते हैं, कम्बख़्तमारे। उँगलियों में मोड़े हुए नोट फंसाये होते हैं, ताकि देखने वाले को, वो क्या कहते हैं अंग्रेजी में, इशारा मिल जाये कि वो चिल्लर का कारोबार नहीं था। कम-से-कम दस का नोट कबूल करते हैं जबकि नुमायश के लिये उँगलियों में पचास के, सौ के नोट भी अटकाये होते हैं।''
''मियाँ, मुझे उनके कारोबार से कुछ लेना-देना नहीं था। मेरा सवाल तो

किसी और ही मुद्दे की बाबत था।''

''और मुद्दा क्या? खुलासा कर।''

''हिजड़े आते कहाँ से हैं?''

''क्या मतलब?''

''ये खुद तो मल्टीप्लाई कर नहीं सकते...''

''क्या नहीं कर सकते?''

''अपनी तादाद नहीं बढ़ा सकते। क्योंकि हिजड़े हैं। तादाद बढ़ाने के लिये जो करना जरूरी होता है, वो करने के नाकाबिल हैं। फिर तादाद बढ़ती कैसे है इनकी? उन्हें तो जिन्दगी मौत की साइकल के हवाले धीरे-धीरे ख़त्म हो जाना चाहिये! लेकिन ख़त्म तो नहीं हो जाते! मरने वालों की जगह लेने के लिये नये आ जाते हैं। नये कहाँ से आ जाते हैं? कैसे आ जाते हैं?''

मुबारक अली ने जवाब न दिया, कई क्षण वो खामोश रहा, आखिर बोला – ''बोले तो, जब मैं छोटा था तो देहात में सुना करता था कि कभी किसी घर में इत्तफाक से, घरवालों की बद्किस्मती कहूं तो बेहतर होगा, बच्चा हिजड़ा पैदा हो जाता था तो हिजड़ों को देर सबेर उसकी ख़बर लग जाती थी और वो उस पर अपना दावा ठोकने आ जाते थे।''

''क्या करते थे?''

''माँग करते थे बाकायदा कि बच्चा उनके हवाले किया जाये। वो उन जैसा पैदा हुआ था तो उस पर उन्हीं का हक बनता था। बाप, अपना वो हक हासिल करने के लिये वो ख़ूनखराबे पर उतर आते थे और बच्चे को कब्जा के ही मानते थे।''

''पुलिस दख़ल नहीं देती थी?''

''निरे देहात में पुलिस कहाँ होती थी? करीब कहीं चौकी होती थी तो वहाँ का एक सिपाही पुलिस की हाज़िरी दर्ज कराने के लिये कभी-कभार गाँव का चक्कर लगा लेता था।''

''ऐसा कभी अगर होता था, तो अब मुमकिन नहीं। अब निरे देहात में भी इतनी धांधली नहीं चल सकती कि कोई जबरन किसी का बच्चा छीनने आ जाये और गाँव में उसकी सख़्त मुख़ालफत न हो!''

''बात तो तेरी दुरुस्त है!''

''तो?''

''तो तू बोल।''

"मैं बोलूँ? अरे, मैं यहाँ बोलने नहीं आया, सुनने आया।"

"ठीक है। मैं पता करूँगा। वो क्या कहते हैं अंग्रेजी में, तफ्तीश करूँगा इस बाबत। फिर मालूमात की ख़बर करूँगा तेरे को।"

"कैसे?"

"फोन करूँगा।"

"बढ़िया।"

24 नवम्बर–रविवार

तीसरे – इतवार के – दिन मुबारक अली का फोन आया।

"तेरे को कमरा बंगश मालूम?" – उसने पूछा।

"मालूम।" – विमल बोला।

"उधर परवेज टी स्टाल! बीच बाजार में!"

"मालूम वो भी।"

"परवेज टी स्टाल के मालिक का नाम है? वहाँ पहुँच और आ के परवेज़ को बोल मुबारक अली से मिलने का।"

"परवेज वहाँ होगा?"

"हमेशा होता है। न हो तो ही स्टाल बंद होता है।"

"आता हूँ।"

कमरा बंगश जामा मस्जिद के करीब का एक प्राचीन मुस्लिम इलाका था।

टी–स्टाल का मालिक परवेज स्टाल पर मौजूद था। विमल वहाँ जा के खड़ा ही हुआ था कि वो खुद ही बोल पड़ा – "मुबारक अली से मिलना है?"

"हाँ।" – विमल बोला।

"कौल साहब हो?"

"हाँ।"

"आओ।"

स्टाल के बाज़ू में ही एक संकरी गली थी। गली ज़्यादा लम्बी नहीं थी, वो आगे से बंद थी और वहाँ एक नक्काशीदार लकड़ी का बंद दरवाज़ा था।

परवेज ने सांकल खटखटाई तो कोई दस साल के एक लड़के ने दरवाज़ा खोला।

''बाबू साहेब को'' – परवेज ने आदेश दिया – ''बड़े मियाँ के पास ले के जा।''

लड़के ने सहमति में सिर हिलाया और एक ओर हट कर खड़ा हो गया।

परवेज ने विमल को भीतर दाखिल होने का इशारा किया और खुद वहाँ से रुख़सत हो गया।

लड़के ने उसे एक बड़े कमरे में पहुँचाया और पीछे दरवाज़ा भिड़काता खुद ख़ामोशी से वहाँ से चला गया।

कमरे में मुबारक अली मौजूद था। उसके करीब एक निहायत खूबसूरत युवती बैठी थी। वो पोल्का डॉट्स के डिजाइन वाली वैसी लैगिंग्स पहने थी जो कैपरीज़ कहलाती थीं। ऊपर वो एक गोल गले की पूरी बाँह की टाइट स्कीवी पहने थी, जिसमें से उसके उरोज़ों का उत्तेजक उभार स्पष्ट प्रकट हो रहा था। उसके कटे हुए, स्ट्रेट बाल बहुत आधुनिक, बहुत स्टाइलिश थे और चेहरे पर बहुत सलीके का मेकअप था।

विमल के स्वागत में मुबारक अली उठ कर खड़ा हुआ तो वो भी खड़ी हो गयी और बड़े अदब से मुस्कराई।

''ये कौल है।'' – मुबारक अली बोला – ''वो क्या कहते हैं अंग्रेजी में, फास्ट करके फिरेंड है। नमस्ते कर।''

युवती ने बड़ी अदा से तनिक झुक कर दोनों हाथ जोड़कर नमस्ते की।

''बाप, ये . . . ये है।''

''नमस्ते, बहन जी।'' – विमल बोला।

मुबारक अली बरबस हँसा।

युवती ने भी बड़ी अदा से, बड़ी नजाकत से हँसी में उसका साथ दिया।

''क्या हुआ?'' – विमल तनिक हकबकाया।

''बता, भई।'' – मुबारक अली बोला।

युवती ने सहमति से सिर हिलाया।

''अच्छी तरह से देख लिया?'' – फिर महीन, मधुर आवाज़ से विमल से मुख़ातिब हुई।

''क्या?'' – विमल फिर हड़बड़ाया।

''मुझे?''

''तुम्हें? हाँ, देख लिया।''

"अच्छी तरह से?"

"हाँ, भई।"

"कैसी लगी मैं?"

"बढ़िया।"

"बस, बढ़िया।"

"बहुत बढ़िया। ब्यूटीफुल! लाइक ए फिल्म स्टार।"

"पानी आया मुँह में?"

"क्या!" – फिर वो मुबारक अली से मुख़ातिब हुआ – "अरे मियाँ, ये कैसे सवाल कर रही है?"

मुबारक अली मुस्कुराया।

"जवाब दे।" – फिर बोला।

"जवाब दूँ!"

"हाँ। बेचारी इतनी मनुहार से पूछ रही है।"

"नहीं" – विमल वापिस युवती की ओर देखता बोला – "नहीं आया।"

"अरे!" – युवती ने बड़ी अदा से हैरानी जतायी – "क्यों भला?"

"क्योंकि मैं शादीशुदा मर्द हूँ। आई एम ए हैपीली मैरीड मैन।"

"इसलिये सामने जलेबी दिखाई दे तो मुँह में रख लेने को दिल नहीं मचलता?"

"दिल का क्या है! दिल तो लोभी कुत्ता है!"

"ब्रावो! पसन्द आये जनाब, आप मुझे।"

"काफी है।" – विमल का स्वर एकाएक शुष्क हुआ – "तुम कुछ बताने जा रही थीं मुझे!"

विमल के बदले मिज़ाज़ की वजह से युवती तनिक सकपकायी, फिर उसने सहमति से सिर हिलाया।

फिर सबसे पहले उसने सिर से विग उतारा।

फिर स्कीवी उतारी जिसके साथ उसके उत्तेजक उरोज़ भी उतर आये और उसका बालरहित सपाट सीना नुमायां हुआ।

फिर उसने कहीं से एक तौलिया बरामद किया, मेज़ पर पड़ी मिनरल वाटर की बोतल के पानी से उसे भिगोया और कई बार रगड़ कर अपने चेहरे पर फिराया। उसने तौलिया एक ओर डाला तो विमल ने पाया उसके चेहरे पर से तमाम मेकअप उतर चुका था। अब होंठ पहले जैसे भरे-भरे और

चित्ताकर्षक नहीं लग रहे थे। उसके होंठ पतले थे, लेकिन उन पर लिपस्टिक इस ढंग से पोती गई थी कि भरे-भरे जान पड़ते थे। चेहरे से मेकअप की परत हट जाने पर अब रगड़ कर की गयी शेव का भी आभास मिल रहा था – वो हरापन झलक रहा था जो क्लोज शेव के बाद नौजवान शख़्स की चमड़ी पर से झलकता है।

मेज़ पर एक बैग पड़ा था, जिसमें से उसने पहले एक शर्ट निकाल कर पहनी, फिर जींस निकालकर कैपरीज़ के ऊपर ही पहनी।

अब वो एक साधारण शक्ल सूरत वाला युवक लग रहा था, युवती जैसे जादू के ज़ोर से गायब हो गयी थी।

विमल को देखता वो मुस्कुराया।

विमल मुँह बाये उसे देखता रहा।

''ये'' – मुबारक अली राज़दाराना लहज़े से बोला – ''*वो* है।''

''कम्माल है!'' – विमल के मुँह से निकला।

''है न! इसका जलवा-जोबन देखकर ही रैड लाइट पर खड़े कार वाले इसे कोई बड़ा नोट थमा देते हैं।''

''जानते-बूझते'' – विमल के मुँह से निकला – ''कि हिजड़ा है!''

''ये हिजड़े के नाम से चिढ़ता है। किन्नर बोल।''

''सॉरी!''

''अल्तमश नाम है। लक्ष्मीनारायण त्रिपाठी को अपना . . . वो क्या कहते हैं अंग्रेजी में . . . बोल बे, क्या कहते हैं अंग्रेजी में?''

''आइडियल!'' – अल्तमश भारी, खुरदुरी, मर्दाना आवाज़ में बोला – ''आदर्श।''

''वही। आई कर के डील'' – मुबारक अली बोला – ''वही मानता है।''

''पढ़ा लिखा है?'' – विमल ने पूछा।

''सातवीं से उठा हूँ।'' – अल्तमश यूँ बोला जैसे कोई गुनाह कबूल कर रहा हो।

''फिर भी 'आइडियल', 'ब्रावो', जैसे अल्फाज़ से वाकिफ है?''

''इंगलिश पढ़ने, बोलने का बहुत शौक था। अरमान था कि मैं भी इंगलिश में गुफ्तगू कर सकूँ। इसलिये स्कूल छूट जाने बाद, बहुत बाद, जैसे तैसे औनी-पौनी सीखी।''

''सातवीं से क्यों उठा?''

"स्कूल में लड़के तंग करते थे। छक्का बोलते थे। टीचर भी मज़ाक उड़ाते थे। हमजमातियों से ज़्यादा परेशान करते थे। स्कूल में बने रहना दूभर हो गया था।"

"ओह!"

"मैं सातवीं तक तो पढ़ा! अमूमन तो मेरे जैसों ने स्कूल की शक्ल भी नहीं देखी होती।"

"यानी तमाम के तमाम किन्नर अनपढ़!"

"तमाम तो नहीं! शायद सुनकर हैरानी हो आपको कि दिल्ली में ही मेरे जैसों में से पाँच फीसदी ऐसे हैं जो ग्रेजुएट हैं।"

"ग्रेजुएट को नौकरी मिल जाती है?"

"असलियत को छुपा के रखे तो मिल जाती है। असलियत खुल जाये तो निकाल बाहर किया जाता है। मेरा एक अपना वाकिफ है जो पूरी एफीशेंसी से काल सेंटर की नौकरी करता था, कभी ऐसी नौबत नहीं आयी थी कि एम्पलायर को उससे शिकायत हुई हो, लेकिन ज्यों ही पता लगा कि वो *वो* था, खड़े पैर डिसमिस कर दिया।"

"ये तो नाइंसाफी है!"

"और बड़ी नाइंसाफी पुलिस करती है। अपने साथ हुई ज़्यादती की शिकायत लेकर कोई ट्रांसजेंडर पुलिस के पास जाता है तो पुलिस सुनती नहीं। डाँट के भगा देती है। खिल्ली अलग से उड़ाते हैं। इसी वजह से जब किसी के साथ नाइंसाफी होती है तो उसकी पुलिस के पास जाने की हिम्मत नहीं होती। कोई किराये पर मकान नहीं देता। बानवे फीसदी को कोई नौकरी नहीं देता, भले ही कितना पढ़े-लिखे हों। कभी मिल भी जाती है तो कम तनख्वाह वाली मिलती है। – ऐसी जिसे कोई दूसरा करने को तैयार नहीं होता।"

"तो क्या करते हैं?"

"फूटी तकदीर को कोसते हैं, और क्या करते हैं!"

"गुज़ारा कैसे चलता है?"

"मोटे तौर पर शादी-ब्याह की, औलाद पैदा होने की बधाइयों से। भीख माँगने से। सेक्स वर्क से। कुछ सब्जी की, फ्रूट की रेहड़ी भी लगाते हैं।"

"ओह!"

"पढ़ाई की बहुत चाह थी मेरे को।" – वो अरमानभरे स्वर में बोला – "पूरी न हो सकी।"

''बैठ के बात करें, वो कैसा रहे?'' – मुबारक अली बोला।

विमल ने सहमति में सिर हिलाया।

तीनों बैठ गये – विमल और मुबारक अली अगल-बगल, अल्तमश उनके सामने।

''बड़ी मुश्किल से इसकी ख़बर लगी।'' – मुबारक अली बोला – ''फिर तिराहा बैरम खान के एक चौधरी को बीच में डाला तो काबू में आया।''

''थैंक्यू।'' – विमल बोला।

उसने मुस्करा कर थैंक्यू कुबूल किया।

''किन्नर बहुत हैं हिन्दोस्तान में!''

''कम भी नहीं हैं।'' – वो बोला – ''सन् 2011 में सरकारी गिनती हुई थी तो आँकड़ा पाँच लाख के करीब बताया गया था, लेकिन असल आँकड़ा साठ लाख बताया जाता है। दिल्ली में ही लाख से ऊपर हैं।''

''इतना फर्क क्यों?''

''अमूमन बताते नहीं अपने बारे में। असलियत छुपा के रखते हैं।''

''ओह!''

''आप को जानकर हैरानी होगी कि सत्तावन फीसदी किन्नर सेक्स अलाइनमेंट सर्जरी से ठीक हो सकते हैं, नॉर्मल हो सकते हैं। लेकिन सर्जरी की फीस भरने के लिये पैसे नहीं, सरकार की कोई मदद नहीं। सुप्रीम कोर्ट की तरफ से ट्रांसजेंडर्स की बेहतरी के लिये कुछ कायदे कानून मुकर्रर हैं लेकिन सरकारी अमला उन पर अमल करने में नाकाम हैं, खुद अपने कानून उनकी बेहतरी के लिये लाने में नाकाम हैं।''

''आई सी।''

''दस हजार में कोई एक बच्चा सेक्सुअल डिसऑर्डर वाला पैदा होता है और वो ऐसा पैदा हुआ, ये जैसे सरासर उसकी गलती है। कुनबे में उसके साथ कोई हमदर्दी नहीं दिखाता। सब उसे ह्यूमीलियेट करते हैं। माँ बाप ऐसे बच्चे के नुक्स को जिस्मानी नहीं, दिमागी मानते हैं इसलिये उसे हिकारत की निगाह से देखते हैं। अहसास-ए-कमतरी का मारा वो अपनी शिनाख्त को छुपा के रखता है, लेकिन एक उम्र के बाद ये भी मुमकिन नहीं रह जाता। इन तमाम बातों की वजह से सिर्फ दो फीसदी ऐसे लोग हैं, जो फैमिली के साथ रहते हैं।''

''हिजड़े आते कहाँ से हैं? दस हज़ार में से एक से तो तादाद में साठ लाख नहीं बन जाते होंगे!''

''बनाये जाते हैं।'' – वो धीरे से बोला।

'''बनाये जाते हैं' का क्या मतलब!''

अल्तमश ने मुबारक अली की तरफ देखा।

''समझ, बाप।'' – मुबारक अली बोला – ''अच्छे भले आदमजात का अद काट दो तो क्या बनेगा वो?''

विमल के चेहरे पर दहशत के भाव आये।

''खुलासा कर।'' – मुबारक अली ने अल्तमश को आदेश दिया।

अल्तमश ने सहमति में सिर हिलाया, हौले से खँखार कर गला साफ किया फिर सुसंयत स्वर में बोला – ''आजकल और एक अरसे से बच्चों की चोरी एक बड़ा कारोबार बन गया है। आपको नहीं मालूम तो अब जान लीजिये कि हर साल पचास से पचपन हजार तक बच्चे गायब होते हैं।''

''चोरी होते हैं?''

''चोरी भी होते हैं और वैसे भी हाथ में आ जाते हैं।''

''वैसे कैसे?''

''घर से भागे हुए बच्चे होते हैं, खोये हुए बच्चे होते हैं। गिरोहबाज ऐसे बच्चों पर निगाह रखते हैं।''

''ओह!''

''लेकिन ऐसे गिरोहबाज बच्चा चुरायें तो बच्ची की जगह बच्चे को तरजीह देते हैं।''

''हैरानी की बात है। ऐसा क्यों?''

''क्योंकि इस कारोबार में लगे लोगों में सब्र नहीं होता। उनको अपनी करतूत का फौरी नतीजा चाहिये होता है। बच्ची के बड़े होने में, धन्धे पर बिठाये जाने के काबिल बनने में सालों लग जाते हैं, इतना सब्र उन लोगों से, गिरोहबाजों से, नहीं होता। बच्चे जल्दी कमाऊ बन जाते हैं।''

''कैसे?''

''दो तरीके हैं। एक तो उनका अंग भंग करके उन्हें भीख माँगने पर लगा देते हैं। बच्चा एक टाँग से, एक बाँह से लाचार है तो लोगबाग आदतन उस पर तरस खाते हैं, उस को पैसा दे कर पुण्य कमाते हैं।''

''तौबा! अच्छे भले तन्दुरुस्त बच्चे की टाँग तोड़ देते हैं? बाँह तोड़ देते हैं?''

''बच्चा खूबसूरत हो तो काट ही देते हैं। टाँग घुटने से, बाँह कोहनी से या कन्धे से।''

“दाता!”

“खूबसूरत, निरीह, हाथ या पाँव से या दोनों से लाचार बच्चा जब चौराहे पर भीख माँगता है तो लोगों के मन में दया का समन्दर ठाठें मारने लगता है, आम मँगते को रुपया देते हैं तो उसको दस रुपये देते हैं, बीस रुपये देते हैं, कोई कोई तो सौ पचास भी दे देता है।”

“लेकिन कमाई का इतना घिनौना, इतना नृषंस धन्धा! चार पैसे कमाने के लिये अच्छे भले तन्दुरुस्त बच्चे के हाथ पांव तोड़ देते हैं!”

“क्योंकि कमाई महज 'चार पैसे' की नहीं होती। एक-एक टोले में ऐसे बच्चे कई-कई दर्जनों में होते हैं।”

“बच्चों को कोई ऐतराज़ नहीं?”

“उनको ऐतराज़ के काबिल नहीं छोड़ा जाता।”

“मतलब?”

“छोटी उम्र में ही उन्हें नशे की लत लगा दी जाती है – इस हद तक कि तेरह-चौदह साल का बच्चा ही पक्का नशेड़ी बन जाता है। शुरू में नशा गिरोहबाज उसे मुफ्त में देते हैं, बाद में उसे खुद जुगाड़ करना पड़ता है इसलिये नशा खरीदने लायक बनने के लिये कुछ भी करने से नहीं हिचकता। इसी वजह से इतने छोटे-छोटे लड़के भीड़भरी बसों में, ट्रेनों में ब्लेड चलाना, चाकू चलाना सीख जाते हैं, चलती बस-ट्रेन से चढ़ने उतरने में, जेबें काटने में माहिर हो जाते हैं। पहले चरस, गांजा पीना सीखते हैं, फिर सूई भी लगाने लग जाते हैं। फ्लुइड पीने लगते हैं।”

“फ्लुइड क्या?”

“स्याही मिटाने के लिये इस्तेमाल किया जाने वाला वाइटनर।”

“उससे भी नशा होता है?”

“ढेर पियो तो होता है। एक पन्द्रह साल का लड़का तो एक दिन में बीस डबल पी जाता था।”

“डबल क्या?”

“एक पैकिंग में फ्लुइड की दो शीशी होती हैं, इसलिये उसे डबल बोलते हैं।”

“पुलिस कोई कार्यवाही नहीं करती?”

“भिक्षा उन्मूलन अभियान के तहत कई बार कुछ बच्चों को पकड़ लेती है लेकिन उन्हें सिखाया पढ़ाया गया होता है कि ऐसी नौबत आने पर उन्होंने टोले के मालिक का नाम नहीं लेना। धमकी के तौर पर उसके चेहरे के आगे

लोहे की दहकती सलाख लहराई जाती है। उसकी मजाल नहीं होती कुछ गलत बोलने की। यही दुहाई देता है कि मेले में माँ बाप से बिछुड़ गया था, अब मजबूरी में भीख माँगता था।''

''पुलिस यकीन कर लेती है?''

''नहीं कर लेती तो यकीन कराने का आला होता है न टोले के मालिक के पास!''

''क्या!''

अल्तमश ने उँगली और अँगूठे से सिक्का उछालने का एक्शन किया।

''रिश्वत!''

''पुलिस बच्चों को न भी पकड़े तो उनका हिस्सा उन तक पहुँचता है। तभी तो वो बेखतर चौराहों पर विचरते हैं।''

''फिर भी पकड़ ले तो?''

''तो क्या? बच्चा है। बालिग जैसी सज़ा तो उसे मिल नहीं सकती। न ही बालिग की तरह उस पर मुकदमा चलाया जा सकता है। पुलिसवाले या तो शाम तक थाने में बिठाते हैं और फिर दो डण्डे मार कर भगा देते हैं या उसे बाल सुधार गृह में भेज देते हैं जहाँ का बन्दोबस्त इतना झोलझाल होता है कि दो दिन में वो वहाँ से भागने की जुगत कर लेता है।''

''हूँ।''

''जो बच्चे शक्ल सूरत में चोखे हों, उनको शादी-ब्याहों में चोरी के लिये लगाया जाता है।''

''वो कैसे?''

''बच्चे को उम्दा कपड़े पहना कर उम्दा तरीके से सजा कर, पूरी तरह से हाई क्लास बनाकर शादी के पण्डाल में घुसा दिया जाता है। ऐसे बच्चे पर कौन शक करेगा! जो देखेगा, सहज ही सोच लेगा कि किसी मेहमान के साथ होगा, या मेजबान की फैमिली से होगा। बच्चा खाता पीता है और बेरोकटोक सारे पंडाल में विचरता है। लड़की की शादी हो तो बाप बधाईयों के लिफाफे बटोर रहा होता है और आगे लड़की की माँ को थमा रहा होता है। माँ वो सारे लिफाफे एक बैग में भरती जाती है। मेहमानों की आमद घटने पर रैस्ट के लिये जब वो कहीं जाकर बैठती है, तो प्लेट में कुछ खाता, सजा धजा, इज़्ज़तदार बच्चा उसके करीब जा बैठता है और मौका ताड़ कर उसकी शादी पर पहनने के लिये खासतौर से खरीदी बेशकीमती साड़ी पर, टोमैटो सॉस गिरा देता है। फौरन औरत को साड़ी सम्भालने की, नैपकिन से

सॉस पोंछने की पड़ जाती है और लड़का बैग लेकर चम्पत हो जाता है। जब तक माँ को इस बात की ख़बर लगती है, लड़के की परछाईं नहीं मिलती।''

''फिर भी पकड़ा जाये तो?''

''बैग तो भी बरामद नहीं होता, वो बैग हाथ आते ही इसी काम के लिये साथ आये, पंडाल के करीब कहीं छुप कर बैठे दूसरे लड़के को थमा देता है जो फौरन वहाँ से हवा हो जाता है और खुद दुहाई देने लगता है कि भूखा था, खाने के लालच में घुस आया था, उसे किसी बैग की चोरी की कोई ख़बर नहीं थी।''

''क्या कहने!''

''ऐसे ही शादी के जेवरों पर सेंध लगाईं जाती है।''

''कुछ हाथ न आये तो?''

''तो क्या! आये दिन शादियाँ होती हैं, अगली शादी में आ जायेगा। उससे अगली शादी में आ जायेगा।''

''ठीक!''

''ऐसे ही कदरन बड़े बच्चों को रैडलाइट पर खड़ी कारों में से कीमती सामान चुराने पर लगाया जाता है।''

''वो क्या करते हैं?''

''कई तरीके आजमाते हैं। मसलन एक बच्चा कार की खिड़की ठकठका कर कार चलाते मालिक की तवज्जो अपनी तरफ करता है और बोलता है पीछे पैट्रोल लीक कर रहा था। मालिक चैक करने के लिये पीछे जाता है, वो आगे से उसका लैपटॉप या बैग, या मोबाइल या जो भी कीमती सामान आगे पड़ा दिखाई दे, चुटकियों में गायब कर देता है।''

''गॉड!''

''या किसी कार के पिछले पहिये में चुपचाप सूआ घुसेड़ देते हैं और आगे चौराहे से पार चले जाते हैं। बत्ती हरी होने पर कार चौराहा पार करती है, तो पहिया बैठ जाता है। मालिक उतर के पहिया तब्दील करने लगता है, जब फारिग होता है तो पाता है लैपटॉप गायब है, ड्राइवर औरत है, तो पाती है उसका बैग गायब है।''

''हम्म!''

''अकेले कार चालक का रैडलाइट पर ध्यान बंटाने के उनके पास बहुत तरीके हैं, जिनमें से कुछ वो खुद सीख जाते हैं और कुछ उनके उस्ताद

लोग सिखाते हैं। वक्त के साथ-साथ ये बच्चे इतने शातिर बन जाते हैं कि शायद ही कभी चोरी से उड़ाये कीमती सामान के समेत पकड़े जाते हैं। अब चोरी के सामान के समेत न पकड़े जायें तो कैसे उन्हें चोर साबित किया जा सकता है!''

''ठीक!''

''यूँ पकड़ में आया बच्चा कभी अपना पता ठीक नहीं बताता। माँ बाप का नाम भी गलत बताता है। फिर जब उसकी कोर्ट में पेशी होती है तो वहाँ नकली माँ बाप आ जाते हैं . . .''

''नकली माँ बाप क्या मतलब?''

''कोई-सा मर्द, कोई-सी औरत, भले ही वो एक दूसरे को जानते भी न हों – बच्चे को तो वो जानते होते ही नहीं – कोर्ट में पेश होते हैं, उसे अपना बच्चा बताते हैं और उसकी बेगुनाही की दुहाई देते हैं। फिर ज़मानत कराने के लिये वकील आ जाता है, जो ऐसा भाड़े का टट्टू होता है कि कोई भी बच्चा पकड़ा जाये, दिल्ली के छः कोर्ट में से किसी भी कोर्ट में उसका केस लगे, ज़मानत की अर्ज़ी लगाने के लिये बच्चे की तरफ से वही वकील पेश होगा। मैजिस्ट्रेट तमाम रैकेट को समझता है, जानता है पुलिस जानबूझ कर झोल-झाल केस बनाती है लेकिन वो मजबूर है, कायदे कानून के मुताबिक उसे बच्चे को ज़मानत पर छोड़ना पड़ता है। फिर अगली पेशी पर बच्चा गैरहाजिर पाया जाता है और पुलिस को ढूंढ़े नहीं मिलता क्यों उसका नाम पता, उसके माँ बाप का नाम, सब गलत होता है और . . .''

''भई, टोकने के लिये सॉरी! तुम्हारी इन बातों से मेरी जनरल नॉलेज में तो बहुत इज़ाफा हुआ, लेकिन वो मतलब हल नहीं हुआ जिसकी वजह से तुम यहाँ हो, मैं यहाँ हूँ।''

अल्तमश के चेहरे पर उलझन के भाव आये।

''तुमने कहा था गिरोहबाज बच्चों से दो तरीकों से कमाई करते हैं। एक तरीके का तो तुमने बड़ा वसीह खुलासा कर दिया, अब दूसरे तरीके पर आओ। दूसरा तरीका क्या है?''

''बच्चों को हिजड़ों के किसी टोले को बेच देते हैं। अच्छी कीमत मिलती है।''

''अच्छी कीमत चुकाने वाले को क्या मिलता है?''

''उनको अपनी तादाद में इज़ाफा करने का ज़रिया मिलता है।''

''वो कैसे?''

''वो खरीदे गये बच्चे को, जो कि पन्द्रह साल तक का हो सकता है, हिजड़ा बनाते हैं।''

''कैसे?''

''उसका अदद, गोटियां उड़ा देते हैं।''

''दाता! इतना जुल्म!''

''उन्हें नहीं लगता। वो ऐसा कदम न उठायें तो इस फानी दुनिया में उनका वजूद ही बाकी न रहे।''

''कैसे करते हैं ये काम, मालूम?''

इसने सहमति में सिर हिलाया।

''कैसे करते हैं?''

उसने फिर बैग की तरफ तवज्जो दी। बैग को उसने अपने करीब खींच लिया और फिर उसमें से हरे बांस का कोई एक फुट लंबा टुकड़ा निकाला।

''ये बांस'' – वो टुकड़ा विमल के सामने करता बोला – ''आधे रास्ते तक बीच में से दो फाड़ कटा हुआ है। कहाँ से कटा हुआ है, ये गौर से देखने पर ही मालूम होता है। अभी देखना।''

उसने बांस के ऊपरी सिरे को दायें बायें से पकड़ा और दोनों हाथों को एक दूसरे से विपरीत दिशा में चलाया तो दोनों सिरे चिमटे की तरह खुल गये। उसने हाथ हटाये तो दोनों सिरे फिर वापिस आन मिले।

ऐसा उसने दो तीन बार किया।

''आपने देखा'' – वो बोला – ''कि बांस के चिरे हुए हिस्से को जबरन खोल कर छोड़ा जाये तो वो यूं वापिस अपने मुकाम पर आ जाता है जैसे बीच में कोई स्प्रिंग लगा हो।''

''हां, देखा'' – विमल बोला।

''अब ये देखिये।''

उसने बैग में से एक गाजर निकाली, बांस के ऊपरी सिरे को चिमटे की तरह फिर खोला, दोनों सिरों के बीच में अनकटे हिस्से के करीब गाजर रखी और दोनों सिरों को छोड़ दिया।

गाजर मजबूती से चिमटे में फँस गयी, यूँ कि उसकी एक तरफ सिर्फ जड़ थी और दूसरी तरफ बाकी गाजर थी। उसने गाजर को एक उँगली से धकेल कर दिखाया कि वो इतनी मजबूती से बांस में फँसी हुई थी कि अपनी जगह से हिल नहीं रही थी।

बैग से उसने जो अगली आइटम बरामद की वो नाईयों वाला उस्तरा था।

उसने बांस को बायें हाथ में और उस्तरे को खोल के दायें हाथ में थामा।

फिर बिना किसी वार्निंग के उसने उस्तरा चलाया।

गाजर कट कर परे जाकर गिरी। वो बांस के करीब ऐन जड़ से कटी थी। अब बांस की दूसरी तरफ सिर्फ उसकी जड़ दिखाई दे रही थी।

विमल के चेहरे पर हाहाकारी भाव आये।

"क्या समझे, जनाब?" – अल्तमश बोला।

"समझा, भई।" – विमल बोला – "जो समझाना चाहते हो, वही समझा। तभी तो दहशत में हूँ।"

"गाजर अदद की जगह थी। गोटियों का कोई गाजर जैसा इन्तज़ाम मुझे खड़े पैर न सूझा। बहरहाल दोनों अदद के लिये यूँ एक ही वार काफी होता है।"

"ये तो ज़ुल्म है। बल्कि कहर है।"

"निर्वाण प्राप्ति है।"

"क्या!"

"गुरु इस काम को अंजाम देता है। इस काम को पुनर्जन्म का नाम दिया जाता है। कैस्टरेशन को निर्वाण प्राप्ति माना जाता है। चेला ये काम राजी से कराता है। वो निर्वाण कहलाता है।"

"लेकिन इतनी तकलीफ़ . . ."

"नहीं होती। होती है तो बहुत वक्ती होती है।"

"अरे, इतने नाज़ुक अंग धारदार औज़ार के एक ही वार से उड़ा दिये, लड़का जान से नहीं जाता?"

"नहीं जाता। आज तक कोई जान से नहीं गया।"

"लेकिन साक्षात मौत का नज़ारा . . ."

"वो भी नहीं। थोड़ी देर के लिये बेहोश हो जाता है, बस! जब होश में आता है तो न ख़ून बहता पाता है, न नाकाबिलेबर्दाश्त दर्द महसूस करता है।"

"कमाल है!"

"किन्नरों का भी भगवान होता है। किन्नर बहुचरा माता के भक्त होते हैं, जिसे कि दुर्गा का अवतार माना जाता है। गुजरात में बहुचरा माता का बाकायदा मंदिर है, जहाँ हिजड़े जाते हैं। गुरु को बहुचरा माता के प्रतिनिधि का दर्जा हासिल होता है इसलिये गुरु की गद्‌दी चलती है। उसे किन्नरों का दोस्त, उपदेशक, पथप्रदर्शक समझा जाता है। वो जब इस काम को अंजाम देता है, तो फौरन बाद बाकी बचे हिस्से पर एक ख़ास जगह की, ख़ास तरह की मिट्‌टी थोपता है जिससे ख़ून बहना फौरन बंद हो जाता है और दर्द भी

धीरे-धीरे घटने लगता है। यूँ निर्वाण इम्पोटेंट मेल से पोटेंट किन्नर बन जाता है। गुरु शिक्षा देता है कि जो अपनी राजी से, बहुचरा देवी के आशीर्वाद से किन्नर बनता है, वो जन्म-जन्मांतर तक किन्नर ही रहता है।''

''हूँ।''

''नये बने किन्नर को चालीस दिन का एकान्तवास करना पड़ता है। उसके बाद उस का शृंगार किया जाता है, उसे दुलहन का लिबास पहनाया जाता है, बड़ी धूमधाम से उसका जुलूस निकाला जाता है और तब उसका निर्वाण मुकम्मल माना जाता है।''

''तो यूँ हिजड़े बनाये जाते हैं?''

''हाँ।''

''ये सब . . . अक्सर होता है?''

''इसका जवाब ये है कि दिल्ली में एक आल इंडिया हिजड़ा कल्याण सभा है जिसका कहना है कि सिर्फ एक फीसदी हिजड़े स्वाभाविक तौर से पैदा होते हैं, बाकियों को मजबूरी बनाती है।''

''ओह!''

''आपकी एक और जानकारी के लिये भजनपुरे में एक हिजड़ा क्लब है जिसका नाम ज़ीनत क्लब है जिसे स्पेस (SPACE : Society for People's Awareness Care and Empowerment) नाम की एक एनजीओ चलाती है। जीनत क्लब सिर्फ हिजड़ों के लिये है, वहाँ बाइसैक्सुअल नहीं जा सकते, गे नहीं जा सकते।''

''ऐसे टोले बहुत हैं?''

''दिल्ली में तो ज़्यादा नहीं हैं, लेकिन इतना बड़ा मुल्क है, क्या पता लगता है!''

''कमाई का एक जरिया और देखा मैंने! उसका ज़िक्र नहीं किया तूने!''

''कौन सा?''

''चौराहों पर लाल बत्ती पर कार वालों से वसूली।''

''वो सिलसिला हालिया है। किन्नरों का असल कारोबार तो आज भी शादी-ब्याहों पर, लड़का पैदा होने पर उगाही है। खाता-पीता घर हो तो लड़का पैदा होने पर लड़-झगड़कर, नंगे नाचने लगने की धमकी देकर बीस-बीस, तीस-तीस हजार रुपये आम झाड़ लेते हैं। उन्हें लोगों के इस विश्वास का भी फायदा पहुँचता है कि हिजड़ों की दुआयें बहुत कारगर होती हैं।

''मालूम कैसे पड़ता है कहीं लड़का हुआ है?''

''जन्म और मृत्यु पंजीकरण कार्यालय से। शादी की ख़बर घोड़ी वालों से, बैंड वालों से, ईवेंट कोआर्डीनेटर्स से। सब हिजड़ों से हमदर्दी दिखाते हैं।''

''और?''

''और आप बताइये।'' – इस बार अल्तमश के गले से एकाएक महीन, ज़नाना आवाज़ निकली।

''तेरा ये करतब ज़नाना मेकअप से भी ज़्यादा बाकमाल है। सॉलिड, ऑथेंटिक ज़नाना आवाज़! कैसे कर लेता है?''

जवाब में वो केवल मुस्कुराया।

फिर उसने अपना पेट थपथपाया।

''पापी पेट का सवाल है।'' – तर्जुमानी मुबारक अली ने की।

अल्तमश ने संजीदगी से सहमति में सिर हिलाया।

''फिलहाल काफी है, अल्तमश'' – विमल बोला – ''लेकिन उम्मीद है कि आगे भी काम आओगे।''

''आगे भी?'' – अल्तमश मर्दाना आवाज़ में बोला।

''रेज़र हैंडल करने में तुम्हारी महारत काबिलेतारीफ़ है। शुक्रिया।''

उसने सहमति में सिर हिला कर शुक्रिया कुबूल किया और अपना सामान बटोर कर बैग में वापस भर लिया।

फिर उसने सवालिया निगाह से मुबारक अली की ओर देखा।

मुबारक अली ने पाँच-पाँच सौ के दो नोट निकाल कर उसकी तरफ बढ़ाये।

''मैं देता हूँ न!'' – विमल जेब की तरफ हाथ बढ़ाता व्यग्र भाव से बोला।

''तू हजार देगा।'' – मुबारक अली विनोदपूर्ण भाव से बोला – ''हजार का नोट बंद हो गया है।''

''मज़ाक कर रहे हो।''

''तेरा मेरा न कर, बाप। . . . ले, बे!''

अल्तमश ने नोट थाम लिये।

''मोबाइल!'' – विमल बोला। – ''है न तुम्हारे पास?''

अल्तमश ने सहमति में सिर हिलाया।

''नम्बर छोड़ के जाओ।''

''मेरे पास है।'' – मुबारक अली बोला।

''फिर ठीक है।''

अल्तमश ने अपना बैग सम्भाला लेकिन उठने का उपक्रम न किया।

विमल ने उसकी जगह सवालिया निगाह मुबारक अली पर डाली।

''धन्धे का टेम है।'' – मुबारक अली बोला – ''तैयारी करेगा न!''

''ओह!''

अल्तमश ने पन्द्रह मिनट लगाये और फिर रूपवती युवती बन गया।

इस दौरान विमल ख़ामोशी से, मंत्रमुग्ध भाव से वो ट्रांसफार्मेशन देखता रहा।

अल्तमश चित्तार्षक भाव से मुस्कुराया, उसने एक तौबाशिकन अंगड़ाई ली, फिर मादक, स्त्री स्वर में बोला – मीशा। मिस हाइड ऑफ डॉक्टर जैकिल।''

''कमाल है!'' – विमल के मुँह से निकला – ''तू तो, यार, सातवीं से उठा नहीं हो सकता!''

''बोला न'' – उसका लहजा फिर मर्दाना हुआ – ''स्कूल से उठा तो खुद अपना उस्ताद बना।''

''क्या ख़ूब बना! शाबाशी है तेरे को। तेरी लगन को।''

''शुक्रिया, जनाब!'' – वो एक क्षण ठिठका, फिर बोला – ''आप तो बड़ा लोग हो, कार पर आये होंगे!''

''बड़ा लोग तो नहीं, लेकिन हाँ, कार पर आया हूँ। क्यों?''

''कहाँ छोड़ी?''

''करीब ही। जामा मस्जिद की पार्किंग में। क्यों?''

''आगे किधर जाओगे?''

''अरे, भई, क्यों पूछ रहे हो इतने सवाल?''

''आईटीओ की तरफ कहीं जा रहे होते तो मुझे लिफ्ट मिल जाती।''

प्रतिवाद में मुबारक अली का मुँह खुला लेकिन विमल पहले ही बोल पड़ा – ''उधर ही जा रहा हूँ। आईटीओ से ही गुजरूँगा।''

''मुझे साथ बिठाने में अगर आप की हेठी न हो तो . . .''

''पागल! अरे, जब मेरे को पता नहीं लगा कि तू . . . वो है तो जो मुझे मेरे साथ बैठा देखेंगे, उन्हें पता लगेगा?''

''तो . . .''

''बाहर जा। मैं आता हूँ।''

अल्तमश ने बैग उठाया और चेहरे पर कृतज्ञता के भाव लिये वहाँ से रुख़सत हुआ।

''क्या इरादा है, बाप?'' – पीछे मुबारक अली तनिक चिन्तित भाव से बोला।

विमल ने बताया।

''कर लेगा?''

''तेरा क्या ख़याल है?''

''कर लेगा।'' – मुबारक अली पूरे विश्वास के साथ बोला – ''इज़्ज़त आबरू का दाँव है, कर लेगा।''

''फिर मुबारक अली जैसा जांबाज दोस्त! चौदह जियाले भांजे . . .''

''धोबियों की पलटन। जो बिखर गयी है लेकिन फिर जमा की जा सकती है।''

''बढ़िया।''

''फिर मुश्किलात से जूझे बिना आदमजात को अपनी ताकत का अहसास भी तो नहीं होता!''

''लाख रुपये की बात कही।''

''गृहस्थ न बन सका!''

''जो प्रारब्ध में लिखा है, वही तो होना है! मेरा क्या ज़ोर है! लेकिन मैं गृहस्थ न बन सका, ये मेरे लिये, नीलम के लिये उतनी बुरी ख़बर नहीं जितनी दुश्मनों के लिये है जो अभी इस बात से वाकिफ भी नहीं।''

''फतह तेरी होगी।''

''न हो। न होने के अन्देशे से कोई कोशिश तो नहीं छोड़ सकता!''

''दुरुस्त कहा।''

''सूरा सो सहराइये, अंग न पहरे लोह; जूझै सब बन्द खोलि के, छाड़े तन का मोह!''

''बात समझ में तो नहीं आयी लेकिन तूने कही है इसलिए उम्दा ही होगी!''

''चलता हूँ।''

मुबारक अली ने सहमति में सिर हिलाया।

''कहाँ उतरेगा?''

विमल नॉर्मल रफ्तार से कार चला रहा था और कार अब आईटीओ के चौराहे पर पहुँचने वाली थी जब उसने पैसेंजर सीट पर बैठे अल्तमश से सवाल किया था।

"इससे अगले क्रॉसिंग पर।" – अल्तमश के स्वर में संकोच का पुट आया – "आपने अपनी मंजिल की बाबत नहीं बताया। यहाँ से आगे अगर सिकन्दरा रोड़ पकड़ेंगे तो . . ."

"वही पकड़ूँगा। कनॉट प्लेस जाना है।"

"तो मैं मंडी हाउस उतर जाऊँगा।"

"ठीक है।"

उनके ऐन पीछे एक 'ऑल्टो' थी, जिसकी फ्रंट सीट पर दो नौजवान लड़के बैठे उसे रियरव्यू मिरर में दिखाई दिये थे। पिछली सीट पर भी एक लड़के की मौजूदगी का उसे आभास मिला था। दिल्ली गेट के बाद से ही वो 'ऑल्टो' उसे अपने पीछे दिखाई दे रही थी। क्रॉसिंग अभी आया नहीं होता था, आगे बत्ती हरी हो या लाल हो, 'ऑल्टो' का अतिउतावला ड्राइवर हॉर्न बजाने लगता था। आईटीओ के क्रासिंग पर पहुँचते ही बत्ती हरी हो गयी थी, वो फिर भी पीछे से हॉर्न बजा रहा था।

अगले चौराहे पर उन्हें बत्ती लाल मिली।

विमल ने कार रोक दी।

'ऑल्टो' ऐन उसके पीछे आ के खड़ी हुई।

हॉर्न बजने लगा।

विमल ने अपनी तरफ का शीशा गिराया और सिर निकाल कर पीछे देखा।

'ऑल्टो' का ड्राइवर उसे कार आगे बढ़ाने का गुस्ताख़ इशारा करने लगा।

विमल ने हाथ के इशारे से आगे रैड सिग्नल की तरफ उसका ध्यान आकर्षित किया।

'ऑल्टो' के ड्राइवर के होंठ यूँ साफ हिले जैसे गाली दे रहा हो।

"अबे, आगे ले न!" – फिर चिल्लाकर बोला।

विमल ने फिर रैड सिग्नल की तरफ इशारा किया।

आल्टो का ड्राइविंग साइड का दरवाज़ा एक झटके से खुला, छलांग मार कर एक जींस-टीशर्टधारी युवक बाहर निकला और सड़क को रौंदता उसके करीब पहुँचा।

"अबे, आगे क्यों नहीं लेता?" – वो कलपता-सा बोला।

"लाल बत्ती है।" – विमल शांति से बोला।

"साले, इतवार का दिन है। तेरे आगे सड़क खाली थी तब, जब मैंने तेरे को आगे लेने को बोला था।"

"मेरे को सुनाई नहीं दिया था।"

"बहन के दीने, हॉर्न तो सुनाई दिया था, या वो भी नहीं दिया था?"

"दिया था। पर आगे लाल बत्ती है।"

"मादर . . .! अपने बाप को तो जाने दे!"

"बाप के लिये भी लाल बत्ती है।"

"देखो तो साले को! बातें चो . . . रहा है। बहन . . . मुझे तो जाने दे!"

"बत्ती हरी होने पर जाना।" – विमल एक क्षण ठिठका फिर बोला – "बाप जी।"

"ठहर जा, साले . . ."

तभी बत्ती हरी हो गयी।

"साले, कंजर के बीज, अगर अपने बाप की औलाद है तो क्रांसिग पार करके रुकना।"

विमल ने कार आगे बढ़ा दी।

वो युवक भी लपक कर वापिस 'ऑल्टो' में जा बैठा।

विमल ने क्रासिंग पार किया और कार को सिकंदरा रोड पर थोड़ा आगे ले जाकर रोका।

'ऑल्टो' पीछे से आयी और बड़े फिल्मी अन्दाज़ से ब्रेकों की चरचराहट के साथ विमल की कार के आगे यूँ रुकी जैसे उसे जबरन रोका गया हो।

जींस–टीशर्ट वाला 'ऑल्टो' का ड्राइवर बाहर निकला और 'रिट्ज' की ओर बढ़ा। उसके साथ उस जैसे ही दो और युवक थे।

"बाहर निकल, बहन . . .!" – जींस–टीशर्ट वाला कड़क के बोला।

विमल बाहर निकला।

अल्तमश ने भी बाहर निकलने की कोशिश की लेकिन विमल का सख़्त इशारा पाकर उसने कोशिश छोड़ दी।

"साले! अपने बाप से पंगे! जानता नहीं मैं कौन हूँ?"

"नहीं।" – विमल शांति से बोला – "नहीं जानता। तू जानता है मैं कौन हूँ?"

"कौन है? क्या बला है तू?"

"सुनेगा तो गश खा जायेगा।"

"साले, क्यों माशूक के सामने बेइज़्ज़त होने को डोल रहा है?"

"कर बेइज़्ज़त।"

"ठहर जा, साले। पहले तेरी लम्बी जुबान ही हलक से खींचता हूँ।"

उसका हाथ चला।

विमल ने हाथ को रास्ते में थाम लिया। अगले ही क्षण वो सड़क पर चार फुट परे लुढ़का पड़ा था।

उसके साथियों ने हैरानी से अपने धराशायी साथी को देखा, फिर नथुने फुलाते इकट्ठे उस पर झपटे।

उनका भी वही हाल हुआ।

फिर तीनों में से सबसे पहले जींस–टीशर्ट वाला उठ कर खड़ा हुआ। अब उसके हाथ में गन दिखाई दे रही थी।

गन से आश्वस्त दोनों साथी भी उछल कर अपने पैरों पर खड़े हुए।

जींस–टीशर्ट वाले ने करीब आ कर गन विमल की तरफ तानी और फुंफकारता–सा बोला – ''अब बोल, माँ के . . .! गाड़ दूँ बुलेट?''

''पहले गन हैंडल करना सीख तो ले, भड़वे! सेफ़्टी लैच ऑन है।''

उसकी निगाह स्वयंमेव ही नीचे झुक गयी।

विमल की लात चली।

गन उसके हाथ से निकल कर हवा में ऊपर उछल गयी।

उसकी दोलत्ती चली।

वो भरभरा कर अपने साथियों पर गिरा, तीनों धराशायी हो गये।

विमल ने गन हवा में लपक ली। उसने गन उसकी तरफ तान दी।

तीनों भयभीत दिखाई देने लगे।

''उठो!'' – विमल ने आदेश दिया।

तीनों सप्रयास उठ कर खड़े हुए।

''अब बोल! क्या नहीं जानता मैं? कौन है तू?''

उसने जवाब न दिया, उसके गले की घन्टी ज़ोर से उछली।

वो रविवार का दिन था लेकिन सड़क पर मोटर ट्रैफ़िक की कोई कमी नहीं थी – अलबत्ता पैदल यात्री वहाँ कोई नहीं था – कई कार वालों ने वो नजारा देखा लेकिन किसी ने रुकने की कोशिश न की।

ऐसा ही स्थापित मिज़ाज़ था दिल्ली वालों का।

इन्वाल्वमेंट से हर कोई बचता था।

''बोल, भई!'' – विमल गन वाले को घूरता पुरइसरार लहज़े से बोला।

उसने मुँह खोला, बन्द किया, ज़ोर से थूक निगली।

विमल ने उसके साथियों की तरफ देखा।

''एसीपी है।'' – एक दबे स्वर में बोला।

''ये?'' – विमल हैरानी से बोला।

''इसका डैड। नार्थ वैस्ट डिस्ट्रिक्ट का।''

''ओह! तो उसके दम पर उछलता है! खुद को एसीपी समझता है!''

कोई कुछ न बोला।

''ख़ैर! अच्छा है पुलिस वाला है। पुलिस वालों को ट्रेनिंग होती है फर्स्ट एड की।'' – उसने गन वाले की तरफ देखा – ''आके देगा तुझे।''

''क–क्या!'' – इस बार बड़ी मुश्किल से वो बोल पाया।

''हड्डी जोड़ लेगा न तब तक के लिये जब तक कि तू हस्पताल नहीं पहुँचाया जाता!''

''ह–हड्डी!''

''अभी तोड़ूँगा न तेरी! बुलेट गाड़ के, तेरी ज़ुबान में।''

उसके चेहरे पर हवाईयाँ उड़ने लगीं।

''तू भी तो यही करने वाला था। मैं तो हड्डी ही तोड़ के सब्र कर लूँगा, तू तो शायद मुझे मार ही डालता। किसलिये? क्योंकि तेरे हुक्म पर मैंने लाल बत्ती जम्प करना मंजूर न किया। क्योंकि तेरा किसी कायदे कानून पर कोई एहतराम नहीं। क्योंकि तेरा डैड खुद कायदे कानून का रखवाला है। ठीक?''

उसके मुँह से बोल न फूटा।

''अभी डैड यहाँ प्रकट भयेगा और तुझे डैड होने से बचा लेगा। ठीक!''

ख़ामोशी।

''ये गन . . . लाइसेंस है?''

उसने जवाब न दिया।

विमल ने गन की नाल से उसकी नाक की हड्डी पर दस्तक दी।

वो पीड़ा से बिलबिला गया।

''जवाब दे!'' – विमल का स्वर हिंसक हुआ।

''न–नहीं!''

''एसीपी का बेटा! नहीं जानता कि अनलाइसेंस्ड फायरआर्म्स का पोज़ेशन गम्भीर अपराध है! या जानता है लेकिन परवाह नहीं करता क्योंकि सैंया भये कोतवाल। नो?''

उसने जवाब न दिया।

''मैं'' – विमल उसके साथियों से बोला – ''इसकी टाँग तोड़ने लगा हूँ। हस्पताल यहाँ से ज़्यादा दूर नहीं है। ले के जाना।''

दोनों बद्हवास दिखाई देने लगे।

"तूने मेरी उँगली के नाख़ून को भी छुआ" – एकाएक फरजन्द-ए-एसीपी में पता नहीं कहाँ दिलेरी आ गयी – "तो मेरा बाप तुझे ज़िन्दा नहीं छोड़ेगा।"

"अच्छा करेगा।" – विमल उदासीन भाव से बोला – "मैं खुद इस वाहियात, नामुराद जिन्दगी से बेज़ार हूँ जिसमें मेरी औकात तुम्हारे जैसे मोरी के कीड़ों जितनी भी नहीं है।"

किसी के मुँह से बोल न फूटा।

"तू कहता है तेरा बाप मुझे ज़िन्दा नहीं छोड़ेगा। मैं कहता हूँ कि ज़िम्मेदार, गैरतमन्द, इंसाफपसंद बाप होगा तो तेरे जैसी औलाद को ज़िन्दा नहीं छोड़ेगा जो आये दिन अपनी ऐसी ही हरकतों से उसकी वर्दी को दाग़दार करती है। या पेड़ और बीज दोनों एक ही जैसे हैं?"

"तू नहीं बच सकेगा। मैंने तेरी कार का नम्बर याद कर लिया है . . ."

विमल ने असहाय भाव से गर्दन हिलाई।

"रस्सी जल गयी" – वो बोला – "बल नहीं गया। कोई सबक देना पड़ेगा तुझे।"

विमल ने घूमकर अल्तमश को इशारा किया, वो कार से निकल कर विमल के करीब पहुँचा तो विमल ने उसके कान में कुछ कहा।

अल्तमश ने सहमति में सिर हिलाया, वो वापिस जाकर बैग में से उस्तरा निकाल लाया। वो उन तीनों के सामने जा खड़ा हुआ और उस्तरा खोल कर उसकी धार परखने लगा।

तीनों अपने एकाएक सूख आये होंठों पर ज़ुबान फेरने लगे।

"गैरतमन्द मर्द की नाक की बहुत महिमा होती है।" – विमल बोला – "किसी को गंवारा नहीं होता कि उसकी नाक नीची हो जाये। नाक इतनी नीची हो जाये कि पाँव का अँगूठा छूने लगे तो कहर है। तुम खड़े हो, कैसे तुम्हारी नाक पाँव का अँगूठा छूने लगेगी, समझ में आया?"

अब तीनों की सूरतें कागज़ की तरह सफेद निकल आयीं।

"यानी कि आया। लेकिन तुम्हें क्या परवाह होगी! तुम कोई गैरतमन्द मर्द थोड़े ही हो! या हो?"

किसी के मुँह से बोल न फूटा।

"चल, भई" – गहरी साँस लेता विमल बोला – "शुरू कर अपना सर्जीकल स्ट्राइक।"

अल्तमश ने सहमति में सिर हिलाया, उसका उस्तरे वाला हाथ सीधा हुआ।

"रहम!" – एकाएक गन वाले के दोनों साथी बिलखते से बोले – "रहम!"

"क्यों?" – विमल के माथे पर बल पड़े।

"हमने कुछ नहीं किया।" – एक बोला।

"आप जानते हैं हमने कुछ नहीं किया।" – दूसरा बोला।

"करने को आमादा बराबर थे।"

"नहीं।"

"तभी जब वो आगबगूला मेरे सामने आकर खड़ा हुआ था तो तुम उसके दायें बायें मौजूद थे।"

"महज साथी का साथ देने के लिये। हमें नहीं मालूम था ये क्या करने जा रहा था।"

"गन की तो" – दूसरा दयनीय स्वर में बोला – "हमें कतई कोई ख़बर नहीं थी।"

"ये गन इस्तेमाल करता तो इसके गुनाह में तुम बराबर के शरीक माने जाते। टु एड एण्ड अबैट ए क्राइम इज ऑलसो ए क्राइम।"

"हम शर्मिन्दा हैं। हमें इस बार माफ कर दीजिये, आइन्दा हम ऐसी सोहबत ही छोड़ देंगे।"

"सुन लिया?" – विमल गन वाले से बोला – "अब तू उनके लिये छूत की बीमारी है, जो अभी थोड़ी देर पहले तेरे जिगरी थे।"

गन वाले की सूरत ने कई रंग बदले।

"अब इनको बोल – 'सालो, जानते नहीं हो मेरा बाप कौन है'। ये डरकर फिर तेरे सगे बन जायेंगे।"

उसने मुँह न खोला।

"तेरा बाप एसीपी है तो उसमें तेरा कोई कमाल नहीं है। अपने में कोई कमाल पैदा कर। फिर अकड़ना।"

उसका सिर झुक गया।

"सिर क्यों झुकाता है? तेरे हाथ में तो ताकत है! तुझे मेरी कार का नम्बर याद है . . ."

"नहीं याद!" – वो होंठों में बुदबुदाया।

". . . जिसके ज़रिये एसीपी साहब चुटकियों में मुझे खोज निकालेंगे और औलाद की आन बान शान बरकरार रखने के लिये मुझे सूली पर टाँग देंगे। है न!

उसने इंकार में सिर हिलाया।

''नहीं! जाके आपबीती नहीं सुनायेगा अपने डैड को। अपनी करतूत पर पर्दा डाल कर एक की आठ लगा कर भड़कायेगा नहीं बाप को तेरी हत्तक का बदला लेने के लिये कुछ कर गुज़रने के लिये?''

उसने फिर इंकार में सिर हिलाया।

''मुँह से बोल।''

''न-नहीं।''

''अपनी करतूत पर शर्मिन्दा है!''

''ह-हाँ।''

''सॉरी बोल।''

''सॉरी!''

विमल ने उसके साथियों की तरफ देखा तो दोनों सम्वेत स्वर में सॉरी बोले।

विमल ने अनुमोदन में सिर हिलाया। उसने गन में से गोलियाँ निकाल कर एक-एक करके जितनी दूर फेंकी जा सकती थीं, फेंक दीं और गन गन के मालिक को लौटा दी।

उसके चेहरे पर सख़्त हैरानी के भाव आये, झिझकते हुए उसने गन थामी।

''बच्चे इन चीज़ों से नहीं खेला करते'' – अल्तमश अपनी महीन आवाज़ को थोड़ा भारी कर के ड्रामेटिक अन्दाज़ से बोला – ''चल जाये तो ख़ून निकल आता है।''

कोई कुछ न बोला।

''जाओ।'' – विमल बोला।

कोई न हिला – जैसे यक़ीन न आ रहा हो कि उन्हें जाने दिया जा रहा था।

''अरे, जाओ, भई। जहाँ पहुँचना था, पहुँचो। देर हो रही होगी।''

तीनों झिझकते हुए घूमे और भारी कदमों से चलते 'ऑल्टो' की तरफ बढ़े।

'ऑल्टो' के रवाना होते तक विमल और अल्तमश सड़क पर ही खड़े रहे।

फिर दोनों कार में सवार हुए।

''एक मिनट।'' – अल्तमश अपनी मर्दाना आवाज़ में बोला – ''एक मिनट रुकिये।''

इग्नीशन ऑन करने को आमादा विमल ने हाथ रोक दिया, उसने गर्दन घुमाकर सवालिया निगाह अल्तमश पर डाली।

"अकेले!" – अल्तमश मन्त्रमुग्ध स्वर में बोला – "तीन से भिड़ गये! पलक झपकते तीनों को धूल चटा दी!"

"तो?"

"एक ने गन तानी तो वैसे ही चुटकियों में गन खुद कब्ज़ा ली!"

"अरे, तो?"

"कैसे किया?"

"बस, हो गया।"

"कैसे किया?"

"अरे, सब देख तो रहा था तू!"

"हाँ, देख रहा था। वो तीन, आप एक। वो हथियारबन्द, आप निहत्थे; फिर भी ख़ौफ न खाया!"

"मेरे मज़हब में ख़ौफ खाना बुज़दिली का ही दूसरा नाम है।"

"आप कोई मामूली आदमी नहीं हैं। मेरा दिल गवाही देता है आप कोई मामूली आदमी नहीं हैं। कौन हैं आप?"

"मैं हूँ खुदा का एक गुनहगार बन्दा जो अपने बनाने वाले से अपने गुनाह बख़्शवाने का तमन्नाई है।"

"आप कमाल के हैं। मैंने कभी आप जैसा आदमी नहीं देखा। बेख़ौफ! बेखतर! बेधड़क! बेरिया! जब आप इन तीनों से रूबरू थे तो आपकी सूरत पर ऐसा जलाल था कि देखते ही बनता था। जब उस छोकरे ने आप पर गन तानी थी, तो आपकी आँखों से मुझे कहर बरसता लगा था। मेरा दिल गवाही देने लगा था कि उस नादान ने आप पर गन तान कर अपनी मौत का सामान किया था। फिर कितना रहमदिल बनकर दिखाया कि उन बद्‌तमीज, बद्‌अखलाक, बद्‌ज़ात छोकरों को सस्ते में छोड़ दिया। सच बताइये, कौन हैं आप?"

"इक लपकता हुआ शोला हूँ मैं। इक चमकती हुई तलवार हूँ मैं।"

"बेशक आप हैं लेकिन . . ."

"अरे, मज़ाक किया मैंने।"

"लेकिन . . .'

"छोड़ लेकिन। तू ये बता, अपनी राय दे, लड़का कहता था उसने मेरी कार का नम्बर याद कर लिया था। क्या उसके आसरे वो कोई पंगा

करने की कोशिश करेगा?''

''मुझे उम्मीद नहीं।''

''क्यों?''

''बहुत डरा हुआ था। जो फर्जी दिलेरी दिखा रहा था, उसकी नुमायश आपके लिये नहीं, उसके साथियों के लिये थी जिनके सामने उसकी किरकिरी हो रही थी।''

''ठीक।''

''फिर भी दिखायेगा तो पछतायेगा।''

''क्यों भला?''

''मैंने अपने मोबाइल कैमरे पर उसकी करतूत रिकॉर्ड कर ली है।''

''करतूत!''

''जब उसने गन निकाल कर आप पर तानी थी।''

''तूने वो सब रिकॉर्ड कर लिया!''

''हाँ।''

''बड़ी दूरन्देशी दिखाई!''

''अब वो कोई पंगा करेगा तो पहले उसे इस बात की सफाई देनी होगी कि क्यों सरेराह वो किसी पर गन तान रहा था और उसे जान से मार देने की धमकी दे रहा था! क्यों उसके पास गैरलाइसेंसी गन थी!''

''कमाल किया, यार, तूने! दिखा।''

अल्तमश ने अपने मोबाइल पर की रिकार्डिंग उसे दिखाई।

''गुड!'' – विमल बोला – ''इसे मेरे को फारवर्ड कर और खुद भी इसे महफ़ूज़ रखना।''

अल्तमश ने सहमति में सिर हिलाया।

विमल ने इग्नीशन ऑन किया और कार आगे बढ़ाई।

''इस मुल्क में बद्अमनी बढ़ती जा रही है।'' – रास्ते में विमल संजीदगी से बोला – ''होस्टिलिटी, असहिष्णुता बढ़ती जा रही है और टॉलरेंस, बर्दाश्त, घटती जा रही है। जाबर का ज़ोर दिनोंदिन बढ़ता जा रहा है। जिसके हाथ में ताकत आ जाती है, वो उसे वाजिब–गैरवाजिब तरीकों से आज़माने से बाज नहीं आता। ऐसे माहौल में कमजोर क्या करे?''

''क्या करे?'' – अल्तमश ने संजीदगी से पूछा।

''दो ही रास्ते हैं उसके सामने। या तो वो ताकतवर से बच के रहे या उससे ज़्यादा ताकतवर बन कर दिखाये।''

"आप कौन हैं? सच बताइयेगा। कमज़ोर या ताकतवर!"

"कमज़ोर।"

"तो आप कौन-सा रास्ता अख़्तियार करते हैं?"

"दोनों। मेरी कोशिश ताक़तवर से बच के रहने की होती है। लेकिन कभी-कभी हालात ऐसे बन जाते हैं कि ताकतवर से ज़्यादा ताकतवर बनकर दिखाना पड़ता है।"

"जैसे अभी पीछे बने! गन की ताकत को ख़ातिर में न लाये!"

"यही समझ लो।"

"यहाँ रोक दीजिये।"

उसके निर्देशानुसार विमल ने मंडी हाउस के सामने फुटपाथ से लगा कर कार रोकी।

"लिफ्ट का शुक्रिया।" – अल्तमश बोला।

विमल ने मुस्करा कर शुक्रिया कुबूल किया।

अल्तमश ने अपने बैग का मुँह खोलकर उसमें हाथ डुबोया और बाहर निकाला।

"ये . . ." – वो बोला।

विमल ने देखा अल्तमश उसकी तरफ पाँच-पाँच सौ के दो नोट बढ़ा रहा था।

वही नोट जो उसे मुबारक अली से हासिल हुए थे।

"ये क्या?" – विमल बोला।

"जनाब" – उसकी आवाज़ भर्रा गयी – "मैं आपकी हर ख़िदमत करूँगा लेकिन उजरत हासिल करके नहीं।"

"अरे, ये उजरत नहीं है, सहयोग का शुक्रिया है।"

"मुझे शुक्रिया कुबूल है – दरकार उसकी भी नहीं है, जरूरी वो भी नहीं है, लेकिन कुबूल है। मैं आपसे बहुत मुतास्सिर हुआ। अगर आप मेरा, मेरे जज़्बात का मान रखना चाहते हैं, तो ये वापिस कुबूल फरमाइये।"

"अरे, तुम्हें इसकी जरूरत है। हमारे लिये अपना वक्त ज़ाया किया तुमने। इसकी कोई कम्पेंसेशन होनी चाहिये या नहीं?"

"वो कम्पेंसेशन ये है कि मुझे आपके इतनी करीब बैठने की इज़्ज़त हासिल हुई।"

"अरे, ये हजार हैं, तुम्हें तो अभी हजारों . . . हजारों मिलने हैं।"

"मैं माँग के लूँगा। मुझे दाता को पहचानना आता है। मुझे मालूम है नौबत

आयेगी तो सवाली को नाउम्मीद नहीं होना पड़ेगा। जनाब, करम कीजिये, कबूल फरमाइये।''

मशीनी अन्दाज़ से विमल ने नोट थामे।

एक हिजड़ा – बेतहाशा जरूरतमन्द हिजड़ा – उससे इस कदर मुतास्सिर हुआ था।

ऐसा ही जहूरा था विमल का, जिससे वो खुद पूरी तरह से वाकिफ नहीं था।

आईन्दा तीन दिन विमल ने मुतवातर अमित गोयल पर निगाह रखी।

तीनों ही दिन उसकी शाम किसी बार में या किसी डिस्को में दोस्तों के साथ गुजरी। तब सिर्फ एक बार वो अपने सहआरोपी विकास जिंदल के साथ, और अरमान त्रिपाठी के साथ दिखाई दिया वर्ना हर बार उसके तफरीहबाज़ ग्रुप में उसे नयी सूरतें दिखाई दीं और हर बार आधी रात के कहीं बाद महफिल बर्ख़ास्त हुई।

28 नवम्बर-गुरुवार

चौथे दिन उसकी उस रुटीन में तब्दीली आयी।

उस शाम को वसंत कुंज में हाइडपार्क नामक एक नाइट क्लब में हाज़िरी भर रहा था लेकिन उस रोज़ उसके साथ दोस्तों का हुजूम नहीं था, एक नौजवान लड़की थी। लड़की निहायत ख़ूबसूरत थी और रखरखाव में पूरे जलाल पर थी। चेहरे का मेकअप और हेयर स्टाइल ऐसा था जैसे सीधे ब्यूटी पार्लर से वहाँ पहुँची हो। वो लाल रंग की कालर वाली खुले गले की शर्ट के साथ सफेद जींस-जैकेट पहने थी। उसके मुकाबले में अमित गोयल भी अपने लिहाज़ से सज़ा-धजा ही था, वो 'आई लव अमेरिका' छपी काली टी-शर्ट और डेनिम की जींस-जैकेट पहने था।

उसके देखते-देखते दोनों भीतर चले गये।

थोड़ी देर बाद उसने भीतर जाने की कोशिश की तो वर्दीधारी, फौजियों जैसे कद्दावर, हट्टे कट्टे दरबान ने सख़्ती से उसे रोक दिया।

''क्या हुआ?'' – विमल हैरानी से बोला।

''साहब, मेल गैस्ट की अकेले ऐन्ट्री मना है।'' – दरबान बोला – ''साथ में फीमेल कम्पैनियन होना जरूरी है।''

"अच्छा! ये रूल नये, अनजाने गैस्ट्स के लिये है या सबके लिये है?"

"सबके लिये है।"

"बड़ा सख़्त रूल है।"

"रात के वक्त इधर की ऐसी सब जगहों पर ऐसा ही है।"

"ओह!"

विचारपूर्ण मुद्रा बनाये विमल मेन डोर से परे हटा।

वैसा विघ्न आने की उसे कोई अपेक्षा नहीं थी।

पहले तीन दिन छोकरा दोस्तों के साथ जहाँ-जहाँ गया था, वहाँ ऐसी कोई पाबन्दी पेश नहीं आयी थी।

मेन डोर से थोड़ा हट कर चार-पाँच नौजवान लड़कियां खड़ी आपस में बतिया रही थीं। उसमें से एक ने उसकी तरफ देखा, आई कान्टैक्ट हुआ तो मुस्कुराती हुई बोली – "नो प्रॉब्लम।"

"यू टॉकिंग टु मी?" – विमल बोला।

लड़की ग्रुप से हटकर उसके करीब आ खड़ी हुई।

"यस!" – वो बोली।

"यू सैड नो प्रॉब्लम!"

"यस!"

"अबाउट वॉट?"

"अबाउट गैटिंग इन।" – उसने अँगूठे से नाइट क्लब के बन्द मेन डोर की तरफ इशारा किया।

"अच्छा!" – विमल की भवें उठीं।

"हाँ।"

"कैसे?"

"आई विल गिव यू कम्पनी।"

"क्या बोला?"

"कम्पैनियन बिना भीतर जाना मना है न! मैं तुम्हारी कम्पैनियन!"

"ओह! थैंक्यू।"

"नहीं चलेगा।"

"क्या मतलब?"

"ख़ाली थैंक्यू नहीं चलेगा। दे से पेमेंट कैन बी इन कैश ऑर इन काइन्ड। यू आर सजेस्टिंग पेमेंट इन काइन्ड। अभी समझे?"

"समझा। कितना?"

लड़की ने उसे पंजा दिखाया।

"माई डियर, आई डोंट नीड ए ले।"

"यू आर ड्रीमिंग। फॉर फाइव थाउ, यू वोंट ईवन गैट ए हैण्ड जॉब।"

दाता!

"पाँच सिर्फ क्लब में दाखिले के?" – वो बोला।

"हाँ।"

"ज़्यादा हैं।"

"तो?"

"दो।"

"बनिया है? परचून की दुकान है?"

विमल ख़ामोश रहा।

"चार।" – वो बोली।

"तीन। हाँ बोल नहीं तो जाके बैठता हूँ।"

"कहाँ?"

"परचून की दुकान पर।"

वो हँसी, फिर बोली – "डोंट टेक इट टु हार्ट, मैन। ओके।"

विमल ने उसे तीन हज़ार रुपये दिये।

"थैंक्यू!" – वो बोली।

उसने अपनी जींस की पॉकेट में नोट खोंसे, बड़ी आत्मीयता से उसकी बाँह में बाँह पिरोई और यूँ गेट की तरफ बढ़ी जैसे वो विमल के साथ न हो, विमल उसके साथ हो।

दरबान ने सादर दरवाज़ा खोला।

जरूर वो उस रैकेट से वाकिफ़ था।

बाकी लड़कियाँ भी जरूर बाहर इसीलिये मौजूद थीं कि किसी को कम्पैनियन की जरूरत होगी जो कि फीस भर कर उपलब्ध थी।

वो भीतर पहुँचे।

विमल की निगाह पैन होती रौशनियों से जगमगाते और म्यूज़िक से गूँजते हाल में घूमी तो अमित गोयल और उसकी सखी उसे बैंड स्टैण्ड के करीब की एक टेबल पर बैठे दिखाई दिये। दोनों ड्रिंक्स एनजॉय कर रहे थे।

काले कोट वाला एक स्टीवार्ड उनके करीब पहुँचा।

"ए टेबल, सर?" – वो अदब से बोला।

"यस" – विमल बोला – "प्लीज़। नियर बैंड स्टैण्ड इफ पॉसिबल।"

स्टीवार्ड ने पीछे निगाह दौड़ाई। जहाँ वो दोनों बैठे थे, उनके करीब ही एक टेबल खाली थी।

"आईये।" – स्टीवार्ड बोला।

उसने दोनों को उस टेबल पर पहुँचाया। फिर वेटर को इशारा किया।

"आई विल हैव ए लार्ज वोदका विद लाइम।" – लड़की उत्साह से बोली।

विमल ने घूर कर उसे देखा।

वेटर अपने स्क्रैच पैड पर ऑर्डर नोट करने लगा।

"लार्ज ग्लैनफिडिक विद वॉटर।" – विमल बोला।

वेटर चला गया।

"घूर क्यों रहे थे?" – पीछे लड़की बोली।

विमल ने जवाब दिया।

"तुम पागल हो, नादान हो, नौसिखिये हो। मैंने तुम्हें मज़ाक में बनिया कहा तो क्या सच में ही खुद को बनिया साबित करके दिखाओगे?"

विमल का सिर मशीनी अन्दाज़ से इंकार में हिला।

"तुम्हारी सूरत बता रही है कि तुम नेक, भले, इज़्ज़तदार, ख़ानदानी आदमी हो, यहाँ ऐश की तलब में आने वाले बिगड़ैल छोकरे नहीं हो। इसीलिये मैंने खुद तुम्हें अप्रोच किया।"

"आई एम ग्रेटफुल।"

"मेरा एक वोदका ड्रिंक तुम्हें भारी पड़ता है तो . . . तो . . . आई विल पे फॉर माई ड्रिंक।"

"नो! नैवर!"

"भीतर आ जाने के बाद कम्पैनियन का रोल ख़त्म हो जाता है। तुम चाहो तो मैं अभी उठ के यहाँ से जा सकती हूँ।"

"नहीं।"

"तुम्हें कोई नहीं टोकेगा। कम्पैनियन के बारे में कोई सवाल नहीं करेगा।"

"फिर भी नहीं। प्लीज़ स्टे।"

"श्योर?"

"यस। प्लीज।"

"माईंड इट, आई मे ऑर्डर ए रिपीट।"

"आइल डू दैट फॉर यू। आइल इवन रिपीट दि रिपीटिड रिपीट।"

वो हँसी।

"ओके!" – वो बोली।

"आई एम सॉरी फॉर माई कन्डक्ट।"

"यू नीड नाट बी।"

"ऐसी जगहों के तौर-तरीकों की मुझे सच में कोई वाकफियत नहीं।"

"अब होगी।"

तभी ड्रिंक्स के साथ वेटर वहाँ पहुँचा।

दोनों ने चियर्स बोला।

"नाम क्या है तुम्हारा?" – विमल बोला।

उसकी भवें उठीं।

"जानने की कोई ज़िद नहीं है। पेड कम्पैनियन का नाम जानना ऐसी जगहों के तौर तरीकों के खिलाफ है तो नहीं पूछता।"

वो मुस्कुराई, फिर बोली – "प्रियंका।"

"मैं . . . विमल।"

"हल्लो, हैण्डसम!"

"आई ऑलरेडी डिड।"

"डिड वॉट?"

"हैन्डिड यू दि सम। थ्री थाउ।"

वो ज़ोर से हँसी।

"पसन्द आये तुम मुझे।" – फिर बोली।

कई क्षण ख़ामोशी में गुजरे।

"एक बात बोलूँ?" – एकाएक वो बोली।

"बोलो।"

"तुम्हारी तवज्जो कहीं और है।"

"क्या बोला?"

"तुम फिजीकली मेरे साथ हो लेकिन तुम्हारा ध्यान कहीं और ही है।"

"और कहाँ?"

"बगल की टेबल पर। जहाँ वो खड़े कान और पकौड़े जैसी नाक वाला लड़का स्वाति के साथ बैठा है।"

"तुम उस लड़की को जानती हो?"

"सखी तो नहीं है पर जानती हूँ।"

"कैसे?"

''यहाँ की रेगुलर है। पीछे सब इसे बार फ्लाई कहते हैं। हैसियत वाले नौजवानों की यारी की ताक में रहती है।''

''ठीक।''

''क्या ठीक।''

''ऐसी ही कम्पनी में वो है इस वक्त।''

''तुम्हें कैसे मालूम?''

''मेरा मतलब है ऐसा जान पड़ता है।''

''ओह! जान पड़ता है।''

तभी बैंड डांस की धुन बजाने लगा।

कई जोड़े टेबल्स छोड़कर बैंड स्टैण्ड के सामने बने डांस फ्लोर पर पहुँच गये।

उनमें अमित गोयल और उसकी उस शाम की डेट भी थी।

''मुझे डांस नहीं आता।'' – विमल बोला – ''लेकिन मैं करना चाहता हूँ।''

''क्यों?''

''यूं कम्पैनियन को बाँहों में भरने का मौका मिलता है।''

''नॉनसेंस। मैं जानती हूँ तुम वैसे मर्द नहीं हो।''

''कैसे जानती हो?''

''बस, जानती हूँ। इन्ट्यूशन है। अन्दर की आवाज़ है।''

''सही। अब डांस का बोलो। तुम्हें तो औना-पौना आता होगा?''

''पूरा-पूरा आता है। आओ।''

दोनों डांस फ्लोर पर पहुँच गये और म्यूज़िक की धुन पर झूमने लगे। यूँ जानबूझकर प्रियंका के साथ विमल अमित गोयल के बहुत करीब सरक आया।

''मैं नशे में कहीं भूल न जाऊँ'' – वो अपनी डांस की संगिनी को कदरन ऊँची आवाज़ में कह रहा था ताकि वो संगीत के शोर में सुनी जा सकती – ''कल यहीं मिलना।''

''कब?'' – लड़की ने पूछा।

''शाम को, और कब?''

''अरे, शाम को तो हुआ, शाम को कब? कोई वक्त भी तो बोलो।''

''नौ बजे।''

''कहाँ?''

''बार पर।''

''भीतर?''

''डमडम! जब बार भीतर है, तो और कहाँ!''

''भीतर कैसे आओगे? अकेले को तो . . .''

''मुझे कोई नहीं रोकता यहाँ।''

''अच्छा!''

''हाँ। मेरा जुगाड़ है।''

''गुड। ठीक है, नौ बजे।''

''लेट न होना।''

''पाँच मिनट पहले पहुँचूँगी।''

''कोई रोके-टोके तो मेरा नाम लेना। बोलना अमित गोयल के साथ हो।''

''ठीक।''

''डिच न करना। वर्ना बुरी तरह पेश आऊँगा।''

''ख़याल भी नहीं करूँगी।''

''किसी से इतनी जल्दी कभी नहीं भीगता मैं। इसे अपनी खुशकिस्मती समझो कि . . .''

तभी बैंड बजना बन्द हो गया।

डांस करते जोड़ों ने तालियाँ बजाईं और अपनी मेजों पर वापिस लौटे।

विमल ने नये ड्रिंक्स का ऑर्डर किया।

इस बार गोयल और उसकी संगिनी टेबल पर पहले की तरह आमने सामने बैठने की जगह अगल-बगल बैठे और विमल ने कई बार अमित गोयल का हाथ अपनी संगिनी की लाल शर्ट के खुले गिरेबान के भीतर सरकते देखा और संगिनी को उसकी उस हरकत से कोई ऐतराज़ भी न दिखाई दिया।

ड्रिंक्स का सैकण्ड राउन्ड खत्म हुआ तो तीसरा ड्रिंक विमल ने सिर्फ प्रियंका के लिये मँगवाया।

प्रियंका की भवें उठीं पर उसने जुबानी कोई ऐतराज़ न किया।

''सुनो।'' – एकाएक विमल उसकी तरफ झुककर तनिक राज़दाराना लहज़े से बोला – ''तुम चाहो तो मेरा एक काम कर सकती हो।''

''क्या?'' – प्रियंका सशंक भाव से बोली।

''मैं तुम्हारी उस ज़हमत की बाकायदा फीस भरूँगा।''

''अरे, काम क्या?''

''मैं पकौड़ा नाक लड़के की कम्पैनियन से, जिसका नाम तुमने स्वाति

बताया, दो मिनट अकेले में बात करना चाहता हूँ।''

उसके चेहरे पर हैरानी के भाव आये।

''लसूड़े की तरह लड़की से चिपका हुआ है, लगता नहीं क्लोज़िंग टाइम तक भी पीछा छोड़ेगा। बीच में ये बड़ी हद उठकर लेडीज़ टायलेट में जायेगी जहाँ मैं नहीं जा सकता . . .''

''पकौड़ा नाक भी तो कभी-न-कभी टायलेट जायेगा, तब स्वाति टेबल पर अकेली होगी!''

''पर तनहा नहीं होगी। मैं इतने लोगों के बीच नहीं, अकेले में उससे बात करना चाहता हूँ।''

''क्या बात?''

''है कोई बात जिसे तुम नहीं समझोगी।''

''कोई ख़ास बात?''

''यही समझ लो।''

''ख़ास ही होगी! आम बात तो तनहाई के बिना भी की जा सकती है।''

''ठीक।''

''तुम एक ऐसी लड़की से अकेले में कोई ख़ास बात करना चाहते हो जिसे तुम बिल्कुल नहीं जानते, जिसकी आज से पहले तुमने कभी सूरत नहीं देखी, जो ऐसे लड़के की कम्पनी में है जिससे तुम्हारी कोई वाकफियत नहीं!''

''नाओ, डोंट गैट डिफीकल्ट।'' – विमल एक क्षण ठिठका, फिर बोला – ''प्लीज!''

''आई एम नॉट गैटिंग डिफीकल्ट, आई एम गैटिंग पज़ल्ड।''

''ड्रॉप दैट आलसो।''

''क्लोजिंग टाइम पर जब ये बाहर निकलेगी . . .''

''मुझे यक़ीन है, तब भी अकेली नहीं होगी। पकौड़ा नाक तब भी उसके साथ होगा क्योंकि उसने आज शाम की उस पर अपनी इनवैस्टमेंट की रिकवरी करनी होगी।''

''वो तो है! और स्वाति को उस रिकवरी से कोई ऐतराज़ भी नहीं होगा।''

''अब बोलो, क्या कहती हो?''

''सोचने दो।''

''मैं तुम्हारी मदद की कीमत अदा करूँगा।''

''अरे, सोचने दो।''

विमल ख़ामोश हो गया।

आधा घन्टा यूँ ही गुज़रा।

फिर स्वाति उठी और मेज़ों के बीच से होती एक तरफ बढ़ चली।

"आती हूँ।" – प्रियंका बोली।

वो भी उसके पीछे हो ली।

विमल प्रतीक्षा करने लगा।

पाँच मिनट बाद प्रियंका लौटी।

"बिल्कुल रियर में दायीं तरफ" – वो विमल के कान के पास मुँह ले जाकर बोली – असिस्टेंट मैनेजर का आफिस है। बाहर 'असिस्टेंट मैनेजर' लिखी नेम प्लेट लगी है। वहाँ पहुँचो।"

"वहाँ पहुँचूँ?" – विमल सकपकाया।

"वहाँ वो तुम्हारा इन्तज़ार कर रही है। सैट कर के आयी हूँ न!"

"असिस्टेंट मैनेजर . . ."

"नहीं होगा वहाँ। वहाँ अकेली है वो। पाँच मिनट वहाँ कोई नहीं आयेगा। टाइम ख़राब न करो। जाओ।"

विमल फुर्ती से उठा और आगे बढ़ा।

असिस्टेंट मैनेजर का आफिस उसने बड़ी सहूलियत से तलाश कर लिया।

वो अनिश्चित-सी वहाँ एक विजिटर्स चेयर पर बैठी हुई थी।

"वक्त कम है।" – विमल उसके पहलू में दूसरी चेयर पर बैठता बोला – "इसलिये मैं सीधा मतलब की बात पर आता हूँ। तुम अमित गोयल की कम्पनी में हो और इस कम्पनी को कल नौ बजे रिपीट करने वाली हो।"

"तुम्हें कैसे मालूम?" – वो हकबकाई-सी बोली।

"है मालूम किसी तरह से।"

"हो कौन तुम?"

"मैं वो शख़्स हूँ जो दो मिनट तुम से बात करना चाहता है। कर रहा है।"

"क्या बात?"

"जैसा कि फिक्स हुआ है, कल शाम नौ बजे तुमने यहाँ नहीं आना है। अमित गोयल को उसके कहे मुताबिक कल यहाँ बार पर नहीं मिलना है।"

"कौन कहता है?"

"मैं कहता हूँ।"

"क्यों? क्यों कहते हो?"

''बहस न करो। कल यहाँ आने से तुम्हें ज़बरदस्ती भी रोका जा सकता है। लेकिन मैं ख़ामखा़ह की फौजदारी पसन्द नहीं करता इसलिये दरख़्वास्त कर रहा हूँ, कल यहाँ न आना।

''अरे, क्यों? क्यों न आना? कोई वजह भी तो हो!''

विमल ने असहाय भाव से गर्दन हिलायी।

''बहस ही करोगी।'' – फिर बोला – ''ठीक है, सुनो क्यों न आना! क्योंकि'' – विमल ने अपलक उसे देखा – ''इसी पर तुम्हारी जिन्दगी का दारोमदार है।''

''क्या!'' – वो हकबकाई।

''जान प्यारी हो'' – विमल बर्फ से सर्द लहज़े से बोला – ''जान से ज़्यादा खूबसूरती प्यारी हो तो मेरा कहना मानना।''

''तुम हो कौन?'' – वो तमक कर बोली – ''होते कौन हो मुझे धमकाने वाले?''

विमल ने जेब से उस्तरा निकाल कर उसे खोला और उसकी धार उसके एक कपोल पर टिकाई।

तत्काल वो भयभीत दिखाई देने लगी।

''मामूली काम है'' – विमल बोला – ''जो तुमने मेरे कहने पर करना है। कल नौ बजे यहाँ न आना। हाँ बोलो वर्ना . . .''

विमल ने उस्तरे की धार उसके दूसरे कपोल पर शिफ़्ट की।

''तुम्हारे दाँत ख़ूबसूरत हैं।'' – वो धीमे किन्तु हिंसक भाव से बोला – ''मोतियों जैसे। मुँह खोलती हो तो मोतियों की तरह ही झिलमिलाते हैं। दोनों गाल कान तक कटे होंगे तो मुँह खोलने की, हँसने की ज़हमत किये बिना ही दिखाई देंगे। नहीं?''

वो सिर से पाँव तक काँपी।

''अब बोलो, क्या ख़याल है?''

''म-मैने . . . मैंने उसे यूँ धोखा दिया'' – वो बड़ी मुश्किल से बोल पायी – ''तो . . . तो वो मेरा बुरा हाल करेगा।''

''उससे ज़्यादा, जो तुम्हारा अभी हो सकता है?''

उससे जवाब देते न बना।

''वो तुम्हारा कोई बुरा हाल नहीं करेगा। मैं इस बात की गारन्टी करता हूँ . . .''

''तुम हो कौन?''

''. . . कोई बुरा हाल करना तो दूर, कल के बाद वो तुम्हारे पास भी नहीं फटकेगा। ताजिन्दगी कभी तुम्हें अपनी शक्ल नहीं दिखायेगा।''

''तु-तुम्हें क्या मालूम?''

''मुझे ही मालूम। अब जल्दी फैसला करो।''

''रेज़र हटाओ।''

''पहले फैसला करो।''

''मैं कल शाम नौ बजे यहाँ नहीं आऊँगी।''

''वो फोन करेगा।''

''कैसे करेगा? उसे मेरा मोबाइल नम्बर नहीं मालूम।''

''आज पहली मुलाकात है?''

''आज जैसी इंटीमेट मुलाक़ात पहली है, वैसे सूरत से मैं उसे पहले से पहचानती थी।''

''कैसे?''

''कहीं-न-कहीं, किसी-न-किसी नाइट स्पॉट पर अक्सर दिख जाता था।''

''हूँ। अब इतनी इन्टीमेसी सैट हो चुकी होने के बाद फोन नम्बर पूछेगा तो जरूर!''

''मैं नहीं बताऊँगी।''

''अभी तुम्हारा उसका बहुत देर का साथ है। वो ज़िद करेगा।''

''तो गलत नम्बर बताऊँगी।''

''पक्की बात?''

''हाँ।''

''फिर समझो तुम्हारी ख़ूबसूरती बीती बात होने से बच गयी।''

उसने उस्तरा हटाया।

लड़की ने चैन की लम्बी साँस ली।

''अभी यहाँ से उठोगी और सब कुछ जा के उसे बता दोगी।''

''नहीं।''

''ऐसा जोश आये तो याद रखना, मैं क्लोज़िंग टाइम तक यहीं हूँ। मुझे मालूम हुए बिना नहीं रहेगा। फिर जो अब होना टल गया है, तब होगा। फिर कटे-फटे चेहरे के साथ बेशक आना कल यहाँ साथी का साथ देने।''

'मैं . . . मैं कुछ नहीं बोलूँगी।''

''शुक्रिया।''

''तु . . . तुम हो कौन?''

''कल यहाँ आयी तो पता चल जायेगा, न आयी तो दोबारा कभी मेरी सूरत नहीं देखोगी।''

उस्तरा जेब में रखता विमल उठा।

''दिव्या को कैसे जानते हो?'' – वो व्यग्र भाव से बोली।

''दिव्या! वो कौन है?''

''ओह! तो तुम्हें उसने कोई और नाम बताया!''

''हाँ। प्रियंका। तुम्हारा नाम तो स्वाति ही है न!''

''हाँ।''

''बाई, स्वाति।''

''कुछ तो बोल के जाओ कौन हो?''

''फैंटम! घोस्ट हू वाक्स।''

विमल उससे पहले वहाँ से बाहर निकल गया।

29 नवम्बर–शुक्रवार

अगले रोज़ रात नौ बजे विमल, नीलम और अल्तमश 'हाइड पार्क' में मौजूद थे। स्वाति वहाँ नहीं पहुँची थी।

अमित गोयल ड्रिंक लिये बार पर बैठा था और बार–बार दरवाज़े की तरफ देख रहा था। ज्यों–ज्यों वक्त गुजरता जा रहा था, त्यों–त्यों उसकी बेचैनी बढ़ती जा रही थी।

विमल को ईस्साभाई विगवाला का मुम्बई से भेजा 'खास सामान' उसी रोज़ हासिल हुआ था, वर्ना वो पिछले रोज़ भी वहाँ छोटे–मोटे मेकअप में पहुँचा होता।

उस वक्त वो भी आधुनिक फैशन को रेखांकित करती जींस–जैकेट और टीशर्ट पहने था। उसके ऊपरले होंठ पर मूँछ थी जो होंठों की कोरों से बाहर तक पहुँचती थी और निचले होंठ और ठोडी के बीच बालों का तिकोन था जो कि 'सोल पैच' या 'जाज डॉट' कहलाता था। उसकी भवें अब घनी थीं और सिर पर भूरे बालों का विग था, जिसके साथ लम्बी कलमें भी शामिल थीं। जमा, आँखों में बिना नम्बर के नीले कान्टैक्ट लैंस थे और बायीं आँख के नीचे एक काला मस्सा था।

नीलम भी उससे मैच करते मॉड बहुरूप में थी। वो खुले गले की कमीज

और मुश्किल से पसलियों के सिरे तक पहुँचने वाली जैकेट और टखनों तक आने वाली ऐसी रंगबिरंगी स्कर्ट पहने थी, जो स्कर्ट कम और घघरी ज़्यादा जान पड़ती थी। उसके सिर पर भी बालों का स्टाइलिश विग था और आँखों की पुतलियाँ उसकी भी कॉन्टैक्ट लैंसिज़ के सदके नीली थीं। उसके गले में कई लड़ियों वाली मनकों की माला थी और कानों में चूड़ी से बस जरा ही छोटे इयरिंग थे। बायीं कलाई में लगभग कोहनी तक मैटल की चूड़ियाँ थीं और दोनों हाथों की तीन-तीन उँगलियों में विभिन्न रंगों के पत्थरों से जड़ी अँगूठियाँ थीं। मेकअप से उसकी आँखें जरूरत से ज़्यादा काली थीं और होंठ सुर्ख थे।

अल्तमश अपने ज़नाना बहुरूप में था और कहर ढा रहा था। उस रोज़ वो दुपट्टे बिना शानदार सलवार सूट और मैचिंग कार्डिगन पहने था और सिर पर पहले से ज़्यादा उम्दा, ज़्यादा मॉडर्न विग लगाये था। उसका जलवा इतने जलाल पर था कि आसपास की मेज़ों पर बैठे कई नौजवान अपने कम्पैनियन से नज़र चुराकर, रह-रह कर ललचाई आँखों से उसे देखने लगते थे और अल्तमश बाक़ायदा, बड़ी अदा से मुस्करा के उन्हें तरह देता था।

साढ़े नौ बज गये।

बार पर अमित गोयल के हाथ में अब दूसरा जाम था, वो साथ में सिगरेट फूँक रहा था और अँगारों पर लोटता जान पड़ता था। कई बार उसके हाथ में मोबाइल दिखाई दिया था जिसकी वजह से हर बार उसका मूड और बिगड़ता जान पड़ता था।

"अब।" – विमल संजीदगी से बोला।

अल्तमश ने सहमति में सिर हिलाया।

"और देर की तो हो सकता है कोई और लड़की चिपक जाये।"

"मैं अभी गया।" – वो बोला।

"सम्भाल लेगा न!"

"ये भी कोई पूछने की बात है! सारा दिन तो रिहर्सल करता रहा!"

"गुड।"

अल्तमश यूँ लहराती चाल चलता, कृत्रिम स्तनों को जानबूझकर जुम्बिश देता बार की ओर बढ़ा कि देखने वालों का कलेजा मुँह को आने लगा।

वो बार पर पहुँचा, उसने अमित गोयल के बाजू के एक ख़ाली बार स्टूल पर कब्ज़ा किया। जानबूझकर उसने अमित की तरफ निगाह उठाने से परहेज़ किया।

''वॉट द हैल!'' – अल्तमश अपनी महीन आवाज़ में उतावलापन झलकाता बोला – ''बारमैन को बुलाने को क्या बैल बजाने का!''

''ऐसे ही आ जायेगा।'' – अमित बोला।

''किधर से आ जायेगा? किधर से ऑटो करके आयेगा?''

''ये लो, आ गया।''

बारमैन ने परली तरफ उसके सामने आकर, सिर नवा कर उसका अभिवादन किया और बोला – ''योर प्लेज़र, मैम!''

''यू सर्व मिंट जेलप?'' – विमल का सिखाया पढ़ाया अल्तमश बोला।

''यस, मैम।''

''सैट मी अप ए मिंट जेलप।''

''राइट अवे, मैम।''

बारमैन उसके लिये मिंट और बोरबन विहस्की की कॉकटेल तैयार करने लगा।

''दि सन ऑफ ए बिच!'' – पीछे अल्तमश दाँत पीसता यूँ बुदबुदाया जैसे स्वतः भाषण कर रहा हो।

''कौन?'' – अमित सकपकाया-सा बोला – ''बारमैन! बिकाज़ ही इज़ डिलेईंग योर ड्रिंक?''

''नो, मैन! दि ड्यूड हू स्टुड मी अप।''

''अरे! यू आर आलसो स्टुड अप!''

''वाट डु यू मीन आलसो?''

''इधर भी यही हाल है।''

''क्या! कोई मीटिंग का प्रॉमिस करके डिच किया?''

''हाँ। पता नहीं कहाँ मर गयी साली।''

''तुम्हारा अपना साली के साथ डेट?''

''अरे, नहीं, मैम। गर्लफ्रेंड के साथ।''

''बट साली बोला।''

''गाली दिया। तुम्हारी तरह।''

''मेरी तरह?''

''तुम सन ऑफ ए बिच बोला न!''

''अच्छा वो!''

बारमैन ने ड्रिंक उसके सामने रखा।

अल्तमश ने गिलास थामा और अर्थपूर्ण भाव से अमित की तरफ देखा।

अमित ने काउन्टर पर से अपना जाम उठाया और तनिक हड़बड़ाये लहज़े

से बोला – ''चियर्स!''

''चियर्स!''

''तुम्हारा ड्रिंक मेरी तरफ से।''

गुड! मछली चारा निगल रही थी।

''काहे?'' – वो मासूमियत से बोला।

''काहे? दिल्ली की नहीं हो! मुम्बई की जान पड़ती हो!''

''हाँ। कैसे जाना?''

''तुम्हारी भाषा से। तुम्हारे डायलेक्ट से। 'काहे' से।''

''ओह! हाउ क्लैवर!''

''कैसे आना हुआ?''

''इधर नैटफ्लिक्स का वास्ते एक वैब फिल्म का शूटिंग है।''

''ओह! एक्ट्रेस हो?''

''फर्स्ट टाइमर।''

''नो प्रॉब्लम! हर कोई शुरू में फर्स्ट टाइमर ही होता है।''

''राइट।''

''मेरा नाम अमित है। अमित गोयल।''

''गोल?''

''गोयल! गोयल!''

''ओह! गोयल! मैं मीशा। हल्लो अमित!''

''हल्लो मीशा।''

''तो तुम्हारा गर्लफ्रेंड नहीं आया?''

''हाँ। जैसे तुम्हारा ब्वायफ्रेंड नहीं आया।''

''यस। दि सन ऑफ ए बिच! आई विल फ़िक्स हिज़ वैगन।''

''मिलेगा, तब न?''

''हाँ, वो तो है!''

''तब तक क्या करोगी?''

''तुम क्या करोगे?''

''मैं तो कर रहा हूँ।''

''क्या?''

''इतनी ख़ूबसूरत मुम्बई की मेडन के साथ ड्रिंक शेयर कर रहा हूँ।''

''ओह! यू!'' – अल्तमश ने खुश होकर दिखाया।

''लेकिन'' – एकाएक अमित के स्वर में सन्देह का पुट पैदा हुआ –

"तुम तो अकेली नहीं हो!"

"क्या बोला?"

"मैंने तुम्हें उधर टेबल पर उस कपल के साथ बैठे देखा था।"

"यस। वुई वर सपोज्ड टू बी फोरसम, यू नो!"

"फोरसम?"

"दो जोड़े। चार जने।"

"ओह!"

"उसका डेट आया। मेरा डेट ब्लडी रास्कल मेरे को डिच किया।"

"मेरी भी यही कहानी है। लेकिन . . ."

"लेकिन क्या?"

"हम अब चाहें तो अपनी-अपनी कहानी भूल सकते हैं।"

"बोले तो?"

"हम एक दूसरे की डेट हो सकते हैं।"

"ऐसा?"

"तुम लोग फिर फोरसम . . . नो?"

"यस।"

"तो?"

"मेरे को आइडिया पसन्द।"

"गुड! लेकिन तुम्हारे साथियों को भी तो पसन्द आये!"

"आयेगा। आओ।"

"किधर?"

"टेबल पर। अरे, फोरसम होने का या नहीं होने का?"

"ओह! ओह!"

"बाटम्स अप।"

दोनों ने गिलास खाली किये। अमित ने बार का बिल चुकता किया। फिर दोनों बार से रुख़सत हुए। बार से हटते ही ऐसे मामलों में तजुर्बेकार अमित ने अपना हाथ उसकी कमर में डाला, कोई एतराज़ पेश न हुआ तो सहज स्वाभाविक भाव से ऊपर सरकाया। उस की उँगलियाँ एक उन्नत उरोज़ के सम्पर्क में आयीं। उसने सशंक भाव से अल्तमश की तरफ देखा तो पाया उसके चेहरे पर कोई प्रतिक्रिया प्रकट नहीं हुई थी। उसने एक बार स्तन को भींचकर हाथ वापिस खींच लिया, क्योंकि तब तक वो टेबल पर पहुँच गये थे।

''ये अमित है।'' – अल्तमश ने परिचय दिया – ''नाइस गाई। बार पर मिला। अभी इधर।''

''वैलकम।'' – विमल बोला – ''मैं विमल। ये मेरी कम्पैनियन नी . . . कोमल।''

चौतरफा 'हल्लो, हल्लो' हुई।

फिर चारों इकट्ठे बैठ गये। ड्रिंक्स का नया दौर ऑर्डर किया गया।

वो सिलसिला नीलम के लिये दिक्कत वाला था, लेकिन दिखावा जरूरी था।

आधा घण्टा हँसी ठिठोली में गुज़रा।

उस दौरान सरकता-सरकता अमित अल्तमश के इतने करीब सरक आया कि बस, दबोचने की ही कसर बाकी बची।

फिर उसका हाथ उसकी बगल में सरका, वक्ष पर टिका और वहीं टिका रहा।

''मेरे पास दो हैं।'' – अल्तमश उसके कान के पास मुँह ले जाकर फुसफुसाया।

''क्या?'' – अमित तनिक सकपकाया।

''जो टटोल रहे हो। अभी सुबह गिने।''

''स्साली।''

''उसके पास भी दो हैं।''

''बहन की दीनी!''

अल्तमश हँसा।

विमल और नीलम ने यूँ जाहिर किया जैसे वो उनकी खुसर-पुसर से बेख़बर थे।

ड्रिंक्स रिपीट हुए। फिर आधा घन्टा और गुजरा।

उस दौरान अमित की हरकतें और बोल्ड होती चली गयीं। उसको बढ़ावा देने के लिये अल्तमश ने कई बार अपना हाथ उसकी जाँघ पर पड़ जाने दिया।

''एक बात बोलूँ?'' – इस बार अमित अल्तमश के कान के पास होंठ ले जाकर फुसफुसाया।

विमल और नीलम तब तन्मयता से आपस में बतियाते होने का बहाना कर रहे थे।

''दो बोलो, मैन।'' – अल्तमश भी दबे स्वर में बोला।

''तेरे ये . . . कुछ खास ही हैं।''

"क्या बोला, मैन?"
"युअर पेयर इज़ आउट ऑफ दिस वर्ल्ड, बट . . ."
"वाट बट?"
"यू वोंट माईंड?"
"नो।"
"हार्ड।"
"नो, माई स्वीट, फ़र्म।"
" .फर्म!"
"लाइक एक रॉक।"
"ओह!"
"बड़े और खड़े। नो सैगिंग। नो सपोर्ट।"
"ओह!"
"माँगता है?"

अमित की आँखों में वासना की चमक आयी, उसने एक सतर्क निगाह विमल और नीलम की तरफ डाली तो पाया कि वो एक दूसरे में मग्न थे।

अमित ने जवाब देने की जगह उसकी कमर में हाथ डाल कर उसे अपने साथ भींचा।

अल्तमश ने कोई ऐतराज़ न किया।

"मेरे को जवाब मिल गया।" – वो कुटिल भाव से अपना निचला होंठ चुभलाता दबे स्वर में बोला।

"क्या?"
"माँगता है।"
"हाँ। पर खाली पेयर नहीं, बाकी भी सब कुछ।"
"यू नॉटी मैन! मेरे को ड्रिंक में घोल के पीना माँगता है साला।"

अमित हँसा।

फाश हँसी।

तब तक उसको काफी नशा हो चुका था, फिर नया ड्रिंक अभी भी उसके सामने था।

विमल हौले से खांसा।

अल्तमश ने उसकी तरफ देखा तो विमल ने उसको गुप्त इशारा किया।

अल्तमश ने सावधानी से सहमति में सिर हिलाया।

''ये टाइम'' – फिर बोला – साला मुम्बई याद आता है मेरे को।''

''क्यों?'' – अमित बोला।

''उधर होटल अकामोडोशन . . . डैम ईज़ी। साला आवर्स में भी रूम मिलता है। और कोई चख चख भी नहीं। कोई प्रूफ ऑफ आईडेन्टिटी नहीं, कोई प्रूफ ऑफ रेज़ीडेंस नहीं। कोई प्रीबुकिंग का लफ़ड़ा नहीं। साला इतना मजा आ रहा था कि मुम्बई में होते तो अभी का अभी इस पार्टी का वेन्यू शिफ्ट करते और इसे ऑल नाइट अफेयर बनाके छोड़ते।''

अमित की आँखों में एक वहशी चमक आयी।

''तुम चाहती हो ऐसा?'' – वो बोला।

''अरे, तभी तो बोला? बट . . . इधर साला कुछ नहीं हो सकता।''

''हो तो सकता है!''

''क्या बोला?''

''मैं इन्तज़ाम कर सकता हूँ।''

''सच में?'' – अल्तमश ने नकली उत्साह ज़ाहिर किया।

''हाँ।''

''क्या कर सकता है, मैन?''

''अगर सबकी एक राय हो तो मैं इस शानदार मीटिंग को ऑल नाइट अफेयर बनाने का इन्तज़ाम कर सकता हूँ।''

अल्तमश ने विमल की तरफ देखा।

विमल ने नीलम की तरफ देखा।

नीलम ने लजाने का अभिनय करते हुए हामी भर दी।

विमल का सिर भी सहमति में हिला।

''आई एम गेम।'' – अमित को कोहनी मारता अल्तमश बोला – ''क्या इन्तज़ाम कर सकते हो?''

''ईस्ट ऑफ कैलाश में'' – अमित बोला – हमारा एक घर है, नोएडा शिफ़्ट करने से पहले जहाँ कि हम रहते थे। हमारी वो कोठी ख़ाली पड़ी है लेकिन फर्निश्ड है। जब शिफ़्ट किया था तो वहाँ से हमने कुछ भी नहीं हटाया था, क्योंकि तब ख़याल था कि नोएडा दिल न लगा तो वहीं लौट आयेंगे।''

''तो? लौट आये?''

''नॉनसेंस! अरे, बोला न, कोठी खाली पड़ी है। और . . .''

''और क्या?''

''चाबी मेरे पास है।''

''यू मीन'' – अल्तमश संदिग्ध भाव से बोला – ''हम वहाँ जा सकते हैं?''

''हाँ।''

''कोई लफड़ा नहीं? कोई लोचा नहीं?''

''हाँ।''

''हुर्रे!'' – अल्तमश ने हर्षनाद किया और फिर अमित के अपनी ओर के गाल पर एक चुम्बन अंकित किया।

अमित निहाल हो गया, वो उसके साथ अभिसार के सपने देखने भी लगा।

विमल और नीलम ने भी खुश हो के दिखाया।

''उधर'' – अल्तमश ने पूछा – ''ड्रिंक्स का इन्तज़ाम है?''

''है।'' – अमित बोला।

''ले के चलो।''

''कैसे चलेंगे? तुम लोगों के पास कार है?''

''नहीं'' – किसी से भी बोलने से पहले विमल जल्दी से बोला – ''हम तो कैब से आये थे।''

''मेरे पास है। हम सब मेरी कार पर चल सकते हैं। ठीक?''

''बिल्कुल ठीक।''

''मेरी कार यहाँ से दूर खड़ी है, मैं उसे गेट पर ले के आता हूँ, तब तक तुम लोग बाहर आओ।''

''ठीक है।''

वो उठकर चला गया।

''फँस तो गया!'' – पीछे अल्तमश बोला।

''न सिर्फ फँस गया, बढ़िया फँस गया।'' – विमल धीरे से बोला – ''हमारा काम आसान कर दिया उसने वर्ना हमें कोई ठीया तलाशना पड़ता।''

''बढ़िया।''

विमल ने बिल मंगा कर चुकता किया।

तीनों वहाँ से बाहर निकले।

मेन गेट से थोड़ा परे एक आई-20 खड़ी थी, उसकी ड्राइविंग सीट पर अमित मौजूद था, उसने हॉर्न बजाकर उनका ध्यान अपनी तरफ आकर्षित किया।

तीनों कार के करीब पहुँचे। अल्तमश आगे पैसेंजर सीट पर सवार हो गया तो विमल और नीलम पीछे बैठ गये।

अमित ने कार आगे बढ़ा दी।

"रात बाकी" – अल्तमश चहकता हुआ सा गाने लगा – "बात बाकी . . ."

बीस मिनट में वो ईस्ट ऑफ कैलाश पहुँच गये।

अमित ने एक सुनसान, अन्धेरी कोठी के आगे कार रोकी।

चारों बाहर निकले। आउटर गेट को भी ताला लगा हुआ था, जिसे अमित ने खोला। फिर भीतर जाकर मेन डोर का ताला खोला। सब भीतर दाखिल हुए। अमित ने एक स्विच ऑन किया, रोशनी हुई तो उन्होंने पाया कि वो ड्राईंगरूम में थे जहाँ का सारा फर्नीचर सफेद चादरों से ढंका हुआ था। ड्राईंगरूम पार करके अमित ने पिछवाड़े का एक दरवाज़ा खोला और उन्हें इशारा किया।

तीनों उसके करीब पहुँचे।

आगे एक कवर्ड अहाता-सा था जिसके आजू-बाजू और सामने कई बंद दरवाज़े थे।

"वो पीछे बैडरूम्स हैं।" – अमित अर्थपूर्ण स्वर में बोला – "वहाँ की फर्निशिंग ड्राईंगरूम की तरह कवर्ड नहीं है।"

"गुड!" – अल्तमश उत्साह से बोला – "बैडरूम इज़ ओके। मेरे को देखने का।" – वो एक क्षण ठिठका, फिर बोला – "तुमको भी देखना होगा?"

विमल ने सहमति में सिर हिलाया।

"गुड! दिखाओ, भई, कैसा है तुम्हारा बैडरूम्स!"

अमित आगे बढ़ा, उसने अहाता-सा पार किया और सामने के दो बंद दरवाज़ों में से बायें पर पहुँचा। उसने दरवाज़ा खोल कर भीतर की बत्ती जलाई, फिर विमल और नीलम की तरफ इशारा किया।

दोनों ने यूँ सहमति में सिर हिलाये जैसे सब समझ गये हों।

अमित वहाँ से हटा और दायें दरवाज़े पर पहुँचा। उसने उसे खोला और भीतर दाखिल हो गया। भीतर बत्ती जली लेकिन वो दरवाज़े पर प्रकट न हुआ।

अल्तमश हिचकिचाता हुआ उस तरफ बढ़ा।

वो कमरे में पहुँचा तो उसने पाया कि अमित कहीं से विहस्की की बोतल और दो गिलास बरामद कर भी चुका था।

"पहले चियर्स बोल लें!" – वो बोला।

''जल्दी क्या है? – अल्तमश मादक स्वर में बोला।

अमित की भवें उठीं।

''बैडरूम में खड़े हो, मेरे सामने खड़े हो, मैं तो समझी थी तुम्हें कोई और ही जल्दी होगी!''

''है तो सही!'' – वो तत्काल बोला – ''लेकिन सोचा शायद तुम्हें उतावलापन पसन्द न हो।''

''पसन्द है। वो मर्द क्या जिसके सामने यौवन का घट हो और वो प्यास बुझाने को उतावला न हो!''

''बहुत पोएटिक बात कही लेकिन पसन्द आयी।''

''अब कबूल करो उतावले हो!''

''किया।''

''मेरे लिये मरे जा रहे हो!''

''बुरी तरह से। शुरू से। मुमकिन होता तो 'हाइड पार्क' में ही लिटा लेता।''

''अब तो है मुमकिन!''

''हाँ, अब तो है! और यहाँ आये किसलिये हैं?''

''करैक्ट। बोतल का पीछा छोड़ो।''

उसने गिलास और बोतल एक टेबल पर रख दी।

अल्तमश उसके करीब पहुँचा, उसने बड़े उत्तेजक भाव से मुस्कराते हुए उसकी छाती पर हाथ रखा और उसे तब तक पीछे चलाता रहा जब तक उसकी टाँगे घुटनों के पीछे से बैड से न छूने लगीं। फिर बड़ी अदा से उसने उसे बैड पर धकेल दिया।

''क्या इरादा है?'' – अमित वासनालिप्त लहज़े से बोला।

''तुम्हारा क्या इरादा है?'' – अल्तमश मैच करते लहज़े से बोला।

''वही।''

''तो मुँह से बोलो दो टूक, मरे जा रहे हो?''

''मरा जा रहा हूँ।''

''मैं होना?''

''होना।''

''ओके। आई विल अनड्रैस यू।''

''अरे, अनड्रैस युअरसैल्फ़।''

''बाद में। पहले तुम?''

''क्यों?''

''क्योंकि मुम्बई स्टाइल राइड मारने का।''

''मुम्बई स्टाइल क्या?''

''वूमैन ऑन टॉप।''

''वाह!''

''एण्ड इन कण्ट्रोल।''

''वो कैसे?''

''मालूम पड़ेगा। सीधे लेट जाओ। पाँव फैला कर। आँखें बंद कर लो।''

''लेकिन . . .''

''मैन, यू विल बी इन सेवेंथ हेवन। जस्ट यू वेट।''

''ओके।''

बैड कास्ट आयरन की थी। उसने अमित के दोनों हाथ बैक-रैस्ट की रेलिंग से बाँध दिये।

''ये क्या करती है?'' – अमित भड़कने को हुआ।

''अभी पाँव भी ऐसे ही बांधने का। फिर ड्यूरिंग एक्शन सिर्फ मिडल जम्प मारेगा। साला राइड ऐसा एनजॉय करेगा कि तीनों लोक दिखाई दे जायेंगे।''

''ओह! ओह!''

''अभी समझा!''

''यस! यस!''

''वूमैन ऑन टॉप एण्ड इन कन्ट्रोल। ऐनी ऑब्जेक्शन?''

''नो। नो। लेकिन अब वक्त बर्बाद न कर। जल्दी कर जो करना है।''

''अभी।''

उसने उसकी पतलून की बेल्ट खोलकर अलग की, हुक खोले, जिप सरकाई और पतलून टखनों तक नीचे सरका दी।

वो तैयार था।

उसने उसकी कमीज और जैकेट बगलों तक ऊपर चढ़ा दी।

''अब तू भी तो उतार! देखूँ, कैसी बनी हुई है!''

''टटोल के पता नहीं लगा? हाथों से भी और निगाहों से भी!''

''अरे, क्या बक . . . कह रही है? ये बातें बाद में कर लेना।''

अल्तमश ने सीटी बजाई।

दरवाज़ा खुला, विमल ने भीतर कदम रखा। वो बैड के पायताने आकर

खड़ा हो गया। संजीदगी से उसने अपलक अमित की तरफ देखा।

एकाएक अमित को फिज़ा भारी लगने लगी। रति सुख पाने का उसका मूड चुटकियों में हवा हो गया।

"क–क्या . . . क्या बात है?" – वो फँसे कण्ठ से बोला।

किसी ने जवाब न दिया।

अमित को वातावरण में मौत व्याप्त लगने लगी। हाथ पाँव को झटक कर वो स्वयं को बंधनमुक्त करने की कोशिश करने लगा, लेकिन कामयाब न हो सका।

विमल ने अल्तमश की तरफ देखा।

अल्तमश ने सहमति में सिर हिलाया। उसने अपने फैंसी हैण्डबैग में से बांस का चिमटा, उस्तरा और पोलीथीन की एक थैली बरामद की जिसमें कि नम मिट्टी भरी जान पड़ती थी।

उसने बांस के ऊपरी सिरे आजूबाजू फैलाये और वापिस छोड़े।

"क–क–क्या . . .?"

पलक झपकते अमित के गुप्तांग बांस के चिमटे की तरह खुले हिस्से में मजबूती से फँसे हुए थे।

"अरे, ये क–क्या . . . क्या कर रही है?"

फिर अल्तमश ने उस्तरा खोला और वो बड़े संकेतात्मक ढंग से उसकी धार परखने लगा।

तब एकाएक अमित की समझ में आया कि क्या होने वाला था।

"गॉड! नहीं! नहीं!"

विमल ने उसको गला फाड़ कर चिल्लाने को तैयार पाया तो उसने लपक कर उसका मुँह दबोच लिया।

अल्तमश ने उस्तरा चलाया।

अमित का शरीर कुछ क्षण बन्धनों में तड़पा, फिर शान्त हो गया।

अल्तमश पोलीथीन की थैली से नम मिट्टी निकाल कर उसकी ख़ून-आलूदा जाँघों के बीच थोपने लगा।

"मर तो नहीं जायेगा?" – विमल चिन्तित भाव से बोला।

"आज तक तो कोई नहीं मरा।" – अल्तमश बोला – "बशर्ते कि दहशत में दम न निकल जाये।"

"ख़त्म कर।"

"अभी।"

30 नवम्बर-शनिवार

''पता नहीं कहाँ मर गया, कम्बख़्त!''

''हाय हाय, शुभ शुभ बोलो प्रभात बेला में।''

लाला रघुनाथ गोयल कलप रहा था कि लड़का रात को घर नहीं आया था – हालाँकि ऐसा कोई पहली बार नहीं हुआ था – बीवी भी फ़िक्रमन्द थी, लेकिन बेटे को कोस नहीं रही थी।

''ये प्रभात बेला है!'' – रघुनाथ गोयल झल्लाया – ''आठ बजने को हैं!''

''आ जायेगा।'' – बीवी बोली।

''न आये, भाड़ में जाये, लेकिन फोन तो करे! ख़बर तो करे कि नहीं आ रहा था! खुद तो फोन किया ही नहीं, जवाब भी नहीं दे रहा।''

''आये तो आज अच्छी तरह से डाँटना।''

''जैसे उस पर कोई असर होगा! कान से मक्खी उड़ायेगा, कमीना। ज़ाहिर करेगा बाप न बोला, कुत्ता भौंका!''

''हे भगवान! अरे, ज़ुबान को लगाम दो अपनी!''

''मैं तो आज़िज़ आ गया हूँ। ऐसी औलाद होने से तो न होना भला।''

''अब कह रहे हो! वो दिन भूल गये जब नगरी नगरी द्वारे द्वारे मुझे साथ लेकर दुआयें माँगते फिरते थे कि मेरी कोख हरी हो! बारह साल . . . बारह साल में ऊपरवाले ने तुम्हें बाप कह कर पुकारने वाली आवाज़ सुनायी!''

''तब क्या पता था बड़ी हो के ऐसी निकलेगी!''

''सब ठीक हो जायेगा।''

''औलाद न हो, एक दुःख; हो के मर जाये, सौ दुःख; हो और नालायक निकले तो दुःखों का कोई ओर छोर ही नहीं।''

''अरे, भगवान के लिये बुरे बोल न बोलो बच्चे के लिये।''

''तेरे ही लाड़ प्यार ने बिगाड़ा है उसे।''

''ख़ामख़ाह! मैंने तो माँ की ममता न्योछावर की अपने बच्चे पर। तुमने क्या किया! ख़ज़ाने खोल दिये, जा बेटा ऐश कर।''

''उसी का तो पछतावा है!''

''नाहक है। आजकल के नौजवानों का सब का यही लाइफ़-स्टाइल है।''

''गोली लगे आजकल को! लाइफ़-स्टाइल को।''

''अब कोसते ही रहोगे कि कुछ करोगे भी?''

''क्या करूँ?''

''क्या करूँ! मेरे से पूछते हो क्या करूँ? अरे, पता करो कहीं से!''

''ईस्ट ऑफ कैलाश ही होगा, कमीना। रात का नशा अभी तक नहीं उतरा होगा। इसीलिये मोबाइल पर जवाब नहीं मिल रहा।''

''तुम्हीं ने उसको सलाह दी थी कि लेट हो जाया करे तो नोएडा तक की लांग ड्राइव न किया करे, पुराने घर में चला जाया करे।''

''उसी की भलाई के लिये। टुन्न हो के गाड़ी चलायेगा तो या तो एक्सीडेंट करेगा या पुलिस पकड़ लेगी। हाँ, मैंने सलाह दी थी लेकिन ये तो नहीं कहा था कि पुराने घर में गर्क हुआ हुआ हो तो यहाँ ख़बर ही न करे!''

''अब बस करो, और कुछ करो। पता करो लड़के का। मुझे बुरे-बुरे ख़याल आ रहे हैं।''

''अच्छा! आने लगे?''

''पहले से आ रहे थे लेकिन . . . ख़ामोश थी।''

''मैं जस्से से बात करता हूँ।''

जस्सा – जसवीर सिंह – उसका मुरीद था ऑडजॉब मैन था, ट्रबल शूटर था।

कुछ अरसा रघुनाथ गोयल फोन से उलझा रहा।

आख़िर फोन से फारिग हुआ।

''जस्से को ईस्ट ऑफ कैलाश भेजा है।'' – वो बीवी से बोला – ''तेरा लाल वहाँ न हुआ तो . . . प्रॉब्लम होगी। तो जी भर के फिक्र करना।''

''तो क्या करोगे?''

''क्या करूँगा? 100 नम्बर डायल करूँगा। शायद पता लगे कि पड़ा है कहीं ऐक्सीडेंटल केस बना।''

''हाय राम!''

''मुसीबतों का पिटारा बन गया हुआ है ये लड़का। एक ज़हमत से अभी निकला नहीं होता कि दूसरी में कदम रख देता है। मैं ही जानता हूँ कि कैसे मैंने उसे भगवानदास रोड वाले रेप केस में सज़ा पाने से बचाया था। वो चश्मदीद गवाह, वो फैब इंडिया का मलियाली मुलाज़िम, साला टके का आदमी पचास लाख माँगता था गवाही से फिरने की एवज में – साले को मालूम भी नहीं होगा कि लाख में कितनी बिन्दियाँ होती थीं – फिर भी तीस ले के ही माना। पन्द्रह उस सब-इन्स्पेक्टर ने लिये जिसके हवाले उसका

केस था। वो भी बीस लाख की माँग से नहीं हिल रहा था। बड़ी मुश्किल से हिला और पन्द्रह लेने को तैयार हुआ। तब जा के कहीं छूटा हमारा नौनिहाल। गवाह न मुकरता तो सज़ा हो के रहनी थी। आजकल इस मामले में कानून इतना सख्त है कि बतौर सज़ा उम्रकैद होती है, फाँसी भी होती है।''

बीवी के शरीर ने झुरझुरी ली।

''केस में उसके साथ जो दो और लड़के गिरफ्तार थे, मैंने उनके पिताओं से बात की कि केस को रफा-दफा करने के लिये पैंतालीस लाख रुपयों का ख़र्चा था, ख़र्चा शेयर करें। दोनों ने पोपले मुँह से कह दिया कि उनकी तो ऐसी हैसियत नहीं थी। हैसियत नहीं थी कम्बख़्तों की, जब कि एक डीडीए में और दूसरा एक्साइज़ के महकमे में अफसर है और दोनों ही महकमों में रिश्वत का दरिया बहता है। मैं क्या जानता नहीं! फिर भी ख़र्चे की बात पेश आयी तो दोनों ने ही हाथ खड़े कर दिये।''

''दुनिया बहुत चालाक है। चालाकी की उन्होंने हमारे साथ।''

''और क्या! औलाद की सलामती के लिये लोग घर-बार बेच देते हैं, खुद को बेच देते हैं, उन्होंने क्या किया? कह दिया हैसियत नहीं है। मेरी हैसियत सच में न होती तो क्या करते? औलाद को उम्रकैद के लिये जेल चला जाने देते! फाँसी चढ़ जाने देते! फिर जिस पैसे को गाँठ से न निकाला, उसे शहद लगा के चाटते? हद है साली लालच और खुदगर्ज़ी की। चमड़ी जाये पर दमड़ी न जाये।''

''होते हैं ऐसे लोग।''

''तमाम ख़र्चा मैंने किया, तमाम ज़हमत मैंने की और उसका फायदा उन्होंने फोकट में उठाया। हमारा लड़का छूटा तो उनके लड़के अपने-आप ही छूट गये। हींग लगी न फिटकरी, रंग चोखा।''

''चलो, किसी का भला ही हुआ न! हमें पुण्य मिलेगा।''

''मिल रहा है न! ये पुण्य मिल रहा है कि उस वाकये से कोई सबक लेने की जगह और शेर हो गया हमारा नौनिहाल। हुआ जो कुछ नहीं! बाप ने छुड़ा जो लिया!''

''सख़्ती करो।''

''किस पर सख़्ती करूँ? दिखाई दे तो सख़्ती करूँ? काबू में आये तो सख़्ती करूँ? दोपहरबाद सोके उठता है जबकि मैं घर नहीं होता। आधी रात के कहीं बाद लौटता है जबकि मैं सो चुका होता हूँ। फिर भी कभी काबू में आ जाये इत्तफाक से तो मेरी सुनकर मुझे ही गलत ठहराने लगता है।

अक्सर तो सुनता ही नहीं। मैंने अभी कुछ कहना शुरू ही किया होता है तो अंग्रेज़ का बच्चा 'ओ डैड, ले ऑफ' बोल देता है। मुझे कहता है मैं ओल्ड फैशंड हूँ, आजकल की जिन्दगी के तौर-तरीकों को नहीं समझता हूँ। मॉडर्न लाइफ फास्ट लेन में है, मैं पिछड़ गया हूँ। क्या करूँ अपना पिछड़ापन दूर करने के लिये? तेरे को साथ ले जा के डिस्को में डांस करूँ? या उसको बोलूँ शाम की तफरीह के लिये एक लड़की मेरे लिये भी सैट कर दिया करे?"

"क्या कह रहे हो, जी!"

"मैं मॉडर्न लाइफ के खिलाफ नहीं। उसकी फास्ट लेन वाली रफ्तार के भी खिलाफ नहीं लेकिन कन्ट्रोल में तो रहे! जो करता है किसी लिमिट में तो करे! अति की वर्जना सब जगह है। वो नहीं समझता।"

"उसे पैसा देना बंद कर दो।"

"वो तुझे पटा लेगा। तू नहीं पटेगी तो उसके पास उसका भी हल है।"

"क्या?"

"स्वैच की चार लाख की घड़ी ले के दी थी उसको उसके बर्थडे पर। उसे गिरवी रख के पैसे खड़े कर लिये। मैंने घड़ी की बाबत पूछा तो असलियत बकी। नाक रगड़ कर पैसा दिया तो घड़ी वापिस ले कर आया।"

"सुधर जायेगा। पाँव में बेड़ी पड़ेगी तो सुधर जायेगा।"

"कहाँ से पड़ेगी? कम्बख़्त के यही लच्छन रहे तो कौन लड़की देगा उसे?"

"सब देंगे। रिश्तों की लाइन लग जायेगी। वक्त आने दो।"

"वक्त आने दूँ! आया नहीं वक्त अभी?"

"अख़बार में शादी के लिये इश्तिहार छपवाओ, मैं बिरादरी में फैलाती हूँ। देख लेना रिश्तों की झड़ी लग जायेगी। एक-से-एक बढ़ कर रिश्ते आयेंगे मेरे लाल के लिये . . ."

"ये माँ की अक्ल नहीं, माँ की ममता बोल रही है . . ."

फोन की घन्टी बजी।

रघुनाथ ने काल रिसीव की।

दूसरी तरफ से जो बोला गया, उसे सुनते ही उसका चेहरा चाक की तरह सफेद हो गया।

बीवी से उसमें एकाएक आयी वो तब्दीली छुपी न रही।

"क्या हुआ जी?" – वो व्यग्र भाव से बोली – "सब ख़ैरियत तो है न!"

रघुनाथ ने बेसब्री से हाथ उठा कर उसे चुप रहने का आदेश दिया, कुछ क्षण और फोन सुना, फिर फट सा पड़ा – "उसे एम्स में पहुँचा। . . . नहीं, नहीं . . . ग्रीन पार्क ले के जा। वहाँ डॉक्टर सक्सेना का नर्सिंग होम है। ग्रीन पार्क पहुँचकर किसी से भी पूछना, बोलेगा कहाँ है। मैं आता हूँ।"

उसने मोबाइल जेब के हवाले किया।

"क्या हुआ जी?" – बीवी अब आतंकित भाव से बोली – "कोई बुरी ख़बर है? बताते क्यों नहीं हो . . ."

काँपती आवाज़ में, रघुनाथ ने बताया।

बीवी की उससे बद् हालत हुई।

उसे गश आ गया।

अरमान त्रिपाठी पशेमान था।

बल्कि ख़ौफज़दा था।

उसके जिगरी दोस्त अमित गोयल के साथ जो बीती थी, उसकी ख़बर, बाजरिया अपने पिता, उसे सुबह ही लग गयी थी। रघुनाथ गोयल उसके पिता का वैसा ही परम मित्र था जैसा कि अमित उसका था। वस्तुत: उसकी अमित से वाकफ़ियत हुई ही इस वजह से थी कि दोनों के पिता एक दूसरे के मित्र थे।

उसके पिता ने उसे ख़बर तो दी थी लेकिन साथ ही सख्त हिदायत दी थी कि वो उस वाकये का ज़िक्र हरगिज़ भी किसी से न करे।

तमाम दिन उसके ज़ेहन में फैंटम के नकाब वाले अपने आततायी की क्रूर आवाज़ नगाड़े की तरह बजती रही थी :

> "तेरे प्रारब्ध में तेरा बड़ा नुकसान लिखा है लेकिन पहले ये नुकसान तेरे दोस्तों का होगा। तेरा नम्बर आख़िर में आयेगा।"

अब उसकी समझ में ये भी बाख़ूबी आ गया था कि 'फैमिली ज्वेल्स' से उसका क्या मतलब था।

अनायास ही उसके शरीर में सिहरन दौड़ गयी। वो अपनी कल्पना नर्सिंग होम में पड़े अमित की जगह करने लगा।

> *"आपदा से ज़्यादा आपदा का इन्तजार भारी पड़ता है। तेरी जिन्दगी के आइन्दा दिन तेरे पर भारी, बहुत भारी पड़ने वाले हैं।"*

गॉड!

अमित पर जो बीती थी, वो क्यों बीती थी, सिर्फ वो जानता था। अमित भी जानता हो सकता था लेकिन पता नहीं वो अभी कुछ कहने के काबिल था या नहीं था।

कई बार उसके मन में आया कि अपने भीतर मचे हाहाकार को वो अपने पिता से साझा करे लेकिन ऐसा करना अगवा और बलात्कार जैसे जघन्य अपराधों में अपनी शिरकत कबूल करना होता! वो ऐसा करता तो अपनी ही नहीं, अपने दोस्तों की भी पोल खोलता।

इस बात में शुबह की कोई गुंजायश नहीं थी कि अमित का विशिष्ट अंग भंग उस फैंटम की नकाब वाले ने ही किया था और उसका किसी-न-किसी तरीके से कोई रिश्ता उस औरत से था जिसे उन्होंने उस रोज़ जबरन उठा कर कार में डाला था। वो जरूर निश्चित तौर पर नहीं जानता था कि वारदात में वो शरीक था – बाकियों के बारे में तो ज़रूर बिल्कुल ही नहीं जानता था – इसी वजह से उसका जोर हकीकत उससे कबुलवाने पर था। उसने उसको गुमराह करने की बहुत कोशिश की थी, लेकिन कामयाब नहीं हो सका था। हक़ीकत उसे कबूलनी पड़ी थी।

लेकिन उसके पीछे पड़ा तो कैसे पड़ा वो? कैसे उसे उसकी – ख़ासतौर से उसकी – बाबत ख़बर थी? जब वो बाकियों के बारे में कुछ नहीं जानता था तो एक उसके बारे में कुछ – या सब कुछ – कैसे जानता था?

उस औरत से जाना?

क्या वो औरत उसकी, सिर्फ उस की, सूरत देखने में – और फिर उसे बयान करने में – कामयाब हो गयी थी?

कैसे मुमकिन था?

कार में तो पर्दों की वजह से इतना अन्धेरा था कि खुद वो चारों ही उसकी सूरत नहीं देख पाये थे, खूँखार जँगली बिल्ली की तरह उनसे लड़ती जूझती वो कैसे देख पायी खास उसकी सूरत!

नहीं हो सकता था।

तो?

अपनी 'तो' का कोई जवाब उसे न सूझा।

उसकी तवज्जो फिर अपने आततायी की तरफ गयी।

पता नहीं वो अगवा औरत का क्या लगता था लेकिन लगता ही नहीं था,

बहुत करीबी था, तभी तो औरत की दुर्गत करने वालों को पाताल से भी खोद निकालने पर आमादा था।

दो को तो निकाल भी चुका था।

एक को तो सज़ा भी दे चुका था।

सज़ा!

उसके शरीर में फिर झुरझुरी दौड़ी।

गॉड! ऐसी सज़ा! जो न कभी देखी न सुनी!

फॉरेन में कहीं जरूर किसी औरत ने अपने बेवफा पति का गुप्तांग छुरी से काट डाला था और वो वाकया इतना मशहूर हुआ था कि ऐसे अंग भंग के लिये एक नया शब्द बन गया था :

बॉबीटाइज़ेशन। 'ही वॉज बॉबीटाइज्ड'।

क्योंकि उस औरत का नाम लोरेना बॉबिट था जिसने स्टेक नाइफ (STEAK KNIFE) से अपने पति जॉन वेन बॉबिट का लिंग काट दिया था।

गॉड! गॉड!

जरूर नर्क का नज़ारा हुआ होगा भुक्तभोगी को!

जो कि अब अमित था।

और आगे वो खुद – आख़िर में – होने वाला था।

नकाबपोश के चले जाने के बाद उस रोज़ बड़ी मुश्किल से वो लुढ़कता, कलाबाजियाँ खाता खंडहर के दहाने पर पहुँचा था और तब तक गला फाड़ फाड़ कर 'बचाओ, बचाओ' चिल्लाता रहा था जब तक कि एक व्यक्ति उधर नहीं पहुँच गया था। उसने उसे बन्धनमुक्त किया था और बताया था कि वो ऑटो वाला था जिसने बाहर सड़क पर से गुजरते इत्तफ़ाक से ही उसकी चीख़-पुकार सुन ली थी।

पूछे जाने पर कि उसकी वो हालत क्योंकर हुई थी, उसने कहा था कि वो गुण्डों के एक ग्रुप के काबू में आ गया था, जिन्होंने उसका तमाम कीमती सामान भी झपट लिया था और कार भी काबू में कर ली थी। ऑटो वाले ने उसे महरौली थाने पहुँचाने की पेशकश की थी जो कि उसने यह कह कर ठुकरा दी थी कि ऐसा वो बाद में, होश ठिकाने आ जाने पर, भी कर सकता था।

वहाँ से जहाँ जाना था, कैसे जाता?

वो सवाल होने पर उसके मुँह से निकलने ही लगा था कि 'ओला'

मँगवाता कि उसे याद आया कि उसने तो दावा किया था कि गुण्डे उसका सब कुछ लूट कर ले गये थे!

मोबाइल और कार भी।

उसने ये कह कर ऑटो वाले से पीछा छुड़ाया था कि वो थोड़ी देर वहीं रैस्ट करना चाहता था।

शाम को अरमान अपने पिता के साथ ग्रीन पार्क डॉक्टर सक्सेनाज़ नर्सिंग होम पहुँचा।

रघुनाथ गोयल की अपने दोस्त को ख़ास हिदायत थी कि मिज़ाज़पुर्सी के लिये त्रिपाठी शाम से पहले वहाँ न आये। इस पाबन्दी की उसने कोई वजह बयान नहीं की थी। शायद उसे बताया गया था कि शाम से पहले अमित की हालत की बाबत कोई फाइनल रिपोर्ट जारी नहीं होने वाली थी।

या मुलाकाती को शाम को ही आने दिया जाता था।

वेटिंग लाउन्ज में पिता–पुत्र रघुनाथ गोयल से रूबरू हुए।

जस्सा उसके साथ था।

संयोगवश उस घड़ी वहाँ और कोई नहीं था।

बीवी बेटे के पास थी।

"क्या हाल है?" – सहानुभूतिपूर्ण स्वर में चिन्तामणि ने पहला, स्टैण्डर्ड, सवाल किया।

"ठीक है।" – रघुनाथ गमगीन लहज़े से बोला।

"बिल्कुल?"

"बिल्कुल कहाँ से होगा! इतना बड़ा काण्ड हो गया, इतनी जल्दी बिल्कुल कहाँ से होगा!"

"ओह!"

"लेकिन इतना ठीक है कि कल घर ले जा सकेंगे। बिल्कुल ठीक होने में तो – अगर उसे बिल्कुल ठीक होना माना जायेगा – हफ्ता दस दिन लगेंगे।"

"ओह!"

"डॉक्टर कहते हैं कि काटने वाले ने काटने के बाद कटी जगह पर कोई खास मिट्टी थोप दी थी जिसमें कोई मैडिसिनल इफेक्ट था जिसकी वजह से ख़ून बहना बन्द हो गया था और दर्द में भी कमी आती चली गयी थी। वैसा न हुआ होता तो अभागा एक्सैसिव ब्लीडिंग से भी मर गया होता।"

रघुनाथ की आवाज़ भर्रा गयी।

''सब्र!'' – चिन्तामणि बोला – ''सब्र!''

''क्या सब्र!'' – रघुनाथ रुंधे कण्ठ से बोला – ''वंश नाश कर दिया किसी हराम के जने ने। पता नहीं किस जन्म का बदला उतारा! लेकिन'' – उसके दाँत किटकिटाये – ''छोड़ूँगा मैं भी नहीं। जस्सा ढूंढ़ के रहेगा उसे जिसकी ये करतूत है।''

जस्से का सिर स्वयंमेव ऊपर नीचे हिला।

''कुत्ते को ऐसी मौत मारूँगा कि सात पुश्तें पनाह माँग जायेंगी।''

''ज़रूर। ज़रूर। लड़का कुछ बोला आख़िर हुआ क्या था?''

''कुछ तो बोला!''

''क्या?''

''वसन्त कुंज के 'हाइड पार्क' नाम के नाइट क्लब में था जहाँ कि एक नौजवान लड़की से उसकी मुलाकात हुई थी जो कि ऐसी जगहों पर कोई बड़ी बात नहीं है।''

''कोई बड़ी बात नहीं आजकल दिल्ली में।''

''उस लड़की के साथ एक जोड़ा और था। तफरीह के लिये वो इकट्ठे मिल बैठे तो उनके बीच में ये बात उठी कि उस घड़ी की तफरीह को क्लाइमैक्स तक पहुँचाने के लिये कोई तनहा जगह होनी चाहिये थी . . .''

''किसने उठाई?''

''पता नहीं। लड़के की हालत ऐसी बातों की डिटेल में जाने लायक अभी नहीं है।''

''ओह! सॉरी!''

''उस बाबत कई बार इसरार हुआ तो लड़का ईस्ट-ऑफ-कैलाश की हमारी खाली पड़ी कोठी की बाबत बोल बैठा। मुलाहज़े में वो उन्हें वहाँ ले गया फिर वहाँ . . . वहाँ . . .''

उसका गला फिर रुंध गया।

''लेकिन कोई वजह तो होगी! आख़िर किया क्यों उन लोगों ने ऐसा?''

''क्या पता क्यों किया! लड़का ही कुछ बतायेगा तो पता चलेगा।''

''वो लोग अनजान थे, पहली बार मिले थे, बारमेट्स वाली वाकफ़ियत बनी थी, कोई ज़ाती दुश्मनी का दखल तो नहीं हो सकता!''

रघुनाथ ने ख़ामोशी से सहमति जताई।

''या सैडिस्ट होंगे साले।''

रघुनाथ की भवें उठीं।

"कुछ ज़ेहनी तौर पर बीमार ऐसे लोग होते हैं जो दूसरे को प्रताड़ित करके सुख पाते हैं। ऊपर से नशे में थे। ऐसे लोग जो न कर गुज़रें थोड़ा है। वो जो मेल पार्टनर साथ था, वही साला होगा लाइलाज सैडिस्ट जो नशे में वो वारदात कर बैठा।"

रघुनाथ का सिर इंकार में हिला।

"यानी!" – चिन्तामणि बोला।

"जो किया उस लड़की ने किया जो उनके साथ विदाउट कम्पैनियन थी।"

"क्या!"

"जरूर जो इसी वजह से अमित को कम्पैनियन बनाने के लिये झट तैयार हो गयी थी। लड़का कहता है ईस्ट-ऑफ-कैलाश वाली हमारी कोठी के एक बैडरूम में वो उस लड़की के साथ अकेला था। तब लड़की के साथ का जोड़ा दूसरे बैडरूम में था।"

"यानी उन दोनों को ख़बर ही न लगी कि . . ."

"बाद में आया।"

"बाद में आया?"

"ख़ाली मर्द। मेल पार्टनर। दूसरी लड़की का।"

"वो न आयी?"

"न! लड़का यही कहता है। अकेला आया।"

"कैसे . . . कैसे सूझा आना?"

"लड़की का कोई इशारा पाकर आया। लड़का कहता है कि आख़िर जो उसके साथ बीती, उसके दौरान उस मर्द की हैसियत महज़ दर्शक की थी।"

"जो किया, लड़की ने किया?"

"हाँ।"

"यकीन नहीं आता।"

"अमित यही कहता है।"

"लेकिन रघुनाथ, जब उस शख़्स ने अपने सामने इतना बड़ा काण्ड होने दिया तो उसे महज़ दर्शक तो नहीं कहा जा सकता?"

रघुनाथ की भवें उठीं।

"इससे तो साफ ज़ाहिर होता है कि वो दोनों–बल्कि तीनों – इस वाकये में शरीक थे। उस तीनों की वो मिली भगत थी . . . इस फर्क के साथ कि उनकी उस नापाक स्कीम को अमली जामा उस लड़की ने पहनाया था

जो कि अमित के साथ थी . . . इसी काम के लिये अमित के साथ थी।''

''हो सकता है।''

''हो सकता है नहीं, है।''

''पापा इज़ राइट।'' – अरमान बोला – ''इट स्टैण्ड्स टु रीज़न। नो?''

रघुनाथ ने हिचकिचाते हुए सहमति में सिर हिलाया।

''लेकिन'' – चिन्तामणि बोला – ''जो हुआ, वो हुआ क्यों? बेवजह तो कोई काम नहीं होता!''

''वो तो है!''

''अमित क्या कहता है?''

''अभी कुछ नहीं कहता। बाद में शायद कहे।''

''हैरानी की बात है! एक अकेली लड़की की अमित के साथ क्या दुश्मनी हो सकती थी?''

''अकेली क्यों? अभी तुमने खुद तो कहा कि उन तीनों की मिली भगत थी!''

''अमित के साथ तो अकेली थी!''

''वाकये के वक्त नहीं।''

''फिर भी . . .''

''अभी ये एक उलझी हुई गुत्थी है, अमित ही कुछ बोलेगा तो सुलझेगी।''

''अकेली लड़की ने इतना बड़ा काण्ड कर दिखाया! अमित ने कर लेने दिया! ऐसी हरकत के लिये मर्द को काबू में करना पड़ता है। कैसे कर पायी?''

''मालूम पड़ेगा न!''

''रिपोर्ट दर्ज करायी?''

''नहीं।''

''नहीं?''

''नहीं, भई। रिपोर्ट दर्ज कराने का मतलब इस बात का ढिंढोरा पीटना होता कि मेरा जवाँमर्द बेटा अब मर्द नहीं रहा था।''

इस बार उसका गला ही न रुंधा, आँखें भी डबडबा आयीं।

''सब्र, रघुनाथ, सब्र।''

''इसीलिये तो अमित को इस प्राइवेट नर्सिंग होम में पहुँचाया जिसका मालिक अल्पेश सक्सेना मेरा वाकिफ है। और कहीं ले जाते को मैडिकोलीगल केस बनता, रिपोर्ट अपने आप ही दर्ज हो जाती।''

''वो तो ठीक है लेकिन पुलिस में जाये बिना तफ़्तीश कैसे होगी, पता कैसे लगेगा कि ये घिनौनी वारदात करने वाले लोग कौन थे, ख़ासतौर से वो लड़की कौन थी?''

''जो करेगा, जस्सा करेगा। लेकिन पुलिस नहीं। पुलिस में जाना अमित की बाकी ज़िन्दगी की बेचारगी का ढिंढोरा पीटना होगा। मुझे यकीन है कि ख़ुद अमित ही ऐसा नहीं चाहेगा।''

''ये कर लेगा?''

''देखेंगे।'' – रघुनाथ ने गहरी, ठण्डी साँस ली – ''न कर पाया तो हरि इच्छा।''

इस बार जस्से ने कोई प्रतिक्रिया न दिखाई।

''लेकिन पुलिस नहीं।'' – रघुनाथ बोला।

''हम अमित से मिल सकते हैं?''

''मिल तो सकते हो। होश में है। लेकिन फिलहाल न मिलना ही बेहतर होगा।''

चिन्तामणि की भवें उठीं।

''मिलना उसकी शर्मिन्दगी का बायस बनेगा।''

''ओह!''

''फिलहाल मैं ऐसा नहीं चाहता। उसे सम्भलने के लिये, हालात से समझौता करने के लिये वक्त देना जरूरी है।''

''ठीक!''

''वैसा हो जाने तक मैं खुद उससे ज़्यादा सवाल नहीं करना चाहता।''

''भाभी से तो मिल सकते हैं?''

''न ही मिलो तो अच्छा है। बार-बार गश खा रही है। तुम हमदर्दी जताओगे तो उसके अभी हरे जख़्म ही खुरचोगे।''

''ओह! फिर तो चलते हैं, रघुनाथ।''

रघुनाथ ने सहमति में सिर हिलाया।

''फिर आयेंगे।''

''आना।''

अरमान ग्रीन पार्क में ही अपने पिता से अलग हो गया।

पिता ने सवाल किया तो उसने बहाना बनाया कि उस इलाके में उसका एक दोस्त रहता था, जिससे वो मिलना चाहता था।

पिता की कार दृष्टि से ओझल हो गयी तो वो वापिस नर्सिंग होम पर पहुँचा। उसने आती बार ही नोट किया था कि नर्सिंग के करीब एक रेस्टोरेंट था जो कि शाम की उस घड़ी कोई रश वाली जगह नहीं जान पड़ता था।

उसने जस्से को फोन लगाया।

तत्काल उत्तर मिला।

''मैं अरमान!'' – वो बोला।

''मालूम। स्क्रीन पर नाम आया न!''

''थोड़ी देर के लिये बाहर आ सकता है?''

''आ सकता हूँ। क्या बात है?''

''बात करनी है। ख़ास।''

''बड़े त्रिपाठी साहब ने?''

''वो तो गये! मैंने।''

''तू बाहर है?''

''हाँ। नर्सिंग होम से थोड़ा परे जो रेस्टोरेंट है, उसके सामने।''

''आता हूँ।''

''भीतर आना।''

''ठीक है।''

अरमान भी रेस्टोरेंट में दाखिल हुआ और उसके लगभग ख़ाली पड़े पृष्ठ भाग में एक टेबल पर बैठ गया। वेटर आया तो उसने दो चाय का आर्डर किया।

जस्सा और चाय इकट्ठे ही टेबल पर पहुँचे।

जस्सा उसके सामने बैठने लगा तो अरमान ने उसे अपने पहलू की ओर की ख़ाली कुर्सी पर बैठने का इशारा किया। जस्सा बैठ गया तो उसने एक चाय उसके आगे सरका दी।

''क्या बात है?'' – जस्सा उत्सुक भाव से बोला।

''बोलता हूँ।'' – अरमान दबे किन्तु सन्तुलित स्वर में बोला – ''लम्बी बात है। टाइम है न तेरे पास?''

''है।''

''कहीं गोयल साहब ढूँढ़ते हों!''

''ऐसा नहीं होगा। होगा तो मोबाइल खड़कायेंगे।''

''ओह!''

''अब बोल।''

''गोयल साहब पुलिस में नहीं जाना चाहते। उन्होंने तेरे पर भरोसा जताया कि तू कुछ कर गुज़रेगा। ढूँढ लेगा साले हरामियों को? खासतौर से लड़की को जिसने वारदात को अंजाम दिया?''

''उम्मीद तो है!''

''कैसे? खुलासा कर?''

''इस शहर में जरायमपेशा लोगों से मेरी ख़ासी वाकफियत है। आख़िर मैं भी कभी ऐसा ही होता था। कारें चुराया करता था। फिर लोकल अन्डरवर्ल्ड में भी मेरे कनैक्शन हैं . . .''

''ठीक! ठीक! लेकिन इस मामले में ऐसे लोग मेरे किस काम आयेंगे?''

''आयेंगे। जो हुआ है, वो कोई मामूली वाकया नहीं। किसी पर्सनल रंजिश का नतीजा नहीं, जैसा कि लाला जी सोच समझ रहे हैं। ये प्रोफेशनल जॉब है। प्रोफेशनल जॉब को प्रोफेशनल ही अंजाम दे सकता है। इसलिये मेरे कनैक्शन काम आयेंगे।''

''आते आते आयेंगे . . .''

''लेकिन आयेंगे।''

''सुन तो! मैं तेरी कुछ ऐसी मदद कर सकता हूँ जिससे ये काम रफ़्तार से हो सकता है – जैसे शार्ट कट से मंजिल पर जल्दी पहुँचा जा सकता है – और कोई फौरी नतीजा सामने आ सकता है।''

''तू . . . तू मदद कर सकता है?''

''हाँ।''

''कैसे?''

''जानता हूँ कुछ ख़ास। ऐसे।''

''क्या जानता है?''

''जस्से, मैं ऐसा कुछ जानता हूँ जिसे मैं अपने पापा के सामने नहीं दोहरा सकता, गोयल साहब के सामने तो बिल्कुल ही नहीं दोहरा सकता, लेकिन तेरे सामने दोहरा सकता हूँ क्योंकि गोयल साहब ने तेरे पर जो भरोसा जताया है, तू अगर उस पर खरा उतर कर दिखाता है तो उससे मेरा भी भला होता है।

''तेरा भी?''

''हाँ।''

''बहुत उलझी-उलझी बातें कर रहा है, काका। खुफ़िया भी।''

अरमान ख़ामोश रहा, बेमन से उसने चाय की एक चुस्की भरी।

जस्से ने चाय की तरफ तवज्जो ही न दी, उसने अपलक अरमान की तरफ देखा।

अरमान की निगाह न भटकी।

आख़िर जस्से ने ही निगाह फिराई, फिर बोला – "क्या जानता है?"

"जो जानता हूँ उससे उस वजह पर रौशनी पड़ सकती है जो अमित के साथ हुए हादसे की बुनियाद बनी।"

"बढ़िया। आगे बोल।"

"आगे एक शर्मनाक कहानी है . . ."

"ओये काका, मेरे से कैसी शर्म! मैं तो घर का बन्दा हूँ!"

". . . सिर्फ तेरे कानों के लिये।"

"मैंने पकड़ा न हिंट! तेरी बात मेरे से आगे नहीं जायेगी।"

"पक्की बात?"

"ओये, पक्की क्या, कच्ची क्या! बोल दिया न जस्से ने!"

"तो सुन।"

अरमान ने सविस्तार अपनी और अमित गोयल, शकील शेख और अशोक जोगी की सोमवार ग्यारह तारीख़ की साझी करतूत बयान करना शुरू किया।

ज्यों-ज्यों वो बोलता गया, जस्से की हैरानी में इज़ाफा होता गया।

कहानी का सिरा आया तो अरमान क्षण भर को ठिठका, उसने अपनी ठण्डी होती चाय का एक घूँट भरा।

"दाता!" – जस्सा असहाय भाव से गर्दन हिलाता बोला – "ये लड़का तो गोयल साहब के पिछले जन्म की सज़ा बनता जा रहा है। ज़नाना जिस्म की इतनी तलब! एक वारदात से बरी हुआ नहीं कि दूसरी कर डाली!"

अरमान की भवें उठीं।

"तुझे नहीं मालूम?"

"क्या?"

"सारे शहर को मालूम है, तुझे नहीं मालूम?"

"अरे, क्या?"

"नहीं मालूम कि अपने विकास जिन्दल और केतन साहनी नाम के तेरे जैसे दो साथियों के साथ पिछले दिनों गिरफ्तार था!"

"वो तो मालूम है! भगवान दास रोड वाले अगवा और जबरजिना के केस में गिरफ्तार हुआ था लेकिन नाजायज़ गिरफ्तार हुआ था। कोर्ट ने उसे और विकास और केतन को बाइज़्ज़त बरी किया था . . ."

"बाइज़्ज़त नहीं। लैक ऑफ ईवीडेंस की बिना पर बरी हुए थे तीनों। पुलिस का उनके खिलाफ चश्मदीद गवाह खड़े पैर मुकर गया था . . ."

"सरकारी गवाह मुकर गया! ऐसा कहीं होता है!"

"होता है। हुआ। गोयल साहब ने कहा ऐसा हो, ऐसा हो गया। मैजिस्ट्रेट को लैक आफ ईवीडेंस की बिना पर मजबूरन आरोपियों को छोड़ना पड़ा। ये बाइज़्ज़त बरी होना तो न हुआ!"

"लेकिन इंसाफ तो हुआ! अमित का तो सच में ही उस वारदात से कोई लेना-देना नहीं था।"

"तुझे क्या पता?"

"वो मेरा दोस्त है, करीबी है, जब वो कहता है कि . . ."

"गलत कहता है।"

"उसने . . . उसने मेरे से झूठ बोला?"

"इस बार तो बोला! इज़्ज़त ख़राब होती पायी होगी। करतूत आयी गयी हो गयी होती तो डींग हाँकता – तेरे सामने और तेरे जैसों के सामने – उलटी पड़ गयी तो शर्मिंदगी का बायस बन गयी। हमेशा कामयाबी की लम्बी-लम्बी हाँकता कैसे ज़ुबान पर लाता अपनी नाकामी की दास्तान! अन्दर जाना पड़ा। खुदा-न-ख़ास्ता गोयल साहब की पेश न चली होती तो सोच, क्या होता!"

"उन्होंने . . . उन्होंने छुड़वाया?"

"हाँ। पैंतालीस लाख रुपये नकद गवाह को और केस के इंचार्ज पुलिस वाले को पूजे। और भी कई तरह के कई ख़र्च हुए।"

"कमाल है!"

"कोई सबक न लिया नामाकूल ने। एक ज़हमत से अभी निकला नहीं था कि दूसरी में कदम डाल दिया। ऐसी भी क्या जिंसी भूख! अब उलटी पड़ गयी न! भूख मिटाने चला था, निवाला छूने के काबिल न बचा।"

"अ-असल में भगवानदास रोड वाली वारदात – उसी का कारनामा था?"

"और मैं क्या कह रहा हूँ?"

"यकीन नहीं आता। अमित ने मेरे से पर्दादारी की!"

"फंसा न होता तो न करता। पकड़ा गया इसलिये उसके ज़िक्र से अपनी किरकिरी होती महसूस करता होगा।"

"आपसदारी में कैसी किरकिरी!"

''पूछना। मालूम करना।''

अरमान ख़ामोश हो गया।

''ख़ैर!'' – गहरी साँस लेता जस्सा बोला – ''जो किस्मत में लिखा होता है, वो तो हासिल होना ही होता है। अब तू ये बता कि जो कहानी तूने की, उसमें मेरे लायक क्या है?''

''कहानी पूरी नहीं हुई अभी, जस्से।'' – अरमान बोला – ''तेरे लायक आगे है।''

''अच्छा, अभी आगे भी है?''

''हाँ।''

''बोल। पहुँच आगे। मैं सुन रहा हूँ।''

अरमान ने सहमति में सिर हिलाया।

फिर उसने अकेले खुद के साथ बीती महरौली के रेस्टोरेंट वाली कथा की, जिसका हौलनाक समापन एक करीबी खंडहर इमारत में हुआ था जिसमें उसे मजबूरन ग्यारह तारीख़ की वारदात में शामिल अपने साथियों के नाम बताने पड़े थे।

आख़िर वो ख़ामोश हुआ।

कुछ क्षण जस्सा मन्त्रमुग्ध-सा उसे देखता रहा, फिर बोला – ''ये तो तूने बड़ी ख़तरनाक कथा की, काके! इसका तो मतलब है कि जो अंजाम अमित का हुआ, वो रशीद शेख और अशोक जोगी का भी हो सकता है और आख़िर में तेरा भी हो सकता है!''

''मैं और क्या कह रहा हूँ?''

''तू तो ज़ाहिर है कि ख़बरदार है – तभी कह रहा था कि मैं अगर कुछ कर दिखाता हूँ तो उसमें तेरा भी भला है – बाकी दो भी ख़बरदार हैं?''

''अभी नहीं।''

''ओये, रहे रब दा नां, उन्हें तो तेरे से पहले ख़बरदार होना चाहिये! तेरा नम्बर तो – रब न करे – आख़िर में आना है, वो तो . . .''

''ठीक, ठीक। लेकिन अमित के साथ बीती की मुझे आज सुबह ही ख़बर लगी है! तब से नहीं टाइम मिला उनसे बात करने का।''

''करेगा तो सही?''

''ज़रूर! आज ही करूँगा। आने वाली मुसीबत की पहले से ख़बर हो तो उससे बचाव की जुगत की जा सकती है।''

''ठीक। लेकिन तू कहता है महरौली में एक, सिर्फ एक आदमी तेरे गले

पड़ा, उसने तेरे से अमित का नाम उगलवाया, लेकिन उसकी दुरगत उसने तो न की, वो तो किसी लड़की ने की!''

''उस लड़की के साथ एक औरत आदमी और थे न! मेरा दिल गवाही देता है कि औरत के साथ का वो आदमी फैंटम की नकाब वाला वही आदमी था, जिसने महरौली के खंडहरों में मेरा दिल बैठा देने में कसर नहीं छोड़ी थी।''

''औरत!''

''उसकी बाबत मैं क्या कह सकता हूँ? लेकिन एक दूर की कौड़ी सूझती है।''

''क्या?''

''वो वो औरत थी जिसे हम चार दोस्तों ने उठाया था और बाद में चलती कार में से बाहर फेंका था। लेकिन जो, पता नहीं क्या करिश्मा हुआ कि, मरने से बच गयी थी।''

''मॉडल टाउन में रहने वाली कोई औरत!''

अरमान की भवें उठीं।

''ओये, जब तू कहता है कि मार्केट से कोई ख़रीदारी करके अपनी ख़रीदारी के साथ पैदल लौट रही थी तो मॉडल टाउन में ही तो रहती होगी! मॉडल टाउन में भी मार्केट के करीब ही कहीं तो रहती होगी! . . . ऐसे क्या देखता है? रोज़मर्रा की शॉपिंग के लिये – वो भी औरत, वो भी सूरज ढले – कोई मील, दो मील चल कर तो नहीं आता!''

''ये बात तो ठीक है!''

''उस वारदात के बाद वो खड़े पैर मॉडल टाउन छोड़ तो नहीं गयी होगी!''

''नहीं।''

''तो तेरे को उसको ट्रेस करने की कोशिश करनी चाहिये थी। इतने ज़रिये थे तेरे पास उसको ट्रेस कर लेने के! वो मॉडल टाउन में रहती थी, कम्यूनिटी सेंटर की मार्केट के करीब कहीं रहती थी, नोची-खँसोटी जाने की वजह से, चलती कार में से बाहर धकेली जाने की वजह से घायल थी, तेरे को इतनी मुँह से बोलने वाली बातों की तरफ तवज्जो देनी चाहिये थी।''

''पहले ऐसी कोई तवज्जो देने की कोई वजह कहाँ थी! अमित के साथ जो बीती . . .''

''वो अब बीती। तेरे साथ जो बीती, वो तो हफ़्ता पहले बीती! करता कुछ!''

''क्या करता, यार?'' – अरमान तनिक चिढ़ कर बोला – ''मैं कोई जासूस हूँ! कोई ऐसी पड़ताल का तजुर्बा रखने वाला पुलिसिया हूँ! उस औरत की सूरत भी देखी होती तो कोई बात थी!''

''सूरत के अलावा, और भी बातें होती हैं जिनसे बन्दा पहचाना जाता है – जैसे कद-काठ, चाल-ढाल . . .''

''बन्दा पहचाना जाता है, बन्दी नहीं पहचानती जाती।''

''क्या बोला?''

''मेरी उम्र में तमाम हसीन, बढ़िया बनी हुई औरतें एक जैसी लगती हैं। जिस बहन की दीनी की फिगर अड़तीस-पच्चीस-अड़तीस हो, उसकी कोई सूरत देखता है! वो भी अन्धेरे में! वो भी अन्धेरे में उसका भोग लगाते वक्त!''

''तेरी माया तू जाने। ये जस्से के शौक नहीं।''

''तू समझता है कि मैं कोशिश करता तो उस औरत का मॉडल टाउन में कोई अता पता निकाल सकता था! चल, मेरी नालायकी है मैंने ऐसी कोई कोशिश नहीं की। तू तो लायक है! तू कर कोशिश!''

''अभी तो तू ही कर, काके . . .''

''मैं करूँ?''

''. . . मेरे पास बहुत काम हैं। गोयल साहब को मेरे से बहुत उम्मीदें हैं, मैंने उनकी उम्मीदों पर खरा उतर कर दिखाना है।''

''दिखाना। लेकिन तू ये क्यों भूलता है कि जिस काम का तू हवाला दे रहा है, ये भी उसी की एक्सटेंशन है।''

''फिर भी . . . अभी तो तू ही कुछ कर, काके, क्योंकि अभी कोई एक्सटेंशन मेरा निशाना नहीं, अभी मैं मेन लाइन पर ही रहना चाहता हूँ।''

अरमान ने गिला करती निगाह जस्से पर डाली।

''ऐसे न देख मुझे। बात को समझ। बात के मर्म को समझ। फिर ये न भूल कि मॉडल टाउन तेरा देखा भाला, जाँचा परखा इलाका है जब कि मैं उस इलाके से, वहाँ के बाशिन्दों से मामूली तौर पर भी वाकिफ नहीं। काके, कोशिश करेगा तो इस मामले में तू कुछ कर गुजरेगा।''

''अच्छा!''

''हाँ।''

''ठीक है, करता हूँ कुछ।''

''जीता रह। अब तू मतलब की बात पर आ।''

"मतलब की बात!"

"ये बोल इतनी कथा तूने क्यों की? वो भी जस्से से! इतने खुफिया तरीके से! वारदात से इतने दिनों बाद! समझा?"

"नहीं, नहीं समझा! मोटी अक्ल है न मेरी!"

"मज़ाक न कर।"

"तो सुन! जो मादर . . . महरौली के खंडहरों में मेरे पर हावी हुआ था, साफ ज़ाहिर था कि मेरे से अपनी सूरत छुपाने के लिये हाथ के हाथ उसने अपने मुँह पर फैंटम का मुखौटा लगा लिया था, और कोई तबदीली वो अपनी अपीयरेंस में नहीं लाया था, न खड़े पैर ला सकता था। ये भी ज़ाहिर है कि वो महरौली के उस रेस्टोरेंट से ही मेरे पीछे लगा था, जिसमें मैं तफरीहन एक लड़की के साथ था।"

"वो लड़की कहाँ गयी?"

"कहीं न गयी। खंडहर में मेरे साथ थी। उसका भोग लगाने की गरज से ही मैं उसे खंडहर में ले के गया था . . ."

"क्या! दिन-दहाड़े!"

"हाँ, दिन-दहाड़े। अब ख़बरदार जो कोई कमेंट पास किया!"

"वो तैयार थी?"

"हाँ। तभी तो बिना हुज्जत किये खंडहर में मेरे साथ गयी। ऐसे मौकों पर थोड़ी बहुत नानुक्कर, नखरेबाज़ी लड़कियाँ करती ही हैं, लेकिन हामी उनकी बराबर होती है, जिन को तफरीह की ऐसी एक्सटेंशन कुबूल नहीं होती, उनको साथी के साथ तनहाई में जाना ही कुबूल नहीं होता।"

"ज्ञान न बघार, काके। मेरे को ये ज्ञान नहीं चाहिये। तू बोल, लड़की का क्या हुआ?"

"उसे उस शख़्स ने धमका कर, ख़ामोश रहने की वार्निंग देकर रुख़सत कर दिया।"

"फिर तेरे गले पड़ा?"

"हाँ। उसने . . ."

"काके, हम फिर असल बात से भटक रहे हैं। तू कह रहा था, उसने हाथ-के-हाथ मुँह पर मुखौटा लगाया था, बाकी कोई तब्दीली खुद में उसने नहीं की हो सकती थी। इससे आगे बोल।"

"उसकी मनहूस शक्ल के अलावा, जो मुझे मुखौटे की वजह से दिख नहीं रही थी, मुझे उसके बारे में सब याद है। उसका डील डौल, कद काठ,

ख़ासतौर से उसकी उस वक्त की पोशाक।''

''क्या थी पोशाक? क्या पहने था?''

''वो कॉर्डरॉय की डार्क ब्राउन पैंट, लाइट ब्राउन, थ्री बटन कोट और मैचिंग ब्राउन शर्ट पहने था। उसके पैरों में चमड़े के ब्राउन जूते थे।''

''मैंने पकड़ा तेरा बयान जो तूने ख़ास शिद्दत से दिया। आगे बोल।''

''आजकल रेटिड रेस्टोरेंट्स में, जिनके पास लिकर लाइसेंस भी हो, सीसीटीवी सिस्टम लगाया जाना मैंडेट्री है। मैंने कोई कैमरा देखा तो नहीं था लेकिन मुझे यकीन है कि वहाँ होगा ज़रूर।''

''तेरे महरौली वाले रेस्टोरेंट में?''

''हाँ।''

''जिसका नाम तूने अभी तक नहीं बोला।''

''सॉरी। लोटस पौंड।''

''कहाँ है महरौली में।''

''कुतुब के करीब ही है। अप्रोच रोड के सिरे पर उसकी डायरेक्शन का बहुत बड़ा बोर्ड लगा है।''

''ठीक। तेरा सीसीटीवी कैमरों पर ज़ोर है। तू ये कहना चाहता है कि उनमें तेरे हमलावर का अक्स आया हो सकता है!''

''मेरे को पूरा यकीन है कि मेरे पर निगाह रखने के लिये वो 'लोटस पौंड' में था, मेरे पीछे लगा ही वहाँ पहुँचा था और वहीं से मुझे फॉलो करता करीबी उजाड़ खंडहर में पहुँचा था। जस्से, अगर तू उस रेस्टोरेंट की इक्कीस तारीख़ की सीसीटीवी फुटेज़ को स्कैन करने की जुगत कर सके तो हमें मालूम हो सकता है उस माँ के दीने की सूरत कैसी थी?''

''बशर्ते कि उस जैसी पोशक वाले वहाँ और लोग भी मौजूद न हों!''

''ऐसा कैसे हो सकता है?''

''क्यों नहीं हो सकता? जैसी ब्राउन ड्रैस तूने बयान की है, उसमें खास क्या है? हट के क्या है? बहुत कॉमन है वो।''

''ठीक। ठीक। लेकिन वैसी ड्रैस पहने कोई दूसरा – तीसरा – वहाँ हुआ भी तो जरूरी तो नहीं उसकी उम्र और कद-काठ भी मेरे हमलावर जैसा हो!''

''ठीक है, मैं समझ गया तेरी बात। मैं वहाँ से इक्कीस नवम्बर गुरुवार दोपहर के आस-पास की फुटेज़ निकलवाऊंगा।''

''वो लोग कोऑपरेट करेंगे?''

"आसानी से तो नहीं करेंगे!"

"क्या करेगा?"

"साँप छोड़ दूँगा। दोबारा कोई मूतने नहीं जायेगा लोटस वाले पौंड में। जहाँ साँप निकल आये, वहाँ कौन दोबारा कदम रखेगा! हर कस्टमर यही सोचेगा कि एक दिखाई दिया था, और भी हो सकते थे। कौन जायेगा फिर वहाँ! भाँ-भाँ कर रहा होगा ठीया अगले ही रोज़ से। फिर कुतुब के आसपास रेस्टोरेंट्स का घाटा है कोई! साली एक ईंट उखाड़ो तीन निकलते हैं।"

अरमान ने मन्त्रमुग्ध भाव से उसकी तरफ देखा।

"मुझे उम्मीद है मैनेजर पर मेरी धमकी कारगर होगी।"

"उसने पुलिस बुला ली तो?"

"बुला ले। सात जन्म साबित नहीं कर पायेगा कि जस्से ने ऐसी कोई धमकी उसे दी थी।"

"ओह!"

"साँप पकड़ना पुलिस का काम नहीं, काके।"

"जस्सों को पकड़ना पुलिस का काम है।"

"पकड़ें। उनके हाथ में ताकत है, पकड़ सकते हैं लेकिन पकड़े रखकर दिखायें।"

"ठीक!"

"फिर मदारी के झोले में कोई एक ही ट्रिक नहीं होती! ऐसे बहुत करतब आते हैं मेरे को जो ढिठाई दिखाते लोगों को कोऑपरेट करने पर मजबूर कर सकते हैं।"

"कैसे सीखे? कहाँ से सीखे?"

"सीखे कहीं से! वक्त सब सिखा देता है। ऐसे ही तो गोयल साहब का ट्रबलशूटर नहीं हूँ। वो भी एक दो साल से नहीं, चौदह साल से। आज तक तो हुआ नहीं कि बॉस की कोई ट्रबल जस्सा न शूट कर सका हो।"

"गुड! तू जरूर कुछ कर गुज़रेगा।"

"तेरी बात ख़त्म हो गयी?"

"अभी नहीं।"

"तो कर न ख़त्म! फालतू बातों में क्यों वक्त ज़ाया कर रहा है?"

"जस्से, जैसे-जैसे जो-जो बीता, उससे साफ ज़ाहिर है कि जो मेरा हमलावर था, उसी की करतूत अमित ने भुगती है इसलिये ये लाज़मी है कि

जैसे वो मेरी ताक में 'लोटस पौंड' में था, वैसे कल अमित की फिराक में 'हाइड पार्क' में था। ये अपने आप में हैरानी की बात है कि अमित वहाँ अकेला था।''

''क्यों हैरानी की बात है?''

''क्योंकि आज तक तो कभी ऐसा हुआ नहीं कि अमित को शाम की तफरीह के लिये लड़की सैट करने में कभी कोई दिक्कत पेश आयी हो!''

''फिर भी अकेला था?''

''न सिर्फ अकेला था, लगता है किसी साज़िश के तहत अकेला था – ताकि वहाँ वो लड़की उससे चिपकाई जाती जिसने आख़िर उसका अंग-भंग किया। जस्से, इस लिहाज़ से मेरा हमलावर 'हाइड पार्क' की सीसीटीवी फुटेज़ में दिखाई देना चाहिये। साथ में उसकी कम्पैनियन भी। और साथ में वो कम्पैनियनलैस लड़की भी जो अमित के साथ चिपकी। अगर मेरा हमलावर वहाँ भी हुआ तो ये डबल कनफर्मेशन होगी कि उसकी सूरत कैसी है!''

''फिर दिल्ली की दो करोड़ की आबादी में आराम से हम उसे ढूँढ़ लेंगे!''

''पागल है तू। अरे, वो सूरत हमारी जानी-पहचानी निकल सकती है। हो सकता है उस सूरत से हम पहले से वाकिफ हों।''

''ओह! ओह!''

''फिर उसके साथ की औरत और उस लड़की की भी शिनाख़्त होगी। लड़की का तो कोई क्लू हमारे पास नहीं है लेकिन तेरी मानें तो औरत का तो है! वो मॉडल टाउन में कहीं रहती है, मॉडल टाउन की म्यूनीसिपल मार्केट के करीब कहीं रहती है। सीसीटीवी के ज़रिये हम उस औरत की शक्ल से वाकिफ हो पाये तो सोच, कितना आसान होगा उसे मॉडल टाउन में तलाश कर लेना! फिर जो उसका मर्द, वो मेरा हमलावर। फिर अपना जस्सा उसे काबू में करेगा और चुटकियों में उससे कबुलवा लेगा कि वो लड़की कौन थी, जिसने अमित की दुरगत की। नहीं?''

मशीनी अन्दाज़ से जस्से का सिर सहमति में हिला।

''काके'' – फिर बोला – ''तेरी बात, तेरी लॉजिक पसन्द आयी मुझे। मैं करता हूँ कुछ।''

''कुछ नहीं, जस्से, सब कुछ। और जल्दी। ये न भूल कि मुझे मिला के अभी तीन और जने हैं जो अमित वाले अंजाम को पहुँच सकते हैं।''

''ऐसा कुछ नहीं होगा। मैं ऐसी नौबत नहीं आने दूँगा। पर, काके,

आइन्दा दिनों में तेरा ख़बरदार रहना फिर भी जरूरी है। ख़बरदार हो और बाकी दो दोस्तों को भी ख़बरदार कर। तुम तीनों को – ख़ास तौर से तुझे, क्योंकि तू मेरे बॉस के जिगरी दोस्त का बेटा है इसलिये मुझे तेरी ज़्यादा फिक्र है – आइन्दा दिनों में मौजमेले के लिये इधर-उधर भटकने के अपने शगल को लगाम देना होगा। नहीं?''

''हाँ।''

''रहेगा ख़बरदार?''

''हाँ। बहुत।''

''शाबाश!'' – जस्सा उठ खड़ा हुआ – ''जल्दी ही तेरे से मिलूँगा – किसी कारगर नतीजे के साथ मिलूँगा।''

मीटिंग बर्ख़ास्त हुई।

1 दिसम्बर-रविवार

''मैं उस्तरे से आज़िज हूँ।''

वो सुबह का वो वक्त था, जबकि मुबारक अली का टैक्सी लेकर निकलने का टाइम अभी नहीं हुआ था। दोनों तिराहा बैरम ख़ान के करीब के विमल के पहले से जाने-पहचाने एक टी स्टाल में मौजूद थे और चाय और ऑमलेट नोश फरमा रहे थे।

''ये भी कोई हथियार हुआ! किसी के आगे उस्तरा चमकाओ तो अन्देशा होता है कहीं ये समझ ले हज्जाम है, हज़ामत बनाना माँगता है।''

मुबारक अली की हँसी छूट गयी।

''मजाख!'' – वो बोला – ''मजाख करता है, बाप।''

''नहीं। मैं बिल्कुल संजीदा हूँ। उस्तरा नहीं चलेगा। मजबूरी में चलाया बराबर लेकिन . . . बस, और नहीं।''

''तो?''

''मेरे को गन माँगता हूँ।''

''क्या, वो क्या कहते हैं अंग्रेजी में, पिराब्लम है। तेलीवाड़े पहुँच।''

''गया था। पहली बार की तरह सदर वाले हुसैन साहब के हवाले की भी अब तनवीर अहमद को दरकार नहीं होती। दूसरी बार ही पुराने वाकिफ की तरह मिला था।''

"इस बार भाव खाया? न मिला?"

"हाँ। लेकिन और वजह से।"

"और वजह?"

"अल्लाह को प्यारा हो गया।"

"अरे! क्या हुआ?"

"वही हुआ जिसका पहली मुलाकात में ही मैंने अन्देशा जताया था। मैंने वार्न किया था उसे कि एक दिन अपनी तमाम होशियारियों और फन्देबाज़ियों के बावजूद वो अपने वकील का आफिस लगने वाले कमरे में ही अपने तमाम आड़े-तिरछे, उल्टे-सीधे चलने वाले हथियारों के बीच मरा पड़ा होगा। वही हुआ आख़िर।"

"कैसे जाना?"

"उसके बड़े लड़के इंज़माम ने जनवाया। आफिस में मरा पाया गया। कोई जरायमयेशा ग्राहक ही शूट कर गया। उसी गन से जो वो उससे खरीदने आया था। तनवीर अहमद की गन भी ले गया, जान भी ले गया।"

"अल्लाह!"

"अब वहाँ गैरकानूनी फायरआर्म्स की सेल का धन्धा बन्द है। फरजन्द कहता है कि वो धन्धा चलाना अब्बा के ही बस का था। खूब चाँदी काटी, आख़िर खुद कट लिया।"

"अफ़सोस!"

"अब गन का कोई इन्तजाम चाहिये मुझे। एक हाथ आयी थी लेकिन किसी काम की नहीं थी।"

"हाथ आयी थी! कैसे?"

विमल ने पिछले इतवार अपने साथ बीता रोडरेज का वाकया बयान किया।

"अल्लाह!" – मुबारक अली बोला –"नसीबमारे ने महज इसलिए तेरे पर गन तानी कि तेरी वजह से रेड लाइट जम्प न कर सका!"

"हाँ।" – विमल बोला – "और खुल्ली माँ बहन की गालियां दीं।"

"अल्लाह! क्या होगा इस नस्ल का!"

"एसीपी का बेटा होने की ऐंठ थी।"

"गोली चला देता?"

"क्या पता!"

"तूने पहले ही उसकी गन कब्ज़ा ली।"

"हाँ।"

"उसी को कह रहा है किसी काम की नहीं थी?"

"हाँ। घोड़ा अटकता था, सेफ्टी कैच था ही नहीं, नाल में ज़ंग लगा साफ दिखता था। पता नहीं बावक्तेजरूरत चलती भी थी या नहीं!"

"शायद डराने धमकाने के ही काम आती थी!"

"चैम्बर तो फुल था!"

"फिर भी!"

"हाँ, शायद। तो कर सकते हो कोई इन्तज़ाम?"

"करना ही पड़ेगा। तेरा हुक्म है तो . . ."

"दरख़्वास्त है।"

". . . करना ही पड़ेगा।"

"जल्दी!"

"जल्दी। उस्तरे से किनारा तो नहीं कर लिया?"

"नहीं, अभी नहीं।"

"जब तक गन का इन्तज़ाम न हो जाये, करना भी नहीं।"

"ठीक!" – विमल ने एक बन्द लिफाफा उसके सामने रखा।

"ये क्या है?" – मुबारक अली की भवें उठीं।

"पचास हजार रुपये। घट बढ़ बाद में।"

"अरे, बाप, क्यों दाढ़ी मूत में धोयेला है?"

"ये ज़रूरी है।"

"क्यों ज़रूरी है? इधर रोकड़े का कोई, वो क्या कहते हैं अंग्रेज़ी में, तोड़ा है? साले पन्द्रह कमाने वाले हैं हवेली में। चौदह भांजे और पन्द्रहवाँ मामू।"

"अल्लाह बरकत में और इज़ाफा करे . . ."

"क्या! भांजों की तादाद बढ़े?"

"कमाई की बरकत में।"

"ओह! कमाई की बरकत में।"

"ये ज़रूरी है।" – विमल ने लिफाफा मुबारक अली की तरफ और आगे सरकाया – कहना मानो।"

"माना। अब तू मेरा कहना मान।"

"क्या करूँ?"

"इसे पास रख।" – मुबारक अली ने लिफाफा वापिस उसकी तरफ सरकाया – "जब कोई जुगाड़ हो जायेगा, कीमत मुकर्रर हो जायेगी –

बल्कि अदा हो जायेगी – तो ले लूँगा।''

''वादा?''

''पक्का।''

''वैसे इतने में काम हो जायेगा?''

''तनवीर अहमद से कितने में होता था?''

''चालीस में।''

''हो जायेगा।''

''गन चाक चौबन्द लेकिन चोरी की।''

''चोरी की तो होगी ही! लाखों का माल हज़ारों में चोरी का ही होगा तो मिलेगा न!''

''दुरुस्त।''

''अलबत्ता चाक चौबन्द जो तू बोला, वो यकीनन होगी।''

''बढ़िया।''

''अब एक ख़ास बात सुन।''

''सुन रहा हूँ।''

''हैरान होगा सुन कर।''

''क्या बात है ऐसी?''

''अल्तमश की *बड़े काम* की फीस दस हज़ार मुकर्रर हुई थी। नहीं?''

''हाँ। मैंने परसों रात ही उसे रकम अदा करने की कोशिश की थी लेकिन उसने ये कह के टाल दिया था कि बड़े मियाँ से लेगा।''

''मेरे से नहीं ली उसने।''

''मिला था?''

''हाँ। कल मैंने ही बुलाया था ख़ैरियत जानने के लिये। बाप, बहुत जिद की पर उसने रोकड़ा कुबूल नहीं किया।''

''क्यों?''

''कोई वजह न बोली। मैंने जिद की तो बोला तेरे को वजह मालूम है।'' – मुबारक अली ने अपलक विमल की तरफ देखा – ''मालूम है?''

''है तो सही!'' – विमल दबे स्वर में बोला।

''क्या है वजह?''

''वजह ये जान के समझ जाओगे, मियाँ, कि उसने वो हज़ार रूपये भी

लौटा दिये हैं जो पिछले इतवार को तुमने उसको दिये थे।''

''क्या!''

''हाँ। अब ये तो रखो।'' – विमल ने उसे पाँच-पाँच सौ के दो नोट थमाये – ''ये तो तुम्हारे ही हैं। बल्कि तुम्हारे वाले ही हैं।''

''कमाल है! क्या जादू कर देता है, बाप!''

''मैं एक प्याली चाय और पिऊँगा।''

''बात बदल रहा है लेकिन . . . खैर।''

मुबारक अली के आदेश पर उन्हें तत्काल दो चाय सर्व हुईं।

''मुझे एक फिक्र सता रही है।'' – एकाएक मुबारक अली दबे स्वर में बोला।

विमल ने सवालिया निगाह उस पर डाली।

''हाशमी कहता है कि महरौली वाले रेस्टोरेंट में तेरा अपनी शक्ल की नुमायश कर के आना ठीक नहीं था। हाशमी पढ़ा लिखा है, दानिशमन्द है, वो जानता है ऐसी जगहों पर, वो क्या कहते हैं अंग्रेजी में, निगाह की बीनी के लिये खुफिया करके कैमरे लगे होते हैं। तेरे मुख़ालिफों में से किसी को उन कैमरों का ख़याल आ सकता है, फिर उनकी अहमियत सूझ सकती है।''

''किसी को मेरी क्या ख़बर?''

''वो छोकरा देगा न ख़बर जिसको तूने होटल के करीब के खंडहर में थामा था! इतना भी तो अक्ल से पैदल नहीं होगा कि उसे न सूझे कि तू उस रेस्टोरेंट में उसको निगाह से बीनने के लिये मौजूद था और वहीं से उसके पीछे लगा था!''

''रेस्टोरेंट में मैं गागल्स लगाये था।''

''क्या लगाये था?''

''धूप का चश्मा। बड़े-बड़े शीशों वाला।''

''उससे चेहरा छुप जाता है?''

''फर्क तो पड़ता है!''

''फर्क पड़ जाना काफी होता है?''

''काफी तो नहीं होता, फिर भी . . .''

''क्या फिर भी?''

''तुम अपनी बात कहो, मियाँ।''

''तू कहता है किसी को तेरी क्या ख़बर! मैं कहता हूँ उस छोकरे को

ख़बर जिसको तूने रेस्टोरेंट के करीब के खंडहर में थामा था। ख़ाली थोबड़ा ही तो न देखा न उसने तेरा नकाब की वजह से! बाकी तो सब कुछ देखा न! या खंडहर में नकाब की तरह लबादा भी पहने था?''

विमल ने चिन्तित भाव से इंकार में सिर हिलाया।

''अगर उस छोकरे को रेस्टोरेंट के खुफिया कैमरों का ख़याल आया और उसे उन का करतब देखने का मौका मिला तो कैमरों की ज़द में आया तू भी तो उसे दिखाई देगा! फिर वो भले ही गारन्टी से कुछ न कह सके, कोई पुख्ता अन्दाज़ तो लगा सकेगा या वो भी नहीं कि खंडहर में उसका हमलावर कौन था!''

''रेस्टोरेंट की उस रोज़ की सीसीटीवी फुटेज उसे कौन देखने देगा?''

''क्या कौन देखने देगा?''

''खुफिया कैमरों का कारनामा उसे कौन देखने देगा?''

''बाल की खाल मत निकाल, बाप, बात का मतलब समझ।''

विमल ने कई क्षण जवाब न दिया, फिर संजीदगी से बोला – ''वो मेरी मजबूरी थी, बल्कि गलती थी। मैंने . . . तू ईस्सा भाई विगवाला को जानता है?''

''जानता हूँ। तेरे ही बताये जानता हूँ। बड़ा मशहूरोमाहरूफ मेकअप मास्टर है मुम्बई का, इब्राहीम कालिया की नवाजिश से जिसका तू वाकिफ बना था।''

''वही। मैंने उसे हाल में कई तरह के मेकअप के सामान का ऑर्डर दिया था, जो कि उसने मुझे यहाँ दिल्ली में भेजना था। उस छोकरे के पीछे पड़ने के अभियान को मुझे तब तक मुल्तवी करके रखना चाहिये था, जब तक कि वो सामान मुझे डिलीवर न हो जाता। मुझे वो सब एक ही दिन के लिये मुल्तवी करना पड़ना था, क्योंकि अगले दिन तो ईस्सा भाई का भेजा पार्सल मुझे मिल ही गया था। गलती हुई बराबर वो मेरे से।''

''अब अपने वाहेगुरु से दुआ माँग कि उस गलती का ख़ामियाजा न तेरे गले पड़े।''

विमल ने सहमति से सिर हिलाया।

''ईस्सा भाई का भेजा शीराजा तुझे मिल गया था तो आइन्दा तो तूने एहतियात बरती थी?''

''हाँ। 'हाइड पार्क' में मैं हुलिया बदल के गया था। नीलम भी। और अल्तमश तो हुलिया बदलने के नाम पर अपना कायापलट ही कर लेता है।

उसे देख कर कोई सात जन्म नहीं कह सकता था कि वो किसी ख़ानदानी लड़की को नहीं देख रहा था।''

''तू खुद ही कहाँ कह सका था! उसने जनाना मेकअप उतारा था तो तू भौंचक्का था। मुझे याद है तेरी कमरा बंगश वाली शक्ल।''

विमल हँसा।

''आइन्दा एहतियात बरतेगा?''

''ये भी कोई कहने की बात है! ईस्सा भाई के सदके अब मेरे पास एक-दो नहीं, दस रूप बदलने का इन्तज़ाम है।''

''पीछे कोई अन्देशा नहीं?''

''जैसे हाशमी कहता है, वैसे है तो सही छोटा-मोटा लेकिन . . . देखेंगे।''

''उस छोकरे की ख़बर आख़िर में लेने वाली बात भी मेरे को कोई ख़ास नहीं जंची। दुश्मन तो दुश्मन है। कोई पहले क्या, कोई बाद में क्या?''

''मुझे तुम्हारी बात से पूरा इत्तफाक है, मियाँ, लेकिन उस वक्त माहौल ही ऐसा बन गया था कि जोश में मैंने वो घोषणा कर डाली।''

''अरे, दफान कर अपनी घो .. घो . . . अपने ऐलान को।''

''नहीं, अब जो बोल दिया, सो बोल दिया। उस धृष्ट, गुस्ताख़, बिगड़ैल छोकरे से मुझे वैसे ही खुन्दक है। कार की रांग पार्किंग की शिकायत करने मैं उन के घर गया था तो बाप से ज़्यादा बद्तमीजी से मेरे से वो पेश आया था।''

''वो छोड़। आजकल के बड़े घरों के सारे ही छोकरे ऐसे हैं कम्बख़्तमारे। अब ये बोल कि आगे तेरा क्या पिरोगराम है?''

'' 'गोल्डन गेट' का चक्कर लगाने का प्रोग्राम है।''

''कौन सा गेट?''

विमल ने बताया।

''मियाँ, ऐसा लगने की कोई वजह नुमायां नहीं है'' – फिर बोला – लेकिन न जाने क्यों मुझे लगता है कि उस रेस्टोरेंट में कोई भेद है।''

''कैसा भेद?''

''पता नहीं। बात मामूली है लेकिन फिर खटकती भी है। क्यों फैक्ट्री का तीसरा पार्टनर, जो कहीं बाहर से है, अपने बाकी दो पार्टनरों से अपनी फैक्ट्री में जाकर मिलने की जगह बगल के रेस्टोरेंट में मिला!''

''जवाब तूने खुद दे लिया। क्योंकि रेस्टोरेंट बगल में था। इसलिये सहूलियत का ठिकाना था।''

''ठीक! ठीक! लेकिन पहले फैक्ट्री में जाता, फिर रेस्टोरेंट में पार्टनर्स से

मीटिंग करता तो बात समझ में आती थी। फैक्ट्री में तो वो गया ही नहीं . . .''

''एक बार . . . एक बार नहीं गया न!''

''एक बार इसलिये क्योंकि उस एक बार – बकौल अतिवाचाल फैक्ट्री गार्ड जिससे मैंने जानकारी निकलवायी – उस गार्ड ने सुना था कि बाजू के रेस्टोरेंट में मिले थे सब लोग। कहाँ मिले थे? बाजू ने रेस्टोरेंट में। 'गोल्डन गेट' में वर्ना, फिर बकौल गार्ड, वो पाटर्नर साहब लोगों से मिलकर बाहरोबाहर ही चला जाता था। क्या समझे?''

मुबारक अली ख़ामोश रहा।

''तुम अपना तसव्वुर किसी ऐसे कारोबार के पार्टनर के तौर पर करो जो कि यहाँ से आठ सौ मील के फासले पर है।''

''किया।''

''अब बोलो, इतने फासले पर वाकया कारोबार के मुकाम पर कोई हर तीसरे-चौथे दिन पहुँच जाता होगा?''

मुबारक अली का सिर स्वयंमेव इंकार में हिला।

''कभी-कभी पहुँचने वाला शख़्स क्या अपने कारोबार के मुकाम पर कदम नहीं रखना चाहेगा? नहीं जानना चाहेगा कि सब ठीक से चल रहा था या नहीं? सब चौकस था या नहीं?''

''चाहेगा।''

''उस परदेसी पार्टनर ने तो ऐसा न किया!''

''किया न! तेरे गोल्डन कर के गेट में गया न!''

विमल सकपकाया, उसने अपलक मुबारक अली को देखा।

''बात को समझ, बाप!'' – मुबारक अली धीरे से बोला।

''गोल्डन गेट भी उन लोगों की मिल्कियत!-'' – विमल मन्त्रमुग्ध भाव से बोला – ''वो गोल्डन गेट में पार्टनर।''

''या मालिक।''

विमल फिर सकपकाया।

''क्या नहीं हो सकता?''

''बहुत दूर की सूझी, बड़े मियाँ! लिहाज़ा निकला न रेस्टोरेंट में भेद!''

''अगरचे कि जो मुझे सूझी, उसमें दम निकले। ऐसे तीरों के तुक्का साबित होते देर नहीं लगती।''

''देखेंगे।''

''यानी जायेगा ज़रूर?''

“एक फेरा लगाने में क्या हर्ज है! कुछ न हाथ आया तो समझेंगे मियाँ बीवी की एक शाम की पिकनिक हुई।”

“अच्छा!”

“हाँ।”

“ठीक है, जाना। पर एक बात मेरी मान।”

“क्या बात?”

“एक भांजे को साथ ले के जाना।”

“वो किसलिये?”

“कोई वजह नहीं। तू भी तो बेवजह वो कदम उठायेगा! एक बेवजह काम मेरी वजह से सही।”

“मियाँ, वो जगह रेस्टोबार हैं, डिस्को है, नाइट क्लब है . . .”

“बोला तू। तभी तो भांजे का बोला। मैं ऐसी जगह खप नहीं पाऊँगा वर्ना मैं साथ चलता।”

“वहाँ भी वसन्त कुंज के ‘हाइड पार्क’ वाले कायदे कानून लागू हो सकते हैं। मैं तो बीवी के साथ जाऊँगा, जिस भांजे को साथ भेजोगे, वो भी बीवी के साथ होगा?”

“ये तो नहीं हो सकता! अभी कुछ ही भांजे शादीशुदा हैं और उन सबकी बीवियाँ पर्दानशीं हैं।”

“मेरा भी यही ख़याल था। तो?”

मुबारक अली ने ‘तो’ पर विचार किया।

“अल्तमश!” – फिर तमक कर बोला।

“क्या!”

“अल्तमश। भांजे के साथ मीशा।”

“भांजा कौन?”

“बोलूँगा।”

जसबीर सिंह जस्सा मोना सिख था, मलेरकोटला का रहने वाला था, लेकिन किशोरावस्था से घर से भागा हुआ था। दिल्ली आकर पेट भरने के लिये शायद ही कोई काम होगा, जो उसने न किया। उठाईगीरा बना, जेबें काटीं, चोरियाँ की, सालों पुरानी दिल्ली रेलवे स्टेशन को अपना बसेरा बनाये रहा, आख़िर तरक्की की और कार थीफ बन गया। उस कारोबार का उसे इतना तजुर्बा हुआ कि कैसी भी कार हो, उसका ताला खोल लेता था, इग्नीशन

आन कर लेता था। कमाई कोई ज़्यादा नहीं थी लेकिन कम भी नहीं थी। हर महीने चालीस से पचास हजार तक मज़े से कमा लेता था। अपना काम इतनी नफ़ासत और एहतियात से करता था कि कभी पकड़ा नहीं गया था।

वो छब्बीस साल का था जब कि उसने अपने जैसे ही एक साथी के साथ एक नयी नकोर होंडा सिटी चुराई थी जिसे वो सुबह पाँच बजे बागपत ले जा रहे थे, जहाँ कि उसे डिलीवर किया जाना था, कि रास्ते में गम्भीर एक्सीडेंट हो गया था। एक भड़की हुई गाय एकाएक सड़क के साथ-साथ उगी झाड़ियों में से निकली थी और रफ्तार से दौड़ती उनकी कार के सामने आ गयी थी। उसने भरपूर ब्रेक लगाई, लेकिन कार पूरे वेग के साथ गाय से टकराने से नहीं बच पायी थी। साथी सीट बैल्ट नहीं लगाये था इसलिये एक्सीडेंट के भीषण इम्पैक्ट के तौर पर कार की विंडस्क्रीन तोड़ता बाहर जा कर गिरा था और कार के नीचे आ गया था।

कार, जो उसके कंट्रोल से निकल गयी थी, पहले एक पेड़ से टकराई थी, फिर सड़क के किनारे-किनारे विपरीत दिशा में जाते एक राहगीर पर चढ़ गयी थी।

सीट बैल्ट की वजह से खुद जस्सा वैसे अंजाम से तो बच गया था लेकिन पता नहीं क्या हुआ था कि सीट बैल्ट खुल गयी थी, इम्पैक्ट से उसकी ओर का दरवाज़ा खुल गया था और इम्पैक्ट के बाद धीमी पड़ती कार से वो बाहर जाकर गिरा था।

दूसरी तरफ से एक ऑडी आ रही थी, जिसके पैसेंजर्स ने वो सब नज़ारा किया था।

वैसे सड़क सुनसान थी।

ऑडी के आगे से ड्राइवर और पीछे से पैसेंजर ने – जो उसे बाद में मालूम हुआ था कि कार का मालिक था – कार से निकल कर उसे उठाया था, उसका मुआयना किया था तो पाया था कि उसे मामूली चोटें लगी थीं, कोई हड्डी नहीं टूटी थी, कोई चोट इतनी गम्भीर नहीं थी कि डॉक्टरी इमदाद की फौरन ज़रूरत होती।

पैसेंजर के इशारे पर ड्राइवर ने कार के नीचे आये दोनों जनों का मुआयना किया, फिर मालिक को बताया कि दोनों ख़त्म थे।

फिर पैसेंजर उससे मुखातिब हुआ।

''खुशकिस्मत हो'' – वो बोला – बच गये।''

जस्से ने कराहते हुए हामी भरी।

''तुम्हारा साथी . . . गया।''

जस्से के चेहरे पर अवसाद के भाव आये।

''राहगीर भी।''

जस्सा ख़ामोश रहा।

''दो जानें . . . तुम्हारी वजह से गयीं।''

''मेरी कोई गलती नहीं थी। एकाएक वो गाय आगे आ गयी . . .''

''देखा मैंने। शूट भी किया।''

''जी!''

''भई, तमाम वाकया अपने मोबाइल के कैमरे पर रिकार्ड किया।''

''क्यों?''

''कार अपनी है?''

''हाँ।''

''नाम?''

''रमेश।''

''ड्राइविंग लाइसेंस दिखा।''

''नहीं है।''

''आइडेन्टिटी का कोई ज़रिया?''

''क्या?''

''अरे, कोई कागज़-पत्तर है, जो साबित करे की तू रमेश है।''

''नहीं है।''

''ऐसे ही कार चलाता है?''

जस्सा ख़ामोश रहा।

पैसेंजर ने ड्राइवर को इशारा किया।

ड्राइवर जस्से से डबल नहीं तो डेढ़ गुणा तो यकीनन था। बड़े आराम से उसने जस्से को अपने काबू में कर लिया। एक्सीडेंट से थर्राया हुआ और चोटिल जस्सा उसका विरोध न कर सका। ड्राइवर ने उसकी जेब से उसका बटुवा बरामद किया और उसे टटोला।

''ड्राइविंग लाइसेंस है, साबजी।'' – वो पैसेंजर से बोला – ''लेकिन जसबीर सिंह जस्सा के नाम का। मलेरकोटला, पंजाब से जारी। फोटो इसी की है।''

''हूँ। गाड़ी में देख।''

ड्राइवर ने होंडा सिटी के ग्लव कम्पार्टमेंट से गाड़ी के कागज़ात बरामद किये, उनका मुआयना किया फिर पैसेंजर को बताया कि सब – आर सी, इन्श्योरेंस, ख़रीद की रसीद – मानक लाल जयपुरिया के नाम थे।

"हूँ।" – पैसेंजर फिर जस्से से मुख़ातिब हुआ – "चोरी की है?"

जस्सा परे देखने लगा।

"जवाब दे।" – पैसेंजर सख़्ती से बोला – "झूठ बोलेगा तो घाटे में रहेगा।"

"जी!"

"गम्भीर एक्सीडेंट किया, चोरी की कार से किया, दो आदमियों की मौत की वजह बना . . ."

"मेरी कोई गलती नहीं थी। वो भड़की हुई गाय . . ."

"बोलना पुलिस को।"

"पु . . . पुलिस को!"

"गाय की गवाही भी दिलाना। शायद बच जाओ।"

"आ-आप क-क्या चाहते हैं?"

"जवाब चाहता हूँ। कार चोरी की है?"

"ह-हाँ।"

"दिल्ली से चुराई?"

"हाँ।"

"कहाँ ले जा रहा था?"

"बागपत।"

"मेन रोड क्यों छोड़ी?"

"जहाँ मैंने कार पहुँचानी है, वहाँ के लिये ये शॉर्टकट है।"

"ओह! शॉर्टकट पकड़ा!"

"आपने भी तो . . ."

"नहीं, हमने नहीं। हम रास्ता भटक गये। भटक कर इस सड़क पर निकल आये।"

"ओह!"

"कार पहुँचानी है बोला। यानी ग्राहक तलाश कर भी लिया चोरी की कार का?"

"वो बात नहीं।"

"तो!"

"मैं सिर्फ कार उठाता हूँ। चोरी की कार को खुद ठिकाने लगाने लायक मेरी सलाहियात नहीं हैं।"

"यानी कार ठिकाने कोई दूसरा लगाता है?"

"हाँ।"

"क्योंकि उसकी ऐसी सलाहियात हैं! तेरी नहीं हैं!"

"हाँ।"

"तुझे क्या मिलता है?"

"कमीशन।"

"कितना?"

"पाँच से पन्द्रह हजार तक।"

"इसका – होंडा सिटी का – क्या मिलेगा?"

"दस।"

"दो जनों का?"

"मेरा साथी बस साथी था। साथ के लिये साथ था। शाम को बोतल मुर्गी से ही खुश हो जाता।"

"दस हजार कोई ज़्यादा उजरत तो नहीं!"

"काम के मुताबिक ठीक है। मेरा रिस्क कम है, मेरा दखल कम है। कार को एक जगह से दूसरी जगह शिफ्ट ही तो करना होता है, बस!"

"कभी पकड़ा नहीं गया?"

"नहीं।"

"कभी किसी रोड ब्लॉक पर चैकिंग नहीं हुई?"

"मैं रोड ब्लॉक वाले रास्तों से गुजरता ही नहीं। इसी वजह से तो अभी भी मेन रोड से परहेज़ किया।"

"ओह!"

"जनाब, आप इतने सवाल क्यों पूछ रहे हैं?"

"अरे, सोच रहे हैं तेरी कोई मदद कर दें।"

"मदद!"

"पसन्द आया तू हमें, इसलिये।"

"लेकिन मदद!"

"हाँ।"

"कैसे?"

"अभी सामने आता है कैसे?"

उसने ड्राइवर को इशारा किया।

ड्राइवर शायद मालिक के हर मिज़ाज को, हर इशारे को समझता था। कोई सवाल किये बिना उसने कार के भीतर और बाहर उस जगह पर पैट्रोल से भीगा एक कपड़ा रगड़ा जहाँ कि जस्से के फिंगरप्रिंट्स छुटे हो सकते थे। फिर उसने टूटने से बच गया विंडस्क्रीन का स्टियरिंग साइड का हिस्सा भी तोड़ दिया और कार से परे हट गया।

''कुछ समझ में आया?''

जस्से ने इंकार में सिर हिलाया।

''कार तेरा साथी चला रहा था, जिसने कि एक्सीडेंट किया, एक बन्दा मार दिया और खुद भी मर गया।''

''ल-लेकिन . . .''

''क्या लेकिन?''

''आपके ड्राइवर ने स्टियरिंग वगैरह से मेरी उँगलियों के निशान पोंछे, आख़िर मेरी समझ में आया कि ऐसा क्यों किया लेकिन अगर कार मेरा साथी चला रहा था तो उसकी उँगलियों के निशान भी तो स्टियरिंग पर होने चाहियें!''

''गुड प्वायन्ट। सयाना आदमी है। पसन्द आया मुझे।''

उसने फिर ड्राइवर को इशारा किया।

ड्राइवर कॉटन के ड्राइविंग ग्लवज़ पहने था। जस्से के देखते-देखते उसने दस्ताने उतारे और झुक कर होंडा सिटी के नीचे हाथ डालकर दस्ताने उसके साथी के हाथों में सरका दिये।

''कार तेरा साथी चला रहा था।'' – पैसेंजर बोला – ''कार में वो अकेला था। तेरे पर कोई केस नहीं।''

जस्से के चेहरे पर रौनक आयी।

''लेकिन'' – फिर सशंक भाव से बोला – ''आपके मोबाइल में वो . . . वो एक्सीडेंट का शूट!''

''वो हमारे पास है न! पुलिस के पास तो नहीं है न!''

''पहुँच तो सकता है!''

''मूर्खों जैसी बातें कर रहा है। ऐसा होना होता तो हम तेरे साथ यहाँ अपना वक्त ज़ाया कर रहे होते!''

''वो तो ठीक है लेकिन अगर आप इरेज कर देते तो . . .''

''कर देंगे।''

"आपने एक्सीडेंट देखा। मेरे को देखा। आपके ड्राइवर ने भी सब देखा। आप लोग किसी को कुछ नहीं बोलेंगे?"

"मूर्ख! हमने कुछ बोलना होता तो यहाँ तेरे बचाव का इन्तज़ाम कर रहे होते? हमारा ड्राइवर एक्सीडेंट में तेरी हाज़िरी के सबूत मिटा रहा होता?"

जस्से के मुँह से बोल न फूटा, उसने नर्वस भाव से होंठों पर ज़ुबान फेरी।

"अब ठण्डे-ठण्डे घर जा। जो हुआ उस बाबत तेरे से सवाल होने की कोई नौबत नहीं आयेगी। किसी दूर-दराज़ तरीके से आ भी जाये तो बोलना घर पर था, नींद के हवाले था। बीवी से तसदीक कराना।"

"बीवी नहीं है। अकेला रहता हूँ।"

"कोई बात नहीं। मुझे उम्मीद नहीं कि तेरे से कोई सवाल होगा। तेरी कहीं हाज़िरी ही नहीं है तो सवाल कैसे होगा!"

"मैं . . . मैं आप के अहसान का बदला कैसे चुकाऊंगा?"

"बोलेंगे। नाशुक्रा तो नहीं है न?"

"नहीं।" – जस्से के स्वर में दृढ़ता का पुट आया – "हरगिज़ नहीं।"

"गुड! मेरा यही कयास था।" – पैसेंजर ने जेब से निकाल कर उसे एक विज़िटिंग कार्ड दिया – "इस पर मेरा पता है। जब मामला ठण्डा पड़ जाये तो आकर मिलना।"

जस्से ने सहमति में सिर हिलाया।

"मेन रोड यहाँ से दूर नहीं है। लौटने के लिये वहाँ से तुम्हें जरूर कोई सवारी मिल जायेगी। कोई बस, कोई टैम्पो, कोई लिफ्ट। नहीं?"

"हाँ। जी हाँ।"

दोनों वापिस ऑडी में सवार हुए। ऑडी वहाँ से रुख़सत हो गयी।

तब तक वातावरण में भोर का उजाला फैलने लगा था।

जस्से ने कॉर्ड पर निगाह डाली। लिखा था :

रघुनाथ गोयल, टिम्बर मर्चेंट।

घर का पता ईस्ट-ऑफ-कैलाश का।

व्यापारिक पता पहाड़गंज।

चार दिन बाद एक सुबह वो डरता झिझकता ईस्ट-ऑफ-कैलाश पहुँचा और लाला रघुनाथ गोयल से मिला। लाला उसके साथ ऐसी मुहब्बत से पेश आया कि पहली मुलाकात से ही वो उस का मुरीद बन गया। तब का दिन था और आज का दिन था, वो रघुनाथ गोयल के साथ था – उसका ऑड

जॉब मैन, जनरल हैण्डीमैन, ट्रबलशूटर, पीर-बावर्ची-भिश्ती-खर सब कुछ था – और उसकी छत्रछाया में वो पूरी तरह से सन्तुष्ट था। वहाँ इज़्ज़त थी, पैसा था, हैसियत थी; कार चोर का क्या भविष्य था? आज नहीं तो कल पकड़ा जाता। उस धन्धे से असली पैसा तो वो कमाते थे जो कार को आगे निपटा सकते थे, जिनके रातोंरात कार को निपटा देने के साधन थे, उसे तो चिड़िया का चुग्गा ही मिलना था, लेकिन तब वो भी उसे बहुत लगता था। अपनी ख़ूबियाँ तो उसने तब पहचानी जब वो लाला की छत्रछाया में आया। आज चौदह साल उस जुगलबन्दी को हो गये थे और कभी एक बार भी उसे अपनी जिन्दगी से कोई शिकायत नहीं हुई थी। लाला उस पर इतना मेहरबान था कि जुगलबन्दी के दो साल बाद ही उसने उसे नयी 'सान्त्रो' कार ले दी थी – जिसे वो अब तक दो बार बदल चुका था, अब लाला की ही नवाज़िश से उसके पास 'वैगन-आर' थी – और दो साल बाद उसे मयूर विहार फेज़ टू में एक दो कमरों का फ्लैट ले दिया था। ज़िन्दगी चैन से – बल्कि ऐश से – कट रही थी। और क्या चाहिये था एक अकेले आदमी को जो कभी ख़ाली जेब, ख़ाली पेट घर से भागकर दिल्ली पहुँचा था और ओल्ड दिल्ली स्टेशन के रेलवे यार्ड में रात बसर करता था। लाला की नवाज़िशों की वजह से वो उसका इतना अहसानमन्द था कि रेल से कट जा, दरिया में डूब जा, पैट्रोल से नहा कर खुद को माचिस दिखा दे जैसा भी कोई हुक्म होता तो वो बाखुशी उसकी तामील करता। लाला के एक इशारे पर वो जान दे सकता था, जान ले सकता था।

ऐसा ही मुरीद था वो लाला रघुनाथ गोयल का।

किसी सीसीटीवी सिस्टम से कोई रिकार्डिंग निकलवाना तो बहुत मामूली काम था।

लेकिन जब उसको अंजाम देने की नौबत आयी तो पता लगा कि मामूली नहीं था।

कुतुब वाले रेस्टोरेंट 'लोटस पौंड' में तो उसकी धौंस पट्टी चल गयी, मैनेजर का इंकार तो वहाँ उसे सुनना पड़ा, लेकिन वो साँप वाली हूल की धौंस खा गया, उसने इक्कीस नवम्बर गुरुवार दोपहर के आसपास की सीसीटीवी रिकार्डिंग भी उसे दिखाई और उसकी फरमायश के मुताबिक उसके एक हिस्से की डीवीडी भी उसे सौंपी।

'लोटस पौंड' ज़्यादातर ऐतिहासिक स्थलों पर उपलब्ध टूरिस्ट ट्रेड पर निर्भर करने वाला एक आम रेस्टोरेंट था, लेकिन वसन्त कुंज में 'हाइड पार्क'

एक फूं फां वाला, हाई फाई थ्री-इन-वन – रेस्टोबार, डिस्को, नाइट क्लब – ठीया था जहाँ मैनेजर तक पहुँच बनाने में ही उसे आधा घंटा लग गया।

क्यों मिलना चाहते हो?

मैनेजर को बोलूँगा।

वेट करो।

कम-से-कम चार बार विभिन्न लोगों ने उससे सवाल किया कि वो क्यों मैनेजर से मिलना चाहता था। हर बार एक ही जवाब था – मैनेजर को बोलूँगा।

आख़िर उसे रेस्टोरेंट के पृष्ठ भाग में स्थित मैनेजर के केबिन में पहुँचाया गया।

मैनेजर एक कोई पचपन साल का सख़्त चेहरे वाला गंजेपन की ओर अग्रसर व्यक्ति निकला जो काले सूट में सजा तो खूब था लेकिन संभ्रान्तता पर उसका कोई दावा कतई नहीं जान पड़ता था।

शक्की निगाह से, जिसे कि उसने छुपाने की भी कोशिश न की, उसने सिर से पाँव तक जस्से का मुआयना किया।

"हो गयी?" – जस्सा सहज भाव से बोला।

"क्या?" – मैनेजर तनिक हड़बड़ाया।

"स्क्रीनिंग।"

"क्या मतलब?" – मैनेजर के नेत्र सिकुड़े।

"मैं यहाँ मुलाज़मत ट्राई करने नहीं आया।"

"वो तो अच्छा ही किया। यहाँ कोई वेकेंसी नहीं है।"

"मैं मुलाज़िम बनता नहीं हूँ, मुलाज़िम रखता हूँ।"

"कौन हो, भई?"

"बैठ के बोलने पर पाबन्दी है?"

"क्या! ओह! सॉरी! बैठो। प्लीज़।"

जस्सा उसके सामने एक विज़िटर्स चेयर पर बैठा।

"अब बोलो . . . बोलिये" – इस बार मैनेजर कदरन नर्म, सभ्य लहज़े से बोला – "क्यों मिलना चाहते थे मैनेजर से . . . जो कि मैं हूँ?"

"मेरा नाम जसबीर सिंह है, मैं दिल्ली के एक बड़े सेठ के बड़े कारोबार में उसका सिक्योरिटी चीफ़ हूँ। सेठ का लड़का यहाँ का रेगुलर है।"

"नाम!"

"अमित गोयल।"

"मैं इस नाम से वाकिफ नहीं। शायद हाल का सुपरवाइज़री स्टाफ वाकिफ हो। बात क्या है?"

"परसों रात उसके साथ एक बहुत बड़ा हादसा गुज़रा जिसकी बुनियाद यहाँ बनी?"

"क्या हुआ?"

"अमित गोयल के पास अस्सी लाख के हीरे थे जिनकी यहाँ किसी को भनक लग गयी। कुछ लोग उससे चिपक गये, फिर उन्होंने उसे लूट लिया।"

"यहीं।"

"नहीं। बाहर। यहाँ से काफी दूर। ईस्ट-ऑफ-कैलाश में।"

"ओह! दैट्स गुड न्यूज़।"

"क्या! हमारा बन्दा लुट गया, ये आपके लिये गुड न्यूज़ है?"

"अरे, भई, लूट का वो वाकया यहाँ हमारे रेस्टोबार में न हुआ, ये गुड न्यूज़ है। हमारे लिये।"

"ओह!"

"आगे बढ़ो।"

"अमित गोयल कहता है कि जो लोग यहाँ उससे चिपके थे, वो एक जोड़ा था, जिसके साथ एक नौजवान लड़की थी। अमित को सैट करने के लिये उन्होंने लड़की को हथियार बनाया। लड़की उसे भाव देने लगी, फिर भाव देती-देती चिपक ही गयी!"

"कैसे? अमित के साथ भी तो कम्पनी होगी!"

"वो अकेला था।"

"कब? कब की बात है ये?"

"रात नौ बजे के बाद की।"

"नहीं हो सकता। नौ बजे के बाद अकेले मेल गैस्ट की ऐन्ट्री यहाँ मना है।"

"मैंने बोला न, अमित यहाँ का रेगुलर है।"

"फिर भी . . ."

"उसकी कम्पनी बाद में पहुँचने वाली थी।"

"ओह! बाद में पहुँचने वाली थी। फिर तो किसी जाने-माने पैट्रन का ऐसा लिहाज़ यहाँ हो सकता है। तो उसकी कम्पनी बाद में पहुँची?"

"नहीं। पहुँची ही नहीं। कम्पनी ने उसे डिच किया। इसी वजह से अमित अकेला था। और इसी वजह से जोड़े के साथ की वही विदाउट कम्पैनियन लड़की उससे चिपकने में कामयाब हुई। सब एक साजिश के तहत हुआ।

किसी तरह से उन्हें मालूम था कि अमित के पास बड़ा माल था जिसको काबू में करने के लिये उन्होंने साथ की विदाउट कम्पैनियन लड़की को बेट बनाया। तफरीह की कन्टीन्यूटी के तौर पर वो उसे ईस्ट–ऑफ–कैलाश की एक कोठी में ले गये जहाँ उन्होंने जबरन उसे लूट लिया। लड़के ने बचाव की कोशिश की तो उसके साथ फौजदारी की – आख़िर वो तीन जने थे और अमित गोयल अकेला था, ऊपर से नशे में था – नतीजतन नर्सिंग होम में उसकी आँख खुली।''

''ओह! मुझे अफसोस है कि आपके बन्दे के साथ ऐसा हादसा हुआ, साथ ही शुक्र है कि हमारी एस्टेब्लिशमेंट में नहीं हुआ। अब आप चाहते क्या हैं? यहाँ क्यों आये हैं?''

''समझना इतना मुश्किल तो नहीं! ये जगह इलैक्ट्रॉनिक्स सर्वेलेंस के हवाले है। अमित को लूटने वाले को तीनों लुटेरे यहाँ के सीसीटीवी कैमरों की पकड़ में जरूर आये होंगे। नहीं?''

''आगे बोलिये।''

''मैं परसों रात नौ बजे से आधी रात तक की सीसीटीवी सिस्टम की रिकार्डिंग देखना चाहता हूँ . . .''

''आप क्यों?''

''और उसकी एक कॉपी चाहता हूँ।''

''क्यों?''

''उन लुटेरों की शिनाख़्त के लिये।''

''ये पुलिस का काम है।''

''मेरा भी काम है। मैं सिक्योरिटी का ट्रेण्ड बन्दा हूँ।''

''होंगे। हमें आपसे कोई मतलब नहीं। अस्सी लाख के हीरे लुटे हैं तो ये बड़ी वारदात है जिसकी एफआईआर हुई होगी। तो पुलिस की टीम तफ़्तीश के लिये यहाँ आती ही होगी। बल्कि अब तक उनका फेरा लग चुका होना चाहिये था। पुलिस चाहेगी तो हम उन्हें दिखायेंगे वो फुटेज़।''

''मुझे दिखाइये।''

''नो!''

''मैं उस शख़्स का नुमायन्दा हूँ जिसके साथ वारदात हुई है। मैं उसके पिता का ख़ास हूँ।''

''हमें ऐसी किसी वारदात की ख़बर नहीं।''

''मैं दे रहा हूँ न ख़बर!''

"आप इस मामले में कम्पीटेंट अथॉरिटी नहीं। इस बाबत आपका कुछ कहना कोई मायने नहीं रखता।"

जस्से ने मुँह बाये मैनेजर को देखा।

"आपका वो फुटेज देखना जरूरी है तो पुलिस के साथ आना। फिर दिखायेंगे फुटेज।"

"आप मेरे साथ ऐसे पेश नहीं आ सकते।"

"नहीं आ सकते! आ तो रहे हैं!"

"मेरे साथ कोऑपरेट न करने का अंजाम बुरा होगा।"

"क्या होगा?"

"ऐसा कुछ होगा कि आने वाले दिनों में यहाँ कोई मूतने भी नहीं आयेगा।"

"मिस्टर सिंह, माइन्ड युअर लैंग्वेज।"

"मेरे साथ अंग्रेज़ी झाड़ने की जरूरत नहीं। मैंने जो कहा, वो करो वर्ना . . ."

"वर्ना क्या?"

"धन्धा ठप्प! ठीया भाँ-भाँ करता होगा।"

"ख़ामख़ाह!"

"जहाँ साँप निकल आयें, वहाँ कौन आयेगा?"

"साँप कैसे निकल आयेंगे?"

"देखना।"

"तुम कुछ करोगे?"

"देखना।"

"मैं तो देखते-देखते देखूँगा। अभी तुम देखो।"

"क्या?"

"अभी सामने आता है। बस, दो मिनट सब्र करो।"

उसने एक डैस्क फोन उठाया, इन्टरकॉम का कोई दो डिजिट नम्बर मिलाया, एक क्षण प्रतीक्षा की, फिर माउथपीस के साथ मुँह जोड़कर इतने धीमे स्वर में बोला कि बहुत कान खड़े करने के बावजूद जस्से को एक अक्षर सुनाई न दिया।

आख़िर मैनेजर ने रिसीवर को यथास्थान रखा और मन्द-मन्द मुस्कुराता जस्से को देखता, लापरवाही जताता दोनों हाथों की उँगलियों से मेज ठकठकाने लगा।

जस्से के चेहरे पर उलझन के भाव आये।

क्या माजरा था?

फिर माजरा पेश हुआ।

बन्द दरवाज़ा खुला और चार बाउन्सर्ज़ भीतर घुस आये। सब छः फुटे कड़ियल जवान थे जिनकी फड़कती मसल्स ही बताती थी कि रोज़ घन्टों जिम में आयरन पम्प करते थे।

''इन साहब की सूरत गौर से देखो सब।'' – मैनेजर सन्तुलित स्वर में बोला – ''पोशाक तो मॉडर्न पहने हैं लेकिन लगता है सपेरों के टोले से हैं। कहते हैं यहाँ का धन्धा चौपट कर देंगे।''

चारों की भवें उठीं।

''हाल में साँप छोड़ देंगे। ये नहीं बोले कि एक साँप छोड़ेंगे या फैमिली ही यहाँ होगी। बहरहाल रश आवर्स में हाहाकार मचाने के लिए एक साँप ही काफी है। अब बोलो तुम 'हाइड पार्क' का धन्धा चौपट देखना चाहते हो? नतीजतन बेरोज़गार होना चाहते हो?''

सबके सिर इंकार में हिले।

''तो इनकी सूरत अच्छी तरह पहचान लो। खुद पहचान लो और सारे सिक्योरिटी और सुपरवाइज़री स्टाफ को पहचनवा दो। आइन्दा कभी ये यहाँ तो क्या, 'हाइड पार्क' के आसपास भी न दिखाई दें। समझ गये?''

सबके सिर सहमति में हिले।

''हैंडल कर लोगे?''

सबने हामी भरी।

''गो अहैड।''

''थोड़ा सेक दें।'' – एक बोला।

''काफी टाइम से ऐसा मौक़ा हाथ नहीं लगा।'' – दूसरा बोला।

''ज़्यादा नहीं, बस यादग़ार के तौर पर कि कहाँ ठुका था!'' – तीसरा बोला।

''कलफ तो झाड़ दें!'' – चौथा बोला।

''नहीं, अभी नहीं। इस बार नहीं। अगली बार साहब 'हाइड पार्क' में तो क्या, 'हाइड पार्क' के आसपास भी दिखाई दें तो जो जी में आये, करना।''

सबके चेहरों पर नाउम्मीदी झलकी।

''जो काम अब साहब खुद नहीं कर पायेंगे'' – मैनेजर बोला – ''उसके लिये ये किसी दूसरे को तैयार कर लेंगे। इसलिये आइन्दा सिक्योरिटी बहुत

टाइट रखनी है। सबको ख़बरदार करके रखना है। कोई मिस्टर स्नेक यहाँ के मेहमान न बन पायें? ओके?''

सबने हामी भरी।

''ले के जाओ।''

दो मज़बूत, फौलादी हाथ दो तरफ से जस्से के कन्धों पर पड़े। हाथों ने कन्धों के करीब से उसकी बाँहें जकड़ लीं और बड़ी बेरहमी से उसे उठाकर उसके पैरों पर खड़ा किया। दोनों अपने बीच उसे जबरन चलाने लगे। बाकी दो में से एक उसके आगे और एक पीछे चलने लगा।

संयोग से वो रश का वक्त नहीं था। लेकिन अपना जुलूस निकलता उसने फिर भी महसूस किया।

ऐसा घोर अपमान उसका पहले कभी नहीं हुआ था।

कनॉट प्लेस के एक रेस्टोरेंट में अरमान अकील सैफी और अशोक जोगी से मिला।

उसका इरादा दोस्तों को सिर्फ ख़बरदार करने का था कि आइन्दा दिनों ने उनके साथ कुछ बुरा, बहुत बुरा हो सकता था, उन्हें ये बताने का नहीं था कि वो बहुत बुरा क्या था और वो अमित गोयल के साथ हो भी चुका था। लेकिन जब उसने दोस्तों को अपनी दास्तान सुनायी कि गुरुवार इक्कीस नम्बर को महरौली में उसके साथ क्या बीती थी और क्या वार्निंग थी जो अब तीनों के सिर पर तलवार की तरह लटक रही थी, तो दोस्तों ने वो बात पकड़ ली।

तीनों के सिर पर क्यों?

चारों के सिर पर क्यों नहीं?

जिस वारदात की सज़ा उन्हें मिलने वाली थी, जब चारों उसमें शरीक थे, तो हवाला तीन का क्यों?

तब गोपनीयता की कसम खिला कर अरमान को उन्हें बताना पड़ा कि अमित जोगी को तो सज़ा मिल भी चुकी थी। क्या सज़ा मिली थी, ये सुनकर उन दोनों के प्राण काँप गये।

''कैसे हुआ?'' – दोनों ने पूछा।

''फुल डिटेल्स नहीं मालूम।'' – अरमान बोला – ''वो तो अमित ही बतायेगा तो मालूम होंगी। मोटे तौर पर जो मालूम है, वो बोलता हूँ।''

अरमान ने बोला।

"कमाल है!" – अशोक जोगी मन्त्रमुग्ध स्वर में बोला – "अमित जान से गया होता तो इतनी हैरानी न होती, विशेष अंग भंग कर दिया! ये भी कोई सज़ा हुई!"

"बेचारा!" – अकील बोला।

"ऐसी बेचारगी हमारे पल्ले भी पड़ सकती है।" – अरमान बोला – "लेकिन हुआ तो तुम दोनों का ये बद्हाल पहले होगा। मेरे हमलावर ने साफ कहा था कि मेरा नम्बर आख़िर में आयेगा।"

"उस नम्बर लगाने वाले बहन . . . को हम पहले ख़त्म नहीं कर सकते?" – अशोक आवेश से बोला।

"किसको? जिस शख़्स की हमें ख़बर ही नहीं कि कौन है, खत्म कैसे करें उसे?"

"ख़बर निकाली नहीं जा सकती?"

"कोशिश हो रही है। बड़े गोयल साहब के हुक्म पर जस्सा उस सिलसिले में बहुत कुछ कर रहा है, लेकिन उसकी कोई कोशिश कामयाब होने से पहले ही हमारा हाल अमित जैसा हो गया तो उस हमलावर का पता लगना या न लगना हमारे लिये एक बराबर होगा।"

"तो क्या करें?"

"जो बस में हो, वो करो। जो सूझे, वो करो।"

"हम पुलिस में जा सकते हैं।" – अकील बोला।

"अक्ल टखनों में है मियाँ की। जा सकते हैं पुलिस में। वहाँ तू कबूल करेगा या मैं कबूल करूँगा कि हमने क्या करतूत की थी जो कोई हमारे – उसकी ज़ुबान में – फैमिली ज्वेलस के पीछे पड़ा था और एक सैट पर अपना दावा लगा भी चुका था! पुलिस के आगे मॉडल टाउन वाली उस औरत के अगवा की, उससे सामूहिक बद्फेली की बात कौन कबूल करेगा?"

शकील से जवाब देते न बना।

"पुलिस के पास गये तो वही मसल बन जायेगी कि नमाज़ बख्शवाने आये, रोज़े गले पड़ गये।"

शकील का सिर सहमति में हिला।

"तो" – अशोक बोला – "हम क्या कर सकते हैं?"

"फिलहाल हम कुछ नहीं कर सकते। सिवाय इसके कि जिस खतरे की आमद की हमें ख़बर है उससे ख़बरदार रहें। जब तक बड़े गोयल साहब के

भरोसे के आदमी जस्से की कोशिशों से कोई नतीजा नहीं निकल आता, तब तक अनजान जगहों पर कदम डालने से हमें परहेज़ रखना होगा और जानी हुई जगहों पर जाने में भी एहतियात बरतनी होगी। जैसा जाल वो शख़्स अमित के लिये फैलाने में कामयाब हो गया, वैसे किसी जाल में तुमने हरगिज़ नहीं फँसना है।''

''हमने?''

''हाँ, तुमने। क्योंकि तुम्हारी सलामती पर मेरी सलामती का दारोमदार है। उसने मुझे अपना आख़िरी शिकार मुकर्रर किया है। तुम सलामत रहोगे तो मेरा नम्बर नहीं लगेगा। तो मेरा कुछ नहीं बिगड़ेगा। इसलिये अपनी ख़ातिर ही नहीं, मेरी ख़ातिर भी ख़बरदार रहना, दोस्तों। हिजड़े की तरह जीने के ख़याल से भी मेरे प्राण काँपते हैं।''

''मेरे भी।''

''मेरे भी।'' – अकील बोला।

''सो देयर।''

''अब मेरा एक सवाल है।''

''क्या?''

''इस बाबत हमें घर ख़बर करनी चाहिये?''

''हिम्मत हो तो करना। ख़बर यही नहीं करनी होगी, मियाँ, कि कोई तुम्हारा थ्री-पीस-सैट चॉप ऑफ करने पर आमादा है, ये भी बताना पड़ेगा कि क्यों आमादा है! हिम्मत हो तो बताना।''

''तूने बताया?''

''नहीं। नहीं हुई हिम्मत। लेकिन जस्से को बताया, क्योंकि असलियत जानने से उसकी मदद होती थी।''

''मैं घर नहीं बता सकता।'' – अशोक दृढ़ता से बोला।

''मैं भी।'' – अकील बोला।

''मैं भी।'' – अरमान बोला – ''तो अब फैसला ये हुआ कि तुम लोग बहुत-बहुत ख़बरदार रहोगे और वैसी कोई नौबत नहीं आने दोगे जैसी बेचारे अमित के साथ आयी।''

दोनों ने मज़बूती से सहमति में सिर हिलाया।

''ये मेरे किये से नहीं होगा, लेकिन याद रखना, जब तक तुम सेफ हो तब तक मैं सेफ हूँ। तुम्हारा सफाया हो गया तो मेरा होकर रहेगा। इसलिये, फिर कहता हूँ, अपना नहीं तो मेरा लिहाज़ करना।''

"तू तो ऐसे कह रहा है जैसे जो उस हरामज़ादे ने कहा, तुझे गारन्टी है वो उस पर अमल करेगा!"

अरमान ने सकपका कर उसकी तरफ देखा।

"नहीं करेगा तो वादाखिलाफी के इलज़ाम में तू उसका चालान कर देगा?"

"मैं तेरी बात समझ रहा हूँ।" – अरमान धीरज से बोला – "ऐसी कोई गारन्टी न है, न हो सकती है। लेकिन उसका ये बात कहने का ढंग ऐसा था जैसे तुम दोनों तक पहुँच बना लेना उसके लिये मामूली बात हो। उसके ऐसे आत्मविश्वास ने उससे ये बड़ा बोल बुलवाया कि वो मेरी ख़बर आख़िर में लेगा तो वो उस पर अमल भी कर सकता है।"

"हम दोनों तक मामूली बात जानकर पहुँच बना लेगा!" – शकील आवेश से बोला – "मज़ाक है कोई!"

"तू अमित से बड़ा सूरमा है?"

"क्यों पूछ रहा है?"

"उसने आराम से अमित तक पहुँच बनायी न! उसकी बुरी गत बनायी न! तो तू आसमान से उतरा है? तेरे पास तोप है जो जब वो सामने पड़ेगा तो तू उस पर तान देगा?"

अकील के मुँह से बोल न फूटा।

"दुश्मन को कमज़ोर नहीं समझना चाहिये। ऐसे कामों में हेकड़ी काम नहीं आती, अक्ल का माकूल इस्तेमाल काम आता है . . ."

"अब उपदेश तो तू रहने ही दे।" – अशोक चिढ़ कर बोला – "तेरे को काबू में किया न उसने! कर लिया अक्ल का इस्तेमाल!"

"मैं बेख़बर था।" – अरमान सब्र से बोला – "तुम बेख़बर नहीं हो। मैंने तुम्हें ख़बरदार किया है इसलिये तुम्हें मालूम है आगे स्टॉक में क्या है तुम्हारे लिये। मैंने जो इतना कल्याण किया, अगर तुम समझते हो कि बेकार किया, नाहक भैंस के आगे बीन बजाई तो" – अरमान उठ खड़ा हुआ – "जाओ, भाड़ में जाओ। समझो मैंने कुछ नहीं कहा। मैं भी समझता हूँ मेरा नम्बर आख़िरी नहीं, पहला है और इस समझ के मुताबिक अपने बचाव के लिये मेरे से जो होगा, मैं करूँगा। तुम दोनों बेशक उँगली भी मत हिलाना क्योंकि तुम दोनों ने तो अमृत पिया है न, बहन के दीनो।"

अरमान घूमा और फर्श को रौंदता सा वहाँ से रुख़सत हो गया।

दोनों मुँह बाये उसे जाता देखते रहे।

"बिल तो दे जाता!" – फिर अकील के मुँह से निकला।

जस्सा मॉडल टाउन पहुँचा।

वो सुनिश्चित करके आया था कि अरमान घर पर था।

अरमान उसे कोठी की पहली मंजिल के अपने बैडरूम में ले आया, जहाँ जस्से ने वो सीडी पेश की जो उसने 'लोटस पौंड' से हासिल की थी। अरमान की राइटिंग टेबल पर दोनों अगल-बगल बैठ गये, फिर अरमान ने अपने लैपटॉप पर वो सीडी चलाई।

सीडी इक्कीस नवम्बर, गुरुवार दोपहरबाद तब से शुरू होती थी जब अरमान ने अपनी उस रोज़ की संगिनी के साथ 'लोटस पौंड' में कदम रखा था और उसकी लड़की के साथ वहाँ से रुख़सती पर खत्म होती थी।

"ये आदमी" – अरमान स्क्रीन पर एक जगह इशारा करता बोला – "जो हमारे से दो टेबल परे अकेला बैठा कोई ड्रिंक चुसक रहा है, इसकी पोशाक नोट की?"

"की।" – जस्सा बोला।

अरमान ने विज़ुअल्स को थोड़ा बैक करके उस शख़्स पर फ्रीज़ किया।

"देख!" – वो बोला।

"पहले ही देख चुका हूँ, काके!" – जस्सा बोला – "कार्डुराय की डार्क ब्राउन पैंट, लाइट ब्राउन कोट, मैचिंग शर्ट, मैचिंग जूते, सब देख चुका हूँ। ये भी देख चुका हूँ कि मुकम्मल ऐसी ड्रैस वाला कोई दूसरा बन्दा इस क्लिप में नहीं है। एक कार्डुराय की डार्क ब्राउन पैंट तो पहने है लेकिन कोट की जगह पुलोवर पहने है। जो लाइट ब्राउन कोट पहने है उसकी पतलून कार्डुराय की नहीं है, ब्राउन भी नहीं है। जो पोशाक तूने बयान की थी, ऐन वैसी वाला तो ये एक ही बन्दा है।"

"यही है। यही पीछे लगा था। एक बात ये भी नोट करने लायक है, जस्से, कि सारे हॉल में किसी भी टेबल पर कोई अकेला कस्टमर मौजूद नहीं है। ये लंच के रश का टाइम था, हर कोई वहाँ लंच के लिये था, एकाध क्विक ड्रिंक के लिये था और कम्पनी के साथ था। ये अकेला शख़्स है जिसके साथ कोई नहीं और जिसने लंच का भी ऑर्डर नहीं दिया।"

"तेरे वहाँ से रुख़सत होते ही" – जस्से ने तरह दी – "ये भी उठ खड़ा हुआ और तकरीबन तेरे पीछे-पीछे ही वहाँ से गया।"

‘‘यही है। यही मेरे और मेरी फ्रेंड के पीछे खंडहर में पहुँचा था जहाँ हमारे रूबरू होने से पहले इसने अपने चेहरे पर फेंटम का मास्क चढ़ा लिया था।’’

‘‘पहचानता है!’’

‘‘गागल्ज लगाये है, आधा चेहरा तो उन्हीं से ढँका हुआ है . . .’’

‘‘फिर भी बहुत कुछ नुमायाँ है।’’

‘‘. . . ऊपर से हॉल में पूरी रौशनी नहीं थी, नीमअन्धेरा था, जिसको कि हॉस्पिटेलिटी बिज़नेस की ज़ुबान में कोजी एटमास्फियर कहते हैं। इस वजह से भी इमेजिज़ उतने स्पष्ट नहीं हैं जितने कि वहाँ फुल रौशनी होती तो होते।’’

‘‘काके, जो है तेरे सामने है। अब तू ये फैसला कर तू इस सूरत से वाकिफ है या नहीं!’’

‘‘कोई घन्टी तो जेहन में नहीं बज रही है, बार-बार देखने पर शायद बजे। तू ये डिस्क यहाँ छोड़ के जायेगा न!’’

‘‘हाँ। मेरे पास कॉपी है।’’

‘‘गुड। अब ‘हाइड पार्क’ की फुटेज दिखा। अगर ये उसमें भी हुआ तो . . .’’

‘‘नहीं है।’’

‘‘क्या बोला?’’

‘‘नहीं मिली।’’

‘‘क्या! जस्से को नहीं मिली!’’

‘‘इज़्ज़त का जनाज़ा अलग से निकला। ऐसी बेइज़्ज़ती पहले कभी नहीं हुई मेरी। चार बाउंसर्ज ने जबरन उठाके बाहर फेंका।’’

‘‘जस्से को?’’

‘‘गामा पहलवान भी होता तो यही गत बनवाता। न काबू में आता तो बाउंसर्ज चार से आठ हो जाते, दस हो जाते। न सिर्फ यूँ बाहर निकाला गया, वार्निंग मिली कि आइन्दा कभी ‘हाइड पार्क’ के आसपास भी न दिखाई दूं।’’

‘‘हुआ क्या?’’

‘‘यानी अपना फातिहा खुद पढ़ूँ?’’

‘‘अरे, बोल न!’’

जस्से ने बोला।

"ओह!" – वो ख़ामोश हुआ तो अरमान मन्त्रमुग्ध भाव से बोला – "पहली बार सुना कि कभी जस्से को भी नाकामी का मुँह देखना पड़ा।"

"ऐसा न बोल, काके।" – जस्सा आवेश से बोला – "अभी मैंने हार नहीं मान ली है। एक बाज़ी हार जाने से कोई मुकाबला नहीं हार जाता।"

"यानी कुछ करेगा?"

"बहुत कुछ करूँगा, ऐसा कुछ करूँगा कि वो मैनेजर का घोड़ा पनाह माँग जायेगा। हाथ जोड़ के मेरे से माफी माँगेगा और गिड़गिड़ा के बोलेगा कि सीसीटीवी की जो फुटेज मुझे चाहिये, उसे कबूल करके मैं उसकी इज़्ज़तअफ़ज़ाई करूँ।"

"ऐसा?"

"हाँ, ऐसा। काके, ये तेरा काम नहीं है, बड़े गोयल साहब का काम है, चौदह साल से एक बार भी मेरे से कभी नाउम्मीदी नहीं हुई बड़े गोयल साहब को तो अब कैसे होने दे सकता हूँ!"

"क्या करेगा?"

"करूँगा कुछ।"

"अरे, कुछ तो बता!"

"जब दूसरी सीडी तेरे हाथ में होगी, तब बताऊँगा। अभी जाता हूँ।"

पीछे अरमान को सस्पेंस में छोड़ कर वो चला गया।

रात नौ बजे विमल, नीलम, अशरफ और अल्तमश फोरसम की सूरत में 'गोल्डन गेट' में थे।

वहाँ रात की उस घड़ी भरपूर रौनक थी।

विमल उस रोज़ काला सूट पहने था और सफेद शर्ट पर वो टाई लगाये था। उसके चेहरे पर उस रोज़ मूँछ के साथ मैच करती फ्रेंच कट दाढ़ी भी थी। सिर पर छोटे कटे, खड़े बालों वाला विग था और आँखों पर मोटे फ्रेम वाला, प्लेन ग्लासिज़ वाला चश्मा था। नीले कन्ट्रैक्ट्स से, घनी भवों से और लम्बी कलमों से उस रोज़ उसने किनारा कर लिया था।

नीलम प्लाजो के साथ अनारकली कुर्त्ता पहने थी, जिसके नीचे लेटेक्स रबड़ की एक इंच मोटी परत थी, जिसकी वजह से वो खूब फैली-पसरी लग रही थी। वैसे ही लेटेक्स रबड़ की स्किन के कलर से मैच करती परत उसकी ठोड़ी के नीचे थी जिसकी वजह से उसका सुतवाँ चेहरा भरा भरा-सा लग रहा था और वो अपनी उम्र से काफी बड़ी लग रही थी। सिर पर पिछली

बार से जुदा किस्म का ऐसा विग लगाये थी, गर्दन को जरा सा झटका देने पर जिसके बाल उसके चेहरे पर बिखर जाते थे। नीले कॉन्टैक्ट्स उस रोज़ भी उसकी आँखों में थे लेकिन पिछली बार की तरह कोई दिखावटी ज़ेवर उस रोज़ वो नहीं पहने थी। उसके गले में मोतियों की सिर्फ एक लड़ी वाला हार था और कानों में हीरे के टाप्स थे। अंगूठी बायें हाथ की सिर्फ एक उँगली पर थी।

अशरफ भी काले सूट में था और बहुत सुन्दर और सम्भ्रान्त लग रहा था।

वो काला सूट विमल के हुक्म पर उसने उसी रोज़ रेडीमेड खरीदा था।

अल्तमश का जलवा जलाल फिर टॉप पर था। उस रोज़ वो खुले पाउंचों वाली सफेद पैंट, कालर वाली सफेद कमीज़ और ज़नाना स्टाइल का कमर से तंग और कूल्हों में जरा ऊपर तक आने वाला कोट पहने था। उसके खुले गले में लाल मनकों की माला थी, जिसके सिरे पर ख़ूब बड़ा गणेश गुदा गोला कंठा लटक रहा था। सिर पर विग पहले वाला ही था, पैरों में तीन इंच की हील पहने था, जिसकी वजह से उसका लम्बा कद और लम्बा लग रहा था। चेहरे के मेकअप पर उसने पहले से कहीं ज़्यादा एहतियात बरती जान पड़ती थी।

राग रंग की महफिल जवान थी, बैंड बज रहा था, जिसकी धुन पर कभी कभी कोई-कोई जोड़ा डांस करने के लिये डांस फ्लोर पर उतर आता था।

चारों के सामने ड्रिंक्स के गिलास थे। विमल बड़ी मुश्किल से नीलम को एक गिलास वाइट वाइन कबूल करने के लिए तैयार कर पाया था।

कहने को सब शाम के मौजमेले में मसरूफ़ थे लेकिन विमल और अशरफ की निगाह वहाँ की हर एक्टिविटी को, हर रखरखाव को नोट करने में मसरूफ़ थी।

वो हॉल काफी बड़ा था जिसमें दायीं ओर पूरी लम्बाई में बार था, बायीं ओर बैंड स्टैंड और डांस फ्लोर था और बीच में बेशुमार मेजें थीं। पृष्ठ भाग में एक जगह लकड़ी की स्क्रीन खड़ी थी, जिसके करीब थोड़ा एक तरफ हट कर दो मेज़ें थीं जिन पर उनकी मौजूदगी में किसी मेहमान ने जाकर बैठने की कोशिश नहीं की थी। कोई उधर गया था तो स्टीवार्ड ने बड़े अदब से कहीं और किसी और ख़ाली टेबल की तरफ इशारा कर दिया था।

उत्सुकतावश एक बार विमल उठकर उन मेज़ों के करीब पहुँचा था तो उसने दोनों पर 'रिज़वर्ड' लिखी तख़्ती रखी पायी थी।

किनके लिये रिज़र्व्ड थी वो दो मेज़ें?

उसने स्क्रीन के पीछे जाने की कोशिश की थी तो तत्काल एक स्टीवार्ड उसके पास पहुँचा था।

"सर?" – उसने पूछा था।

"वाशरूम।"

स्टीवार्ड ने स्क्रीन से परे एक बन्द दरवाज़े की तरफ इशारा कर दिया।

विमल वो दरवाज़ा खोल कर भीतर दाखिल हुआ तो उसने खुद को एक गलियारे के दहाने पर पाया। उसी गलियारे में आमने-सामने लेडीज़ और जेंट्स टॉयलेट थे।

स्क्रीन के पीछे भी एक बन्द दरवाज़ा था लेकिन दरवाज़े के पीछे क्या था, वो न जान सका।

दस बज गये।

"क्या ख़याल है, जनाब?" – अशरफ बोला।

"भई, यहाँ तो सब कुछ नॉर्मल ही लग रहा है।" – विमल संजीदगी से बोला – लगता है ज़ेहन में गलत घन्टी बजी।"

"तो?"

"तो क्या? थोड़ी देर ड्रिंक्स एनजॉय करते हैं, मौजमेला देखते हैं फिर डिनर ऑर्डर करते हैं और खाकर घर चलते हैं।"

"ठीक . . . भाई जान!"

"क्या हुआ?"

"एक काम नया हुआ।"

"क्या?"

"उन दो रिज़र्व्ड टेबल्स की तरफ देखिये, एक पर कोई आन बैठा है। और किसी ने ऐतराज़ भी नहीं किया!"

विमल ने तत्काल उधर निगाह उठाई।

एक कोई पचास साल का बहुत ही सजीला, सूटबूटधारी सिख दो रिज़र्व्ड मेज़ों में से एक पर तभी आकर बैठा था और एक स्टीवार्ड झुक कर अदब से उससे बात कर रहा था।

सिख ने जेब से मोबाइल निकाला और वो उसका की-पैड पंच करने लगा।

फिर उसने मोबाइल वापिस जेब में रख लिया।

तत्काल एक वेटर जैसे जादू के ज़ोर से एक ड्रिंक़ के साथ वहाँ प्रकट हुआ। उसने बड़े अदब से सिख को ड्रिंक सर्व किया और रुख़सत हो गया।

स्टीवार्ड भी परे हटकर खड़ा हो गया।

"कमाल है!" – अशरफ दबे स्वर में बोला।

"क्या?" – विमल भी वैसे ही बोला – "क्या कमाल है?"

"उस सिख ने कोई ऑर्डर तो दिया ही नहीं था! वो तो अभी आ के बैठा था, बस। इतनी जल्दी ड्रिंक कैसे सर्व हुआ उसे?"

"वैलकम ड्रिंक! ऐसे ड्रिंक को, जो ऐसी जगह पहुँचने पर किसी को बिना ऑर्डर तुर्त-फुर्त सर्व होता है, वैलकम ड्रिंक बोलते हैं।"

"हमें क्यों नहीं सर्व हुआ?"

"क्योंकि हम कोई ख़ास मेहमान नहीं। वो जाकर रिज़र्व्ड टेबल पर बैठा है इसलिये ख़ास मेहमान है, जाना पहचाना मेहमान है, मुअज्ज़िज़ मेहमान है।"

"ओह!"

बात आयी गयी हो गयी।

वो फिर अपने अपने ड्रिंक्स की तरफ तवज्जो देने लगे।

थोड़ा वक्त गुज़रा।

"भाई जान!" – एकाएक अशरफ बोला।

विमल ने सिर उठा कर उसकी तरफ देखा।

"वो सिख!"

"क्या हुआ उसे?"

"टेबल पर नहीं है।"

"तो?"

"कहाँ गया?"

"नहीं मन लगा होगा! चला गया होगा!"

"किधर से चला गया होगा? एक ही तो निकासी का रास्ता है। उधर गया होता तो हमारे करीब से गुज़रा होता और मुझे जरूर दिखाई दिया होता क्योंकि मेरा मुँह ही पैसेज की तरफ है।"

"अरे, टॉयलेट गया होगा?"

"टेबल ख़ाली है। उस पर रिज़र्व्ड की तख़्ती फिर पड़ी है।"

"अच्छा! तो कहाँ गया? जरूर पिछवाड़े से भी निकासी का कोई रास्ता होगा!"

"ऐसा?"

"और क्या?"

अशरफ ख़ामोश हो गया लेकिन आश्वस्त न हुआ। अब वो ज़्यादा बारीकी से रिज़र्व्ड टेबलों की निगाहबीनी करने लगा।

दस मिनट बाद एक घने सफेद बालों वाला व्यक्ति एक रिज़र्व्ड टेबल पर आकर बैठा। वो उम्रदराज़ शख़्स था और उसके सफेद बाल इतने घने थे कि विग जान पड़ते थे। वैसी ही सफेद उसकी घनी भवें और मोटी मूँछ थी।

इस बार उस नज़ारे की बाबत अशरफ ज़्यादा ख़बरदार था।

कुछ क्षण के लिये सफेद बालों वाले के हाथ में एक मोबाइल दिखाई दिया जो स्टीवार्ड के करीब आ खड़े होते ही उसने ऑफ करके अपनी जेब में रख लिया।

उसको वैलकम ड्रिंक सर्व हुआ।

सफेद बालों वाले ने ड्रिंक को होंठों से लगाकर एक चुसकी ली और उसे वापिस मेज पर रख दिया।

पाँच मिनट में तीन बार गिलास ने होंठों तक का सफर तय किया।

तभी स्टीवार्ड उसके करीब पहुँचा, उसने झुककर उसे कुछ कहा।

सफेद बालों वाले ने हाथ में थमा गिलास मेज पर रख दिया और उठ खड़ा हुआ।

फासले से भी अशरफ ने देखा कि गिलास किसी गहरे रंग के तरल पदार्थ से अभी आधे से ज़्यादा भरा हुआ था।

स्टीवार्ड अदब से दो कदम पीछे हट गया।

सफेद बालों वाला आगे बढ़ा और स्क्रीन के पीछे जाकर निगाह से ओझल हो गया।

अशरफ को तब जान पड़ा कि विमल की तवज्जो भी उधर ही थी।

"देख रहे हैं?" – फिर भी उसने पूछा।

"हाँ।" – विमल बोला।

"सफेद बालों वाले को? रिज़र्व्ड टेबल पर था!"

"हाँ।"

"टॉयलेट गया शायद।"

"टॉयलेट स्क्रीन के पीछे नहीं है।"

"तो कहाँ गया?"

"स्क्रीन के पीछे मैंने एक बन्द दरवाज़ा देखा था। शायद उसके पीछे आफिस है। शायद मैनेजर का। उससे मिलने गया।"

"अच्छा!"

''अपना ड्रिंक पीछे छोड़ के गया है, लौटेगा।''

''ड्रिंक की बात है तो उसमें उसकी कोई दिलचस्पी नहीं जान पड़ती थी। पी नहीं रहा था, चुसक रहा था। बल्कि चुसकने का भी बहाना ही कर रहा था।''

''तू देख रहा था सब?''

''हाँ।''

''देखते हैं क्या होता है! देखते हैं लौटता है या नहीं!''

''मुझे उम्मीद नहीं कि लौटेगा।''

''भई, उसका ड्रिंक . . .''

''वेटर उठा के ले गया।''

''अच्छा! मैंने ध्यान न दिया।''

''और स्टीवार्ड ने रिज़र्व्ड की तख़्ती – जो उसके आके बैठते ही हटा ली थी – वापिस मेज पर रख दी है।''

''क्या माजरा है! ज़रूर पीछे भी कोई निकासी का रास्ता है, वो उधर से चला गया।''

''क्यों चला गया? ऐसे चले जाना था तो आया ही क्यों था? फिर भी गया तो पीछे से क्यों गया? . . . बशर्ते कि पीछे से कोई निकासी का रास्ता हो।''

''थोड़ा धीरज रख। देख तो सही कि लौटता है कि नहीं!''

''ठीक है।''

वो न लौटा।

''अशरफ मियाँ'' – विमल तनिक आगे झुककर राज़दाराना लहज़े से बोला – ''लगता है वैसी कोई हिल डुल हुई है जिसकी उम्मीद में हम यहाँ आये हैं।''

''न समझ में आने वाली।'' – अशरफ बोला।

''आइन्दा शायद समझ में आये। देखते हैं।''

''ठीक है।''

दस मिनट बाद दो जने इकट्ठे आये और फिर वही ड्रिल रिपीट हुई।

फिर एक अकेला व्यक्ति आया जो शक्ल से विदेशी लगता था।

''लगता है'' – विमल बोला – ''स्क्रीन के पीछे कोई आफिस नहीं, कोई प्राइवेट डायनिंग रूम है जो ऐसे वीआईपीज़ के लिये है जो हाल के मौजूदा भीड़भरे और शोरगुल वाले माहौल में ड्रिंक-डिनर एनजॉय करना पसन्द नहीं करते।''

“हो सकता है।”

“फैंसी थ्री-इन-वन ठीया है, क्यों नहीं हो सकता?”

कुछ अरसा और गुज़रा।

फिर जिस व्यक्ति के हाल में कदम पड़े, उस पर निगाह पड़ते ही अशरफ के नेत्र फैले।

“सुखनानी।” – अशरफ बोला – “कीमतराय सुखनानी। सिविल लाइन्स वाला बड़ा एक्सपोर्टर जिसका तब मैंने ज़िक्र किया था जब हम बगल की फैक्ट्री की टोह में इधर आये थे। बीस नवम्बर वाले बुधवार को। अभी यहाँ पहुँचा।”

विमल ने दरवाज़े की तरफ देखा।

“वो . . . वो भारी भरकम उम्रदराज़ अधगंजा आदमी जो ट्वीड का कोट पहने है।”

विमल ने ग़ौर से आगे बढ़ते उस शख़्स को देखा।

इतनी रौनक में उसकी निगाह दायें-बायें कहीं न भटकी। नाक की सीध में वो पृष्ठ भाग की दो रिज़र्व्ड टेबल्स में से एक पर जा बैठा। स्टीवार्ड उसकी तरफ बढ़ा तो वो स्टीवार्ड को नज़रअंदाज़ करके जेब से मोबाइल निकाल कर उसके हवाले हो गया। स्टीवार्ड ने तत्काल मेज पर से रिजर्व्ड वाली तख़्ती उठा ली और पीछे हट गया।

मोबाइल ट्वीड वाले की जेब से वापिस पहुँच गया।

वेटर ने उसे ड्रिंक सर्व किया।

कम-से-कम उसने वैलकम ड्रिंक के साथ पूरा न्याय किया।

बड़े इत्मीनान से उसने उसके घूँट भरे।

स्टीवार्ड उसके करीब पहुँचा और झुक कर उसके कान में कुछ बोला।

ट्वीज के कोट वाले ने, सुखनानी ने, अपना गिलास खाली किया और उठ खड़ा हुआ।

स्टीवार्ड अदब से पीछे हट गया।

सुखनानी आगे बढ़ा और स्क्रीन के पीछे गायब हो गया।

स्टीवार्ड ने मेज पर ‘रिज़र्व्ड’ की तख्ती वापिस रख दी।

“वही बात जान पड़ती है।” – विमल बोला – “पीछे जरूर कोई प्राइवेट, एक्सक्लूसिव डायनिंग एरिया है।”

“सुखनानी जैसे एक्सक्लूसिव कस्टमर्स के लिये!” – अशरफ बोला।

“हाँ।”

‘‘तो रास्ते में हाल्ट क्यों ज़रूरी है? ऐसा कस्टमर सीधा उस एक्सक्लूसिव एरिया में क्यों नहीं पहुँच सकता?’’

‘‘स्क्रीनिंग होती होगी! परखा जाता होगा कि मेहमान की हैसियत एक्सक्लूसिव एरिया में जाने लायक है या नहीं!’’

‘‘जनाब, जब उसे वैलकम ड्रिंक सर्व हो गया, तो परख तो अपने आप हो गयी!’’

‘‘दिमाग तीखा पाया है, अशरफ मियाँ। ज़ेहनियत में हाशमी के बाद तुम मुबारक अली के दूसरे भांजे हो जिसने मुझे मुतमईन किया।’’

‘‘शुक्रिया, जनाब। तो क्या कहते हैं?’’

‘‘क्या कहूँ? कोई भेद तो है!’’

कुछ क्षण ख़ामोशी रही।

‘‘मैं अभी आया।’’ – एकाएक अशरफ उठ खड़ा हुआ।

विमल की भवें उठीं।

‘‘बस, गया और आया।’’

अशरफ लम्बे डग भरता प्रवेश द्वार की ओर बढ़ा और वहाँ से बाहर निकल कर निगाहों से ओझल हो गया।

पीछे विमल नीलम की ओर झुका और बोला – ‘‘तेरे को दो मिनट अकेला बैठना पड़ेगा?’’

‘‘क्यों?’’ – नीलम सशंक भाव से बोली।

‘‘एक ख़ास काम है। तेरे से नहीं होगा, ये कर लेगा। ओके?’’

नीलम ने सहमति में सिर हिलाया।

विमल ने अल्तमश को इशारा किया और उठकर खड़ा हुआ।

अल्तमश भी उठा और उसके साथ हो लिया।

पिछवाड़े की तरफ बढ़ते विमल ने उसे समझाया कि उसने क्या करना था।

‘‘कर लेगा?’’ – उसने पूछा।

‘‘देखना!’’ – पूरे विश्वास के साथ अल्तमश अपनी महीन आवाज़ में बोला।

तब तक वो पिछवाड़े में पहुँच गये थे।

अल्तमश उससे एक कदम आगे बढ़ा और बड़ी अदा से स्टीवार्ड से बोला – ‘‘ज़रा सुनिये।’’

स्टीवार्ड तत्काल उसकी तरफ आकर्षित हुआ।

स्टीवार्ड से बतियाने की तैयारी करता अल्तमश जानबूझकर यूँ खड़ा हुआ कि वक्ती तौर पर स्टीवार्ड की विमल की तरफ पीठ हो जाती।

"मैं ये पूछ रही थी कि . . ."

विमल धीरे से स्क्रीन के पीछे सरक गया। उसने आगे बढ़ कर उसके पीछे मौजूद इकलौता बन्द दरवाज़ा ट्राई किया तो वो हैंडल घुमाते ही खुल गया। उसने भीतर निगाह दौड़ाई तो पाया कि वो कोई बारह गुणा पन्द्रह फुट का एक कमरा था जो पुराने फर्नीचर और किचन इक्विपमेंट्स से इस कदर भरा हुआ था कि सामान छत छू रहा था। फिर भी कबाड़ का वो पहाड़ बायीं दीवार तक नहीं पहुँच रहा था, जबकि दायीं ओर सब कुछ दीवार पर चढ़ा जान पड़ता था। कबाड़ के पीछे क्या था, वो दरवाज़े पर से नहीं जाना जा सकता था।

वो भीतर कदम डालने ही लगा था कि . . .

"अरे, अरे, कहाँ जा रहे हैं?" – पीछे से स्टीवार्ड की उतावली आवाज़ आयी – "उधर न जाइये।"

"वा . . . वाश . . . वाशरूम।" – विमल यूँ बुदबुदाया जैसे टुन्न हो।

"उधर नहीं है वाशरूम। वापिस आइये।"

"नहीं है?"

"नहीं है। वापिस आइये। उधर आपका कोई काम नहीं है। हटिये वहाँ से।"

विमल हटा तो स्टीवार्ड ने आगे बढ़ कर गुस्से से दरवाज़ा बन्द किया।

विमल वापिस लौटा।

"मैंने जो कहानी उससे की थी" – अल्तमश जल्दी से बोला – "उसकी वजह से लेडीज़ टॉयलेट में जाना जरूरी है।"

"ठीक है, जा। मैं यहीं रुकता हूँ।"

अल्तमश उस दरवाज़े में दाखिल हो गया जिसके आगे टायलेट्स वाला गलियारा था। विमल झूमता सा एक रिज़र्व्ड टेबल पर जा बैठा।

तभी स्टीवार्ड वापिस लौटा।

"अरे, यहाँ न बैठिये!" – वो सख़्ती से बोला – "ये रिज़र्व्ड टेबल है।"

"किसके लिये?"

"किसी के लिये भी। आप प्लीज़ उठिये वहाँ से।"

"भई, अभी चलते वक्त मैं लड़खड़ा गया था और मेरा पाँव औंधा पड़ गया था। मुझे थोड़ी देर बैठने दो ताकि मुझे पता चल सके कि मोच नहीं आयी है।"

''सर, मैंने कहा न, ये रिज़र्व्ड टेबल है।''

''किसके लिये रिज़र्व्ड है? शाहरुख के लिये? सलमान के लिये?''

''किसी के लिये भी। आप उठिये, प्लीज़!''

''अरे, जिसके लिये रिज़र्व्ड है, वो आ तो नहीं गया न! आ तो जाने दो उसको, उसके आते ही मैं उठ जाऊँगा।''

''सर, यू आर गैटिंग डिफीकल्ट।''

''वाट डिफीकल्ट! आई वान्ट टु सिट हेयर एण्ड रैस्ट एण्ड आई एम सिटिंग हेयर एण्ड रेस्टिंग। नाओ, ले ऑफ।''

''सर, यू आर ड्रंक।''

''ऑफ कोर्स आई एम ड्रंक! फॉर वाट ऐल्स एम आई हेयर, स्पैंडिंग बिग मनी? टु गैट ड्रंक। एण्ड यू आर टैलिंग मी ऐज़ इफ आई डोंट नो।''

''सर, प्लीज़, प्लीज़ . . .'' – वो एक क्षण ठिठका फिर संदिग्ध भाव से बोला – ''आप तो वही साहब हैं जिनको मैंने पहले भी बताया था कि वाशरूम कहाँ था!''

''तो?''

''फिर भी भूल गये कि वाशरूम कहाँ था! अभी कहीं और ही घुसे जा रहे थे!''

''अरे, भई, अभी खुद तुमने मुझे सर्टिफिकेट दिया न कि मैं टुन्न हूँ। जो पहले बताया था, वो भूल गया नशे में।''

''फिर वाशरूम गये भी तो नहीं आप! यहाँ आके बैठ गये!''

''क्योंकि पाँव औंधा पड़ गया। चलने में तकलीफ होती है। अभी ठीक हो जायेगा तो जाऊँगा न।''

''ये टेबल आप को हर हाल में खाली करनी पड़ेगी। आइये, मैं आप को दूसरी जगह बिठाता हूँ।''

''कहाँ?''

''कहीं भी।''

''पर मेरे से चला तो जाये!''

''चला जायेगा। मैं सहारा दूँगा तो चला जायेगा।''

तभी विमल को अल्तमश दिखाई दिया।

''मेरे ख़याल से पाँव अब ठीक हो गया है।'' – विमल उठ खड़ा हुआ – ''सम्भालो अपनी जायदाद . . . आई मीन रिज़र्व्ड टेबल।''

स्टीवार्ड ने साफ–साफ चैन की साँस ली।

विमल अल्तमश के पास पहुँचा।

''वो स्टीवार्ड'' – वो बोला – ''अब हमारी तरफ ख़ास तवज्जो देगा। हमें कुछ ऐसा करना चाहिये जो उसे स्वाभाविक लगे, नार्मल लगे।''

''क्या?'' – अल्तमश संजीदगी से बोला।

''क्या! . . . हम्म . . . आओ, डांस फ्लोर पर चलते हैं।''

''डांस फ्लोर पर! पर मेरे को तो डांस करना आता नहीं!''

''मेरे को भी नहीं आता। डांस फ्लोर पर जाकर बाकी जोड़ों की तरह थोड़ी देर हिलते–डुलते हैं, बैंड बन्द होगा तो जाकर अपनी टेबल पर बैठ जायेंगे। मेरे ख़याल से इतने में स्टीवार्ड की तवज्जो हमारी तरफ से, ख़ास तौर से मेरी तरफ से, हट जायेगी।''

''ठीक है, चलिये।''

दोनों डांस फ्लोर की तरफ बढ़े।

''स्टीवार्ड को क्या पुड़िया सरकाई थी?'' – रास्ते में विमल बोला – ''मैंने तुझे 'मैं पूछ रही थी' कहते सुना था। क्या पूछ रही थी? क्या कहानी की थी उससे जिसकी वजह से लेडीज़ रैस्टरूम में जाना जरूरी था?''

अल्तमश धूर्त भाव से मुस्कुराया।

''पूछ रही थी, सूई धागा कहाँ मिलेगा!'' – फिर बोला।

''क्या!''

''मेरी ब्रा का हुक टूट गया था, बोला न!''

''ओह!''

''घौंचू की शक्ल से साफ लग रहा था कि जेहन पर अक्स उतारने की कोशिश कर रहा था कि जवान लड़की की ब्रा का हुक टूटा हो तो नज़ारा कैसा होता था!''

''यार तू तो . . . अब क्या कहूँ। . . . कमाल का है।''

अल्तमश हँसा।

दोनों डांस फ्लोर पर पहुँचे।

अकेली बैठी नीलम बहुत अजीब महसूस कर रही थी।

आसपास की टेबलों पर कई व्यक्ति मौजूद थे जिनमें से दो तीन तो साफ–साफ उसे ताड़ रहे थे। उसे फिक्र हो रही थी कि कोई उसके सामने ही न आ बैठे।

सामने आ तो आख़िर बैठा कोई लेकिन वो एक सुन्दर युवती थी। वो लाल साटन का एक टखनों तक आने वाला गाउन पहने थी, जिसके दोनों तरफ घुटनों से कहीं ऊपर तक झिरी थीं। वो ज़रा हिलती थी तो किसी न किसी तरफ से उसकी नंगी, सुडौल टाँग जाँघ तक दिखाई देती थी।

''ये सीट खाली नहीं है।'' – नीलम भुनभुनाती-सी बोली।

''मालूम।'' – वो बड़े चित्ताकर्शक ढंग से मुस्कुराती बोली – ''मैं हूँ न इसमें!''

''मेरा ये मतलब नहीं था। मेरा मतलब था कि ये – बाकी दो भी – मेरे साथियों की सीट हैं जो लौट के आते ही होंगे।''

''जब ऐसा होगा, तब ये सीट खाली होगी।''

''अभी खाली करो।''

''लेकिन . . .''

''वर्ना मैं मैनेजर को बुलाती हूँ।''

''गॉड! तुम तो बड़ी सख़्त हाकिम हो!''

''खाली करो।''

''कर रही हूँ। लेकिन इसलिये नहीं क्योंकि तुम्हारी धमकी कारगर हुई है।''

''तो और किसलिये?''

''नैक्स्ट टेबल अभी खाली हुई है।''

''बधाई!''

''कोई जरूरत नहीं। मेरा काम हो गया है।''

''काम!''

''तुम्हें करीब से देखना था।''

''क्या बोला?''

''तुम्हारी शक्ल अच्छी तरह से देखनी थी, ये बोला।''

''मेरी शक्ल अच्छी तरह से देखनी थी!''

''करीब से। पहले तुम कम्पनी में बिज़ी थीं। अभी चांस लगा।''

''लेकिन क्यों? क्यों देखनी थी मेरी शक्ल . . .''

''अरे, ये देखो, तुमने कुछ गिरा दिया मालूम होता है।''

उसने नीचे झुक कर फर्श पर से कुछ उठाया – या उठाने का बहाना किया – और उसे जबरन नीलम के मेज़ पर टिके एक हाथ की मुट्ठी में सरका दिया। फिर वो उठी और रुख़सत होने को तत्पर घूमी।

''अरे, सुनो!''

वो न रुकी। तभी खाली हुई बगल की टेबल पर भी न रुकी। लम्बे डग भरती, मेज़ों के बीच से गुज़रती वो आगे बढ़ गयी।

तभी विमल और अल्तमश वापिस लौटे।

"कौन थी?" – विमल उत्सुक भाव से बोला।

"देखा तुमने?" – नीलम बोली।

"हाँ, फासले से देखा न! हमारे करीब आने से पहले उठ के चली गयी। कौन थी?"

"पता नहीं।"

"पता नहीं! उसने खुद कुछ न बताया?"

"न! मैंने उसके यहाँ बैठने पर ऐतराज़ जताया तो थोड़ी देर हुज्जत की, फिर उठ के चली गयी। जाने से पहले जबरन ये कागज़ का पुर्जा मुझे थमा गयी। बोली, मैंने नीचे गिरा दिया था, जबकि मैंने ऐसा कुछ नहीं किया था।"

विमल ने मुड़े-तुड़े कागज़ के बल निकाल कर उसे सीधा किया जो 'गोल्डन गेट' का नाम छपे छः इंच गुणा आठ इंच साइज़ के स्क्रैच पैड का एक वरका था, जिस पर मोटे-मोटे अक्षरों में लिखा था :

फेरा का फेरा फिर। आगे बोलने का

"क्या मतलब हुआ इसका?" – विमल बोला।

"तुम बोलो।" – नीलम बोली।

अल्तमश ने भी उचक कर कागज़ पर की इबारत पढ़ी, पर मुँह से कुछ न बोला।

"हैंडराइटिंग साफ ज़नाना है।"

"जब उस लड़की ने लिखा तो . . ."

वो ख़ामोश हो गयी।

"क्या हुआ?" – विमल सकपकाया।

"कब लिखा?" – नीलम यूँ बोली जैसे स्वतः भाषण कर रही हो – "मेरे सामने तो न लिखा! ये गुच्छा-मुच्छा कागज़ तो उसने यहाँ पहुँचने के, आकर बैठने के, बाद फर्श पर से उठाया और जबरन मुझे थमाया!"

विमल ने उस बात पर विचार किया।

अनमने भाव से इसने कागज़ को पलटा तो सकपकाया।

"पीछे भी कुछ लिखा है" – वो बोला – "छपा है। . . . फ्रंट की टैक्स्ट की तरह हैण्डरिटन नहीं है, टाइप्ड है।"

“क्या है?” – नीलम उत्सुक भाव से बोली।

“लिस्ट है, ऊपर हैडिंग है – ‘टु बी स्क्रीन्ड बिफोर फेरा फेरा’। हैडिंग के नीचे बीस नाम हैं, हर नाम के आगे ब्रैकेट में नाम वाले का प्रोफेशन है, जैसे कि – बिल्डर, ज्वेलर, होटेलियर, फिल्म डिस्ट्रीब्यूटर वगैरह। आगे सबके मोबाइल नम्बर हैं।”

“मतलब क्या हुआ इसका?”

“क्या पता! लेकिन ये निश्चित है कि ये लिखा हुआ कागज़ वो साथ लाई। यहाँ तेरे सामने उसे फर्श पर से उठाने का महज़ नाटक किया।”

“हो सकता है। पर मतलब क्या हुआ इसका?”

“मैसेज है – और कुछ नहीं हो सकता – जो उसने तुझे कोई और समझ कर तुझे थमाया।”

“पीछे?”

“कोई लिस्ट है बड़े व्यापारियों की जिनकी स्क्रीनिंग की तरफ इशारा है।”

“कैसी स्क्रीनिंग?”

“क्या पता?”

“फेरा फेरा?”

“वो भी क्या पता! लगता है किसी ख़ास कम्यूनिटी के किसी त्योहार का नाम है जिससे पहले उस लिस्ट की स्क्रीनिंग होनी है।”

“फेरा फेरा!” – अल्तमश बोला – “मैंने तो ऐसा कोई त्योहार कभी नहीं सुना!”

“जैसे बाकी सारे त्योहार सुने हैं?”

“ओह!”

“फिर मैंने ये भी तो कहा कि लगता है – रिपीट, लगता है – दावा तो न किया कि ऐसा कोई त्योहार होता है!”

“ठीक।”

“लेकिन” – नीलम बोली – “एक खसमांखाने, बेफिजूल के मैसेज के लिये इतना आडम्बर क्यों? इतना खुफिया तरीका क्यों? मैसेज सीधे मुझे थमा देती या ज़ुबानी बोल देती तो क्या प्रॉब्लम थी?”

“क्या पता!”

“कौन समझा उसने मुझे?”

“कोई ऐसी महिला जिसको दिया मैसेज आगे पहुंचता है।”

''आगे कहाँ? किसको?''

''मेरे ख़याल से बॉस को।''

''बॉस को! फिर तो वो औरत यहाँ कहीं होनी चाहिये!''

''होनी चाहिये थी लेकिन किसी वजह से नहीं थी। तभी तो उस लड़की ने तेरे से धोखा खाया और मैसेज तुझे थमा दिया।''

''क्योंकि मेरी शक्ल किसी से मिलती है!''

''तेरी शक्ल नहीं, तेरी वो शक्ल जो इस वक्त तू बनाये हुए है। जरूर वो किसी से मिलती है।''

''सुनो!'' – एकाएक नीलम व्यग्र भाव से बोली – ''बैंड स्टैंड के करीब खड़े उस सिग्रेट के कश लगाते बिना माँग के झब्बेदार बालों वाले उस हरा सूट पहने आदमी को देख रहे हो?''

विमल ने बैंड स्टैंड की तरफ निगाह दौड़ाई, फिर बोला – ''अब देख रहा हूँ। क्यों?''

''थोड़ी देर पहले मैंने उसे लाल गाउन वाली लड़की के साथ डांस करते देखा था।''

''अच्छा!'' – तब विमल ने नयी दिलचस्पी के साथ उस व्यक्ति को देखा।

वो ड्रैस अच्छी पहने था लेकिन शक्ल सूरत से कोई सम्भ्रान्त व्यक्ति नहीं लग रहा था। उसने यही फैसला किया कि वो वहाँ का बाउन्सर था। अमूमन बाउंसर मवालियों जैसी शक्लों वाले ही होते थे।

''अगर ये शख़्स'' – वो बोला – '''उस लड़की का कम्पैनियन है तो देर-सबेर वो लड़की फिर उसके करीब जरूर दिखाई देगी।''

''दिखाई दी तो क्या करोगे?''

''किसी तरह से उससे सम्पर्क साधूँगा और पूछूँगा इस मैसेज का क्या मतलब था जो किसी और के धोखे में उसने तुझे डिलीवर किया था।''

''मेरे को तो'' – अल्तमश धीरे से बोला – ''कम्पैनियन की जगह वो यहाँ का स्टाफ लग रहा है।''

''तो फिर वो लड़की भी स्टाफ होगी!''

''स्टाफ डांस फ्लोर पर?''

''क्या पता उनका काम डांस फ्लोर पर रौनक लगाना, डांस के लिये मेहमानों को उकसाना हो, ऐनकरेज करना हो!''

''ये हो सकता है।''

तभी लाल ड्रेस वाली महिला जैसे जादू के ज़ोर से उनकी टेबल पर प्रकट हुई। उसने क्रोधित भाव से बाज़ जैसा झपट्टा विमल के हाथ पर मारा, उसमें से मैसेज वाला कागज़ निकाला और उसके टुकड़े-टुकड़े करके टेबल पर उछाल दिये। फिर जैसे एकाएक वो वहाँ पहुँची थी, वैसे ही एकाएक वहाँ से कूच कर गयी।

पीछे तीनों हकबकाये से एक दूसरे का मुँह देखने लगे।

''धज्जियाँ उड़ा गयी।'' – फिर विमल बोला।

''बेतहाशा भड़की हुई थी।'' – अल्तमश बोला।

''. . . जो वापिस जोड़ी भी नहीं जा सकतीं।''

''कोशिश के लिये समेटूँ?''

''कोई फायदा नहीं होगा। उसे भी ये बात मालूम थी वर्ना कागज़ के पुर्ज़े यहीं न फेंक गयी होती!''

''ये भी दुरुस्त है।''

''बहरहाल ये साबित कर गयी कि वो कोई इम्पॉर्टेंट मैसेज था जो उसकी नादानी से गलत हाथों में पहुँच गया था। इस बात से वो और भी ज़्यादा बिफरी जान पड़ती थी कि मैसेज नीलम के नहीं, मेरे हाथ में था।''

''थी कौन?'' – नीलम उत्सुक भाव से बोली।

''क्या पता! अभी यहाँ है, शायद पता लगे।''

तभी अशरफ वापिस लौटा।

''बहुत देर लगाई, मियाँ।'' – विमल ने शिकायत की।

''सॉरी!'' – अशरफ बोला – ''जितना काम करने गया था, उससे ज़्यादा करके आया न!''

''अरे, भई, हमें तो यही नहीं पता कि तू करने क्या गया था!''

''देखने गया था कि सुखनानी साहब की मर्सिडीज़ बाहर पार्किंग में थी या नहीं!''

''ओह! थी?''

''नहीं।''

''पिछले से पिछले बुधवार की तरह इंडिका पर आया?''

''पता नहीं। मेरे पास ये जानने का कोई जरिया नहीं, क्योंकि मेरे सामने तो न आया!''

''तो?''

''पर मैंने इंडिका देखी।''

"वही?"

"हाँ। ड्राइवर वही था लेकिन बतौर पैसेंजर उस पर कोई और सवार था।"

"टैक्सी होगी!"

"आप सुनिये तो!"

"सॉरी!"

"वो 'इंडिका' पैसेंजर उतार कर वहाँ से रुख़सत हो गयी। थोड़ी देर बाद एक और इंडिका वहाँ पहुँची – पहले वाली ही नहीं, कोई दूसरी जिसे कोई दूसरा ड्राइवर चला रहा था – जनाब, दोनों के नम्बर बताते थे कि वो प्राइवेट व्हीकल थे, टैक्सी नहीं थीं पर पैसेंजर ढो रही थीं। ख़ाली जाती थीं, पैसेंजर लेकर आती थीं। और ऐसा कहीं फासले से भी नहीं करती थीं क्यों थोड़े ही अरसे में लौट भी आयी होती थीं। मैं उनके बारे में कोई राय कायम करने की अभी कोशिश ही कर रहा था कि पहली इंडिका पैसेंजर के साथ फिर लौट आयी और पैसेंजर उतार कर वापिस चल दी। तब मेरे को अन्दर से कोई हुक्म हुआ जिस पर अमल की सूरत में मैं इंडिका के पीछे लगा।"

अशरफ का अन्दाज़ेबयाँ ही ऐसा था कि विमल चौकन्ना हो उठा। गहरी दिलचस्पी लेता तनिक आगे झुक कर वो उसकी बात सुनने लगा।

"इंडिका ग्रीन पार्क के मैट्रो स्टेशन की पार्किंग में पहुँची और वहाँ उसके एग्ज़िट गेट पर ड्राइवर ने इंजन बन्द कर दिया, लेकिन कार से बाहर न निकला। मैं अपनी टैक्सी बाहर सड़क पर खड़ी करके टहलता हुआ भीतर गया और . . . सोचिये, मैंने क्या देखा?"

"क्या देखा?" – विमल उत्सुक भाव से बोला।

"वहाँ सुखनानी साहब की मर्सिडीज़ खड़ी थी।"

"क्या! तूने ठीक से पहचानी?"

"जनाब, एक इलाके में मर्सिडीज़ जैसी कारें क्या सैकड़ों में दिखाई देती हैं?"

"क्या मतलब हुआ इसका?"

"मेरा भी यही सवाल है, क्या मतलब हुआ इसका? जब सुखनानी साहब की मंजिल 'गोल्डन गेट' थी, तो उन्होंने कार ग्रीन पार्क में क्यों खड़ी की? सीधे यहाँ क्यों न पहुँचे?"

"यहाँ रेस्टोरेंट की पार्किंग में जगह नहीं होगी!"

"यहाँ आये बिना उन्हें ये बात कैसे मालूम होती?"

"पुराने तजुर्बे से मालूम होगा कि रात की इस घड़ी यहाँ की पार्किंग में जगह नहीं होती थी।"

"ये भी मालूम कि ग्रीन पार्क मैट्रो स्टेशन की पार्किंग से उन्हें इंडिका मिलनी थी जो आराम से उन्हें यहाँ पहुँचाती?"

विमल ख़ामोश हो गया।

"और भी लोग तो यूँ यहाँ पहुँचे! सब को मालूम?"

"क्या कहना चाहता है? लगता है तेरे माइन्ड में कुछ है!"

"है तो सही माइन्ड में कुछ लेकिन उसके होने की कोई वजह समझ से दूर है।"

"क्या है माइन्ड में?"

"वो दो इंडिका यहाँ और ग्रीन पार्क मैट्रो स्टेशन की पार्किंग के बीच शटल सर्विस है। यहाँ के कुछ ख़ास मेहमान, कुछ ख़ासुलख़ास मेहमान सीधे यहाँ नहीं पहुँचते, उन्हें यहाँ के लिये ग्रीन पार्क मैट्रो स्टेशन की पार्किंग से पिक किया जाता है।"

"ऐसे, तुम्हारी जुबान में ख़ासुलख़ास, मेहमान यहाँ आकर उस दो रिज़र्व्ड टेबल्स में से एक पर बैठते हैं . . ."

"दो टेबल किसलिये?"

"भई, शटल सर्विस के लिये दो इंडिका हैं न! हो सकता है और भी हों जो इतनी जल्दी तुम्हारी निगाह में न आयी हों। ऐसे मेहमान बड़ी तादाद में आ जायें तो सब एक टेबल पर कैसे बैठ पायेंगे?"

"ठीक!"

"इन्तज़ाम दो रिज़र्व्ड टेबल्स का है, भले ही एक वक्त में एक ही इस्तेमाल में आये।"

"ठीक! तो मैं कह रहा था कि ऐसे मेहमान आकर रिज़र्व्ड टेबल पर बैठते हैं, उन्हें वैलकम ड्रिंक से नवाजा जाता है, जिसको तकरीबन मेहमान ख़ातिर में भी नहीं लाते, फिर स्टीवार्ड की ओके पर वो उठकर स्क्रीन के पीछे जाते हैं और किसी प्राइवेट, एक्सक्लूसिव डायनिंग एरिया में पहुँच जाते हैं। वो डायनिंग एरिया कहाँ है, उस तक कैसे पहुँचा जाता है, ये तफ्तीश का मुद्दा है क्योंकि स्क्रीन के पीछे एक कबाड़ से भरे कमरे के अलावा कुछ नहीं है।"

"उसी में कोई भेद है खसमांखाना।" – नीलम उत्साह से बोली।

"शाबाश! लगता है कभी-कभी तुझे याद आ जाता है कि वाहे गुरु ने तुझे भी दिमाग दिया है।"

नीलम शरमाई।

"ये सब" – अशरफ बोला – "जो हमारी तवज्जो में आया, किसी और की तवज्जो में नहीं आया होगा?"

"काहे को आया होगा?" – विमल बोला – "कोई वजह आने की? हम तो यहाँ आये ही इस मकसद से हैं कि यहाँ खास कुछ है तो उसे भाँप सकें। औरों को तो ये वजह यहाँ नहीं लाती! फिर जैसे इत्तफ़ाकन कीमत राय सुखनानी हमारे किये प्वायन्टर बन गया, वैसे औरों को तो उससे कोई मतलब नहीं न!"

अशरफ ने हिचकिचाते हुए सहमति में सिर हिलाया।

"जो कोई खास सैट-अप यहाँ हमारी निगाह में आया है, उसमें हमारी सूझबूझ और दूरन्देशी ही वजह नहीं है, काफी सारा इत्तफ़ाक का भी हाथ है। ज़रूरी नहीं कि ये इत्तफ़ाक औरों के साथ भी हो।"

"लेकिन" – अल्तमश बोला – "ऐसा कोई प्राइवेट डायनिंग एरिया यहाँ है या नहीं है, उससे हमने क्या लेना-देना है?"

"कोई लेना-देना नहीं। ऐसी जगह बेशक यहाँ हो, खुशी से हो। बड़े लोगों के मिज़ाज़ में अगर ऐसा फैंसी सैट-अप – जो उन्हें आम डाइनर्स से अलग करता है – आता है तो बाख़ुशी आये। लेकिन वो ऐसा खुफिया क्यों कि ढूँढ़े न मिले! इतने ऐसे ख़ास लोग हमारे सामने आये – वो सरदार आया, वो विग जैसे सफेद बालों वाला आया, सिन्धी सेठ आया, वग़ैरह-वग़ैरह आया – सब कहाँ चले गये? ये भेदभरी बात है जो इसे हमारा – ख़ासतौर से मेरा – सरोकार बनाती है।"

अल्तमश का – अशरफ का भी – सिर सहमति में हिला।

"दोस्तो" – विमल आगे बढ़ा – "एक शख़्स है जो इस सैट-अप के मामले में हमें ब्रीफ कर सकता है।"

"कौन?" – अशरफ बोला।

"कीमत राय सुखनानी। जो यहाँ के एक्सक्लूसिव डायनिंग एरिया का रेगुलर जान पड़ता है।"

"वो क्यों करेगा?"

"सीधे से तो नहीं करेगा! लेकिन करे, इसकी कोई सूरत निकालेंगे।"

"कौन?"

"हम सब।"

"कैसे?"

"देखेंगे।"

"अब?"

''अब डिनर ऑर्डर करते हैं, और फिर चलते हैं।''

''जिन ख़ासुलख़ास साहिबान को हमने जाते देखा, उनके लौटने का इन्तज़ार नहीं करना चाहिये हमें!''

''क्या फायदा होगा? यूँ वक्त ही ज़ाया होगा। जो गया है, उसने लौटना तो है ही! जाने में भेद है, लौटने में क्या भेद होगा?''

''शायद हो।''

''ऐसा हो तो तुम रुको यहाँ, हम मियाँ बीवी चलते हैं।''

अशरफ हड़बड़ाया।

विमल हँसा।

फिर उसने स्टीवार्ड को बुला कर डिनर का ऑर्डर दिया।

''मैं'' – अल्तमश संकोच में बोला – ''एक जाम और ले सकता हूँ?''

विमल की भवें उठीं।

''आप की नवाज़िश के सदके ज़िन्दगी में पहली बार विलायती दारू का मजा चखा . . .''

''दूसरी बार।'' – विमल बोला – ''परसों रात को भूल गया?''

''हवाला आप की नवाज़िश का था। 'हाईड पार्क' में तो मेरे ड्रिंक्स उस, अब मेरे जैसे, जमूरे की तरफ से थे!''

''ओह! सॉरी!''

''. . . पता नहीं फिर कभी ऐसा मौक़ा कब नसीब होगा . . . होगा भी या नहीं!''

''होगा। पर मैं ड्रिंक मँगाता हूँ।''

उसने अशरफ की तरफ देखा।

अशरफ ने मजबूती से इंकार में सिर हिलाया।

विमल ने वेटर को बुला कर सिर्फ अल्तमश के लिये ड्रिंक का ऑर्डर दिया।

एकाएक नीलम ने विमल की बाँह थाम कर व्यग्र भाव से दबाई।

तत्काल विमल उसकी तरफ घूमा।

''उधर देखो।'' – नीलम उसकी तरफ झुकती रहस्यपूर्ण स्वर में बोली।

''किधर?''

''बैंड स्टैंड की तरफ। उसके बायें बाजू। थोड़ा पीछे। वो दोनों खड़े हैं?''

''कौन दोनों?''

''जिन्हें मैंने डांस फ्लोर पर डांस करते देखा था। वो बघियाड़ जैसी शक्ल वाला आदमी। हरा सूट! बिना माँग के झब्बेदार बाल . . .''

''बाउन्सर!''

''अगर है तो। और वो लाल गाउन वाली औरत जो तुम लोगों के लौटने से पहले यहाँ थी। जो मेरे लिये सन्देशा छोड़ के गयी!''

''ओह!''

विमल ने ग़ौर से उधर देखा तो फासले से भी उसे लगा कि औरत का चेहरा फक् था और हरे सूट वाला उस पर आगबगूला हो रहा था। उसके देखते-देखते दो बार उसने उसे बाँह पकड़ कर बुरी तरह से झिंझोड़ा।

तभी वेटर उनके डिनर के ऑर्डर की डिशिज़ से सुसज्जित ट्राली धकेलता वहाँ पहुँचा। वो डिशिज़ को टेबल पर ट्रांसफर करने लगा तो विमल ने उसे रोका।

''सर!'' – वेटर ठिठका और बोला।

''हम सर्विस से बहुत खुश हैं।'' – विमल बोला – ''ये तुम्हारी एडवांस टिप।''

ये देखकर वेटर के नेत्र फैले कि विमल उसकी तरफ पाँच सौ का नोट बढ़ा रहा था।

वेटर ने सादर नोट स्वीकार किया।

''अभी उसका जुड़वाँ भी है तुम्हारे लिये।'' – विमल अर्थपूर्ण भाव से बोला।

''जी!'' – वेटर सकपकाया।

''बशर्ते कि एक छोटी-सी बात पर रौशनी डालो।''

''कौन-सी बात, सर?''

''बैंड स्टैंड की तरफ देखो। वहाँ बायीं तरफ एक हरे सूट वाले साहब और लाल गाउन वाली मेम साहब खड़ी हैं। देखा?''

''यस, सर।''

''साहब कौन हैं?''

''चौहान साहब हैं। यहाँ के सिक्योरिटी के इंचार्ज हैं।''

''पूरा नाम?''

''मालूम नहीं, सर। हर कोई चौहान साहब ही बुलाता है उन्हें।''

''और मेम साहब?''

''मीनू ईरानी। यहाँ की होस्टेस हैं।''

"ओह! थैंक्यू! प्लीज सर्व।"

वेटर ने ख़ामोशी से, मशीनी अन्दाज़ से तमाम प्लेटें ट्राली पर से टेबल पर सर्व कीं और ट्राली के साथ वहाँ से रुख़सत हो गया।

विमल ने बैंड स्टैंड की तरफ फिर निगाह डाली तो पाया कि वो वहाँ नहीं थे और हाल में भी नहीं दिखाई दे रहे थे।

चारों डिनर में मशगूल हो गये।

डिनर के दौरान एकाएक लाल गाउन – मीनू ईरानी। होस्टेस – विमल को फिर दिखाई दी।

प्रवेशद्वार के करीब के एक बन्द दरवाज़े के करीब।

उसके देखते-देखते वो दरवाज़ा ठेल कर भीतर दाखिल हुई। तत्काल दरवाज़ा उसके पीछे बन्द हो गया।

"आता हूँ।" – विमल उठा और लम्बे डग भरता उस तरफ बढ़ा।

इस दरवाज़े के करीब पहुँच कर उसने उसे धकेला और भीतर कदम डाला।

दरवाज़े के परली तरफ एक स्टूल पर एक अधेड़ महिला बैठी थी। उसके अलावा उसे भीतर कोई दिखाई न दिया।

"सर" – उसे देखते ही महिला सभ्य किन्तु स्थिर स्वर में बोली – "ये स्टाफ का रैस्टरूम है। गैस्ट वाशरूम्स उधर बैंड स्टैंड के पीछे पैसेज में है।"

"अभी यहाँ एक लाल गाउन वाली मैडम आयी थीं . . ."

"हाँ। भीतर हैं। वाशरूम में। आप प्लीज़, बाहर जाइये।"

"मैं चौहान साहब का दोस्त हूँ।"

"ओह! लेकिन, सर, फिर भी . . . प्लीज़, बाहर जाइये।"

विमल बाहर निकला और प्रतीक्षा करने लगा।

थोड़ी देर बाद वो उतावला होने लगा।

वो फिर भीतर दाखिल हुआ।

"क्या बात है?" – उसने स्टूल पर बैठी अधेड़ महिला से पूछा – "वो लाल गाउन वाली मैडम तो . . ."

"चली गयीं।" – महिला सहज भाव से बोली।

"चली गयीं! किधर से चली गयीं? मैं तो बाहर . . ."

"यहाँ पीछे भी एक दरवाज़ा है जो बाहर राहदारी में खुलता है।"

"ओह!"

"मैडम बहुत जल्दी में थीं। इतनी ज़्यादा कि अपना हैण्डबैग भूल गयीं।"

महिला ने परे एक टेबल पर पड़े एक लाल रंग के ज़नाना हैण्डबैग की तरफ इशारा किया।

"अरे! हैण्डबैग भूल गयी अपनी मीनू। अभी बाहर ही होगी। दे के आता हूँ।"

लम्बे डग भरता वो आगे बढ़ा, उसने मेज पर से हैण्डबैग उठाया और पिछवाड़े को लपका।

"सर! सर!"

विमल ने उसकी एक न सुनी। पिछवाड़े का दरवाज़ा खोल कर वो राहदारी में पहुँचा और उस पर चलता आगे फ्रंट यार्ड में पहुँचा जिससे आगे मेन रोड थी।

लाल गाउन उसे कहीं दिखाई न दी।

वो पार्किंग में खड़ी अपनी कार में पहुँचा। उसने कार की भीतर की लाइट जलाई, हैण्डबैग को खोला और भीतर का सामान टटोला।

आम ज़नाना आइटमों के अलावा दो चीज़ें उसे दिलचस्पी के काबिल लगीं।

एक, आधार कार्ड जिसके मुताबिक उसका पता था : 14/1 सैकण्ड फ्लोर, ईस्ट पटेल नगर, नई दिल्ली–110008। कॉर्ड पर दर्ज जन्मतिथि के मुताबिक उसकी उम्र बत्तीस साल थी।

दूसरी आइटम एक चाबियों का गुच्छा था, जिसमें जुदा शेप और साइज की तीन चाबियाँ थीं।

उसने तीनों चाबियों की कई कोणों से अलग-अलग कई तसवीरें खींच लीं। फिर उसने बैग से ही एक कागज़ और बॉल पैन बरामद किया और तीनों चाबियों की कागज़ पर आउटलाइन उकेर ली।

आख़िर उसने दोनों चीज़ें वापिस बैग में डालीं और वापिस लौटा।

वो फिर कथित स्टाफ रैस्टरूम में अधेड़ महिला से रूबरू हुआ।

"नहीं मिली।" – वो बोला – "निकल गयी। बैग सम्भालो। खुद ही देना।"

महिला ने चैन की लम्बी साँस लेते बैग वापिस लिया।

"आपको ऐसा नहीं करना चाहिये था।" – फिर गिला करती आवाज़ में बोली।

"कैसा नहीं करना चाहिये था?" – जानबूझकर अंजान बनता विमल बोला।

"जैसा . . . आपने किया?"

"क्या किया? क्या समझा? गया बैग?"

"अब क्या बोलूँ! मैं तो सच में ही यही समझी थी . . ."

"कि मैं चोर! झपटमार!"

"मैं तो मैनेजर को इस बाबत ख़बर करने जा रही थी कि . . . कि . . ."

"चोर लौट आया!"

"स–सॉरी!"

"चाहो तो बैग का सामान भी चैक कर लो।"

"ज़रूरत नहीं। आपकी . . . आपकी . . . नीयत में कोई . . . कोई खोट होती तो आप लौट कर न आये होते।"

"सयानी हो काफी।"

विमल वापिस टेबल पर लौटा।

सब की सवालिया निगाहें उस पर पड़ीं।

डिनर की तरफ फिर से तवज्जो देते विमल ने बताया कि क्या हुआ था।

2 दिसम्बर–सोमवार

अगले रोज़ के अख़बार में सुर्खी थी :

डिअर पार्क, हौजख़ास के गेट के करीब महिला की लाश मिली पुलिस ने कत्ल का केस बताया।

ख़बर के साथ लाश की क्लोज़अप में फोटो भी थी जिससे विमल ने साफ पहचाना कि मरने वाली पिछली रात की 'गोल्डन गेट' की लाल गाउन वाली वो होस्टेस थी जिसने नीलम को सन्देशा लिखा कागज़ का पुर्ज़ा थमाया था।

इस बात का स्पष्ट ज़िक्र था कि लाश के करीब से उसका कोई निजी सामान बरामद नहीं हुआ था, इसलिये उसकी अभी तक शिनाख़्त नहीं हो सकी थी। पुलिस ने पब्लिक से अपील की थी कि अगर कोई शख़्स उस लाश को पहचानता हो, उसकी बाबत कुछ जानता हो तो अविलम्ब अपनी जानकारी पुलिस के साथ साझा करे।

ख़बर के साथ मकतूल की तसवीर छापना मीडिया का दस्तूर नहीं होता था, किसी और साधन से मकतूल की कोई स्वाभाविक, उसकी जिन्दगी में खिंची, तसवीर उपलब्ध हो तो छापी जाती थी, लाश की तसवीर ख़बर के साथ छापने से हमेशा परहेज़ किया जाता था। उस ख़बर के साथ लाश की

क्लोज-अप तसवीर का छपा होना यही ज़ाहिर करता था कि वैसा पुलिस के किसी इसरार के तहत हुआ था। पुलिस की शिनाख़्त की जैसी अपील ख़बर के साथ छपी थी, वो अमूमन एक अलग विज्ञापन के तौर पर 'अपील फॉर आइडेन्टिफिकेशन' के तहत अख़बार में अन्यत्र कहीं छपती थी।

पुलिस के मुताबिक महिला को शूट किया गया था, उसकी छाती में दो गोलियाँ लगी थीं, जिनमें से एक दिल के आरपार गुजर गयी थी।

तभी कालबैल बजी।

विमल ने उठ कर दरवाज़ा खोला।

आगन्तुक अशरफ और अल्तमश थे।

अल्तमश तब मर्दाना लिबास में था।

"अरे!" – विमल हैरानी से बोला – "इतनी जल्दी घर से फिर निकल पड़े!"

"जनाब" – अशरफ थकी आवाज़ में बोला – "घर गया ही कौन!"

"क्या!"

"कहीं बैठने दीजिये वर्ना खड़े-खड़े ढेर हो जायेंगे।"

"बाप रे!"

तीनों ड्राईंगरूम में पहुँचे। वो दोनों एक सोफे पर ढेर हुए, विमल उनके सामने बैठा।

"अब" – अशरफ बोला – "अगर एक प्याली चाय की नवाज़िश हो जाये तो समझिये सोने पर सुहागा।"

विमल ने मेड को बुला कर चाय की बाबत हिदायत दी।

फिर नीलम भी ड्राईंगरूम में आ बैठी।

तब सबसे पहले विमल ने उन तीनों का ध्यान अख़बार की ओर आकर्षित किया।

सबने जल्दी-जल्दी ख़बर पढ़ी।

"कमाल है!" – अशरफ बोला – "जरूर उसे लूटने की कोशिश में ये वारदात हुई!"

"रात के वक्त" – अल्तमश बोला – "ऐसी वारदात बहुत होने लगी हैं दिल्ली में। अकेली लड़कियाँ झपटमारों का, लुटेरों का निशाना अक्सर बनती हैं। मुख़ालफत करती हैं तो पेट में खंजर! छाती में गोली! कुछ भी!"

"मुझे नहीं लगता कि ये वारदात लूट के मकसद से हुई है।" – विमल बोला – "ऐसा हुआ होता तो पुलिस के हवाले से अख़बार में इस बात का

ज़िक्र होता जो कि नहीं है। फिर अख़बार में छपी तसवीर से ही पता लग रहा है कि उसकी पर्सनल ज्वेलरी – कानों में टॉप्स, गले में चेन, वगैरह – सही सलामत है। बाकी बचा बैग, तो वो तो उसका पीछे 'गोल्डन गेट' में छूट गया था जहाँ हमारी वहाँ से रुख़सती तक तो वो लौटी नहीं थी! हमारे बाद लौटी भी या नहीं, इस बात की तब तसदीक हो जायेगी जब नुमायां होगा कि बैग अभी भी 'गोल्डन गेट' में ही था या नहीं!''

''वहीं निकलेगा।'' – नीलम बोली।

विमल ने घूम कर उसकी तरफ देखा।

''बहुत विश्वास के साथ कह रही है?'' – वो बोला।

''और'' – नीलम और भी दृढ़ता से बोली – ''कर्मामारी के कत्ल का मकसद लूट नहीं, सजा था।''

''क्या!''

''हाँ। यकीनन!''

''किस बात की सजा?''

''उसने वो सन्देशा गलत जगह पहुँचाया न!''

विमल मुँह बाये नीलम की तरफ देखने लगा।

''वो वाहियात-सा सन्देशा'' – विमल हैरानी से बोला – ''जिसका न सिर था न पैर था, एक कत्ल की वजह बन गया!''

''हाँ।'' – नीलम बोली – ''सन्देशा वाहियात था लेकिन उसका मतलब – कोई खुफिया मतलब – जरूर कोई ख़ास था, जिसे असली पाने वाला ही समझ सकता था, जिसे हम न समझ सके इसलिये हमें वो वाहियात लगा। लेकिन सन्देशा जारी करने वालों को तो नहीं मालूम था कि जिन गलत हाथों में सन्देशा पहुँचा, उसके मालिकान उसे न समझ सके!''

''यानी उस औरत की उस बंगलिंग की सज़ा के तौर पर उसका कत्ल!''

''हाँ।''

''और ये बात नीलम बीबी को सूझी!''

नीलम शरमाई।

तभी फ्रान एक बड़ी ट्रे उठाये वहाँ पहुँची। उसने सब को चाय और सैंडविच सर्व कीं और वापिस किचन में चली गयी।

सबने उस सर्विस की तरफ तवज्जो दी।

''अब बोलो'' – विमल बोला – ''रात घर क्यों नहीं गये? नहीं गये तो अब तक कहाँ थे?''

''हौजखास में ही थे।'' – अशरफ बोला – ''और घर इसलिये नहीं गये कि 'गोल्डन गेट' की निगाहबीनी में रात खोटी की।''

''दाता! अरे, ये क्या दीवानगी तारी हुई तुम पर!''

''हमने चैलेंज महसूस किया, जनाब। दम परखा आपकी बात का।''

''किस बात का?''

''कि 'गोल्डन गेट' में जिन ख़ासुलख़ास साहिबान को हमने जाते देखा, उनके लौटने का इन्तज़ार करना मुफीद था या नहीं! जाने में कोई भेद था तो लौटने में कोई भेद था या नहीं!''

''इसलिये 'गोल्डन गेट' की निगाहबीनी करते सारी रात आँखों में गुजारी!''

''जी हाँ।''

''लेकिन सारी रात क्यों? वो रेस्टोरेंट तो रात बारह बजे बन्द हो जाता था! ऐन्ट्रेंस पर ऐसा नोटिस भी लगा था!''

''ठीक लगा था। जो टाइम नोटिस में दर्ज था, उसी टाइम बन्द हुआ था। बाजू की गारमेंट फैक्ट्री भी दूसरी शिफ्ट के बाद बारह बजे बन्द हो गयी थी।''

''तो?''

''जनाब, रेस्टोरेंट बन्द हो गया, मेहमान रुख़सत हो गये लेकिन वो लोग तो न रुख़सत हुए जो, बकौल आपके, किसी स्पेशल, प्राइवेट, एक्सक्लूसिव डायनिंग एरिया के मेहमान थे! रेस्टोरेंट की बत्तियाँ बुझ गयीं, ताले लग गये, स्टाफ छुट्टी करके चला गया, वो ख़ास मेहमान – वो सिन्धी बिजनेसमैन सुखनानी, वो विग जैसे झक सफेद बालों वाला शख़्स, वो सिख – उन जैसे और भी – तो हमें जाते न दिखाई दिये!''

''भई, क्लोज़िंग टाइम की अफरातफरी में वो पहचानी हुई सूरतें तुम्हें नहीं दिखाई दी होंगी!''

''कोई अफरातफरी नहीं, जनाब, आधी रात को रेस्टोरेंट बन्द हुआ था, कोई सिनेमा का हाउसफुल शो तो नहीं छूटा था! सर्दियों का मौसम है। दिसम्बर की शुरुआत है जिसके बाद से दिल्ली में सर्दी बढ़ती ही जाती है। ऐसे मौसम में दस-साढ़े दस सब लोग-बाग ऐसी जगहों से रुख़सत होना शुरू कर देते हैं। याद कीजिये हम लोग भी ग्यारह से पहले वहाँ से चले आये थे। नहीं?''

''हाँ।''

"रेस्टोरेंट की हाज़िरी तो तभी घटनी शुरू हो गयी थी और क्लोज़िंग टाइम पर तो रेस्टोरेंट एक चौथाई भी फुल नहीं था, फिर अफरातफरी कैसी जिसमें वो ख़ास मेहमान हमें न दिखाई दिये?"

"तुम ठीक कह रहे हो। तो क्लोज़िंग टाइम पर कोई ख़ास मेहमान वहाँ से रुख़सत होता न दिखाई दिया?"

"जी हाँ।"

"तब" – अल्तमश बोला – "पहला ख़याल मेरे जेहन में ये आया था कि जरूर वहाँ से निकासी का कोई खुफ़िया रास्ता था, लेकिन मेरा ख़याल अशरफ भाई ने फेल कर दिया।"

विमल ने अशरफ की तरफ देखा।

"मामूली बात है, जनाब।" – अशरफ बोला – "जब आमद खुफ़िया नहीं तो रवानगी के खुफ़िया होने का क्या मतलब? ऐसा कोई खुफ़िया रास्ता वजूद में था तो उसे आमद के लिये भी तो इस्तेमाल किया जा सकता था! क्या प्रॉब्लम थी?"

"ख़ास मेहमानों की स्क्रीनिंग का इन्तजाम रेस्टोरेंट वाले रास्ते पर था।"

"वैसा इन्तज़ाम खुफ़िया रास्ते पर भी तो कायम किया जा सकता था!"

"तेरी बात ठीक है। पर रात खोटी की तो कभी तो ख़ास मेहमान वहाँ से रुख़सत पाते आख़िर दिखाई दिये ही होंगे वर्ना तुम दोनों यहाँ न लौटे होते!"

"सुबह पाँच बजे दिखाई दिये। पौ फटने में अभी डेढ़ घण्टा बाकी था जबकि दो-दो, तीन-तीन कर के लोग बाहर निकलते दिखाई दिये लेकिन 'गोल्डन गेट' की इमारत से नहीं, आधी रात के बाद क्लोज़िंग टाइम के बाद, उसके तो आयरन गेट को बाहर से ताला लग गया था!"

"तो . . . तो और कहाँ से?"

"बगल की इमारत से जिसमें कि गारमेंट फैक्ट्री है।"

"तेरा मतलब है दोनों इमारतें अन्दर कहीं से एक दूसरे से जुड़ी हुई हैं?"

"और कैसे कोई 'गोल्डन गेट' में जाकर गारमेंट फैक्ट्री से बाहर निकल सकता है?"

"कोई खुफ़िया रास्ता!"

"यकीनन!"

"आगे बोल। अपनी बात मुकम्मल कर। लोग दो-दो, तीन-तीन करके बारास्ता फैक्ट्री बाहर निकलते दिखाई दिये, फिर?"

"'इंडिका' कारों में सवार होकर ख़ामोशी से वहाँ से रुख़सत होने लगे।

यहाँ ये बात भी काबिलेज़िक्र है, गौरतलब है, जनाब, कि रात को वहाँ से मैट्रो स्टेशन की आवाजाही के लिये दो ही शटल कारें थीं, सुबह पाँच थीं।''

''क्योंकि लोग आते एक-एक, दो-दो करके हैं, जाते इकट्ठे हैं!''

''मेरा भी यही ख़याल था।''

''तो वापिसी के लिये वहाँ शटल कारें पाँच थीं?''

''जी हाँ।''

''पाँचों 'इंडिका'?''

''जी हाँ। और नम्बर भी सीरियल में।''

''यानी पाँचों इकट्ठी खरीदी गयीं? शटल सर्विस के तौर पर इस्तेमाल होने के लिये?''

''और क्या!''

''आगे?''

''जनाब, यूँ कोई तीस लोग हमने वहाँ से जाते देखे जिनमें हमारा सिन्धी सेठ सुखनानी भी शामिल था, वो सिख भी शामिल था, वो झक सफेद बालों वाला मेहमान भी शामिल था और सात-आठ लड़कियाँ शामिल थीं।''

''क्या!''

''निहायत हसीन! जवान! आवर-ग्लास फिगर।''

''उनका वहाँ क्या काम?''

''होस्टसें होंगी।'' – नीलम बोली – ''बढ़िया रेस्टोरेंट्स में होती हैं।''

विमल ने हैरानी से नीलम की तरफ देखा।

नीलम शान से मुस्कुराई।

''तीस मेहमानों के लिये इतनी होस्टसें?''

''वेटर होंगे ही नहीं।''

''बहुत सयानी बातें कर रही है!''

''मैं हूँ ही सयानी।''

''बस कर।'' – विमल वापिस अशरफ की तरफ घूमा – ''सब की मंजिल ग्रीन पार्क मैट्रो स्टेशन?''

''बिलाशक।'' – अशरफ बोला – ''सिन्धी सेठ की मर्सिडीज़ की तरह सब की कीमती गाड़ियाँ वहाँ खड़ी थीं जिन्हें वो लोग खुद ड्राइव करते वहाँ से गये।''

''लड़कियाँ?''

''वो मेरे ख़याल से मैट्रो की पैसेंजर थीं।''

''सारी रात सारे खास मेहमान . . .''

"तीस।" – अल्तमश बोला – "मैंने बराबर गिने।"

". . . और वो लड़कियाँ उस रेस्टोरेंट की इमारत में कहीं?"

"यकीनन।" – अशरफ बोला – "और कहाँ!"

"मतलब क्या हुआ इसका?"

"मैंने और अल्तमश ने बहुत सोचा इस बारे में। हमें तो एक ही मतलब सूझा, जनाब!"

"क्या?"

"अब भाभीजान के सामने बोलें?"

"बेहिचक बोलो। लेकिन यूँ बोलो कि किचन में मौजूद मेड न सुने, भाभीजान की ख़ैरियत है। वो देवरों के बीच है इसलिये।"

"हमें ये रुतबा पसन्द आया। शुक्रिया।"

"अब बोलो।"

अशरफ हिचकिचाया, अभयदान मिल चुका होने के बावजूद सशंक भाव से उसने नीलम की तरफ देखा।

"तू बोल।" – फिर अल्तमश से बोला।

"वहाँ।" – अल्तमश दबे लेकिन मज़बूत लहज़े से बोला – "खुफिया रंडीखाना है!"

विमल के नेत्र फैले।

"ब्रॉथल कहते हैं शायद अंग्रेज़ी में।" – अशरफ बोला।

"कैट हाउस।" – विमल बोला – "व्होर हाउस। बॉरडेलो। सेराग्लीयो। क्लिप जॉयन्ट। बहुत कुछ कहते हैं।"

नीलम सप्रयास परे देखने लगी।

"मेरे ख़याल से तो – ख़याल से क्या, यकीन से – 'गोल्डन गेट' में बिगड़े, बेअदब, बेगैरत रईसों के लिये एय्याशी का अड्डा चलता है। इसीलिये आधी रात के बाद भी वहाँ कारों के जमघट्टे से परहेज़ किया जाता है – कोई देखे तो क्या कहेगा क्यों आधी रात के बाद एक बन्द रेस्टोरेंट की पार्किंग में और उसके सामने सड़क पर इतनी कारें दिखाई देती थीं! एकाध रात को नहीं, रोज़ दिखाई देती थीं! ये अपने आप में शक उपजाऊ बात है जिसका इलाके की पुलिस तक पहुँचना लाज़मी है, महज वक्त की बात है।"

"इसलिये वो तमाम कारें मैट्रो स्टेशन की पार्किंग में और वहाँ से एय्याशी के अड्डे तक शटल सर्विस!"

''दुरुस्त।''

''और'' – अल्तमश बोला – ''कार भी मालिक का खुद चलाता होना लाज़मी।''

विमल की भवें उठीं।

''जनाब'' – जवाब अशरफ ने दिया – ''मैट्रो की पार्किंग में शोफर समेत कार खड़ी होने का क्या मतलब! वो भी एक नहीं, कई। एक दिन नहीं, रोज़ रात!''

''गाड़ी ड्राइवर चला रहा हो'' – अल्तमश बोला – ''तो सवार ऐन अपने मुकाम पर जाकर उतरता है, मुकाम पर पार्किंग की प्रॉब्लम हो तो ये ड्राइवर की सिरदर्द है कि वो कहीं, कहीं भी, पार्किंग तलाश करे और मालिक के बुलावे पर वहाँ पहुँचे जहाँ उसने मालिक को छोड़ा था।''

विमल ने सहमति में सिर हिलाया।

''यानी'' – फिर बोला – ''इस कैट हाउस की सर्विस हासिल करने के तमन्नाई के लिये ये भी एक अहम शर्त है – और तो होंगी ही – कि उसकी गाड़ी सैल्फड्रिवन हो, शोफरड्रिवन नहीं!''

''ऐसा ही जान पड़ता है।''

''लेकिन मियाँ, ये तुम्हारा अन्दाज़ा है – इंटैलीजेंट गेस है, लेकिन फिर भी गेस है – कि वहाँ खुफ़िया व्होर हाउस चलता है। अब इस अन्दाज़े की तसदीक कैसे हो?''

''तसदीक का एक ज़रिया तो आपने खुद ही सुझाया था!''

''कौन सा?''

''सिन्धी सेठ। कीमत राय सुखनानी।''

''ठीक। लेकिन ये भी तो कहा था कि सीधे से वो कुछ नहीं करेगा, उसको इस सिलसिले में काबू में करने के लिये कोई सूरत निकालनी होगी जो कि'' – विमल ठिठका, उसने अपलक अशरफ की तरफ देखा। – ''तू निकाल सकता है।''

''मैं!'' – अशरफ तनिक हड़बड़ाया।

''हाँ।''

''लेकिन मैं!''

''हाँ। क्योंकि तू सिन्धी सेठ से वाकिफ है, उसके घर-बार से, उसके रहन-सहन, रख-रखाव से वाकिफ है तू कोशिश करे तो ऐसा कुछ खोज निकाल सकता है जो कि सेठ पर हमारी तरफदारी के लिये दबाव बनाने का

ज़रिया बन सकता हो।''

''मैं कोशिश करूँ?''

''अकेला न कर सके तो मदद के लिये कोई अपने जैसा मामू का कोई भांजा पकड़ . . . भांजे पकड़।''

''ठीक है।'' – अशरफ निर्णायक भाव से बोला – ''मैं करूँगा कुछ इस बारे में।''

''जल्दी।''

''जल्दी ही।''

''गुड। मुझे तुम दोनों की आँखें नींद से मुन्दी जाती दिखाई दे रही हैं . . .''

''नहीं, जनाब।'' – अल्तमश ने तत्काल प्रतिरोध किया।

''ऐसी कोई बात नहीं।'' – अशरफ बोला।

''ऐसी ही बात है। जिसने रतजगा किया हो, उसके साथ ऐसा होना स्वाभाविक है।''

''तो भी जो आप कहना चाहते हैं, बेहिचक कहिये।''

''एक काम है, जिसे तुम वार फुटिंग पर कर सको तो तोप की सलामी।''

''सलामी न भी मिली तो कोई मुज़ायका नहीं। आप काम बोलिये।''

विमल ने मकतूला के बैग की कथा की। फिर चाबियों की आउटलाइन वाला कागज़ उसको सौंपा और उनकी जितनी तसवीरें उसने मोबाइल पर खींची थीं, वो सब अशरफ के मोबाइल पर ट्रांसकर कीं।

''चाबियाँ बन गयीं'' – विमल फारिग हुआ तो अशरफ बोला – ''जल्दी बन गयीं तो उनका क्या इस्तेमाल आपके ज़ेहन में है?''

''देखो, बैग में चाबियाँ देखकर ये सब फॉलो-अप जब मैंने किया था तब मेरे ज़ेहन में कोई क्लियर अक्स नहीं था कि मैं उन्हें किस इस्तेमाल में लाना चाहता था, किस हासिल की उम्मीद में इस्तेमाल में लाना चाहता था। बैग में से मुझे उस औरत का पता भी मिला था और मेरा ख़याल था उनमें से एक चाबी जरूर उसके ईस्ट पटेल नगर के फ्लैट के मेन डोर की थी। ये दोनों बातें थीं तो हो सकता था कि आइन्दा कभी कोई चाबी मेरे किसी काम आती लेकिन अब उसके कत्ल की सूरत में मैं उसके फ्लैट को टटोलना चाहता हूँ।''

''बशर्ते कि कोई चाबी फ्लैट में मेन डोर की हुई।''

''अकेली रहती होगी तो जरूर होगी।''

''अकेली न रहती हुई तो?''

"किसी फ्लैटमेट के साथ रहती होगी तो . . . चलेगा – क्योंकि फ्लैटमेट को भी तो कभी फ्लैट से गैरहाज़िर रहना होगा – फैमिली के साथ रहती थी तो . . . तो तमाम ड्रिल बेकार जायेगी।"

"ठीक। जनाब, चाबी तो बन जायेगी . . ."

"जल्दी।"

"वो भी। लेकिन इस बात की क्या गारन्टी है कि तसवीरों और आउट लाइन के आसरे बनाई गयी चाबी ताले में लगेगी?"

"नहीं लगेगी तो किस्सा खत्म। लग गयी तो . . . देखेंगे।"

"मर्डर का केस है। एक ताज़ा केस है। पुलिस तफ़्तीश कर रही है। उन्होंने मकतूला की शिनाख़्त के लिये अख़बार में अपील छपवायी है। अपील कारगर हुई, पुलिस आपसे पहले वहाँ पहुँची हुई – या आपकी मौजूदगी के दौरान वहाँ पहुँच गयी – तो?"

"अरे, मेरे बिरादर, इसीलिये तो चाबियों की दरकार फौरन है! हमारी पुलिस, अपनी सुस्त रफ़्तार से – जिसकी कि वो आदी है – काम करती है, केस स्कॉटलैण्ड यार्ड के पास नहीं है, एफबीआई के पास नहीं जो जो होगा, बुलेट की रफ़्तार से होगा। केस दिल्ली पुलिस के पास है और लाश की शिनाख़्त हो भी गयी तो फॉलो-अप के तौर पर जो होगा, होते-होते होगा। लिहाज़ा मुझे उम्मीद नहीं कि मेरी पुलिस से लाइन क्रॉस होगी।"

"आप की माया आप जानें।" – अशरफ एकाएक उठ खड़ा हुआ – "हम अपना काम करते हैं।"

"शुक्रिया।"

"इजाज़त चाहते हैं। खुदा हाफिज़।"

दोनों वहाँ से रुख़सत हो गये।

नौ बजे तक विमल को तीन चाबियाँ हासिल हो गयीं।

एक छोटी-सी – कोई तीन इंच लम्बी-रेती के साथ।

साथ में हिदायत मिली कि अगर कोई चाबी न लगे तो वो उसके ऐजिज़ और ग्रूव्ज़ रेती से घिसे, फिर न लगे तो फिर घिसे, फिर भी न लगे तो कोशिश छोड़ दे, चाबियाँ ठीक नहीं बनी थीं, वो उसके किसी काम नहीं आने वाली थीं।

लेकिन वो नौबत न आयी।

दस बजे से पहले वो ईस्ट पटेल नगर और आगे 14/1 नम्बर की चार

मंजिला इमारत पर पहुँच गया जिसकी दूसरी मंजिल पर मकतूला मीनू ईरानी का आवास था।

इमारत में या उसके आसपास उसे कोई अतिरिक्त, संदिग्ध हलचल न दिखाई दी।

गुड!

इमारत में लिफ्ट थी, जिस पर सवार होकर वो दूसरी मंजिल पर पहुँचा।

वहाँ एक ही फ्लैट था, जिसके प्रवेशद्वारा में उसने बिल्ट-इन लॉक वाला हैंडल लगा पाया। अन्दाज़े से उसने एक चाबी ट्राई की तो वो पहली चाबी ही पूरे आराम से की-होल में घूम गयी।

उसने चैन की साँस ली।

उसने हैंडल घुमा कर दरवाज़े को भीतर को धक्का दिया तो वो न खुला, मजबूती से चौखट के साथ लगा वो हिला भी नहीं।

क्या वो ताला दो चाबियों से खुलता था?

होते तो थे ताले दो चाबियों से खुलने वाले!

उसने बाकी दो चाबियाँ ट्राई कीं तो वो की-होल में दाख़िल तक न हुईं।

क्या माजरा था!

उसने पहली वाली चाबी फिर की-होल में डाली और उसे फिर घुमाने की कोशिश की तो वो पहली बार की तरह ही बड़े आराम से घूमी और ताला खुल भी गया।

लिहाजा खोलने के लिये उस ताले में दो चाबियाँ नहीं लगती थीं, एक ही चाबी को दो बार घुमाना पड़ता था।

उसने दरवाज़ा खोला और सावधानी से भीतर कदम डाला।

जैसा कि अपेक्षित था, भीतर सन्नाटा था।

उसने अपने पीछे दरवाज़ा भिड़काया तो उसका ऑटोमैटिक लॉक खुद ही सैट हो गया।

उसने फ्लैट का तुरत-फुरत जायज़ा लिया तो पाया कि वो दो बैडरूम्ज़ वाला फ्लैट था जिस में ड्राइंग-डायनिंग एरिया अपेक्षाकृत काफी बड़ा था। बैडरूम दस गुणा बारह फुट के थे और एक तरीके से, सलीके से बैडरूम की तरह फर्निश्ड था, दूसरा तो लगता था कि स्टोरेज के लिये ही इस्तेमाल किया जाता था। उसने उसकी वार्डरोब को खोला तो पाया कि वो एक तिहाई खाली थी और बाक़ी में दो खाली सूटकेस और एक ट्रैवल बैग मौजूद था। कमरे में एक स्टील की लॉक्ड अलमारी थी लेकिन लॉक बाकी दो चाबियों

में से एक से खुल गया। अलमारी में तकरीबन ज़नाना लिबास और जूतों के डिब्बे मौजूद थे जिनमें जूतों की जगह और ही घरेलू सामान भरा हुआ था।

वहाँ उसकी दिलचस्पी के काबिल कुछ नहीं रखा था।

वो सुसज्ज़ित बैडरूम में पहुँचा।

वहाँ विशाल विंडो पर दोहरे पर्दे थे और डबल बैड भी बड़े होटलों के अन्दाज़ से मेड अप था। खिड़की के करीब एक आराम कुर्सी और एक छोटी-सी टेबल थी। खिड़की के पहलू में एक बन्द दरवाज़ा था जो बाहर बाल्कनी में खुलता था। बैड से विपरीत दिशा की दीवार पर टेलीविज़न था और बाजू में एक राइटिंग डैस्क था। प्रवेशद्वार के करीब एक बन्द दरवाज़ा था, जिसे उसने खोला तो पाया कि आगे बाथरूम था। कुछ देर उसकी निगाह पैन होती हुई सारे कमरे में भटकी, फिर उसे राइटिंग डैस्क ही किसी तवज्जो के काबिल लगा।

वो राइटिंग डैस्क पर पहुँचा और उसके सामने की कुर्सी पर बैठ गया। डैस्क पर एक टेबल लैम्प था, एक पैन स्टैण्ड था, एक पैड था जिसे उसने बिल्कुल कोरा पाया। उसकी तवज्जो दराज़ों की तरफ गयी तो पाया कि वो तीन थे और तीनों मज़बूती से बन्द थे।

फिर टॉप के दराज़ के ऊपर पैनल के ऐन मिडल में उसे एक की-होल दिखाई दिया। बाकी बची तीसरी चाबी उसने उसमें डाल कर घुमाई तो वो आराम से घूम गयी।। उसने टॉप का दराज़ खींचा तो वो खुलता चला गया। वैसे उसने बाकी दो दराज़ खोले। तीनों दराज़ लेखन सामग्री से, राइटिंग पैड्स से, ए-फोर साइज की कोरी शीट्स से और ख़रीद-फरोख्त के पुराने बिलों से भरे हुए थे।

उसने एक-एक कागज़ का मुआयना किया।

कुछ हाथ न लगा।

कुछ भी गैरमामूली या उसकी दिलचस्पी के काबिल वहाँ नहीं था।

फिर उसे अहसास हुआ कि बीच का दराज़ पूरा नहीं खुल रहा था। रास्ते में वो कहीं अटक रहा था। उसने भीतर हाथ डालकर टटोला तो पाया कि दराज़ में एक डिक्शनरी यूँ पड़ी थी कि उसके गत्ते की जिल्द ऊँची उठकर फ्रेम के साथ अटक रही थी और दराज़ के खुलने में रुकावट पैदा कर रही थी। उसने भीतर उँगलियाँ डालकर जिल्द को नीचे किया और डिक्शनरी को थामकर बाहर निकाल लिया। डिक्शनरी को मेज पर रखकर उसने दराज़ फिर खींचा तो इस बार वो पूरा खुल गया।

साथ ही विमल को एक नयी चीज़ दिखाई दी।

दराज़ के भीतर की तरफ फ्रेम में बेस के करीब एक दायें-बायें स्लाइड होने वाला खटका था, जिसके फंक्शन से विमल पहले से वाकिफ था। वैसे खटके स्टील के फ्रेमवर्क में – जैसा कि उस टेबल का था – होते थे और वो भीतर को खिंचे हों तो दराज़ को उन पटड़ियों पर अटका कर रखते थे जिन पर वो आगे-पीछे सरकता था और यूँ दराज़ अगर जाने अनजाने ज़ोर से खींचा जाये तो हाथ में ही नहीं आ जाता था।

वैसा ही खटका बाकी दो दराज़ों में भी था।

तब विमल के अंदर से कोई घन्टी बजी कि वो बड़े साइज की ऑक्सफोर्ड डिक्शनरी, जिसे कि डैस्क के ऊपर मौजूद होना चाहिये था, बेवजह ही भीतर नहीं पड़ी हुई थी; जरूर जानबूझ कर उसे वहाँ यूँ रखा गया था कि दराज़ पूरा न खुले।

और वो खटका भी न दिखाई दे।

उसने दराज़ के सारे कागज़ात को डैस्क टॉप पर डालकर उसे खाली कर दिया। फिर उसने भीतर हाथ डाल कर खटका अपनी तरफ सरकाया और उसके फ्रंट में बने बिल्ट-इन हैंडल में उँगलियाँ डालकर दराज़ को अपनी तरफ खींचा।

दराज़ उसके हाथ में आ गया।

सहज स्वाभाविक भाव से उसने दराज़ को उलटा तो उसके होंठों पर खुद ही मुस्कान फूट पड़ी।

उसकी मेहनत ज़ाया नहीं गयी थी।

दराज़ के तले में दो बार मोड़ के तह किये गये ए-फोर साइज के कुछ कागज़ सैलोटेप की सहायता से चस्पां थे।

सावधानी से उसने कागज़ात को टेप की पकड़ से आज़ाद किया और दराज़ को डैस्क की साइड में फर्श पर खड़ा कर के रखा। उसने कागज़ात को सीधा किया तो पाया कि वो कम्प्यूटर पुल-आउट की चुगली करती चार शीट थीं। टॉप की शीट पर बतौर हैडिंग दर्ज था 'दिसम्बर'।

और हैडिंग के नीचे जो दर्ज था वो विमल को किसी तरह का कोई कोड जान पड़ा। वो कोड सीरियल में थे और उनकी क्रम संख्या बताती थी कि वे इकत्तीस थे।

क्रम संख्या एक के आगे दर्ज था : 1 Z 0 1
फिर : 2 A 9 2
फिर : 3 Y 3 8
फिर : 4 B 7 4

यूँ ही वो कोड क्रमांक 31 तक था।

क्या मतलब था?

विमल के कुछ पल्ले न पड़ा।

उसने बाकी की तीन शीट्स पर निगाह डाली तो पाया कि वो नामों और मोबाइल नम्बरों की लम्बी लिस्ट थी, तीसरी शीट पर जिसका क्रमांक 90 पर जाकर खत्म होता था।

नामों और मोबाइल नम्बरों की लम्बी लिस्ट!

विमल को वो लिस्ट याद आयी जो पिछली बात गलत डिलीवर हुए मैसेज की पीठ पर दर्ज थी, जिसका बाद में डिलीवर करने वाली ने पुर्ज़ा-पुर्ज़ा उड़ा दिया था। कोई फर्क था तो ये था कि उसमें दर्ज व्यक्तियों के व्यवसाय भी दर्ज थे।

इसमें क्यों नहीं?

एक ही जवाब मुमकिन था।

क्योंकि मौजूदा लिस्ट में दर्ज व्यक्तियों के व्यवसाय की लिस्ट बनाने वालों को पहले से ख़बर थी, उनका स्क्रीनिंग के वक्त रोल था, अब कोई रोल नहीं था।

स्क्रीनिंग!

अब ध्वस्त लिस्ट का मतलब कदरन उसकी समझ में आने लगा। उसका क्यू 'टु बी स्क्रींड' में था। उसके हाथ में कोई मास्टर लिस्ट थी, जिसका अब विस्तार होने वाला था।

मास्टर लिस्ट!

किस बात की?

उसकी निगाह हाथ में थमी लिस्ट की पहली शीट पर घूमी तो एक जगह उसकी निगाह अटकी।

कीमत राय सुखनानी।

आगे मोबाइल नम्बर ऐसा था जो आसानी से भूल जाने वाला नहीं था : 999988XXXX

फिर भी उसे लगा कि उसे वो नम्बर नोट कर लेना चाहिये था।

बाद में तसदीक के लिये कि वो उसी सुखनानी का नम्बर था, जो कल बतौर प्रिविलेज्ड गैस्ट 'गोल्डन गेट' में मौजूद था।

नम्बर वो मोबाइल पर नोट कर सकता था।

उसने जेब की तरफ हाथ बढ़ाया कि . . .

पीछे से उसकी खोपड़ी पर एक प्रचंड प्रहार हुआ।

कागज़ उसके हाथ से छूट गये, उसकी आँखें मुंदने लगीं, अचेतावस्था की ओर अग्रसर उसका बदन कुर्सी पर से सरकने लगा।

चेतना लुप्त होने से पहले उसे एक क्षण को अपने पीछे एक भारी बदन वाली महिला दिखाई दी।

नीलम!

अरमान त्रिपाठी जसवीर सिंह से रूबरू था।

वो जनपथ के एक कैफे में कॉफी शेयर कर रहे थे। दोनों अपने घर से वहाँ पहुँचे थे, जहाँ कि जस्सा अरमान की दरख़्वास्त पर पहुँचा था।

''अब क्या हुआ?'' – जस्सा बोला।

''कौन बोला कुछ हुआ?'' – अरमान हैरानी से बोला।

''ओये, काका, अभी दिन नहीं चढ़ा तो बुला भेजा तो कुछ तो हुआ होगा न!''

''नहीं, कुछ नहीं हुआ। मेरा मतलब है नया कुछ नहीं हुआ।''

''तो?''

''तेरे से बात करनी थी। इतनी सुबह मॉडल टाउन आना तेरे लिये जहमत होता, इसलिये ये बीच की जगह छाँटी।''

''हूँ।''

''वैसे भी तेरे बार-बार जल्दी-जल्दी मॉडल टाउन आने से पापा को शक होता कि तेरे मेरे बीच कुछ पक रहा है।''

''ठीक है। अब कर बात जो करनी है।''

''वो क्या है, जस्से, कि मेरे को तेरी परसों वाली बात बहुत जँची थी कि वो औरत – वो जो हम चार दोस्तों का शिकार बनी थी – मॉडल टाउन में ही रहने वाली कोई औरत थी। मैंने इस बाबत बहुत विचार किया और मुझे तेरी इस बात में दम लगा कि वो मॉडल टाउन म्यूनीसिपल मार्केट के करीब ही कहीं रहती होगी और वारदात के बाद खड़े पैर मॉडल टाउन छोड़ नहीं गयी होगी।''

''ठीक! ठीक! मुझे खुशी हुई कि तेरे को मेरी बात में दम लगा। तो इन दो दिनों में तूने की कोई कोशिश उस को ट्रेस करने की?''

अरमान ने इंकार में सिर हिलाया।

''क्यों? तू तो कहता था कोशिश करूँगा!''

''मैंने कहा था ऐसा। लेकिन जब कहा था, तब ये नहीं सोचा था कि करूँगा तो कैसे करूँगा। सोचा तो महसूस किया कि ये मुझ अकेले से होने वाला काम नहीं था। मदद मुझे पापा के आदमियों की ही हासिल हो सकती थी। मैं वो मदद हासिल करता तो मेरा किया पापा से छुपा न रहता। फिर मेरे से सौ तरह के सवाल होते, मेरे से जिनके जवाब देते न बनता।''

''इसलिये ये काम जस्सा करे! यही कहना चाहता है न?''

''यार, कहना तो यही चाहता हूँ। तू कहता है तुझे बहुत काम हैं लेकिन तेरी सलाहियात भी तो बहुत वसीह है। फिर जो तू करेगा, उस बाबत मेरी तरह तू किसी को जवाबदेह भी नहीं होगा!''

''हूँ।''

''ये मॉडल टाउन म्यूनीसिपल मार्केट के आधा-पौना किलोमीटर के दायरे के बीच में आने वाली जगहों की पड़ताल का मसला है जो कि किसी एक आदमी का काम नहीं। मैं नहीं कहता कि कोई एक आदमी ये काम कर नहीं सकता लेकिन कोई एक आदमी करेगा तो टीम के मुकाबले में चार गुणा, छः गुणा, आठ गुणा, टाइम लगायेगा यकीनन। गलत कहा मैंने?''

''नहीं, ठीक कहा। और भी कह जो कहना है!''

''और वही है जो मैंने सोचा विचारा इस बाबत।''

''क्या!''

''अब ये तो जाहिर है कि हमारे चलती कार से बाहर फेंकने पर वो औरत मरी नहीं थी – मरी होती तो अख़बार में ख़बर आती – लेकिन ढेर जख़्मी तो यकीनी तौर पर हुई होगी! ऊपर से वो नौबत आने से पहले कार में उसके साथ इतनी नोच-खसोट हुई। ऐसी हालत में पहुँची औरत का अपनी रोज़मर्रा की रूटीन से किनारा कर जाना लाज़मी हुआ या न हुआ?''

''अच्छा जा रहा है। हुआ।''

''आगे मेरी अक्ल कहती है – उसके सूरज ढले शापिंग के लिये निकली होने की वजह से कहती है – कि वो कोई हाउसवाइफ है, बदले की भावना से प्रेरित होकर जिसका हसबैंड ही सब कहर ढा रहा है।''

''जवान बेटी का बाप क्यों नहीं?''

''जस्से, वो औरत बत्तीस-तैंतीस साल से कम उम्र की नहीं थी। ऐसी औरत का बाप साठ के पेटे में होगा। जो हो रहा है, ये किसी इतने उम्रदराज़ शख़्स के बस का काम नहीं।''

''भाई?''

''कोई बहन अपनी ऐसी दुरगत भाई के साथ शेयर नहीं करती।''

''बाप के साथ करती है?''

''नहीं। लेकिन बाप को बाजारिया माँ ख़बर लगती है।''

''माँ न हो तो?''

''तो नहीं लगती।''

''हूँ।''

''फिर सौ बातों की एक बात ये है कि इस सिलसिले में तूने महरौली के रेस्टोरेंट के उस काले चश्मे वाले का बाजरिया सीसीटीवी क्लिप पता निकाला है न! भले ही अभी वो शख़्स हमारी शिनाख़्त से दूर है लेकिन बिना शिनाख़्त इतना तो फिर भी दिखाई दिया न हमें कि वो कोई उम्रदराज़ शख़्स नहीं!''

''ठीक। तभी तो कहा अच्छा जा रहा है। और बोल। इसी बात को, कि वो औरत कोई हाउसवाइफ है, आगे बढ़ा।''

''घर-बार चलाने के लिए ऐसी औरत का कई लोगों से रोज़ वास्ता पड़ना लाजमी होता है। जैसे कि, दूधवाला, अख़बारवाला, कूड़ा कलैक्ट करने वाला, घर में कार हो तो उसकी झाड़-पोंछ करने वाला, सब्जीवाला, कोई और फेरीवाला – जैसे कि कबाड़ीवाला। नहीं?''

''हाँ।''

''कहने का मतलब है कि इलाके में एक औरत है जो इतने लोगों को कई दिन दिखाई नहीं दी। अब अगर ऐसे लोगों की मुस्तैद स्क्रीनिंग की जाये तो क्या मालूम नहीं किया जा सकता कि वो औरत कौन हो सकती है?''

''मालूम किया जा सकता है।''

''लेकिन दरकार हैं तजुर्बेकार लोग इतनी वसीह, इतनी मुस्तैद स्क्रीनिंग के लिये। और वो दरकार पूरी कर सकता है . . . कौन?''

''खाकसार। सरदार जसबीर सिंह जस्सा।''

''तो करेगा कोई इंतजाम?''

''करूँगा। ये सोच के करूँगा कि तेरा नहीं, गोयल साहब का काम कर रहा हूँ। एक्सटेंशन पर नहीं, मेन लाइन पर हूँ।''

''पर करेगा?''

''अब क्या लिख के दूँ?''

''शुक्रिया। शुक्रिया, जस्से।''

विमल को होश आया।

काँपता कराहता वो उठा और राइटिंग डैस्क का सहारा लेकर लम्बी साँसें लेने लगा।

उसका अन्दाज़ा था कि वो कोई पाँच मिनट बेहोश रहा था।

उसने अपनी खोपड़ी टटोली तो उसकी उँगलियाँ एक गूमड़ से टकराईं जहाँ साँय-साँय हो रही थी लेकिन चमड़ी नहीं फटी थी और इसी वजह से गूमड़ अभी और बड़ा हो सकता था।

उसने अपने आसपास निगाह डाली तो सब कुछ वैसा ही पाया जैसा अपने पर आक्रमण होने से पहले उसने छोड़ा था – ख़ाली दराज़ मेज़ के साथ टिका खड़ा था, दराज़ के कागज़ात डैस्क टॉप पर ढेर थे –सिवाय ए-फोर साइज़ की चार टाइपशुदा शीटों के।

जिन्हें यकीनन वो औरत ले गयी थी, जिसने दबे पाँव उसके पीछे पहुँच कर उस पर हमला किया था।

जो उसे मोटे तौर पर नीलम के उस बहुरूप से मिलती लगी थी जो पिछली रात उसने 'गोल्डन गेट' की हाज़िरी के लिये धारण किया था।

उसका वो लिस्टें ले के वहाँ से चले जाना इस बात की तरफ साफ इशारा था कि उन लिस्टों की तलब ही उसे वहाँ लाई थी – यानी उसे ख़बर थी कि वो लिस्टें उस फ्लैट में कहाँ उपलब्ध थीं। लिहाज़ा ये देखकर उसे भारी शॉक पहुँचा होगा कि लिस्टें अपने खुफ़िया मुकाम पर होने की जगह एक ऐसे अजनबी के हाथ में थीं, जिसके वहाँ होने का कोई मतलब नहीं था। उसने अजनबी की पूरी ही ख़बर नहीं ली थी, उससे ज़ाहिर होता था कि उसे फ्लैट की मालकिन की मौत की ख़बर थी और अन्देशा था कि पुलिस वहाँ किसी भी क्षण पहुँच सकती थी।

और इसी वजह के उसका भी फौरन वहाँ से निकल लेना जरूरी था।

उसने अपने-आप को काबू में किया और तनिक झूमता-सा बाहर की ओर बढ़ा।

जैसा स्प्रिंग लॉक मेनडोर पर था, उसकी बाबत वो जानता था कि वो बाहर से लॉक किया गया हो तो बाहर से तो चाबी से खुलता था लेकिन भीतर से सिर्फ हैंडल घुमाने से खुल जाता था।

उसने हैंडल घुमाकर अपनी तरफ खींचा, बाहर कदम डाला और . . .

एक बावर्दी सब-इन्स्पेक्टर की छाती से जा टकराने से बाल-बाल बचा।

"आंटी जी" – सब-इन्स्पेक्टर के मुँह खोल पाने से पहले वो पीछे मुँह फेर कर उच्च स्वर में बोला – "कोई आप से मिलने आये हैं। जरा बाहर आ जाइये। . . . आप भीतर आ जाइये।"

"तुम कौन हो?" – सब-इन्स्पेक्टर संदिग्ध भाव से बोला।

"मैं। मैं तो बिसलेरी डिलीवर करने आया।"

"आंटी जी कौन हैं?"

"मीनू जी की ममी हैं। आप जाइये भीतर। वो किचन में थीं, आती ही होंगी।"

सहमति में सिर हिलाते सब-इन्स्पेक्टर ने भीतर कदम डाला।

विमल वहाँ से हवा हो गया।

लिफ्ट उस फ्लोर पर नहीं थी, उसका इन्तज़ार करने का हाल नहीं था – पुलिसिये को कदरन जल्दी मालूम हो सकता था कि पीछे फ्लैट खाली था – इसलिये उसने सीढ़ियों का रुख किया था।

वो बाल-बाल बचा था।

उसके हमलावर की तरह सब-इन्स्पेक्टर भी एकाएक उसके सिर पर आन खड़ा होता तो पराये फ्लैट में – जिसका ऑक्पेंट दुनिया छोड़ चुका था – अपनी मौजूदगी की कोई वजह बता पाना उसे बहुत भारी पड़ता।

शाम को अशरफ और मुबारक अली मॉडल टाउन पहुँचे।

अभिवादनों के आदान-प्रदान के बाद विमल और नीलम उनके साथ ड्राईंगरूम में बैठे।

फ्रान ने सबको चाय सर्व की।

"दिन भर सोये होगे!" – विमल अशरफ से बोला।

अशरफ ने सहमति में सिर हिलाया।

"यानी रतजगे की कसर निकल गयी?"

"जी हाँ।"

"अल्तमश?"

"उसकी ख़बर नहीं। कोई बड़ी बात नहीं कि अभी भी सोया पड़ा हो।"

"ठीक!"

"आप बताईये, चाबी लगीं?"

"हाँ, भई लगीं। और ऐसे लगीं जैसे डुप्लीकेट न हों, ओरीजिनल हों।"

''यानी इत्तफ़ाक से बढ़िया कारीगर हाथ आया!''

''हाँ। यकीनन।''

''आगे क्या बीती?''

''बताता हूँ। पहले बोलो, बड़े मियाँ को पिछली रात के तमाम वाकयात की बाबत बताया?''

''तफसील से बताया।''

''लो!'' – मुबारक अली बोला – ''और क्या न बताता! आख़िर मेरा नुमायन्दा बन के गया था। जाना तो, तेरे को मालूम है, मैंने था लेकिन वो, तू बोला, मेरी किस्म की जगह नहीं थी इसलिये इसे भेजा।''

''बढ़िया?''

''अब'' – अशरफ व्यग्र भाव से बोला – ''कहिये क्या बीती ईस्ट पटेल नगर में?''

विमल ने कहा।

''तो'' – वो ख़ामोश हुआ तो अशरफ बोला – ''आपके ख़याल से आपकी हमलावर वो औरत थी, कल मकतूला ने नीलम बीबी से जिसका धोखा खाया था?''

''हाँ।'' – विमल बोला – ''और कोई बड़ी बात नहीं कि धोखा खाया था। होश खोने से पहले मुझे बस एक झलक उसकी मिली थी और मुझे यही लगा था कि मैं नीलम को देख रहा था।''

''इस वक्त की नीलम बीबी को नहीं, गुजरी रात की नीलम बीबी को जो कि इरादतन दोहरे बदन की मोहतरमा बनी हुई थीं और सिर पर विग लगाये थीं।''

''हाँ! और उस एक क्षण में भी मैंने बराबर देखा कि मेरी हमलावर का हेयर स्टाइल तो हूबहू नीलम के विग जैसा था।''

''तभी तो मकतूला ने – नाम मीनू ईरानी – धोखा खाया। और उसकी बड़ी सज़ा पायी।''

''बहुत बड़ी। जान से गयी। इसी से जाहिर होता है कि वो लोग कितने ज़ालिम हैं; कितने ख़तरनाक हैं!''

''बड़ा ज़ुल्म वही करता है'' – मुबारक अली बोला – ''जिसको किसी बड़े गेम की पर्दादारी दरकार हो।''

''दुरुस्त फरमाया मामू ने।'' – अशरफ बोला – ''लेकिन बड़ा गेम क्या?''

मुबारक अली ने विमल की तरफ देखा।

"भई, कुछ सूझ तो रहा है मेरे को!" – विमल बोला।

"क्या?" – मुबारक अली बोला।

"व्होर हाउस?"

"कौन-सा हाउस?"

"व्होर हाउस। रण्डीखाना। चकला।"

"अल्लाह!"

"और वो लिस्ट जरूर रेगुलर कस्टमर्स की थी, जिनको दूसरी लिस्ट के कोड के जरिये आइडेन्टिफाई किया जाता था। इसी बात को मैं आगे सरकाऊँ तो ये सम्भावना साफ दिखाई देती है कि कल के गलत डिलीवर हुए मैसेज की पुश्त वाली लिस्ट नये कस्टमर्स की लिस्ट थी, जिसे कि स्क्रीन किया जाना था।"

"जनाब" – अशरफ बोला – "फिर सवाल है, उस लिस्ट के हवाले में 'फेरा फेरा' क्या!"

"उस बाबत अभी कुछ कहना मुहाल है।"

"तो फिर वो कहिये जिस बाबत कहना मुहाल नहीं। अपने हमलावर की बात कीजिये।"

"हाँ" – विमल बोला – "उसकी बाबत एक बात काबिलेग़ौर है। वो मकतूला के फ्लैट का लॉक्ड डोर खोलकर भीतर आयी थी और सीधे उस बैडरूम में पहुँची थी जिसमें मैं मौजूद था।"

"ऐसा कैसे कह सकते हैं आप?"

"भई, वो फ्लैट में पहले कहीं और भटकी होती तो उस ख़ामोश फ्लैट में उसकी कोई छोटी-मोटी आहट मुझे जरूर मिली होती।"

"ओह! लेकिन क्या पता इस बाबत उसने एहतियात बरती हो!"

"वो ताला खोलकर भीतर आयी तो जाहिर है कि फ्लैट को ख़ाली समझ रही थी। फिर एहतियात का क्या मतलब?"

"ठीक।"

"वहाँ की उसकी हर हरकत से साफ जाहिर होता था कि वो फ्लैट की ऑक्यूपेंट से पूरी तरह से वाकिफ़ थी – इस हद तक कि उसके पास उसके फ्लैट की चाबी थी – और वो ये भी बाख़ूबी जानती थी कि फ्लैट की मालकिन अब इस दुनिया में नहीं थी, वर्ना मेन डोर की चाबी पास होते हुए भी उसने पहले कालबैल बजाई होती।"

''दुरुस्त।''

''अब सवाल है कि क्या जल्दी थी उसे वहाँ आने की? क्यों फ्लैट की मालकिन की मौत की ख़बर लगते ही उसे उसके फ्लैट का फौरन, फौरन से पेश्तर फेरा लगाना जरूरी लगा?''

''जरूर उस लिस्ट की वजह से। और तो कोई वजह नज़र नहीं आती!''

''यकीनन उस लिस्ट की वजह से। वो एक खुफिया लिस्ट थी, एक खुफिया जगह पर उसका मुकाम था और लिस्ट की हिफ़ाज़त मकतूला की अहम ज़िम्मेदारी थी। वो लिस्ट इतनी अहम थी कि उनके बॉस लोगों ने ऐसा इन्तज़ाम किया हुआ था कि खुदा-न-ख़ास्ता, मीनू ईरानी को कुछ हो जाये तो कोई दूसरा – नीलम के बहुरूप से मिलती-जुलती मेरी हमलावर – फौरन लिस्ट को टेक ओवर कर ले। इसी वजह से मेरे हमलावर के पास मकतूला के फ्लैट की चाबी थी और इसी वजह से उसे फ्लैट में लिस्ट को महफूज़ रखने की पोशीदा जगह भी मालूम थी। इतना देखते ही कि वहाँ राइटिंग डैस्क का मिडल ड्रॉअर बाहर था, मेरी हमलावर समझ गयी थी कि मेरे हाथ में खुफ़िया लिस्ट थी। लिहाज़ा उसने मेरे पर हमला करके वो लिस्ट अपने काबू में कर ली। मेरा कोई बुरा अंजाम करने के लिये वो वहाँ न रुकी, क्योंकि उसे भी अन्देशा था कि किसी भी घड़ी पुलिस का फेरा वहाँ लग सकता था।''

''जो हुआ, वो न हुआ होता तो लिस्ट की बाबत आपका क्या इरादा था?''

''भई, जो पहला ख़याल मेरे ज़ेहन में आया था, वो तो यही था कि उस लिस्ट में मैं अपना नाम और मोबाइल नम्बर जोड़ देता।''

''ताकि आइन्दा जो कम्यूनीकेशन बाकी नब्बे नामों को हासिल होती वो आपको भी हासिल होती?''

''हाँ। लेकिन वो टाइप्ड लिस्ट थी, उसके सिरे पर हाथ से लिखा नाम जोड़ा गया शक उपजाऊ लगता।''

''सीरियल भी, जो नब्बे से इक्यानवे हो जाता!''

''वो भी। इसलिये मुझे ये भी सूझा कि मैं किसी एक पेज से कोई एक नाम हटा कर उसकी जगह अपना नाम जोड़ देता लेकिन उसके लिये कम्प्यूटर पर टाइप की गयी ओरीजिनल लिस्ट उपलब्ध होनी चाहिये थी। वहाँ कम्प्यूटर तो पड़ा था, प्रिंटर भी पड़ा था लेकिन वो लिस्ट कम्प्यूटर में महफूज़ नहीं हो सकती थी।''

''क्यों?''

"भई, वो खुफ़िया लिस्ट थी – तभी तो ऐसी जगह मौजूद थी जिसका किसी को ख़याल तक न आता। लिस्ट कम्प्यूटर में सेव्ड होती तो वो खुफ़िया क्यों कर कहलाती?"

"ओह! ठीक!"

"उस घड़ी जो बेहतरीन मैं कर सकता था, वो यही था कि मैं अपने मोबाइल से लिस्ट की तसवीरें खींच कर लिस्ट को यूँ वापिस उसके मुकाम पर पहुँचा देता जैसे कि उसके साथ कोई छेड़छाड़ न हुई हो।"

"ठीक!"

"लेकिन मैंने तो अभी लिस्ट पर एक सरसरी निगाह ही डाली थी कि मेरे पर हमला हो गया और लिस्ट मेरे हाथ से निकल गयी।"

"हमलावर के साथ चली गयी?"

"और क्या!"

"लेकिन वो लिस्ट थी क्या बला?" – मुबारक अली तनिक झुँझलाया सा बोला।

"उसकी बाबत मैंने अपना अन्दाज़ा बताया तो है! जमा, जिन चन्द लमहों के लिये मुझे लिस्ट पर निगाह डालने का मौका मिला था, उनमें मैंने लिस्ट का एक नाम पहचाना था। और वो नाम था" – विमल जानबूझकर एक क्षण ठिठका, फिर बोला – "कीमत राय सुखनानी"।

अशरफ ने तमक कर सिर उठाया।

मुबारक अली पर उसकी कोई प्रतिक्रिया न हुई।

और नीलम तो थी ही ख़ामोश श्रोता।

"और" – विमल आगे बढ़ा – "हमारे जाने पहचाने उस नाम के आगे जो मोबाइल नम्बर दर्ज था वो 999988XXXX था।"

"उसी का है।" – अशरफ बोला – "पहचानता हूँ मैं इस नम्बर को। कभी-कभी टैक्सी के लिये वो खुद फोन करता है तो यही नम्बर स्क्रीन पर आता है।"

"गुड! मुझे इस तसदीक की जरूरत थी। बहरहाल उस लिस्ट के बारे में जो मेरा अन्दाज़ा है वो यही है कि वो लिस्ट उनके खुफ़िया व्होर हाउस के पक्के ग्राहकों की है . . ."

"इतना बड़ा सेठ!" – मुबारक अली वितृष्णापूर्ण भाव से बोला – "और, वो क्या कहते हैं अंग्रेजी में, रंडीबाज़!"

"बड़े लोगों के ढोल में ऐसी ही पोल होती हैं, बड़े मियाँ!"

"आप आगे बढ़िये।" – अशरफ उतावले स्वर में बोला।

"हाँ।" – विमल बोला – "वो लिस्ट असल में दो लिस्ट थीं। एक में नब्बे नाम बमय मोबाइल नम्बर दर्ज थे और दूसरी में इकतीस कोड दर्ज थे।"

"नाम नब्बे तो कोड इकतीस क्यों?"

"क्योंकि नामों का कोड्स से कोई सीधा रिश्ता नहीं था। कोड्स वाली लिस्ट पर एक हैडिंग था जिस पर 'दिसम्बर' लिखा था। दिसम्बर, जो कि एक महीना है जिसमें इकतीस दिन होते हैं। क्या समझे, छोटे मियाँ?"

"एक दिन के लिये एक कोड!" – बेसाख़्ता अशरफ के मुँह से निकला।

"बिल्कुल! अब जो बात समझ में आती है वो ये है कि खुफिया व्होर हाउस के परमानेंट ग्राहकों को बाजरिया 'एसएमएस' रोज़ एक कोड फॉरवर्ड किया जाता था। यानी कोड रोज़ बदलता था, रोज़ पिछला कोड खारिज होता था और बाजरिया 'एसएमएस' नया कोड जारी किया जाता था। अशरफ मियाँ, उन लोगों को याद करो जो कल रात 'गोल्डन गेट' में हमारी आँखों के सामने थोड़े-थोड़े वक्फे के बाद आकर रिज़र्व्ड टेबल पर बैठे थे। याद करो कि वैलकम ड्रिंक सर्व हो जाने के बाद जब स्टीवार्ड रिज़र्व्ड टेबल पर पहुँचता था तो टेबल पर मौजूद हर ख़ासुलख़ास मेहमान जेब से अपना मोबाइल निकाल कर हाथ में ले लेता था। याद आया?"

"जी हाँ।"

"हर बार ऐसा जरूर हुआ था, ये भी याद आया?"

"जी हाँ, बराबर।"

"फिर ये भी याद करो कि मोबाइल निकाल कर किसी ने भी उस पर न कोई काल रिसीव की थी, न ओरीजिनेट की थी। उसने एक मुख़्तसर सी घड़ी यूँ मोबाइल को हाथ में थामा था जैसे स्टीवार्ड पर रौब गालिब करने की कोशिश रहा हो कि देखो, उसके पास कितना हाई एण्ड, कितना लग्जरी फोन था लेकिन असल में क्या किया था? असल में स्क्रीन पर दर्ज उस दिन के कोड की झलक स्टीवार्ड को दिखाई थी ताकि स्टीवार्ड को गारन्टी होती कि उसके सामने बैठा शख़्स जेनुइन कस्टमर था और वो उसको खुफ़िया व्होर हाउस की राह लग लेने देता।"

अशरफ ने अवाक् विमल की तरफ देखा।

"आपने तो कमाल कर दिया, जनाब!" – फिर मन्त्रमुग्ध स्वर में बोला – "इतने बड़े, इतने खुफिया सैट-अप को इतनी जल्दी भाँप लिया!"

''कमाल तुम्हारी बनवाई डुप्लीकेट चाबियों ने किया। मैंने तो बस दो जमा दो चार किया।''

''लेकिन'' – अशरफ का लहज़ा संजीदा हुआ – ''एक खुफिया रंडीखाना चलाने के लिहाज़ से ये कुछ ज़्यादा ही हाईफाई सैट-अप नहीं?''

''ये सवाल मेरे ज़ेहन में भी उबरा था लेकिन सोचा हाई टैक्नॉलोजी का ज़माना है, आर्गेनाइजर हाई टैक्नॉलोजी इस्तेमाल कर रहे थे तो क्या हर्ज था!''

''लेकिन, जनाब, जो काम'' – अशरफ ने उसके सामने दायें हाथ की उँगली और अंगूठा खोला – ''इतने से हो सकता हो, उसके लिये'' – उसने अपने दोनों हाथ अपनी छाती के आजू-बाजू पसारे – ''इतना करने का क्या मतलब?''

''कोई मतलब नहीं। कोई मतलब है तो उसे समझने के लिये ही तो हमने सिन्धी सेठ सुखनानी तक अप्रोच बनानी है!'' – वो एक क्षण ठिठका, फिर बोला – ''कोई उम्मीद है उस सिलसिले में?''

''कोशिश तो भरपूर जारी है!''

''बहरहाल ये भी गुड न्यूज़ है।'' – फिर वो मुबारक अली की ओर घूमा – ''अब, जनाब, आप फरमाइये! बेवजह तो नहीं आये होंगे!''

''बेवजह होता है कुछ'' – मुबारक अली बोला – ''इस, वो क्या कहते हैं अंग्रेजी में, फानी दुनिया में!''

''वही तो!''

''तेरा गन वाला काम हो गया, इसलिये आया।''

''ओह! बढ़िया।''

मुबारक अली ने अपनी जैकेट में से निकाल कर एक गन उसके सामने रखी।

विमल ने देखा वो बत्तीस बोर की, स्मिथ एण्ड बैसन की शार्ट बैटल पिस्टल थी। उसने बारीकी से उसे परखा।

''राजी?'' – मुबारक अली बोला।

''हाँ। कीमत?''

''पैंतालीस हजार। साथ में चार मैगजीन फ्री।''

''मुझे मंजूर है।''

''अब ये देख।''

मुबारक अली ने उसके सामने एक नन्हीं-सी गन रखी।

''खिलौना नहीं है।'' – वो बोला – ''असली हथियार है। बिचौलिये ने इसलिये इसकी सिफ़ारिश की कि ये टाँग पर टखने से जरा ऊपर फिट हो जाती है।''

''गन?''

''इसका चमड़े का गिलाफ! जिसे, वो क्या कहते हैं अंग्रेज़ी में . . . अबे कम्बख्तमारे, बोलता क्यों नहीं क्या कहते हैं अंग्रेजी में?''

''ऐंकल होल्स्टर।'' – अशरफ जल्दी से बोला।

''वही। वो भी है।''

मुबारक ने जैकेट से ऐंकल होल्स्टर बरामद किया और विमल के सामने मेज पर रखा।

''आजमा के देख।'' – फिर बोला।

सहमति में सिर हिलाते विमल ने दायीं टाँग पर से अपनी पतलून का पाहुँचा ऊपर घुटने तक सरकाया और होल्स्टर को उसके तसमों के ज़रिये टखने के करीब बांधा। फिर उसने गन होल्स्टर में रखी और पाउँचा वापिस नीचे सरकाया। वो उठ कर खड़ा हुआ, उसने सवालिया निगाह तीनों पर डाली।

तीनों ने तसदीक की कि गन की पाउँचे के नीचे मौजूदगी का आभास तक नहीं मिल रहा था।

''इसका एक ख़ास फायदा'' – मुबारक अली बोला – ''बिचौलिये ने ये बताया कि दुश्मन थाम ले तो हथियार के लिये तलाशी में हाथ टखनों तक शायद ही कभी पहुँचते हैं। समझा कुछ?''

''समझा?''

'''जैसे मुहाम पर तू आजकल है, उसमें ये इन्तज़ाम कभी किसी आड़े वक्त तेरे काम आ सकता है।''

''बढ़िया।''

''तेरे को नहीं माँगता तो ये छोटी गन वापिस हो सकती है।''

''माँगता है। कीमत क्या?''

''बाइस हजार। साथ में पच्चीस गोलियों का पैकेट।''

''ठीक है। तो मैं सड़सठ हजार रुपये अभी तुम्हें . . .'

''बाज नहीं आता? बोल तो दिया कि सब हिसाब कर लूँगा।''

''लेकिन . . .''

''चुप कर।''

''हुक्म दे रहे हो?''

''हाँ।''

''फिर तो चुप करना ही पड़ेगा!''

''फिर तो मेरे को भी बोलना पड़ेगा?''

''क्या?''

''ठैंक्यू।''

विमल की हँसी छूट गयी।

नीलम और अशरफ भी मुस्कुराये बिना न रह सके।

''एक बात और थी।'' – फिर विमल संजीदा हुआ।

''कौन-सी बात? बोल!''

''अल्तमश को कुछ पैसा कबूलने को मजबूर करो। मेरा साथ देने में उसके काम का, उसकी कमाई का हर्जा हो रहा है आख़िर।''

''वो नहीं सुनता। हर्जा होने का हवाला दो तो कहता है हर्जे से कहीं ज़्यादा जिन्दगी का ऐसा मजा आ रहा है जैसा उसे आइन्दा कभी नसीब नहीं होने वाला। कल की दावत का तो बहुत ही गुणगान कर रहा था। वो, वो क्या कहते हैं अंग्रेजी दारू को . . . अबे, बोल न, क्या कहते हैं?''

''स्काच व्हिस्की, मामू।'' – अशरफ बोला।

''हाँ। इस्काच कर के विस्की। किसकी? विसकी। बढ़िया रोटी बोटी। बोला, जन्नत का नजारा हो रहा है, और क्या चाहिये!''

''फिर भी . . .''

''फिर भी के जवाब में बोला कि जरूरत होगी तो माँग के लेगा।''

''बड़े मियाँ, जिस काम में वो मददगार है, वो जान-जोखिम का है। उसमें मेरे साथ-साथ उसकी भी जान जा सकती है।''

''उसे मालूम है पर उसे, वो क्या कहते हैं अंग्रेजी में, नो . . . नो . . . कोई परवाह नहीं। फिर बड़ी फैंसी बात बोला।''

''क्या?''

''बोला, जो मौत से डर कर ज़िन्दा रहते हैं, वो जीते जी मर जाते हैं।''

''क्या कहने!''

''जो जोख़िम नहीं उठाते, उनका सब कुछ जोख़िम में है।''

''बल्ले! अल्तमश ने कहा ये?''

''हाँ।''

''मौत तो जिन्दगी का आख़िरी अंजाम है, मौत से डरना अहमकों का काम है।''

"वही। वही। बहरहाल तू उसकी फिक्र न कर। उसकी फ़िक्र मैं कर लूँगा।"

"ठीक है।"

मीटिंग बर्ख़ास्त हुई।

अपने एक ख़ास शागिर्द की मार्फत बड़ी मुश्किल से जस्सा 'हाइड पार्क' के मैनेजर की बाबत वो जानकारी हासिल कर पाया था, जो उसे दरकार थी और जो ख़ास शागिर्द ने 'हाइड पार्क' के एक चिट क्लर्क को सैट कर के निकलवाई थी।

ख़ास शागिर्द का नाम कुलदीप सिंह था और वो भी अपने उस्ताद की तरह मोना सिख था। ख़ास इसलिये था, क्योंकि जस्से के हर स्याह-सफेद में, हर कर्म-कुकर्म में शामिल था।

जस्से का ऐसा दूसरा ख़ास शागिर्द कुलदीप सिंह का ही चचेरा भाई गगनदीप सिंह था।

जो जानकारी बाज़रिया ख़ास शागिर्द जस्से को हासिल हुई थी, वो थी :

मैनेजर का नाम नमित मेहरोत्रा था।

द्वारका में रहता था जहाँ एक चारमंज़िला इमारत के ग्राउन्ड फ्लोर पर – जो कि किराये का था – उसका मौजूदा आवास था।

सोमवार को 'हाइड पार्क' से उसका वीकली ऑफ होता था।

शाम ढले जस्सा उस पते पर पहुँचा।

उसके कॉलबैल बजाते ही भीतर कुत्ता भौंकने लगा।

फिर शायद तत्काल उसे चुप कराया गया।

आवास का प्रवेश द्वार खुला और मैनेजर नमित मेहरोत्रा खुद गेट पर पहुँचा।

नीमअन्धेरे में भी उसने जस्से को फौरन पहचाना।

"तुम!" – उसके मुँह से निकला।

जस्से ने सिर नवा कर उसका अभिवादन किया।

"यहाँ पहुँच गये!"

"अब" – जस्सा जबरन मुस्कुराया – "है तो ऐसा ही!"

"कल के वाकये से कोई सबक नहीं लिया!"

"लिया न! 'हाइड पार्क' के करीब भी न फटका। वसन्त कुंज का भी रुख न किया।"

"ये पता कैसे जाना?"

"आप जैसे मशहूर, बारसूख साहबान के बारे में कोई छोटी-मोटी बात जान लेना कोई बड़ी बात नहीं होती।"

"नाओ, डोंट टाक नॉनसेंस!"

"जनाब, यहाँ हूँ न! इसलिये किसी तरह से तो जाना! जमा, आपने 'हाइड पार्क' में मेरी आमद पर पाबन्दी लगाई थी, यहाँ के बारे में तो कोई हुक्म जारी नहीं किया था!"

"बहुत पहुँचे हुए आदमी हो!"

जस्सा निर्दोष भाव से मुस्कराया।

"क्या चाहते हो?"

"दो मिनट बात करना चाहता हूँ।" – जस्सा विनीत भाव से बोला।

"फिर?"

"फिर।"

"अगर 'हाइड पार्क' वाली ही बात करनी है, तो कोई फायदा नहीं होगा। अपना वक्त ही ज़ाया करोगे।"

"कोई बात नहीं। वक्त है मेरे पास ज़ाया करने के लिये।"

मेहरोत्रा ने अपलक उसे देखा।

"प्लीज़!" – जस्से ने याचना की।

भीतर से कुंडी सरका कर मेहरोत्रा ने गेट खोला।

"आओ।" – फिर बोला।

"शुक्रिया।"

मेहरोत्रा ने उसे भीतर बड़े सुरुचिपूर्ण ढंग से सुसज्जित ड्राईंगरूम में पहुँचाया।

सफेद रंग का किसी विलायती नस्ल का एक कुत्ता कूँ-कूँ करता भीतर कहीं से वहाँ पहुँचा और जस्से के सामने यूँ आ खड़ा हुआ जैसे उसे आगे कदम न उठाने देना चाहता हो।

"हयातो!" – मेहरोत्रा कुत्ते से सम्बोधित हुआ – "ही इज़ ए गैस्ट।"

कुत्ता जैसे अंग्रेजी समझता था, वो जस्से के सामने से हटा और मालिक के करीब जाकर उसकी टाँगों से अपना बदन रगड़ने लगा।

"बैठो।" – मेहरोत्रा जस्से से सम्बोधित हुआ।

सधन्यवाद जस्सा एक सोफाचेयर पर बैठ गया।

बाजू में एक और सोफाचेयर थी, बीच में एक छोटी-सी टेबल थी। मेहरोत्रा उस चेयर पर बैठ गया तो कुत्ता उसके कदमों में लोट गया।

“बहुत प्यारा कुत्ता है।” – जस्सा लव-मी-लव-माई-डॉग वाले अन्दाज़ से बोला – “ऐसा झक सफेद कुत्ता मैंने पहले कभी नहीं देखा।”

“पैडिग्री डॉग है।” – मेहरोत्रा गर्व से बोला – “जापानी। ब्रीड का नाम अकीता।”

“हयातो नाम से ऐसा कुछ लगा तो था मुझे। बहुत महँगा होगा!”

“बच्चा था तो चार लाख का लिया था। अब तो जवान है, कीमत बढ़ गयी होगी!”

“शौक की कोई कीमत नहीं।”

“मेरा नहीं, बच्चियों का। उनकी ज़िद पूरी की।”

“मोहब्बती माँ-बाप ऐसा करते ही हैं।”

“वो तो है!”

“आपकी तवज्जो कुत्ते की तरफ है। मेरी तरफ हो तो कुछ अर्ज करूँ!”

वो तनिक हड़बड़ाया फिर कुत्ते से सम्बोधित हुआ – “हयातो! गो इन।”

हयातो भुनभुनाया, वो और कस कर मेहरोत्रा की टाँगों के साथ लग गया।

“हयातो! गो इन।”

जवाब में कुत्ते ने पुरज़ोर दुम हिलाते हुए उसकी गोद में चढ़ने की कोशिश की।

“इशा! निशा!” – मेहरोत्रा उच्च स्वर में बोला – “हयातो को ले के जाओ।”

दो हमउम्र, हमशक्ल लड़कियाँ कुलांचें भरती वहाँ पहुँचीं, उन्होंने कुत्ते के करीब जाकर महज़ इशारा किया कि वो मेहरोत्रा के कदमों से उठकर उन दोनों के बीच पहुँच गया।

“माई डॉटर्स!” – मेहरोत्रा गर्व से बोला।

“जुड़वां जान पड़ती हैं!” – जस्सा बोला।

“हैं। ऐन माँ का नक्शा हैं। उम्र का फर्क न हो तो तिड़वाँ जान पड़ें।”

जस्सा शिष्ट भाव से हँसा।

“वुई आर वन हैप्पी फैमिली। इनक्लूडिंग हयातो।”

“हयातो भी फैमिली!”

“बट ऑफ कोर्स!”

“बढ़िया। बधाई।”

“तुम कुछ पियोगे?”

“जी! जी नहीं। जी नहीं।”

“कोई ठण्डा? गर्म?”

“जी नहीं। ज़रूरत नहीं।”

“तुम मेहमान हो। मेहमान के लिये जान हाज़िर है।”

“इज़्ज़तअफज़ाई का शुक्रिया। लेकिन नहीं, मुझे कुछ नहीं चाहिये।”

“श्योर?”

“हाँ, जी।”

मेहरोत्रा ने सहमति में सिर हिलाते हुए बच्चियों को इशारा किया।

बच्चियाँ कुत्ते के साथ वहाँ से चली गयीं।

“अब बोलो” – पीछे मेहरोत्रा बोला – “क्या चाहते हो?”

“जनाब” – जस्सा विनयशील लहज़े से बोला – “चाहता तो वही हूँ जो पहले चाहता था। इसीलिये आप के द्वारे हूँ।”

“वो नहीं हो सकता। जो नियम के खिलाफ है, वो मैं नहीं कर सकता।”

“आप मालिक हैं, नियम बनाने वाले हैं, क्यों नहीं कर सकते?”

“मैं मालिक नहीं, मैनेजर हूँ।”

“ताक़त तो बतौर मैनेजर आपके हाथ में है न!”

“तो भी। मैं नियम के खिलाफ काम नहीं कर सकता।”

“जनाब, सीसीटीवी फुटेज रीव्यू के लिये ही होती है वर्ना किस काम की!”

“मंजूर। लेकिन काले चोर की रीव्यू के लिये नहीं होती। पुलिस आके माँगे, देंगे। कोई और कम्पीटेंट अथॉरिटी आके माँगे, देंगे। काले चोर को क्यों देंगे?”

“क्योंकि ये किसी की जिन्दगी-मौत का मसला है।”

वो सकपकाया।

“क्या मतलब?”

“मैं दिल्ली के एक बड़े बिज़नेसमैन का दायाँ हाथ हूँ। मेरे बॉस का एक ही बेटा है, हालिया दिनों में जिसकी जान पर आ बनी है। जो फुटेज मुझे दरकार है, उससे उस शख़्स की शिनाख़्त हो सकती है जो बेटे की जान के पीछे पड़ा है। यूँ इससे पहले कि वो बेटे पर वार करे, हम उस पर वार कर सकते हैं। ये है उस फुटेज की जरूरत की कथा।”

“ये ख़ून-ख़राबे की बुनियाद की कथा है। मैं इसमें शरीक नहीं हो सकता। कल जब ऐसा कोई पलटवार हो जायेगा तो क्या ये छुपा रहेगा कि वो शिनाख़्त

कैसे वजूद में आयी थी? कैसे तब मैं पुलिस की जवाबदारी से बचूंगा?''

जस्सा अवाक् उसका मुँह देखने लगा।

''जवाब दो!''

''ऐसा कुछ नहीं होगा।''

''कमाल है! खुद कहते हो होगा, खुद कहते हो नहीं होगा। लड़के की जान पर बनी बता रहे हो, साफ हिन्ट दे रहे हो कि जान लेकर जान बचाना चाहते हो, फिर कहते हो ऐसा कुछ नहीं होगा।''

''इस बात का जिक्र नहीं आयेगा कि फुटेज हमें आपसे हासिल हुई।''

''तो कैसे हासिल हुई? किससे हासिल हुई?''

''किसी से भी हुई, आप से न हुई।''

''कहोगे, मेरे किसी मातहत से हुई?''

जस्सा ख़ामोश रहा।

''मेरे मातहत बतौर मैनेजर मेरी ज़िम्मेदारी हैं। लिहाज़ा उनके ऐसे किसी अनवान्टिड एक्ट के लिये भी मैं ज़िम्मेदार हूँ।''

''जनाब, मैं फिर कहता हूँ – जस्सा फरियाद-सी करता बोला – ''इस बात का हरगिज़ भी ज़िक्र नहीं आयेगा कि फुटेज हमें आपसे हासिल हुई।''

''ये झूठी तसल्ली है। मैं एक बिज़नेस एस्टैब्लिशमेंट का मैनेजर हूँ। मैनेजर प्रबन्धक को कहते हैं। प्रबन्धक का काम प्रबन्ध करना होता है। कैसा नालायक प्रबन्धक हूँ मैं जिसकी नाक के नीचे से एक शै निकल गयी और उसे ख़बर नहीं हुई!''

जस्से से जवाब देते न बना।

मन-ही-मन वो कुढ़ रहा था कि उसकी पेश नहीं चल रही थी।

''देखो, मैंने तुम्हें मेहमान तसलीम किया।'' – मेहरोत्रा नम्र स्वर में बोला – ''तुम्हें इज़्ज़त से अपने घर में बिराजने का मौका दिया। अतिथि देवो भवः पर अमल किया। पंजाबी हो?''

जस्सा उस अप्रत्याशित सवाल पर हड़बड़ाया, फिर स्वयंमेव उसका सिर सहमति में हिला।

''हम पंजाबियों में कहते हैं 'परौना मां प्यो जौना'। मेहमान का ऐसा दर्जा जैसे अपनी माँ का जाया हो, जैसे अपने बाप का बेटा हो। कल 'हाइड पार्क' में पेश हुई इतनी तल्खी-तुर्शी के बावजूद मैंने अपने घर में तुम्हें जो आदर-मान दिया है, उसकी कद्र करो और इस मसले को छोड़ो। जो तुम चाहते हो, नहीं हो सकता।''

''आप एक छोटी बात को तूल देकर नाहक बड़ी बना रहे हैं वर्ना क्यों नहीं हो सकता?''

''नहीं हो सकता। मैं कहता हूँ नहीं हो सकता। मेरा कहना काफी नहीं तो साफ बोलो। मुँह पकड़ो मेरा।''

''वो तो, खैर, मैं नहीं कर सकता।''

''सो देयर।''

''जनाब, मेरा बॉस दिल्ली का एक बड़ा बिजनेसमैन है, जो मैं चाहता हूँ, वो मुझे हासिल हो तो ये उस पर अहसान होगा। अहसान तले दबा शख़्स बावक्तेजरूरत सौ काम आता है।''

''मेरे?''

''आपके भी। वैसे मेरा इशारा 'हाइड पार्क' के मालिक की तरफ था।''

''कितना बड़ा बिज़नेसमैन है तुम्हारा बॉस? 'हाइड पार्क' ख़रीद सकता है?''

''हाँ।''

मेहरोत्रा हड़बड़ाया।

''फिर क्या बात है!'' – फिर सम्भल कर बोला – ''उसको बोलो ख़रीदे 'हाइड पार्क'। 'हाइड पार्क' का मालिक बनते ही वो उस सीसीटीवी फुटेज का ही मालिक बन जायेगा, जिसे तुम मसला बना रहे हो।''

''वो होते-होते होने वाला काम है। इतना इन्तज़ार . . .''

''बस करो, यार।''

''करता हूँ। एक आख़िरी बात बोल के करता हूँ।''

''बोलो।''

''सीधी उँगलियों से घी न निकले तो उँगलियाँ टेढ़ी करनी पड़ती हैं।''

मेहरोत्रा ने अपलक उसे देखा।

जस्से ने पूरी निडरता से उससे आँख मिलाई।

''तुम मुझे धमकी दे रहे हो?'' – मेहरोत्रा शुष्क स्वर में बोला – ''मेरे घर में मेरे सामने बैठ के मुझे धमकी दे रहे हो?''

''धमकी देना गुण्डे बदमाशों का काम होता है।''

''जोकि तुम नहीं हो?''

''हाँ।''

''भलेमानस हो?''

''हाँ।''

''तो उँगलियाँ क्यों टेढ़ी करनी पड़ेंगी तुम्हें? ज़ोर ज़बरदस्ती भलेमानसों का शगल तो नहीं होता!''

''जनाब'' – जस्सा उठ खड़ा हुआ – ''मैं दूसरी बार आप से हार मानता हूँ और . . . रुख़सत पाता हूँ।''

''ठीक करते हो।'' – मेहरोत्रा भी उठा – ''मालिक के लड़के की जान पर बनी है तो तुम्हारे मालिक का, तुम्हारा, मुनासिब मुकाम पुलिस स्टेशन है, मेरा ग़रीबखाना नहीं।''

''सही फरमाया आपने। आप की सलाह सिर माथे।''

''शुक्र है।''

''लेकिन हमारी एक मुलाकात फिर भी अभी और होगी और आप ही कोशिश करेंगे कि वो आख़िरी हो। इसलिये मेरा ये एक विजिटिंग कार्ड रख लीजिये जिस पर मेरा पता और कान्टैक्ट नम्बर दर्ज है।''

उसने कार्ड की तरफ हाथ न बढ़ाया तो जस्से ने उसे सेंटर टेबल पर डाल दिया।

''मैं आपकी आमद का इन्तजार करूँगा और आपको आपकी तरह 'अतिथि देवो भव:', 'परौना मां प्यो जौना' भी बोलूँगा।''

''मेरी आमद?''

''होगी। नमस्ते।''

भारी उलझन के हवाले पीछे मेहरोत्रा को छोड़कर जस्सा वहाँ से रुख़सत हुआ।

सुबह मेहरोत्रा हाउसहोल्ड में जब जाग हुई तो हयातो इशा, निशा के बैडरूम में मरा पड़ा पाया गया।

घर में हाहाकार मच गया।

तत्काल वैट को तलब किया गया।

वैट के पहुँचने से पहले दो बातें नमित मेहरोत्रा के नोटिस में आयीं:

> बेटियों के बैडरूम की डबल विंडो का शीशा भी कटा हुआ था और जाली भी कटी हुई थी।
>
> खिड़की के ऐन नीचे फर्श पर एक तह किया हुआ कागज़ पड़ा था।

मेहरोत्रा ने हिचकते हुए उसे उठा कर खोला तो उस पर लिखा पाया:

ऊपर वाला जोड़ी सलामत रखे

मेहरोत्रा को उसका मतलब तब समझ में आया जबकि वैट ने आकर बताया कि कुत्ता स्वाभाविक मौत नहीं मरा था, उसे ज़हर दिया गया था। टूटी खिड़की के रास्ते ज़हर मिले मांस के लोथड़े भीतर फेंके गये थे जिनको खाने से कुत्ते की मौत हुई थी। ऐसा एक आधा खाया लोथड़ा तब भी उसके करीब पड़ा था।

आतंकित भाव से मेहरोत्रा ने पिछली रात के मेहमान को याद किया।

सीधी उँगलियों में घी न निकले तो उँगलियाँ टेढ़ी करनी पड़ती हैं।

हमारी एक मुलाकात अभी और होगी।

मेहरोत्रा बगूले की तरह ड्राईंगरूम की तरफ झपटा।

जहाँ कहीं उपेक्षित-सा पिछली रात के मेहमान का विज़िटिंग कार्ड पड़ा था।

3 दिसम्बर-मंगलवार

दोपहर के करीब जस्से की अरमान से फिर मुलाकात हुई।

इस बार जस्से के मयूर विहार स्थित फ्लैट में।

जस्से ने एक सीडी पेश की।

''क्या है ये?'' – अरमान बोला।

''वही'' – जस्सा बोला – ''जो पहली बार में न हासिल कर सका। इज़्ज़त उतरवाई सो अलग।''

'' 'हाइड पार्क' की सीसीटीवी फुटेज?''

''वही।''

''पिछले शुक्रवार शाम की? 29 नवम्बर रात नौ बजे के बाद की?''

''हाँ।''

''हासिल कर ली आख़िर!''

''हाँ।''

''कैसे किया? तेरे को तो 'हाइड पार्क' के करीब भी फटकना मना था!''

''किया किसी तरह से।''

"अरे, बता न!"

जस्से ने मज़े ले-ले कर बताया।

"तूने" – अरमान हैरानी से बोला – "उनका नसली कुत्ता मार डाला!"

"साला कुत्ते समेत 'वुई आर वन हैप्पी फैमिली' बोलता था। एक मेम्बर कम किया न!"

"आगे और कम करने की धमकी जारी की!'

"की न!"

"मैनेजर न टूटता तो करता?"

जवाब देने से पहले जस्सा कुछ क्षण ख़ामोश रहा।

"काके" – फिर बोला – "मैं जब किसी मुहिम पर होता हूँ तो अपनी मंजिल के अलावा मुझे कुछ दिखाई नहीं देता। तो मैं एक जुनून के हवाले होता हूँ कि मैंने मंजिल पर पहुँचना है, पहुँच के रहना है। मेरा जुनून, मेरा मिशन मुझे जज़्बाती होने की इजाज़त नहीं देता। हार मान कर ख़ामोश बैठ जाने की इजाज़त नहीं देता। हार मुझे अहसास दिलाती है कि जरूर मेरी कोशिश में कोई कमी थी। लिहाज़ा कोशिश, कोशिश और फिर कोशिश का नाम जस्सा है। मेरे लिये नतीजा अहम है, वो राह अहम नहीं जिस पर चल कर मैं नतीजे तक पहुँच पाया। मैं उस राह का राही नहीं बन सकता जिसमें जज़्बात आड़े आते हों। लेकिन राह कभी कोई एक तो नहीं होती! एक राह बन्द होती है तो चार नयी राहें खुल जाती हैं। इसलिये, काके, दो टूक कहना मुहाल है कि मैनेजर अभी भी न टूटता तो मैं क्या करता! बहरहाल कुछ भी करता, जब तक अपना मकसद हल न कर लेता पीछा हरगिज़ न छोड़ता। इसे कहते हैं जस्से की जिद।"

"क्या कहने!"

"बहरहाल रब ने मेहर की कि और कुछ करने की नौबत न आयी। कुत्ते के अंजाम ने ही मैनेजर के कस बल निकाल दिये।"

"अब दिखा तो सही सीडी में क्या है!"

"तू चुप करे तो दिखाऊँ न!"

"मैं चुप हूँ।"

जस्से ने लैटटॉप पर सीडी चलाई।

स्क्रीन पर 'हाइड पार्क' की शुक्रवार रात नौ बजे के बाद की दृष्यावली चली जो कि अमित गोयल के नीलम, विमल, अल्तमश के साथ वहाँ से रुख़सत होने के वक्त तक की थी।

दूसरी बार अमित की जगह बाकी तीन जनों पर फोकस बना कर देखी।

''साफ पता लग रहा है'' – अरमान संजीदगी से बोला – ''कि ग्रुप की ये सलवार सूट-कार्डीगन वाली लड़की खुद . . . खुद जाकर अमित से चिपकी।''

''अच्छा!''

''तू खुद देख। इसके बार पर अमित के करीब पहुँचने के बाद से देख। इतने लम्बे बार काउंटर पर अमित से परे कई और भी बार स्टूल खाली थे लेकिन वो आयी और आकर अमित के पहलू में बैठी।''

''ऐसा?''

''तू खुद देख।''

अरमान ने टेप को अल्तमश के बार पर पहुँचने तक रिवर्स किया और फिर चलाया।

कुछ क्षण ख़ामोशी रही।

''हाँ, काके'' – फिर जस्सा बोला – ''बात तो तेरी ठीक है! अपने साथियों के पास भी ये ही अमित को ले के गयी।''

''और मैं क्या कह रहा हूँ?''

''ठीक कह रहा है लेकिन वो नहीं कह रहा जिसकी वजह से इतने बखेड़ों के बाद ये फुटेज़ हासिल हुई है। ग्रुप में जो मर्द है, तू उसकी तरफ तवज्जो दे और बोल कि तूने इसे पहचाना या नहीं! ये 'लोटस पौंड' वाली पहली फुटेज का काले चश्मे वाला आदमी है या नहीं जो तू समझता है कि महरौली के खंडहरों में फैंटम का मास्क लगा कर तेरे गले पड़ा था!''

अरमान जवाब देने से पहले कई क्षण ख़ामोश रहा।

''वो क्लीनशेव्ड था'' – फिर बोला – ''इसके मूँछ है।''

''नकली लगाई जा सकती है। आजकल मेकअप ने बहुत तरक्की कर ली है।''

''निचले होंठ के नीचे बालों का तिकोन है जिसे 'सोल पैच' कहते हैं।''

''जब मूँछ नकली लगाई जा सकती है तो वो ढाई बाल क्या प्रॉब्लम हैं?''

''भवें बहुत घनी हैं।''

''की जा सकती हैं। आख़िर बाल ही तो जोड़ने होते हैं!''

''कलमें लम्बी हैं।''

''फिर नकली बाल। कोई बड़ी बात नहीं।''

''बाल भूरे हैं – लोटस पौंड वाले शख़्स के काले थे – हेयर स्टाइल जुदा है।''

"विग होगा।"
"बायीं आँख के नीचे मस्सा है।"
"मैं तेरी आँख के नीचे अभी बना के दिखा देता हूँ।"
"आँखों की पुतलियाँ नीली हैं।"
"कान्टैक्ट्स से भूरी, सलेटी भी बनाई जा सकती हैं।"
"तेरे पास हर बात का जवाब है, क्या कहना चाहता है?"
"काके, जिस लाइन पर हम-तुम माथा फोड़ रहे हैं, अगर वो दुरुस्त है तो इस शख़्स का 'लोटस पौंड' वाला शख़्स होना लाज़मी है। इस शख़्स ने एक बड़ी वारदात को अंजाम देना था तो दूसरी बार अपनी शक्ल सूरत की बाबत उसका कई तरह की एहतियात बरतना लाज़मी था, जोकि उसने बरतीं।
"मेकअप से हुलिया बदल कर आया!"
"हाँ। यही बात तर्क की कसौटी पर खरी उतरती है।"
"हूँ।"
"अब तू ये बता कि तू पहचानता है इस बन्दे को?"
"नहीं। जब तू मानता है कि उसकी शक्ल पर दस तरह का मेकअप चढ़ा है तो कैसे पहचानूँगा?"
"औरतों को?"
"वो सलवार सूट वाली, जो अमित से चिपकी, उसे नहीं पहचानता लेकिन वो जो स्कर्ट जैकेट वाली औरत मर्द की कम्पैनियन है, उसकी शक्ल कुछ-कुछ पहचानी-सी लगती है।"
"और ग़ौर से देख, दिमाग पर ज़ोर दे, और याद करने की कोशिश कर कि क्यों पहचानी-सी लगती है!"
"वही कर रहा हूँ, लेकिन कुछ याद नहीं आ रहा।"
"फिर क्या फायदा हुआ!" – जस्सा बड़बड़ाया – "मेरी मेहनत तो किसी काम न आयी न!"
"सॉरी!"
"बन्दे की तरफ तवज्जो दे। इसी की बाबत कोई फैसला कर कि ये 'लोटस पौंड' वाला काले चश्मे वाला हो सकता है या नहीं! ये महरौली के खंडहर वाला तेरा हमलावर हो सकता है या नहीं!"
"कद-काठ से तो लगता है! लेकिन कद-काठ से तो किसी की पक्की शिनाख़्त नहीं होती न!"
"अब मैं क्या कहूँ? कद-काठ से नहीं तो चाल-ढाल से होती है,

मैनरिज़्म से होती है, तू किसी का तो शिनाख़्त के बारे में आसरा ले!''

''सॉरी, लेकिन . . .''

''क्या लेकिन?''

''मेरे को एक बात सूझी है।''

''इसी सिलसिले में, जो इस वक्त हमारे बीच वाकया है?''

''हाँ।''

''क्या? क्या बात सूझी है?''

''अब ये तो ज़ाहिर है न कि इसी ग्रुप ने उस रात 'हाइड पार्क' में अमित को फँसाया और उसकी वो गत बनाई?''

''हाँ। जब इस लम्बी फुटेज में उन लोगों के अलावा किसी और की सोहबत में अमित था ही नहीं तो यही होंगे। साढ़े नौ के बाद से डेढ़ घन्टा अमित मुतवातर इन लोगों के साथ इस क्लिप में दिखाई दे रहा है, दिखाई दे रहा है कि उस दौरान न अमित किसी और के पास फटका और न कोई और अमित के पास फटका। इससे तो साफ यही ज़ाहिर होता है कि सब किया धरा इसी ग्रुप का था लेकिन . . .''

''क्या लेकिन?''

''आख़िर में वो इन लोगों का साथ छोड़ गया था, अकेला उठके वहाँ से रुख़सत हुआ था!''

''जब उसने ऐसा किया था तो उसने पीछे किसी से कोई टाटा बाई-बाई, किया था? गुडनाइट स्वीट ड्रीम्स किया था?''

''वो तो नहीं किया था! वो तो बस एकाएक उठा और उनका हाथ छोड़कर बाहर को चल दिया।''

''क्यों भला? नशे में तो लोग बाग बड़े इन्टीमेट हो-हो के, गले लग-लग के एक दूसरे का साथ छोड़ते हैं। अमित ने तो ऐसा कुछ उस सलवार सूट वाली लड़की के साथ भी न किया, जिसके साथ वो तमाम अरसा गोंद की तरह चिपका बैठा रहा था।''

''क्यों?''

''और फिर वो तीनों क्या उसके पीछे वहीं डटे रहे? नहीं, वो बस इतनी देर रुके कि बिल चुकता कर पाते। यानी मुश्किल से पाँच मिनट बाद वो तीनों भी वहाँ से रुख़सत हो गये थे। किसलिये?''

''तू बता।''

''क्योंकि बाहर अमित ने उन्हें फिर मिलना था। मिला था। तभी तो वो

सब आगे ईस्ट–ऑफ–कैलाश की कोठी में पहुँचे!''

जस्से ने सहमति से सिर हिलाया।

''चल, ठीक है, मैंने तेरी मानी बात। किसी वजह से वो इकट्ठे वहाँ से रुख़सत न हुए लेकिन बाहर निकल कर फिर इकट्ठे हुए। अब आगे बोल, वो बोल जो तू असल में कहना चाहता था, जिस वजह से तूने ये कल्यणा शुरु किया। उस बात पर पहुँच जो तुझे सूझी है।''

''अमित बार में अकेला था। रात जवान थी, राग रंग की महफिल जवान थी और वो बार में अकेला था। और'' – आगे अरमान बड़े अर्थपूर्ण स्वर में बोला – ''ये बात, ये अहम बात, ये ग़ैरमामूली बात उस ग्रुप को मालूम थी।''

''कौन सी बात?'' – जस्सा सकपकाया।

''ये बात कि पिछले शुक्रवार उनतीस तारीख को 'हाइड पार्क' में, पीक आवर्स में अमित अकेला होगा। वो शख़्स अकेला होगा जो रात की ऐसी घड़ी ऐसी किसी जगह पर कभी अकेला नहीं होता।''

जस्से ने अवाक् उसकी तरफ देखा।

''ये जानकारी एडवांस में हुए बिना कि अमित 'हाइड पार्क' में तब विदाउट कम्पनी होगा, वो उस तैयारी के साथ वहाँ पहुँच ही नहीं सकते थे। जस्से, उस सलवार–सूट वाली अकेली, अनअटैच्ड, अवेलेबल लड़की का मर्द औरत के उस जोड़े के साथ होना अपने आपमें सबूत था कि वो अमित पर जैसे–तैसे थोपने के लिये ही साथ लाई गयी थी। अब ये बता, ऐसी तैयारी के लिये वक्त चाहिये होता है या नहीं?''

''होता है।''

''यानी अमित पर बाकायदा वॉच रखी गयी, उसकी वहाँ की रूटीन को स्टडी किया गया!''

''ऐसा ही जान पड़ता है।''

''जान नहीं पड़ता, है।''

''है।''

''तो क्या इसका मतलब ये नहीं कि अमित की फिराक में वो लोग – या उनमें से कोई, वो मर्द – शुक्रवार से पहले की शाम को भी वहाँ थे, जबकि मुझे मालूम है कि अमित वहाँ था।''

''मैं समझ गया। तू पिछले शुक्रवार से दो–एक दिन पहले की शामों की भी 'हाइड पार्क' की फुटेज चाहता है। नहीं।''

"हाँ। मुझे तेरे से यही उम्मीद थी, जस्से। बहुत तीखा दिमाग पाया है तूने।"

"इज़्ज़तअफज़ाई का शुक्रिया, काके।"

"वो मैनेजर अब तेरे से फिट है – जुड़वाँ औलाद की सलामती के अन्देशे में तेरे से फिट है – क्या प्रॉब्लम है?"

"कोई प्रॉब्लम नहीं। मैं आज ही उससे फिर मिलता हूँ और तेरा सुझाया काम करता हूँ।"

"शुक्रिया।"

"बचाओ!"

विमल और नीलम दोपहरबाद मॉडल टाउन में वहीं के ही एक बड़े डिपार्टमेंट स्टोर में थे जब कि वो फ़रियादी पुकार उन्हें सुनायी दी।

विमल ने आर्तनाद की दिशा में देखा।

राक्षसी शक्ल वाला एक लड़का एक नौजवान लड़की को बाँह पकड़ कर ज़बरदस्ती स्टोर के ग्लास एग्ज़िट डोर की तरफ घसीट रहा था। लड़की उसकी पकड़ से छूटने के लिये तड़प रही थी, हाथ पाँव पटक रही थी।

शापिंग करते कई ग्राहक ठिठक कर वो नज़ारा करने लगे थे।

विमल ने नीलम की तरफ देखा।

"अन्धेर है!" – नीलम होंठों में बुदबुदाई – "दिन दहाड़े!"

ग्लास डोर के पास एक वर्दीधारी सिक्योरिटी गार्ड बैठा था, जो उस वाकये से निर्लिप्त जान पड़ता था।

विमल लपक कर उसके करीब पहुँचा।

नीलम ने उसका अनुसरण किया।

"अरे, कैसे गार्ड को तुम!" – विमल गुस्से से बोला – "तुम्हारे सामने वो कम्बख़्त लड़का उस बेचारी लड़की से ऐसी बद्सलूकी कर रहा है और तुम तमाशा देख रहे हो!"

"बाबू जी" – गार्ड लापरवाही से बोला – "ये रोज़ के नज़ारे हैं। आजकल के छोकरा-छोकरी लोग लड़-झगड़ के ही प्यार जताते हैं।"

"ये प्यार जता रहे हैं?"

"हाँ।"

"अरे, ये लड़-झगड़ नहीं रहे, ये मारपीट हो रही है। फौजदारी हो रही है। वो लड़का . . ."

''उसका इस्टाइल है।''

''लड़की फरियाद कर रही है।''

''दिखावा कर रही है, भाव बढ़ा रही है।''

''नॉनसेंस। अरे, खुद कुछ नहीं करना तो पुलिस को ही फोन कर दो।''

''एक बार किया था। वो आके मुझे ही लताड़ गये थे कि साले, हुआ कुछ भी नहीं था, '100' क्यों खड़का दिया था!''

''तो तुम कुछ नहीं करोगे?''

''अरे, क्यों नाहक परेशान हो रहे हो? अभी अपने-आप ही सब सान्त हो जायेगा।''

तभी लड़की किसी तरह से लड़के के चंगुल से छूट गयी। वो उससे बच कर भागी तो लड़के ने बाज़ की तरह उस पर झपट्टा मारा और लड़की को बालों से पकड़कर वापिस घसीटा। बाल छोड़े बिना उसने फिरकी की तरह लड़की को अपनी तरफ घुमाया और ख़ाली हाथ का एक झन्नाटेदार थप्पड़ उसके चेहरे पर रसीद किया।

लड़की के मुँह से घुटी हुई चीख निकली।

विमल के जबड़े भिंच गये। उसने नीलम की तरफ देखा।

नीलम ने धीरे से, लेकिन दृढ़ता से, एक बार ऊपर से नीचे सिर हिलाया।

लड़का फिर लड़की को ग्लास डोर की ओर घसीटने लगा।

तभी एक बड़े साइज की कार ब्रेकों की चरचराहट के साथ बाहर सड़क पर ग्लास डोर के सामने आकर रुकी, उसकी ड्राइविंग सीट पर से कूदकर ड्राइवर – जो कि उस आतताई लड़के की ही उम्र का था – बाहर निकला, लपक कर कार के स्टोर की ओर के रुख पर पहुँचा और बैक डोर खोल कर प्रत्याशा में खड़ा हो गया।

लड़की को घसीटता लड़का बदस्तूर आगे बढ़ रहा था, लड़की चीख रही थी, बचाव की दुहाई दे रही थी, देखने वाले बस, देख ही रहे थे।

''ख़बरदार!'' – लड़का गर्ज़ कर बोला – ''कोई पास भी फटका तो जान से जायेगा।''

ख़ामोशी।

विमल आगे बढ़ा और उसका रास्ता रोक के खड़ा हो गया।

''अबे, तूने सुना नहीं अभी मैंने क्या कहा?'' – लड़का दाँत पीसता बोला।

विमल ने अग्नेय नेत्रों से उसकी तरफ देखा।

''दीदे क्या फाड़ता है! बाजू हट।''

''छोड़।''

''अबे, अपनी ख़ैर चाहता है तो रास्ता छोड़।''

''लड़की को छोड़।'' – विमल सर्द लहज़े से बोला।

''तेरे कहने से?''

''हाँ।''

''मैं तो नहीं छोड़ने लगा! तेरे में हिम्मत है तो छुड़ा ले।''

विमल आसमानी बिजली की तरह उस पर टूटा।

अगले ही क्षण लड़की उसकी गिरफ़्त से आज़ाद थी और वो फर्श की धूल चाट रहा था।

नीलम ने आगे बढ़ कर लड़की को अपनी एक बाँह के सुरक्षात्मक घेरे में ले लिया।

लड़की उसके कन्धे से लग कर सुबकने लगी।

लड़का फर्श पर से उठा और दाँत किटकिटाता विमल पर झपटा।

विमल ने फुर्ती से बाँह फैला कर उसे अपने से दूर गर्दन से थाम लिया।

''पीछे!''

वो नीलम की चेतावनीभरी आवाज़ थी।

विमल ने अपने पीछे देखा तो उस लड़के को, जो अभी बाहर कार का दरवाज़ा थामे खड़ा था, हाथ में खुला चाकू लिये अपनी तरफ लपकने पाया।

विमल ने उसे थोड़ा और करीब आने दिया फिर अपनी गिरफ़्त में मौजूद लड़के को पूरी शक्ति से चाकूवाले पर धकेला। वो वेग से चाकूवाले से टकराया और दोनों एक दूसरे को लिये दिये फर्श पर ढेर हो गये। चाकू दूसरे लड़के के हाथ से निकल कर परे जा गिरा।

विमल ने उन्हें ठोकरों पर धर लिया।

उसके पाँव तब तक उनके विभिन्न अंगों पर प्रहार करते रहे जब तक वो रहम की फरियाद न करने लगे।

''उठो!'' – विमल ने आदेश दिया।

काँपते-कराहते दोनों उठे।

''मेरी तरफ देखो।''

उन्होंने विमल की तरफ सिर उठाया, पर निगाह न मिलाई।

''हौसला न हो तो हथियार कोई बड़ा आसरा साबित नहीं होता। देख लिया?''

चाकूवाले का सिर झुक गया।

"और तू कैसा मर्द है" – विमल दूसरे से बोला – "जो औरत पर अपनी मर्दानगी आज़माता है?"

उसने जोर से थूक निगली।

"और आप लोग" – विमल तमाशाइयों से उच्च स्वर में सम्बोधित हुआ तो उसके स्वर में कोड़े जैसी फटकार थी – "कौन-सी दुनिया के बाशिन्दे हैं, कौन से समाज में साँस लेते हैं, जो आँखों के सामने ज़ुल्म होता देखते हैं और उँगली नहीं हिलाते! जो शख़्स ज़ुल्म होता बस देखता है, वो ज़ुल्म में शरीक होता है और ज़ालिम की मदद करता है। कितने जने तमाशाई बने खड़े हो यहाँ? बीस! पच्चीस! तीस! या और ज़्यादा! और ये आतताई अकेला। अकेला और तुम सब पर भारी। ये लाचार लड़की तुम्हारी अपनी बहन बेटी होती तो क्या तब भी ख़ामोश नज़ारा देखते! नालायको! नामाकूलो! नामर्दो! नाइंसाफी कहीं भी हो, इंसाफ के लिए ख़तरा है। लानत है तुम लोगों के मर्द होने पर! तुम नपुंसक जिन्दा हो और नपुंसक ही मरोगे। कुछ कर नहीं सकते, नामाकूलो, तो बेहया तो न बनो! बेग़ैरत तो न बनो! तमाशाई तो न बनो!"

सब एक-एक, दो-दो करके खिसकने लगे।

तभी पुलिस वहाँ पहुँची।

गार्ड उछलकर खड़ा हुआ और शेखी बघारता विमल से बोला – "मैंने फोन किया।"

"शाबाश!" – विमल बोला – "मैडल मिलेगा।"

"हीं हीं हीं।"

वो तीन जने थे जिनमें एक तीन फीती वाला हवलदार था और दो सिपाही थे।

सिपाहियों ने दोनों लड़कों को हिरासत में ले लिया।

चाकू भी कब्ज़े में कर लिया।

फिर हवलदार ने विमल की तरफ तवज्जो दी। तत्काल उसकी शक्ल पर शिनाख़्त की चमक आयी। वो तत्काल विमल से रूबरू हुआ।

"आप तो" – वो बोला – "हमारे एएसएचओ साहब के दोस्त हैं! बीसेक दिन पहले थाने आये थे!"

"हाँ। तुम दानवीर सिंह हो।"

"नाम याद रहा आप को! अलबत्ता मैं आप का नाम भूल गया।"

"कौल। अरविन्द कौल!"

"हाँ, कौल साहब। इलाके में ही रहते हैं। डी ब्लॉक में।"

"हाउस नम्बर नाइन।"

"हाँ। क्या हुआ था?"

विमल ने बताया।

"हूँ।" – हवलदार बोला – "ये लड़का" – उसने उस पहले वाले की तरफ इशारा किया जो लड़की के साथ ज़ोर-ज़बरदस्ती कर रहा था – "इलाके का ही है। थाने में इस पर केस दर्ज है। कोर्ट से ज़मानत पर छूटा हुआ है।"

"क्या किया था?"

"लड़की के पीछे पड़ा था। जहाँ जाती थी, पहुँच जाता था। लड़की हर घड़ी उसको खुद को ताड़ता पाती थी। एक बार तो राह चलती को पकड़ ही लिया। बड़ी मुश्किल से खुद को छुड़ा पायी। फिर थाने पहुँची। लड़के को पकड़ मँगवाया गया और उसे सख़्त वार्निंग देकर छोड़ा गया। बाज़ आने की जगह एक दोस्त के साथ मिलकर लड़की के अगवा की कोशिश की . . ."

"दोस्त ये?" – विमल ने दूसरे, चाकू वाले, की तरफ संकेत किया।

"हाँ, यही। अगवा की कोशिश किसी वजह से कामयाब न हो पायी। इस बार केस दर्ज हुआ, दोनों को अदालत में पेश किया गया जहाँ से ज़मानत पर छूटे। अब जो कांड किया, उससे लगता है कुत्ते की दुम हैं, सीधी नहीं हो सकती।"

"अब किस फिराक में थे?"

"मैंने पूछा है।" – नीलम बोली – "धमका रहा था कि केस वापिस ले वर्ना जान से मार देगा। पैट्रोल डाल के फूँक देगा। ये नहीं मानी तो उठा ले जाने की कोशिश कर रहा था।"

"ओह!"

"पता नहीं क्या हो गया है नौजवान नसल को!" – हवलदार दानवीर सिंह असहाय भाव से गर्दन हिलाता बोला –"डरते ही नहीं किसी बात से, किसी अंजाम से। इस बार नहीं बचेंगे। किडनैपिंग और पोजेशन ऑफ़ इललीगल वैपन जैसी सख़्त धारायें लागू होंगी। ज़मानत भी यकीनी तौर पर खारिज होगी।"

"हमारे लिये क्या हुक्म है?"

"आप जा सकते हैं। बयान की कवायद के लिये लूथरा साहब बाद में बुला लेंगे।"

"लड़की?"

"इसे अभी तो थाने चलना होगा लेकिन जल्दी ही घर पहुँचा देंगे।"

"गुड। थैंक्यू।"

हवलदार ने सिर नवाकर थैंक्यू स्वीकार किया।

विमल ने एक आश्वासनपूर्ण निगाह अभी भी त्रस्त लड़की पर डाली, नीलम ने स्नेहभाव से उसकी पीठ थपथपायी, फिर दोनों ने स्टोर से रुख़सत पायी।

"सरदार जी" – बाहर आकर नीलम बोली।

"हाँ।"

"आई एम प्राउड ऑफ यू।"

"ठहर जा, अंग्रेज़न।"

"मुझे तुम पर फ़ख्र है। अब ठीक है? मुझे फ़ख्र है कि मेरा मर्द दीन के हेत लड़ने वाला सूरमा है। मेरी माता भगवती से प्रार्थना है कि हर जन्म में मेरा इस जन्म का साईं ही पति के तौर पर मुझे मिले।"

"लो। अगले जन्मों की फ़िक्र पड़ गयी! पहले इस जन्म की शिफ्ट तो पूरी कर ले!"

"वो तो तभी पूरी होगी जब मैं सूरजसिंह सोहल का पोता खिला रही होऊंगी।"

"आमीन!"

"कैसे ज़लील लोग थे, खसमांखाने! दीदे फाड़ के तमाशा देखते रहे, उँगली न हिलाई। लड़की की हिमायत में तुम्हारे आगे आने पर भी किसी की ग़ैरत न जागी, कोई आगे न आया। 'मैंनूं की', रुड़जाने! मेरे पास तोप होती तो सब को उड़ा देती।"

"काबू में रह। फिर सूरज का पोता, बेटा तो क्या, सूरज को ही न खिला पाती।"

"हाँ, वो तो है। पर माँ बाप भी कैसे होते हैं इन मुश्टंडों के! मेरा सूरज ऐसा निकला तो, अपने हाथों से गला घोंट दूँगी।"

"माँ की ममता ऐसा करने देगी?"

"माँ क्या ज़िन्दा होगी! वो तो साथ मर जायेगी।"

"इतना चाहती है सूरज को?"

"हाँ। लेकिन उसके बाप से ज़्यादा नहीं।"

"रब से?"

"जिस कर्मांवाली के एक पहलू में तुम्हारे जैसा साईं हो और दूसरे पहलू

में सूरज जैसा बेटा हो, वो रब को भूल जाये तो क्या बड़ी बात है!''

''बस कर अब।''

''क्या बड़ी बात है!'' – उसका गला रूंध गया।

''और हिल।''

नीलम ख़ामोशी से उसके साथ हो ली।

उनतीस तारीख़ की अमित गोयल वाली वारदात के बाद से ही मुबारक अली के भतीजे शिफ्टों में अशोक जोगी और अकील सैफी के पीछे साये की तरह लगे हुए थे।

उस दौरान यही सामने आया कि दोनों ही रात-ब-रात अकेले कहीं नहीं जाते थे और कम्पनी के साथ भी तभी कहीं जाते थे जब कि जाये बिना गति न हो। अपनी पसन्दीदा नाइट लाइफ की रंगरेलियों से तो उन्होंने कतई किनारा कर लिया था।

आख़िर उस रोज़ – मंगलवार – दोपहरबाद विमल के पास ख़बर आयी कि एयरपोर्ट के करीब के 'ब्लैक पर्ल' नाम के एक लग्ज़री होटल में बड़ी भव्य शादी थी जिसमें सारे जोगी परिवार की शिरकत लाज़मी थी।

जोगी परिवार में अशोक जोगी खुद, उसके माता-पिता और उसका एक छोटा भाई आलोक जोगी बस चार ही जने थे। शादी जोगी परिवार के किसी अतिसमृद्ध करीबी की बेटी की थी, लड़के वाले लखनऊ से थे और सारी बारात उस होटल में ही रुकी हुई थी, जिसकी वजह से होटल के कई कमरे सिर्फ उनके लिए बुक थे।

विमल ने उस शादी में घुसपैठ का फैसला किया।

शाम तक उसने तमाम जरूरी तैयारियां कर लीं।

रात को काले सूटों में सजे-धजे विमल और अशरफ और शादी के लिये उपयुक्त लकदक गुलाबी घाघरा-चोली में कहर ढाता अल्तमश होटल पहुँचे। पोशाक से मैच करते अल्तमश के जिस्म पर भारी जेवर थे जो कि सब नकली थे, घाघरा-चोली की तरह ही किराये पर लिये गये थे।

विमल की निगाह में उस अभियान में अशरफ की कोई जरूरत नहीं थी, लेकिन मुबारक अली की ज़िद थी कि बतौर बैकअप अशरफ को साथ ले जाया जाये।

विमल के उस दिन के मेकअप के मद में उसके नथुनों में प्लास्टिक की दो गोलियाँ फँसी हुई थीं जिनकी वजह से उसकी नाक नार्मल के मुकाबले

में बहुत चौड़ी और फैली हुई लग रही थी। उसी वजह से उसकी आवाज़ में भी फर्क आ गया था; वो खरखराती और भारी लगने लगी थी। नाक के नीचे खूब फैली पसरी हुई, लम्बी, तावदार, निहायत रौबीली, अधपकी मूँछें थीं और सिर पर अधगंजा विग था। लेटैक्स रबड़ की परतों की देन मोटी तोंद थी। मोटी तोंद, मूछों और गंजी टांट की वजह से वो बहुत उम्रदराज़ शख़्स लग रहा था। उसके अगले दो दाँत नकली थे – असली दाँतों पर चिकाये हुए प्लास्टिक के दाँत थे – जिनकी वजह से उसका ऊपरला होंठ थोड़ा आगे निकल आया था। आँखों पर प्रादा के फ्रेम वाला, हल्के से सुर्मई लैंसों वाला चश्मा था।

अशरफ को किसी मेकअप की जरूरत नहीं थी, क्योंकि उस अभियान में – अगर वो किसी सिरे चढ़ता – उसका कोई सक्रिय योगदान अपेक्षित नहीं था।

अल्तमश की लकदक पोशाक, विग ओर चेहरे पर सलीके का वार पेंट ही उसका मेकअप था। वो उसको तिलांजलि देता तो मीशा गायब हो जाती और अल्तमश को मीशा साबित कर दिखाना किसी के बस की बात न होता।

शादी से सम्बन्धित दोनों पक्षों की तमाम जरूरी जानकारी विमल के लिये इन्स्पेक्टर अजीत लूथरा ने हासिल की थी जो कि उसके लिये मामूली काम था क्योंकि शादी एक फाइव स्टार होटल में थी। पंडाल की बुकिंग के लिये लड़की वालों ने होटल में एक शादी का कार्ड भी जमा कराया था, लूथरा ने विमल के लिये जिसकी स्कैण्ड कापी होटल से हासिल कर ली थी। उस कॉर्ड के सदके विमल को वर–वधु के, उनके माता–पिता के और दोनों के लखनऊ और दिल्ली के आवासीय पतों की मुकम्मल जानकारी थी। यानी शादी की बाबत किसी छोटी–मोटी पूछताछ का सामना करने के लिये वो पूरी तरह से तैयार था।

वो बाखूबी जानता था कि बड़े और सम्पन्न लोगों की शादियों में कुछ ऐसे भी बाराती होते थे – जैसे कि उच्च सरकारी अमला, कोई सांसद, कोई विधायक, वग़ैरह – जिन की हैसियत और रुतबे से ही वर पक्ष वाकिफ होता था, कभी रूबरू मिला नहीं होता था और अमूमन तो सूरत भी नहीं पहचानता होता था। ऐसे मुअज्ज़िज़ मेहमान बड़े लोगों की बारात की शोभा माने जाते थे और बाद में डींग हाँकने के काम आते थे कि 'हमारी मिनी की शादी में तो सीएम आया था', 'हमारे पप्पू की शादी में गृहमन्त्री आया था', वग़ैरह . . .

विमल और उसके जोड़ीदार वहाँ वैसे ही मुअज्ज़िज़ मेहमान थे।

गेट पर दो तीन सजे धजे व्यक्ति खड़े थे जिनकी वहाँ मौजूदगी का अन्दाज़ ही बता रहा था कि वो लड़की वाले थे और मेहमानों के स्वागत के लिये वहाँ मौजूद थे। उनमें एक बड़े सम्भ्रान्त, वयोवृद्ध सज्जन थे, जिनके सिर पर मौजूद तुर्रेदार पगड़ी ही इस बात की चुगली कर रही थी कि वे वधु के पिता – नाम केदारनाथ गुप्ता – थे।

विमल ने बड़ी गर्मजोशी से उनसे हाथ मिलाया और बोला – "बधाई हो, गुप्ताजी।"

"आपको भी।" – गुलाबी पगड़ी मशीनी अंदाज़ से मुस्कुराई – "आप ..."

"मैं बाराती हूँ।" – विमल मुस्कराया – "बारात के साथ इसलिये नहीं हूँ क्योंकि लखनऊ से नहीं, दिल्ली से ही हूँ।"

"ओह! ओह! वैलकम! वैलकम!"

"ये मेरा बेटा है। ये मेरी बहू है।"

"वैलकम!"

"अग्रवाल जी नीचे आ गये?"

"अभी नहीं। अभी घुड़चढ़ी में टाइम है।"

"ओह! यानी हम जल्दी आ गये!"

"क्या हर्ज है?"

"कोई हर्ज नहीं। ठीक है, तब तक हम होटल के बार का चक्कर लगा के आते हैं।"

"काहे को?' अन्दर बार है न!"

"ओह! फिर क्या बात है!"

तभी दो मेहमान और आ गये।

गुलाबी पगड़ी उनकी तरफ आकर्षित हुई।

वो भीतर दाखिल हुए।

भव्य पंडाल बहुत बड़ा था लेकिन क्योंकि अभी बारात नहीं आयी थी इसलिये कदरन ख़ाली-ख़ाली लग रहा था।

भीतर खान-पान के स्टाल्स की भरमार थी और वर्दीधारी वेटर उन मेहमानों को उनके बीच घूम-घूम कर सर्व कर रहे थे, जो किसी स्टाल पर जाने की ज़हमत नहीं करना चाहते थे।

विमल की तवज्जो एक उम्रदराज़ व्यक्ति की तरफ गई जो कोई नेता जान पड़ रहा था। उसका भारी भरकम जिस्म था, खूब फैली हुई तोंद थी, झक

सफेद कुर्ता पाजामा, जैकेट पहने था और सिर पर वैसी ही सफेद गांधी टोपी थी। वो साँवले रंग के ठस्सेदार, बन्द गले का कोट पहने अपनी ही उम्र के एक व्यक्ति को बतिया रहा था।

''वो'' – विमल बोला – ''गांधी टोपी! कोई नेता जान पड़ता है!''

''नौबत राय नाम है इसका।'' – अशरफ बोला – ''विधान सभा में लीडर ऑफ अपोजिशन है।''

''ओह!''

''लेकिन तुम उस दूसरे शख़्स के बारे में, जिससे वो बतिया रहा है, सवाल करते तो बेहतर होता!''

''अच्छा! कौन है दूसरा?''

''उस लौंडे का बाप है'' – अशरफ का स्वर धीमा पड़ा – ''जिसका शुक्रवार जड़ तक खतना हुआ।''

''ये हैं रघुनाथ गोयल, टिम्बर मर्चेंट!''

''हाँ।''

''इस उम्र में और औलाद पैदा कर ले तो नस्ल आगे बढ़े।''

अशरफ हँसा, तत्काल संजीदा हुआ।

वे आगे बढ़े।

दाईं तरफ बहुत ही वैल स्टैक्ड बार था जिसके आगे काफी लोग जमा थे।

''छोकरा बार पर है।'' – अल्तमश बोला।

''अशोक जोगी?''

''हाँ।''

''बाकी फैमिली?''

''मालूम करना पड़ेगा।''

''कर। जरूरी है।''

अशरफ ने सहमति से सिर हिलाया।

''तू भी जा।'' – विमल अल्तमश से बोला – ''तेरा मेरे साथ देखा जाना ठीक नहीं।''

विमल को पीछे छोड़कर दोनों वहाँ वे चले गये।

विमल एक करीबी खाली सोफे पर जा बैठा।

एक वेटर ड्रिंक्स की ट्रे के साथ उसके करीब पहुँचा।

विमल ने एक जाम थाम लिया, लेकिन उसको मुँह लगाने की कोशिश न की।

बड़े धीरज से वो प्रतीक्षा करता रहा।

थोड़ी देर बाद वो दोनों लौटे।

विमल ने जाम को तिलांजलि दी और उठ खड़ा हुआ।

''पंडाल के यहाँ से बिल्कुल दूसरे सिरे पर'' – अशरफ बोला – ''फैमिली लाउन्ज की तरह सजा एक एनक्लोजर है। वहाँ लड़की वालों की तरफ से काफी लोग मौजूद हैं, जिनकी वजह से वहाँ कुछ खास मेहमानों की अलग ही रौनक है। उन मेहमानों में छोकरे के माँ बाप और छोटा भाई भी है।''

''छोटा भाई भी?'' – विमल की भवें उठीं।

''बहुत छोटा। तेरह या चौदह साल का।''

''ओह! तभी।''

''अब?''

''अब हमें इकट्ठे दिखाई नहीं देना चाहिये।''

''ठीक।''

''तुम दोनों भी अलग हो जाओ। मैं जाकर वाशरूम ढूँढता हूँ और फिर बार पर पहुँचता हूँ।''

''ठीक।''

''लेकिन तूने'' – विमल अल्तमश से बोला – ''गाहेबगाहे छोकरे के इर्द गिर्द जलवा-अफरोज़ होते रहना है – यूँ कि उसे भनक तक न लगे कि तेरी उसमें कोई दिलचस्पी है।''

''मैं समझ गया।'' – अल्तमश बोला – ''ऐसा ही होगा।''

''धीरे बोल। याद रख के बोल कि ज़नाना लिबास में है। मर्दाना आवाज़ न निकाल।''

''सॉरी!''

''मैं चला।''

पूछने पर मालूम पड़ा कि वाशरूम के लिये पंडाल से निकल कर होटल की लॉबी में जाना पड़ता था और पंडाल के भीतर से ही लॉबी में और आगे वाशरूम में पहुँचा जा सकता था।

वाशरूम उसे ख़ाली मिला, फिर भी अपना गंजा विग और मूँछें उसने एक लैवेटरी स्टाल में जाकर उतारीं और वहाँ अंदाज़े से ऊपरी होंठ पर छोटी, नकली, काली मूँछ चिपकाई। गंजा विग और बड़ी मूँछें उसने जेब के हवाले कीं, फिर कोट और कमीज़ सरका कर लेटैक्स रबड़ की मोटी तोंद को

जिस्म से अलग किया और उसे वहीं पड़े डस्टबिन में ठूँस दिया। वो बाहर निकला तो वाशरूम तब भी खाली था। शीशे के आगे खड़े होकर उसने अपने बालों में कंघी फिराई और मूँछ को एडजस्ट किया।

अब वो उम्र में उस शख़्स से ज़रा ही बड़ा लग रहा था, बार पर जाकर उसने जिस के गले पड़ना था।

वो वापिस पंडाल में और आगे बार पर पहुँचा।

बार काउन्टर बहुत लम्बा था लेकिन जैसा कि शादियों के अस्थायी बार में होता था, उसके सामने कोई बार स्टूल नहीं थे। उससे छः सात फुट के फासले पर ऊँची, कमर से ऊपर तक आगे वाली गोल मेजें थीं, जिनमें से एक पर कोहनियाँ टिकाये अशोक जोगी – जिसे वो अमित गोयल के मोबाइल से हासिल तसवीर के ज़रिये पहचानता था – खड़ा ड्रिंक एनजॉय कर रहा था और उसके हाव-भाव से लग रहा था कि वो उस का पहला भी नहीं था।

विमल ने बार से एक ड्रिंक हासिल किया और लापरवाही से टहलता हुआ उसके करीब पहुँचा।

"हये!" – वो चहकता-सा बोला – "अशोक!"

अशोक ने सिर उठाया।

"हाउ आर यू?"

उसके चेहरे पर उलझन के भाव आये।

"क्या बात है? पहचाना नहीं?"

उसने तनिक हिचकिचाते हुए इंकार में सिर हिलाया।

"अरे, मैं गिरीश! गिरीश माथुर!"

उसके चेहरे के भाव न बदले।

"अमित का दोस्त। 'हाइड पार्क' में मिले थे! अमित ने मिलवाया था।"

"अच्छा!"

"हाँ।"

"भई, कुछ . . . याद नहीं आ रहा।"

"अमित तो याद आ रहा है न! अमित गोयल। पन्द्रह-ए सैक्टर, नोएडा का वासी?"

"वो . . . वो तो याद आ रहा है, मेरा बैस्ट फ्रैंड है लेकिन . . ."

"बेचारा इनडिस्पोज्ड है। बैड पर है। वर्ना यहाँ होता और तेरे याद न आने पर जरूर तेरी कोई ख़बर लेता। फिर फ्रेंडशिप में बैस्ट नहीं तो रनर अप तो तू मुझे मान ही लेता।"

"भई, आई एम सॉरी . . . मेरी याददाश्त कुछ . . ."

"शायद बाटली की वजह से!"

"नहीं, इतनी बाटली तो अभी नहीं मारी मैंने!"

"ठहर, तुझे एक चीज़ दिखाता हूँ। तेरी याददाश्त तरोताज़ा कर देगी।"

तभी कूल्हे मटकाता, कमर लचकाता अल्तमश उनके सामने से गुज़रा।

अशोक ने उसे देखा और साफ-साफ उस पर लार टपकाई।

"भई, नजर से पी ली हो तो . . ."

विमल ने जानबूझ कर वाक्य अधूरा छोड़ दिया।

"ओह! सॉरी!" – अशोक खिसियाया-सा बोला – "मेरा ध्यान भटक गया था।"

"मुझे मालूम है क्यों भटक गया था! वो आइटम ही ध्यान भटकाने वाली थी। जिधर से गुज़रती है ध्यान भटकाती है। साली की वजह से कोई गुल न खिले आज यहाँ!"

"शादी-ब्याहों में छोटा-मोटा कुछ होता है तो नज़रअंदाज़ किया जाता है।"

"वो तो है! वैसे नज़र से पीने वालों के लिये एक बद्दुआ मशहूर है!"

"कौन सी?"

"तेरा हाथ जिन्दगी भर कभी जाम तक न पहुँचे।"

"ये बात" – उसने अपना जाम वाला हाथ ऊँचा किया – "मेरे पर लागू नहीं।"

"मेरा इशारा किसी और जाम की तरफ था . . ."

"और कौन-सा जाम?"

"जो अभी यहाँ से गुजरा! छलकता हुआ! जिस पर साफ लार टपका रहे थे।"

वो हड़बड़ाया, फिर शुष्क स्वर में बोला – "तुम कुछ कह रहे थे!"

"क्या कह रहा था?"

"कोई चीज़ दिखाने जा रहे थे!"

"ओह, हाँ। अभी।"

विमल ने जेब से मोबाइल निकाला, 'फोटोज़' पंच किया, एक तसवीर छांटी और उसको पूरी स्क्रीन पर लिया।

वो एक फोटोशॉप्ड पिक्चर थी जिस में विमल और अशोक जोगी जाम हाथ में लिये आजू-बाजू खड़े कैमरे में मुस्करा रहे थे।

वो तसवीर हाशमी का कारनामा था। उसने जाम हाथ में लिये उसकी और अशरफ की मिडशॉट में तसवीर खींची थी, फिर कम्प्यूटर के सदके अशरफ की जगह अशोक जोगी की सूरत उकेर दी थी और बैकग्राउन्ड तब्दील कर के बार की बना दी थी।

''ये देख'' – विमल मोबाइल की स्क्रीन उसके सामने करता बोला – ''सैल्फी। तेरी मेरी। 'हाइड पार्क' में हुई हमारी पहली मुलाकात की यादगार।''

अशोक ने तसवीर देखी, फिर उसके चेहरे के भाव बदले।

''यार, मैं शर्मिंदा हूँ।'' – उसने खेदप्रकाश किया – ''पता नहीं, ये कैसा मैंटल ब्लैक आउट हो जाता है, कभी-कभी!''

''होता है। सबके साथ होता है। ख़ासतौर से घूंट के रसिया लोगों के साथ'' – वो एक क्षण ठिठका, फिर बोला – ''जैसे कि हम हैं। हा हा!''

अशोक ने हँसी में उसका साथ दिया।

तभी एक ड्रिंक्स वाला वेटर उनके करीब से गुज़रा।

दोनों ने उससे नये ड्रिंक हासिल किये।

''चियर्स!''

उन्होंने जाम टकराये।

अल्तमश पूर्ववत् लहराता इठलाता वापिस लौटा और उनके सामने से गुज़रा।

इस बार उसके हाथ में शैम्पेन का फ्ल्यूट ग्लास था।

विमल ने हौले से सीटी बजाई।

अल्तमश ठिठका, घूमा, उसने आँखें तरेर कर उन दोनों की तरफ देखा। जानता जो नहीं था किसने सीटी बजाई थी।

''नो ऑफेंस, माई डियर।'' – विमल मीठे स्वर में बोला – ''ओनली ए कॅम्पलीमेंट टु युअर डिवाइन ब्यूटी।''

अल्तमश ने अब सिर्फ उसकी तरफ आँखें तरेरीं।

''नो ऑफेंस!'' – विमल पूर्ववत् बोला – ''कोई अन्धा ही होगा जो तुम्हारे बेमिसाल हुस्न के जलाल से अन्दर तक हिल न जाये।''

अल्तमश ने अपलक उसे देखा, फिर एकाएक मुस्कराया।

ख़ासतौर से अशोक के लिये रिहर्स की हुई चित्ताकर्षक मुस्कुराहट।

''थैंक्यू!'' – फिर इठला कर बोला।

''वैलकम! चियर्स!''

''चियर्स!''

इठलाता, बल खाता वो आगे बढ़ गया।

''साली कटी पतंग है।'' – विमल हसरतभरे लहज़े से बोला – ''लूट लेगा कोई।''

अशोक का सिर स्वयमेव सहमति में हिला, फिर उसने खुद पर काबू पाया।

''तुम्हें कैसे पता?'' – वो बोला।

''क्या?'' – विमल जानबूझ कर अनजान बनता बोला – ''क्या मुझे कैसे पता?''

''कि वो कटी पतंग है?''

''अन्दाज़ा है।''

''ओह! अन्दाज़ा है।''

''कब से सारे पंडाल में अकेली फिरती देख रहा हूँ।''

''हम्म। बारात के साथ आयी होगी!''

''ऐसा ही जान पड़ता है। लड़की वालों की तरफ से होती तो कभी कोई तो उसके करीब फटकता!''

''लेकिन बारात तो अभी आयी नहीं?''

''कब की आयी हुई है लखनऊ से। इसी होटल में ठहरी हुई है। सबने ऊपर से नीचे ही तो आना है! उस . . . उस परीचेहरा हसीना की तरह कुछ लोग पहले यहाँ आ गये तो क्या प्रॉब्लम है?''

''तो वो इसी होटल में ठहरी हुई है?''

''जाहिर है। बारात के साथ है तो जाहिर है।''

''अकेली?''

''अब इस बाबत क्या कहा जा सकता है! लेकिन . . .''

''क्या लेकिन?''

''तू कहे तो मालूम करने की कोशिश करूँ।''

''कर सकता है?''

''कोशिश . . . कोशिश कर सकता हूँ।''

''कर। लेकिन पहले एक सैल्फी मेरे कैमरे से हो जाये।''

''क्यों भला?''

''ताकि पहले की तरह मैं फिर न तुझे भूल जाऊँ।''

''अरे, अब नहीं भूलेगा। ऐसे इत्तफाक रिपीट नहीं होते।''

''तेरे को सैल्फी से कोई ऐतराज़ है?''

''अरे, नहीं! ऐतराज़ कैसा!''

''तो फिर . . .''

''पहले मुझे वो स्पैशल काम तो ट्राई करने दे! सैल्फी को तो सारी रात पड़ी है! ऐसे कामों में देर नहीं करनी चाहिये।''

''क्यों?''

''अरे, कोई दूसरा चिपक गया तो? कटी पतंग है, डोर किसी और ने थाम ली तो?''

''सयाना है काफी। ठीक है, जा।''

''आता हूँ। यहीं मिलना।''

''ठीक है।''

विमल आगे बढ़ा।

पाँच-सात मिनट उसने अशोक की निगाह से परे गुज़ारे, फिर वापिस लौटा।

अशोक ने सवालिया निगाह उस पर डाली।

''मिशन अकम्पलिश्ड!'' – विमल गर्व से बोला।

''ऑलरेडी!'' – उसने हैरानी जताई।

''यस।''

''क्या जाना?''

''लखनऊ से है, बारात के साथ है, अकेली है, हसबैंड ने साथ आना था, न आ सका।''

''हसबैंड!''

''हाँ। चार महीने हुए शादी को।''

''बस सिर्फ चार महीने! फिर भी हसबैंड साथ नहीं!''

''पायलेट है। एकाएक इमरजेंसी काल आ गयी। जाना पड़ा। उन लोगों के कारोबार में होता है ऐसा। एक पायलेट ने फ्लाइट कमांड करनी होती है, उसके साथ कोई बखेड़ा – हैल्थ प्रॉब्लम, पर्सनल प्रॉब्लम, कम्पैटिबलिटी विद पैसेंजर्स एण्ड क्रियू प्रॉब्लम – खड़ा होता है तो आनन-फानन उसकी रिप्लेसमेंट का इन्तज़ाम किया जाता है। किसी ऑफ ड्यूटी पायलट को वार फुटिंग पर तलब किया जाता है।''

''तू तो ऐसी प्रोसीजरल बातों के बारे में बहुत कुछ जानता है!''

''मैं क्या जानता हूँ! उसी ने बताया।''

''कहाँ मिली?''

''बैंड स्टैण्ड पर। डिस्को जॉकी (DJ) से अपनी पसन्द का गाना बजाने

के लिये रिक्वेस्ट करती।''

''ठीक से पेश आयी?''

''हाँ।''

''पहचान गयी?''

''फौरन। जिसने उसकी डिवाइन ब्यूटी पर इतना बड़ा कॉम्पलीमेंट पेश किया था, उसे क्या इतनी जल्दी भूल जाती! उससे क्या ठीक से पेश न आती!''

''वो बात तो है! अब कहती क्या है?''

''यार, बस यहीं मक्खी पड़ गयी। मैंने उसे इनवाइट किया ड्रिंक्स में हमारे साथ शामिल होने के लिये। बोली, शी वाज़ फाइन एनजाईंग हरसैल्फ।''

''ऐसा बोली!''

''हाँ। लेकिन हौसला रख, कर्टेस के अन्दाज़ से न बोली। साफ जताती बोली कि पहली ही बार ऐसी पेशकश नहीं कुबूल की जाती थी।''

''ओह! नखरेबाज़ है?''

''सारी खूबसूरत औरतें होती हैं।''

''तो अब? फिर जायेगा इनवीटेशन रिपीट करने?''

''जाना नहीं पड़ेगा। वो ही इधर आयेगी।''

''कैसे मालूम?''

''अरे, जो शैम्पेन कॉकटेल पी रही है, वो ख़ास उसकी पसन्द की है। बार पर जाकर बारमैन से खुद अपने सामने बनवाती है।''

''यानी शौकीन औरत है!''

''हाँ। खुद बोली जो हाथ में ड्रिंक था, उसका तीसरा था।''

''जबकि अभी तो बारात भी नहीं आयी! महफिल अपने रंग पर अभी आयी भी नहीं!''

''ऐग्ज़ैक्टली।''

''जाम का शौक करती है, मालूम करता और महकमों में क्या पोजीशन थी?''

''अरे, हालिया शादी हुई, सब कुछ करती होगी!''

''हसबैंड के साथ?''

''क्या पता लगता है!''

''ऐसा?''

''हाँ।''

“यार, ऐसा लिबरल मिज़ाज़ हो उसका तो मज़ा आ जाये!”

“कैसे आ जाये? इतनी बड़ी शादी है। यहाँ हम दो ही नौजवान थोड़े ही हैं!”

“ठीक! लेकिन सब तेरे जैसे फास्ट वर्कर तो नहीं! चुटकियों में कितना कुछ कर दिखाया तूने! वाकफियत बना ली, उससे पर्सनल जानकारी हासिल कर ली। इतना इंटीमेंट बन गया कि उसे ड्रिंक्स के लिये इनवाइट कर लिया।”

“इनवीटेशन कबूल तो न हुआ न!”

“लेकिन रीइनवीटेशन की गुंजायश तो बोलता है न कि है!”

“वो तो है!”

“तो कर कुछ।”

“लार टपक रही है?”

“जैसे तेरी नहीं टपक रही।”

विमल हँसा।

“फिर जा।” – अशोक ने मनुहार की।

“ऐसा करना ठीक न होगा।” – विमल संजीदगी से बोला – “जो चिपकू बनने की कोशिश करे, उसे ऐसी औरतें नापसन्द करती हैं।”

“ओह!”

“क्या बात है! यूँ ओह कहा जैसे आह भर रहा हो!”

अशोक ख़ामोश रहा।

“वो बार पर आती ही होगी।” – विमल ने उसे आश्वासन दिया – “मैं बार पर जाकर उससे बात करूँगा।”

“न आयी तो?”

“तो मैं जाके तलाश करूँगा।”

“हूँ।”

“लेकिन शर्त लगा ले मेरे से। वो ही आयेगी इधर।”

“देखते हैं।”

“मेरे पापा!” – एकाएक वो बोला, उसने गिलास मेज़ पर रख दिया और मुँह पोंछने लगा।

विमल ने भी उसका अनुसरण किया।

एक सूटबूटधारी उम्रदराज़ व्यक्ति उनके करीब पहुँचा। उसने संदिग्ध भाव से विमल की तरफ देखा।

"मेरे पापा।" – अशोक बोला – "गिरीश।"

विमल ने दोनों हाथ जोड़े, झुककर एक हाथ से उसका घुटना छुआ।

सीनियर जोगी को वो एक्शन पसन्द आया।

"जीते रहो।" – वो बोला – "अच्छा है अशोक किसी दोस्त के साथ है।"

"जी।" – विमल शिष्ट भाव से बोला।

"घूँट लगा रहा था। मुझे आता देख के गिलास परे रख दिया।"

अशोक ने शरमाने का अभिनय किया।

"मुझे ऐतराज़ नहीं। आजकल सब पीते हैं। ख़ासतौर से शादी-ब्याहों में। लेकिन गैरज़िम्मेदारी से, ढेर पीने से, इतनी पीने से कि झेली न जाये, ऐतराज़ है।"

"होना ही चाहिये।"

"तुम दोस्त हो तो इसके साथ ही रहना। अकेला न छोड़ना इसे। और ध्यान रखना, बेतहाशा न पिये।"

"ऐसा नहीं होगा, अंकल।"

"गुप्ता जी ने मुझे फैमिली लाउन्ज की देखभाल की ज़िम्मेदारी सौंपी है इसलिये मैं फिर चक्कर नहीं लगा पाऊँगा।"

"जरूरत ही नहीं, अंकल। मैं हूँ न!"

"हाँ। मेरी फैमिली लाउन्ज की मेरी ज़िम्मेदारी बारात आने तक चलेगी। तब तक तो जरूर ही इसके साथ रहना।"

"जी हाँ। जरूर।"

"फिर ये हमारे साथ होगा।"

"ठीक।"

"गिरीश नाम बताया न?"

"जी हाँ। गिरीश माथुर।"

"मौज करो। जाता हूँ।"

वो चला गया।

"पापा को पता है मैं ड्रिंक करता हूँ।" – पीछे अशोक बोला – "लेकिन उनके सामने कभी नहीं। इसलिये उनके सामने गिलास थामे खड़े होना बेशर्मी होती!"

"बिल्कुल! तभी तो मैंने भी रख दिया।"

"अच्छा किया।"

"तेरे जिगरी नहीं दिखाई दिये अभी तक!"

अशोक की भवें उठीं।

"अरे, भई मैं अरमान त्रिपाठी की और अकील सैफी की पूछ रहा हूँ।"

"तू . . . तू उन्हें भी जानता है?"

"क्या बात करता है, यार, तू! सिर्फ तीन हफ्ते पहले की बात याद नहीं रख सकता। कैसी याददाश्त है तेरी?"

"सॉरी!"

"मैंने अभी बोला कि नहीं बोला कि 'हाइड पार्क' में अमित ने मुझे तेरे से मिलवाया था! तब अरमान और अकील भी तो वहीं थे!"

"ओह! यार, सच में ही याददाश्त दगा देने लग गयी है। सॉरी अगेन।"

"कम पिया कर।"

"बस, ये ही काम मैं नहीं कर सकता। मैं न पियूँ ये हो सकता है; छक के न पियूँ, ये नहीं हो सकता। याददाश्त दगा देती है तो दे।"

"तेरी माया तू ही जाने।"

"अरमान ने अपनी फैमिली के साथ आना है। उसका चाचा, तेरे को मालूम ही होगा, एमएलए है और सीएम का ख़ास है। उसने सीएम के साथ आना है। अरमान वग़ैरह भी उनके साथ ही आयेंगे। अब सीएम है, बारात से पहले तो आ नहीं जायेगा!"

"बड़े लोग लेट ही आते हैं। लेट हो नहीं जाते, जानबूझ कर लेट आते हैं।"

"हाँ। इसलिये अरमान भी लेट ही आयेगा।"

वो विमल के लिये अच्छी ख़बर थी। असल में वो मुद्दा उसने उठाया ही अरमान की आमद के बारे में जानने के लिये था। अकील का ज़िक्र बेमानी था, साथ इसलिये जोड़ा था क्योंकि अरमान का ज़िक्र उठाया था।

"और अकील?" – उसने नाहक सवाल किया।

"उसका यहाँ कोई काम नहीं। गुप्ता जी उससे या उसकी फैमिली से वाकिफ नहीं इसलिये उन्हें इनवीटेशन नहीं है।"

"ओह!"

"तुम यहाँ कैसे?"

"हम साउथ एक्स में गुप्ता जी के पड़ोसी हैं। पापा कोलकाता में हैं इसलिये मेरे को ये शादी अटेंड करने का हुक्म हुआ।"

"आई सी। तो तू साउथ एक्स में रहता है?"

"हाँ।"

''एक कार्ड दे अपना।''

''कार्ड तो . . .''

तभी अल्तमश उनके सामने से गुजरा।

''ले!'' – विमल विजेता के से भाव से बोला – ''देख ले। पहचान ले कौन जा रहा है!''

''देखा।''

''अच्छा किया न, शर्त न लगाई! वर्ना हार जाता।''

''अब तू भी तो जा न! और . . . कर कुछ। दिखा कोई कमाल।''

विमल ने सहमति से सिर हिलाया, उसने हाथ में थमा तकरीबन फुल जाम मेज़ पर वापिस रख दिया।

उसके सामने बड़ा प्रोजेक्ट था, टुन्न होने का उसका कोई इरादा नहीं था।

आगे कदम बढ़ाने को तत्पर एकाएक वो ठिठका।

''क्या हुआ?'' – अशोक बोला।

''तू साथ चल।'' – विमल बोला।

''कहाँ?''

''अरे, बार पर साथ चल। दोनों मिलते हैं जाकर उससे।''

''दोनों?''

''हाँ।''

''कुछ काम बनना होगा, तो वो भी नहीं बनेगा।''

''बनेगा। तू चल तो।''

''वो यहीं से तो गुज़रेगी! बुला लेंगे।''

''हुज्जत बहुत करता है। अरे, बार की बात और होती है, वहाँ का माहौल और होता है।''

''अच्छा!''

''तेरी वहाँ मौजूदगी उलटी पड़ती दिखाई देगी तो मैं तुझे वहाँ से खिसक जाने का इशारा कर दूँगा।''

''ठीक है, चल।''

विमल की तरह उसने अपने जाम को तिलांजलि न दी, उसने उसे एक ही साँस में निपटाया और खाली गिलास मेज़ पर रखा।

दोनों बार पर पहुँचे।

अल्तमश वहाँ मौजूद था, वो उसके करीब जा खड़े हुए।

अल्तमश ने सिर उठा कर उनकी तरफ देखा।

"हल्लो!" – बारमैन को सुनाता विमल बोला – "वुई मीट अगेन।"

"यस।" – अल्तमश भी उसी अन्दाज़ से बोला – "वुई डू। आई एम ग्लैड।"

"सो आर वुई!"

"वुई!" – बडी अदा से अल्तमश की भवें उठीं।

"ये मेरा फ्रैंड है न मेरे साथ! अशोक।"

"ओ, यस। देखा था तुम्हारे साथ। हल्लो, अशोक।"

"हल्लो, मैम।" – अशोक बोला।

"मैं गिरीश।। बैंड स्टैण्ड पर मिले थे तो बताया ही था!"

"हाँ। इतनी जल्दी कैसे भूल सकती हूँ!"

"सो नाइस ऑफ यू। बार पर खड़ी हैं, अब एक ड्रिंक हमारे साथ हो जाये तो कैसा रहे?"

अल्तमश ने हिचकिचाने का अभिनय किया।

"ओ, कम ऑन!"

"प्लीज़!" – अशोक ने भी तरह दी।

"भई, वो क्या है कि" – अल्तमश बोला – "मेरे को कोई ऐतराज़ तो नहीं लेकिन . . ."

"क्या लेकिन?"

"आई हैव अदर प्लांस।"

"वॉट अदर प्लांस।"

"मैं थक गयी हूँ। पता लगा है बारात लेट चढ़ेगी क्योंकि सीएम साहब की घुडचढ़ी पर हाज़िरी है और ख़बर आयी है कि वो लेट आयेंगे। इस वजह से मैं अपने रूम में जाकर थोड़ा रैस्ट करना चाहती हूँ।"

"आपका रूम बुक्ड है होटल में?"

"सुईट। इस होटल में सिंगल रूम्स हैं ही नहीं। पौने तीन सौ सुइट्स हैं बस, और उनमें डेढ़ सौ बारात के लिये बुक हैं।"

"ओह! हमें आपकी प्रिविलेज पर रश्क आता है।"

"क्यों भला?"

"क्योंकि थकावट तो हमें भी महसूस हो रही है!" – वो अशोक की तरफ घूमा – "नहीं?"

"हाँ।" – अशोक ने तत्काल हिन्ट पकड़ा और बोला – "लेकिन हमें तो डिलेड घुड़चढ़ी के शिड्यूल के साथ शहीद होना पड़ेगा!"

"दैट्स टू बैड। लड़की वाले इतना ख़र्चा करते हैं शादी में लेकिन ये किसी को नहीं सूझता कि होटल में दो चार कमरे लोकल्स के लिये भी बुक होने चाहियें।"

"वही तो!"

"सूझता है।" – विमल बोला – "हमारे मेज़बान को न सूझा।"

"या सूझा" – अशोक बोला – "तो हमें ऐसे किसी इन्तज़ाम की ख़बर नहीं।"

"हो सकता है।"

"ख़ैर, जो होगा, भुगतेंगे लेकिन" – अशोक अल्तमश की तरफ घूमा – "आप तो हमारी दरख़्वास्त – जो ख़्वाहिश ज़्यादा है – कुबूल फरमा कर लखनवी नवाज़िश की मिसाल कायम कीजिये!"

अल्तमश की धनुष जैसी भवें उठीं।

"एक ड्रिंक तो हमारे साथ शेयर कर ही लीजिये।"

"अच्छा!"

"खुशी का मौका है" – अशोक व्यग्र भाव से बोला – "उसे यादगार बना दीजिये।"

"यादगार बना दूँ?"

"यस, प्लीज़।"

"एक ड्रिंक शेयर कर के?"

"हाँ।"

"बहुत छोटी ख़्वाहिश जागी मन में!"

"ऐसा तो नहीं है!"

"तो कैसा है?"

"बोलूँगा तो आप नाराज़ हो जायेंगी।"

"ऐसा नहीं होगा।"

"बेख़ौफ बोलूँ?"

"हाँ।"

"तो सुनिये। जब से आप को देखा है, ख़्वाहिशें तो हवाई घोड़े पर सवार हैं, कल्पनायें आपा छुड़ा के भाग रही हैं, दिल प्रत्याशाओं में डूबा जा रहा है और मेरा सारा अस्तित्व! . . . जैसे परमसुख के हिन्डोलों में झूल रहा है।"

"अरे! तुम तो कविता करने लगे!"

साला फन्देबाज! – विमल मन-ही-मन बोला – आ गया अपनी औकात पर!

"लेकिन मुझे बुरा नहीं लगा।" – अल्तमश बोला – "मैं ऐसे जज़्बात की और जज़्बाती लोगों की कद्र करती हूँ।"

"शुक्रिया।"

"अभी कोई एक ख़्वाहिश पूरी हो सकती हो तो क्या माँगोगे? ड्रिंक्स शेयर करने वाली ख़्वाहिश के अलावा बोलना। वो मामूली ख़्वाहिश है।"

"वो मैं इसके सामने नहीं बोल सकता।"

"ये दोस्त है तुम्हारा! हमप्याला!"

"फिर भी नहीं। ऐसी बातें तनहाई में ही कहने लायक होती हैं।"

"तनहाई में!"

"एक सुनने वाला हो, एक कहने वाला हो, बस।"

"क्या कहने! यहाँ तो पाँच सौ सुनने वाले हैं!"

"वही तो!"

"मुझे तुमसे हमदर्दी है।"

"थैंक्यू!"

"इसलिये एक ड्रिंक शेयर करना कुबूल है।"

"ब्रावो!"

विमल ने भी उसके हर्षनाद में उसका साथ दिया।

तीनों ने बार से ड्रिंक हासिल किये और वहाँ से थोड़ा परे सरक आये।

उन्होंने गिलास टकराये और सम्वेत् स्वर में 'चियर्स' बोला।

ड्रिंक्स के दौरान अल्तमश और अशोक में चुहलबाजी चली, ख़ास इशारेबाज़ी चली जिस पर अल्तमश ने कोई ऐतराज़ भी न किया और जिसके दौरान विमल ने सिर्फ फरमायशी हाँ हूँ की।

आख़िर अल्तमश ने अपना गिलास ख़ाली किया।

"मैं अपने सुईट में जा रही हूँ।" – वो व्यस्तता जताता बोला – "नम्बर '406'। किसी को रैस्ट की जरूरत हो तो वो वहाँ आ सकता है।"

बिना जवाब का इन्तज़ार किये अल्तमश घूमा और कूल्हे झुलाता वहाँ से रुख़सत हो गया।

लालसा से लाल होती आँखों से अशोक उसे जाता देखता रहा। अल्तमश निगाह से ओझल हो गया तो वो विमल की ओर घूमा।

"क्या ख़याल है?" – वो बोला।

"अरे, साफ तो न्योत गयी!" – विमल बोला।

"नशे में थी।"

"क्या बड़ी बात है! जो हमारे साथ शेयर किया, वो चौथा तो शर्तिया था।"

"क्या करें?"

"मेरे से पूछ रहा है!"

"हाँ।"

"अरे, अपना सुइट नम्बर तक बता गयी। औरत है, और क्या हिंट देती तुझे?"

"मुझे?"

"हमें।"

"यही तो फच्चर है।"

"मतलब?"

"दोनों वहाँ पहुँचे तो कुछ हो सकता भी होगा तो नहीं होगा।"

"बात तो तेरी ठीक है। ठीक है, तू जा।"

"मैं जाऊँ?"

"हाँ। ऐसा सुनहरा मौका गँवाना बेवकूफ़ी होगी। मेरे बारे में सवाल करे तो बोलना कोई मिल गया था, मैं उसके साथ बिज़ी था, बाद में आऊँगा।"

"आयेगा?"

"और क्या झोली में खुद आके गिरा वर्जित फल तुझ अकेले को हज़म कर जाने दूँगा?"

वो कुत्सित भाव से हँसा, तत्काल संजीदा हुआ।

"कितनी देर में?" – उसने पूछा।

"तू बता।"

"आधा घन्टा। उसके सुइट तक पहुँचने में जो वक्त लगेगा, उसके अलावा। आधे घन्टे में कुछ न हुआ तो कुछ होगा भी नहीं। समझूँगा साली ने उल्लू बनाया।"

"ठीक। लेकिन एक बात की ताकीद है।"

"किस बात की?"

"काम न बने तो आपे से बाहर न होना।"

"क्या मतलब?"

"अरे, ज़ोर-ज़बरदस्ती न करना। फौजदारी पर न उतर आना। भरा पूरा होटल है, ऐसा कुछ किया तो बेभाव की पड़ेंगी।"

"ताकीद का शुक्रिया। मैं आपा नहीं खोऊँगा।"

"शाबाश! जा!"

जाने से पहले उसने बार से एक जाम और हासिल किया और उसे दो मिनट में ख़ाली किया।

उसके निगाह से ओझल होते ही विमल अशरफ की तलाश में निकला।

स्काच और प्रत्याशा के मिले-जुले नशे के हवाले अशोक होटल की चौथी मंजिल पर और आगे सुइट '406' पर पहुँचा।

उसने काल बैल का पुश बटन दबाया।

भीतर कहीं से घन्टी बजने की मद्धम-सी आवाज़ आयी।

"खुला है।" – फिर अवध की अप्सरा की महीन आवाज़ सुनायी दी।

दरवाज़ा ठेल कर वो भीतर दाखिल हुआ। उसके पीछे ऑटोमैटिक लॉक वाला दरवाज़ा निशब्द बन्द हुआ। वो आगे बढ़ा।

फ्रंट रूम ड्राईंगरूम की तरह सुसज्जित था और वहाँ वो नहीं थी।

गुड!

पीछे बैडरूम था और बीच का दरवाज़ा खुला था।

उसने उस दरवाज़े की तरफ कदम बढ़ाया।

लालसा से उसका मुँह माथा तपने भी लगा था। उसकी फाश ख़्वाहिशों की न्यूज़रील उसके ज़ेहन पर चलने भी लगी थी।

वो बीच की चौखट पर पहुँचा। उसने अपने पीछे दरवाज़ा बन्द किया।

वो बहुत चित्ताकर्षक पोज बनाये पीठ के बल बैड पर लेटी हुई थी। उसकी दोनों बांहें यूँ उठी हुई थीं, दोनों हाथ यूँ गर्दन के पीछे बन्धे थे कि उसके उन्नत उरोज़ और उन्नत लग रहे थे।

अशोक के जिस्म में झुरझुरी दौड़ी, आँखों में लालसा के गुलाबी डोरे तैर गये।

उसे देख कर अल्तमश ने उठने की कोशिश की।

"अरे, नहीं।" – अशोक ने तत्काल विरोध किया – "उठने की जरूरत नहीं।"

"भई, मेहमान आया है।" – बैड पर से उठता अल्तमश खनकती आवाज़ से बोला – "इस्तकबाल तो उठ कर ही करना होगा न!"

तब तक अशोक बैड के करीब पहुँच गया था।

अल्तमश उसके सामने खड़ा हुआ।

"खुशामदीद!" – वो बड़ी अदा से बोला।

"शुक्रिया।"

"वो आये हमारे घर में, खुदा की कुदरत हैं; कभी हम उनको, कभी अपने घर को देखते हैं।"

"भई, वाह! मेहमान को रिसीव करना तो बस लखनऊ वालों को ही आता है!"

"दोस्त नहीं आया?"

"नहीं आया।"

"वजह? उसे रैस्ट की जरूरत नहीं?"

"जरूरत तो थी लेकिन रैस्ट करने के, रिलैक्स करने के उसके अपने तरीके हैं।"

"अच्छा!"

"हाँ। अच्छा भला मेरे साथ आ रहा था, मेहमानों में एक वाकिफ लड़की दिखाई दे गयी। यार को छोड़ के उसके साथ चिपक गया!"

"सच में? सब के सामने!"

"क्या बोला?"

"तुमने बोला। बोला न, उसके साथ चिपक गया?"

"वो तो मैंने मुहावरे की जुबान में बोला न!"

"ओह! मैं समझी सच में चिपक गया।"

"बहुत भोली हो।"

अल्तमश हँसा फिर मादक स्वर में बोला – "तो अब तुम्हें रैस्ट चाहिये?"

"हाँ। अलबत्ता ये तफ्तीश का मुद्दा है कि रैस्ट हासिल होगा तो कैसे, किस सूरत में हासिल होगा।"

"मैं समझी नहीं।"

"अभी तुमने एक शेर कहा था। इजाजत हो तो मैं भी एक शेर कहूँ?"

"इजाज़त है।"

"वो शेर नहीं। इस घड़ी भी दिल की आवाज़ है। वादा करो कि बुरा नहीं मानोगी।"

"किया।"

"आये हैं तेरे दर पर कुछ कर के उठेंगे। या वस्ल ही हो जायेगा या मर के उठेंगे।"

"हूँ!" – अल्तमश ने लम्बी हुंकार भरी – "तो ये इरादे हैं?"

''हैं तो सही!''
''ख़तरनाक इरादे?''
''वो भी।''
''अंजाम दे पाओगे?''
''उम्मीद तो है!''
''हमें तो शक है!''
''क्यों भला?''
''नशे में हो।''
''ऐसा नशे में मैं रोज़ होता हूँ।''
''किसलिये?''
''नौजवान ख़ून में उबाल लाने के लिये।''
''इस वक्त उबल रहा है ख़ून?''
''हाँ। बेतहाशा।''
''फिर भी हमें शक है।''
''मैं अभी शक दूर करता हूँ।''

पहले ही काबू से बाहर हुआ जाता अशोक बाज की तरह उस पर झपटा। उसने अपनी मज़बूत बाँहों में उसे दबोच लिया।

''अरे, अरे! ये क्या करते हो! छोड़ो! छोड़ो!''

अशोक उसका चुम्बन लेने की कोशिश करने लगा।

''अरे, पागल हुए हो! तीन घन्टे लगे शादी में शिरकत के काबिल मेकअप कराने में। तुम तो पलक झपकते बिगाड़ने पर तुले हो! ड्रैस को भी।''

''सॉरी!''
''सॉरी भी होना। छोड़ो पहले।''
''हाथ आई जन्नत छोड़ने को कह रही हो!''
''अरे, छोड़ो तो! अभी जन्नत कहीं भागी नहीं जा रही।''
''ओह! भागी नहीं जा रही।''

अशोक ने उसे बन्धनमुक्त किया।

अल्तमश अपनी ड्रैस ठीक करने लगा, बाल सँवारने लगा।

''सॉरी!'' – अशोक बोला।

''वॉट सॉरी!'' – अल्तमश ने नकली नाराज़गी जताई – ''फल खाना हो तो पेड़ उखाड़ देते हैं? फूल सूँघना हो तो बगीचा उजाड़ देते हैं?''

''तो क्या करते हैं?''

"मेरे से सीखना चाहते हो?" – अल्तमश ने इठला कर दिखाया।
"इतने काबिल उस्ताद से कोई सबक मिले तो जहेनसीब।"
"फन्देबाज़!"
अशोक हँसा। निरर्थक हँसी।
"बाज़!" – अल्तमश निचला होंठ चुभलाता बोला – "और मैं क्या?"
"क्या?"
"कबूतरी।"
"कबूतरी को तो बाज़ काबू में करता है झट!"
"हमारे यहाँ उल्टा रिवाज़ है।"
"क्या!"
"कबूतरी बाज़ को काबू में करती है।"
"वाह!"
"तुम चाहते हो कबूतरी के काबू में आना?"
"हाँ। हाँ।"
"तो जो कहूँगी, करोगे?"
"हाँ।"
"याद करोगे कोई मिली थी। जन्नत का नज़ारा होगा।"
"अरे, करूँगा न! अब कुछ बोलो तो सही!"
"अनड्रैस।"
"क्या!"
"तुम्हें तो पता लग गया तुम्हें क्या हासिल होना है। मुझे भी तो पता लगना चाहिये!"
"कमाल है!"
"अब या तो कहना मानो या बाहर जाओ, सोफे पर पड़ जाओ और रैस्ट करो जो करने आये हो। और मुझे यहाँ रैस्ट करने दो।"
"जो करने आया था, वो तो कब का भूल गया। अब तो वो याद है जो करना है।"
"करना।"
"पक्की बात?"
"हाँ।"
"मुकर तो नहीं जाओगी?"
"नहीं। और जो होगा ऐसा होगा कि ताज़िन्दगी कुछ नहीं कर पाओगे।"

"क्या मतलब?" – अशोक का लहज़ा सर्द हुआ।

"वैसा नहीं कर पाओगे जैसे का मौका यहाँ पाओगे।"

"ओह!" – उसने चैन की साँस ली, उसका मिज़ाज़ पहले वाले मुकाम पर पहुँचा – "वैसा नहीं कर पाऊँगा। मैं तो कुछ और ही समझा था।"

"जब कोई मेरे साथ होता है तो हमेशा कुछ और ही समझता है। ऐसा, जैसा पहले कभी न समझा हो। फिर समझता है कि क्या समझना था और क्या कभी न समझा।"

"बातें कमाल की करती हो।"

"नाओ, अनड्रैस। डोंट वेस्ट टाइम। बारात में शामिल होना है मेरे को। भूल गये?"

"नहीं। ओके। ओके। लेकिन एक शर्त मेरी भी है।"

"बोलो।"

"तमाम बत्तियाँ बन्द करो।"

"अरे! अन्धेरे में मुझे दिखाई कैसे देगा कि मुझे क्या हासिल होना है।"

उसने उस बात पर विचार किया।

"एक फुट लाइट जलती रहने दो।"

अल्तमश ने वो सब किया।

फुटलाइट की बहुत ही नाकाफी रौशनी में अशोक ने अपने जिस्म के तमाम कपड़ों को तिलांजलि दी। अब वो मादरजात नंगा खड़ा उम्मीद से थरथरा रहा था कि अभी उसे जन्नत का नज़ारा होने वाला था।

अल्तमश ने करीब आकर बड़ी नज़ाकत से उसके जिस्म पर हाथ फेरा।

अशोक निहाल हो गया। उसकी उम्मीदें दोबाला हो गयीं। जोश में चार गुणा इज़ाफा हो गया।

"हाथ पीठ पीछे करो।" – अल्तमश ने आदेश दिया – दोनों।"

अब प्रत्याशा में थर्राते अशोक ने वजह तक न पूछी। उसने अपने दोनों हाथ पीठ पीछे किये।

खटाक!

फौरन ही स्टेनलैस स्टील की एक खटके से बन्द होने वाली हथकड़ी पीठ पीछे फिरी उसकी कलाईयों से पिरोई गयी।

अशोक ने कलाईयों को उमेठा तो उसे पता लगा क्या हुआ था!

"अरे!" – वो भड़का – "ये क्या किया?"

"धीरे! धीरे!" – अल्तमश ने बड़े प्यार से पुचकारा – "शोर नहीं। वर्ना तुम्हारा मज़ा खराब होगा।"

"लेकिन . . . ये . . . ये क्या . . ."

"कुछ नहीं। हथकड़ी। प्यार की।"

"लेकिन क्यों?"

"ये लखनवी अन्दाज़ है।"

"क्या!"

"मैं कनीज़! तुम मेरे आका। मालिक। सरताज। तुम्हारी हर ख़िदमत करना मेरा फर्ज़ है। तुम्हें कुछ करना पड़ा तो लानत है मेरी तमीज़ पर। तहज़ीब पर। कनीज़ होने पर।"

"क-क्या कह रही हो?"

"मैं कोई मामूली औरत नहीं हूँ। इसलिये कोई भी काम मामूली तरीके से करना भला कैसे मंजूर होगा मुझे!"

"क-कौन हो तुम?"

"मैं! मैं . . . मैं हूँ।"

"मज़ाक न करो। बोलो, कौन हो तुम!"

"कोई मामूली औरत नहीं हूँ।"

"नहीं हो। नहीं हो। लेकिन हो कौन?"

"मैं शाही ख़ानदान से हूँ। नवाब वाजिद अली शाह की पाँचवीं पीढ़ी हूँ।"

"मुसलमान हो?"

"कोई ऐतराज़?"

"नहीं। नहीं। नाम?"

"सुलताना बेगम!"

"बढ़िया नाम है . . ."

"शुक्रिया।"

"लेकिन सुलताना डाकू तो बनकर न दिखाओ, सुलताना बेगम!"

अल्तमश होंठ दबा कर हँसा।

"तुम्हारी तमाम नवाज़िशें सिर माथे लेकिन . . . लेकिन ये जो तुमने किया है, ये . . . ये मुझे मंजूर नहीं।"

"फिर तो जो मैं आगे करने जा रही हूँ, वो तो और भी नामंजूर होगा!"

"क्या! क्या करने जा रही हो?"

"ये।"

अगले ही क्षण अशोक के गुप्तांग बांस की खपच्ची की जकड़ में थे।

‘‘ये’’ – अशोक तड़पा – ‘‘ये क्या?’’

‘‘एहतियात।’’ – अल्तमश उसे पुचकारता-सा बोला।

‘‘एहतियात! कैसी एहतियात?’’

‘‘मैं बाइज़्ज़त, बाशऊर, बाअख़लाक ख़ानदानी औरत हूँ, ग़ैर मर्द का तमाम जिस्म अपने जिस्म को छूने नहीं दे सकती। मैं . . .’’

‘‘तू बहन की . . . कुत्ती, छिनाल औरत है।’’ – एकाएक अशोक के तेवर बदले – ‘‘अब मेरी समझ में सब आ गया है . . .’’

‘‘शुकर है।’’ – अल्तमश व्यंग्यपूर्ण भाव से बोला।

‘‘ओ, गॉड! ओ, माई गॉड! अमित के अंजाम से वाकिफ कैसे मैं सब जानते-बूझते इस जाल में फँस गया! वैसी ही साज़िश का शिकार हो गया जैसी का अमित हुआ। वैसे ही औरत के हाथों बेवकूफ बना, जैसे अमित बना। गॉड! क्यों अक्ल मारी गयी थी मेरी . . .’’

‘‘चुप हो जा, बेटा!’’ – अल्तमश ने पुचकारा – ‘‘अच्छे बच्चे नहीं रोते।’’

‘‘तू वही औरत है जिसने अमित की दुरगत की। जान से मार दूंगा, मां की . . .’’

अशोक सिर झुकाये, पगलाये भैंसे की तरह उस पर झपटा।

चार मजबूत हाथों ने उसे पीछे से थाम लिया।

विमल और अशरफ शुरू से ही ड्राईंगरूम में थे, कमरे का एक्स्ट्रा की-कार्ड उन के पास बुकिंग के वक्त से ही था – वो कमरा बारात की बुकिंग का हिस्सा नहीं था, एडवांस पेमेंट करके उन्होंने बुक कराया था – और वो सब देख सुन रहे थे।

अशोक ने गला फाड़ कर चिल्लाने की कोशिश की।

अशरफ की बाँह साँप की तरह उसके गले से लिपटी, गले की घन्टी जोर से दबी तो उसकी चीखने को तैयार आवाज़ उसके गले में ही घुट कर रह गयी।

‘‘चिल्लाने की कोशिश की’’ – अशरफ उसके कान में फुँफकारा – ‘‘तो पहले ज़ुबान कटी पायेगा। चाहता है ऐसा हो?’’

अशोक ने सप्रयास इंकार में सिर हिलाया।

अशरफ ने बाँह वापिस खींच ली।

‘‘ये क्या हो रहा है?’’ – अशोक विलाप-सा करता बोला – ‘‘मैंने क्या बिगाड़ा है तुम्हारा?’’

"कौन किसी का कुछ बिगाड़ता है!" – विमल बोला – "सब बुरे वक्त का लेखा है। रास्ते में पड़ा होता है दिखाई नहीं देता। जो ठोकर खाता है, वो मुँह के बल गिरता है।"

"ये . . . ये तो . . . ये तो गिरीश की आवाज़ है! बत्ती जलाओ! बत्ती जलाओ।"

"नहीं देख पायेगा अपना अंजाम, कुत्ते! पहले ही दिल बैठ जायेगा।"

"ये ज़ुल्म है! ये ज़ुल्म है!"

"है तो क्या? ज़ुल्म ढा सकता है, कमीने, ज़ुल्म सह नहीं सकता?"

"मेरे से गलती हो गयी। माफ कर दो।"

"कब कबूला गलती हो गयी? जब जान पर आन बनी। वर्ना अभी भी हवस की गुलामी ही तुझे यहाँ लायी। किसलिये? जिस गलती की अब माफी माँग रहा है, उसे दोहराने के लिये?"

"मैं शर्मिंदा हूँ। मुझे अमित ने गुमराह किया। वही हमारा लीडर था जो . . ."

"अब किसने गुमराह किया? अब तो अमित यहाँ नहीं था।"

"वो . . . तो . . . मैं . . . मैं . . ."

"श्यानपत्ती से बाज़ नहीं आ सकता। अपनी हरामज़दगी यार पर थोप रहा है क्योंकि तेरा मुँह पकड़ने के लिये वो यहाँ नहीं आ सकता।"

"मैं शर्मिंदा हूँ। मैं नालायक हूँ, नामाकूल हूँ, मोरी का कीड़ा हूँ, बस एक बार . . . एक बार जान बख़्श दो।"

"ठीक है। बख़्श देते हैं।"

"शु-शुक्रिया। शुक्रिया। मैं आप का अहसान ज़िन्दगी भर नहीं भूलूँगा।"

"और भी बहुत कुछ तू ज़िन्दगी भर नहीं भूलेगा।"

"क-क्या?"

"जान बख़्शी है, सब कुछ नहीं बख़्श दिया।"

"क-क्या मतलब?"

"काम खत्म कर, भई अपना। ताकि मतलब समझ में आये इसके।"

अल्तमश ने ख़ामोशी से सहमति में सिर हिलाया और उस्तरा निकाल लिया।

वो वारदात क्योंकि एक भरे-पूरे होटल में वाकया हुई, इसलिये उसे छुपाया न जा सका। ख़ामोशी से होटल में पुलिस पहुँची और ख़ामोशी से ही अशोक जोगी को हस्पताल पहुँचाया गया।

उसकी फैमिली और होटल के स्टाफ के दो, तीन जनों के अलावा – जिन्हें पुलिस ने ख़ामोश रहने की सख़्त हिदायत दी – किसी को कानोंकान ख़बर न हुई कि वहाँ क्या हुआ था। और यूँ शादी के रंग में विघ्न आने से बचा।

पुलिस ने रूम रजिस्ट्रेशन की पड़ताल की तो मालूम पड़ा कि ऑक्यूपेंट का रजिस्ट्रेशन के वक्त पेश किया प्रूफ ऑफ आइडेन्टिटी और प्रूफ ऑफ रेजीडेंस दोनों जाली थे और चैक आउट उसने किया ही नहीं था, क्योंकि रूम रैंट एडवांस में पेड था।

ऐसा क्यों हुआ? – पुलिस का सवाल था – बिना लगेज गैस्ट को कमरा क्यों दिया गया?

शादी–ब्याहों के अवसर पर वो बात आम थी। कोई मेहमान ज़्यादा पी लेता था या ज़्यादा फासले की वजह से देर रात घर नहीं जाना चाहता था तो ओवरनाइट स्टे के लिये कमरा उसे ऐसे ही मुहैया कराया जाता था।

हमलावर एक तो न होगा?

क्योंकि वो हट्टा–कट्टा कड़ियल नौजवान किसी एक के काबू में तो नहीं आने वाला था!

उस बाबत बार से पूछताछ हुई तो मालूम हुआ कि बारमैन ने उसे एक जगमग–जगमग नौजवान लड़की के और एक सूटबूटधारी युवक के साथ देखा था, तीनों ने उसके सामने ड्रिंक्स शेयर की थीं जिसके बाद दोबारा वो बार पर पंडाल के उस हिस्से में नहीं दिखाई दिये थे।

पंडाल क्योंकि टैम्परेरी था, शादी के लिये ही होटल के बाजू में खड़ा किया गया था, इसलिये उस में सीसीटीवी नैटवर्क संस्थापित नहीं था। लेकिन बड़ी शादी थी इसलिये फोटोग्राफरों की वहाँ कोई कमी नहीं थी। पड़ताल करने पर पता लगा कि दो वीडियो बनाने वाले शादी की कवरेज में लगे हुए थे और कोई आधा दर्जन स्टिल फोटोग्राफर वहाँ मौजूद थे लेकिन उन्हें शादी के दौरान डिस्टर्ब नहीं किया जा सकता था। लिहाज़ा उनके जरिये काले सूट वाले की और लहंगा चोली वाली जगमग युवती की शिनाख़्त के लिये अगले रोज़ से पहले कुछ नहीं किया जा सकता था।

(कथानक की अगली और आख़िरी कड़ी
जाके बैरी सन्मुख जीवै
पेंगुइन द्वारा अतिशीघ्र प्रकाशित)